# COMO NASCEM OS MONSTROS

# RODRIGO NOGUEIRA

# COMO NASCEM OS MONSTROS

A HISTÓRIA DE UM EX-SOLDADO DA POLÍCIA MILITAR DO ESTADO DO RIO DE JANEIRO

4ª edição

*Copyright* © 2013 Rodrigo Nogueira

EDITOR
José Mario Pereira

EDITORA ASSISTENTE
Christine Ajuz

PRODUÇÃO
Mariângela Félix

REVISÃO
Ana Lúcia Gusmão

CAPA
Julio Moreira

DIAGRAMAÇÃO
Arte das Letras

CIP-BRASIL. CATALOGAÇÃO NA FONTE.
SINDICATO NACIONAL DOS EDITORES DE LIVROS, RJ.

N71c
Nogueira, Rodrigo
  Como nascem os monstros: a história de um ex-soldado da Polícia Militar do Estado do Rio de Janeiro / Rodrigo Nogueira. – Rio de Janeiro: Topbooks, 2013.

  606 p.: 23 cm

  ISBN 978-85-7475-217-4

  1. Literatura brasileira. I. Título.

13-1500.                                              CDD: 869.93
                                                      CDU: 821.134.3(81)-3

                                                              043352

TODOS OS DIREITOS RESERVADOS POR
Topbooks Editora e Distribuidora de Livros Ltda.
Rua Visconde de Inhaúma, 58 / gr. 203 – Centro
Rio de Janeiro – CEP: 20091-007
Telefax: (21) 2233-8718 e 2283-1039
topbooks@topbooks.com.br / www.topbooks.com.br
Estamos também no facebook.

# Sumário

INÍCIO 15

INFÂNCIA 45

A FÁBRICA 75

VIDA DE POLÍCIA 129

TROCA DE SERVIÇO 195

O PRIMEIRO HOMICÍDIO 267

"RATRULHANDO" – O SEGUNDO HOMICÍDIO 337

MILÍCIA – TRIBUNAL E DECAPITAÇÃO 369

GAT 417

OPERAÇÃO MACACOS 467

VILA – A INFORMANTE 511

SEQUESTRO – ACERTO NA DP 539

CADEIA – A HORA DE PAGAR 567

*A razão de tudo ser: minha esposa e meu filho, únicos motivos pelos quais o Sol ainda se derrama em minha alma.*

*Este livro é dedicado às pessoas que me ajudam a manter a sanidade aqui, no fundo deste cárcere. Àqueles que, com sua visita, trazem bolos, chocolates, livros, pacotes de cigarro, ou simplesmente sopros de esperança, tais como um abraço.*

*À minha adorável mãe!*
*Às minhas tias Cláudia, Gracinha, Dete e Lavínia; ao tio Ivo; a seu Kamel; dona Núbia; Breno; meus primos Henrique; Vítor, Walace, Isabelle; dona Fátima; e ao meu grande amigo e irmão Fabrício Quenupe. Sem vocês estas páginas nunca seriam escritas.*

*Obrigado por acreditarem em mim e não me abandonarem.*

*Jamais esquecerei!*

*"Quem combate monstruosidades deve cuidar para que não se torne um monstro. E se você olhar longamente para um abismo, ele também olha para dentro de você".*

*Friedrich Nietzsche* – Para além do bem e do mal

*Não há inocentes.*

# Início

Acordar ali nunca era fácil.

Aos poucos, a claridade que entra pelas frestas do cafofo vai revelando seus contornos. Trata-se de um cubículo de uns 2,20 metros de altura por 2,50 de largura e quatro de comprimento (um luxo se comparado às prisões convencionais do Brasil). O teto é rebaixado com isopor, feito por ele mesmo, já que um detento faz-tudo cobrara 70 reais pelo serviço. Sem dinheiro, meteu-se a fazer sozinho e até que ficou bom, pelo menos até hoje não caiu.

Dentro, TV, DVD, ventilador, cama e uma pequena mesinha retrátil que ficava presa na divisória de madeirite. Na antepara de metal que faz divisa com o cafofo do corredor ao lado, as fotos de seu filho e de sua esposa em um mural improvisado, presas com pequenos ímãs, em formato de mamadeira, coração, borboleta... Cinquenta centavos cada, sua mulher lhe disse. Ele achou caro, mas não reclamou.

À medida que as ideias vão se alinhando, os sons lá de fora se tornam mais nítidos. Ouve chinelos se arrastando em direção ao banheiro e o som da torneira da pia se abrindo. Agora, escuta a porta de correr do cafofo em frente, e mais passos, porém em direção ao cubículo contíguo. Eles conversam em um murmúrio incompreensível. Dividia o corredor, também chamado de "X", com mais seis presos, e todos estavam lá há mais tempo do que ele, consequentemente, também mais acostumados ao ambiente sufocante e acinzentado.

Uma grande grade de ferro dá acesso ao restante da galeria. Essa porta está sempre aberta, embora sua função original seja manter dentro da prisão os indivíduos que outrora não podiam circular livremente pelo prédio, quando este era um presídio comum. Passando por ela, à esquerda e à direita, estão dispostos os cafofos, um para cada, sendo que um deles fora reduzido ao meio, metade para aumentar o dele e metade atulhada com um monte de quinquilharias.

Seguindo por esse corredor, à direita fica a entradinha do banheiro. Uma estrutura de alvenaria em meia altura o separa do resto do ambiente. Entrando pela portinha estreita, que, de tão empenada, só fecha no tranco e já está para desabar, o mictório; mais outra grade de ferro, fechada com uma lona azul de caminhão, faz a separação entre o sanitário e a parte de trás do "X" e serve como área de convívio. À esquerda da portinha, em um plano mais elevado, está o chuveiro elétrico (outro luxo), separado do outro compartimento por uma parede que vai até a altura do peito, com uma privada, uma pia e um espelho.

Depois do banheiro fica o "lobby", uma área de uso comum relativamente ampla, com geladeira, fogãozinho de resistência improvisado, uma mesa grande e um desses bancos compridos de madeira, onde podem sentar três ou quatro pessoas de uma só vez. Era ali que os familiares se reuniam em dias de visita. Semblantes complacentes e piedosos alheios a toda marginalidade, a toda maldade, a todos os crimes. Traziam de casa comida, bolsas pesadas, cheias de alívio para eles. Chocolates, cigarros, compaixão. Alguém disse que devemos nos lembrar dos encarcerados como se presos com eles estivéssemos. Quem dera.

Só quem teve um filho, um irmão, sobrinho, pai ou marido preso pode discutir sobre tamanho sofrimento. Nessa área comum não havia nem sombra dos assassinos que lá fora eram um risco à sociedade. Todos procuravam demonstrar que estavam bem, sorriam e se inteiravam do mundo, mas só aquele teto de isopor sabe quanta angústia já refletiu, como se fosse uma chapa de alumínio sufocando e devolvendo o calor de uma chama que não tem para onde escapar.

A verdade é que, quando o PM vai preso, 99% dos seus conhecidos o abandonam. Esquecem. Alguns têm curiosidade em ver como é a cadeia, dizem que querem visitar, não por solidariedade, mas sim por certo sadismo, algo como ver alguém que era tido como o bambambã agora acuado, humilhado, fudido. Tem de todo tipo.

Tem mulher que vem para arranjar amante cadeeiro (que às vezes vira marido), tem puxa-saco querendo vantagens (no caso de tudo dar certo e o camarada voltar para a sacanagem da rua), tem quem vem pra conversar fiado, jogar sinuca... E o preso que se dane.

Porém, há um fato no mínimo curioso: a maioria dos encarcerados é órfã de pai vivo. Nas filas de visitas é raro ver um senhor com bolsas e sacolas de compra a tiracolo, aguardando debaixo de sol a autorização para entrar e reconfortar o filho. Pode até parecer desculpa, mas tenho para mim que, se tivessem tido um pai de verdade dentro de casa, muitos não estariam ali. Digo isso com propriedade de quem observa esse fenômeno já há algum tempo. Os poucos que têm ainda algum tipo de relação com o pai justificam a sua ausência dizendo: "Ah... meu pai até já veio, mas não se sentiu bem me vendo aqui, com essas grades..." Quando o homem tem um pai que é homem mesmo, por tabela fica menos inclinado a certos desvios de caráter. O exemplo é, sim, determinante na formação do sujeito.

Seu pai o abandonou quando tinha dois anos.

Figura desprezível, digna de um filme ruim de pornochanchada dos anos 1970; após sua entrada na polícia ensaiou uma reaproximação. Qual o filho largado que não sentiria uma alegria no peito ao ver a chance de finalmente ter um pai junto a ele? Foi correndo! Chegava do serviço noturno às nove da manhã, a noite inteira trocando tiro, correndo, negociando, e quando ia descansar... seu pai ligava pedindo para dar uma passada na rua onde fazia segurança porque tinha gente estranha rondando por lá. E lá ia o garotinho babaca, com uma escopeta calibre .12, uma pistola .40 e outra 9mm, dar "rolé" na área da milícia dos outros, com o papai todo orgulhoso do filhão: "Fala aí, fulano, conhece meu filho? Polícia lá do 6º, lá a bala come doido... né, filho?"

Quando a cara do rebento preso sai no jornal, o que é que ele faz? Bem, como dizem, filho feio não tem pai, não é mesmo?

– Pai? Oi, eu tenho que falar rapidinho porque vai ter uma revista aqui e vou ter que entocar o telefone. Na quarta-feira a Sophia vai vir sozinha, tem como o senhor pegar ela lá e depois vir buscá-la? Ela tá de seis meses, o maior barrigão, e tá foda ela ficar vindo de ônibus... Ainda mais sozinha...

— Ô, meu filho, aqui tá complicado...Tá cheio de gente estranha circulando... Uns carros esquisitos... Pode ser no sábado?
— Sábado Cadinha vai vir de carro e vai trazê-la...
— Então deixa pra semana que vem...Vou dar um jeitinho de ir aí.
— Se quiser vem no sábado também. A gente almoça junto aqui...
Ele não foi. Passam-se algumas semanas.
— Pai?
— Oi, meu filho!
— Olha só, sabe aquela grana que o senhor me deve...
— Sei...
— Então, vamos fazer assim: ó, cada vez que o senhor trouxer a Sophia aqui, desconta 60 reais da dívida... Eu sei que o senhor tem que botar gás no carro... Aí me ajuda e fica menos pro senhor me pagar.
— Pô, meu filho, eu vou ver... Meu carro não tá muito bom, não. Inclusive, esse dinheiro aí, eu até tenho que conversar contigo, tá meio apertado pra continuar te pagando todo mês...
— Tá, mas vem aqui pra gente ver.
— Vou ver se semana que vem dou um pulo aí.
A intenção era protelar ao máximo até que seu filho se cansasse de cobrar. Preso, não dá pra fazer muita coisa.
— Olha só, você tá achando o quê? Tá achando que eu sou otário...
— Mas, meu filho...
— Mas, porra nenhuma! Tu tá fazendo isso comigo porque eu sou teu filho! Se você tivesse devendo 2.400 pra outro polícia preso, você ia dar um jeito de pagar rapidinho, senão ia tomar um monte de tiro na cara. Tá fazendo isso comigo porque sabe que eu não vou fazer nada, sou teu filho, sou otário, né? Tá tranquilo...
A resposta vem do outro lado da linha em uma indignação voraz:
— Ô, "rapá", você tá maluco, "rapá"? Você tá me ameaçando, "rapá"? Eu sou teu pai, tu não fala isso comigo, não. Eu tô cheio de problema, deu enchente na minha casa, meu carro bateu motor...
A indignação é recíproca:

— Ah, você tá cheio de problema, né? Tá de sacanagem, né? Eu tô preso, meu filho nasceu há um mês e eu ainda nem o vi, minha mulher não pode vir me ver por causa do resguardo, tem que comprar fralda, roupinha...Você não quer me pagar nem me dar satisfação!? Nem vir aqui me ver você veio! Não fode...

— Eu não tive tempo... Tava tudo ruim. Você não sabe a fogueira que eu tô pulando aqui fora...

— É... Quando eu tava na condição, você me ligava, me procurava. Pra te deixar de "12" lá na tua segurança eu servia, mas agora, né? Não faço mais mal pra ninguém...

Berrando, o pai vira a fúria em pessoa ao telefone:

— Ô, "rapá", você tá maluco, "rapá"? Desde quando eu fico me prevalecendo da tua condição? Eu sou disposição! Eu resolvo minhas paradas sozinho! Nunca te pedi porra nenhuma, "rapá"! Todo mundo me conhece, sabe que eu sou o "caralho de asa"! Aqui, quando tinha que botar a cara, eu botava. Sozinho! Não preciso ser polícia pra isso não, entrava e bancava sozinho! Mais disposição que muito polícia bundão aí. Tua condição...

Já que o estrago era irreparável a essa altura, a gota que faltava:

— Tá tranquilo. Só vou te dar um papo. Tu sabe quem tá preso aqui comigo, né? O Marcão, o Pepino... Tá ligado, né? Eu vou ter que dar um toque neles lá pra ver se alguém vai aí pegar meu dinheiro...

Agora, a voz se abranda e a resposta vem baixinho:

— Ô, Rafael, você tá me ameaçando, Rafael... Eu sou teu pai, que absurdo! Você vai falar com os caras lá pra vir me cobrar, pra me deixar mal na situação? Tá bom, meu filho, faz o que você quiser...

— Já é então!

Bate o telefone na cara do pai.

Suas mãos tremem. Sente a cara inchada e quente, como se tivesse prendido a respiração por muito tempo. Os outros presos que aguardavam na fila do orelhão escutaram tudo, mas, como de costume, cada um cuidava da sua vida e ninguém falou nada.

Jamais imaginou que chegaria tão longe. Sente uma vontade de chorar, chorar como criança, mas o lugar não permite essas demonstrações públicas de sentimentalismo. Por vezes ensaiou o ultimato: "Você vai me pagar ou eu vou ter que..." Que o quê? Pensou em apelar para a razão: "Pô, pai, tô precisando do dinheiro... Só o parto do Fabrício foi mais de 2 mil... Ninguém me ajudou não, eu banquei sozinho. Tô precisando mesmo..."

Já tinha tentado antes, não funcionou.

Pensou mesmo em deixar para lá.

– Amor, deixa pra lá. É teu pai, fazer o quê? É triste, mas é teu pai – dizia a esposa.

– Não, é meu dinheiro, dinheiro pro meu filho! Não, não... Tá errado. Vai ter que me pagar...

Durante meses, sempre que tinha que ligar para ele sentia uma angústia só de pensar em cobrar mais uma vez. Sempre e sempre uma desculpa, já nem fazia questão da sua visita, precisava somente do dinheiro para sua mulher e seu filho.

Por último, só resta ao preso a sutil e poderosa arte da ameaça.

Alguns dos presos da galeria de baixo pertenciam à milícia que dominava a área em que seu pai era segurança. Ele ficava de "frente" e outro "polícia" era o "dono", sendo que este obedecia às ordens dos PMs milicianos que dividiam o cárcere com Rafael. Mesmo conhecendo pouco esses presos, valeu a bravata.

Enquanto subia as escadas tomado pelo remorso, pensava no seu velho. Sua expressão cansada, os cabelos branquinhos... Daria tudo para ser o filho que ele esperava. Para ter o seu amor.

Nunca o ouviu dizer "eu te amo, filho".

Poucas coisas são mais tristes na vida de um homem do que não sentir amor pelo pai, ou não ter o amor do pai. Não importa o quanto ele realize, o quanto produza, construa, ele sempre será um homem incompleto. Essa parte, que só o pai pode fornecer, fica oca, mas dura para sempre. Vazia. Escura.

Ao entrar no cafofo, pega o celular escondido e vê que sua mãe ligou: "Estranho... a essa hora?". Eles só costumavam se falar à noite.

– Alô!

– Oi, filho?

– Oi, mãe! Sou eu, tudo bem? Vi que a senhora ligou...

Ela o interrompe com a voz preocupada:

– Liguei. Filho, tá tudo bem? Aconteceu alguma coisa?
– Tá, por quê?
– Não, é que... olha, seu pai veio aqui agora e deixou 600 reais comigo. Disse que era pra te entregar...

Era a última parte que faltava. Quinhentos reais.
– Seiscentos?
– É.
– Então liga pra ele e fala que é pra ele pegar os 100 de volta, que ele me devia 500 só!

A mãe agora tem a voz embargada:
– Ele disse que não quer mais saber de você...

Dois mil e quatrocentos reais. Esse foi o valor que findou um relacionamento entre pai e filho. Para sempre.

Não dá para comprar nem uma .45.


UM GRANDE AMIGO, A QUEM RAFAEL CONHECIA DESDE OS 11 anos, de quem foi padrinho de casamento, e que até atuou como cupido no início do namoro dele com a futura esposa, quando o viu na televisão, algemado, entrando na delegacia, fez o quê? Sumiu.

E ele também seria seu padrinho de casamento (caso Rafael não tivesse sido preso uma semana antes da cerimônia).

Nunca ligou para perguntar se o amigo de tantos anos e risadas, sonhos e consolações precisava de um pacote de fraldas, uma lata de leite, um maço de cigarros, uma maçã, uma banana.

Numa das poucas vezes em que se falaram, disse:
– Olha, cara, não importa o que os outros dizem, aqui em casa eu já até ouvi que "a gente não conhece mesmo as pessoas"... que você tava sempre aqui em casa, "como é que foi capaz?", mas isso pra mim não quer dizer nada não. Tô contigo, pode contar comigo! E quando você sair daí, você vai continuar frequentando a minha casa normal, entendeu? Nada mudou. Quando eu tava mal, longe de tudo e de todos, naquele quartel no meio da selva, era você que me ligava, me dava apoio... Eu nunca vou esquecer.

Palavras... Palavras...

A comunicação ficou mais e mais escassa até que ele se viu em um impasse. O seu processo dependia da opinião de um especialista, para fortalecer a defesa, e um engenheiro que trabalha na fabricação de projéteis daria um profícuo esclarecimento acerca de alguns pontos duvidosos, mas, agora, chamar o seu velho amigo para depor era extremamente desconfortável. Quase nojento.

O cara nem para perguntar se a sua mãe estava bem! Foi por intermédio da amizade da mãe de Rafael com o pai de Pedro que se conheceram, mas nem o mínimo de consideração pela amizade passada. Nada. A metamorfose que Rafael sofrera no momento em que as câmeras anunciavam sua prisão era irreversível. A criança que jogava bola e videogame com ele, que ficava a noite toda conversando sobre as coisas mais sem importância do mundo (mas que na época faziam todo sentido), que ficava vendo filme de terror de madrugada só para depois se borrar de medo, que cresceu com ele, viu sua primeira paixão, consolou seu primeiro choro de amor, que filosofava sobre a vida aos 13 anos, enquanto ouvia *Don't cry*, do Guns n'Roses, e assistia ao pôr do sol da varanda... essa havia morrido! Pior que isso: como um personagem kafkiano, Rafael se transforma diante das câmeras em um animal grotesco.

Só o que se via era o assassino cruel, capaz de dar um tiro de fuzil na cara de uma pobre vendedora, que, por milagre, ficou viva para denunciar a covardia! Chamá-lo para depor a seu favor era triste, porque era mais um atestado de que Rafael agora era um marginal. Teria de explicar a sua situação, o porquê da necessidade, e o pior: implorar por sua visita.

– Alô?

– Oi, Pedro! Sou eu, Rafael.

– Fala, cara! E aí, tudo bem?

– Tá sim, cara, beleza... Olha só, cara, preciso te pedir uma coisa – gagueja.

– Preciso conversar com você pessoalmente, você pode vir aqui no sábado?

– Posso, posso sim. Como chego aí?

Rafael estava preso há um ano e dois meses, aguardando o julgamento, e era a primeira vez que o amigo iria até lá.

– Você vem pela Brasil e me liga quando passar pela Fiocruz que eu vou te guiando...

Várias coisas passam pela sua cabeça ao mesmo tempo. Quer se justificar com o amigo, dizer que nada daquilo que foi noticiado é verdade, que está magoado com sua indiferença. Queria ouvir seus conselhos, sua opinião otimista, saber que poderia contar com ele de verdade, dizer como estava feliz com a chegada do seu filho, que já até andava de tão esperto que era, contar como as coisas têm sido difíceis, que sentia saudades daqueles tempos, de quando poderiam ser amigos para sempre.

– Olha, cara, vou te contar... Tá foda! Maior sacanagem o que tá acontecendo... Eu vou precisar do depoimento de alguém que trabalhe nessa área, alguém que possa esclarecer que o que estão dizendo que eu fiz é impossível de acontecer...

A voz do outro lado não demonstra emoção alguma:

– Sei, sei...

– Pois é, cara... Eu não queria te meter nisso não, o advogado até falou em contratar um especialista, mas eu tô meio sem grana, e você, com a experiência e as especializações que tem, pode dar uma ajuda do caralho.

– Não, deixa disso, tranquilo. Sábado eu tô aí – disse, com pressa de desligar.

– Valeu, então. Vou falar com o oficial de dia pra ele abrir uma exceção pra você entrar sem a carteirinha, dizer que é coisa do processo e tal... Ele deve deixar. Me dá só o número da tua identidade pra eu fazer por escrito...

Chega o sábado.

Fabrício dorme gostoso na cama. Já brincou bastante, só não almoçou. Vai comer depois da soneguinha.

– É, amor, acho que ele não vem mais não – diz para a esposa.

– Liga, ué.

– Eu não. Se não vier, fazer o quê?

– É, amor, não sei não... Pela hora...

Sua mãe lê o jornal do lado de fora, sentada no banco do "lobby". Toca o telefone:

– Fala, Pedro!

– Tô chegando aí. Passei pela Fiocruz, e, agora, o que é que eu faço?

Rafael está em frente à seção de visita. Nervoso, não sabe muito bem como vai recebê-lo. Um abraço caloroso? Não... Não há clima pra isso.

O que Pedro espera mesmo é que Rafael se canse de procurá-lo, mais ou menos como fez o seu pai. É a forma mais simples de se livrar de um inconveniente, de um marginal que fez tanta merda e agora, preso, quer pedir favores aos outros.

Um aperto de mão, talvez, mas só isso. Seco, deixando claro que todo aquele tempo negligenciado não passara incólume, dando a ele a chance de se sentir culpado e de tentar se redimir. Se bem que não é muito inteligente demonstrar antipatia a quem se vai pedir um favor...

Chegou. Avista-o do lado de fora, na fila. Faz um aceno com a cabeça, levemente retribuído por ele. Sem sorrisos. Rafael se adianta:

– E aí, cara!

– E aí, beleza?

Estranho. Só posso descrever desse jeito.

– Vamos subir, minha mãe tá lá em cima, a Sophia, meu neném... Vamos lá pra você conhecer.

Nas escadas trocam poucas palavras, frivolidades.

Rafael lhe mostra de passagem as dependências do presídio, as galerias, como é feita a distribuição dos presos por andar, e Pedro ouve com uma curiosidade desinteressada, cumprindo sua obrigação para sair dali o mais rápido possível. Assim, futuramente, ninguém poderá acusá-lo de ser um mau amigo.

Certamente, a concepção de amizade de Pedro mudou muito de quando ele era igual a Rafael. Ou, pelo menos na cabeça de Rafael, eles foram iguais um dia.

– Aqui. Este é o meu "X".

Deixa que Pedro vá entrando na frente. Lá na mesa, sentada no banco de madeira, a mãe de Rafael continua absorvida na leitura do jornal.

– Mãe, olha quem chegou.

Ela levanta a cabeça e fita o amigo do filho com um olhar bondoso. Já sabia que ele viria, mas se mostra um pouco surpresa. Talvez não acreditasse que, passado tanto tempo, ele viria mesmo; afinal, era um homem de respeito, um profissional reconhecido, muito atarefado! Não que se importasse com o que diziam de Rafael, a única razão para ele não ter vindo antes fora a falta de tempo, "com certeza, lhe faltava tempo..."

Ela abraça Pedro com ternura, como quem agradece um prestimoso favor. Pedro se porta como se estivesse chegando a um hospital, em uma enfermaria onde os moribundos aguardam o destino inevitável. Não toca, não interage, não pergunta nada. Age como se estivesse em um local contaminado. Contagioso. Sua permanência ali era um desconforto. Suas roupas alinhadinhas, seu relógio caro, sua pulseira de ouro... Estava na cara que ele não considerava nada ali digno de sua presença, mas aturar aquela atmosfera em atendimento ao chamado do amigo leproso, ah, isso sim, para ele era demonstração de apreço.

Rafael lhe conta todos os detalhes do crime de que o acusaram; conta também a verdade dos crimes que cometeu. Pedro agora ouve com atenção. Rafael acrescenta que seu depoimento não causará embaraço algum, seriam apenas esclarecimentos técnicos, informações necessárias para o júri, que é leigo e precisa da opinião de profissionais; afinal, ele não estava presente no momento dos fatos, mas era capaz de discorrer francamente sobre certos assuntos. Poderia um projétil de fuzil calibre 7.62 perfurar o rosto de alguém, ao lado do nariz, e sair atrás da orelha, sem arrancar metade do rosto da vítima? Poderia o deslocamento de ar provocado pelo disparo à queima-roupa deixar de causar danos severíssimos, visto que a área atingida foi a face, bem próximo aos olhos? Não causaria a chama que sai da boca do cano da arma uma cegueira, uma queimadura profunda na vítima, contrariando as características do ferimento apresentado?

Todos esses questionamentos seriam de vital importância, visto que a vítima, quatro horas após alegar ter sido fuzilada no rosto, estava toda serelepe na delegacia, pegando carona até o local de seu suplício para a reconstituição dos fatos. Atendida, medicada e liberada, sem perder um dente, um pedacinho de osso sequer.

Pedro faz que sim com a cabeça e vai ouvindo o chororô de Rafael. Concorda com tudo, vê as fotos do processo, mas, lá no fundo, ouvir a verdade lhe causa repulsa. Um julgamento velado ocorre no fundo de sua alma e já tem o veredicto: culpado.

"Pela acusação de ter se tornado um bicho, o réu não apresenta mais as mínimas condições que permitam a continuidade do convívio fraternal que experimentara outrora com seu amigo. É evidente que o seu caráter e sua aparência metamórficas não se coadunam mais com a conduta ilibada e prestimosa de seu fiel companheiro por mais de 17 anos. Durante toda a sua adolescência, e até a vida adulta, o réu desfrutou de uma constante parceria em que apenas obtinha vantagens, e, mesmo assim, seu amigo nunca lhe pediu nada em troca, pelo contrário, sempre solícito, por vezes lhe acudiu, resolvendo problemas dos quais o réu não teria coragem de pedir ajuda nem à própria mãe. Ele vivenciou o bom exemplo dos amáveis pais de seu amigo, trabalhadores, que construíram uma pequena fortuna e puderam pagar a universidade particular de seu filho. Mesmo com toda essa atmosfera familiar favorável, o réu enveredou pela marginalidade, não se importando com o dano que causaria àqueles que tanto o influenciaram para o bem, tornando-se assim uma figura disforme, sem definição, a personificação de tudo que é abominável em um ser humano. É agravante o fato de o réu ter usado também de dissimulação para esconder sua verdadeira natureza nefasta, enquanto frequentava a casa do amigo recém-casado, expondo-os assim, ele e a esposa, a iminente perigo, pois nem mesmo o réu saberia onde e quando Mr. Hyde se apresentaria, trazendo dor e sofrimento para quem estivesse por perto. Some-se a isso a circunstância de que, agora, o réu novamente recorre à bondade do amigo, que, com compaixão, se lança em favor de um último pedido de ajuda. Quer o réu que o amigo se intrometa diante da corte usando seus valorosos conhecimentos para tentar safá-lo de seus crimes. Ora, porventura há ainda alguma forma mais escandalosa de se embaraçar um amigo? Demonstrou o réu algum tipo de preocupação com a repercussão negativa que isso traria a seu meio profissional, causando desconfiança e até mesmo descrédito? Afinal, quem seria esse douto que vai a uma corte defender um lunático homicida?

Pelos crimes de dissimulação tendenciosa e constrangimento ilegal, comprovados pela destreza do réu em se camuflar como um ser humano normal para atingir seus objetivos soturnos, e pelo embaraço causado a Pedro pela notória amizade nesse período, CONDENO o réu à perda de todos os seus direitos como amigo, ficando suspensa perpetuamente toda e qualquer comunicação com a vítima em questão, familiares dela e qualquer pessoa com a qual o réu tenha estabelecido vínculo por intermédio desta. Fica a vítima livre de qualquer obrigação para com o desgraçado. Mesmo sendo evasivo e mostrando um despreparo de quem não procurou saber o possível para ajudar, Pedro fez a sua parte, não se esquivando de, em um último ato altruísta, comparecer diante do tribunal para defender o pobre-diabo. A vítima também se encontra livre para editar as fotos de seu casamento, nas quais o réu, ainda travestido de ser humano, aparece como padrinho, fotos estas que convenientemente agora não cabem mais em um álbum tão amorosamente disposto.

Esta sentença tem o caráter de transitado em julgado, não cabendo mais recurso à defesa. Lance-se o réu no livro dos culpados e expeçam-se as referidas certidões..."

– Cara, pode contar comigo! Deixa que eu vou lá.

– Valeu, Pedro! Você não tem ideia de como isso é importante. Ih... o Fabrício acordou... Vou trazê-lo aqui pra você conhecer.

Rafael traz seu nenenzinho no colo para o velho amigo conhecer. Se tivesse trazido um filhote de chihuahua daria no mesmo. Sua mulher, que nunca engolira esse "amigo", é educada, cumprimenta-o, mas sempre com um pé atrás.

– Espera um pouquinho que nós vamos almoçar...

É interrompido com uma escusa:

– Não, não, cara, valeu, eu tenho que ir... Vou trabalhar ainda... Já estou até meio atrasado.

Ele jamais gostou da comida da mãe de Rafael mesmo. Nunca disse isso, mas Rafael imaginava. Na verdade, sempre soube. Pedro era o amigo rico, comia bem, tinha de tudo, e Rafael era o pobre. Não podia acompanhar os luxos de alguém tão abastado, então, ficava feliz com as migalhas. Nunca pertenceram ao mesmo mundo, embora Rafael às vezes achasse que sim. Pedro viajava, ia ao shopping, comia no McDonald's, e Rafael, quando podia, ficava na aba do amigo rico. Sabia que ele não gostava dessa condição, preferiria ter um amigo mais adequado, a quem não precisasse financiar, e Rafael tampouco se sentia confortável nesses momentos; nunca pedia nada, relutava em aceitar qualquer coisa, não queria parecer que se aproveitava de seu grande camarada. Assim, Pedro sempre manteve uma certa distância, uma distância segura, uma reserva para que não corresse risco de ser tragado pela miséria de seu pobre amigo pobre. Só agora Rafael enxergava isso. Claramente.

– Então, tá, cara. Manda um abraço pro seu pai, pra sua mãe, pra Fabíola...
– É, meu pai falou que queria vir te visitar...
– Poxa, vai ser o maior prazer!
– É, eu vou ver com ele...
– Vê, sim! Sábado que vem?
– É, eu vou ver e te ligo.
– Então tá, até mais...

Dezessete anos de amizade, e essa foi a penúltima vez que o viu. A última foi no dia do júri. Mas as coisas são assim mesmo. A grande verdade é que nenhum de nós jamais terá amigos iguais àqueles de quando tínhamos 13 anos. Sabe por quê? Eles crescem. Viram adultos.

VAI SE ESPREGUIÇANDO E ESCORREGANDO PELA CAMA AO MESMO TEMPO, enquanto seus pés tateiam, procurando o chão. Senta, apoia os cotovelos nos joelhos e leva as mãos à cabeça. Descansa o peso dela ali por um tempo. As costas doloridas por causa do colchão vagabundo e a boca seca, cheia de areia, aumentam o desconforto.

"Tenho de levantar...", pensa, mas o desânimo o agarra pela cintura, querendo derrubá-lo de novo na cama.

A cabeça pesa, o corpo pesa, parece que a gravidade aumentou três vezes a sua atração. Tem a sensação de tudo estar mais denso, mais puxado. Os desgraçados devem absorver suas mazelas em forma de matéria, só pode.

"Levantar pra quê?"

Só que ele sabe que não pode ficar na cama o dia todo, tem as suas tarefas para fazer.

Para ganhar um dinheirinho, lavava e passava a roupa dos outros presos. Cobrava baratinho, menos de um real por peça, e, como lá tinha um pessoal que ainda recolhia os dividendos de uma carreira criminosa bem-sucedida, sempre havia alguém que não queria lavar suas próprias cuecas. Conseguiu o trabalho por intermédio de outro preso, que havia se cansado de tanta roupa e agora se dedicava ao ramo das apostas. Futebol, sinuca, qualquer coisa era motivo para tentar a sorte. Vivia disso. Às vezes se dava bem, mas sorte é sorte, de vez em quando se estrepava e tinha que contar com a ajuda de seus familiares. Muitos usavam desse subterfúgio. Quem tinha mãe, esposa, amigo que pudesse dar uma ajuda, aproveitava até o caroço. Rafael, não.

Desde sua chegada, vislumbrava uma forma de tentar levantar um qualquer. No início, vendeu raquetes elétricas para matar mosquito. Sua mulher ia até o Mercadão de Madureira, comprava por seis reais, e ele revendia a 17 reais dentro do presídio. Funcionavam muito bem! Na época de frio os mosquitos atacavam, pareciam vespas! Corria pelas galerias no início da noite, hora em que os mosquitos acordavam famintos, gritando: "Olha a raquete! Raquete pra matar mosquito! Não deixe seu sangue aqui no BEP[1]..!" Vendeu bastante, mas um invejoso também começou a oferecer o produto e, em pouco tempo, acabaram os mosquitos.

Sua esposa, então, teve uma ideia: ela havia visto não sei onde uma mulher que vendia sandálias havaianas decoradas, coisa para mulher. Nas suas tiras eram colocadas várias coisinhas, fitinhas coloridas, coraçõezinhos, borboletinhas etc. Ela aprendeu a fazer e passou a vendê-las por encomenda dentro do presídio. Nos dias de visita, Rafael descia mais cedo e arrumava um pequeno mostruário com três ou quatro modelos. Quem se interessava fazia o pedido, especificando o número e o modelo. O negócio deu certo. As sandálias, que tinham um preço final de cerca de 19 reais, eram vendidas na cadeia por 29,90 e as mulheres dos presos adoraram a novidade. Vendeu de todos os

---

[1] Antigo Batalhão Especial Prisional; hoje, Unidade Prisional da Polícia Militar do Estado do Rio de Janeiro.

tipos e tamanhos, de oncinha, de borboleta, de florzinha... A edição de abertura foi uma série comemorativa da Copa de 2010, vendeu como água! Pena que o Brasil foi eliminado logo...

É, mas seu filho precisava cada vez de mais cuidados; sua esposa começava a se descabelar com a personalidade forte do cabeçudinho, que mal engatinhava, e as encomendas deram uma diminuída considerável. Era hora de colocar em prática o plano para adquirir a lavanderia.

Já observava que Fernando, o antigo dono das máquinas, estava meio sem saco para o trabalho. Era o preso mais antigo do "X" e um dos mais antigos da galeria, sujeito falante, educado, tinha a aparência de um porteiro de edifício. Ou peão de obra.

Estatura mediana, corpo atarracado típico dos nortistas (embora seja carioca de nascimento), a barriga meio saliente e a pele queimada. Foi preso com 27 anos e estava encarcerado há quatro, condenado por sequestro e homicídio. Tinha uma pena de 29 anos para tirar e já havia sido inclusive mandado para o sistema prisional comum, mas, por força de uma decisão judicial, foi trazido de volta ao BEP. Isso às vezes acontecia: quando o PM era submetido a processo disciplinar que culminava na sua exclusão, ou quando a sentença determinava a perda da função, o ex-policial era "atravessado" para um presídio comum. Para quem pensava que não podia ficar pior...

A polícia parara de pagar o salário de Fernando há muito tempo, e ele tinha filho, esposa, mãe... Sua esposa trabalhava e segurava as pontas em casa, isso o deixava mais relaxado com a situação; afinal, precisava de bem pouco para viver. Tendo como recorrer à mulher ou à mãe quando preciso, não havia mais nada que o preocupasse, podendo então dedicar-se inteiramente ao ócio e às apostas.

Como a maioria, havia entrado na PM jovem e cheio de sonhos! Posso garantir que, ao ingressar na corporação, ninguém acredita que um dia vai sequestrar alguém, roubar seu dinheiro, matar essa pessoa e atear fogo ao corpo. Pode até ter uma vontadezinha de atirar em algum bandido (afinal, não é disso que os garotos brincam durante a infância?), mas pensar em tamanha crueldade é impossível!

O processo que transforma o jovem idealista (sim, por que não?) em assassino frio e sem remorso é bem mais complexo, tão complexo que eu tenho a certeza de que não conseguirei, por mais afinco que dedique a esta obra, esmiuçar para trazer entendimento ao fenômeno. Intento apenas suscitar o debate, para que se possa minimizar o número de vítimas dessas aberrações humanas (?). Dos dois lados, pois embaixo da casca monstruosa que envolve esse tipo de criminoso, o policial militar que erra, também havia (há?) um homem que um dia estudou, passou no concurso, se formou, fez um juramento e marchava com garbo. Deu orgulho a sua família, e, pelo menos uma vez, arriscou morrer pela sociedade. Sim, pois cada vez que o policial militar do Rio de Janeiro coloca seus pés na rua ele vira alvo. Que dirá então quando está de serviço! De folga com a família, ou de fuzil subindo o morro, não importa, ele está sempre com um alvo estampado no meio da testa, sob uma pressão tão grande e absurda que é muito fácil perder o controle. Ou o rumo.

Fernando era mais um desses transfigurados. O seu caso, porém, não foi exaustivamente exposto pela mídia, como o de Rafael, embora também tenha causado deformidades permanentes. Meses após ter abandonado a lavanderia, sua mulher o deixou, sua mãe faleceu. Ele ficou triste, mas na cadeia as coisas são assim, o fundo do poço é sempre mais embaixo.

Rafael juntara um pouco de dinheiro com a venda das sandálias e das raquetes, e, percebendo o descontentamento de Fernando com relação ao trabalho, passou a aguardar a hora propícia para fazer a proposta e comprar o maquinário e o direito de lavar as roupas. Havia outros interessados no negócio, antigos de cadeia, mas Fernando simpatizou com o fato de Rafael ser trabalhador e esforçado.

Dois mil reais. Esse foi o valor acertado.

Fernando tinha um ajudante, que passava pelas galerias anunciando o serviço, recolhendo as roupas sujas e devolvendo-as dias depois, limpas e passadas. Rafael estava decidido a bancar tudo sozinho. Recolher, lavar e estender durante a madrugada, passar a ferro e entregar no dia seguinte. Sua proposta causou espanto na primeira vez em que foi anunciada, visto que os detentos estavam acostumados à morosidade da antiga gestão, mas ele deu conta, e, em pouco tempo, sozinho, Rafael se tornou mais eficiente do que todos que passaram pela lavanderia anteriormente. Passava as roupas borrifando amaciante nelas, dobrava certinho, acomodava em uma sacolinha plástica e entregava no dia seguinte, cheirosinhas! Alguns pagavam por semana, outros, por mês, outros, ainda, na hora... Não importava. Agora, Rafael tinha um mercado aberto para ganhar um dinheirinho, uns 400 reais por mês se trabalhasse duro, mas que comprariam muito leite e muita fralda para Fabrício. Ele tinha que aproveitar ao máximo aquele trabalho! O fantasma da transferência assombrava todos no BEP, e com Rafael não era diferente, pois ele sabia que tudo ali era de uma volatilidade inquietante. No "sistema", jamais teria uma chance como essa, de trabalhar, produzir, cumprir seu papel de pai e marido, não deixando a família passar necessidade. Ele se agarrou a essa ideia com toda a sua força e, quando se sentia cansado, desanimado, o rosto sorridente de seu filho lhe vinha à mente. Forte, grande, bonito. Uma criança das mãos de Deus, sem dúvida.

Não, não podia continuar deitado.

O piso escuro e gelado do cafofo dava a impressão de estar pisando em um buraco negro, prestes a tragá-lo. Solta o trinco e abre a portinha de madeira que delimita seu cantinho do resto do inferno. A claridade que entra pelas grades no alto da parede fecha seus olhos à força e, instintivamente, ele vai virando à direita, para o banheiro. Esbarra no batente da porta empenada, vai caminhando pelo chão úmido até chegar ao mictório. Depois de usá-lo, sobe o degrauzinho do lado esquerdo e, com a cabeça ainda baixa, abre a torneira. O barulhinho da água é agradável, familiar, parece com o da pia da sua casa, ele pensa, mas não é bem isso. O homem privado de sua liberdade busca a todo momento, desesperadamente, alguma maneira para se manter são, e qualquer coisa familiar que o remeta a outro lugar, fora dali, nem que seja por um milésimo de segundo, deve ser sentida. Apreciada. O barulho da água faz lembrar de quando tinha que acordar cedo para entrar de serviço.

CINCO E MEIA DA MANHÃ E JÁ DE PÉ. A ESPOSA DORME UM SONO CONFORTÁvel embaixo do edredom. O cheirinho do seu corpo sob as cobertas é quase um sonífero para os sentidos. Vai ao banheiro e abre a torneira para lavar o rosto...

Ah, o mesmo barulho, o mesmo silêncio, como a torneira do banheiro daquele posto de gasolina, no qual parara às três da manhã certa vez. Suas mãos tinham ficado ensopadas de sangue enquanto dava a última revista no bandido que acabara de matar.

O carro roubado parecia uma peneira, 18 perfurações de tiros de fuzil na lataria. Parou próximo ao Turano.[2] Como um já estava "fedendo" no banco do motorista, o outro saiu para se entregar, tentar "desenrolar", e a vontade de Rafael era "entupir" o marginal ali mesmo, rendido, com as mãos para o alto.

– Não, não, Peu! Pera aí, não estala ele não... – disse o cabo Milton. – Dá o papo logo, cumpadi... Tem o quê pra perder...?

Perder? Ganhar, né? Ganhar a liberdade. A vida.

Enquanto outra guarnição de RP (radiopatrulha) ficou com o "band"[3] durante o tempo em que a família levou para levantar o dinheiro do seu resgate (mais a 9mm que estava com ele no momento do assalto, claro), eles iriam à delegacia registrar a ocorrência e "recuperar" o carro roubado. A supervisão de graduado[4] socorreria o baleado sem cabeça (é obrigação), porque na sua patrulha não havia caçapa e estava vazando sangue até pelo cu do morto. Antes de carregar o defunto do carro roubado para a caçapa da Blazer, uma "dura" para não deixar nada para o maqueiro. Bingo! No carro, o produto do arrastão cometido anteriormente: bolsas, relógios, pequenas joias, celulares e dinheiro, tudo oficialmente e infelizmente "perdido", pois o meliante que "empreendeu fuga" levou consigo o que foi roubado.

Juntou tudo de valor, menos as bolsas femininas, e enfiou no colete, sem ninguém ver; só mostraria ao seu companheiro de serviço quando saíssem dali. Separou um dinheirinho a mais para si no bolso do mugue,[5] afinal, era ele que estava ali, sujando-se todo de sangue, para "bater" o cadáver.

---

[2] Morro do Turano, favela localizada entre os bairros da Tijuca e do Rio Comprido, na Zona Norte do Rio de Janeiro.
[3] Gíria entre policiais para bandido.
[4] Supervisão do serviço de rua feita por um sargento.
[5] Como é chamado o uniforme da PM.

Enquanto lava as mãos no banheiro do posto, a sensação é de tranquilidade. Saiu para trabalhar com 25 reais na carteira e já tinha gasto 10 com gás para o carro. Com aquela pratinha, poderia respirar, lavar bem o rosto... Ia até comprar um Chicabon! Ali no posto, a ordem do dono era só dar de graça para o PM água da bica, para ver se ele não voltava mais!

"E ainda tem o desenrolo lá do 'band'", pensava. "Amanhã, vou levar Sophia pra jantar no shopping", reconfortava-se. O silêncio do banheiro do posto e o barulho da torneira compactuavam com sua sensação de dever cumprido. Tinha matado mais um bandido, e isso era motivo de comemoração.

Os olhos cheios de remela parecem colar a pele das pálpebras. Molha várias vezes, mas estava difícil conseguir uma visão clara. Devagar, como se estivesse olhando por um vidro engordurado, os tons vão se alinhando, as formas se delimitando... Começa a perceber o movimento da água em direção ao ralo da pia, o barulhinho... Tudo flui em um sentido perfeito, não há distinção entre a água que vai pelo ralo e a que sai da bica, tudo é único, completo. Sente vontade de escorregar por esse caminho como se fosse um grande tubo, não importa onde iria sair, desceria pelo encanamento até um canal sujo qualquer, retomaria seu tamanho natural e iria se virar para achar rapidinho o caminho de casa.

Levanta a cabeça e começa a fitar a si mesmo no espelho.

Era um homem jovem, nem completara 30 anos. Moreno claro, tinha as feições graves, quase antipáticas, talvez ajudadas pelo corpanzil. Era forte, alto, sempre se interessara por esportes, embora a obesidade durante a infância tenha atrapalhado um pouco.

Não se considerava bonito, e, de verdade, essas coisas para ele tinham tanto valor quanto um pelo na orelha. Só tinha uma vaidade: parecer forte. Seu andar, seus gestos, sua atitude, tudo denotava a postura de alguém que estava sempre pronto para o combate. Odiava quando ficava doente e apresentava uma aparência fragilizada, e estendia essa antipatia a qualquer figura que se mostrasse assim também. Não suportava estar nem perto desses homens autopiedosos, que encontram em tudo e em todos as razões de suas lástimas. Demonstrações de covardia também eram abomináveis, em qualquer sentido. Em ação contra bandidos, ou em questionamento a uma ordem idiota de um superior, qualquer rateada era seriamente criticada. Não se mostrava arrogante, e sim arredio. Somente os que o conheciam bem entendiam que tudo aquilo era para se manter alerta, para se proteger. Em sua cabeça, nunca poderia prever de onde e de quem sairia, de repente, uma investida violenta e arrasadora.

Todo esse aparato não foi suficiente para protegê-lo do golpe que foi o abandono de seu pai nem da decepção com a repulsa do amigo.

Sem dúvida, se tinha uma vaidade, era essa. Parecer forte. Ser forte. Essa estrutura corpórea, montada com a intenção de aparentar uma fortaleza, só tinha uma brecha: os olhos. Se um observador mais atento reparasse neles, separando-os mentalmente da carcaça, e se concentrasse somente no seu brilho, veria uma coisa paradoxal. Seus olhos eram bons. Não dá para disfarçar um olhar bom; facilmente ele se trai em uma coisa forçada e mesquinha. Muito difícil essa arte de fingir ser bom.

Os olhos de Rafael tinham, sim, uma coisa de natural. Não eram cheios de pena de si mesmo ou sofridos pela angústia de estar preso, tinham uma tristeza escondida em seu interior, uma tristeza profunda e solitária, proveniente do fato de não entender até aquele momento como havia se transformado em tudo aquilo que sempre temeu. A angústia de se olhar no espelho era a de se ver, e não acreditar que aquilo tinha acontecido, que estava no banheiro da cadeia, com uma sentença de trinta anos e 8 meses para cumprir.

Queimava as suas ventas: "Como é que eu vim parar aqui?", perguntava-se, olhando no espelho. Sentia-se traído por sua própria inteligência, por seu espírito, que julgava estar sempre atento, e que não deu o alarme, não apontou os sintomas, falhou ao não diagnosticar o possível trauma que se aproximava e que traria consequências catastróficas. Irreversíveis.

Como uma doença, o mal também pode ser congênito ou adquirido. Abstenho-me aqui dos casos que não têm explicação possível à luz do discernimento científico e social, aqueles em que o indivíduo é mau por natureza. Esse tipo que se apraz no sofrimento alheio, sem a mínima noção do que é compaixão, que não demonstra entendimento do resultado de suas ações.

Esses indivíduos simplesmente querem o que querem, e não lhes importa convenção social ou espírito humanista, o importante é que possam satisfazer seus desejos, prazeres, custe o que e a quem custar.

O mal que acometeu Rafael era diferente. Silencioso e traiçoeiro, foi se instalando aos poucos para não chamar atenção. A tomada de consciência foi o *start* da armadilha.

Como fazer alguém respeitar as leis e os outros se, para esse indivíduo, as regras não fazem o menor sentido?

O policial militar acorda, trabalha, paga as contas, vai à igreja, quando, de repente, sem mais nem menos, vem um vagabundo e lhe dá um tiro no meio do peito porque descobre sua condição. Já tinha entregado o carro, estava até desarmado, mas a identidade escondida debaixo do tapete o denunciou. Dane-se a sua mulher, seu filho, sua mãe! Para esse bandido ruim, matar um PM vale mais que os 600 reais que ele lucraria com a venda do carro roubado.

De forma alguma buscamos aqui razões que atenuem a culpa de Rafael por seus crimes, que serão expostos e analisados imparcialmente. Na verdade, o que o levou ao início de sua derrocada não foi só a tomada de consciência, mas também um sentimento de impotência tão latente quanto seu descontentamento. A situação descrita do policial morto foi testemunhada por Rafael várias vezes, e a cada tentativa sua de tramar um raciocínio lógico que viesse a ajudar a prevenir, ou entender, os motivos que levavam a tamanha maldade e intolerância, suas conclusões eram mais obtusas e tortuosas do que esclarecedoras. Restava então uma animosidade crescente com relação a esses elementos maus, infiltrados no convívio coletivo, que não tinham mais recuperação. O caminho mais eficiente para a resolução desse problema ia aparecendo aos poucos: extermínio. De tudo e de todos que porventura fizessem parte, de alguma forma, dessa máquina maligna que sangra a sociedade. Usuários de droga, ladrões, traficantes, estupradores, todos eles relegados a uma solução final.

Essa ideia ganhou vagarosamente forma e complexidade na mente de Rafael. Observava as pessoas no seu dia a dia. Durante o período em que trabalhou na RP atendeu aos mais diversos tipos de contendas: entre familiares, entre motoristas, amantes, bichos... Qualquer coisa na área do 6º Batalhão era motivo para ligar 190.

Determinada noite, após voltar do bingo que frequentava assiduamente, uma velhinha solicitou ajuda porque tinha se trancado do lado de fora de casa.

– Mas o que é que a senhora quer que eu faça? Só posso tentar arrumar um chaveiro... E a essa hora, vamos contar com a sorte...

– Ô, meu filho! Você não pode só arrombar, não?

– Mas, senhora, é de ferro, né? Essa porta não dá pra arrombar assim não...

– Mas pode dar um tiro com essa sua arma aí pra ajudar! Pode atirar, eu dou permissão...

– ...

O vaivém da multidão durante o dia na Praça Saens Peña o deixava atordoado. Melhor era à noite, quando podia analisar profundamente os personagens que ia encontrando durante seu turno. Essas análises o levaram à conclusão de que o mundo estava perdido.

Certa vez, enquanto um jovem jazia morto com mais de dez tiros na rua Maxwell, próximo à quadra do Salgueiro, as pessoas que saíam do baile demonstravam as mais diversas emoções, menos piedade e respeito. Algumas meninas levavam a mão à boca, num gesto de surpresa. Um grupo de rapazes passa bem ao lado e quase pisa no defunto:

– Ô, arrombado! Tá cego? Passa pro outro lado da rua logo, vai...

O olhar de desdém do grupo diante da ordem de Rafael, que acautelava o corpo enquanto a perícia não chegava, não o irritou pelo pouco caso que fizeram de sua autoridade ali, no local do crime, mas sim pelo desrespeito ao jovem morto. Era um rapaz que acabara de sair do baile em que eles estavam, discutiu com alguém, não se sabe bem o porquê, na calçada onde estacionavam os carros. De repente, os tiros, a correria.

Disseram que o rapaz, mesmo baleado várias vezes, ainda tentou correr, mas caiu morto bem na esquina. No chão, muitas cápsulas de .380, umas 15, além de outras que provavelmente se perderam, chutadas pelos passantes. Deve ter sido no mínimo uma PT 938, ou então uma HC Plus. Não precisa ser muito inteligente para intuir quem vai com esse tipo de pistola para a quadra do Salgueiro.

O grupo ia atravessando a rua rindo, debochando... Rafael se indignava cada vez mais. A visão dos pais do jovem assassinado chegando de táxi o derrubou.

A mãe desmaiou. Acordou, gritou, chorou e desmaiou de novo. Até o marido convencê-la de que não fora Rafael o autor dos disparos, demorou um pouco. A mulher gritava ensandecidamente: "Assassino, matou meu bebê! Assassino, matou meu bebê". "Amor, calma, amor! Eles estão aqui pra...", dizia o marido, sempre interrompido por gritos lancinantes, "Aaahhhh! Assassino... aaaahhhh!"

O sargento Miguel, conhecido como Bolão, começava a perder a paciência:

– Meu senhor, dá um jeito na sua senhora aí, que assim não vai dar não...

As pessoas que saíam do baile se aglomeravam ao redor do espetáculo. Uma mãe gritando, um pai desnorteado, um defunto no chão e a dupla de policiais, que agora havia se transformado em autores do homicídio:

– Era esse maluco aí que tava roubando? – diz um no meio da muvuca, referindo-se ao morto.

– É, acho que sim! Os polícia balearam ele lá atrás, no sinal, e ele veio correndo até aqui – responde o outro, querendo mostrar que está mais inteirado do assunto.

– Olha aí, vamo circulano, circulano aí, ó! Ajuda aqui, ô Rafael...

Bolão pedia ajuda, mas Rafael se encontrava confuso.

Ninguém naquele local prestou mais respeito àquele defunto do que ele. Chegou a pensar em arrumar um problema com os rapazes que quase pisaram em cima, pensou mesmo em arrumar um motivo para prendê-los. Que distorção é essa que a população tem com relação ao PM? Todos ali naquela multidão não demonstravam o mínimo sentimento para com o morto ou com a sua família, só importava saber como os PMs balearam aquele rapaz, com que arma ele estava, se tinha mais alguém. Era a conversa do dia seguinte na roda de amigos, era poder ver no jornal e dizer: "Ih, eu tava lá!"

Rafael não sabia como mostrar àquela turba que todos estavam enganados, que ele não era o assassino, e sim o socorrista. Mas era tarde. Como não tinha mais jeito, pegou o cassetete especial que tinha na viatura e saiu distribuindo paulada para tudo que era lado. Dispersou a multidão, mas os questionamentos que se instalavam em seu interior o perturbavam muito mais do que aquele bando de idiotas. Só cediam lugar dentro de sua cabeça para um barulho: – Assassino, aaaaahhhhhh!

Não era culpa só dela.

Os policiais militares do Rio de Janeiro têm, em sua maioria, vários pontos básicos em comum. Vêm de origem humilde, procuram um emprego que dê certa estabilidade e buscam na profissão, principalmente, o porte de arma. Se o retirassem, o próximo concurso não teria nem cem candidatos. Não é porque ele vai se sentir exposto, é porque a arma lhe dá uma sensação de superioridade, algo que nem todos os homens têm o direito de ter.

Com a arma na cintura, o recruta tem acesso a um mundo que ele via e do qual queria fazer parte, o mundo dos xerifes. Com ela, resolveria todos os seus problemas. Se estivesse sem dinheiro, arrumaria uma segurança; se alguém fechasse seu carro, daria uma "pistolada" e acabaria com a marra do sujeito. Se alguém fumasse maconha perto de sua casa, metia-lhe a arma na cara e fazia o maconheiro comer o baseado aceso. Se o flanelinha perturbasse, levantava a camisa e mostrava a arma. Pronto. Simples. A arma vai para todos os lugares com o seu dono: padaria, cinema, boate, praia... Afinal, nunca se sabe onde e quando o aspirante a Dirty Harry terá de reagir.

Essa é uma ótima desculpa, mas a verdade é que o baixo salário, o nível desprezível da seleção, o descaso das autoridades com relação à qualidade da tropa que empunha um fuzil nas ruas, tudo isso parece ser algo sistematicamente orquestrado para sempre relegar ao recruta recém-formado a condição de louco alienado. A maioria não tem a menor noção das responsabilidades e consequências dos seus atos quando sai do CFAP (Centro de Formação e Aperfeiçoamento de Praças). A turma de Rafael não teve nem aulas de Direito Penal.

Quando dá voz de prisão, o PM tem que torcer para o cidadão não perguntar "por quê?". A maioria iria engasgar. Manter o PM alienado parece ser interessante por vários aspectos: enquanto ganhar pouco, ele não tem como estudar – ficar inteligente não custa só dinheiro, mas também exige tempo. Sem dinheiro, o policial tem que se desdobrar para fazer segurança. Fazendo segurança, sobra menos tempo para estudar, para pensar. Com menos tempo para pensar, menores as chances de questionar.

Questionar, por exemplo, por que o policial militar não tem direito a uma folga e assistência psicológica automática após se envolver em uma ação violenta. O ser humano acumula situações de estresse, isso é óbvio; então, será que o camarada que matou alguém na sexta tem condições de ser posto na mesma situação no sábado sem correr o risco de virar um psicopata? E o pior, será que não há ao menos um promotor, juiz ou desembargador que veja essa problemática e a reconheça? Tenho a convicção que esse descaso é consciente e manipulado de forma que as autoridades cariocas sempre encontrem um bode expiatório para suas debilidades. Afinal, se o tráfico domina certas áreas, a culpa é da polícia, que é corrupta e conivente. Se o ladrão está matando, a culpa é da falta de policiamento. Se a criança morreu de bala perdida, é porque a polícia entrou atirando.

O estado do Rio de Janeiro está falido e entregue nas mãos de homens que sugam o quanto podem da sociedade, mascarando sua real intenção, que é a de sempre se dar bem. Neste momento, o estado vive uma esperança de melhora, com a criação das UPPs, mas é só aguardar para ver que a coisa não vai mudar. Com a proximidade da Copa e das Olimpíadas, é necessária uma "limpeza" na área para a chegada dos eventos. A certeza da ignorância da população é tanta que basta olhar o mapa das unidades pacificadoras para perceber que bolsões de intensa atividade criminosa serão formados com a migração dos bandidos de áreas "retomadas" pelas forças de segurança para outras, que não são tão importantes. Esses lugares, como a Baixada Fluminense e o município de São Gonçalo, terão uma participação muito pequena nos Jogos Olímpicos, e nenhuma durante a Copa; então, joga-se o lixo na direção do banheiro, e coloca-se uma barreira de estúpidos porém orgulhosos soldadinhos, para impedir que esse lixo volte. Esse soldadinho não lê, não pergunta, não pensa. Só quer pegar um desses bandidos e matar. Não prender, pois não foi isso que aprendeu, mas, sim, matar. Esse soldadinho fica só pensando que, quando sair do serviço, vai botar a pistola na cintura e ir para o pagode ou para o funk, subir para o camarote e beber um uísque com RedBull. Esse soldadinho não entende que é massa de manobra de um sistema covarde, que não terá a mínima compaixão se um dia tiver de julgar seus atos e os motivos que o levaram a tal ação infeliz. Criminosa. Ele nem imagina que sua palavra não terá crédito algum, que do dia para a noite sua posição no tabuleiro pode mudar.

Esse soldadinho será usado, ao mesmo tempo, como distração e como exemplo da proficiência das autoridades, que, sem provas e sem demora, podem apresentá-lo publicamente e condená-lo pelo simples fato de ser PM. Afinal, como visto antes várias e várias vezes, essa raça tem mesmo uma predisposição ao assassínio, ao torpe, não é mesmo?

Não é isso que está nos jornais diariamente?

Não é isso que dizemos toda vez que vemos uma blitz?

Por que perpetrar esse estado de miséria? Por que não lançar ações que, desde o embrião da formação policial, inibam esse tipo de comportamento marginal? A quem interessa manter sempre esse alvo fixo para poder apontar, quando preciso, o culpado pelas falhas das políticas de segurança?

Será que só o PM é culpado?

Nenhum recruta entra na PM sabendo "desenrolar", ele aprende isso na rua, trabalhando. Se ele aprende na rua, tem a colaboração de seus personagens, no caso, os cidadãos.

Desde pequena a criança ouve: "Ih, alá o polícia parando os outros... tá querendo dinheiro...". Andar sem habilitação não é problema, desde que você tenha o da cervejinha do guarda. Esse é um mal em qualquer lugar do mundo, mas no Rio é exagerado.

Em Minas Gerais, por exemplo, o PM nem se insinua para o cidadão que comete alguma bobeirinha no trânsito, sabe por quê? Porque mineiro não está acostumado a "perder uma farpelinha". Existe corrupção policial em Minas sim, e muita, mas a banalidade que ocorre nas ruas cariocas é sem paralelo. Qualquer coisa serve: dinheiro, celular, anel, cadeirinha de criança (aquelas para botar no carro), qualquer coisa pode entrar no "rolo". Isso só acontece porque o carioca não tem vergonha de oferecer alguma coisinha para se livrar de um "errinho" que cometeu; o carioca tem a cultura do "jeitinho", de "dar uma ideia", coisa que lá em Minas não é comum. Esse foi o exemplo mais claro, porque mostra a diferença cultural de postura de uma região para outra diante da possibilidade de corromper alguém.

Não é que o mineiro não queira se livrar da multa, ele só não tem jeito de cantar o guarda, e, em contrapartida, o guarda não tem brecha para mostrar sua disponibilidade em aceitar o suborno. Isso faz com que o "café" ou a "cervejinha" do guarda mineiro não seja tão comum; então, menos crianças ouvem coisas como "Caraca , outra blitz? Perto do Natal esses caras ficam malucos..."

E sabe quem eram essas crianças de ontem? Sim, os policiais de hoje.

O carioca, que gosta de seu jeito malandro de ser e o apregoa, acaba vítima da sua própria esperteza. Malandro demais sempre se atrapalha. Reclama quando dá dinheiro para o PM não rebocar seu carro. Reclama quando o PM reboca o seu carro. Reclama da multa, do flanelinha, do Detran... Só não quer pagar IPVA, renovar a carteira, colocar o cinto, estacionar no lugar certo.

A culpa sempre recai no PM, como se ele votasse a estipulação do valor do IPVA ou formulasse as leis de trânsito. O que é vendido diariamente é que os problemas vão acabar quando tivermos uma boa polícia. Não é verdade.

Enquanto o cidadão fica ansioso esperando pelo próximo bandido, ou PM, preso, estampando a primeira página do jornal, as crianças ficam burras. Só precisam ir à escola e responder à chamada que passam de ano. O sistema de saúde agoniza, obrigando o camarada a se virar para pagar um plano particular. Organizam-se na marcha pela liberação da maconha, mas os 70 milhões de reais perdidos nas vacinas contra o vírus H1N1 que perderam a validade passam despercebidos.

A polícia é um termômetro social. Se a sociedade vai bem, ela também vai bem, mas se está doente, é a primeira a apresentar os sintomas.

E o policial está inserido nessa sociedade, faz parte dela. O homem a quem é dada a função de patrulhar e reprimir os atos convencionados como fora da lei não está livre dos eventos que influenciam a ação destes. Isso porque esses eventos são por vezes fatores sociais aos quais ele também está exposto em suas experiências. Logo, uma sociedade que está debilitada não encontra condições de formar um corpo coercitivo a parte de suas deficiências. Tome-se como justificado, portanto, a alegoria da criança que cresce em um ambiente de cumplicidade com a corrupção, e, eventualmente, pode vir a ser no futuro o policial que não tem vergonha de ser comprado. Ou o cidadão sem escrúpulos em corromper.

O pensamento de Rafael, na frente do espelho, não chegava a um denominador comum. É difícil manter a capacidade analítica em meio ao turbilhão de emoções que chafurdava em sua mente desde a prisão, mas tinha certeza de uma coisa: ele não era esse animal que fora apresentado ao público. Reparar bem nos seus olhos é tentar entender como um homem que um dia jurou defender a sociedade – inclusive com o sacrifício da própria vida –, que tinha orgulho de ser policial, que marchava com altivez, que havia encontrado a mulher da sua vida, prestes a ser pai, como esse homem foi lançado de uma hora para outra em uma rede de acusações que culminaram em sua prisão e condenação a mais de trinta anos de cadeia?

Não há inocentes.

Essa, em minha humilde opinião, é a melhor reflexão que deixo para o leitor.

As histórias e situações aqui descritas foram determinantes para que nosso protagonista fosse envolvido a tal ponto que já não percebesse mais os limites, os excessos das suas atitudes em relação ao meio em que vivia.

Sabia que agia à margem da lei, mas em sua cabeça não se legislava sobre determinadas situações e necessidades. Em um complexo sistema de compensação, estipulou que, se se sentisse mal remunerado, pegava de quem transgredia a lei. Se se sentisse ameaçado, atiraria primeiro e não perguntaria nada depois.

Enfim, analisar os fatos, fazer projeções... É tudo o que se pode tentar para que menos jovens tenham o mesmo destino miserável de Rafael.

A problemática do substancial acometimento dos crimes praticados por policiais militares do estado do Rio de Janeiro já foi tão debatida que é incrível que até agora não tenha ocorrido nenhum avanço. Lamentavelmente, os enredos são sempre os mesmos, só mudam os personagens: concussão, extorsão, homicídio, sequestro... Sempre mais do mesmo.

Então, onde estamos errando? Digo *estamos* porque se você acha que não tem nada a ver com isso, está redondamente enganado! Você é parte da sociedade, indispensável à sua salubridade. Cabe então ao leitor, no mínimo, se perguntar onde é que está o erro, se interessar pela matéria. Enquanto isso não ocorrer, continuaremos à mercê dessa polícia confusa e doente, que não entendeu que já passamos pela ditadura e não precisamos nem queremos mais militares, e sim policiais! Essa polícia mal paga, malvista, malformada, mal organizada, que negligencia seus comandados e privilegia seus comandantes.

Uma polícia medrosa, em que os oficiais, que deveriam zelar pela tropa, por mero mercantilismo político, sujeitam-se às mais estapafúrdias determinações, muitas das vezes provenientes de quem não tem o mínimo conhecimento do serviço policial, jogando assim no vaso sanitário seus anos na academia D. João VI e suas estrelas.

Afinal, onde está esse ponto de quebra, onde se perde o policial e se ganha o maníaco?

Entender isso é, em parte, entender nossas próprias misérias, e só aí, então, quem sabe, finalmente compreender como nascem os monstros.

# Infância

— Tá vendo isso aqui? Vai ficar bem aqui, tá vendo? Se você mexer, se você sequer tocar, eu vou quebrar seus dedos, hein? Vou avisando...

O aviso, em tom ameaçador, vem do pai de Rafael, e o objeto sacro, intocável, é um revólver calibre 38.

Embora separado da mãe do menino, sempre que a situação exigia (dinheiro, comida, teto) ele se aproximava para parasitar. Nunca foi afeito a trabalho pesado, vivia de rolos, de favores das mulheres com quem se relacionava, mas, às vezes, esse expediente falhava. A arma era registrada, embora ele não fosse policial. Muito pelo contrário, agiotava, e, quando era preciso, usava a arma como ferramenta de trabalho.

Rafael, estático, ouvia a ordem ecoando em sua cabecinha de uns 9, 10 anos. Aquele objeto no alto do armário o hipnotizava, e não compreendia por que não podia tocá-lo, afinal, não iria machucar ninguém, queria somente tocar, segurar um pouquinho...

Enquanto seu pai ia à cozinha, para almoçar, começou a pensar no que aconteceria se fosse surpreendido mexendo no revólver. O pai quebraria mesmo os seus dedos? Achava que não, mas também não tinha certeza. O pavor da figura paterna era enorme! Via aquele homem como alguém que todos temiam porque podia estar armado, e em parte era até verdade, mas na cabeça de uma criança a pintura sempre ganha cores mais fortes. Sua mãe alimentava esse pavor, pois, a cada travessura, a repreenda mais comum era: "Vou contar para seu pai... Quero ver você fazer isso na frente dele...". Na maioria das vezes, por um breve momento a visão de uma coça aplicada pelo carrasco freava os impulsos desafiadores do pivete. Nada que não pudesse ser esquecido em poucos minutos.

Logo que o pai virou as costas, Rafael começou a bolar um plano para se aproximar do objeto. Esperaria ele começar a comer, espiando com rápidas idas até a cozinha, sempre com um pretexto; beber refrigerante era um bom começo. Após se certificar de que haviam começado a comer, voltaria para a sala, já que a possibilidade de ser pego era menor naquele momento, enquanto eles conversavam, pois, caso levantassem, a cadeira faria barulho, alertando-o a tempo de abortar a missão. Em seguida, treparia na estante pelo lado direito, que não rangia, e ficaria cara a cara com seu troféu, tendo o cuidado de não relar muito para não gerar desconfiança quando seu pai pegasse a arma de volta.

Traçada a estratégia, chegou a hora de dar o primeiro passo. Disfarçadamente, vai até a cozinha. Eles ainda não começaram a comer, sua mãe está passando um bife. A fumaça cheirosinha impregna o ambiente, dando até um pouco de fome em Rafael, mas não era hora para isso; a missão era tudo o que importava. Voltar para a sala e aparecer novamente na cozinha iria dar muito na pinta, e sua cara de pau não funcionava enquanto estava aprontando. Melhor era observar o inimigo dali mesmo:

– Mãe, tem refrigerante?

– Claro, meu filho!

A mãe, sempre carinhosa, atendia a todos os pedidos do seu bebê.

– Ô, Vânia, você fica fazendo todas as vontades desse moleque, por isso que ele tá assim, gordo igual a uma porca! Não pode ficar se entupindo de refrigerante toda hora não...

– Mas é só hoje, porque você tá aqui. Não é sempre não...

Claro que era sempre sim!

Aliás, vindo de um homem que não dava um litro de leite sequer para o filho, que preferia gastar seu dinheiro com as mulheres da rua, era estranho que repreendesse a esposa, que, sozinha, bancava a casa. Se ela dava refrigerante ou champanhe, o máximo que ele poderia fazer era, com educação, dar sua opinião. E só. Rafael não entendia por que a mãe se sujeitava a esses arroubos de paternalismo falso e interesseiro. Às vezes sentia muita raiva...

– Toma, meu filho, bebe.

– Esse moleque é muito mimado...Tem tudo.

Rafael continuava tímido e quieto. Não retrucava as idiotices de seu pai por puro medo. Não caberia ali também começar nada que o afastasse de seu plano de conquista do revólver. Seria um marco, um divisor de águas. Pela primeira vez, iria desafiar uma ordem direta de seu pai, na surdina, calado, sorrateiramente. Agora, mais do que nunca, estava disposto a cumprir seu objetivo.

Tinha pena de sua mãe. Vê-la assim, impotente, diante de um ser tão repulsivo era desconcertante Sabia que ela sustentava a casa e dava a ele tudo que precisava, roupas, danones, brinquedos, tudo. Trabalhava duro como gerente de uma rede de lojas de varejo, emprego esse que, mais tarde, daria início à amizade entre Rafael e Pedro, cujo pai era cliente da loja e amigo de Vânia.

Durante os fins de semana, o passatempo preferido da mãe de Rafael era dormir. Algo natural, já que nos outros dias saía de casa às cinco e meia da manhã e só voltava lá pelas dez da noite. Era praticamente uma escrava, vivendo para trabalhar. Esse esforço era retribuído pela satisfação de poder dar tudo para o filho. Não era uma vida de luxo, mas sempre encontrava uma forma de comprar o brinquedo, as guloseimas que tanto faziam a felicidade do menino.

Quando podia, levava-o para passeios, especialmente à praia. Eram dias adoráveis, pelos quais Rafael aguardava ansioso. Passeios memoráveis eram também as visitas à Quinta da Boa Vista. O zoológico e o museu aguçavam sua imaginação, e até o caminho percorrido entre as estações de trem era emocionante! Ficava perguntando para a mãe quantas faltavam, contando-as uma a uma, o que aumentava ainda mais a excitação da espera. O caminho era longo, mas devidamente recompensado na chegada.

Dos bichos, gostava mais dos jacarés e do leão. No museu, o mais impressionante era a ossada da baleia, uma réplica de um esqueleto de baleia-azul que ficava dependurada no teto de um amplo salão dedicado à exposição da vida marinha. Era enorme. Rafael ficava imaginando como colocaram aquele troço gigantesco ali, mas também se sentia triste. Não achava certo matarem um animal tão bonito só para crianças iguais a ele verem de perto. Sentia até certa culpa por admirar tanto aquilo lá no teto, pois, se não fossem as pessoas iguais a ele, talvez aquela baleia ainda estivesse na praia, nadando com seus filhotes, mergulhando fundo na água limpinha das ilhas de Itacuruçá. Quem sabe não poderia encontrá-la em uma de suas idas até lá? Daria uma volta pelo mar agarrado em sua barbatana, nadaria com seus filhotes, nem teria medo do tubarão, afinal, com uma amiga grandalhona daquelas, quem iria se meter a besta?

Vânia alimentava o mundinho de Rafael com um fornecimento constante de gibis, e, antes mesmo de o menino aprender a ler, lhe presenteava com exemplares da Turma da Mônica, que todas as noites eram desfolhados de trás para frente e de frente para trás. Antes de dormir, enquanto ela lia o Tio Patinhas, ele imitava seu movimento virando as páginas em sincronia com as suas, para dar a impressão de que estava lendo também.

Cascão sempre foi seu personagem favorito.

A infância teria sido boa se fosse somente ele e sua mãe, mas não era bem isso que o destino lhe reservava.

Rafael não se lembra de ter a mãe dentro de casa. Como seu pai nunca ajudou em nada, desde sempre Vânia fora engolida pelo trabalho, o que a obrigava a fazer algo que lhe cortava o coração: deixar seu filho aos cuidados de outra pessoa.

Quando era possível, contratava uma empregada para os afazeres domésticos e também para cuidar do garoto quando este chegasse da escola. Algumas dessas figuras eram complicadas... Uma roubou o dinheirinho para emergências, que ficava escondido dentro do guarda-vestidos; outra não fazia nada, outra faltava, outra queria demais... E nem sempre sobrava grana, e era aí que o bicho pegava: Rafael tinha que ficar na casa da avó!

Ali, viveu o prelúdio do inferno que passaria em alguns momentos da sua vida.

A CASA ERA SOMBRIA, PESAROSA. TINHA UMA ATMOSFERA DE FILME DE TERROR, com móveis velhos e luzes quase sempre apagadas, para economizar na conta.

No quintal, via-se um poço e uma cisterna, remanescentes da época em que não havia água encanada. Muitas árvores faziam parte do cenário, como uma enorme mangueira plantada nos fundos do terreno que se erguia bem no centro do galinheiro. Galinhas, patos e um galo muito temperamental habitavam e comandavam o lugar, e seus ovos faziam parte rotineiramente do cardápio nas temporadas em que Rafael era obrigado a ficar por lá.

Ao lado do galinheiro ficava o chiqueiro. Um porco enorme, branco, escarafunchava freneticamente o chão de um lado para o outro à procura de mais comida. De vez em quando sua avó ameaçava jogá-lo ali caso se comportasse mal. Até que não seria má ideia! O porco lhe parecia muito menos assustador do que certas pessoas. Todo aquele local e seus habitantes lhe causavam arrepios, que subiam desde a base da coluna até balançarem os lóbulos das orelhas. Vânia sabia os riscos aos quais expunha Rafael; vivera ali, conhecia bem o temperamento das pessoas da casa, mas não tinha escolha.

A avó tinha o corpo frágil e os olhos graves e severos. Sofrera muito nas mãos de um marido violento e covarde. Havia parido 11 filhos, sendo que um deles, uma menina, morreu muito jovem por problemas de saúde, coisa do fígado. Acho que ela nunca se recuperou dessa perda.

A mãe de Rafael era a mais velha e todos os outros já haviam saído de casa e começado a fazer suas vidas, menos o temporão, um molecote meio mongoloide, apenas quatro anos mais velho que Rafael, que tinha como principal passatempo tornar-lhe a vida um martírio.

Certa vez, enquanto brincavam no quintal, quebrou uma torneira. Pôs a culpa em Rafael, lógico, e a surra que se sucedeu deve estar ardendo até hoje. As súplicas, tentando argumentar aos berros e entre lágrimas que não havia sido ele o autor do delito, de nada adiantaram, e a Maria Chiquita (nome do cinto dependurado na porta como aviso àqueles que fossem malcriados) assobiou, girou e estalou no ar várias e várias vezes, enquanto o moleque corria de um lado para o outro, encurralado naquele quintalzinho miserável. Tudo assistido pelo mongoloide, que se refestelava com o sofrimento do sobrinho ao mesmo tempo em que comia os biscoitos deixados para Rafael por dona Vânia.

Mas nenhuma figura do castelo infernal era mais assustadora que o avô. Por sorte, sua presença não era rotineira, em virtude do trabalho que exigia pernoites de quando em quando, mas, nas vezes em que se encontrava em casa, ai daquele pobre garoto!

A aparência do homem era terrível. Certa vez, Rafael presenciou sua mãe, ajudada pelas irmãs, retirar todos os talheres de casa e escondê-los, por medo da violência dele quando chegasse novamente bêbado da rua. Dessa vez ele bebia em um bar próximo, possibilitando o alerta de um vizinho. Mas na maioria dos casos, aguardavam ansiosas o animal chegar do trabalho, pois não havia como ter certeza se ele estaria em um dia bom. Quando davam azar, a besta (como sua avó o chamava) agredia os filhos, a mulher, qualquer um, desde que não fosse homem igual a ele. Rafael era sua vítima mesmo quando ele estava sóbrio. Sentia desprezo pela presença do garoto em sua casa, obrigando sua avó a resguardá-lo para que as agressões não passassem do aceitável. Era nesses momentos que ela lembrava ao agressor de que, mesmo não parecendo, Rafael tinha pai, e que ele não aceitaria ver o filho marcado. Isso bastava para refrear maiores impulsos do velho, que se borrava de medo de qualquer outro homem que pudesse desafiá-lo em igualdade de forças.

Por vezes, Vânia entrava em conflito com a besta, não só para proteger Rafael, mas também sua própria mãe. Moravam lado a lado, e era ela a sua única esperança em caso de socorro. É realmente um milagre que não tenha ocorrido nenhuma tragédia diante da gravidade de alguns desses confrontos. Quando tinha uns 12 anos, Rafael se lembra de pegar um pedaço de pau para proteger a mãe, que tinha ido acudir a avó, enquanto o mongoloide assistia a tudo com aquela cara de pastel. Daquela vez, o covarde se trancou dentro de casa, surpreso com a reação inesperada. Não se lembra mais do resto da história, mas ficara aliviado por não ter que encarar aquela fera! Já pensou se ele aguenta a primeira paulada?

A vida naquele lugar era pior do que a vida na prisão.

A comida na hora do almoço, não se sabe o porquê, estava sempre fria. Arroz, feijão, abóbora e carne moída, frios, pareciam lavagem de porco misturada com argamassa! Só podia se levantar da mesa quando acabasse de comer tudo. A volta da escola já era com aperto no estômago só de pensar em encarar aquela gororoba. "Quero ver se vai ficar com essa frescura quando for pro quartel... lá não vai ter mamãezinha pra fazer o que você quiser não, vai ter que comer de tudo...", grasnava a velha, vencida pelo cansaço e jogando os restos do prato fora, após longas horas de educação alimentar nazista. De fato foi mesmo para o quartel, e comeu em vários deles até. Em nenhum provou nada que lembrasse aquele lixo que ela chamava de comida.

Muitos anos depois, quando Rafael contou a sua mãe sobre suas *Recordações da casa dos mortos*, ela lhe confidenciou que sempre deixava uns bifes e uns pedaços de frango para ele e o mongoloide. Agora estava explicado por que sempre tinha um bifão lá no prato do outro.

O GUARANÁ GELADO DESCE RASGANDO A GARGANTA DE RAFAEL.

A ansiedade que sente, agora que a mãe faz o prato de seu pai, tem de ser imediatamente controlada. A segunda parte do plano ia começar, não havia mais volta. Como explicar se fosse pego escalando a estante, ou se estivesse lá em cima olhando a arma? Era tudo ou nada. Ou apostava em suas habilidades e fazia de vez, ou se sentava como um fracote no sofá assistindo a seu desenho até o chão ser forrado para o sono de depois do almoço, perdendo assim a melhor chance que já tivera de ganhar dele, de mostrar que não era aquele gordo molenga que ele considerava.

Como já expliquei, ele nunca aceitou ser considerado covarde. Principalmente por ele mesmo.

– Quer comer de novo, meu filho?, pergunta a mãe, enquanto coloca o prato feito na mesa. Arroz, feijão, bife, batata frita e salada.

O arrogante nem se dá o trabalho de agradecer. Começa a comer com a propriedade de senhor da casa. Pega o sal, joga em cima da salada, age com uma naturalidade que causa estranheza em Rafael; afinal, não estava acostumado a vê-lo comendo ali, na sua cozinha. Muito estranho.

– Não, mãe, tô cheio!

Comeria de novo se não tivesse coisa muito mais importante a fazer.

– É isso aí, rapaz. Agora dá licença que eu preciso conversar com sua mãe.

Devia ser para pedir dinheiro. Viria com uma conversa mole, que as coisas estavam difíceis, mas que tinha tido uma ideia genial... Só precisava de uma graninha para começar, pouca coisa, pagaria assim que possível...

Não importava. Sem olhar nos olhos dos dois, Rafael dá as costas e pega o corredor em direção à sala. As mãos suam, fazendo-o redobrar o cuidado com o copo de refrigerante que carregava. Não convém derrubá-lo. A partir desse momento, nada pode chamar a atenção para ele. Sua visão se expande ante a chegada à sala. Na sua frente, o sofá de dois lugares encostado na parede forma um ângulo de 90 graus com o outro de três, instalado em uma parede perpendicular que faz a divisa da sala com o quarto. À sua direita está o obstáculo a ser vencido, a estante. Nela se encontram, em seus respectivos lugares, a televisão, o aparelho de som três-em-um, os discos e alguns enfeites. Embaixo, quatro portinholas serviam como depósito das mais variadas coisinhas: agulhas, linhas, sacolas etc. Acima dessas portinholas, do lado direito, ficava a base de madeira que sustentava o primeiro segmento. Esse ponto era de uma madeira mais forte, a fim de suportar o peso dos eletrodomésticos a serem dispostos na parte do meio e na superior. Era essa a base que Rafael iria usar como apoio, ultrapassando o segmento intermediário, e chegando finalmente ao topo da estante, para ter ao alcance das mãos o cobiçado troféu.

Colocou o copo no chão, do ladinho do sofá, espiando a todo momento pelo corredor. Já havia abaixado o volume da televisão anteriormente, antecipando o movimento. Precisava da menor interferência possível para poder identificar um eventual movimento das cadeiras na cozinha.

Teve o cuidado de só sair quando sua mãe também sentou à mesa, e agora qualquer dos dois que se levante há de dar sinal. A não ser que o estejam testando, aguardando na surdina para ver se ele obedeceria a ordem expressa dada com tanta gravidade. Pagaria para ver.

A última olhada pelo corredor: nada. Os ouvidos agora estão sintonizados, são seu único meio de alerta de perigo. Sobe da mesma forma do dia do chiclete, sem pressa, mas usando só o tempo necessário; cautela demais poderia resultar em falha da missão.

Ajeita-se com os dois pés em cima da seção e soergue-se, até ficar com a coluna totalmente ereta. O próximo passo é ficar na ponta dos pés, apoiando os braços no teto da estante. Agora sim seu coração bate forte. O suor de suas mãos quase pinga em cima da madeira. Quer respirar fundo mas não pode, deve manter os ouvidos atentos à movimentação na cozinha. A iminente visão da arma o absorve, em respeito, quase uma reverência àquele objeto ao qual é devotada tanta reserva, tanto poder.

Estica-se todo, até o pescoço, e... lá está!

Um Taurus de seis tiros, com cano reforçado de quatro polegadas e coronha de madeira. Um clássico! O aço oxidado, novinho de tão bem cuidado que era, refletia o olhar da criança.

Rafael estava com receio de se aproximar muito, mas já tinha feito o mais difícil, não havia sentido em não tocar. Passa os dedos de leve pelo metal frio, do cano em direção à coronha, dando atenção especial ao tambor, que revela em seu interior apenas a pontinha das balas de chumbo que acomoda. Sente vontade de empunhar a arma, de fazer como nos filmes, mas aí seria demais! Não podia movê-la. Não subestimava a esperteza do pai, que, já imaginando uma possível desobediência, poderia ter feito algum tipo de marcação ou colocado algum guizo que fizesse barulho se o revólver fosse retirado do lugar.

Sentia um calor passando pelo corpo. Imaginar a sensação de ser surpreendido ensaia suas consequências na cabecinha do garoto; de início, uma surra de sua mãe. Nada muito violento, mas o suficiente para deixar a lembrança por um bom tempo. Depois, os castigos: televisão, bicicleta, liberdade, tudo suspenso até ordem em contrário. Mas o que o deixava realmente apavorado era a imprevisibilidade da reação do pai. Jamais o desafiara dessa forma, ou de outra qualquer. Podia esperar de tudo. Certo era que, em toda sua infância e adolescência, seu pai, não importava o quanto Rafael vacilasse, nunca lhe bateu. Em compensação, seus sermões não eram menos dolorosos.

Certa feita, Rafael pegou o carro de sua mãe escondido, um chevetinho, sob o inexorável pretexto de levar a bicicleta ao mecânico. É... ela estava com problemas no sistema de marchas. Não era tão longe, era dia de semana e estava em casa sozinho, a empregada saíra mais cedo, então levou a bicicleta, deixou lá para pegar depois, e voltou para casa sem que ninguém percebesse. Perfeito. Só que Rafael tinha 12 anos e não sabia dirigir direito. Foi aos trancos e barrancos. Na volta, abriu o portão grande e passou com o carro. "Ufa, deu certo", pensou.

Ninguém sabe, ninguém viu, então só faltava estacionar de novo. Só que, na hora de manobrar, Rafael bateu com a quina do para-choque na pilastra que sustentava o teto da garagem, que não caiu, ao contrário da coluna. Direto em cima do capô, em câmera lenta. Paralisado com a merda que ia desabando bem diante de seus olhos, esqueceu-se de desfazer o jogo e derrubou também a pilastra paralela, que segurava o outro lado.

No inquérito que se seguiu após sua captura, na casa de um colega que o ajudara em suas poucas horas como foragido, fora chamado por seu pai para uma seção de tortura psicológica.

Gritos, pancadas nos móveis, ameaças... uma verdadeira aula de educação para pré-adolescentes. A procura de drogas nas dependências não obteve êxito, porém, um canivete, escondido em meio à gaveta de meias e cuecas, deu início a uma nova rodada de debate educativo. Surpreendentemente, nenhum tapa, safanão, beliscão, peteleco, nada.

Outra: quando tinha 15 anos, seu pai o pegou fumando um cigarro em uma pracinha perto de sua escola. Deu um show! Tomou o cigarro de suas mãos, revistou o maço procurando maconha, repreendeu os coleguinhas que estavam na roda também e, por fim, esbravejou para Rafael sumir da frente dele e ir direto para casa, que no outro dia iriam ter "uma conversinha".

De fato, no outro dia tiveram a tal conversa, que não teve nada de "inha". Duas horas de berros, ameaças e intimidações. E o pior era que, quando vociferava, cuspia também. Dentro do carro, não tinha muito para onde se esquivar. Os mísseis vinham de todas as direções, às vezes descoordenados, acertando o para-brisa e o volante, mas, de vez em quando, um vinha direto no alvo. "Olha pra mim quando estiver falando com você!", gritava tão alto que as pessoas do lado de fora do carro se assustavam. Até queria continuar fingindo que estava dando atenção, olhando para ele, mas a artilharia estava pesada demais. Pensou em botar as mãos na frente para se proteger, mas ele poderia encarar como deboche. Vai saber se ele resolve pôr em prática o plano de quebrar seus dedos, como ameaçou no caso do revólver, tantos anos atrás...

Ali, de frente para o .38, o pequeno monstro começava a ganhar a personalidade que o marcaria para sempre. A lembrança mais antiga registrada em sua mente foi a do roubo de sua casa.

Era muito novinho. Em flashes, lembra-se de estar na casa de sua avó e alguém comentar "tem gente lá...", referindo-se a sua casa, que era bem ao lado. Lembra-se de um vizinho, tipo patético de justiceiro local, atirar no matagal que ficava atrás do muro à procura de um possível ladrão que estivesse por ali. E o pior, lembrava da mãe, chorando, diante da visão de sua casa toda revirada. O espaço da estante onde ficava a televisão estava vazio, o do som também, e havia roupas espalhadas por todo o chão. Essa é sua primeira recordação. Não de um passeio com a família, ou de um presente, ou de uma festa, mas sim de um roubo. O roubo de sua casa. O choro de sua mãe.

O crime gravou sua impressão na mente de menino de tal maneira que, ali, mesmo com tão pouca idade, o pensamento dele diante do revólver de seu pai era um só: "Quando eu crescer, vou ter um desses, e aí ninguém mais vai entrar na minha casa!"

A semente estava plantada.

Nunca pensou em ser mais nada. Queria ser militar, soldado do Exército.

Sempre que um desses caminhões militares passava levando as tropas para treinamento, sua mãe falava: "Vai filho, faz continência", e Rafael sempre fazia, todo orgulhoso.

Os anos iam passando e ele crescendo e vislumbrando na vida militar o único caminho para ser um adulto de respeito, trabalhador. Era uma época de muito desemprego e a ideia de militar não ser "mandado embora" deixava o menino se perguntando: "Quem é que não quer entrar pro quartel?". Iria se alistar, servir e fazer carreira. Ter um uniforme, uma arma, ajudar sua mãe e ser um homem respeitado.

Passava horas na laje de sua casa pensando sobre o futuro.

Quando ficou rapaz, libertou-se da masmorra imposta pela necessidade de sua mãe ter de deixá-lo sob a supervisão da avó e conquistou o direito de ficar em casa sozinho. Agora, dona Vânia só tinha que deixar um prato de comida para o almoço e um dinheirinho para o pão da tarde, que ele já sabia se virar. Chegava da escola, almoçava e passava o dia inteiro na frente da televisão. O dia todo sozinho. Nunca teve muitos amigos, apenas alguns na escola. Quando chegava a noitinha, ficava entediado e subia para a outra parte do seu mundinho particular.

Escalava a grade da janela da cozinha até se segurar na ponta da laje, por onde escorria a água da chuva, se apoiava e alcançava a parte de cima. Ali, no telhado, no escuro, olhava para as estrelas e fumava escondido, ocupando-se da maiêutica acerca de como seria quando chegasse a sua hora de ganhar o mundo.

SER POLICIAL, NAQUELA ÉPOCA, NÃO DESPERTAVA O MÍNIMO INTERESSE EM Rafael. As experiências que tivera com esses profissionais não foram nem um pouco agradáveis.

Em 1990, uma das poucas diversões de fim de semana para os jovens de periferia eram os bailes funk. Bem diferentes dos que são realizados hoje, não havia nessa época pessoas de classe média ou alta entre os frequentadores. Pelo contrário, o público funkeiro era composto de indivíduos sempre relegados a clubes de quinta, localizados nos lugares mais pobres do Rio de Janeiro. A rapaziada ia ao baile para brigar nos famosos "corredores", formados por elementos divididos de acordo com a facção criminosa dominante na área em que moravam: Comando Vermelho ou Terceiro Comando. Rafael ia aos bailes com a galera da União de Cabuçu, pertencente ao lado "A" (Comando Vermelho). Os ônibus alugados recolhiam os funkeiros na pracinha perto de suas casas, e no caminho eram invariavelmente parados em *blitze* policiais. Por sorte, sabe-se lá, Rafael quase sempre passava despercebido e dificilmente era revistado ou apanhava. Talvez porque fosse um dos poucos brancos dentro de um ônibus abarrotado de negros, e também por ser um dos mais novos do grupo. Aos 14 anos já tinha cadeira fixa nos "bondes". Por não despertar a atenção dos policiais durante as "duras", sempre que alguém tinha um "flagrante" deixava na mão de Rafael, que, apesar de nunca ter gostado de drogas, segurava a onda, e assim acabou ganhando a simpatia dos mais velhos.

Só que uma vez ele foi pego.

Quando todos desceram do ônibus, obedecendo à ordem do Santana "robocop", na avenida Brasil, Rafael se sentiu meio nervoso. Já tinha passado pela mesma situação outras vezes, mas aquele policial branquinho com cara de bobão o deixou apreensivo.

Mulheres para um lado, homens para o outro, bolsos para fora, mãos na cabeça. Dois PMs para revistar mais de 90 pessoas. Hoje em dia seria meio complicado fazer isso.

Mesmo com tanta gente, ele sabia que era com ele.

– Ô, rapazinho, vem cá.

Rafael ficou gelado. Agora já era. Ia para a delegacia ser fichado e não poderia mais ser militar, sua mãe iria ter um infarto...

– Tá nervoso? Tá com o que aí?

– Eu? Com nada, senhor...

– Olha só, se eu tiver que procurar vai ser pior!

– Tô com nada não, senhor, pode revistar.

Tinha o suficiente para uns quatro baseados escondidos dentro da meia, mas o blefe era válido. Se demonstrasse muito receio de ser revistado, assinaria seu atestado de culpa. Mas aquele policial com cara de bobão foi direto no tênis, nem um cão farejador acharia aquela droga tão rápido. A casa caiu!

– Não tem nada não, né?

De início, um "pescoção" aplicado pelo policial mais velho e truculento, um bigodudo do qual ele tinha até esquecido, jogou seu corpo para frente, quase o derrubando de cara no chão.

– Ô, ô, qual é? Vai esculachar o menor? – gritou um dos que aguardavam o fim da revista.

Mais um safanão e caiu o boné, o tênis que estava na mão, cuspiu até o chiclete.

– Tu é safado, seu moleque – gritava o bigodudo. – Trabalha na boca, né? Tu é fogueteiro, né?

— Não, senhor, eu sou estudante, olha aqui minha carteirinha do colégio...

— Dá isso aqui...

Curiosamente, o policial não foi verificar a foto ou os dados da carteirinha. Abriu a pequena divisória de plástico e recolheu o pouquinho de dinheiro que estava ali, o suficiente apenas para comprar uns dois refrigerantes durante o baile. Nem as moedas foram poupadas, nem o vale-transporte que sua mãe lhe deu para uma emergência, caso perdesse o ônibus na volta.

Rafael não teve coragem de falar nada. Depois de arremessar a carteirinha no chão, o policial lhe desferiu outro tapa, dessa vez na direção do rosto, porém a esquiva do menino o fez errar o alvo, acertando apenas o ombro. Depois de se tornar policial, Rafael entendeu que poucas coisas enfurecem tanto um PM quanto errar um tapa na cara.

As pessoas que estavam próximo ao ônibus começaram a ficar indignadas com as agressões do policial, que agora corria atrás do garoto, chegando até mesmo a sacar a arma e apontar para ele. O PM que encontrou a droga era mais jovem, parecia que obedecia ao "bigode", mas percebeu que a situação estava saindo do controle e assumiu a dianteira:

— Olha só, vamo pará de palhaçada! — disse, dirigindo-se à multidão insatisfeita. — O menor tava com o flagrante e agora acabou o baile pra vocês; todo mundo pra delegacia. Piloto, entra no ônibus e segue a viatura.

Rafael ficou aterrorizado. Começou a se ver no reformatório Padre Severino, preso.

— Peraí, meu chefe... vamo vê isso aí... hoje é o encontro de galeras, dá uma moral aí?

O representante da "galera", que era quem organizava os ônibus, já sabia o que o policial queria.

— Que isso, meu chefe! Três é muito...

"Três? Três o quê?", Rafael pensava, enquanto seu destino era decidido ali, entre dois bandidos.

— Já é então. Um e fechou, valeu?

Um real.

Foi essa a quantia acertada entre o representante e o policial corrupto para que Rafael não fosse para a delegacia e o ônibus seguisse para o baile. Um real de cada pessoa que se encontrava no ônibus, menos as mulheres.

O representante passa recolhendo o dinheiro de um em um dos que estão na fila da revista. Alguns não ficam muito satisfeitos de ter que dar dinheiro para esses porcos fardados, ainda mais quando têm tão pouco para si. Um real era o preço de um refrigerante, e nem isso mais Rafael tinha.

– Não esquenta não, menor, vou resolver essa parada pra tu, pode deixar... – disse o representante, baixinho, quando passou por perto do garoto assustado, que agora nem queria mais ir ao baile e sim voltar para casa. Pena que não tinha mais seu vale-transporte. Teria de esperar o final da festa para voltar com o bonde.

Quase todos contribuíram, mas, mesmo assim, o policial mais velho não ficou satisfeito.

– Só isso? Não, tá muito pouco! Desse jeito não tem desenrolo não! Vê se arranja mais aí...

O representante vem até Rafael.

– E aí? Não tem mais grana aí não?

– Tenho não... Ele já pegou tudo.

– Não tem mais nada pra perder?

– Só o tênis...

Mas ele estava meio surrado e o "bigode" não quis. Porém, o boné novinho da Cyclone, que havia acabado de ganhar de sua mãe, despertou o interesse do meganha. "Sacanagem...", pensou, mas era isso ou cana. Depois diria para a mãe que foi assaltado; afinal de contas, não deixava de ser verdade.

Revoltado com a situação, as ideias se tornaram cada vez mais conexas. Ser do Exército, então, era a fuga para toda aquela situação miserável de impotência que sua condição de menino pobre da periferia representava. Não seria tratado daquela maneira se fosse do quartel.

Mas, conforme foi ficando mais inteirado do assunto, percebeu que se tornar militar não seria tão fácil como pensava. Prestar o serviço militar obrigatório não é garantia de estabilidade, como chegou um dia a acreditar. Servir ao exército por um ano se matando de trabalhar, ganhando pouco, para depois tomar um pé na bunda? Definitivamente não era uma boa ideia.

A Escola de Oficiais do Exército era um sonho muito, mas muito distante! Se dependesse da qualidade do ensino dos colégios que frequentou, não assinaria nem o cartão-resposta da prova de admissão.

Sobrava então o meio-termo, a Escola de Sargentos. Era difícil, mas não impossível. Exigia apenas o primeiro grau e ficava em Minas Gerais, não muito longe de sua mãe, a quem também não podia abandonar assim, de uma hora para outra.

Ficou absorvido pela possibilidade. Imaginava sua rotina nos acampamentos, os gritos dos instrutores, a chegada em casa fardado. O salário daria para realizar seu sonho de ter um carro, de sair para passear sempre que quisesse. Teria uma carreira de sucesso, podendo chegar até o posto de tenente-coronel, conforme dizia o folheto. Ajudaria sua mãe, teria uma arma e o respeito de quem convivesse com ele, mas precisava estudar.

Apesar de exigirem apenas a oitava série, a matéria era complicada. O nível de primeiro grau da prova era tirado não se sabe de onde, e certas questões cobradas no exame Rafael nunca havia estudado. Os meses de preparo foram passando e a data da prova se aproximando. Fez uns concursos nesse período só para treinar, soldado especialista e sargento da Aeronáutica foram dois deles. Não passou. Também não importava, o objetivo era mesmo o Exército.

Dia da prova. Estava preparado.

Pegou o trem cedinho, com mais um monte de candidatos. Facilmente identificados, eles têm em comum uma prancheta debaixo do braço e a cara de sono típica dos adolescentes que acordam cedo. Riem uns para os outros quando se reconhecem, e a troca de ideias começa ali mesmo, espremidos no vagão superlotado. Somente Rafael não quer conversa. Não os enxerga como colegas, mas sim como adversários. Uma bateção de mola de prancheta em coro, iniciada por algum gaiato, toma todos os vagões, torrando a paciência dos pobres trabalhadores que usam o trem rotineiramente, já conhecedores da baderna nos dias de concurso no Maracanã. O tumulto na entrada, a procura pelo lugar certo, a arquibancada incômoda para escrever a redação, tudo é um desafio. Desde o ano anterior se preparava para aquela prova, tinha se dedicado de verdade, apostou suas fichas e aí...

Passou.

Só que os últimos 150 colocados tinham feito a mesma média que ele, e o primeiro critério para o desempate era a idade; o mais novo perdia.

Com apenas 17 anos, Rafael não foi convocado.

Frustração. Tristeza. Desânimo. Difícil dizer se nosso monstro se revelaria fosse ele convocado para a carreira no Exército. Vai saber. Restava agora a derrota e a pressa, afinal, iria completar 18 anos e precisava sair de casa, arrumar um emprego de qualquer jeito.

Sobrou a Marinha.

Pensou em ser fuzileiro, mas o plano de carreira não dava certeza de estabilidade. Então soube da Escola de Aprendizes-Marinheiros. Havia quatro delas: no Espírito Santo, em Fortaleza, Pernambuco e Florianópolis. Quatrocentas vagas por escola em regime de internato por um ano.

A prova não foi muito fácil (como sempre), e mais uma vez passou, e mais uma vez raspando. E mais uma vez não foi convocado.

Aí era o fim. De agora em diante, era ser cobrador de ônibus ou vigia de loja.

Entretanto, menos de um mês depois da primeira convocação, alguns candidatos desistiram, e um telegrama o convocou a levar seus documentos até o 1º Distrito Naval e estar pronto para viajar na terça-feira. Destino: Escola de Aprendizes-Marinheiros de Florianópolis.

Alegria, orgulho, alívio. Esses eram os sentimentos de Rafael.

Ajuda de custo durante o curso, plano de carreira para toda a vida e a possibilidade de servir nos mais variados pontos do Brasil. Finalmente seria alguma coisa! Não um sargento do Exército, mas a farda da Marinha também era muito bonita, e, além do mais, o filme *Comando imbatível* tinha mexido com sua cabeça. Aqueles caras que eram especialistas em tudo, bombas, artes marciais, tiro, faca, paraquedismo, mergulho, não eram do Exército, mas da Marinha americana. – "Como é que pode? Marinha tem disso?", pensava. Se houvesse algo similar por aqui, então estava bom.

Pois é... Bom demais para ser verdade.

A primeira coisa que ganhou na chegada ao aquartelamento foi uma vassoura.

A Escola é um grande complexo militar que ocupa uma área considerável do bairro Estreito, em Florianópolis. Um portão azul flanqueado por três sentinelas dá as boas-vindas aos que chegam, menos aos alunos.

Embora seja para eles a existência de toda aquela estrutura, a Marinha tem o péssimo hábito de hierarquizar pela humilhação todos os seus subordinados. Em vez de aprender a ser um guerreiro, como imaginou, Rafael aprendeu a ser um faxineiro. Limpar, varrer, capinar, pintar, todos os serviços são feitos pelos alunos. Entenderia tapas na cara, água fria, ficar sem comer, beber sangue de galinha, mas difícil era aguentar o bando de mariquinhas que reclamava quando acabava o pão doce da ceia (porque ele havia comido tudo).

Por essa decepção Rafael não esperava.

O dia começava bem cedo, às 5h15.

"Escola de aprendizes", berrava o fonoclama,[6] seguido por um longo sinal de alarme: "Alvorada! Alvorada!" Levantava completamente tonto.

Em sua companhia havia 200 leitos, distribuídos em beliches de ferro ao longo do dormitório. Ao toque do alarme, todos se levantavam, e quem estava nos leitos inferiores tinha que ficar esperto para não ser atingido por um marujo cadente, ainda embriagado de sono e desatento ao companheiro de baixo. Sair das cobertas tão cedo e naquele frio já dava o tom do resto do dia.

Como zumbis, iam todos ao lavatório escovar os dentes, fazer a barba, enquanto o plantão do alojamento passava acordando um ou outro espertinho que ficara para trás nos braços de Morfeu.

Subitamente, o tarol: Tum... tum... tum tum tum tum tum tum...

Era a chamada para entrar em forma. A batida era cadenciada, aumentando aos poucos, até se tornar uma metralhadora anunciando que o toque estava para terminar. Aqueles que não estivessem formados ao seu término ficavam sem a folga no fim de semana.

As folgas em Floripa eram maravilhosas. Podiam sair na sexta-feira, às 19h, e tinham que estar de volta à meia-noite. No sábado e no domingo

---

[6] Sistema de alto-falantes para comunicação interna.

saíam cedo, às sete e meia da manhã, e podiam voltar também à meia-noite. Marchando, eles partiam vestindo blusa de gola, para dentro da calça, e cinto; cabelo e barba tinham de estar "na marca". Depois da inspeção, firmavam a cadência rumo ao portão principal ao som do "Cisne Branco".

O grito de "Fora de forma, marche!" era proclamado entre os nomes das turmas (no caso de Rafael – Tango/SC), e aí, então, rua. O programa principal era basicamente comer. Com pouco dinheiro, as opções de lazer mais atraentes de Floripa ficam um tanto inacessíveis, menos a praia, é claro! Um marujo carioca nas praias de Santa Catarina é fácil de ser reconhecido, só ele estará de sunga. Jurerê, Ingleses, Barra da Lagoa, Canasvieiras, Mole, as praias de Floripa ficaram pequenas para a turma de Rafael.

Mas o retorno à escola sempre o deixava mal.

A vida na Marinha não era exatamente aquilo que havia imaginado. Queria ser militar de verdade, servir, proteger, andar armado... Servir e proteger... Começou a perceber que talvez tivesse entrado na casa errada.

Só que agora era tarde. Como se justificaria com a mãe se desistisse? Ela ficou tão feliz quando o viu fardado a primeira vez que não teria coragem de lhe dar esse desgosto. E as outras pessoas? "Alá, não falei? Eu sabia que ele não iria aguentar...", diriam uns. "Eu sabia! Não passa de um filhinho de mamãe...", diriam outros.

Não! O fracasso não seria tolerado.

O ano foi seguindo, e Rafael desanimado com os rumos de sua profissão. A formatura se aproximava, e havia passado pelo curso sem muitas dificuldades, tirando o período em que ficou preso por pular o muro e sair quando não tinha autorização. Somente uma coisa começava a lhe tirar o sono...

No dia 10 de outubro de 2001, uma quarta-feira, o chefe do corpo de alunos reuniu todos no pátio de manobras para dar um comunicado. Diferentemente do que foi dito no início do curso, apenas alguns voltariam para servir no Rio de Janeiro. O 5º e o 6º Distritos Navais haviam solicitado à escola que mandasse respectivamente 40 e 60 alunos para que fossem supridas as necessidades de efetivo distritais.

Primeiramente, somente os voluntários seriam enviados para a base naval de Rio Grande (RS), no 5º Distrito, e para a base fluvial de Ladário (MS), no 6º.

Não havendo completado o número de militares, o restante das vagas seria preenchido através do critério de antiguidade no curso.

Rafael não pôde escolher voltar para casa.

Ele não ligou a mínima para as instruções ministradas na Escola! Dar nó, consertar casco furado... Tirando as aulas de armamento e educação física, sempre tentava achar um jeito de dar um cochilo. Suas notas figuravam entre as mais baixas, tamanho o seu desinteresse pelas matérias, e, como sempre, sua rebeldia cobrou um preço. Só que, dessa vez, a fatura ficou pesada demais.

Como estava decepcionado com a vida de marinheiro, o novo plano era se formar, voltar para o Rio, e daí, com salário e tempo para respirar, pensar em um novo concurso, uma nova carreira. Não tinha como ficar naquela vida sofrida! Na única viagem que fez, de Itajaí até Rio Grande, passou mal durante os três dias de mar e, a bordo do falecido batateiro Custódio de Melo, teve a certeza de que aquele futuro não o faria feliz. Seriam quatro anos, todo o período como marinheiro até o chamado para o curso de cabos. Quatro anos onde Judas perdeu as botas. Como ficaria sua mãe? Ela, como sempre, o apoiou, e então ele decidiu que não era certo, depois de um ano de curso, abandonar tudo e voltar à estaca zero. Não tinha a mínima ideia de como seria a vida no lugar para onde iria, sem nenhum dos seus poucos companheiros, pois todos conseguiram vagas no Rio de Janeiro. Teve a opção: Ladário ou Rio Grande? Já havia estado em Rio Grande anteriormente, e lá era frio pra dedéu! Escolheu Ladário, sem ao menos procurar no mapa, só porque soube que lá era quente. De fato, bota quente nisso!

Ao descer do ônibus, a imagem era desoladora.

Chegou a Ladário, no coração do pantanal sul-mato-grossense, mais ou menos a uma da manhã. Era seu aniversário.

Um dia e meio de viagem após sua festa de formatura. Foi nessa festa que se despediu de sua mãe, toda orgulhosa do filhinho que ia servir tão longe, na fronteira do Brasil com a Bolívia. O calor do lugar, em contraste ao ambiente geladinho do ar-condicionado do ônibus, fecha a garganta de Rafael no momento em que ele põe os pés para fora. A rua estava deserta e os borrachudos foram os primeiros habitantes a lhe dar as boas-vindas.

– Olhem só, o distrito é ali! É só se apresentar, falar que vocês são da turma nova de aprendizes. Não fiquem de bobeira pela cidade porque vocês ainda não conhecem nada por aqui. Entrem e boa sorte.

O motorista fechou o bagageiro do ônibus após a retirada da última mala e foi embora.

De pé ali fora, Rafael e mais 59 marujinhos prontos para o combate. E para beber.

No primeiro boteco que encontraram, a turma parou. Era um autêntico risca-faca, de chão batido, com meia dúzia de mesinhas de ferro enferrujadas espalhadas ao redor. Na máquina de música velha, modas bolivianas e vanerões davam dor nos ouvidos. Não importava. Melhor era ficar bêbado o mais rápido possível para encarar o que estava por vir.

Os colegas ensaiam um brinde como celebração pelo aniversário de Rafael, mas a tristeza por não poder voltar para casa batia forte. Eram as primeiras horas dos anos que passaria exilado, aguardando o momento de continuar com o seu plano de ser alguém, se firmar, de poder andar armado. Nem isso o marujo pode! Para que ser militar desse jeito se não pode nem ter uma arma em casa? Poder até pode, mas a burocracia é tanta que quase ninguém pede. E quem pede quase sempre não consegue.

Os anos seguintes se passam sem que aconteça nada de muito relevante, somente a ojeriza e o sentimento de inutilidade aumentavam a cada dia de trabalho. No navio que o levou para a Argentina e para o Paraguai, o Potengi, os tipos com os quais tinha de conviver o intrigavam pelas suas insignificâncias. Homens que se orgulhavam de bajular os comandantes, que ficavam felizes de viajar e passar meses fora, longe da família. Tinha o bêbado, o corno, o covarde, o fanfarrão... Uma autêntica tragicomédia. Por não se encaixar naquele ambiente, os piores trabalhos sempre eram delegados a ele, como pintar o porão, o mastro, a linha-d'água, o convés... Sabia tudo de tinta, mas tiro que é bom, nada.

A alegria era dar serviço de contramestre.

Durante o serviço, trabalhava com uma PT 99 Taurus na cintura, e aí se sentia militar de verdade! Rezava para alguém tentar invadir o navio e poder usá-la. Doce ilusão. Sua estada no navio foi encerrada após ser condenado a quatro dias de prisão por ter discutido com um cabo, que há muito lhe torrava a paciência. Este reclamava de todos os serviços que Rafael fazia, nada nunca estava bom. Certa vez, diante da ameaça de ser jogado pela borda do navio caso continuasse a azucrinar, calou-se, mas foi reportar o caso na mesma hora ao imediato. Resultado: o segundo aniversário de Rafael em Ladário foi no "Bailéu" (a prisão dos marinheiros). Isso porque o "gente boa" do comandante adiou a audiência para que, quando fosse preso, estivesse completando mais um ano de vida, para derrubar mesmo.

Depois de jubilado do navio, Rafael foi mandado servir no hospital naval de Ladário. Mais e mais bobalhadas e tédio! Não dava mais serviço armado; agora, tinha que arrumar a comida dos doentes e entregar nas enfermarias, além de cuidar da copa dos oficiais e da louça do efetivo de serviço que trabalhava no hospital. Aquilo havia passado dos limites.

Garçom? Copeiro? Era para isso que havia ficado um ano na escola?

As reclamações sobre o novo funcionário eram constantes: "Olha, esse boy não faz nada direito, nem descascar uma maçã ele sabe...". Acreditem ou não, o chefe da copa era um sargento fuzileiro naval parecido com o João Bafo de Onça. Frustrado e depressivo, via em Rafael a chance de descontar toda a sua amargura, todo o seu recalque. Os oficiais também sempre falavam mal do "boy" novo da copa, que era atrapalhado e estava sempre com a camisa suja, e não raro lhe determinavam que os copos que tinham acabado de ser limpos fossem lavados de novo, ou que fizesse um novo café, ou que arrumasse direito a mesa.

Talvez alguém devesse lhes dizer que não é muito inteligente irritar quem arruma sua comida.

Os bifes, sempre que possível, eram cobertos com uma grossa camada de catarro antes e durante o preparo na chapa, enquanto que os jarros de suco recebiam finos jatos de urina, e os pães... não, o pão era demais. Não dá para contar não.

Alguns senhores oficiais, talvez desconfiados da acidez excessiva da laranjada, trocaram Rafael de setor. Ia pulando da faxina para a junta de saúde, da junta para a sargenteação, de lá para a secretaria de comunicações, e por aí foi passando o tempo em contagem regressiva.

Ao final de três anos surgiu uma oportunidade de regressar ao Rio de Janeiro mais cedo. Durante a escolha da profissão que aprenderia no curso de cabos da Marinha, havia a possibilidade de se voluntariar para a carreira de mergulhador. Essa sim era uma profissão de verdade! Não suportava a ideia de ser um paioleiro, ou um arrumador, pois, por mais impressionante que isso possa parecer, um sujeito pode ser primeiro-sargento da Marinha do Brasil e ter como principal atribuição servir o almoço dos almirantes. É sério.

Vinte anos de serviço, e a "honra" de levar a bandeja com camarões de mesa em mesa era a recompensa. E havia gente que brigava, pedia por isso. Para Rafael, era pavoroso.

Ser mergulhador representava participar da "elite" da Marinha de Gola.[7] Tinham uma base e uma rotina só para eles, e nada mais de trabalhar na cozinha ou no convés pintando mastros. A rotina de um mergulhador é de exercícios físicos, instrução profissional atualizada e trabalhos específicos que somente ele pode desempenhar; afinal, uma inspeção no casco de um navio não pode ser feita por qualquer um, tampouco uma solda submarina.

Então solicitou ao seu atual encarregado, comandante Coelho, um oficial dentista, o deferimento de sua inscrição como voluntário para o curso de mergulho. O pedido foi aceito.

É INCRÍVEL O DESPRENDIMENTO COM QUE RAFAEL ABANDONOU O LUGAR EM que viveu durante três anos e meio. Tirando os poucos amigos que fez no jiu-jítsu, não se despediu de mais ninguém.

Para sua surpresa, um amigo que não estava no seu treino de despedida foi até a rodoviária para dar adeus. Era um faixa-preta que Rafael conheceu logo em sua chegada à academia, um sujeito reservado, de aparência severa, que sempre lhe despertou simpatia. Soube que ele era sargento do Exército, e isso, sim, fazia sentido, pois a sua postura sempre séria condizia com a profissão. Era um dois mais antigos faixas-pretas da academia, e também um dos mais durões. Douglão percebeu no jovem a mesma essência de lutador que

---

[7] Corpos da Armada.

habitava nele, e, mesmo se mantendo sempre sério, nutriu por ele uma amizade gerada pelo reconhecimento mútuo.

– Rafael? Tem algum Rafael Figueira no ônibus? – pergunta o motorista.
– Tem algum passageiro com o nome de Rafael Figueira presente no ônibus, por favor? – repete a pergunta.

Rafael já tinha ouvido, mas preferiu esperar para ter certeza antes de responder.

– Aqui!
– Tem um senhor querendo lhe falar aqui no embarque.

"Quem?", se perguntou. Não imaginava que era tão considerado por alguém naquele lugar a ponto de virem se despedir dele na rodoviária. Ver Douglão com sua esposa e os dois filhos o deixou feliz por ter percebido que havia feito uma amizade verdadeira.

Um guerreiro pode ser reconhecido por qualquer um, mas só pode ser compreendido por outro igual a ele. Pela primeira vez, estava emocionado por ir embora.

– Meu amigo, vim aqui para lhe desejar felicidades, boa sorte e tudo de bom em sua volta pra casa. Tenha certeza de que aqui você sempre terá um amigo.

Com a voz embargada, Rafael agradece a consideração de seu camarada. Douglas já havia saído do Exército e se preparava para começar o curso de formação da Polícia Civil do Mato Grosso do Sul. Perdeu completamente o contato com ele, mas gostaria muito de saber se, mesmo com todas as coisas que lhe aconteceram, a oferta de amizade ainda continuava de pé. Tinha quase certeza que sim.

Voltar para casa foi maravilhoso!

As coisas no Rio estavam diferentes, pelo menos foi essa a impressão que teve. Estavam mais iluminadas, mais intensas! Passar tanto tempo longe, em uma cidade pequena, tirou de Rafael um pouco da malícia com relação aos perigos aos quais estava sujeito. Lia todos os dias nos jornais sobre os arrastões, assaltos na rua, mas não percebia a proximidade das notícias com seu itinerário.

De sua casa, na Baixada Fluminense, até a base naval do Mocanguê o trajeto era cheio de surpresas. Passava por toda a avenida Brasil sem se dar conta de que fora ali que, no dia anterior, bandidos fecharam a via para roubar carros, ou que um bonde de traficantes armados trocou tiros com a polícia. Estava focado nos testes eliminatórios para seu curso de mergulho, que começariam logo após uma breve folga para ajeitar as coisas em casa; depois de matar a saudade da família, do seu quarto e da praia, veio o primeiro dia de exames.

Corrida, natação, barra, flexão. Nada de mais, só que para ser mergulhador, não basta ser atleta. Existem algumas aptidões específicas que são testadas, e permanecer na câmara hiperbárica foi o ponto final para Rafael. A claustrofobia desviou o rumo que aquele jovem tinha escolhido. E agora?

A reprovação não indicava necessariamente o fim da carreira militar, sobravam ainda os cursos assinalados por último na ficha de preferências por especialidade: caldeireiro, barbeiro, arrumador, cozinheiro... Nauseante!

Ou ficava, e se resignava em passar o resto da vida frustrado, ou rua.

Tinha alguns meses para pensar, e, enquanto se decidia, a vida no Mocanguê seguia a maré. Mais baboseiras, mais pinturas, mais cozinha. Também havia uma nova modalidade de tortura até então desconhecida de Rafael: o hidrojato.

Consistia em ficar com uma mangueira ligada a um compressor, como em um lava a jato (mas dez vezes mais forte), só que com água quente, e assim limpar o fundo dos cascos dos navios. Quando estes docam para serem reparados, é necessária a limpeza dos moluscos que ficam incrustados abaixo da linha-d'agua, e essa limpeza até poderia ser feita por máquinas, mas para que gastar dinheiro comprando-as? Pode-se usar o marujo, que é muito mais barato e de fácil reposição!

Enquanto o jato de água quente vai soltando e cozinhando os moluscos presos no fundo do casco, aquela sopa morna cai em cima de quem está manuseando a mangueira, e o cheiro que fica impregnado não sai antes do quarto ou quinto banho. Com detergente. Foi nesse ambiente de trabalho tão agradável que conheceu o seu grande amigo.

Quenupe era um marujo tão ou mais mulambo do que ele. Andava de um jeito engraçado, sempre com o macacão sujo e a barba por fazer. Os mais antigos já haviam desistido dele e não adiantava chamar sua atenção ou ameaçar prendê-lo. Estava contando o tempo para voltar a sua terra natal, em Minas Gerais.

Assim como acontecia com Rafael, sua rebeldia tinha raízes na percepção da inutilidade do seu trabalho. Sabia que tinha muito mais a oferecer, a produzir, e ali, naquela base naval, a semente começou a germinar. Das longas conversas e divagações com seu amigo veio a decisão que definiu a vida, a morte, a condenação e a absolvição de muitas pessoas.

Na piscina da base, bem ao lado da ponte Rio-Niterói, enquanto a noite de verão revelava suas estrelas mais brilhantes, as considerações sobre o trabalho policial eram esmiuçadas ao máximo.

Viviam em um país amistoso, onde a chance de um confronto real é quase nula para 99,99% dos integrantes das Forças Armadas. A possibilidade de demonstrar sua bravura ficava então limitada em fazer bem o quarto d'alva[8] ou em preparar um bom pudim para o "mar e guerra". Quem então poderia ser considerado um verdadeiro guerreiro nos dias atuais?

Quem é que trabalha armado, usa farda, combate os malvados? O policial.

Essa era a fantasia que Rafael e Quenupe compartilhavam. Não queriam saber de salário, mas sim de ter uma profissão que os deixasse satisfeitos, orgulhosos de si. O respeito de suas famílias eles conseguiram, ao longo dos anos na Marinha, mas agora queriam mais. Bem mais.

Não importava que os achassem loucos por abandonar uma promissora carreira militar. Nas divagações em que imergiam, não havia profissão mais nobre do que a de policial.

Subsistiria o Estado sem um corpo coercitivo, que subjugasse aqueles que afrontam a ordem social? Não. A atividade policial está intimamente ligada à formação e manutenção da sociedade em si. O conceito se deve ao fato de que alguém deve ter a responsabilidade de inibir os atos que derivem de certo egoísmo, de desprezo para com o bem-estar coletivo. O que é o ladrão além de alguém buscando o que quer? Nada. Apenas marginalizado por não

---

[8] Período da manhã correspondente ao gradual desaparecimento da estrela d'alva no firmamento, quando são feitas as primeiras faxinas do quartel.

usar as regras convencionadas pela maioria. Tomar algo de alguém sem autorização, avançar o sinal, bater em quem te amola, quem é que impede você de fazer o que tem vontade? O policial. Mais precisamente o PM, que faz o trabalho de polícia ostensiva. Esse profissional, cuja ausência impede a formação de uma estrutura social sólida e contínua, deve ser atribuído de "superpoderes" para que possa fazer valer suas prerrogativas em função da manutenção da lei e da ordem. Deve ser também de certa forma "blindado", para que não seja exposto demasiadamente aos fatores que levam determinados indivíduos à marginalidade. Bom salário, elevado status social, estabilidade e assistência estatal irrestrita seriam alguns dos pontos que compensariam a excruciante tarefa de policiar. Na época, Rafael e Quenupe nem imaginavam como era enorme o descaso com os policiais.

O abandono do estado com relação à Polícia Militar após o fim da ditadura causou sequelas virtualmente irreversíveis. Com o ranço do militarismo, os policiais militares do Rio foram sendo ignorados por grande parte das autoridades e de estudiosos fluminenses. Não houve, na época, quem vislumbrasse que a debilidade do sistema policial iria se acentuar com a crescente onda democrática que se instalara, e que agora não precisava somente do cassetete, mas da caneta também.

Enquanto a população ia crescendo, estudando, tomando consciência (?) de seu papel, os policiais militares continuavam nos quartéis, sob o comando dos coronéis, que agora não lutavam mais contra subversivos, e sim contra bandidos comuns. O policial soldado não entendia isso muito bem. Fica claro que até hoje, para muitos deles, a sociedade em si é o inimigo a ser combatido. Afinal, está sempre com o dedo em riste para lhe apontar os erros, e deve ser reprimida a todo e qualquer deslize! Esse é o sentimento do PM para com os moradores da favela quando está subindo um morro, pois, na sua concepção, se levar um tiro, terão eles também ajudado a apertar o gatilho da arma do bandido, que vive alcovitado graças à conivência dos vizinhos.

Enquanto havia muita gente dando festa, enriquecendo, fumando maconha nas altas-rodas do poder carioca, o futuro tenebroso de uma considerável parcela da população ia ganhando seus contornos mais sombrios. Os policiais militares, completamente alucinados pelo poder, sem qualquer supervisão, protagonizaram massacres infelizmente inesquecíveis, principalmente para quem mora no estado. Com características levemente análogas à xenofobia, enxergavam em determinados grupos a intromissão de um estrangeiro em seu território, um mal a ser extirpado. Foi assim na Candelária, em Vigário Geral e no morro do Borel, só para exemplificar. Sem contar os vários outros casos de execuções perpetradas por policiais que permeiam ainda hoje os noticiários. Será que ninguém percebeu que alguma coisa estava indo muito mal e que as consequências seriam desastrosas? Acompanhar o noticiário policial dos anos 1980 e projetar um cenário perigoso para as camadas diretamente ligadas ao convívio intermitente com a PM não era difícil; então, por que nada foi feito? Nada foi estudado?

As políticas de segurança, ao contrário do que vendem, não estão preocupadas com uma polícia eficiente, que trabalhe para o bem comum; estão apenas mais refinadas em seu modo de mascarar a real intenção de seus gabinetes: cercar os dominantes de proteção e relegar aos menos abastados aquilo que der. Não concorda? É só passear por Copacabana e pelo Leblon, e depois dar uma passadinha lá em Nova Iguaçu.

Ser policial se tornou um assunto mais e mais recorrente, mudando assim de vez a concepção que Rafael tinha sobre ser PM. Poderia até tentar a prova da Polícia Civil, mas as disciplinas de Direito eram desconhecidas e o tempo para tomada de decisão estava se esgotando.

Quenupe já havia planejado seu retorno para Minas e o início da preparação para o concurso da Polícia Civil de lá. Decidido: Rafael pediu autorização para se inscrever no concurso da Polícia Militar. Mero formalismo, pois o Comando Naval não poderia negar o pleito.

A notícia da permissão de Rafael para fazer a prova rodou o quartel. "Será que ele vai conseguir?", era a pergunta mais frequente. Convencer sua mãe a concordar com a escolha não foi fácil. Ela nunca quis isso para seu único filho, mas não poderia impedi-lo. Com o coração apertado, acompanhou a preparação para a prova, e secretamente até torceu para que ele não passasse. Para sua tristeza, ele conseguiu.

O último dia no Grupamento de Embarcações de Desembarque (GED), no qual serviu no período final de sua carreira naval, não teve nada de especial. Quenupe já havia voltado para casa, em Minas, e estava ralando para ser aprovado no concurso. Seus outros poucos amigos também haviam dado baixa e só restavam ali uns malas que não viam a hora de não ter mais de lidar com o temperamento forte de Rafael.

Arrumou seu armário em silêncio, tirando uma coisa de cada vez e acomodando em uma bolsa grande de viagem. Olhou pela janela do alojamento e viu a entrada da base naval bem de frente, com o sargento parando os carros antes da cancela, fazendo a vistoria para autorizar a entrada. O sol vinha descendo lá por trás, perto do cais, e sua luz alaranjada derramava uma certa melancolia no ar. Não tinha mágoas de seu tempo como marinheiro, queria até ficar, mas não como aqueles homens arrasados que conheceu. Queria ganhar o mundo sem sair de sua casa, ser um militar de valor pela sua coragem, seu idealismo. Não iria mais ser obrigado a limpar as latrinas dos oficiais nem a descascar as uvas dos almirantes. Iria para o combate, pegar os bandidos, os homens maus.

Após dar sua saída pela última vez no livro de licenciados, despediu-se cordialmente do sargento e foi pelo caminho de pedras, sentindo o arzinho frio que descia com o anoitecer. Olhou para o posto onde passava várias madrugadas de serviço, sozinho, esperando por esse momento de liberdade, e não se sentiu feliz. Pelo contrário: sentia um pesar por tantas e tantas vezes em que reclamou. Percebeu que não há condição que dure para sempre, boa ou ruim.

A base parecia estar mais escura do que o comum. Devia estar qual uma velha amiga que, ao ver o companheiro indo embora, esconde a tristeza e o choro pela partida, mas sente, e muito, a dor do adeus. Rafael não percebeu, mas, naquele momento, ficou claro que, não importa para onde for nem o que se torne, a Marinha sempre estará com ele. E ele com ela.

Aquele ciclo estava chegando ao fim.

Olhando para trás, o cenário descrito brevemente deve ajudar a traçar um perfil do jovem que virou monstro. Filho único de mãe solteira, com um pai omisso, preocupado em sair de casa para deixar de ser um fardo e se tornar motivo de orgulho, entrou em uma carreira naval curta e decepcionante, prolongada ao máximo pela vergonha do fracasso. Militar por vocação, precisava somente de um líder digno de ser obedecido, alguém que lhe mostrasse o norte e desse conta de canalizar toda aquela vontade de combater.

O que deu errado?

Se tivesse ficado na Marinha, Rafael poderia até estar frustrado, mas certamente não estaria preso.

# A FÁBRICA

A fábrica mudou Rafael.

O ponto de virada começa agora, com as primeiras impressões, os primeiros ajustes à condição de policial. Na fábrica de soldados da Polícia Militar do Estado do Rio de Janeiro, quem dava mole era bundão. O sistema estava em busca deles, dos futuros assassinos do estado, das novas engrenagens da máquina repressiva: os recrutas do CFAP.

A entrada do CFAP tem um grande portão azul, com o alojamento dos policiais que trabalham como sentinelas em uma estrutura anexa. De cara, uma longa e bem pavimentada rua, com alguns quebra-molas, conduz os visitantes às dependências do complexo, e é justo por esse caminho que os recrutas devem seguir, para se concentrarem e aguardar quais seriam as determinações iniciais do aquartelamento.

No primeiro dia ganhou o RG, número que o acompanhará para o resto da vida.

Enquanto aguardavam sentados no imenso gramado do campo de futebol do CRSP,[9] uma major que comandava aquela unidade queria passar a impressão de durona:

— Marcos Aurélio Brandão! — gritou a primeira vez.

— Marcos Aurélio Brandão! — a segunda.

— Marcos...

---
[9] Centro de Recrutamento e Seleção de Praças.

Foi interrompida antes de terminar a terceira chamada:
– Aqui!
– Você tá surdo, animal? – diz, em tom ameaçador. – Fala, tá surdo?
O coitado nem se atreve a responder.
– Quer ser polícia assim, é? Vai é tomar um tiro no meio da cara se continuar lerdo assim! 102.421, toma aqui seu RG. – E continua a chamada: – Aparecido...

Todo aquele aparato para demonstrar rigidez no comando e eficácia na função não foi suficiente para impedir uma fraude que, de tão absurda, quase deu certo.

Um cidadão, ciente de que naquele dia seriam distribuídos os RGs dos aprovados, entrou com os candidatos e se misturou a eles. Aguardou um nome qualquer ser chamado algumas vezes e, ao perceber que a pessoa havia desistido, gritou:
– Eu!

Uma simples verificação dos documentos pessoais na hora da entrega do documento desmascararia o impostor, mas a preocupação da major Civilianos em demonstrar sua pedante arrogância e em rebaixar quem estava ali para trabalhar, não para ser humilhado, era maior. A fraude só foi descoberta, pasmem, dois meses depois. O camarada já tinha ganhado farda e tudo. O pobre coitado foi levado para a delegacia e lá assumiu tudo, dizendo que seu sonho era ser policial militar. Não foi autuado, não sei bem por quê. Deve ter sido para que a promoção da major não ficasse arranhada.

As expressões dos recrutinhas eram de excitação e ansiedade.

Muito embora a média de idade fosse 25 anos, e a maioria já ser chefe de família, um certo clima juvenil toma conta da atmosfera. Muitos haviam tentado a aprovação sem sucesso anteriormente, e estar ali era uma grande vitória. Homens de variados tipos e histórias, certezas e dúvidas, mas, em comum, a alegria de estar se tornando policial militar.

Todos riem e conversam baixinho para não atrair a atenção da megera estúpida e ignorante que há pouco havia chamado um de animal. "Queria ver essa brabeza na favela, trocando tiro...", sussurravam, concordando uns com os outros, como crianças de um jardim de infância com medo de serem repreendidas pela professora feia e má.

— E aí, cara, beleza?

Um recruta sentado bem ao lado começa a puxar assunto com ele. Rafael responde:

— Tranquilo. Tá nervoso?

— Mais ou menos... Fiquei sabendo que no primeiro dia eles ralam a gente um pouco.

— É?

— Pois é. Corrida, porrada... Uma pressãozinha pra ver se alguém vai peidar.

— Pô, mas não mandaram trazer nem roupa pra correr!

— É, cara... vamo vê.

Esse tipo de apreensão era comum à maioria dos que estavam ali para o primeiro dia de recrutamento. Mais uma dissonância. O treinamento e a formação do policial devem ser voltados única e exclusivamente para o exercício das funções, ou seja, prestar serviço à população. Militarizar o serviço policial é confundir sua finalidade; afinal, esses soldados não são treinados para a guerra (ao contrário do que pensam os recrutinhas ao ingressarem na corporação), mas, sim, para policiar.

Naquele gramado, a expectativa era a de que a qualquer momento bombas começassem a estourar, tiros de festim fossem disparados e um sargento durão aparecesse gritando: "Mexam-se, seus molengas idiotas! Não tenho o dia todo..."

Em vez disso, para derrubar todo e qualquer impulso beligerante apresentado por algum aluno, um rígido programa de conscientização a respeito da missão policial deveria ser iniciado no momento em que o recruta colocasse os pés dentro do CFAP.

Só para começar, o termo "recruta" não deveria ser aplicado. Recruta é no Exército, na Marinha. Na polícia o camarada vai trabalhar diretamente com o bêbado num dia e com o juiz no outro, e o jogo de cintura que terá de aplicar não combina com a rigidez da formação de um simples conscrito.

O aluno, então, seria sabatinado com lições iniciais sobre a influência do trabalho policial na sociedade, sua importância e suas responsabilidades. Tecnicamente, alguns coronéis irão justificar-se, dizendo que tal fato já ocorre. Mentira.

O que existe é, mais uma vez, um programa para mascarar a ineficácia do sistema de formação policial militar. As aulas de direitos humanos são superficiais, e as de direito criminal, civil e administrativo, inexistentes. Como se pode formar um policial sem lhe ensinar o básico das leis? Sem um pouco de filosofia, sociologia?

A princípio, só uma lei é observada com atenção: não roube, espanque ou mate se alguém estiver vendo ou filmando. De resto, pode tudo.

Chegar ao início do curso não pode ser confundido com um aquartelamento para o front, e todos ali acreditaram estar justamente se preparando para a guerra.

Estar sentado aguardando o RG era a senha para uma vida de aventuras e riscos, o que é verdade, mas o inimigo do policial não usa uniforme, não obedece a uma bandeira, não tem um ideal. É um homem comum, alcoolizado, ou um mendigo roubando fios de cobre para vender e comprar algo para comer, ou o mais sanguinário dos assassinos da Tijuca.[10] Isso é muito diferente de um teatro de guerra, em que o soldado não tem tanta necessidade de analisar a conjuntura da situação na qual está imerso. Então, por que não desmilitarizar a polícia de uma vez, e aí, com um currículo voltado somente para a parte profissional, sem essa coisa inútil de ficar marchando e prestando continência, atentar exclusivamente para a eficácia do policiamento?

Simples: lobby.

Sem o militarismo, o que seria feito dos atuais coronéis? E dos próximos?

A sociedade não tem a menor noção dos poderes atribuídos a esses homens, que se agarram à condição dada pelo estado e fazem dela uma forma cruel e eficaz de dominação. Alguns agem como verdadeiros se-

---

[10] Bairro da Zona Norte carioca.

nhores feudais, cercando-se de proteção militarizada, loteando áreas de atuação, usando as estrelas como condões mágicos em um mundo perfeitamente influenciável.

Coronelismo. Estranho pensar nessa prática bem diante de nossas fuças! Mas ela está aí para quem quiser ver, só que em versão modernizada.

No batalhão do coronel, só serve quem ele quer, onde ele quer, no dia que ele quer.

Ele monta sua guarnição de confiança para fazer os recolhes; jogo do bicho, clínica de aborto, tráfico de drogas, cooperativas de táxi, transporte alternativo, baseamentos de viaturas vendidos, ferros-velhos, prostituição, associação comercial, estabelecimentos bancários, tudo dentro da área do batalhão vem até as mãos dele. Ele se reúne em cafés da manhã comunitários com os comerciantes, banqueiros, bicheiros, traficantes, e aí define como serão as formas de policiamento na sua área de atuação.

Perto do Natal, o chefe da segurança do shopping (que também é coronel, só que reformado) pede, e lá está! Mais uma viatura baseada das 19h até o fechamento das lojas. Perto da faculdade, baseamento até as aulas terminarem.

No morro dos Macacos[11], ninguém entrava sem a autorização do comando. Se um carro fosse roubado, e o bandido fugisse com o veículo para o interior da comunidade, sorte dele. Quando novas cabines estão para ser construídas, abre-se o pregão para a disputa de umazinha perto dessa ou daquela rua mais movimentada. Ganha a que tiver o comércio que pagar melhor. É muito poder nas mãos de uma só pessoa.

Acredite, se um policial adentrar uma comunidade sem autorização do comando, não importa o motivo, ele responderá por descumprimento de ordem. O morro que está "arregado" não tem tiro nem morte, basta estar com o carnê em dia. E sem morte, a área do batalhão passa a dar a impressão de estar sob controle. No fim, todo mundo ganha. Mas o câncer está lá, quieto, crescendo e tomando espaço. O sistema de venda de policiamento é feito de forma a dar impressão de legitimidade às ordens

---

[11] Comunidade em Vila Isabel, na Zona Norte do Rio de Janeiro.

do comando, e passa despercebido (?) à maioria das autoridades. O coronel se torna um ser onipresente, onisciente. Se alguém faz o que não deve, pega seu arrego, por exemplo, ou mexe nos táxis sem autorização, ou simplesmente mata um vagabundo arregado, sabe o que acontece? Bem, quando se dá conta, o desavisado está lá em Bom Jesus de Itabapoana, atendendo ocorrência de roubo de galinha. Ou de porco.

Usando de um artifício mais elaborado, além da força dada pela patente, alguns agora estendem seus tentáculos à área política e aumentam ainda mais seu raio de ação. A única falha desse sistema é a total dependência de apenas um fator para sua continuidade. Sem esse alicerce, toda a abóbada celeste cairia sobre seus ombros e os mandaria para um terreno, para eles, terrível: o da igualdade. Ao retirar o militarismo, a tropa, a força do coronel se desmancha como espuma. Daí o lobby tão forte por parte dessa casta em prol da manutenção da caserna. Dizem que sem o regulamento, a PM seria uma bagunça, ninguém chegaria na hora, ninguém trabalharia nas festas de Natal e ano-novo, ninguém ia fazer nada. Se fosse assim, então, a Polícia Civil e a Federal só funcionariam em horário comercial. E os hospitais entrariam em recesso na época de festas, ou será que tem alguma diferença entre o homem que faz um RO[12] e o que faz uma blitz, ou uma sutura? Nada apavora mais um coronel do que um praça pensando. Imagina se ele puder pensar e questionar? "Coronel, eu quero saber por que é que eu trabalhei nas últimas três vésperas de ano-novo? Não posso passar mais as festas com a minha família?" Se ele dissesse que era ordem do comando-geral, do governador, do papa, mas não lhe desse uma justificativa plausível, o soldadinho iria lhe dar uma imensa banana e as costas, indo embora para casa estourar o champanhe com os familiares. E ele? Faria o quê com o indisciplinado?

Descentralizar esse poder, abandonando a disciplina militar e dividindo as atribuições do comando entre policiais mais qualificados e experientes, para mim parece bom. Tirem o militarismo e veremos como fica. Pior do que está é que não pode ser.

---

[12] Registro de Ocorrência.

Só que lá no campo a tocada era outra.

Rafael já pegara o papelzinho improvisado com seu número de RG para fixar na memória: 102.502.

A essa altura, quase todos já estavam separados por coluna, aguardando os próximos acontecimentos do primeiro dia, inclusive o malandrão que fora descoberto na pilantragem aos dois meses de curso.

Todo mundo empolgado, uma embolação só, parecia saída de jogo de futebol. Trezentos e noventa e cinco recrutas falando ao mesmo tempo;

– Tô ficando com fome!

– Tô cansado de ficar em pé!

– Tô com sede!

– Quero mijar!

Um berro corta os "quero-queros":

– Atenção, primeira companhia! Companhia, sentido!

Era um sargento, designado para conduzir os alunos do CRSP até o espaço onde está localizada a primeira companhia. Mesmo sendo o primeiro dia, muita gente já sabia o que fazer. Grande parte da turma era formada por ex-militares. Ex-fuzileiros, paraquedistas, pés-pretos[13] e alguns poucos ex-marinheiros davam uma ajudinha ao companheiro que ficasse perdido.

– Vocês, a partir de agora, vão iniciar o treinamento policial militar! – continua berrando. – Não quero ouvir conversinhas em forma! Posição de sentido é em silêncio, entendido?

Silêncio.

– Entendido?

Agora eles entenderam.

– Sim, senhor!

O militarismo é engraçado.

Enquanto o sargentão pega as últimas orientações com a major, Rafael viaja em como será o dia. Queria que Quenupe estivesse ali na turma dele também.

---

[13] Pé-preto é a forma pejorativa pela qual são chamados os militares que não possuem o curso de paraquedismo e que, portanto, não utilizam o coturno marrom.

Ia ter corridão, lama, tapa na cara, um verdadeiro parque de diversões.
— Atenção, primeira companhia! Primeira companhia, CORRENDO!
Alguns respondem ao chamado com o brado:
— HÁÁÁ!
Devolvido pelo sargentão:
— CURTO!
A turma em forma começa a trotar seguindo o líder. No caminho, vão traçando um percurso alternativo àquele da entrada. Seguindo por um aclive, pegam uma ruazinha de paralelepípedos que passa em frente ao gabinete do comandante do CFAP. Passam em frente ao rancho, e começam a descer a ladeira usada para o abastecimento de viaturas daquele centro, e de outros quartéis também. Viram outra rua à direita e iniciam o caminho reto até a companhia.
— Essa companhia está muito quieta! Vamos vibrar! — pede o sargento.
Rafael se anima a puxar uma das canções da época do curso de salva-vidas da Marinha. Chegou até a ensaiar umas modificações mentalmente. Mas não iria ser ele a puxar o primeiro coro. Não é muito bom ficar em evidência assim, logo de cara.
— Vamos lá! Vamos vibrar! Vibra aí, ô! — O sargento vai ficando impaciente.
"Quer saber? Por que não?"
Rafael puxa, e o coro, para sua surpresa, é bem mais animado do que pensava:
— A tropa / avança / enquanto o bicho berra / é Deus / no céu / a polícia aqui na Terra /alerta! / alerta!/ deixa passar os malditos cães de GUERRA!/...
O caminho é ladeado por um monte de mato e árvores, e, de repente, do meio do mato, vêm os estouros: bombas e tiros de festim são disparados por alguns instrutores durante a chegada da turma ao pátio da companhia.
— Bem-vindos à primeira companhia, senhores!
Gritam até o último recruta passar correndo por eles.
— Vambora, vambora! Todo mundo em forma no centro do pátio!

Rafael vai no meio, embalado, ajeitando-se em sua posição no dispositivo.

— Atenção, primeira companhia, companhia, ALTO! Companhia, DESCANSAR! Companhia, SENTIDO!

O sargento agora se prepara para passar o comando dos alunos para o mais antigo do local. A princípio Rafael pensa que ele está um pouco perdido, olhando para o alto, até porque nem o próprio sargento acreditou naquilo que estava vendo.

No teto do prédio da companhia, lá na laje, uma figura de pé, braços cruzados e pernas abertas, parecendo uma divindade grega a olhar para os pobres mortais residentes ao sopé de seu Olimpo, aguarda a aproximação do sargento. Lá de baixo, ele assume a posição de sentido e passa o comando da turma para o capitão Bucenho, comandante da companhia. Mal concede ao sargento permissão para se retirar, o capitão dá a sua primeira voz de comando à turma:

— Companhia, a meu comando, companhia, DESCANSAR! Para posição de flexão, UM, DOIS!

— TRÊS, QUATRO! — a turma responde.

Eram as primeiras palavras do oficial aos seus novos comandados, ali, na posição de flexão.

— Senhores, sejam bem-vindos à primeira companhia, a melhor companhia do CFAP. Eu sou o capitão Bucenho, seu comandante de companhia! A partir de agora começa o curso de formação de soldados da Polícia Militar, e, já adiantando, nem todos aqui terão o privilégio de chegar ao final dele. Alguns morrerão, outros serão presos, outros desistirão.

Morrer não é absurdo, afinal, todos vocês sabem que a partir de agora têm um inimigo real e cruel. Esse inimigo não terá compaixão ao levá-los para o interior de uma favela e os torturar, matar e decapitar, não sem antes desfilarem com os senhores de calcinha pelas ruas da comunidade. Se acaso forem identificados e capturados, peçam apenas uma morte rápida. Na última turma, após saírem de uma casa de shows em Madureira, dois recrutas resolveram dar carona a duas garotas que conheceram por lá. Essas garotas moravam na Camarista Méier,[14] pra quem não conhece, uma favela bem próxima ao asfalto, dominada pelo Comando Vermelho. Os recrutas não sabiam onde estavam entrando, e, logo na primeira rua, a contenção parou o carro para verificar quem estava dentro. As meninas fizeram sinal aos vagabundos, e eles mandaram que todos descessem. Elas mesmas contaram que os dois disseram ser policiais, e quando os bandidos olharam na mala do carro, acharam as fardas escondidas. Após uma sessão de tortura, os recrutas foram mortos com mais de 40 tiros cada um, e o seu velório teve de ser com o caixão fechado, de tão estragados que eles ficaram.

Desistir também não é nada de mais; afinal, alguns aqui podem se dar conta de que essa não é a vida que eles queriam, ou encontrar algo melhor para fazer. Não se enganem: ninguém fica rico na polícia. Os cordões de ouro, os carros importados, tudo não passa de uma imensa ilusão! Aqueles que projetarem esse futuro para si encontrarão um caminho escuro pela frente, e é a esses a quem eu me dirijo agora, aos que serão presos. Não se enganem! Eu sei o que se passa na cabeça de uma meia dúzia de vocês aí! A cada um que pensa em trilhar o mau caminho, que pensa em usar a carteira de policial como escudo, que acha que estará acima das leis, cuidado! Os olhos estarão sobre vocês o tempo todo. A cada passo, a cada festa, a cada discussão com o vizinho, não será mais o fulaninho ou o zé das couves arrumando uma confusão, e sim o PM. O PM não pode fazer nada a mais que os outros, pelo contrário, ele pode menos. Ele não pode ameaçar, olhar de cara feia, xingar, bater, não pode nada! Qualquer denúncia que chegar ao conhecimento do comando pode resultar no desligamento do policial automaticamente. A todo momento vocês serão seduzidos a fazer o que não devem. Uma facilitadinha aqui, uma miliciazinha ali, e, quando os senhores perceberem, já estarão contaminados! Cuidado! Eu não quero ter o desprazer de expulsar nenhum aluno em virtude de cometimento de crime.

---

[14] Méier, Zona Norte carioca. A comunidade Camarista Méier fica entre o Engenho de Dentro e o Méier.

Aos demais, aos homens que verdadeiramente almejam ser policiais, que honrarão a farda e a instituição, bem-vindos! Os senhores começam agora a caminhada rumo à profissão mais gratificante do mundo! Posso lhes garantir que NADA paga a sensação de tirar um vagabundo das ruas! NADA paga a satisfação de prender um bandido, de fazer o seu trabalho benfeito! Àqueles que não vão se desviar, que não vão se corromper, eu não garanto uma vida de luxo e de tranquilidade, mas garanto que todas as noites, ao chegarem em casa, vocês se orgulharão de si mesmos, ao olharem nos olhos de seus filhos e perceberem o quão importante é o trabalho de vocês, para que o filho dos outros também possa ir para a escola, também possa crescer. Se o bandido tem um pouco de medo de sair para roubar, para matar, não é por medo do Exército, da Polícia Civil nem da Federal. É porque ele tem pavor de encontrar VOCÊS! De cair nas mãos de VOCÊS! Quando alguém está em perigo, não grita "Bombeiro!", ou "Aeronáutica!", grita POLÍCIA! Todo mundo malha, reclama, fala mal, mas sabe de quem os bancos dependem para abrir suas portas? Quem faz o trânsito andar? Quem faz a segurança do promotor, do juiz, do governador? VOCÊS! VOCÊS!

Honrem esta farda, senhores, honrem o mugue, tornem-se motivo de orgulho e respeito, e que Deus nos abençoe em nossa missão! ENTENDIDO?

– SIM, SENHOR!

– Companhia, EMBAIXO, EM CIMA!

– ZERO...

Que discurso!

Rafael ficou extasiado com as palavras do capitão. Tudo o que ele imaginava se encaixava agora. O orgulho que sentiu enquanto estava em posição de flexão e ouvia as palavras do comandante valeu por todo o esforço para estar ali. Foi a prova dos nove das dúvidas que tinha ao escolher trocar de carreira. Não queria de forma alguma dinheiro, ostentação. Queria exatamente o que o capitão exaltava, uma vida simples, mas que desse satisfação, que desse gosto ao levantar para o trabalho de manhã. Jamais seria enquadrado com os que se perdem pelo caminho, que mancham o nome da Polícia Militar.

Ser um bom policial, esta era sua única aspiração. É realmente uma pena que existam tão poucos policiais como o capitão Bucenho, que vivam exclusivamente do salário. Trabalhando na rua, então, esse tipo se torna mais raro ainda. O capitão havia sido soldado paraquedista do Exército e vinha de uma família humilde, somente com muito esforço estudou e passou no vestibular que dá acesso à Escola de Oficiais da Polícia Militar. Por ter sido praça, tinha uma visão diferente da maioria dos oficiais quanto ao trato com subordinados, exigia disciplina, compostura militar, mas não se enxergava como um ser superior. Ao contrário da primeira impressão que deu, quando estava de braços cruzados em cima da laje.

Trabalhar internamente, na atribuição de instrutor e comandante de companhia, não é exatamente a função mais cobiçada por um oficial da PM. Primeiro porque estaria fora das ruas, fora da ação. Sem um batalhão e fora do combate fica mais difícil se destacar e fazer um nome como policial, nome que irá precisar para acelerar as promoções. E o principal: no serviço interno não tem o dinheiro da pista, sem arrego, sem bote, sem desenrolo...

Sem dúvida, é de admirar que não tenha se contaminado na Academia.

Durante três anos, o aluno é testado ao limite na mais pura e idiota rigidez militar. Três anos em que tudo, tudo mesmo, gira em torno dos costumes de um regime absolutamente retrógrado e incompatível com as peculiaridades do serviço policial. Chegam ao ponto de dormir no chão para não desarrumar as próprias camas, feitas a régua, e inspecionadas por outro aluno "veterano". Um milímetro fora da medida é o suficiente para que o aluno fique impedido de ir para casa nos finais de semana.

As fardas têm de estar sempre impecáveis, assim como o cabelo e a barba. Os oficiais instrutores incentivam a segregação do convívio dos futuros aspirantes com os demais praças, dizendo que praça é raça ruim, ladra, burra. Desde o início aprendem que não devem se misturar, não devem dar brecha para intimidade. Tudo deve ser encarado com desconfiança, e a principal missão depois de formados seria coibir os atos dessa corja que insiste em sujar o nome da instituição. Marchas, desfiles e cerimônias são frequentes e ensaiados ao extremo. Aulas de etiqueta à mesa são ministradas para que saibam se portar e representar bem a PM em eventos sociais. Mas e aí?

Ao contrário das Forças Armadas, de onde a PM tirou os moldes de sua academia, o oficial da Polícia não tem uma especialidade, uma função definida. No Exército, temos o intendente, o infante, o engenheiro e outros. E na PM? Temos o PM. Mas quem é que cuida da folha de pagamentos? O oficial. E quem determina a rotina do rancho? Ele também. Quem faz o estudo das regiões a serem patrulhadas? Quem faz o cálculo quantitativo de armas e munições? Quem pede para comprá-las? Quem manda no serviço reservado? E no trânsito? Tudo ele.

Sempre na base do improviso, vai dando um jeito de fazer de tudo, sem ser especialista em nada. Desde a formação até assumir o cargo, o oficial foi treinado para ser oficial, e só. Repreender o praça é o principal, o resto vem por tabela.

Não há sentido em manter essas atribuições, que eram preciosas em um regime militar, numa sociedade que ainda busca sua identidade. No sistema administrativo das polícias estaduais de vários países, como França, Inglaterra e Estados Unidos, há a função de tenente, mas ela é dada de acordo com o merecimento do policial durante sua carreira. Não há uma escola de tenentes, um curso para formá-los, e sim um reconhecimento oriundo da própria instituição, que, por meio de procedimentos internos pautados na meritocracia, designa a alguns a função de mando sobre outros. Não há a imperatividade da farda, usada apenas em ocasiões específicas, mas a hierarquia está implícita no cargo.

Pensar em um sistema semelhante vigorando nas polícias brasileiras faz parte do sonho compartilhado pela maioria dos estudiosos da problemática da segurança pública. Mas é um terreno tortuoso esse de tentar mudar a ordem das coisas. Muitos interesses estão envolvidos na manutenção da estrutura feudal à qual estamos submetidos. Obedecemos aos xoguns cariocas e às suas milícias particulares em todos os nossos movimentos pela cidade: Pare; abra o vidro; acenda a luz interna. Encosta;

mãos na cabeça; documento. Onde mora? Eles mandam, e ai de você se não obedecer.

Essa é a missão deles, dos oficiais. Garantir a manutenção das coisas como estão, sufocar o subordinado para que ele não entenda, não pergunte, não acorde. Perturbar por causa da cobertura, do horário e do cabelo, mas se calar e se abster quando perguntado sobre o salário, sobre a escala apertada, sobre a paralisação. Um fato ocorrido recentemente ilustra bem essa covardia dos oficiais da Polícia Militar. E também serve para demonstrar como os cães adestrados do estado podem morder direitinho quando o dono da vez mandar.

Bombeiros insatisfeitos com o governador e sua evidente inépcia para o cargo invadiram o quartel-general da corporação para exigir uma reunião com o seu comandante-geral. Era uma reivindicação por melhorias salariais e das condições de trabalho, só que o coronel dos bombeiros, com o cu na mão, ligou para o governador e deve ter dito: "Chefe, fudeu!" Então, a solução foi chamar o BOPE para jogar bombas e disparar balas de borracha contra os invasores e suas famílias, que pacificamente os acompanhavam durante o protesto.

Seria cômico se não fosse trágico.

O sujeito fica três anos em internato, aprendendo a "ser oficial da Polícia Militar", torna-se capitão, major, coronel, e não tem discernimento ou peito para dizer "NÃO" a uma ordem absurda dessas? Será que quem obedeceu a essa ordem covarde não percebeu que se tratava de um ato de pura politicagem fascista? Uma forma de calar os dissidentes agitadores e mandar um recado ao mesmo tempo: "Não peçam nada, pois não vou atender! E se continuarem, minha tropa leal cuidará de vocês..."

Agora deve estar ficando claro por que as autoridades fazem tanta questão de manter as coisas nos moldes atuais, por que há tanta reticência quanto ao debate sobre as reformas estruturais das polícias. Ter uma arma dessas à mão para poder usar sempre que a coisa estiver feia é vantagem preciosa demais para se jogar fora.

O comandante do BOPE agiu como um capitão pretoriano, sem nem ao menos analisar as consequências da sua incursão. Isso não é coisa para policial. Agir sem pensar, só obedecendo a um comando, é coisa de animal, de cachorro.

Policial tem de medir, analisar, pesar. Não é culpa dele se o governador é prepotente demais para dialogar com um grupo de servidores, se ele não tem habilidade política para contornar o caso. Um simples encontro resolveria a situação conflituosa, mas o que se viu foi um flashback dos anos de chumbo, e a PM, mais uma vez, foi protagonista de um episódio lamentável. Será que um jovem que se preocupasse menos em passar sua farda e mais em estudar ciência política, que tivesse lido ao menos trechos da *República*, de Platão, será que esse jovem obedeceria a tal ordem absurda dada pelo governador?

Lógico que não!

Mas ela está lá! E continuará a estar por um bom tempo.

A Academia D. João VI funciona, assim como o CFAP, como uma fábrica, uma linha de montagem, só que de peças mais caras. Mesmo assim, mesmo sendo mais trabalhadas, continuam sendo peças e somente isso. Descartáveis e substituíveis. Só peças.

– CINQUENTA!

– Companhia, de pé! UM, DOIS!

– TRÊS, QUATRO!

A intenção do capitão Bucenho era boa, mas não passou nem perto de ser suficiente.

Logo após a primeira "suga",[15] os recrutas foram separados por ordem de RG em pelotões de até 48 homens. Cada pelotão tem suas próprias dependências e as ocupará durante as atividades de ensino até o término do curso. Parece uma sala de aula, com várias carteiras espalhadas por um espaço grande e bem simples; ao lado, um corredor leva ao lavatório e aos armários que servirão aos recrutas. Depois de um breve tour de reconhecimento pelas instalações, já não havia muito mais o que fazer a não

---

[15] Exercícios físicos de cunho doutrinário.

ser aguardar as próximas determinações do dia. Mas a PM não demorou a mostrar que ainda engatinha quando o assunto é planejamento.

Os recrutas chegaram cedo ao CFAP, às sete da manhã, e até aquele momento, já se aproximava do meio-dia, nem uma gota de água. Nada mais normal do que aguardarem o rancho para depois continuar com a rotina. Só que não tinha comida para todo mundo e eles foram liberados por falta de almoço. Rafael ficou decepcionado. Só se sentiria parte daquele quartel quando estreasse o rancho. Ficaria para a próxima.

– Cara, é impressionante!

– Pois é, parceiro, viva a PM! O pessoal do pelotão vai se reunir no barzinho ali na frente pra rapaziada trocar uma ideia, vamos lá?

Rafael nunca foi muito afeito a bares e botecos, nem beber ele bebia, mas fazer o quê? Ainda havia um dia inteiro pela frente para sentir orgulho de ser policial.

E esse foi o primeiro dia no CFAP. Sem aulas, sem atividade física direcionada, sem instrução e sem palestra. Assim foi durante boa parte do curso. A rotina consistia em chegar de manhã cedo, formar os pelotões e aguardar a parada com as ordens do dia. Depois, iam para as salas e aguardavam o início das aulas. Português e matemática faziam parte do currículo, assim como história da Polícia Militar. Foi nessa aula que Rafael aprendeu que, veja você, a PM carioca foi criada no ano de 1809 não para proteger a sociedade, mas sim para garantir a segurança da família real portuguesa.

Com o nome de Guarda Real de Polícia, a instituição tinha entre suas principais atribuições servir de pajem ao jovem príncipe português, que sempre estava metido em bebedeiras e confusões no centro do Rio de Janeiro, e também atuar na proteção da corte fujona contra os "nativos selvagens" que aqui habitavam. Parece que o sistema funcionou bem, pois dura até os dias de hoje.

Quem faz parte da realeza carioca atualmente? Os membros do executivo, do legislativo e do judiciário. E, assim como nos tempos do Império, quem não é nobre pode comprar um título de nobreza, desde que tenha influência e muito dinheiro para gastar, como os ricos empresários e personalidades em geral. Será que é coincidência que os bairros com maior concentração de pessoas dessa estirpe sejam bem mais policiados do que outras regiões? Não, é herança.

E é claro que, entre tantas lições esclarecedoras, tinha de haver tempo para que os alunos cuidassem da área da "fazenda", como também é conhecido todo o espaço que abrange o CFAP.

– Bom dia, senhores! Eu sou o sargento Roberto e hoje vocês irão combater pela primeira vez. Mas não com fuzil, e sim com estas vassouras aqui! Cada um pegue uma e, ao final do dia, não quero ver uma folha caída no chão, entendido?

Inocente foi Rafael, que chegou a pensar que seus dias como faxineiro fardado tinham acabado quando largou a Marinha. Desde a pintura até o rancho, tudo passa pelas mãos dos recrutas, como sempre.

Instruções de tiro, teve apenas algumas. No total, cada aluno não deu mais de sessenta tiros. Doze de revólver .38 e o resto de PT .40. O fuzil não figurou como arma para instrução no curso de Rafael, embora seja impensável um policial trabalhar nas ruas da região metropolitana sem esse tipo de armamento. Ele já conhecia o FAL 7.62 de seu tempo como marinheiro, mas, para a maioria, o aprendizado seria na prática, sob fogo real. Haja bala perdida!

O serviço de guarda do quartel e os demais postos de vigilância também são funções do recruta, e o curso se resume basicamente a isto: militarismo decadente e instruções improvisadas. No total, são apenas seis meses! Seis meses para ensinar o que um policial precisa para trabalhar bem, preservando a sua vida e a dos outros.

No final do terceiro mês, a turma começa um período de estágio nos batalhões, para a familiarização com o serviço das ruas. Acompanhados sempre por um veterano do batalhão, os "bolas-de-ferro"[16] patrulham as ruas de regiões com incidências de crimes menos violentos, como Copacabana e Barra da Tijuca. A turma de Rafael ficou incumbida de

---

[16] São assim chamados por dificultarem a liberdade de movimentação do policial responsável pela supervisão do "estagiário".

estagiar nos batalhões responsáveis por áreas praianas – era verão e havia necessidade de reforço no policiamento do local. A sensação de estar policiando pela primeira vez era incrível! Finalmente ele começaria a fazer valer os meses de babacada militar, colocando em prática o que ensaiava e cogitava com os amigos de turma durante as várias horas de conversa de botequim. Nesse período, a animosidade contra os criminosos em geral já era latente na cabeça dos jovens recrutas, bombardeados diariamente com notícias de policiais assassinados. Eles estavam ansiosos para dar o troco. O serviço era basicamente andar pela orla, caçando pivetes e coibindo os maconheiros à beira-mar. Desarmados, de shorts e camisetas, apenas com cassetetes, não amedrontavam muito os calejados bandidinhos, que volta e meia se aproveitavam dos turistas distraídos com as belezas cariocas.

Vez ou outra estourava um corre-corre e, seguindo os vários dedos apontados na direção do marginal em desabalada carreira, Rafael partia como um paladino do oeste em perseguição ao faminto ladrãozinho. Uma vez, bateu tanto em um esquálido que acabara de roubar uma filmadora das mãos de uma turista gaúcha que ele cagou nas calças bem ali, em frente ao Posto Seis. Ainda era dia claro, e a bermuda de tactel não conseguiu segurar as fezes, que escorreram pelas pernas do moleque enquanto Rafael o algemava.

– Pô, meu chefe... não esculacha não... Deixa eu sentado aqui, me caguei todo!

Foi aí que Rafael entendeu o mau cheiro.

A visão do pivete preso, algemado e cagado era aviltante demais para os nobres habitantes de Copa, que começaram a virar a cara para a cena.

O soldado "antigo", que deveria estar ao lado de Rafael o tempo todo, tinha ido pegar um dinheirinho com o flanelinha de seu setor e agora chegava esbaforido:

– Ô, bola-de-ferro maluco, que é que houve? Peraí... esse fedorento tá cagado? Cara, ele tá cagado!?

– É... mas ó, recuperei a filmadora! Agora é só chamar alguém pra levar ele pra delegacia e fazer o flagrante!

– Que flagrante o quê, ô maluco! Quer ficar mofando na delegacia, é? Eu tenho segurança ainda hoje, não posso passar da minha hora não! Cadê a vítima, sabe onde ela está?

– Sei, tá lá perto da cabine.

– Então, vamos devolver essa joça pra ela.

– E ele?

– Traz esse vagabundinho também, bora!

O antigo não podia soltar o menor (velho conhecido dele) por ali. Depois de entregar a filmadora de volta à dona, que agradeceu ainda mais por não ter de ir à delegacia prestar queixa, o ladrãozinho foi liberado, com a promessa de não roubar mais naquela área.

Apesar de querer fazer a ocorrência de modo certo, até para ganhar crédito junto aos instrutores, o sistema tem modos de fazer parecer um tremendo otário quem cumpre as normas à risca.

Ele disse para Rafael se acostumar, que as coisas eram assim, que não adiantava levar preso, que "de menor" não ficava na cadeia por muito tempo. Às vezes era liberado antes de o policial terminar seu termo de declaração. Sem contar que os hematomas no rosto e no corpo e a roupa borrada poderiam suscitar uma investigação de agressão por parte dos policiais envolvidos na ocorrência. Tudo isso para disfarçar que, na verdade, o que o antigo não queria era ter de trabalhar mesmo, ainda mais se não fosse ganhar nada! A decepção dele ao ver a vítima ainda na cabine era clara: queria ter ficado com a filmadora para vender e arrumar uma "pratinha".

Essa foi a primeira das muitas prisões que Rafael efetuou em sua breve carreira como policial. Durante seu estágio, repetiu o procedimento várias vezes, recuperando objetos roubados e devolvendo logo em seguida para seus donos. Depois, é claro, de dar uma boa surra no azarado ladrão.

Na praia, aprendeu sobre os efeitos do spray de pimenta quando aplicado nos diversos orifícios do corpo humano. Dentro da boca e nos olhos o desconforto era razoavelmente tolerável, e para os bandidos mais abusados, que resistiam à prisão, uma sessão de tortura com borrifadas no escroto e no ânus resolvia o problema da brabeza do malandro. Dentro das cabines espalhadas pela orla, sempre tinha um recruta em experimentação, com sua cobaia humana sendo testada quanto aos limites de até onde uma agressão pode ser desferida sem que deixe marcas para uma possível delação. O bandido tinha de ser doutrinado, mas não a ponto de ter sua honra abalada, senão poderia procurar uma delegacia e se queixar.

Socos no estômago são uma receita antiga, porém eficaz para evitar marcas perceptíveis nos exames de corpo de delito. Em casos extremos, foram adestrados a usar o bastão policial nas canelas, costas e braços, porém evitando a região do crânio, que pode rachar se a porrada for muito forte.

E foi nesse salutar ambiente de aprendizado que Rafael se viu atirado no poço de onde jamais sairia. O primeiro passo. O primeiro roubo.

Depois de correr atrás de mais um infeliz até o canal do Jardim de Alah, Rafael recuperou a mochila afanada de um jovem estudante e levou tudo para a cabine onde o antigo estava descansando do almoço. Após a coça, o sujeito foi liberado como se nada tivesse acontecido, porém, a vítima não estava presente para pegar seus pertences de volta.

– Vamos dar uma olhada... Ih, cara! Celular, dinheiro... é o "Bingo"!

– Mas, Gomes, a carteirinha de escola do garoto tá aí... tem os telefones na agenda, não é melhor a gente fazer contato e devolver?

– Devolver? Devolver pra quê? Tá maluco? Acha que vai ganhar uma medalha, é? Não é assim que as coisas funcionam não, bola-de-ferro... Olha, você deu sorte, pela primeira vez você vai sair com um dinheirinho do serviço! O dono dessa mochila tá se lixando se você correu atrás dela, se arriscando a tomar um tiro de bobeira! Já te falei pra não sair correndo assim, não vou ficar de babá pra você não... Seguinte, hoje você vai aprender como funciona a divisão do espólio de guerra entre parceiros. O cabineiro tá dando um rolé, ele não divide os negócios dele com a gente, então, não vamos dividir com ele, certo? Fica só entre nós. Na mochila tem 35 reais, esse telefone e esses cadernos, e eu tô precisando de um telefone novo, então fica como se tivéssemos vendido ele a 150 reais, eu te dou a sua parte de 75, mais metade dos 35. Noventa e dois e cinquenta, certo? E ainda pode ficar com a mochila pra você...

Rafael não queria o dinheiro dos outros, muito menos uma mochila! Já estava de saco cheio daquele preguiçoso mas não podia fazer muita coisa. Se fosse reclamar na companhia, iria ter de explicar o porquê de não querer mais o companheiro de serviço. Até nisso o militarismo atrapalha. Não se reclama de um mais antigo, não se censura seus atos. Desde o início da formação policial, aprendeu que não se denuncia um companheiro. Nunca. Então, correr pra onde? Se falasse com o capitão Bucenho ele tomaria providências imediatas, mas a que preço? Iria passar o resto da vida com a pecha de dedo-duro, sempre lembrado como traidor, safado. A turma jamais se esqueceria do babaca que caguetou o mais antigo e acabou prejudicando-o. Até pensou em inventar uma desculpa qualquer para mudar de parceiro, mas Rafael era um recruta, sem direito a opinião, sem ponderação. A intenção é mesmo forçar o convívio, ainda que entre personalidades tão diferentes, exatamente como acontece depois de formados. Somente uma alegação muito grave justificaria a troca, então era melhor esperar mais um pouco e ver se dava a sorte de o colocarem ao lado de um "polícia" de verdade.

– Ô, Gomes... não vai dar merda não? E se o dono aparecer? E se...

Nem chega a terminar a frase.

– Tá com medo, bola? Fica com medo não, que atrai... relaxa que tá tranquilo! É tudo comigo, eu sou o mais antigo, valeu? Toma aqui tua prata! Vai ficar com a mochila?

– Eu não!

– Tem certeza?

– Não quero essa porra não, joga fora...

– Que jogar fora o quê! Amanhã eu tô de serviço à noite, vou guardar e dar pra uma piranhazinha novinha que fica por aqui... é, bola-de-ferro, um boquetezinho de madrugada dá uma levantada na moral! Você tem muito que aprender...

No alojamento do 19º Batalhão, Rafael fica sentado enquanto aguarda o ônibus que levaria os recrutas de volta ao CFAP. Abre a carteira e lá estão os 92 reais (aceitar a moedinha de cinquenta centavos já era muita humilhação). Pensou em dar aquele dinheiro para alguém que estivesse precisando mais do que ele, uma criança de rua ou um mendigo, mas um impasse estava começando a se desenrolar em sua cabeça.

Ficar com o produto do roubo seria se igualar ao marginal que ele tanto desprezava, pior até. Estaria se aproveitando da farda, que jurou honrar, para ter uma vantagem indevida, criminosa, não obstante já estar se sentindo um frouxo por não delatar o soldado mais antigo que lhe jogara nessa arapuca. Porém, o fim do mês se aproximava, ao contrário do salário de 500 reais, que já havia acabado faz tempo. Essa era a quantia que um recruta do CFAP recebia para passar todo um mês, para o ônibus (Rafael pegava dois na ida e dois na volta), alimentação, para tudo. Se não fosse sua mãe, teria de morar no aquartelamento, e dona Vânia já estava sobrecarregada demais. Aqueles malditos 92 reais chamavam da carteira, insinuando-se como prostitutas, pedindo para ser usufruídos, mesmo o preço sendo alto demais. Seria uma tomada de fôlego não precisar pedir mais grana para a mãe, que, com sua mirrada aposentadoria, bancava tudo: água, luz, comida, gás. O dinheiro, afinal de contas, ia ser usado para uma boa causa.

Ah, esse diabo...

É preciso mergulhar mais fundo para fornecer uma melhor impressão do ambiente em que essas ideias se formavam. Tudo naquele prédio inspirava malícia, maldade.

Assim era o ambiente em que foi concebido o malogrado Rafael e tantos outros mais, homens que saíram de suas casas para serem inevitavelmente contaminados por um mal arrebatador, arraigado nos costumes da instituição; indivíduos que foram absorvidos e perderam a identidade natural para ceder lugar a um complexo sistema de vícios e maneirismos, e que, suplantados pelo massivo bombardeio de exemplos contrários às antigas concepções, inverteram o próprio norte moral, totalmente despercebidos da transmutação.

Os cordões grossos de ouro, os carros importados, as armas. O poder. Um desses burros de cigano[17] para bem ao lado do banco onde Rafael trava seu exorcismo mental. Abre o armário, joga sua pistola lá dentro e tira displicentemente do bolso da gandola do mugue um "paco" de dinheiro: "Aí, fitão, pega logo aqui teu pedaço que eu vou meter o pé...", grita para o companheiro de serviço que estava no corredor de armários ao lado. O cordão tilintando, a pistola jogada no armário, o dinheiro tirado de propósito na frente do recruta, tudo para lhe causar inveja, para lhe tentar. Essa era a hora da troca dos plantões, e o alojamento estava cheio de policiais saindo e entrando. Todos falam gírias, como se estivessem dentro de um boteco ou em uma boca de fumo. Fenômeno esquisito esse. O assunto principal é dinheiro, sempre. Uma pratinha aqui, um botezinho ali, o importante é sair de serviço com algum no bolso. Mas e ele? O que faria com o dinheiro da mochila?

"Aí, bola-de-ferro" – o burro relincha em sua direção –, "tá cansado? Daqui a pouco melhora... quando botar uma pratinha no bolso". O estábulo todo agora dá risadas à custa do recruta.

Moral, convicções, ideais são tão voláteis quanto o álcool. Se sujeitados a condições extremas, podem desaparecer sem deixar um vestígio sequer. E não foi essa a condição mais adversa à qual nosso pobre ignóbil foi lançado, tampouco a derradeira capaz de abater seu espírito, mas a primeira em que foi confrontado acerca do certo e do imoral (?), dos limites entre o crime e o butim. Apesar de não ser dos mais inteligentes, e ler bem menos do que desejava, um livro particularmente perturbador lhe vinha à lembrança. *Além do bem e do mal* o deixara com dores de cabeça durante algum tempo e, para sua surpresa, Nietzsche pede licença e senta-se ao seu lado. Porém não diz nada, só fita seus olhos com certo ar de divertimento, aguardando uma possível indagação:

"Tá olhando o quê?"

"Eu? Nada não..."

---

[17] Gíria usada, principalmente no sul do Brasil, para se referir a algo muito enfeitado.

"Então me deixa quieto, seu sifilítico infeliz, não tá vendo que eu tô em crise moral?"

"Posso ajudar?"

"Talvez... Com a 'genealogia da moral', você quis dizer o quê?"

"É muito complexo para te explicar assim, de supetão; basicamente, a moral é um conceito mutável, tão metamórfico quanto você pode ser, dependendo das condições às quais é exposto..."

"Mas eu pensei que o eterno retorno é quem determinava, e estava quase me convencendo a ficar com tudo..."

"Iá! Tá entendo agora?"

"Não posso crer... O que você acha de eu ficar com esse dinheiro?"

"Você é quem sabe!"

"Porra, é essa a ajuda que você quer me dar?"

"Bem, você sabe o que é certo para a sociedade, o que é certo para você, e o que é certo para essa sua "fezinha" cristã. Na verdade, nada do que você sabe ou deixa de saber existe, só existe mesmo a sua vontade e consequentemente o que você quer que exista, ou não; então, se você acha que é certo esse bando de quadrúpedes conseguir se prover, enquanto você tem que extorquir sua genitora para continuar naquela piada que é seu cursinho de marionetes... vá em frente!"

"Mas não seria imoral?"

"Depende, se alguém souber..."

"Mas eu sei!"

"Então é. Pra você. Se você quiser".

"Tá complicado... Aquele negócio do tal de Übermensch[18] tem a ver um pouco com esse meu dilema, né? Um desses estaria acima das convenções sociais e dogmas religiosos, e procuraria a qualquer custo o melhor para si e para aqueles que o cercam, para o seu crescimento em vontade de potência e bem-estar subsequente. Seus superpoderes deri-

---

[18] Super-homem ou super-humano, palavra alemã tirada do livro *Assim falou Zaratustra*, do filósofo alemão Friedrich Nietzsche, em que ele explica os passos através dos quais o homem pode se tornar um super-homem.

variam então da total inobservância dos aspectos morais que cercam o homem moderno – a maior parte desses com raízes impostas contemporaneamente pelo dogmatismo e tradições judaico-cristãs – desde que ele se estabeleceu como ser social, ficando assim superado, e estando sua nova matriz livre para fazer o que bem entendesse, desde que fosse para seu próprio bem e desenvolvimento. Esses seres alados ainda não se apresentaram na sua mais esplendorosa magnitude, mas suas larvas permeiam o nosso convívio de maneira muito mais comum do que podem imaginar as cabeças pensantes e coercivas de nosso imbecil Estado. Estão sonegando, traficando, fazendo um "gato", vendendo habeas corpus, agem enfim em todas as camadas, dando início ao complicado processo de equacionar o "eu quero" com o ambiente em que estão imersos, conquanto submetidos ainda à ordem social preestabelecida. Às vezes, um deles tem sua condição exposta e é pego e dependurado no poste, só para não passar batido. É a essa classe metamórfica de poderosos que esses animais aqui potencialmente podem vir a pertencer, mas, ao contrário deles, eu tenho consciência disso, e poderia fazer muito bom uso de meus novos poderes. Nada de cordões, de anéis, de carros caros, somente uma forma de ajudar a dar um provimento melhor ao meu lar e àqueles que me são caros.

"E aí, velho doente? Não é mais ou menos isso, hein? Me dá uma luz!"

"...Acho que você fez a sífilis chegar ao meu cérebro..."

Sem falar mais nada, ele levanta, joga uma bolinha no chão e esta estoura, fazendo com que uma nuvem de fumaça branca o envolva lentamente até ele desaparecer por completo... Eu, hein!

— Aí, o pessoal que vai pro CFAP aí, ó, o ônibus tá lá fora, valeu?

Rafael dá uma última olhada ao redor, vê aquele monte de asnos tranquilos, pastando, e levanta, sem ter a certeza do que fará com o maldito dinheiro.

Já no caminho de casa, depois de uma passada na Fazenda dos Afonsos para dar o término do serviço de estágio, faz o trajeto da rodoviária de Campo Grande até o seu próximo ponto de ônibus. Eram nove da noite e a última coisa que tinha comido foi o lanche dado aos recrutas na praia, lá pelas quatro. Um monte de gente passando para lá e para cá, todos atarefados em suas vidinhas. Mal sabiam eles que, hoje, aquele insignificante que descia as escadas cheio de fome tinha pegado um ladrão, tinha feito a sua parte.

Queria ter feito o todo certo, mas haveria outras oportunidades, em que não estivesse sob o comando de um preguiçoso qualquer. O McDonald's brilhava como sempre, com suas luzes amarelas e vermelhas piscantes, hipnóticas. Quantas vezes pensou em parar ali depois de um dia de recrutamento e comer um belo hambúrguer com batata frita e refrigerante; de sobremesa, um sundae com calda quentinha de chocolate. Mas o dinheiro era sempre curtinho, não podia se dar a esse luxo. Menos hoje. Hoje ele podia sim, podia sentar e pedir o que quisesse, comer o quanto quisesse, desde que não passasse de 92 reais. Como Nietzsche em uma névoa branca, todos os seus questionamentos sumiram.

Pediu, pagou e sentou. Comeu cada pedaço com a segurança típica de um ronin,[19] servindo aos seus próprios desígnios. Guardou a notinha para pegar o sundae depois, para não ficar derretendo na mesa. Não havia mais ali o jovem em dúvida quanto às suas convicções, havia um guerreiro, um soldado, um homem que começava o caminho rumo ao desfiladeiro, distraído com a deliciosa miscelânea de sabores em sua boca quando os pedaços de hambúrguer se juntavam à batata frita.

E ainda havia sobrado dinheiro o bastante para outras paradas nesse oásis, ou para comprar uma camisa nova, ou uma bermuda. Tudo começou a fazer sentido, a correria, o perigo; ele merecia mais do que qualquer um ali, com certeza, aquele refrigerante geladinho e até meio aguado por causa do gelo. Durante todo o dia serviu e protegeu, um calor danado e ele lá, correndo atrás de pivetes e bandidinhos, sem ninguém que perguntasse ao menos se ele queria uma água ou um guaraná. Seus companheiros de turma já estavam avançados no "módulo" em que são ministradas as instruções de como pedir as coisas aos comerciantes da área patrulhada, mas ele

---

[19] Samurai sem um senhor, que não obedece ao código samurai.

morria de vergonha de se insinuar para o português, que já olhava atravessado quando via um meganha entrando em sua padariazinha bonitinha, de riquinho da Zona Sul. A recrutada não perdoava ninguém! Até o escravo que carregava os botijões de mate nos lombos, como um camelo, tinha que deixar um copinho toda vez que passava. Como não tinha a menor desenvoltura para esse papel, ficava à espreita de um parceiro mais artista, até que pintasse uma Coca de dois litros, ou um Convenção*.

As cores da noite pareciam estar mais vibrantes enquanto ele divagava silenciosamente sobre cada pormenor de seu embate moral, e, pelo menos por hoje, estava livre para desfrutar dos louros de sua coragem e dedicação. Percebeu que há limites, regras que não devem ser jamais ultrapassadas, sob o perigo de tornar-se ele mesmo mais um jegue, como os do 19º BPM. Com cautela, sempre que o destino oferecesse uma compensação por seus esforços, aproveitaria de bom grado e faria o melhor uso possível.

Faltava o sundae, e, no caminho do balcão, um moleque de rua todo sujo e descalço entra pela porta que fica junto aos caixas. Com um copinho plástico na mão, cheio até a metade por moedinhas, ele se prepara para falar com Rafael, mas não consegue nem terminar a primeira palavra: um segurança o puxa pela camisa maltrapilha e começa a arrastá-lo para fora.

Nem ele mesmo sabe por que fez isso:

– Ô, rapaz, tá maluco? Solta o garoto!

O vigilante não dá bola para o cliente, que repetiu o apelo:

– Pra que isso, cara, solta o moleque aí!

– Eu tenho ordem, ele não pode ficar aqui não, senhor! Deixa eu fazer meu trabalho.

– Mas ele tá comigo!

– Não tá não, dá licença, senhor, senão eu vou ter de pedir que o senhor se retire também!

Aí não...

– Ô, cumpadi, polícia! Solta o menor agora!

---

* Marca de refrigerante (N. da E.)

O fantasminha[20] parece que fez BÚÚÚ para o vigilante, que chegou a andar para trás. Contrariado, soltou a camisa do garoto, que está até aquele momento sem entender nada e quase sai correndo pela porta.
– Ô, menor, vem cá!
O menino se aproxima desconfiado, com medo; afinal, era um policial que o estava chamando.
– Vem cá, não fica bolado não! Tá com fome? Quer o quê? Pode escolher...
– Tô com fome não, senhor...
– Não? Então tá com o quê?
– Nada...
– Pode pedir aí, eu vou pagar pra você, vai!
O garoto pensa por alguns momentos e diz baixinho, todo sem jeito:
– Tio... em vez disso, você pode me dar o dinheiro que ia gastar com o lanche? É que eu tenho que levar pra casa pra minha mãe, pra comprar arroz...
Hoje, na cadeia, Rafael percebeu que aquele moleque de rua, sujo e fedorento, com um metro e pouco de altura e uns 35 quilos, tinha mais dignidade em suas unhas encardidas do que ele jamais teve em toda a sua carreira como policial. E tudo havia começado naquele dia.

APÓS O CURTO PERÍODO DE ESTÁGIO NA ORLA CARIOCA, JÁ HAVIA DADO PARA ter um gostinho do que o aguardava quando chegasse a hora de trabalhar sozinho, de finalmente poder tirar seu serviço armado. Rodou pelos batalhões do Leblon, Recreio dos Bandeirantes e Copacabana, e percebeu como a forma de interagir com a população pode variar conforme a região a ser patrulhada. De acordo com os mais antigos, as áreas da Zona Sul são habitadas pelas mais diversas autoridades, que se misturam ao povão nas areias escaldantes da praia. Juízes, desembargadores, políticos e artistas em geral desfilam pelas calçadas e ciclovias, fazendo seu jogging

---

[20] Como são chamadas as identidades provisórias dos recrutas.

vespertino com frequência, o que demanda certo resguardo sempre que o PM é solicitado a dar alguma orientação sobre onde estacionar, ou se cachorros podem ficar na praia. Na Barra da Tijuca, um simples "Ah, não fode! Pergunta pro guarda municipal...", poria ponto final à indagação do contribuinte, mas em Ipanema o risco de dizer isso na cara de um delegado velho e bobão educava, e bem, o mango. Não é que custasse responder a uma simples pergunta, mas é que na Zona Sul o PM é referencial de tudo, e pergunta idiota em demasia uma hora cansa.

Os únicos excessos permitidos na área da nobreza eram aqueles perpetrados em favor do bem-estar dos moradores e turistas endinheirados. Bater no mendigo que dorme na frente do prédio, chutar as crianças pedintes em portas de restaurantes, expulsar flanelinhas e, claro, caçar incansavelmente os esfomeados ladrõezinhos da Cruzada São Sebastião e do Vidigal.

Quando a supervisão era feita por algum oficial que não perturbava, trocavam de roupa e ficavam como banhistas no meio da multidão. Já iam para o serviço de sunga ou com um calção paisano por baixo do uniforme; guardavam o equipamento de serviço em uma cabine e passavam a tarde inteira na água e na areia, visualizando quem seria o alvo da vez. No Posto Nove é muito difícil dar o flagrante em um viciado, porque assim que alguém vê a polícia se aproximando dá logo o alarme, criando tempo hábil para se desfazerem da maconha ou do que mais estiverem usando. Com essa tática de espionagem, os recrutas tinham a vantagem de observar como eram escondidos os baseados, e aí então era só chamar o resto da equipe e... pau no maconheiro! Para essas empreitadas, juntavam-se sempre alguns soldados antigos com seus respectivos bolas-de-ferro, que assimilavam as novas instruções enquanto os antigos achacavam os viciados pegos de calças arriadas.

De vez em quando, o dinheiro das extorsões era dividido por igual entre todos, e aí Rafael não via nada de mais em ficar com sua parte; afinal, viciado é a pior raça que pode existir! Não adianta combater, prender, criar leis mais severas para o traficante. Enquanto houver a figura do viciado, o tráfico nunca vai acabar! Ele é a pedra angular de todo o esquema que movimenta cifras impossíveis de serem calculadas. E não me refiro ao pobre favelado não, mas ao estudante de Direito da PUC, que vai fumar maconha nas festinhas privé em uma cobertura na Lagoa, para depois falar que a polícia é violenta demais, que mata demais, é ruim demais. Qualquer personalidade que estimule ou difunda o uso da maconha ou de qualquer outra droga na atual conjuntura político-social tem de estar pronta a ser chamada à responsabilidade sempre que uma criança morrer em decorrência de um confronto policial. É para isso que elas estão lá, para vender a droga que eles querem. Para morrer pela droga que eles querem. Se não tiver ninguém para comprar, o traficante vai vender para quem? Vai enfiar a maconha na boca dos outros à força? É óbvio que se trata de utopia pensar em um mundo sem drogas, mas o usuário deveria ser penalizado pela sua vital contribuição financeira ao aparato criminoso que rege o tráfico de drogas no Brasil. Sim, pois, para quem não sabe, fumar e cheirar está liberado. Não sabiam?

Tente prender um usuário de qualquer coisa, pó, crack, haxixe, lança-perfume... Eles não podem nem ter a condição exposta, são "doentes".

Não importa quantas vezes foram flagrados, não é crime e ponto final. O sujeito vai, sobe a Rocinha, gasta 100 reais em maconha e volta para a praia. O policial pega, leva para a delegacia, apreende a droga e o viciado é liberado, pronto para voltar e dar mais dinheiro ao traficante. Incompreensível.

Rafael ficava fulo da vida, mas o jeito ali era esse. Por mais que se indignasse, nesse ponto a extorsão era vantajosa, porque tirava o dinheiro que seria dado ao tráfico, ao mesmo tempo em que mexia com uma coisa que doía no viciado: o bolso. Todos os maconheiros, do Leme ao Pontal, já sabem que não ficarão presos por serem simples usuários; então, pagam apenas para não passar a vergonha de serem conduzidos em uma viatura da PM. Invariavelmente, ficavam com a droga após a extorsão, pois tinham de ir embora felizes e satisfeitos, e tirar o dinheiro e a droga de um "ganso"[21] é a fórmula perfeita para ser denunciado. Deixar a droga com o

---

[21] Gíria policial para viciados em drogas.

"doente" também não era problema para Rafael, que queria mais é que todos eles morressem de tanto fumar. Chato era quando pegava um ruim de jogo, que não queria perder nada: "Pode me levar pra delegacia... não vai dar nada mesmo...". Isso irritava muito qualquer policial, a certeza da impunidade: "Ô, camarada, você sabia que é com o seu dinheiro que o vagabundo compra a bala que eles usam pra matar polícia?". "Tenho nada a ver com isso não... sou só usuário. Quero ligar pro meu pai, pra qual delegacia vocês vão me levar?"

Playboys da Zona Sul... Fumam, cheiram, brigam, e depois se tornam os donos da coroa, o *high society* carioca. Não se engane: as leis continuam sendo feitas para beneficiar apenas alguns poucos, e salve-se quem puder!

Se esse playboy pudesse ser metido em cana por um ano, ele iria ter medo de fumar maconha. Com medo, as idas à favela seriam mais esporádicas. Com menos idas, menos dinheiro nas mãos dos traficantes. Com menos dinheiro, menos fuzis, pistolas, assaltos, assassinatos, tiros. Menos balas perdidas, menos mortes.

Mas ele continua impune; afinal, no futuro será um empresário de sucesso, um médico, um advogado ou até mesmo um juiz. Não pode ter a sua imagem arranhada. Não só ele, mas todos os usuários de drogas do Brasil podem se sentir à vontade para sentar na praça e acender um cachimbo de crack. É isso que eles querem, que o povo fique burro, viciado. Enquanto o artista dá entrevista a favor da liberação das drogas, você fica atento a isso e esquece quem é que está administrando a dinheirama arrecadada com a montoeira de impostos pagos quase que até para respirar. Enquanto o camarada dá um dois,[22] olhando para o mar, sentado nas pedras do Arpoador, tem gente limpando a bunda com notas de 100 que saíram do seu bolso. E dane-se se você já foi assaltado ou perdeu um ente querido por causa da violência, eles podem pagar pela própria segurança.

Esses Elois... sempre tão arrogantes, julgando que seu mundinho superficial é à prova de ataques, esquecem-se que, de vez em quando, um

---

[22] Gíria, o mesmo que fumar maconha.

Morlock emerge do nada para apavorar os campos verdejantes,[23] correndo atrás de suas alvas criancinhas e trazendo para o underground as mais desavisadas. É previsto, como na velha estória, que uma hora esse domínio será abalado, porém eles sabem que somente com educação e conhecimento os Morlocks contemporâneos conseguirão sair do submundo. Chegará um momento em que a telenovela não será mais tão interessante, que o campeonato brasileiro não terá tanto público, que o carnaval não parará o país por uma semana inteira. Se cada maconheiro soubesse realmente o que Bob Marley dizia com *stand up for your rights*, não perderia tempo com essas caricaturas ridículas pseudointelectuais que transitam pela cena artística carioca, e reuniriam uma multidão de "rastas" para marchar até Brasília e questionar a moralidade e a necessidade da manutenção do congresso nacional. Se nossos professores de filosofia e sociologia pudessem contaminar seus alunos com a arrasadora bactéria da conscientização, os bailes funks ficariam vazios, os bares fechados, as "bocas" desertas. Mas fica difícil competir com tantas bundas rebolando nos corredores da faculdade, combinando onde será a *night* da vez.

Bunda, novela, samba, funk, maconha, pó, cerveja e futebol. Manter as tampas dos bueiros fechadas e impedir que a luz do sol ilumine suas ideias é o esforço desesperado que os senhores do Brasil empenham como último recurso para que você continue sem enxergar o que está bem diante do seu nariz.

Por quanto tempo mais?

Quando a rapaziada da marola dava uma folga, era hora de passear pelo restante do calçadão.

Ao lado das pedras do Arpoador, uma trilha leva a um ponto de encontro de homossexuais. Era para ser um mirante, mas o mato que cerca

---

[23] O autor se refere ao livro *Máquina do tempo*, do escritor britânico H.G. Wells. Em um passeio no futuro, a Terra está dividida em duas raças: os elois (seres que vivem na superfície e são a evolução da aristocracia) e os morlocks, monstruosos canibais subterrâneos, descendentes da classe trabalhadora.

o local serve também para esconder aqueles que têm o fetiche de relacionar-se sexualmente em locais públicos com desconhecidos.

– Fita, vamos lá em cima ver se tem algum viado se pegando no mirante? – o antigo perguntou para Rafael, que tomou um susto.

– Que parada é essa, rapaz, tá ficando doido?

– Não é isso não, bola-de-ferro! Vai na minha, fica tranquilo...

Ficar tranquilo? Ele só podia estar brincando! Não que ele fosse homofóbico, não tinha nada contra, mas a possibilidade de encontrar um homem enrabando outro no meio do mato em pleno dia lhe dava vontade de vomitar! Além do mais, por que perturbar os caras? Deixa eles lá, a bunda era deles, não tinha nada a ver com isso!

Foram pela trilha em silêncio. No caminho, várias camisinhas e pontas de bagulho espalhadas pelo chão serviam de tapete. Alguns metros antes do fim dava para ver a trilha se abrindo em uma clareira, e no meio dela um esboço de praça, com alguns bancos e mesas velhas de concreto se desfazendo pelo contato com a maresia e com o sebo que escorria dos amantes locais. Sorrateiramente, a dupla de homens da lei incursionou praça adentro com a intenção de surpreender alguém, só que quem se surpreendeu foi Rafael, e não com a imaginada cena sodomita que lhe causaria náuseas, mas com outra no mínimo inusitada: um homem branco, com a bermuda arriada até os calcanhares, jazia debruçado em uma das mesas, com a cabeça virada para o lado oposto. De pé, bem atrás dele, um adolescente negro, magricelo, parecendo um "cracudo", ainda ajeitava os seus trapos, que faziam as vezes de calças. Ele tomou um susto ao perceber a polícia tão perto, arregalando os olhos a tal ponto que pareciam que iam lhe cair da cara. A carteira e a máquina filmadora do otário com o rabo para o alto ainda estavam em cima do banquinho, a um braço de alcance do michê fedorento, que calculava se daria ou não para escapar dali com o produto do roubo. O antigo meteu a mão na pistola, mas, antes de terminar o "perdeu...", o danado se esticou todo e pegou o material, só que as calças ainda estavam meio frouxas e, no primeiro pinote, caíram. Ele saiu tropeçando, todo atrapalhado, pelo mato, e Rafael gritando "Para, porra! Para aí, caralho...". Foi quando Gomes fez dois dis-

paros que ecoaram seco na mata. O marginal parecia um tatu! Largou as calças, a carteira e a máquina para trás, e saiu mato adentro, pelado. Rafael queria continuar atrás dele, mas o companheiro o chamou:
– Volta, cara, não vai não...
– Porra, você quase me acertou!
– Que nada... Eu dei pro alto!
– Pro alto, o cacete! E a folhagem rasgando do meu lado era o quê?
– Fica tranquilo... é tudo calculado! Rá, rá, rá!
– Tá... ele jogou os negócios todos ali no chão, ó!
– Pega lá então, vamos ver aquele baitolão lá em cima...

O camarada tinha vindo de São Paulo para participar de um congresso médico que iria acontecer durante o final de semana em famoso hotel da orla de Copacabana. A esposa tinha ficado em casa com a filhinha recém-nascida, e era a primeira vez que ele vinha ao Rio de Janeiro. Estava encantado com aquele calor, aqueles corpos viris e bronzeados, aquele clima de libertinagem local. Tinha 39 anos mas aparentava menos. Era alto e bem-cuidado, de forma que fez sucesso com a galerinha GLS da areia. Apesar dos conselhos para se cuidar, para não sair com qualquer um, se encantou com um vendedor de picolés adolescente, e o seduziu com a promessa de 50 reais por uma enrabada e uma mamada.

As amiguinhas da praia indicaram um lugarzinho para o desfrute de sua lascívia exibicionista: uma pracinha deserta que ficava no alto do mirante. Depois de praticar sexo oral no menor, se virou para se acomodar na mesinha e não percebeu quando a pedrada veio em direção a sua nuca. Pedrada por assim dizer, porque foi uma metade de paralelepípedo do tamanho de um asteroide.

Enquanto Gomes o acordava, Rafael dava um jeito de acomodar a máquina de filmar no bornal, conforme orientação do mais antigo. Pelo menos dessa vez ele iria devolver a carteira da vítima, menos mal.

Ao mesmo tempo em que ia se recompondo, o doutor se explicava, dizendo que tinha sido enganado, que fora ali por engano e coisa e tal. Dizia que não era gay, que tinha mulher e filha, era só olhar as fotos em sua carteira... Mas o sangue que descia do topo de sua cabeça se misturava aos restos de sêmen que ainda estavam espalhados pela cara.

— Limpa aí, doutor... Tá com a boca toda suja...

— O quê? É sangue?

— Não, é porra!

Diante das evidências, ficou meio complicado para o sujeito buscar explicação para aquela situação constrangedora. Sobrou-lhe apenas a sinceridade:

— Seguinte, meu chefe — Gomes começa sua atuação —, o menor que currou o senhor tá agarrado lá embaixo, ele vai segurar o roubo, só que vai ter uma piquinha pro senhor também... a exploração sexual de menores...

— Pelo amor de Deus, não faz isso comigo não, meu... Eu vou ficar preso? Não, vamos deixar por isso mesmo, deixa ele ficar com as coisas lá, eu não ligo...

Gomes o interrompe, fingindo indignação:

— O doutor tá de sacanagem? Nós viemos até aqui atendendo o chamado de um cara que devia tá aqui na putaria também, dizendo que tinha um menor roubando um turista. Aí, a gente encontra o senhor com a cabeça sangrando, pelado, com o cu pro alto, corremos atrás do menor, enchemos ele de porrada, e fica por isso mesmo? Não sei como são as coisas lá em São Paulo, não, mas aqui, bater em menor dá merda. Sem contar os tiros que eu tive que dar pra ele parar de correr! O senhor não ouviu?

— Ouvi, mas eu estava meio grogue... minha cabeça tá doendo...

— Pois é, então vamos logo que no caminho da delegacia a gente já para no Miguel Couto pra ver esse rombo aí. Lá o senhor conta sua estória, se explica, dá seu jeito! Mas já vou avisando que é pica... Não tem muito pra onde correr não, vai ficar preso, e pior, esse moleque vai sair antes de você, pode ter certeza!

— Que isso, meu! Eu tenho mulher, tenho família, se alguém ficar sabendo disso, eu estou desgraçado! Minha carreira... tem que ir pra delegacia mesmo? Não tem outro jeito não?

Essa era a senha.

Durante sua permanência na Polícia Militar, essa foi uma das perguntas mais recorrentes ouvidas por Rafael.

Enquanto ele presenciava todo o talento teatral de seu instrutor e companheiro de serviço, realinhava os pensamentos ainda difusos pelo calor dos acontecimentos. Primeiro, ainda não havia assimilado direito os tiros que passaram tão perto, era a primeira situação real em que viu alguém usar uma arma com o intuito de acertar uma pessoa. Só esse fato já era suficiente para que a adrenalina corresse forte por suas veias. Segundo, presenciara um crime violento, uma verdadeira cena policial. Uma vítima desacordada, seu algoz e o produto do crime, todos os elementos de uma ocorrência de vulto presentes. Sabe-se lá o que aconteceria não fosse a chegada dos policiais ao local! O sujeito poderia completar o crime e matar o médico tarado. Pena que, mais uma vez, quem deveria instruir estava mais preocupado em conseguir vantagens, e agora ele entendeu por que é que a carteira da vítima foi devolvida:

– Cinco mil? – exclama o doutor, espantado com o valor pedido para não dar prosseguimento à ocorrência. – Mas isso é muito dinheiro, eu não tenho isso tudo!

– O senhor é quem sabe... Dá pra ir ao banco, caixa eletrônico... Só com advogado o senhor vai gastar mais do que isso.

– Vocês vão comigo até o hotel, então?

– Não, vamos esperar o senhor lá embaixo, na cabine perto do...

Foi o primeiro apontamento de Rafael. Para resumir a história, o antigo sabia desde o início da ocorrência que ali ele podia levantar uma boa grana. Para isso teria de devolver a carteira do infeliz, para que ele pudesse correr atrás do dinheiro, e inventar a conversinha de que o menor estava detido, que tinham de ir para a delegacia; agora, o próximo passo era receber a quantia acertada pela extorsão, que caiu de cinco mil para 1.500 reais. Muito a contragosto, o soldado aceitou diminuir seu preço, visto que o turista não tinha muito dinheiro no hotel e os caixas eletrônicos só sacam mil reais por dia. Rafael não tinha a mínima noção dos riscos aos quais estava se submetendo ficando calado acerca da atitude de seu companheiro. Enquanto esperava o pagamento próximo à cabine, só pensava em ir logo embora e acabar de uma vez com essa bosta de serviço. O último dia de estágio também poderia ter sido o último na polícia, caso aquele turista tivesse denunciado a extorsão que estava sofrendo. Rafael não fazia ideia do quão fácil seria para a corregedoria dar o bote nele e no mais antigo se, em vez de ir até o hotel, o doutor fosse até a delegacia mais próxima dizer que estava sendo vítima de uma chantagem por parte de PMs. Não precisaria nem dizer o motivo, somente que os policiais ficaram com seus documentos e que estavam exigindo dinheiro para liberá-los. Mas o medo de ter sua situação exposta falou mais alto, e, conforme o combinado, meia hora depois a vítima foi até a cabine e efetuou o pagamento.

Rafael acompanhava o desenrolar do caso um pouco distante, quase em um segundo plano, mas ouviu bem quando o doutor, depois de entregar o envelope com o dinheiro, ainda levou uma bronca quanto as suas atitudes pederastas e uma advertência para não aparecer mais por aquelas bandas da praia. Agradeceu os conselhos, prometeu que não ia mais frequentar aquele posto e se despediu com um aceno, satisfeitíssimo por não ter de ir até uma delegacia.

Rafael meio que retribuiu, meneando a cabeça, sem nem olhar para ele.

— Aí, bola-de-ferro... você tem estrela, hein? Último dia e deu uma porradinha maneira! Vem, vamos dividir o dinheiro desse cuzão...

— Não, cara... tá tranquilo! Pode ficar com essa parada aí, que eu não quero não.

O semblante de Gomes mudou rapidamente. Deixou a descontração para tomar um ar sério, desconfiado.

— Ih, qual foi, parceiro?

— Nada, só não acho legal...

— Irmão, olha só: você é polícia, tá entendendo? P-o-l-í-c-i-a! Não pode ficar com esses melindres não. Não pense que as coisas vão ser diferentes quando você se formar, porque não serão! Você não está roubando nada de ninguém, não está fazendo nada de errado. Esse médico aí tava na sacanagem, tinha mesmo de perder uma prata; além do mais, na rua, é só você e seu companheiro, mais ninguém! Um tem que confiar no outro, apoiar o outro. Em uma guarnição de Patamo é assim, em uma RP é assim, em qualquer serviço é assim. Se você não estiver disposto a pegar o que a rua tem para te oferecer, pode esquecer o combate de que você tanto fala, a ação que você tanto quer. Ninguém vai pra rua trocar tiro e arriscar tomar um boladão no meio da cara pelo salário, todo mundo quer ganhar alguma coisinha! Aprenda isso, porque senão é melhor você nunca ir para a rua! Ninguém irá confiar ou querer trabalhar com você. Hoje é o seu último dia aqui no PO de praia, e garanto que você é um dos poucos que vai sair daqui mais ou menos preparado para trabalhar na "pista". Sem contar o dinheiro que você vai levar, porque, além de dividir o que o médico trouxe, ainda vou te dar mais duzentos pela máquina, se você quiser. Aceita, senão eu vou achar que você tá de maldade, que vai me caguetar...

Rafael pegou o dinheiro sem contar, meteu no bolso e entregou a máquina para seu interlocutor sem dizer uma palavra sobre o que acabara de ouvir. Logo seriam recolhidos ao batalhão e daria um tchau para aquelas asneiras que há muito o incomodavam. Mas seriam mesmo asneiras?

E se, quando se formasse, as palavras daquele soldado mais antigo se mostrassem sábias? Pelo que ouvia dos outros, Gomes era considerado por todos, sempre cumprimentado até mesmo pelos oficiais quando era supervisionado. Estava no policiamento de praia por vontade própria, havia conseguido uma boa segurança e a escala era providencial para que conciliasse as duas tarefas. Não que estivesse rico, mas estava bem; os botes da rua eram mais um vício, uma compulsão. Só quem já viveu a experiência do serviço na pista pode entender o quão viciante pode ser a arte de tirar vantagem dos outros, do erro dos outros. Entenda bem, o PM não bate a carteira de ninguém, não sequestra um empresário, não explode um caixa eletrônico. Mas só devolve a carteira roubada se o dono estiver presente, só sequestra se for bandido, e, se o caixa já tiver sido explodido, pega o que tiver sobrado nas gavetas. Pegar o que não é seu e ao mesmo tempo ter a sensação de não estar fazendo nada de errado, esse é o barato da pista! E é nessa onda que os recrutas embalam (alguns com mais intensidade que outros) desde o período de estágio. É o mate geladinho e de graça, são os dez "merréis" do flanelinha, é o desenrolo com o ganso. De que adiantaria levar o médico preso? Só ia prejudicar um cara que era pai de família e que também era gay. O dinheiro seria só pelo fato de ele ter dado mole, para ele aprender a ser mais esperto da próxima vez.

E assim acabaram os três meses de estágio.

O feto agora se desenvolve naturalmente. Depois de um breve período de estagnação, o monstrinho em formação percebe o ambiente ao seu redor e interage com muito mais desenvoltura. Sua cabecinha não vaga mais pelos conceitos morais adquiridos em um mundo que não comporta a complexidade de sua nova estrutura biológica. As pessoas nas ruas por vezes lhe parecem ter uma aparência maliciosa, maligna. Chegar em casa com a segurança de que tinha o suficiente para se prover, e até um pouco mais, era reconfortante demais para que se importasse com os outros. Foi quando começou a desacreditar nas pessoas que Rafael começou a acreditar em si mesmo. Estava parando de se importar; afinal, era por aquele médico safado que ele estava arriscando a vida? E se o moleque estivesse armado? Ele estava só de cassetete, mesmo assim correu atrás do bandido sozinho, e se, não fosse o companheiro chamá-lo de volta, teria se embrenhado no mato para continuar a perseguição.

Pouco tempo antes, um soldado recém-formado estava trabalhando ali perto quando foi atender a um chamado de roubo em um prédio. Mal chegou e foi subindo as escadas, sozinho. Não passou nem do segundo andar. O vagabundo estava bem no cantinho de acesso ao corredor e deu dois tiros na cabeça do policial assim que ele veio em sua direção. O bandido tinha respondido a um anúncio de jornal dizendo-se interessado na compra de um laptop. Ao encontrar o anunciante em seu apartamento, percebeu a molezinha e meteu o sujeito, que avisou ao porteiro pelo interfone. Pobre do policial que estava passando pelo local e foi solicitado, jamais imaginando que estava prestes a morrer. Tinha só 26 anos, e menos de um de polícia.

Casos como esse, em que policiais são covardemente assassinados, eram (e ainda são) muito comuns, mas, durante o curso de formação, cada notícia de morte de um policial adquiria um grau bem mais elevado de comoção no espírito dos recrutas. Era como se cada um deles vislumbrasse o sofrimento de sua própria família no pesar e no desespero daquelas que haviam acabado de perder o filho, ou o marido, ou o pai. O PM não tem medo de morrer quando sai para a rua para trocar tiro, tem é medo de fazer a família sofrer.

Praticamente todos os dias os jornais cariocas noticiam a morte de pelo menos um policial, e as circunstâncias são sempre parecidas, mas a cada manhã, toda vez que passava em frente a uma banca de jornal, durante seu caminho até o CFAP, e via a manchete anunciando mais um "sol que nasce no céu do Brasil", seu peito sentia uma leve estocada. Era como se estivesse lá, no lugar do companheiro que escondeu a arma debaixo do banco do carro, mas foi reconhecido como PM durante um assalto na Via Dutra e acabou sendo assassinado com vários tiros na cara e no tórax. Nunca tinha sequer ouvido falar do cabo Manoel Ricardo, mas a narrativa do repórter policial era tão crua que quase pôde ouvir os gritos da esposa e dos dois filhos, de 10 e 8 anos, que presenciaram a execução: "No início da noite de ontem, aproximadamente oito bandidos em dois carros, armados com fuzis e pistolas, fecharam a pista sentido São Paulo da Via Dutra, na altura de São João de Meriti, para efetuar um arrastão. O cabo PM Manoel Ricardo, 35 anos, passava pelo local com a família a caminho de uma festa infantil e foi abordado pelos criminosos que queriam o seu carro, um Vectra preto. Ao perceber a ação dos bandidos, o policial, que estava com a esposa e os dois filhos no carro, escondeu sua arma particular debaixo do banco e saiu do veículo, dizendo aos criminosos para levar tudo que quisessem, mas para não fazer nada com sua família. Por suspeitarem se tratar de um policial à paisana, os marginais fizeram uma busca pelo carro e encontraram a arma do cabo, que, de acordo com o depoimento da esposa, suplicou para não morrer: 'Ele pediu pelo amor de Deus para não o matarem na frente dos filhos... Minhas crianças estão em estado de choque depois que viram o pai ser assassinado... Eu não sei o que vai ser de mim agora...' De acordo com o comandante do batalhão responsável pela área, o patrulhamento na rodovia é feito constantemente, em conjunto com a Polícia Rodoviária Federal. 'Estamos empenhados na procura desses marginais que perpetraram essa ação tão ousada e que infelizmente resultou na morte de um colega de farda. A Polícia Militar está dando toda a assistência à família do policial assassinado, e o nosso serviço de informações já recebeu diversas denúncias quanto ao possível paradeiro desses criminosos, que muito em breve serão presos'.

Somente a arma do policial foi levada e os bandidos abandonaram o local sem deixar pistas. O enterro está marcado para hoje à tarde no cemitério Jardim da Saudade, em Sulacap".

Até hoje, mais de sete anos depois, ninguém sabe quem foram os autores do homicídio do cabo Manoel. E por não estar de serviço no momento de sua morte, a viúva não teve direito à pensão integral nem à indenização do estado. Parece brincadeira, mas é sério.

Se o policial for morto durante a folga, a família não tem o benefício do chamado "ato de serviço". Esse direito compreende apenas o serviço ordinário e o trajeto de ida e volta até o batalhão. Para ter alguma coisa, a família do mango tem que brigar na justiça, provar que a morte foi em decorrência da função de policial militar.

Não, os recrutas não aprendem isso nas aulas do curso de formação.

O sujeito ao lado de Rafael, que também espiava o jornal no mostruário da banca, lê a notícia com absoluta indiferença, pulando logo para a manchete que anunciava a vitória do Flamengo, e depois para a foto de uma gostosa, a "gata da semana". Antes de ir embora, olha de relance para um senhor ao seu lado e balança a cabeça negativamente, apontando para a foto do corpo do PM no meio da rua:

— Se fudeu...

Paga seu periódico e sai tranquilamente, jogando a flanelinha de motorista de ônibus por cima dos ombros e guardando as moedinhas do troco na pochete. A vontade de Rafael era dar um soco na cara daquele arrombado imbecil, mas vontade era uma coisa que ele andava sentindo muito ultimamente. Vontade de pegar os covardes assassinos do cabo, vontade de partir logo para o serviço de rua, vontade de entrar para o BOPE, vontade de vingança...

É... aí começou a parte perigosa da mutação.

A animosidade do policial com relação ao bandido carioca é proveniente do mais puro revanchismo, e vice-versa. Esse ciclo de violência e morte se renova dia a dia, com a repetição de atos de barbárie de ambos os lados, mas sua origem é culpa do aparato estatal.

Durante os anos de ditadura, o ápice da repressão que o país já viveu, a Polícia Militar tinha atribuições dissonantes à sua real função e era empregada como ferramenta dos órgãos repressivos. Com essa prerrogativa, ela aprendeu a torturar, sequestrar, "embuchar" e até matar, com extrema eficiência e funcionalidade; mas, com a volta da democracia, esses "poderes" deveriam ter sido extintos, certo? É, mas nenhum general foi aos batalhões, nenhum curso de reciclagem foi formulado, nada. Enquanto as tropas do Exército recolhiam-se aos quartéis, quem é que continuou nas ruas? A PM. E quem é que vai correr atrás dos membros da recém-criada Falange Vermelha? A PM. E quem vai atrás do maconheiro? Do ladrão? Do estuprador? Do homicida? Do corno? Do bêbado? Do sequestrador? A PM, PM, PM, PM, PM, PM, PM, PM, PM...

Tudo foi jogado em cima de homens semianalfabetos, mal-pagos e mal-preparados. Naquela época, para ser PM, o camarada só precisava saber quanto eram dois mais dois e assinar o próprio nome. Imagina uma tropa inteira de homens desse calibre, soltos pelas ruas, armados e fardados, prontos para fazer o que der vontade?

Quando pegavam um bandido, era uma festa! Cortavam a cabeça, ateavam fogo, fuzilavam. A impunidade era tamanha que não havia preocupação em esconder os nomes na farda ou o número das viaturas. Quando entravam em uma favela, então, o marginal já sabia que, se fosse preso, era cemitério, e não cadeia. Então, para que se render?

Foi baseado nesse pensamento que os criminosos iniciaram as articulações para montar verdadeiros arsenais e assim protegerem seus domínios e suas vidas. Se acaso pegassem um policial dando mole, descontavam na mesma moeda a judiaria feita com o irmãozinho fulano de tal, e a roda-gigante do barbarismo fluminense começou a girar a todo vapor, com "altos e baixas" para todos os lados.

Todo jovem recruta do CFAP sentia isso na pele a cada policial assassinado, baleado, aleijado, a cada vez que notícias assim apareciam.

Um policial foi morto durante um assalto próximo à avenida Brasil, na altura de Irajá. Após ser rendido, ele foi obrigado a descer de seu carro particular e, com rajadas de fuzil, um dos criminosos decapitou o corpo do PM. O crime ocorreu em frente ao portão de acesso ao condomínio onde o policial morava, e sua mãe, que o aguardava na entrada, presenciou toda a ação. Os ladrões fugiram levando o carro e a arma do agente, e até hoje não foram presos ou identificados.

Outros dois policiais que estavam de serviço em uma viatura, que ficava em um baseamento vendido próximo à Universidade Veiga de Almeida, não suportaram as 12 horas parados no mesmo local e descuidaram da segurança. Já pela manhã, os dois sentaram ao mesmo tempo e, enquanto um pegava no sono, o outro não tinha mais a mesma atenção do início da noite. Doze horas no mesmo lugar, somente os dois. O local fica às margens da avenida Radial Oeste, próximo à Praça da Bandeira, e é constantemente usado como passagem por bondes de traficantes fortemente armados; um desses, naquela cinzenta manhã de sábado, percebeu que os policiais estavam entregues ao cansaço, e não perdoou.

Passaram pela viatura furtivamente, com os vidros do carro dando cobertura graças à película escura. Os bandidos viram que um dos policiais batia cabeça, e o outro estava desmaiado no banco do carona, o fuzil longe do alcance das mãos. Fizeram a volta, pararam um pouco atrás, e três traficantes com fuzis desembarcaram e avançaram lentamente, até quase enfiar os canos das armas nos ouvidos dos policiais. Era pouco mais de seis da manhã. Depois do fuzilamento inicial, ao perceber que os ocupantes já estavam mortos, um dos bandidos, de farra, subiu no capô do Gol Bolinha e deu mais um cargueiro de AK-47 nos corpos já dilacerados, arrancando a cabeça do soldado que estava no banco do motorista. Os bandidos pegaram as armas dos policiais e foram embora. Não houve investigação, inquérito, sindicância, apuração, nada que efetivamente mostrasse algum interesse em capturar os assassinos, pois, para a PM, a culpa tinha sido dos defuntos, que deram mole, que dormiram. Além de terem morrido, ainda entregaram um M-16 e duas .40 nas mãos dos vagabundos, que devem ter dado um churrasco para comemorar a conquista. Na época, um 5.56 valia uns 25 mil reais, e as pistolas, uns 2.500 cada uma.

Esta foi demais! Um cidadão se desentendeu com outro por causa de uma vaga de estacionamento próxima à praia, na Região dos Lagos, no Rio de Janeiro. Uma patrulha de trânsito que passava no local foi solicitada para resolver o nhenhenhém e os policiais, acostumados com as famosas "feijoadas" de fim de semana, atenderam ao pedido normalmente. Veja bem: era domingo à tarde, beira de praia, calçadão lotado de gente passando para lá e para cá. Não havia necessidade de empunhar as armas, de revistar os solicitantes. Tratava-se apenas de um simples entrevero entre dois homens acompanhados de suas respectivas famílias.

Tititi, papapá... e o policial, já meio sem paciência, determinou que uma das partes retirasse seu veículo, que estava realmente mal estacionado e atrapalhando a passagem dos demais. O homem não aceitou a determinação, debateu com os policiais, disse que ali todo mundo estava na bandalha, que eles queriam era dinheiro, que eram uma cambada de ladrões e por aí vai. Os policiais fizeram ouvidos de mercador, tem que ter muito jogo de cintura para trabalhar nesses locais, ainda mais nos finais de semana, dias em que o pessoal sempre bebe um pouco mais. Eles apenas repetiram a ordem e avisaram que, se o contribuinte não retirasse seu veículo imediatamente, iriam multá-lo e rebocar o carro. Mesmo assim, o infeliz insistiu em continuar com a presepada, e então, fazendo valer a sua autoridade, o sargento pediu os documentos pessoais e os do carro. O empresário, que também era participante de um clube de tiro, foi pegá-los e, quando saiu do interior do veículo, já estava com sua Glock .380 estalando, primeiro na cara do cabo, um, dois disparos certeiros. Depois, mais dois na cabeça do sargento. Morte instantânea. Não tiveram tempo nem de sacar suas pistolas, dado o ódio e a destreza com que aquele desgraçado, a troco de nada, aplicou os primeiros tiros. Não satisfeito, recolheu as duas .40 dos agentes e descarregou-as também, só por tesão. Deve ter tido orgasmos múltiplos a cada bala que entrava arrebentando o crânio e fazendo derramar os miolos branquinhos dos policiais pela calçada da praia. O filho de 11 anos do assassino assistiu a tudo, junto com a multidão aterrorizada. Após o massacre, o camarada entrou no seu veículo e foi embora, se esconder. Você não se lembra disso? Mas e do menino Juan, você se lembra? Da Patrícia Amieiro, você lembra? Todo o respeito e as condolências a cada um dos familiares das vítimas desse Estado cretino, mas esses dois policiais deixaram uma história para trás também, uma vida, uma família. Não houve reportagem no Jornal da Globo, não houve primeira página em *O Dia*, ninguém foi filmar as mulheres chorando em cima do caixão. As mães não colocaram fogo em pneus nem fecharam avenidas, os amigos não incendiaram ônibus, a comissão de direitos humanos da Alerj não apareceu, não foram escritos cartazes nem confeccionados outdoors com os dizeres "JUSTIÇA", ou "BASTA DE IMPUNIDADE, QUEREMOS UM CIDADÃO DECENTE JÁ", ou "ATÉ QUANDO VÃO MATAR NOSSOS POLICIAIS?"

A única coisa que houve foi um choro de resignação, bem baixinho, mas muito pesaroso e triste dos filhos, das esposas, dos pais, dos irmãos, dos amigos, dos primos, o meu...

No alojamento, cada notícia dessas era assunto de um dia inteiro.

– Aí, Rafael, já viu a de ontem?

– Eu fiquei sabendo, mas só por alto, qual foi?

– Um polícia lá do Quinze foi assaltado no centro de Caxias. A farda estava no banco de trás, cara, não tiveram pena! Deram nele com a pistola dele mesmo, 19 tiros de .380. Ficou feio...

Era como se tivesse sido com ele. Para que matar o cara já rendido? E o pior, o batalhão da área não se coça para fazer nada! O correto seria que todos os esforços do comandante do policiamento local estivessem voltados para uma resposta rápida, cirúrgica e efetiva na prisão dos bandidos, certo? Faz sentido até para o mais leigo em assuntos de segurança, pois, quando se mata uma autoridade, fere-se não só o ser humano mas a parcela do poder público incumbida da tarefa de resguardar a sociedade do mau, do vil. Essa parcela, quando assassinada impunemente, desacredita o real poder de coerção estatal, e daí para o trem descarrilar é um pulo. O bandido dá um tapa na cara de todo mundo quando mata um policial, seja ele militar ou civil. Ele mostra o quanto acha que está acima de todas as normas legais, o quanto despreza você e sua família, o quanto está disposto a conseguir aquilo que quer. Imagine só se, a cada vez que ocorresse um crime desses, a sociedade parasse suas atividades para exigir providências das autoridades quanto à punição dos culpados. Afinal, não é para proteger a todos que existem policiais nas ruas? Então, mais do que qualquer um, o atentado a esse agente é uma afronta à coletividade e à manutenção da ordem. Por que então o que ocorre é justamente o oposto? O que se vê é conformismo, e até mesmo aquiescência, dando a conotação de que o policial está ali para isso mesmo, para comer chumbo, e que se foda!

Como você imagina que essa mensagem subliminar (?) chega ao cerebelo já meio prejudicado do mango? Dá pra entender como é trocar tiros com marginais ao lado de um companheiro às dez da manhã, sob o sol escaldante da Tijuca, ser salvo por ele, e às dez da noite receber a notícia de que ele morreu ao reagir a um assalto quando ia para casa? Dá para imaginar o estrago psicológico causado por ter de consolar a viúva à meia-noite no HPM e ouvir o filhinho deles, de 4 anos, dizer: "Papai moeu! O bandido veio e pou, pou nele...". E sabe o que deu no jornal no outro dia? "PM acusado de ser miliciano é preso em Campo Grande, na Zona Oeste do Rio..."

Em suma, o PM se sente um lixo.

Descartável e substituível, apenas mais um número, mais um RG, mais um pobre coitado morto de fome que tem de se virar para conseguir viver uma vida sem privações.

Para Rafael, o curso de formação ainda não havia acabado, e uma das lições mais profundas veio a três semanas da formatura. Até então eram as notícias, as manchetes, mas quando mataram o Sampaio, seu companheiro de recrutamento, deu para perceber direitinho os contornos do manto negro da morte, e como ela estava realmente ao redor.

A lâmina da foice refletiu a triste e opaca luz do sol no pátio da companhia, enquanto a turma estava formada, e o bafo quente da maldita soprava gentilmente nos cangotes dos futuros soldados, um ritual de sedução diabólico, um balé pelas fileiras perfiladas, escolhendo calmamente quem seria o próximo. Em tom grave, porém despido de emoção, o capitão Bucenho narrou que, naquela manhã de sexta-feira, por volta das cinco e meia da manhã, um recruta havia sido morto enquanto aguardava um amigo que lhe daria carona.

Todos os dias, Sampaio esperava um amigo (também recruta do CFAP) que o apanhava no ponto de ônibus perto de sua casa, e, em troca, dividia com ele as despesas de combustível. Sempre chegava primeiro, para que seu companheiro não tivesse que aguardar sozinho com o carro parado. Naquele dia não foi diferente, só que houve um pequeno atraso, uma dessas coisas da vida que ninguém explica, e o destino concluiu seu plano.

O ponto de ônibus ficava no Lote 15, uma área perigosa do município de Duque de Caxias, perto da casa de Sampaio. Lá, até hoje, existe a presença ostensiva de traficantes armados, e a sua condição de policial já era de conhecimento de alguns deles. Sem ter como sair de lá, valia-se da tênue tolerância para com os "crias" da área que resolvem se tornar "vermes". Tão tênue que bastou uma oportunidade, um "mole", para que a covardia e a crueldade deles transbordassem pelo cano de suas pistolas. A versão oficial diz que um carro e uma moto com traficantes passaram pelo ponto e viram o policial militar parado, sozinho e, como os bandidos locais sabiam que ele ainda não havia se formado, desarmado.

A moto fez a volta, seguida pelo carro, parou próximo ao ponto e, sem dizer nada, o homem que estava na garupa começou a disparar contra o policial indefeso. Sem nenhum recurso e mesmo já baleado algumas vezes, Sampaio largou a mochila e começou a correr para tentar salvar sua vida. Foi perseguido pela moto por uns 600 metros, debaixo de bala, até que não resistiu mais e caiu. O atirador desceu da motocicleta e, pelas costas, deu mais alguns tiros para se certificar de que havia terminado o serviço. Nada foi levado, nem a carteira, nem o celular, nem a mochila com a farda. Pouco depois, o companheiro que iria buscá-lo chegou ao local, onde já se encontrava uma viatura e muitos curiosos. Pressentiu que algo muito ruim tinha acontecido com o amigo, mas engoliu em seco e desceu do carro. O cabo, comandante da RP, informou que um recruta do CFAP havia acabado de ser morto no local, e perguntou se o reconhecia, se eram da mesma turma.

Mais de 15 tiros, todos pelas costas. Essa foi a morte do soldado Sampaio, o recruta mais novo do curso de Rafael. Tinha 22 anos.

Todos ficaram muito comovidos com o anúncio, mas o capitão continuou: "Eu preciso de seis voluntários para compor a guarda fúnebre do cortejo. Quem for voluntário, me procure lá no gabinete assim que eu der o fora de forma, para pegar o material necessário (luvas, polainas etc.) e para ter uma rápida instrução de como será a cerimônia. A família do soldado Sampaio precisa ser confortada nesse momento tão difícil, e a presença de vocês será muito importante. Companhia, fora de forma..."

Esse foi um dos poucos vacilos do capitão Bucenho durante todo o curso. Ele deveria ter ido ao enterro também; afinal, era seu comandante, e sua presença também era importante. Mas ele preferiu delegar a função, e a possibilidade do enterro se estender até mais tarde não animou muitos recrutas. Nem mesmo o PM se importa com o PM, como é que pode?

Mesmo não tendo muita intimidade com o companheiro falecido, Rafael foi o primeiro voluntário. Talvez ainda não acreditasse que a morte era assim, tão repentina e crua, como anunciada pelos noticiários. Era realmente um ingênuo, mas nem de longe imaginava o sofrimento que iria presenciar, o impacto que estava para sofrer. Ele não gostava de nada relacionado à morbidez, se visse alguma pessoa atropelada ou morta na rua fazia questão de não olhar, de se desviar. Foi voluntário porque se imaginou em uma daquelas solenidades dos filmes de ação hollywoodianos, em que o mocinho morto em combate tem sobre seu caixão uma imensa bandeira dos Estados Unidos. A tropa perfilada em fardas impecáveis ao redor da cova toca com a banda uma trilha sonora discreta, que embala o choro comedido dos familiares, todos de preto e com óculos escuros. Enquanto o caixão robusto de madeira de lei vai sendo baixado por um elevador até a sepultura, os amigos vão largando as alças douradas e assumindo a posição de continência em respeito ao colega morto. Uma salva de tiros de festim interrompe o silêncio fúnebre e as cápsulas deflagradas caem pela grama verdinha e milimetricamente aparada que recobre toda a extensão do vasto campo salpicado por lápides discretas e padronizadas. No fim do funeral, o chefe de polícia vai até a viúva e fala baixinho: "Nós vamos pegar esses canalhas, custe o que custar..."

Só que o enterro de Sampaio, lá num cemitério de Caxias, não foi bem assim.

A Kombi da PM que levaria a guarda fúnebre até o local estava caindo aos pedaços e os recrutas, que já estavam arrumados para o enterro, tiveram que suar um bocado empurrando a carroça para que ela pegasse no tranco.

Com o motor ligado, embarcou também o comandante do destacamento e uma sargento enfermeira, para o caso de alguém passar mal na capela ou no caminho até a cova. Não foi preciso procurar muito para encontrar o cantinho no qual alguns familiares velavam o corpo branco e frio do jovem soldado. Era uma salinha com o reboco das paredes caindo devido à umidade, em que mal davam três cadeiras e o caixão no centro do cômodo. A família não quis que o enterro fosse no Jardim da Saudade, onde costumeiramente são sepultados os policiais mortos em serviço. Preferiu que seu jazigo ficasse próximo ao da família e que não fosse realizada a tradicional salva de tiros. Talvez por medo de, com os disparos, afrontar os bandidos locais.

Rafael parou ante a entrada da salinha, sem saber o que dizer e a quem apresentar os pêsames primeiramente, mas dali já dava para ver o rosto do companheiro circundado por flores brancas. A aparência era serena, tinha morrido há poucas horas, o que deve ter ajudado no trabalho de maquiagem do embalsamador. Somente a parte do rosto anterior às orelhas estava para fora, como se quisesse tomar uma golfada de ar, e todo o corpo, até os bicos do sapato, estavam escondidos pela delicada malha floral, cuidadosamente espalhada de modo a não evocar a lembrança da violenta e cruel circunstância do homicídio. Parecia dormir.

O choro que tomava conta do ambiente era forte, despudorado, lancinante. Intercalado por momentos de breve abrandamento, para recuperar o fôlego, irrompiam novamente em lamentações, gritos e soluços. Eram as mulheres, na maioria, as responsáveis pela lamúria, as tias, as primas, a namorada, as amigas da mãe... Com um lenço branco em uma das mãos, a mãe enxugava uma ou outra lágrima pela morte do mais novo, do caçulinha de seus seis filhos. Era uma senhora de idade que, visivelmente, ainda não se dera conta do que realmente tinha acontecido. Estava lá, embalada pelos acontecimentos, tomando as providências, vendo o seu filho em um caixão, mas claramente a ficha ainda não tinha caído, e muito, muito sofrimento aguardava aquele velho coração já tão provado pelas tristezas comuns deste mundo miserável.

Rafael, ao identificá-la, foi em sua direção, e disse a única coisa a se dizer nessas horas:

– Meus pêsames, senhora, sinto muito...

Ela o olha de relance e meneia a cabeça, consentindo com o pesar, mas atordoada de tal maneira que não consegue pronunciar uma só palavra. Outra senhora vem então ao seu encontro e pergunta se eles se conheciam:

– Éramos da mesma turma, era um bom companheiro... vai fazer falta!

– É, meu filho, só espero que você tome juízo e saia desse emprego maldito, para que sua mãe nunca sofra assim...

Algumas pessoas presentes ao enterro estavam visivelmente incomodadas com a presença de policiais fardados no meio delas, como se os PMs tivessem algo a ver com a morte, uma culpa subjetiva por não estar na cobertura do amigo alvejado. Ou talvez a presença da farda personificasse o motivo do assassinato de Sampaio, que sonhava ser policial militar, mesmo a contragosto da mãe e de toda a família.

O cortejo se preparou para o trajeto até a sepultura, mas, para surpresa da guarda fúnebre, a família dispensou toda a cerimônia, e quem carregou as alças do caixão foram os próprios familiares, restando à representatividade apenas se juntar aos demais presentes na caminhada até o ponto final. O choro ia aumentando de intensidade conforme se aproximavam de onde o caixão repousaria. A tampa de cimento já estava posicionada de modo que, assim que baixassem o esquife, ela fosse arrastada para cobrir o túmulo. Rafael nunca tinha visto uma sepultura daquelas. Era de cimento, fria e muito estranha, bem diferente dos filmes. Ao redor, ervas daninhas venciam a resistência do chão de terra e, por todo lado, o abandono e a precariedade davam uma impressão de desleixo com os finados. O caixão aguardava em cima do carrinho enquanto um pastor evangélico, amigo da família, fazia um breve e confuso sermão acerca da vida e da morte, tentando dar sentido ao que não tem nexo, justificar o injusto, racionalizar a maldade humana e enaltecer a nobreza e a superioridade do perdão.

De nada adiantou. O pranto das mulheres é doído demais para que as palavras de consolo cheguem a surtir algum efeito.

Quando os dois funcionários finalmente começaram a passar as fitas ao redor do caixão, para prepará-lo para a derradeira descida, uma prima do finado se atirou em cima do carrinho, tentando impedir que continuassem com o enterro, na esperança de tratar-se de um pesadelo, de que a qualquer momento Sampaio levantaria, como um milagre bíblico. Devidamente contida, soluçou muito, lamuriando-se com as outras, e, enquanto os coveiros desciam o caixão no braço, uma última salva de gritos, dessa vez pesados demais até para o experiente sargento que acompanhava tudo, fez com que Rafael sentisse enxaqueca instantaneamente. A única coisa com que a família consentiu acerca do cerimonial foi o toque de corneta, o toque de despedida.

Enquanto as notas se espalhavam pelo céu nublado, os coveiros demonstravam suas habilidades com a colher de pedreiro e lacravam o túmulo com cimento. Na última colherada, um deles já recolheu suas ferramentas e colocou-as na parte de baixo do carrinho usado no cortejo, e, seguido pelo ajudante, caminhou depressa rumo à administração. Deveria haver ainda muita gente para ser enterrada.

Essa era a dica de que chegara ao fim. Acabou. Para o cimentado soldado Sampaio, esse foi o último ato, restando do lado de fora apenas a sua família, que, lentamente, tomava o rumo de casa.

Viveu o sonho, morreu por causa dele. Valeu a pena? Para Rafael, sim.

Essa é a escolha que cada recruta faz ao ingressar no curso, é o risco assumido no momento de se tornar um policial militar. A morte virá para todos, o máximo que se pode fazer é escolher como viver, e o que fazer da vida.

Rafael via em seu companheiro morto um herói, covardemente atacado e baleado pelas costas, sem chance de defesa. O desprezo com que as autoridades trataram o fato, o descaso da administração da Polícia Militar com a família do soldado morto, todas essas impressões ficaram gravadas não apenas na cabeça de Rafael, mas de muitos outros, de forma triste e revoltante.

Cada uma das poucas situações descritas aqui anteriormente tem o poder de devastar a bússola moral que guia os atos de quem vive, e de quem vai viver, no limite da loucura, os atuais e os futuros homens da lei. Ou será mera coincidência que o estado com o maior índice de policiais assassinados seja também o que detém em suas cadeias o maior número de policiais presos por crimes contra a vida? Não dá para dissociar a violência cometida contra os policiais daquela que é perpetrada pelos mesmos. Partindo dessa ideia, estava pronto o artifício demoníaco que plantaria definitivamente na cabecinha do pretenso aspirante a Frank Castle[24] o norte de sua missão como policial. Morte.

A todos que atentassem contra um policial, a quem fizesse girar as engrenagens do crime. Não é isso que a sociedade quer (?), mas, na sua cabeça, o bem social tinha ficado para trás. Agora era pessoal, era com ele.

Durante a cerimônia de formatura, depois de marchar, cantar e desfilar para as autoridades presentes, a turma assistia ao discurso do comandante-geral, ainda perfilada, aguardando ansiosamente pelo grito de fora de forma. Chegou a hora de criar asas, ir para o combate. Mal podiam esperar! Para Rafael, o curso passou mais rápido do que poderia imaginar. Parecia que tinha sido ontem que se postara naquele mesmo gramado aguardando seu número de RG, o que dava a impressão de que agora, sim, estava no caminho certo, que já havia nascido policial, só faltava a formalização. Todos se sentiam alegres, radiantes, sem qualquer preocupação com os tempos sombrios que estavam por vir.

---

[24] Personagem de "O Justiceiro", história em quadrinhos norte-americana.

Daquela turma, muitos já estão mortos, outros foram presos ou expulsos, e o ciclo ainda segue seu curso.

Alheios a tudo isso, eles aguardavam o momento ensaiado previamente até a exaustão durante a última semana; e no instante em que o capitão Bucenho dá o comando de fora de forma, os soldados recém-formados gritam bem forte e em uníssono uma última homenagem:

– SAMPAIO!

Todos jogam suas coberturas para o ar e os familiares invadem o campo à procura de seus guerreiros, agora prontos para a batalha. Em geral, o clima é de felicidade e orgulho com os formandos, mas aqui e ali se pode perceber um olhar mais apreensivo de uma mãe ou de uma esposa preocupada com o futuro. Foram cerca de sete meses (pouco mais, pouco menos), apenas sete meses para doutrinar um homem a aguardar e decidir se vai realmente puxar ou não o gatilho e matar alguém. Sete meses para que ele adquirisse a discricionariedade de quando deveria usar um fuzil ou uma pistola, ou uma caneta. Para aprender que, na pista, nada deve ser pessoal, nunca. Para entender que não se deve odiar os inimigos (parafraseando o incomparável Michael Corleone[25]), pois isso afeta o julgamento tornando-nos passionais, a última coisa que um PM deve ser quando de serviço pelas ruas.

Daí para a frente seria com eles, teriam de aprender a se virar sozinhos, cada um na unidade em que foi designado para servir.

Nenhum, eu digo e afirmo, nenhum recruta sai do CFAP pronto para empunhar uma arma no meio da rua.

Mas é isso mesmo que eles querem. Jogam os jovens para serem massacrados nas viaturas baseadas, nos assaltos, nas incursões, nas folgas, nos tribunais, nas cadeias... Afinal de contas, no fim do ano tem outro concurso, e mais duas mil vagas aguardam a próxima leva de claudicantes gnus.

Aos formandos, bem-vindos à mais alucinante viagem que se pode imaginar! Bem-vindos, senhores, à Polícia Militar do Estado do Rio de Janeiro.

---

[25] Personagem da trilogia *O poderoso chefão*, de Francis Ford Coppola.

# Vida de polícia

Rua Barão de Mesquita, 625, Tijuca, endereço do extinto 6º Batalhão de Polícia Militar do Estado do Rio de Janeiro, unidade operacional onde Rafael foi servir após a formatura. Por ser um jovem criado na Baixada Fluminense, não fazia a mínima ideia de como chegar lá, muito menos da complexidade que envolvia o local.

A Tijuca é basicamente um vale (desculpem minha eventual ignorância em termos geográficos) cercado de morros por todos os lados. Durante um longo período, o bairro se destacou por ter entre seus habitantes personagens proeminentes e abastadas da alta sociedade carioca e também várias autoridades, como generais, ministros e outras figuras essenciais ao funcionamento da autoridade ditatorial militar. Porém, com a chegada de massas de imigrantes vindas das regiões Norte e Nordeste, que viam nos morros tijucanos um bom lugar para se estabelecer (pela proximidade com o centro da capital), as encostas foram gradativamente povoadas. O centro da cidade do Rio de Janeiro oferecia melhores chances de emprego do que o resto do estado, e alguns fluminenses copiaram a ideia dos nordestinos e também começaram a se alojar nos morros, território de ninguém, e ali fixaram suas famílias e a esperança de novas possibilidades, bem perto do Maracanã, da Praça da Bandeira, da avenida Presidente Vargas. Começou então um relacionamento conturbado entre a elite que habitava as áreas planas e a "gentalha" das favelas. Aí estão os compostos necessários para uma intensa ebulição.

O visual das favelas cariocas nos anos 1970, 80, era bem diferente de agora. Não se via a proeminência de antenas parabólicas e ares-condicionados brotando pelas janelas, e sim uma extrema condição miserável e de abandono, que fatidicamente traria um sentimento de repulsa e revolta contra os moradores do "vale encantado". A incrível má distribuição de renda é ainda mais gritante quando se percebe que, enquanto o seu filho chora de fome, um sujeito passa com um carro dez vezes mais caro do que o seu barraco, e o crime foi o produto dessa equação desastrosa. Roubos, sequestros e, principalmente, tráfico de drogas encontraram um terreno fertilíssimo para florescer e se estabelecer. Ajudados pela geografia do bairro, que dispõe de uma bela e extensa cadeia montanhosa, perfeita para abrigos e esconderijos, os criminosos estabeleceram verdadeiros feudos sob o jugo de sua dominância violenta e inquestionável. Nos morros da Tijuca, eles determinavam as leis, os horários, os feriados, controlavam o comércio em geral, e a assistência de serviços públicos só era possível mediante sua autorização prévia. Tinham normas estritas quanto à conduta dos moradores, que eram proibidos, entre outras coisas, de falar com a polícia. Se algum marido bêbado dentro da favela batesse em sua mulher, os traficantes resolviam. Se algum bandidinho roubasse a casa de alguém, possivelmente era condenado à morte. Devia-se a alguém, tinha de pagar, e por aí vai.

Percebendo que o seu domínio, mesmo sendo imposto pela força das armas, só seria possível com a conivência da maioria dos integrantes da comunidade, começaram a prestar um interesseiro assistencialismo aos mais miseráveis, aproveitando o imenso vácuo deixado pelo estado até mesmo nas questões mais básicas, como saneamento e fornecimento de energia elétrica. Com algumas ideias ainda remanescentes do período da Ilha Grande, os primários da Falange Vermelha experimentavam uma atrapalhada tentativa de "revolução" contra o sistema, que simplesmente ignorava os favelados, revolução esta que seria bancada com o lucro da venda de drogas e demais ramificações criminosas. Forneciam remédios para idosos moribundos, compravam o gás da dona de casa desempregada, puxavam o "gato" até a mercearia do seu Tadeu, pagavam o táxi da grávida até o hospital. Os moradores dos morros formaram então uma verdadeira comunidade, que se interligava com o asfalto mas resguardava suas próprias peculiaridades, sendo o domínio criminoso o mantenedor da ordem no interior das favelas e a principal característica de todas elas.

Em um extremo, exatamente na divisa de área com o 1º Batalhão, o drama começava pelo morro do Turano, que, por ser muito extenso, tinha seu território dividido com o batalhão vizinho. Lá, a cadeia montanhosa toma forma e começa a avançar bairro adentro. Do Turano, a colina se divide por uma parca vegetação até a favela da Chacrinha, também dominada pela mesma facção, o Comando Vermelho. Essas duas comunidades tinham um histórico recente de forte enfrentamento com a polícia, principalmente o Turano, mas, na chegada de Rafael, os traficantes já viviam em um clima mais pacificador que beligerante, e o poderio militar estava abalado por causa das frequentes operações que normalmente resultavam em baixas nos seus paióis de armamentos. Melhor do que brigar era negociar, e uma sintonia entre policiais atuantes na área e bandidos estava sendo orquestrada, mas isso fica para depois.

Voltando ao morro, a praga então eram os "bondes do 157",[26] que pululavam pelas ruas do asfalto. Assaltantes por orgulho, essa raça fazia e acontecia nas barbas das autoridades, matando muito mais gente do que qualquer incursão policial. Matavam pelo carro, pela bolsa, pelo relógio, por esporte. Esse animal era comumente encontrado em qualquer morro, mas os do Turano eram particularmente problemáticos devido à crueldade e petulância. Assaltavam próximo à sua comunidade (coisa comumente proibida) sem a menor preocupação, escondiam-se com imensa facilidade em qualquer uma das duas favelas (Turano e Chacrinha), o que dificultava na definição de um padrão, e sempre que confrontados na pista, a princípio metiam bala, somente se ficasse ruim para eles é que tentavam um "desenrolo".

Pode ser por acaso, provavelmente até é, mas uma das formas mais eficientes de domínio e cooptação do inimigo emanava também, entre outras, da comunidade do Turano. Trata-se de uma forma de subjugar o oponente sem a necessidade do enfrentamento, fazendo com que ele aja exatamente da maneira sugerida. Travestido de "expressão cultural", o funk é usado pelos criminosos como artifício que altera subliminarmente os conceitos sociais antes estabelecidos como corretos e induz o atingido a um estado de inversão de valores, passando a se enxergar ele também como o agente transgressor, o

---

[26] Artigo 157 do Código Penal, referente ao crime de assalto.

marginal. Ora, o que é mais importante para o vagabundo do que fazer com que o morador da cobertura da Conde de Bonfim aja como um bandidinho do morro do Borel? Com raízes nas engraçadas (mas nada inocentes) canções de Bezerra da Silva e afins, o morro, que antes ficava isolado, começou a trazer a sua forma de viver para quem quisesse segui-la, e nada mais sedutor para um jovem do que ir à contramão do que já está convencionado. Quando um playboy ia ao baile do Turano e cantava "porque é o bonde do 157 que tá preparado..." ou "parápápápápápápápápápá... claque bum...", ele consentia com o bandido que roubava o carro de sua mãe, que baleava seu pai. Quando uma "patricinha" subia a favela e dava para um vagabundo, seduzida pelo fuzil e pela maconha grátis, ela enchia de glamour aquele estado marginal e influenciava duas vertentes: o playboy, que não pegava ninguém e achava o máximo ser bandido, e o moleque descalço, que lava os vidros dos carros no sinal esperando a chance de entrar para o "movimento" e comer uma cocotinha daquelas também. Promover bailes funk era uma ótima forma de divulgação da favela e da qualidade da droga ali vendida. Verdadeiras feiras se formavam para a venda dos entorpecentes sob os olhos atentos dos donos da mercadoria, sempre armados até os dentes e cobertos por joias, em uma clara demonstração de poder. Os bailes do Turano eram bem famosos, vendiam muito, matavam muito, influenciavam muito. Com essa cooptação, os marginais garantiram o seu maior trunfo: a conivência da sociedade fluminense. Desde que o bandido não mate algum de seus parentes, o cidadão não quer saber, não quer se envolver. Músicas que dizem que fumar maconha é bom, que a mulher tem é que ser puta mesmo, que versam sobre como é bom comer uma "novinha" de 14 anos, que mandam meter bala na Blazer são executadas como uma ode ao crime e à violência. Mais do que nunca estou convicto de que essa manipulação é de conhecimento das sumidades intelectuais, e proposital, para fazer com que o cidadão comum permaneça cada vez mais ignorante quanto à sua real condição, sua absoluta insignificância, sua completa estupidez.

Bom, continuando o *trekking*: passando pela Chacrinha e tomando uma trilha agora mais espessa, com uma vegetação hostil e muito providencial como esconderijo, à frente se encontra o morro do Salgueiro, que também era povoado e dominado pelos criminosos do Comando Vermelho. Suas cercanias, como a rua dos Araújos e a do Bispo, a despeito de estarem fora da comunidade, sofriam forte influência do grupo criminoso, sendo que o patrulhamento ali já era de alto risco.

Havia nessa comunidade tijucana um baile funk que ganhou notoriedade depois do lançamento do hit "Salgueiro é o caldeirão" pelas rádios especializadas, e seu público aumentou impressionantemente, trazendo à favela inclusive celebridades, como artistas e jogadores de futebol, calorosamente recebidos pelo dono do morro. No enfrentamento, o traficante era fraco, preferindo atirar na polícia só para dar tempo de se esconder e entocar drogas e armas. Além dos bandidos habituais, os ladrões de carga faziam dali um entreposto para armazenamento e distribuição de cigarros, bebidas, eletroeletrônicos etc.

Depois do Salgueiro, um terreno irregular demais para ser ocupado impede que surjam novas habitações até a chegada ao morro da Formiga. Cercada pela mata por ambos os lados, essa área representava uma fortificada base de apoio e de interligação entre Borel e Salgueiro, sendo muito usada também como pouso para bandidos que fugiam pela rua Conde de Bonfim, caso se encontrassem em dificuldade após a prática de algum assalto naquela área. Formiga era um morro que não tinha expressão muito significativa para o Comando Vermelho; a maior parte das drogas ali comercializadas eram para consumo interno, mas sua importância estratégica fazia com que, constantemente, mais reforços fossem enviados de favelas aliadas, como a da Mangueira, para ajudar na manutenção e defesa do território. Para completar, os ladrões também não davam sossego, e volta e meia um deles se fodia trocando tiros com as patrulhas.

Cada vez mais íngreme e inóspita, a cadeia de morros se torna inabitável depois da Formiga, mas o domínio do Comando Vermelho não se deteria diante de uma mera barreira geográfica. Atravessando a Conde de Bonfim, um pouco mais à frente do local onde terminam as casas da favela, fica a entrada da Indiana, um dos principais acessos ao Borel. Um dos mais antigos morros dominados pela facção criminosa, cujo "dono" (Misaías do Borel, que, mesmo preso há muitos anos, continua a exercer sua liderança) é considerado um dos cabeças da organização, já havia dado muito trabalho para a polícia em tempos passados. Conservava uma forte tradição de enfrentamentos, ainda que seu poderio não fosse mais o mesmo devido aos intermitentes derrames causados pelas operações policiais. Esse era o preço pago pela fama, pois, embora o atual "patrão" (um tal Robocop, sobrinho de Isaías) quisesse distância de problemas com a polícia, sempre que se fazia necessário dar uma porrada em alguém, lá iam as patamos bater um pouquinho no Borel.

A rua São Miguel era passarela para os marginais, que dominavam um ponto chamado "Laje das kombis", o que tornava o patrulhamento nesse trecho possível somente durante o dia; mesmo assim era uma roleta-russa, bastando encontrar um traficante de mau humor para que a viatura virasse um pato de tiro ao alvo. Nesse ponto, a visão era privilegiada para os bandidos, possibilitando ao atirador um ângulo perfeito para o disparo e, simultaneamente, abrigo para um eventual revide. Descendo pela rua São Miguel em direção ao interior do bairro, a coluna montanhosa da qual faz parte o Borel encontra sua divisão com uma favela – morro da Casa Branca – de facção criminosa rival.

Separado do Borel por uma sutil barreira natural composta por pouca vegetação, o morro da Casa Branca era um dos poucos estranhos no ninho. Pertencia à facção "Amigos dos Amigos", ou simplesmente ADA, e sofria constantes tentativas de invasão por parte dos inimigos vizinhos. Não sei bem ao certo como, mas, juntamente com o morro do Cruz, uma extensão dos seus domínios, resistiu às investidas e manteve seu território. O Casa Branca e o Cruz formavam uma dupla atrevida e inconveniente, tanto para os criminosos rivais quanto para a polícia, pois se valiam sempre da surpresa para atacar e tentar infligir algum dano aos seus contendores. Quando todos achavam que os morros estavam calmos, lá iam eles atacar o vizinho Borel, atirando para todo lado, e toma-lhe bala perdida nos moradores. Do nada formavam bondes e saíam para a avenida Maracanã e para a rua Maxwell, fechavam as vias e roubavam tudo o que estivesse pela frente. O tráfico era o de sempre, meio fraco se comparado ao das demais favelas controladas pela ADA, mas suficiente para a manutenção dos paióis de armas e munição e para o pagamento de pessoal.

Completando esse indigesto sanduíche – Comando/ADA, ADA/Comando – estava o famoso morro do Andaraí.

O Andaraí (morro homônimo ao bairro), à época de Rafael no 6º Batalhão, já não era nem sombra dos seus tempos áureos. Anteriormente, a qualidade do pó dessa favela era tão famosa e festejada que muitos vinham de fora para prestigiar a mercadoria cobiçada. Filas enormes de viciados se formavam na rua Caçapava, e as patrulhas faziam a festa com os gansinhos dos mais variados naipes e bolsos. Como o morro vendia muito, ganhava muito dinheiro, consequentemente a fama aumentava, o que obrigou o Comando Vermelho a dispensar uma atenção especial quanto à segurança da favela. Com a aquisição de armamentos mais sofisticados e poderosos, o morro passou a ser cada vez mais temido e respeitado; porém, fazendo valer a máxima tão comum aos que não têm estrutura para a grandeza, o sucesso ali foi fatal. Empolgados com a sua força, calcada principalmente no poder da pólvora, os bandidos deixaram o sucesso lhes subir à cabeça e sempre que podiam atiravam nas viaturas do 6º BPM. Incursões eram raivosamente repelidas, e as baixas entre policiais não eram raras. Ostentação, arrogância, exagero. Os ladrões abandonaram as pistolas e passaram a fazer seus arrastões com fuzis e granadas, e estava claro que algo precisava ser feito. Pois bem, o coronel Málvaro, talvez o mais digno e competente oficial de toda Polícia Militar (certamente por isso nunca foi indicado para ser comandante-geral), foi designado para colocar ordem na casa. Sob seu comando, uma guarnição que estava há muito tempo "fechada" e que o acompanhava para onde quer que fosse, os temidos "galácticos", ficou encarregada de destruir o Andaraí após um determinado acontecimento. Dizem que, em certo domingo, uma guarnição do GAT (Grupamento de Ações Táticas) ficou encurralada na Flor da Mina, uma das localidades do Andaraí. Furiosos pelos recentes ataques ordenados pelo coronel, os bandidos não pretendiam deixar que aquela guarnição saísse dali inteira. O fogo estava cerrado, a munição dos policiais, acabando, as viaturas que vieram em auxílio não conseguiam se aproximar e as granadas explodiam cada vez mais perto. Após uma manhã e uma tarde inteira sem conseguir retrair, o oficial de dia fez um contato desesperado com o comandante do batalhão e relatou o que estava acontecendo, perguntando se tinha autorização para chamar o BOPE. O coronel Málvaro, ele mesmo um caveira, foi taxativo em sua determinação: não era para chamar o BOPE "porra nenhuma", pois ele já estava a caminho. E o coronel, com mais três galácticos, invadiu a favela, resgatou a guarnição, matou uns vagabundos, apreendeu dois fuzis e mandou o recado: "Avisa aos que restavam que eu vou botar este morro abaixo!". O "radinho" que ouvia a mensagem deve ter ficado gelado. E foi dito e feito.

A cada serviço dos galácticos, pelo menos unzinho do Andaraí ficava "de bigode", e o morro, que antes vendia de dia e de noite, começou a funcionar mais às escondidas. A fama de antes começou a dar lugar a uma má reputação entre os viciados, que não gostavam de se arriscar quando à procura de seu prazer. Uma famigerada cabine, a C6/7, foi alocada exatamente onde funcionava a boca de acesso mais prático aos consumidores do asfalto, a da rua Caçapava. E foi assim, cortando aos poucos as facilidades na compra da droga e matando um monte de bandidos, que o comando anterior à chegada de Rafael derrubou o morro – a tal ponto que ele jamais conseguiu se levantar.

Com o Andaraí cambaleante, algumas favelinhas relativamente menores cresceram, mas nada que exigisse muita atenção das autoridades. Era o caso das favelas que tomavam as encostas da serra Grajaú-Jacarepaguá, e que só davam trabalho quando seus 157 resolviam fechar a pista para roubar quem passava de carro.

E, para completar, restava ainda o último morro da área do 6º Batalhão, problemático e sem dúvida o mais perigoso na época em que Rafael trabalhou por lá: o morro dos Macacos. Localizado em Vila Isabel, estava de certa forma isolado das demais comunidades tijucanas, fazendo fronteira apenas com seu mais furioso antagonista, o morro de São João (já pertencente à área do 3º BPM). O Macaco era uma das mais preciosas joias da ADA, com identidade e comando próprios, não havendo uma ascendência hierárquica à qual tivesse que se reportar. Essa independência fazia com que os integrantes da quadrilha fossem extremamente cuidadosos com seu território, soldados orgulhosos de sua função paramilitar. A extensão dos domínios da favela era a maior entre todas as comunidades da área, o que exigia um esquema de divisão de atribuições singular e a mais servil e ferrenha lealdade dos moradores, desde muito cedo doutrinados não pelo medo, mas pela identificação com os marginais.

Duas figuras exerciam o domínio sobre esse exército de vagabundos: Scooby e Borrof. Funcionava da seguinte forma: se hoje a carga de drogas vendida pertencia a um deles, no dia seguinte era a vez do outro, alternando assim o recolhimento do lucro obtido. Scooby contava com a ajuda de outro bandido, o Bebezão, para gerenciar os negócios e supervisionar a segurança, e Borrof delegava essa função para LG, seu primogênito. Com essa estrutura à la Cosa Nostra, esses marginais seduziram quase a totalidade dos habitantes da favela, e, ultrapassando os limites do narcotráfico e adquirindo tenebrosos tentáculos mafiosos, comandavam todas as atividades lucrativas exercidas no local, como a venda de gás, água, sinal clandestino de tv a cabo, venda e aluguel de imóveis etc. Pensem no lucro obtido quando 10 mil casas (por baixo) pagam mensalmente 35 reais para ter seu "gatonet", fora os caça-níqueis, a venda de bebidas, a quadra da escola de samba de Vila Isabel, os shows de artistas famosos...

Muito dinheiro rola nas comunidades, muito mesmo, e existem autoridades interessadas na continuidade desse estado marginal.

Sim, pois além de lucrativo, o crime propicia outro tipo de poder: o político, também muito cobiçado. Nessas comunidades, currais eleitorais são formados, e somente aqueles que colaboram com os criminosos são autorizados a fazer campanhas pelas vielas. Um local com carência de serviços públicos básicos, e que tem como referencial de poder traficantes armados, é uma mina de votos tão importante que vários candidatos se perdem no limite entre o apoio aos mais carentes e o banditismo assistencialista. Somente os eleitores do morro poderiam facilmente eleger um deputado estadual, ou ajudar muito na eleição de um prefeito. Já reparou que o trato para com os "senhores" das comunidades se abranda nos períodos eletivos? Dizem que é para proteger a população de balas perdidas que nessas épocas se evitam ao máximo as ações policiais nas favelas. Pura demagogia! A promiscuidade com a qual o poder público e o marginal se entrelaçam é bem mais complexa do que aquela noticiada pelos jornais. Desde sempre, a política carioca caminha em paralelo com os interesses do jogo do bicho, da venda de drogas, e a verdade é que nossas "vossas excelências" cagam um bombom se você tomar um tirão no meio dos cornos enquanto está sentado no ônibus indo trabalhar. O que eles não querem é que seus cabos eleitorais sejam impedidos de entrar na Rocinha, na Mangueira, em Manguinhos, no Jacaré, na Coreia, em Camará, na Quitanda...

Com o morro dos Macacos não era diferente.

Esse estreito relacionamento com as autoridades políticas incitava ainda mais o ar de legitimidade que os conscritos da infantaria bandida respiravam, o que os tornava combatentes dos mais aguerridos na hora do pau roncar. Defendiam o seu território com paixão, bancando o tiroteio até o limite e só recuando quando não houvesse outra maneira. Não respeitavam ninguém, nem a Civil, nem o BOPE (que uma vez ficou encurralado no Pau da Bandeira e teve de pedir ajuda aos galácticos para se evadir), tendo moderado receio apenas de determinadas guarnições do GAT do 6º BPM, que conheciam formas de surpreendê-los mesmo estando dentro de seus domínios. Nem o coronel Málvaro, que determinou a ocupação do complexo durante o seu comando, conseguiu amansar a bandidagem. As bocas continuaram funcionando mesmo com a presença da polícia no interior da favela, e, ainda que a qualidade da droga vendida ali não fosse lá essas coisas, os bandidos tinham clientes fiéis, que não queiram se dispor a ir a outros cantos da Tijuca apenas para conseguir um "papelzinho".

Quem morasse da Vinte e Oito de Setembro até o final da Visconde de Santa Isabel, ou estivesse pela Teodoro da Silva, passando pelo shopping Iguatemi, ou pela Felipe Camarão, tinha o morro dos Macacos sempre à mão para conseguir o que quisesse.

Os ladrões obedeciam ao comando do morro, e suas ações tinham sempre de ser comunicadas previamente. Isso durante o tempo em que eles estavam autorizados a roubar, porque, depois do acerto feito entre Scooby e o major que coordenava as ações de repressão na área do batalhão, os roubos foram proibidos.

Quando saiu da cadeia e voltou para o morro, Scooby deu uma festa com direito a queima de fogos e show de pagode particular. Ouviu muitas reclamações dos moradores acerca dos constantes ataques que a polícia realizava no interior da comunidade, e então resolveu tomar providências. Ficou sabendo que um ladrão novo, conhecido como Galinha, é que estava à frente dos 157 da favela, e que ele tinha aspirações muito maiores do que sua real capacidade. Esse assaltante estava chamando muita atenção para o morro, o que era ruim para o negócio principal. Então, com uma perspicaz capacidade de projeção, Scooby antecipou o movimento e matou Galinha, mandando um recado para seus demais companheiros: parem de roubar.

Com a casa em ordem, um líder comunitário foi autorizado a ir ao café da manhã com o comandante e apresentar uma proposta para a pacificação do morro. O arrego seria pago todas as semanas, entregue diretamente ao GAT em dinheiro (15 mil reais), e não haveria mais assaltos na pista por parte dos "macaquenses"; em troca, o comando não realizaria mais incursões inopinadas e deixaria o tráfico comer solto. Vila Isabel ficou em paz!

Até uma viatura foi designada para ficar baseada na entrada do túnel Noel Rosa, sempre com a ordem expressa de "não mexer com o morro dos Macacos". Os bandidos armados passavam nas vistas dos policiais, que, de mãos atadas, nada podiam fazer. Pois é, mas de vez em quando um bandido resolvia sair da linha e desobedecia às ordens do patrão, tendo o cuidado apenas de efetuar seus assaltos longe da favela.

Esse constante estado de imprevisibilidade já deve demonstrar sob quanta pressão estavam submetidos os policiais do 6º Batalhão, e era apenas um dos lados da moeda.

Com o passar do tempo, a Tijuca deixou de ser um local bem visto e bem frequentado pelos cariocas mais ricos. A proximidade com os morros depreciou o valor dos imóveis, tornou o comércio mais instável diante do medo da violência, e até um hipermercado da poderosa rede Carrefour teve de fechar suas portas após ter seu estabelecimento saqueado inúmeras vezes pelos moradores do Borel. A estrutura suntuosa, nos moldes dos mercados mais imponentes, que exigiu muito dinheiro para sua construção, está lá até hoje, jogada às baratas.

Quem tinha dinheiro se mudou ao perceber que o barco estava afundando, mas uma determinada classe de herdeiros, impossibilitada de manter os arroubos aquisitivos de outrora, teve de se resignar em perder a posse do "bairrinho".

Tão ou mais problemática que seus vizinhos favelados, essa turma vivia em um mundo de ilusão tão frágil quanto sua condição financeira, mas tinha uma pose e uma arrogância no trato com os policiais que, às vezes, era impossível manter-se a paciência diante de certas solicitações. O tijucano quer que a Polícia Militar resolva todos os seus problemas. Ele liga para 190 para reclamar do cachorro do vizinho que não para de latir, da obra do prédio ao lado que faz muito barulho, da mulher que o traiu e quer entrar em casa. Mais do que isso, quando não está precisando de nenhum auxílio, olha para o PM como se ele fosse um intruso. A farda é ofensiva às proeminentes pseudointelectualidades que transitam pelas ruas ao redor da Praça Saens Peña, e não raro, quando vai se dirigir a um policial, alguns senhores parecem querer soletrar o que estão dizendo, como se o guarda fosse uma espécie de retardado: "B-o-a t-a-r-d-e..."

Criticar o serviço da PM também faz parte dos esportes mais praticados pelos distintos habitantes do "Vale da Magia", assim como o lançamento de frases do tipo: "Você sabe com quem está falando?", ou "Quero falar com seu superior!"

Rafael havia saltado do ônibus na Leopoldina e agora se dirige para a Praça da Bandeira sem saber do universo no qual iria mergulhar de cabeça. É impressionante como dois lugares pertencentes ao mesmo estado, como a Tijuca e a Baixada Fluminense, podem ser tão diferentes sob todos os aspectos sociais.

O segundo ônibus o deixou em frente ao batalhão.

Era uma construção antiga, uma imprestável instalação do Exército que foi destinada a acolher as forças auxiliares estaduais. O mau estado de conservação característico da maioria dos estabelecimentos da Polícia Militar era familiar ao jovem recruta, que caminha em direção ao único portão de entrada carregando no lombo a mochila cheia de fardamentos. De sentinela, um militar gordo e barbudo, com metade da gandola (imunda) para fora da calça, fuma um cigarro enquanto analisa a prancheta em que registra o movimento de entrada e saída de viaturas e carros particulares. Sem ao menos levantar o olhar, mal percebe quando Rafael para ao seu lado para lhe pedir informações.

– Bom dia, companheiro!

Ele olha rápido, mas a prancheta parece ter equações lineares que lhe desafiam a lógica.

– Bom dia.

– Eu sou da turma nova do CFAP, estou me apresentando hoje. Preciso me identificar?

– Não, tá tranquilo! Vai ali na primeira salinha à direita e procura o adjunto ou o oficial de dia, é só falar com ele lá, valeu? Eu tô meio enrolado aqui com essa merda de ficha de quem entra e sai...

– Valeu, até mais.

Rafael deixou o cabo brigando com a prancheta e foi ao encontro do sargento adjunto.

O portão principal é uma espécie de pórtico, e no fim dele o amplo pátio se ilumina sob o sol de quase meio-dia. As viaturas estão estacionadas ao redor da quadra multiesportiva, em frente ao rancho e ao acesso às escadas dos alojamentos, dando a impressão do batalhão ser menor do que parece pelo lado de fora. De início, não era para Rafael ser alocado em uma unidade tão complicada como o 6º Batalhão. A turma foi incumbida de formar uma leva de policiais que integrariam o GPAE, uma forma de polícia comunitária que atuaria em regiões específicas determinadas pelo comando-geral. Esse programa tinha como objetivo dissociar o nome "PM" do profissional em si, em uma tentativa pífia, senão hilariante, de, ao colocar um novo nome em uma antiga modalidade de policiamento, a população aceitar melhor a presença do agente no interior das comunidades. Não dá para saber se essa ideia era só estúpida mesmo ou mais um caso crônico de demagogia, porque se a intenção fosse mudar algo de verdade, um programa de treinamento deveria ter sido elaborado para que os novos policiais se adequassem à nova missão. Ao invés disso, deram uma boina diferenciada aos recrutas, uma braçadeira e uma ordem: "Não matem ninguém mal matado, não roubem, não batam, vocês são do GPAE, deixem que os batalhões façam a sujeirada, entendido?" "Entendido, sim, senhor!"

Durante a palestra que comunicou à maioria dos formandos sua futura atribuição, Rafael questionou uma capitã idosa sobre a funcionalidade do programa, o que provocou a ira da anciã. Como ele já sabia, para irritar um oficial só bastava um questionamento quanto ao brilhantismo de suas ideias.

A capitã, furiosa, esbravejou contra o recruta diante de uma plateia repleta de autoridades, e providenciou para que ele fosse mandado para bem longe de seu projeto revolucionário, que, como percebemos, deu tão certo quanto dirigir um caminhão de 15 rodas com um babuíno no colo e a cabeça enfiada num saco de bosta.

Para ele não fazia diferença. Pelo contrário, preferia mil vezes estar em um batalhão de "quebra" do que em uma fanfarronagem qualquer. Do contrário, como aprenderia o serviço de rua? Havia sentido o gostinho da pista, e ansiava pelo que mais estaria por vir. Já ouvira falar dos morros da área, porém nunca havia passado sequer perto de algum deles. Os antigos do CFAP, quando perguntados, confirmavam que o 6º era um batalhão de "questão", e isso atiçava ainda mais a curiosidade do jovem soldado.

Mesmo que a primeira impressão tenha sido um pouco diferente daquela imaginada, o espaço da caserna tinha muitos ambientes a serem explorados posteriormente. Naquele momento, se fixou em achar logo o adjunto e se apresentar. Pela porta de vidro, avistou um suboficial sentado em uma mesa e um sargento conferindo algo em meio a uma papelada. Bateu na porta e o sub fez sinal com a mão para que ele entrasse

– Bom dia, sub. Eu estou me apresentando hoje, sou lá do CFAP.

– Ah, sim. Tudo bem? Está com o seu ofício de apresentação aí?

– Sim, senhor, está aqui.

O sub analisa o ofício, o cumprimenta novamente e o encaminha para a sargenteação, que é o lugar onde são definidas as escalas de serviço.

O sargento Mangusto, responsável por essa tarefa, está quase em tempo de se reformar e reclama da vida o tempo todo. Ele recebe Rafael estabanadamente, enrolado em meio a pilhas de trabalhos pendentes, e o conduz para uma breve entrevista com o comandante da segunda companhia, que é quem definirá seu primeiro tipo de serviço. O capitão recebe os militares em sua salinha suja e empoeirada:

– Só faltava você, guerreiro! E aí? Conhece a área do batalhão?

– Não senhor, capitão!

– Tá tudo bem. Olha só, você e seus companheiros primeiramente vão concorrer à escala de POG (Policiamento Ostensivo Geral), ok? O serviço é de segunda a sábado, em dois horários: um de seis às catorze horas, e outro de catorze às vinte e duas. O Mangusto definirá os horários e as duplas. Vocês irão trabalhar sem a supervisão de um mais graduado, então cuidado para não fazer merda! Tem muita gente na rua, muito bandido também, então pense dez vezes antes de atirar em alguém. Se uma bala pegar em quem não deve, vocês estão fodidos, então, juízo! A Tijuca é uma área muito complicada de ser patrulhada, portanto, não tenham pressa, aos poucos vocês irão se acostumando e pegando os macetes. As supervisões de graduado e de oficial terão uma atenção especial com vocês, portanto não deem mole sem cobertura, sem colete, e não arribem dos seus postos, vocês estão em estágio probatório e qualquer merdinha pode botar vocês na rua. Alguma pergunta?

– O que é esse POG? Roda aonde?

– Rodar? Porra, esse CFAP... O serviço é a pé, guerreiro, não tem viatura não, tá maluco? – O pessoal na sala começa a rir. – Chegou agora e quer patrulhar, já? Não... tem que merecer! Tem gente aqui brigando pra montar na "mula" (trabalhar em uma viatura) há muito tempo. Primeiramente vamos ver do que você é feito, depois a gente vê isso, certo? Agora vai lá, boa sorte e, mais uma vez, cuidado hein? Segura esse dedo nervoso aí...

O sacal PO! Essa foi a primeira missão de Rafael na polícia. Patrulhamento ostensivo a pé, com um roteiro fixo de ruas a ser seguido fielmente.

Alguns outros soldados sobraram da seleção que integraria o GPAE e também foram movimentados para batalhões operacionais, como o 17º BPM e o 20º BPM, e outros mais além do 6º. Então, quando o capitão disse que só faltava ele, era porque os outros vinte companheiros de sua turma já haviam se apresentado mais cedo. A maioria das duplas já havia sido casada, e os horários foram distribuídos de acordo com a preferência de quem chegava primeiro. Como a maioria preferia o horário da manhã, para ter o resto do dia livre, só sobrou o segundo, de duas da tarde às dez da noite.

Para Rafael foi bom, porque, para chegar ao batalhão às seis da manhã, teria de sair de casa às quatro, e acordar cedo sempre lhe deixava mal-humorado. Um outro companheiro, morador de Niterói, também partilhava de sua preferência, e formou-se então a dupla que iria sacudir Vila Isabel (na medida do possível).

Sentado em frente ao monitor de seu 286, o sargento Mangusto monta a planilha:

– Olha só, vou te colocar com o Gouveia, da sua turma, você conhece?

Rafael se lembrava dele vagamente, não era do seu pelotão.

– Sim, tudo bem.

– Bom, então é o seguinte: você já sabe o horário, mas tem que estar em forma aqui em frente à sala do oficial de dia mais cedo, às treze horas, para tirar a falta e pegar o equipamento. Tem alguns suboficiais chatos, então te aconselho a chegar na hora certa. Conhece a Vinte e Oito de Setembro?

– Não. Onde é?

– É onde fica o setor de patrulhamento de vocês, lá em Vila Isabel. Se não me engano, pega um pedaço do Maracanã e vai até a praça Sete, perto do Macaco. Não se preocupe que vocês vão levar uma cópia do roteiro com o nome das ruas. Vocês começam depois de amanhã, falou?

– Sim, senhor. Sargento...

– Fala, polícia!

– Posso almoçar no rancho?

– A casa é sua! Fique à vontade, tá com fome?

– Não é isso não, é uma tradição... Só sinto que pertenço a um quartel quando pego o rancho nele!

O velho Mangusto, com seus bigodes brancos, começou a rir.


Chegou o dia!

Finalmente, iria sozinho para a pista combater, armado e perigoso! Para variar, a fila em frente à reserva de armamentos, com todos os policiais já prontos para o serviço, indicava que ele estava atrasado. Correu até o alojamento, que ficava no segundo andar da companhia, e saiu jogando suas coisas num dos poucos bancos que ainda restava de pé.

Já havia escolhido seu armário após o ritual de iniciação no rancho, e se trocou tão rápido que esqueceu o cadeado aberto, tendo que subir as escadas novamente para fechá-lo quando já estava na fila para pegar sua arma. Ah, a arma...

Chegou sua vez na reserva. Do outro lado da grade por onde se entrega os armamentos, o sargento Lima faz suas anotações no livro de controle. A reserva é como um *bunker*, trancada e protegida como a área mais importante do batalhão. Só que, por incrível que pareça, esse aparato todo não visa a proteger o armamento do saque por parte de criminosos, mas sim da ganância dos próprios policiais. Os oficiais têm medo de que praças mal-intencionados se aproveitem de algum descuido da segurança e afanem alguns armamentos para vender no mercado negro, então cercam os poucos policiais que trabalham nas RUMB[27] com estritas determinações. Esses policiais invariavelmente são aqueles impossibilitados de trabalhar na rua, que detêm algum tipo de limitação física ou que simplesmente se cansaram da correria. Quando ainda não tem intimidade com os policiais que são novos no batalhão, desconfiam de tudo, e não deixam nenhum carregador ao alcance das mãos do mango antes de estar tudo discriminado no livro de registro. A gradezinha por onde passavam o material só não conseguiu impedir que oito fuzis FAL .762, duas pistolas .40, uma metralhadora 9mm e mais umas centenas de cartuchos sumissem misteriosamente de dentro do paiol. O furto só foi descoberto em uma verificação feita por ordem de um coronel que havia acabado de assumir o comando do batalhão. O fato foi noticiado pela imprensa durante algum tempo, mas, como havia oficiais envolvidos, o caso foi abafado. Ninguém foi punido pelo crime e as armas até hoje não foram encontradas, então podem ter certeza de que o sargento e os demais praças eram inocentes nessa parada. Do contrário, estariam crucificados de cabeça para baixo e presos até hoje.

---

[27] Reserva Única de Material Bélico.

O sargento é engraçado, fuma um cigarro atrás do outro enquanto escreve freneticamente os números das armas entregues, a quantidade de munições, resmungando sozinho quando as cinzas caem em cima das páginas:

– Caralho...

Rafael aguarda sua vez e recebe uma mirada por cima dos óculos ensebados pela fumaça

– E aí, recruta! Tá onde?

– PO 6, Vinte e Oito de Setembro...

– Qual é teu RG?

– 102.502.

– Tá aqui... Quantos?

– O quê?

– Quantos carregadores, recruta! Dois, três...

Rafael nem sabia que poderia escolher, mas quanto mais melhor!

– Três!

– Tá bom... Quer começar um tiroteio, não é? Olha lá, hein, recruta... Tá aqui ó, toma a sua pistola e confere aí se tá tudo direitinho. Sempre confira todas as munições porque tem colega que dá tiro e não quer fazer a parte de consumo, daí, pra preencher o espaço vazio no carregador, coloca o cartucho usado. Até pilha eu já vi aqui!

– Sim, senhor.

– Vai lá, bom serviço!

– Pro senhor também.

As pistolas .40 chegaram na Polícia Militar não muito tempo antes da incorporação de Rafael. É uma arma com calibre voltado para a ação policial, em virtude de seu alto poder de parada, e veio a substituir os ultrapassados revólveres .38 e as ineficazes pistolas .380.

PT 100, era essa a arma que Rafael analisava minuciosamente durante a manutenção de primeiro escalão. Deu o golpe e travou o retém do ferrolho. Uma pistola travada com o ferrolho atrás tem o aspecto de uma escultura sublime e fria, uma obra de arte bela exatamente pela morbidez. Ele aprecia as formas bem delineadas do aço oxidado, a precisão com que as peças se encaixam perfeitamente prontas a matar um ser humano. Poucas coisas são criadas com tamanho esmero pela mente dos homens como as armas. Elas fascinam, encantam, amedrontam, provocam tantas emoções quanto possíveis a uma pintura de Van Gogh. No momento em que o carregador se une à arma com um pequeno "clique", os três componentes – munição, carregador, pistola – se fundem em um só propósito: matar. É isso que as armas representam: morte, pura e simplesmente. O primeiro cartucho, visível pela culatra ainda aberta, se ajeita para mais uma vez se acomodar na câmara até a consumação do objetivo inexorável de sua existência: o disparo. Se dependesse de Rafael e de sua crescente vontade de fazer justiça com as próprias mãos, seria naquele dia mesmo, com o primeiro 157 que encontrasse pela frente. Só tinha uma perturbação: na hora da decisão, de explodir a cabeça do "band", teria mesmo a coragem de fazer? E os miolos escorrendo, teria estômago para aguentar? "Só mesmo na hora pra saber...", ele pensou.

É, só na hora mesmo. Agora chega de enrolar!

Soltou o retém e mandou a bala para a agulha. Acomodou-a no coldre de perna, os carregadores no pequeno bornal da outra perna, e partiu o Billy, the Kid para se juntar aos seus companheiros já formados em frente à sala do oficial.

Na verdade, quem cumpria a função de oficial de dia na maioria das vezes eram os suboficiais, e o de hoje, por sorte, ainda estava almoçando e não pegou o atraso de Rafael. Na forma, a rapaziada conhecida do CFAP dá as boas-vindas ao colega.

– Entra logo, cara, ele não tirou a falta ainda não, tá tranquilo!

– Valeu, parceiro! E aí? Tá onde?

– Lá no Largo da Segunda Feira...

Rafael vai conversando e cumprimentando a galera que está animadíssima com o primeiro dia de trabalho. Todos guardam expectativas, que serão arrasadas com o passar do tempo. Mas ele ainda não havia encontrado seu companheiro de serviço, e estava pensando nisso quando ouviu por detrás a pergunta:

– Você que tá lá na Vinte e Oito?

Era o Gouveia;

– Sou eu sim, cara! E aí, tudo bem?

– Tudo! Vamos cair pra dentro deles ou não vamos?
– É essa parada aí! Bala no cu deles...
– Então já é! Cara... Eu tava com medo de cair com alguém medroso!
– Nem me fala! Mas tá tranquilo... Na rua a gente conversa mais! O sub tá vindo aí...

Ele tinha uma voz anasalada que irritava já nas primeiras palavras. Após uma série de recomendações quanto à permanência dentro dos setores de patrulhamento, quanto ao uso completo do uniforme, ele meio que implicou com os coldres de perna do pessoal, dizendo que estavam em desacordo com o regulamento. Porém, todos os policiais que transitavam pela unidade utilizavam a mesma peça, e isso acabou demovendo-o da ideia de mandar os jovens soldados trocarem pelo coldre convencional.

– Senhores – ele continua –, não temos viaturas suficientes para conduzir todos aos seus postos, então, sigam em grupo e desloquem-se de ônibus mesmo. Cuidado com os passageiros nos coletivos; se alguma coisa estiver errada, só atirem em último caso. Alguma pergunta?
– (Todos juntos) Não, senhor!
– Grupamento, fora de forma, marche! Bom serviço a todos.

E lá foram eles.

O ponto de ônibus ficava no cruzamento da Barão de Mesquita com a Uruguai, próximo ao batalhão. A soldadesca seguia como uma turba de estudantes, agitada, os detentores da força estadual! No caminho, conjecturas acerca de como agir nos mais variados casos. Por exemplo: se pegassem um ladrão armado, balear se ele já estiver rendido, no meio da rua, poderia dar merda? E pequenas escapadas do setor de patrulhamento, seriam punidas severamente? E ficar sem a cobertura? Ninguém aguenta ficar com aquele boné calorento na cabeça o dia todo. E a comida? Como iriam fazer para tentar filar um rango com os comerciantes? O batalhão não mandava nada para os soldados, nem água! Se ficassem com fome, que pagassem do próprio bolso. De duas às dez da noite sem comer nada... Só na cabeça de um oficial mesmo! Sim, porque, de acordo com as normas da PM, só tem direito a um horário reservado para as refeições no Batalhão os serviços de 12 ou 24 horas. E qual ônibus pegar? Ninguém sabia ao certo, melhor perguntar ao motorista.

Eles entram em um coletivo qualquer e pedem um minuto da atenção do motorista. Entregam a ele a planilha com os endereços a serem cobertos e ele gentilmente dá uma olhada:

— Esses três endereços aqui estão no caminho desta linha, vocês podem ficar que eu aviso quando chegar. Os outros são da 314 e da 791 – Central, ou 789, é só se informar quando embarcarem, tudo bem?

As duplas que não pertenciam àquele itinerário descem e outras três ficam, agradecendo ao prestativo condutor.

— Obrigado, meu chefe. – diz Rafael.

— De nada! Seria bom ter mais de vocês viajando conosco, esta linha é muito visada. Semana passada teve um assalto lá pelas oito e meia da noite, por aí. Dois moleques, um passou e ficou lá atrás, o outro parou aqui do meu lado e anunciou o assalto.

— Armados?

— Claro! Maior trabucão! Era pistola... Não sei qual, mas era grande, "cromada". Ele deu até uma coronhada na menina que demorou pra entregar o celular, covarde...

— Ah, filho da puta!...

— Pois é! Depois veio e me pediu o dinheiro, eu dei, e eles saltaram lá perto do morro dos Macacos.

— Não sei onde é ainda não!

— Ih, rapaz! Então cuidado lá hein? Eles são abusados mesmo. Volta e meia tem amigo de vocês ferido lá, eu sempre vejo no noticiário. Ó, tá chegando seu ponto...

— Tá ok, meu chefe. Eu vou trabalhar aqui rodando a pé de segunda a sábado, até as dez da noite. Se o senhor passar pela gente e tiver algo estranho no ônibus, dá uma piscada com o farol que a gente vai atrás, valeu?

— Tá bom, seu guarda, boa tarde pra vocês!

— Igualmente, até.

Rafael e Gouveia descem em frente a UERJ. Ali fica a entrada da avenida conhecida como Boulevard Vinte e Oito de Setembro, sua base operacional até o término do serviço. Nessa avenida passam diariamente as mais variadas espécies, de seres humanos, e são essas mesmas espécies que eles juraram proteger com o sacrifício da própria vida, que tornam o trabalho ainda mais complicado. Começando pela universidade do estado, a maioria de seus frequentadores não dá a mínima para a presença policial. Aquela sensação de ser um intruso no ninho era familiar a Rafael, sentimento já experimentado no velório de Sampaio pouco tempo atrás. No campus, a presença da farda é ofensiva para os estudantes, é uma demonstração de força de um estado corrupto e falido que não consegue nem manter sua mais famosa instituição de ensino em condições apresentáveis. A dupla passeia pelos edifícios velhos e corroídos, mas nem se dá conta dos vergalhões que teimam em sair pelas estruturas, estão meio distraídos com a quantidade de meninas que zanzam pra lá e pra cá com seus fichários rosa e bolsinhas a tiracolo. Mal sabiam eles que era mais fácil uma delas beijar um ornitorrinco do que se prestar a um flerte com esses porcos fardados, esses assassinos. Até porque, além de tudo isso, o polícia é pobre, e as cocotinhas da UERJ são em sua maioria de origem rica, pois é meio difícil passar nos vestibulares de Medicina ou Odonto sem ter frequentado uma boa escola. O estacionamento comprova o relato, dado o desfile de carros importados pertencentes aos estudantes dos cursos mais cobiçados, restando aos vestibulandos mais pobres a consolação de serem aprovados para o curso de Letras ou História. Sem contar que os maconheiros que infestam esses ambientes de "pensamento livre" se coçavam à presença imponente da dupla de justiceiros, que já estava ficando de saco cheio de explorar aquele lugar mesquinho.

– Vamos meter o pé daqui, cara!

– Ô Rafael, aqui tá cheio de gata...

– E tu acha que elas vão te dar mole? Você é muito feio, careca!

Apesar de ter somente 27 anos, Gouveia já era pai de dois filhos, e sua calvície evoluía na medida em que os pequenos iam precisando de mais atenção.

Resolveram então sair do campus e dar um rolé pelas ruas. A avenida é dividida ao meio por um canteiro, formando duas vias que seguem na mesma mão. Dos dois lados, as residências disputam espaço com os prédios comerciais, que vão de grandes bancos até pequenas pet-shops. Essa rua tem um ritmo frenético de passantes, e no fim dela fica a praça Sete, ou Barão de Drummond, de onde dá pra ver o morro dos Macacos bem de frente. Os assaltos a transeuntes são constantes, porém roubar estabelecimentos comerciais é coisa rara, por incrível que pareça. A dupla de policiais caminha devagar até a praça, olhando para todos os lados a fim de identificar algo suspeito. As pessoas acompanham a movimentação com curiosidade, fazia tempo que não havia policiamento a pé pelo local, e alguns moradores até da tarde...", disse Gouveia à uma velhinha queixosa quanto a falta de segurança.

Iniciaram o percurso de volta até a UERJ pela rua de trás, bem menos movimentada. Casas, árvores, mais uma pracinha, nada de mais.

– Porra, é só isso o nosso roteiro? – reclama o impaciente Rafael.

– Acho que sim, peraí...

Gouveia dá uma olhada na planilha, confere o nome das ruas e vê que está tudo certo.

– É cara, é isso mesmo.

– Puta que pariu! E o Macacos? A gente não chega nem perto da entrada?

– É, eles tiveram o cuidado de manter a gente longe de confusão.

– Não acredito... Vem, Gouveia, vamos caçar o que fazer, que eu não aguento esse tédio de ficar andando pra lá e pra cá à toa não!

– Já é, vambora...


PIVETES.

Eles estavam por toda a parte de Vila Isabel e despertaram a atenção dos policiais. Formavam grupos numerosos, com cinco ou mais integrantes, e eram responsáveis pela maioria dos assaltos a pedestres. Alguns tinham casa e família, moradores de comunidades próximas, como o Macacos e a Mangueira, mas outros eram abandonados mesmo, e usavam o "esqueleto" em frente ao Maracanã como dormitório, assim como qualquer outro lugar que oferecesse algum tipo de proteção do frio e da chuva. Diferentemente dos bandidinhos da orla (os quais Rafael já estava acostumado a perseguir), esses pivetes eram violentos em seus ataques, e não raro faziam uso de algum objeto para intimidar e até mesmo ferir suas vítimas, como cacos de vidro, facas e até seringas usadas. Por passarem o dia sob o efeito de drogas, principalmente thinner e a cola de sapateiro, eram abusados e roubavam na cara de pau a qualquer hora do dia. Dois desses grupinhos haviam visto Rafael e Gouveia chegando, e se ouriçaram diante de uma possível abordagem. Todos portavam suas garrafinhas descartáveis com o produto entorpecente, e sabiam que isso já era suficiente para uma seção de cascudos.

– E aí, Rafael, vamo lá?

– Agora!

Os policiais estão na parte de trás da universidade, próximo à rampa de acesso ao Maracanã, e um dos grupos de pivetes está a uns cem metros de distância, acompanhando a movimentação enquanto decidem o que irão fazer: correr ou ficar.

Como quem não quer nada, os PMs se aproximam mais ainda, e agora todos os menores se levantam e ensaiam uma retirada, quando Rafael pela primeira vez saca sua pistola em direção a uma pessoa:

– Para aí, menor, não corre não!

Como se eles fossem obedecer...

Eles correm todos juntos, atravessando a avenida Radial Oeste de qualquer maneira, e um deles quase é atropelado. Gouveia dispara atrás dos pivetes, sem saber por que eles correram, e Rafael, com a arma na mão, dá um *sprint* que rapidamente leva todo seu fôlego.

Gouveia deixa o companheiro ofegante para trás e tenta perseguir os moleques por um tempo, mas o colete e a farda nessa hora atrapalham, pesam muito. Que vergonha!

Os motoristas que passavam e tiveram que parar para não atropelar ninguém olhavam com ar de riso para os policiais esbaforidos, que tomaram uma canseira do bando de mortos de fome. Sem saber onde enfiar a cara, os mangos se recompõem e procuram um lugar para sentar e beber uma água. Como ficara evidente para Rafael, fazer sua pistola cantar pela primeira vez ia ser um pouquinho mais demorado.

Foi assim no primeiro e nos vários outros dias que se seguiram.

Com o passar do tempo, ele percebeu que não adianta meter a mão na arma: bandido sabe que não vai ser baleado no meio da rua. Se ele correr e não demonstrar estar armado, é muito difícil um policial atirar pelas costas, porque sabe que irá se "empenar" (ficar preso). Quantas vezes um desses menores arrancava a bolsa de uma senhora e saía em disparada, enquanto os gritos de "ali, ali, pega" da multidão guiavam os policiais! Como quase sempre já estavam na dianteira, e por serem bem mais magros e leves, invariavelmente corriam como ratos, só restando a Rafael tentar um último blefe: "Para aí, porra..."; e, sacando a arma, apontava e fazia a divisada no alvo, que olhava para trás e continuava correndo, seguro de que não iria tomar um tiro pelas costas. De vez em quando, com a malícia adquirida no dia a dia, a dupla conseguia abordar grupos inteiros de uma só vez. Saltavam de um ônibus qualquer já de cara para a cambada e cercavam as duas rotas de fuga, um de cada lado, com as armas na mão, para dar um impacto maior. Pegos de surpresa, os menores colocavam as mãos na cabeça, não antes de jogar longe as garrafinhas com cola, e eram conduzidos para a mureta mais próxima para uma seção de doutrinação quanto ao perigo das drogas. Se estivessem sem nada que os denunciasse, como alguma das armas improvisadas que já descrevi, os cascudos e tapas na cara eram o suficiente para a forra dos pinotes anteriormente bem-sucedidos.

A arte de aplicar um belo tapa na cara de alguém requer muita dedicação e prática do agressor, porém, como um dom natural, Rafael tinha uma habilidade magnífica nesse tipo de exteriorização de sentimentos. Sempre que fazia uso de seu dom inato, invariavelmente virava a fuça do moleque até os limites do pescoço, que de tão fino e frágil parecia de borracha. Só mesmo estando muito drogados para aguentar uma bofetada daquelas e continuar de pé. Os estalos eram altos e chamavam a atenção dos transeuntes, que fingiam que não viam, ou aquiesciam discretamente com a atitude do policial, o que o estimulava ainda mais a continuar o "esquenta". Algumas vezes eram encontradas pequenas facas em poder deles, e aí o castigo deveria ser mais severo. Como não adiantaria levá-los para a delegacia (sob qual acusação? "Porte ilegal de faca?"), eram levados para um cantinho ao lado do portão 18 do Maracanã, e ali muitos deles desistiram da carreira criminosa. Ou desembestaram na vida louca de vez! Eram murros, pisadas, pauladas, chutes nas costas e até mata-leões, devidamente arrochados ao limite até o "cliente" dormir. Depois de acordar, mais uma seção de "carinhos" até os policiais enjoarem de bater, ou até o bandidinho já estar machucado demais. Não podiam ultrapassar certo limite, e o limite era o pivete conseguir ir embora pelas próprias pernas. Abordaram um que caminhava sozinho, já próximo à São Francisco Xavier, por indicação de uma moradora dali que havia presenciado um dos assaltos do menor infrator. Com um estilete, ele obrigou uma aluna da universidade a entregar a bolsa; como ela relutou, ele a cortou no braço e pegou o que queria na marra, possuído pelo thinner que corroía seu cérebro. A menina foi socorrida e, depois de algum tempo, o vagabundo voltou a transitar tranquilamente pelo local. Ele não vira ainda que dois policiais faziam a ronda a pé pelas cercanias e foi enquadrado pelas costas, com a .40 cutucando sua costela, enquanto Gouveia falava baixinho no seu ouvido: "Perdeu... sem escândalo..."

Levado para o "escritório", o galalau de 1,80m, que disse ter 17 anos (e tinha mesmo), fora tão estragado pelos anos tragando o solvente que não falava coisa com coisa. Estava meio doidão no momento da abordagem, mas foi ficando "bom" e começou a rebarbar com Rafael enquanto ele perguntava sobre o crime contra a menina da UERJ: "Ih, não fode! Eu não sei nada disso não, sou de menor, não bota a mão em mim não! Quero ir pra delegacia... Ai, ai... tá me batendo! Ai... socorro, imprensa, tira foto aqui, ó, tá abusando! Ai, socorro..."

O vagabundinho, calejado de tantas apreensões anteriores, sabia que não tinha como ser ligado ao fato apenas por estar portando o mesmo estilete do dia do crime. Era um estilete qualquer, usado apenas para "...me defender de uns moleques aí que querem me pegar...", como ele tentou argumentar com a dupla de policiais. O escândalo que ele estava fazendo começou a atrair muita atenção, muita mesmo, e isso já não era bom. Enquanto o menor abandonado apanha quieto, tudo bem, mas quando ele grita, quem passa e ouve se sente incomodado, como um chamado à realidade para quem insiste em continuar vivendo no mundo de Alice. Esse é o mundo real, aquele que não dá para ouvir direito de dentro do carro com o ar-condicionado e o rádio ligados, o mundo onde pedidos de socorro são feitos a todo momento e a todos que passam, mesmo que na maioria das vezes o grito seja abafado pela baforada na garrafinha, que deixa "esperto" para não dormir e tira a fome. Sobra para quem descascar o abacaxi social quando a criança se enche de ser ignorada ao pedir uma moeda, ou uma sobra de comida, e resolve partir pro tudo ou nada?

– Gouveia, não bate mais nesse arrombado não, tive uma ideia! Algema ele aí.

Rafael havia tido mais uma de suas brilhantes ideias! Enquanto Gouveia acalmava o menor dizendo que, já que ele queria, iriam para a delegacia, Rafael deu a volta no Maracanã e foi até um grupo de pivetes que eles tinham visto pelo caminho. Como já conheciam o "polícia grandão" que rodava ali todos os dias, sabiam que não adiantava correr; então, sempre que o viam, apenas jogavam os flagrantes fora. Rafael sabia que eles tinham sempre uma reserva de thinner escondida; era época de obras para os Jogos Pan-Americanos e os peões que trabalhavam na reforma do estádio vendiam litros de solvente pelas grades aos menores. Vinte reais a garrafinha com 500 ml. Safados!

Ao verem o policial se aproximando, todos já sabiam o procedimento, mão na cabeça e parede, mas dessa vez foi diferente. Rafael pede uma garrafa de thinner aos moleques, que primeiramente dizem não ter, mas, diante da ameaça de expulsão de todos dali, um deles tira de dentro de um buraco na estrutura da rampa de acesso ao estádio uma garrafinha cheia. Era muito, então Rafael deixa um pouco para molecada (feliz da vida por não ter perdido tudo), e volta com a garrafa um dedinho acima da metade.

RAFAEL E GOUVEIA CONDUZIRAM O MENOR DETIDO PARA OUTRO CANTINHO, mais reservado, nos fundos de uma velha construção abandonada, às margens da avenida Radial Oeste. Muito embora fosse um farrapo humano, todo vagabundo busca saber o que lhe favorece, e aquele não fugia à regra: ele relembra sua condição de menoridade a todo momento, buscando demover os PMs do intento de agredi-lo: "Qual é, meu chefe? Vai me bater? Eu sou de menor... não ia me levar pra delegacia?"

O que ele não sabia é que os policiais estavam se lixando.

Rafael tira a garrafinha do bornal e empurra contra a boca do abusadinho, que resiste, mas sucumbe depois do tiro de meta aplicado por Gouveia bem no meio de seus rins: "Tu não gosta, filho da puta? Bebe essa porra aí então...". Enquanto os primeiros goles de solvente iam descendo pela garganta, o cliente começa a ter espasmos epiléticos sob os olhos esbugalhados dos policiais, que não esperavam uma reação tão violenta por parte da substância no organismo do bandidinho. Rafael larga o pescoço do rapaz, que regurgita partículas químicas como um chafariz, pelo nariz e pela boca, logo passando a convulsionar e tossir grossas placas de sangue.

– Caralho! Matamos o cara! – disse Rafael para o corpo branco e inerte de Gouveia, cujo alma já havia fugido da cena do crime 30 segundos antes. Surpreendentemente, depois de alguns instantes semidesacordado, o garganta de fogo recobra a consciência e se senta ainda meio tonto, mas devidamente doutrinado:

– Poxa, senhor, não me faz beber esse negócio aí mais não, por favor... Eu vou embora, não mexo com ninguém mais aqui não, nem venho mais na área de vocês, só me deixa ir embora, por favor...

De uma forma milagrosa, a toxidade do líquido ingerido também tinha propriedades redentoras, e ele abandonou o estilete, as ruas, e nunca mais foi visto na área do Batalhão. Foi embora com as próprias pernas, diante das vistas aliviadas dos policiais e da alma de Gouveia, que havia voltado após se certificar de que o ex-ladrão não iria ter um piripaque retardado e cair duro no meio da rua.

Essa correria diária fez a fama dos policiais com os comerciantes locais. Embora ainda não tivessem logrado êxito em prender ninguém, os pivetes tinham medo de serem pegos pelos "polícia maluco" que corriam atrás de todo mundo na Vinte e Oito. A diferença era sensível, pois, no período da tarde até a noite, quase não se via mais os grupinhos de sementes malignas perambulando entre os carros parados nos sinais, à procura da próxima vítima desavisada. Isso fez com que alguns proprietários de certos estabelecimentos convidassem os policiais para lanchar ou tomar um refrigerante de vez em quando, desde que continuassem limpando as calçadas. Somente o McDonald's se mantinha irredutível com a política de não oferecer nada, e olha que eles foram os mais beneficiados, pois a frequência com que os pivetes importunavam os clientes fazia com que muita gente comesse em outro lugar. Um "antigo" do batalhão lhes perguntou se a famosa lanchonete estava lhes dando o lanche da noite, e eles disseram que não. O cabo ficou furioso, e disse que depois da chegada de um novo gerente haviam cortado os dois combinados de hambúrguer + batata frita + refrigerante do pessoal que patrulhava por ali. Ele deu o caminho das pedras para a dupla de PO.

– Quando chegar a noitinha, vocês fiquem parados no cruzamento depois do McDonalds, bem no sinal. É nessa hora que eles recebem o maior número de encomendas pelo telefone, e os entregadores têm que passar por ali para seguir seu destino; então, vocês abordem as motos e verifiquem tudo. Baguncem o lanche, olhem os documentos, enrolem dizendo que vão verificar a placa ou a habilitação. Se o documento estiver errado, melhor ainda, aí é só botar uma pressão e dizer que vão levar a moto pro depósito. Em qualquer um dos casos, a loja tem 30 minutos para entregar o lanche, senão o cliente não paga, e com vocês dando duras em geral, vai começar a criar um problema pro gerente. Aí é só esperar que um dos entregadores vai chamar pro "desenrolo", vai na minha, faz o que eu tô falando...

Dito e feito.

Os pobres dos entregadores não entenderam nada quando começaram a ser parados sistematicamente, alguns sem habilitação, outros com documentos atrasados, mas todos dando a mesma desculpa, que precisavam trabalhar e coisa e tal. Um deles, mais experiente, sacou que era uma forçada de barra por parte dos PMs, e chamou para o desenrolo:

– Pô, meu chefe, qual é? Eu tenho família em casa, tô trabalhando assim errado porque não tenho condições de tirar a minha habilitação...

– Problema seu – diz Rafael. – A moto vai pro depósito.

– Que isso, meu chefe... tô na correria aí igual ao senhor, eu vejo o senhor correndo atrás dos pivetes aí, maior moral que tá dando pra rapaziada...

– Pois é, só quem não vê é aquele seu chefe lá, que não dá nem uma água pro guarda!

– Poxa, meu chefe, mas isso é pra já! Quer que eu dê um toque nele?

– Será que ele vai te ouvir?

– Vai, lógico! A verdade é que tem ordem de cima pra dar lanche para os policiais da área, ele é que não quer! Acho que ele é meio magoado com polícia, sabe? Se ele continuar se recusando, vou falar que vocês vão parar as motos todos os dias e prejudicar as entregas, valeu?
– Você que tá dizendo...
– Deixa comigo, meu chefe, vou lá!

Posto em cheque, o gerente sucumbiu ante a manobra dos policiais e, com muita má vontade, mandou o entregador levar a comida para os sempre famintos soldados. É um ranço do período como recruta, sempre cansado, com sono e com fome. A partir desse dia, todas as noites a dupla de meganhas parava estrategicamente próximo ao estabelecimento à espera do moto boy, e aprenderam assim, da maneira mais sutil, uma das mais valorosas lições que CFAP nenhum poderia ensinar: o PM só vale a medida do mal que pode causar.

Naquela situação, para deixar as motos rodarem livremente, o preço era um par de lanches, mas quanto valeria fazer vista grossa a um deputado que, por estar sob o efeito da cocaína, matasse a amante com um tiro dentro de seu próprio carro? Quanto custaria transformar essa merda toda em uma cena de crime, onde "bandidos" que tentaram roubar o casal tivessem atirado na pobre mulher? Ah, como a avenida Maracanã era perigosa durante a madrugada...

A percepção acerca das nuances marginais se aguçava proporcionalmente ao tempo que eles despendiam caçando confusão. Para todo lugar que olhavam, sempre havia algo suspeito, uma coisa da qual desconfiar, um possível bandido armado. Abordar as pessoas enquanto andam nas ruas pode ser constrangedor para ambas as partes, e o cidadão não se melindra em demonstrar todo seu descontentamento ao ser escolhido para apenas levantar a camisa: "Que foi? Tenho cara de bandido?". Na maioria das vezes tinham sim, mas isso dito na lata do sujeito poderia ofendê-lo ainda mais, causando um entrevero desnecessário. Com essa prática diária, os olhos de águia foram se abrindo, e em um belo e ensolarado dia de sábado eles fizeram sua primeira captura. Reparem bem que eu não disse prisão, e sim captura, pois, como já havia evidenciado anteriormente, o tirocínio policial é uma fraude das bem grosseiras, e o real aprendizado estava por começar...

Desceram do ônibus no lugar de sempre, olharam em volta como sempre, e, como sempre nos dias de calor, foram até a espelunca do seu Manuel para beber uma coca bem gelada (das de garrafa de vidro, por favor!). Ainda estavam aquecendo, o Azimute predatório não estava devidamente calibrado, e, enquanto o velho estoura a segunda tampinha, a gritaria lá fora deu um susto tão grande no coitado do Gouveia que ele quase morre engasgado com tanto gás e espuma. "SOCORRO... AI...NÃO...", gania uma voz feminina estridente e desesperada. A multidão que acompanha sempre esses acontecimentos, absorvida o suficiente para testemunhar tudo de perto e em detalhes, distante o necessário para não se envolver fisicamente, atrapalha a visão dos dois policiais, que tentam entender o que se passa, dando tempo hábil para que o ladrão pedalasse até ganhar distância.

Uma determinada modalidade de roubo praticada na área consistia em pedalar insossamente pela avenida até avistar um alvo em potencial. Invariavelmente, mulheres com algum tipo de adorno no pescoço, nos pulsos, ou distraída falando ao celular, ou mexendo na bolsa. Após a certificação de que há algo de valor a ser roubado, o bandidinho espera o momento certo e age, passando como uma flecha ao lado da vítima e arrancando o objeto cobiçado. Esses eram muito difíceis de serem pegos, não só pela vantagem em relação à velocidade, mas também pela versatilidade da bicicleta, que pode transitar livremente pelos obstáculos urbanos intransponíveis até mesmo para suas irmãs mais novas, as motos. Todos os dias alguém se queixava de ter sido assaltado por um ciclista, e isso já estava irritando Rafael além da conta! Não era possível o cara continuar roubando assim, na cara de pau, debaixo de suas barbas! Acontece que não era um ladrão apenas, mas uma gangue, que se revezava pelos locais mais movimentados da grande Tijuca para evitar ficarem manjados em um só ponto. Daí a dificuldade de identificação, restando apenas aos policiais a sorte de pegá-los em flagrante. E esse dia chegou.

O bandido seguiu reto pela Vinte e Oito de Setembro em direção à praça Sete, sendo que só uma trêmula silhueta do mesmo podia ser divisada do local onde os policiais estavam. A vítima, caída ao chão, disse que o safado arrancou o cordão de seu pescoço e, com o impacto do tranco, ela caiu, restando-lhe somente gritar por ajuda. A multidão cobra uma reação dos PMs, que ainda tentam traçar uma linha de estratégia para alcançar o safado. O trânsito fica lento no local onde ocorreu o fato, devido à curiosidade dos motoristas em saber a razão daquela aglomeração na calçada. Então Gouveia teve uma ideia:

— Rafael, vamos entrar em um táxi desses aqui e ir até a praça, ele pode estar em uma dessas ruas transversais!

— Tá ok, mas e a vítima? Vamos deixar ela tomando uma água com açúcar aqui no seu Manuel, o que você acha?

— Beleza, vamos logo...

Conduzem a jovem senhora para uma das mesas enferrujadas da pequena pocilga, e pedem para ela se acalmar e aguardar ali um tempo que eles iriam tentar achar o ladrão. Todos que acompanham o desenrolar se entusiasmam com a presteza dos policiais, faltava agora um motorista que se dispusesse a ajudar. Eles aproveitam o trânsito lento e abordam um táxi sem passageiros:

— Companheiro — inicia Rafael —, por gentileza, você poderia nos dar uma carona até a praça Sete?

— Claro! Entra aí.

Os policiais embarcam rapidamente, na esperança do marginal ter dado um mole.

— Aconteceu alguma coisa ali? — pergunta o taxista, curioso com o tumulto.

— É, cara, um vagabundo roubou uma senhora ali...

Gouveia continua a explicação de Rafael:

— Jogou ela no chão e tudo! Está lá toda ralada. O cara fugiu de bicicleta, é negro e está de camisa azul e boné, se você vir ele...

— Vê se não é aquele ali?

Incrível!

O bandido surge dois sinais de trânsito à frente do táxi, saindo de uma rua transversal, exatamente como Gouveia previu! Confiante demais para crer que os policiais resolveriam seu problema de locomoção, o otário abriu uma distância segura, e a manteve somente para se deleitar com a visão da confusão que tinha causado. Deveria estar se sentindo bem, crente que, mais uma vez, efetuara seu crime escapando impunemente, feliz com o cordão de ouro que mais tarde iria virar um tênis novinho comprado na loja, ou um boné, ou uma camisa do "Barça". Mal sabia ele que o táxi já havia avançado mais um sinal, e agora se encontrava a menos de 50 metros dele.

– E agora, o que eu faço? – perguntou o motorista, meio com cagaço de presenciar um tiroteio.

– Faz o seguinte: quando chegar ao sinal, encosta à direita, como se fosse pegar um passageiro, eu desço e corro pra pegar ele, e você, Gouveia, rende ele pra ele não tentar correr. De qualquer forma, para o mais próximo possível, bem na cara dele! É agora...

O taxista para quase em cima do pé do malandro, que, incrédulo, olhou duas vezes até entender o Gouveia com a .40 bem no meio da sua testa. Foi lindo!

Com um osotogari, Rafael não deu nem chance do bandido correr, caindo no chão com bicicleta e tudo. Joelho nas costas, entorta o braço e grampo nele! O cordão da vítima estava no bolso da bermuda, e é exibido como troféu, sob os aplausos dos que acompanharam a ação rápida e cirúrgica da dupla dinâmica!

A seção de socos na cara, no estômago, de bicudas na canela com o coturno começa com o bandido ainda deitado no chão; ao contrário da Zona Sul, esse tipo de disciplina não era censurável aos olhos dos moradores tijucanos, desde que o alvo merecesse.

O bandido gritava "não me esculacha não... ai, ai, ai... qual é meu chefe, não me esculacha não...", o que enraivecia mais ainda Rafael, que batia, batia...

– Ô parceiro – Gouveia chama sua atenção –, vai devagar aí, cara, a gente tem que levar ele preso...

– Já é, só mais umazinha!

E mais uma bicuda nas costelas, que deixou o bandido semidesacordado, sob a ovação dos abutres!

Levantaram o bandidinho, já bem prejudicado por conta da surra, pelas algemas, e tomaram o caminho de volta em direção à delegacia. Gouveia conduzia a bicicleta e Rafael, com uma das mãos, apertava forte os grilhões contra a carne do meliante, sob acanhados protestos dele, e com a outra fazia contato via rádio com a sala de operações, solicitando uma viatura em apoio à dupla de PO:

— Maré meia, maré meia, acuse aí para PO6...

— Correto, maré meia! Informe aí quanto à possibilidade de enviar uma VTR em auxílio a esta dupla aqui, correto? 219 aí, com o elemento preso e res furtiva recuperada, correto? Informe...

— Ahhh, correto aí, companheiro! Arma aprendida?

— Negativo, maré meia, somente o elemento e o produto do roubo.

— Correto, correto... viatura... viatura 2829, 2829, acuse aí pra maré meia!

— Informe!

— Correto, informe aí se copiou a mensagem de PO6?

— Correto, copiado e procedendo!

— Correto 2829, copiou aí, PO6?

— Correto, comandante, agradece aí a colaboração!

— Correto, PO6, parabéns pela ocorrência aí! Aguarde no local a chegada do auxílio.

— PO6 ciente!

No caminho até a vítima, o ladrão foi se recompondo e se dando conta de que sua situação não estava nada boa. Tentou negociar com os policiais sua liberdade, mas eles não viam nada que aquele reles trombadinha pudesse oferecer que valesse mais do que a satisfação de levá-lo para cadeia. Próximo ao boteco do seu Manuel, Gouveia pede que Rafael dê um tempo nos pescoções aplicados no preso e lhe dedique um pouco de atenção:

— Parceiro, acho que a vítima vai ficar com medo se confrontada cara a cara com esse otário aí, não acha não?

— É, pode ser!

— Então fica aqui com ele que eu vou lá falar com ela.

Gouveia entrou e foi falar com a mulher, que, a essa altura, já estava mais calma; pelo menos não dava para ouvi-la chorando do lado de fora. O bandido ainda tenta argumentar, mas Rafael não quer conversa, e toma-lhe pescoção!

Minutos depois, Gouveia volta com o semblante preocupado:

— Chega aí, parceiro, deixa eu te falar uma parada!

— Mas, e ele? — pergunta Rafael, referindo-se ao marginal.

– Algema este puto na grade aí do portão!

Os policiais se afastam um pouco dos ouvidos do detido e Gouveia abranda seu tom de voz:

– Fudeu, velho! A mulher não quer ir pra delegacia de jeito nenhum!

– Como assim?

– É, cara... falou que tá com medo, que está sempre por aqui... só quer a parada dela de volta e ir embora.

– Mas e esse monte de porrada que eu dei nele? E se esse puto for me denunciar?

– Pois é, cara, fudeu...

– Ah, não, eu vou lá falar com essa piranha agora!

Enquanto Rafael esbravejava com a mulher, que começou a chorar de novo, a patrulha que veio em auxílio chegou. Duas autênticas águias das pistas descem do Gol-bolinha lentamente, como nos filmes de ação. Os cabos Aurélio e Giovani, vulgos "Rato do lixo" e "Boquinha", respectivamente, estavam no 6º há muitos anos, e trabalhavam juntos na radiopatrulha do setor "D" há pelo menos três deles. Sacavam tudo de RP e viam como tirar proveito de qualquer situação. Ao avistarem o policial inconformado com a atitude da vítima, chamaram Rafael de lado para um papo:

– Ô, "Peu" – chamou Boquinha –, chega aí que eu vou te dar uma ideia.

Gouveia aguarda próximo ao portão e ao outro policial da patrulha, enquanto Rafael atende ao chamado.

– É o seguinte – continua a águia –, o bandido já escutou a vítima dizer que não quer ir pra delegacia?

– Não.

– Então deixa essa porra pra lá! Vai demorar um tempão pra registrar essa ocorrência, ele vai ser solto rapidinho, e a gente ainda vai ter de depor nos dias de folga lá no fórum! Não vale a pena. O que ele roubou dela, celular?

– Não, um cordão...

– É de ouro?

– Não entendo muito bem, acho que é.

– Tá aí com você? Deixa eu ver...

Rafael ficou reticente quanto a entregar o cordão ao outro PM, sabe-se lá! Mas a ideia de Boquinha era outra. Ele analisa e comprova que a joia é de ouro mesmo, então determina a Rafael:

– Vai lá e devolve pra mulher o negócio dela e diz que ela pode ir embora.

– Mas e o maluco lá? Eu enchi ele de porrada...

– Deixa comigo, faz o que eu tô te falando e me encontra lá fora com os outros que a gente vai meter o pé daqui o mais rápido possível. Seja gentil com a vítima, explique que está tudo bem, que vamos dar prosseguimento à ocorrência sem ela, e a libere.

– Mas...

– Vai lá, parceiro, fica tranquilo...

Como sempre, o militarismo inibe qualquer tipo de ponderação com os superiores, e, ainda que não faça nenhum sentido, Rafael obedeceu a "orientação" do cabo. A mulher ficou muito feliz ao saber que não precisaria ir para a delegacia, e pegou seu cordão arrebentado das mãos do policial sem ao menos dizer um "muito obrigada, seu babaca". Seu Manuel pergunta sobre o destino do ladrão, e Rafael responde que irão levá-lo, só não poderia garantir sua permanência preso.

De volta ao portãozinho, o bandido já estava novamente algemado com as mãos para trás, e Gouveia olhava com certo sorriso tímido para Rafael.

– Vambora, seu traste – Rato do lixo empurra o ladrão –, viatura, anda!

Boquinha se adianta:

– Bota ele no meio de vocês dois, valeu? Se espreme aí...

O bandido fica no meio dos dois policiais no banco de trás do Golzinho, e a dupla de cabos parte em busca de um lugar mais tranquilo para dissecar a presa.

Acontece que esse tipo de trombadinha já era conhecido dos policiais mais velhos. Praticava seus assaltos seguindo sempre uma espécie de rotina, como um serviço comum, e, como qualquer trabalhador, sempre tentava guardar uma graninha para a hora do aperto. Aquela era uma dessas. Longe de ser idiota, o marginalzinho, que não contava nem 18 anos, sabia que, se fosse pego, tinha de estar com uma reserva em casa para tentar negociar, e agora começa o jogo de pôquer entre os ocupantes da viatura da PM. Eles param no morrinho, um lugar muito peculiar que será palco de experiências memoráveis para Rafael futuramente. Bem, ali era um dos acessos ao "Pantanal", uma localidade do morro dos Macacos, quase sempre deserta. Mesmo de dia, embora tivesse um caminho asfaltado que levava para bem próximo da favela, o movimento era muito reduzido, e aquilo fez o jovem ladrão ficar temeroso quanto à sua vida:

– Qual é, meu chefe?... Tá de maldade comigo? Não tem necessidade disso não, vamo desenrolar lá na pista... Pô, vai me matar, meu chefe? Faz isso não...

– Para de palhaçada, rapá! Ninguém vai fazer judiaria contigo não, fica tranquilo! É um papo, não é um papo? Então, tem o quê pra perder...

Quem assumiu a negociação foi o Rato do lixo, enquanto os demais assistem às propostas:

– Pô, meu chefe, quer a real? Vou jogar a real então: tem uns ourinho lá pra perder, tá ligado?

– Lá onde?

– Pô, vamo ali no ferro-velho na Radial que eu vou chamar meu primo, ele vai fazer a correria pra mim!

– Lá na Mangueira?

O bandido fica meio sem jeito diante da sagacidade do mango:

– É, meu chefe, lá mesmo...

– E quanto tem de ouro lá? – retrucou boquinha.

– Pô, meu chefe, tem umas correntinha lá, e tem também uma dedeira (anel) de responsa que vai valer a pena, só me tira daqui e me leva lá no ferro-velho!

– Tá pouco... – volta o Rato à negociação.

– Então, vamo lá que eu vou mandar vir um dinheiro também, que tá escondido lá em casa, vamo lá, meu chefe, fazer essa correria logo, é rápido...

– Se liga, hein? Se eu sentir escama, tu vai direto pra delegacia, e eu ainda vou te embuchar uma arma, valeu? É papo de sujeito homem?

– Ô, meu chefe, é papo de homem, lógico! Eu vou dar mole pra me prejudicar? Depois eu me levanto de novo, agora eu só quero desenrolar minha liberdade. Amanhã ou depois eu vou tá na pista mesmo, e se esbarrar com vocês de novo? Tenho que cumprir minha parte, então vamos lá! O senhor vai se amarrar na dedeira, eu garanto!

Rafael e Gouveia acompanham o desenrolar das negociações, mudos. Porém, durante discretas trocas de olhares, Rafael entendeu o porquê do sorriso estranho do companheiro. Ele já havia se ligado que a intenção dos patrulheiros era arrancar uma grana do vagabundo, e ficou feliz diante da possibilidade de levar um dinheirinho extra para casa.

Gouveia trabalhava em uma empresa de telecomunicações antes de entrar para a polícia, prestando serviço por uma firma terceirizada, e seu salário tinha reduzido substancialmente depois de trocar de carreira. Acontece que a estabilidade e a carteira de polícia sempre foram um desejo do careca, e enquanto as coisas estavam se ajeitando, após o período de recrutamento, passava por um aperto daqueles em casa. Sua mulher estava desempregada e o filhinho mais novo, de apenas um ano, estava na fase de cagar e comer incansavelmente! Teve até de contar com a ajuda do sogro para comprar umas latas de leite em pó para o pequeno, visto que o bebê não queria aceitar leite do peito de maneira nenhuma. Nem uma segurança tinha conseguido para trabalhar nas folgas, pois o trâmite que autoriza a compra da arma particular demora, e na mão não dá para bancar! O jeito era arrumar uma "geladeira" (arma fria), mas até isso estava difícil de encontrar!

Restava então aguardar uma sortezinha na pista, e não é que veio o bingo?

O primo (ou seja lá o que for) do band tomou um susto ao ver a viatura parando ao lado do ferro-velho e os policiais perguntando por ele. Quase que saiu correndo, mas o meliante o chamou com um berro desses de favelado, e ele olhou mais atentamente para dentro da viatura, até identificar a voz que gritou seu nome. "Resolve essa parada pra mim rápido lá, valeu?", recomendou antes de mandar o garoto, mais novo do que ele, em direção à Mangueira. Marcaram o ponto de encontro em frente à rampa da UERJ, para dali a uma hora. Nesse ínterim, voltaram para o morrinho e ficaram passando o tempo apertando o refém mais um pouquinho:

– Tá demorando muito, hein? Que é que você tá achando, Peu? – Boquinha pergunta para Rafael, até agora calado.

– Acho que ele não vai voltar não, melhor ir logo pra delegacia antes do primo dele "berrar" (denunciar os policiais).

– Que isso, meu chefe? – o bandido o interrompe. – Ele vai vir sim, pode acreditar! É que é um pouco longe mesmo...

– É, vamos esperar até a hora marcada pra ver qual é. Você não é maluco de querer sacanear a gente!

– Lógico que não, Deus me livre! Pô, o cara me arrebentou todo, aí ó, ó como é que eu tô...

– Cara? – se mete Gouveia. – Tá maluco? Você conhece o polícia de onde, rapaz? Você é da turma dele, hein?

– Desculpa, meu chefe. É senhor, senhor, desculpa... É que tá doendo muito minha cabeça...

– Tá, vamos se acalmar aí, valeu? – apazigua o Rato do lixo. – Vamos fazer negócio e acabou!

Profissional...

Deu o tempo.

Primeiro a viatura dá uma volta pelas redondezas para se certificar que não há nenhum carro suspeito que possa ser da corregedoria. Uma hora é tempo mais que suficiente para armar um bote, ainda mais na Tijuca. Como aparentemente estava tudo limpo, Rato estaciona bem ao lado da rampa, e nada do entregador.

– E aí, cadê ele?

– Já deve tá vindo, meu chefe, só mais um pouco...

Ele veio. Os policiais saltam da viatura e vão até o menino, que traz em seu bolso o combinado pelo resgate:

– A mãe dele falou que só tinha isso lá. Duzentos reais, mais as paradas dele.

Era um emaranhado de cordões de ouro, fruto dos roubos bem-sucedidos de um mês inteiro. Finos, grossos, curtos, longos, com pingentes, de todo tipo. Algumas pulseiras também engrossavam o bolo, e enrolada em um guardanapo estava a dedeira. Era um anel de 20 gramas de ouro puro, só possível de ser roubado mediante grave ameaça, o que indicava que o trombadinha também já se aventurava na prática do assalto à mão armada. Boquinha chegou a cogitar com Rato um novo acordo, exigindo também uma arma para soltar o criminoso, mas este achou arriscado pedir demais, e a quantidade de ouro ali já dava para tirar o resto do dia de folga. No meio do anel, uma pedra enorme tinha em seu interior uma imagem holográfica de Nossa Senhora, bem brega, mas nem por isso menos valioso.

– E aí, meu chefe? Já é? Posso ir?

– Olha só, não tá muito maneiro não, mas hoje vai passar. Não quero mais ver você roubando por este setor aqui, tá me entendendo? Senão, na próxima é cana – intimou Boquinha.

– Sim, senhor, pode deixar! E minha bike?

– O que é que tem?

– Posso ir lá pegar?

A bicicleta tinha ficado no boteco do seu Manuel, encostada lá no depósito, e Rafael ficou furioso com a audácia do pedido.

– Você tá comendo merda? Acabei de te prender e agora você quer ir lá limpão pra pegar aquela porra de novo? Com que cara eu vou ficar quando passar por lá? Você tá de sacanagem, vou ter que te bater de novo...

Gouveia ajuda:

– Mete o pé, irmão, perdeu! Agora rala que você tá na vantagem, vai roubar a pé, e em outro lugar, anda, vaza!

O jovem livre não gostou muito da exasperação dos meganhas. É que depois de comprar um policial, o bandido se sente um pouco dono dele, perde o respeito. O olhar dele ao se virar e seguir seu caminho foi de profundo desprezo, misturado a doses cavalares de raiva e indignação. O bandido quando pego, se não for esculachado, e se feitos pelo policial os procedimentos corretos quanto à prisão, respeita o agente que o prendeu. É um jogo, e naquele momento ele estava fora, pois o PM apenas cumprira seu papel. Não há remorso, e dificilmente ele se lembrará do rosto do autor de sua prisão, resignado e disposto apenas a cumprir seu tempo na cadeia e sair o mais rápido possível, para voltar à sacanagem. Mas quando ele é achacado, ainda mais sob violência, a história é outra. Para ele, aceitar dinheiro de corrupção é pior do que arrancar um cordão de alguém ou roubar um banco. Só paga mesmo porque não tem outra saída, mas na primeira oportunidade que tiver, vai meter bala com força no próximo que tentar lhe extorquir: "Bando de safados! Só querem dinheiro, esses filhos da puta...", é a opinião de dez entre dez traficantes do Rio de Janeiro sobre a polícia.

Alguns policiais ficam tão submissos ao dinheiro do tráfico que, no Batalhão de Bangu nos anos 1990, era comum um famoso traficante desfilar pelas ruas da Vila Vintém fardado e a bordo de uma das recém-chegadas blazers da Polícia Militar. Com uma farda de sargento, e sob a proteção de uma guarnição de Patamo devidamente paramentada, ele ostentava seu fuzil como se fosse um integrante da equipe; mais até, como se fosse o comandante! Fazia a ronda pelos postos da favela, e era um cara até muito querido, sempre disposto a manter a paz em seus domínios, evitando ao máximo o confronto com todo mundo, seja polícia ou traficante rival. Pagava desde a patrulhinha mais chulé, que não incomodava ninguém, até o coronel, mas as guarnições de Patamo eram, sem dúvida, seu xodó. Tinham livre acesso a todos os pontos da favela, ganhavam um arrego forte toda sexta-feira, e em troca devotavam total fidelidade ao patrão, avisando sobre incursões de outros batalhões e dando suporte para rechaçar eventuais ataques de facções rivais.

Em certa época, no PPC (Posto de Policiamento Comunitário) da Mangueira, os vagabundos faziam a festa de Natal da poliçada dando pernil, chester e cesta básica para todos os integrantes das guarnições; e na Rocinha o aniversariante da vez ganhava, além de sua parte do arrego normal, um bônus que equivalia ao valor total a ser pago ao DPO. Ilustro esses casos em que a convivência era harmoniosa porque tenho até vergonha de contar o que certos policiais passavam. Na Vila Cruzeiro, o dinheiro vinha, mas ai do polícia que botasse a cara pra fora do DPO! Não podia nem ir à rua, sequer pra comprar um refrigerante. No São Carlos, os policiais tinham de subir a ladeira com a calça arregaçada até a altura dos joelhos, com o fuzil cruzado nas costas, para mostrar que estavam arregados; e na Formiga, a guarnição do GPAE dividia o arrego diário por seis: 75,00 reais, 12,50 para cada um por serviço, menos em dias de operação. Aí, não vinha nada.

Não, querido leitor! Por mais que queiram acreditar que estou exagerando, que essas coisas nunca aconteceram, sinto dizer que a merda é bem mais fedorenta do que você consegue conceber. Tem que mergulhar nela, escarafunchar, rolar, sentir toda a sua consistência barrosa para ter uma ideia do quanto ela está espalhada pela sala. E é nessa merda toda que Rafael e Gouveia dão mais uma roladinha, como porquinhos felizes no novo chiqueirinho.

– E agora, aonde vamos dividir esse ouro? – pergunta o aflito Gouveia.

– Calma, primeiro deixa eu encerrar a ocorrência.

Rato pega o rádio:

– Maré meia (sala de operações do 6º BPM), maré meia, 2829.

– Informe 2829!

– É... correto, maré meia... no local aí, no local aí... é o 912 (nada constatado), correto? Vítima não reconheceu o meliante detido não, correto? O cordão encontrado não era dela também... encerra aí no recurso 004 (quantidade de ocorrências atendidas no dia sem a necessidade de preenchimento do talão de registro), informe se copiado?

– Ahhh, correto, comandante! Contato pessoal ao término do serviço, positivo?

– Positivo, comandante, 2829 vai proceder com os companheiros do PO para uma breve NF (necessidade fisiológica, cagar!) dos mesmos, correto, lá na Charlie 6/10 (cabine número dez), informe aí:

– Maré meia ciente!

Ao dar o término da ocorrência e informar a condução dos companheiros ao banheiro, o Ratão criou uma janela de tempo folgada para que pudessem analisar e dividir o lucro da empreitada criminosa. Os cabos já sabiam a quem recorrer em caso de ter que negociar peças de ouro adquiridas na pista: um desses mercadores de joias que tinha uma pequena salinha em galeria comercial da praça Saens Peña. O camarada era de confiança, discreto, não perguntava, não queria saber, somente negociar. Fizeram contato pelo Nextel de um dos antigos (os recém-formados mal tinham dinheiro para recarregar seus celulares pré-pagos) para se certificarem de que estaria no escritório, e ele mandou que a viatura subisse direto ao estacionamento. De lá, os quatro policiais foram juntos até a salinha limpa e bem iluminada, com a entrada protegida por duas portas sobrepostas, a primeira, de ferro maciço e com aldabras para grossos cadeados, e a outra, de madeira trabalhada, com maçanetas coloniais de muito bom gosto.

O mercador recebe os meganhas com desenvoltura, já havia negociado com os cabos anteriormente, e, no geral, ouro de polícia é muito bom negócio! Como sempre vem fácil, o policial se contenta com uma cotação inferior à do grama comercial pela praticidade em ter o dinheiro na mão mais rápido. Um senhor bem idoso também está na sala, sentado em uma cadeirinha em frente à mesa do proprietário, que fez saber tratar-se de seu pai. Herdou o negócio dele, e estava prosperando, para alegria do velho.

Pegou aquele emaranhado de cordões e pulseiras e acomodou devagar na balança digital de precisão, sob o olhar atento da velha múmia faminta por ouro, e deu o peso: 64,3 gramas.

– 65 pra vocês!

– Tá, 65 gramas, mas eu tenho uma coisa especial pra você aqui.

– O quê?

Boquinha tira o guardanapo do bolso da gandola e o desenrola diante das vistas impacientes do salivante ancião, cujos olhos brilham à medida que o ouro do anel reluz ao ser revelado.

– Que beleza! – exclama o velhinho sem se aguentar. – Passe pra cá, meu filho!

Matusalém examina minuciosamente a peça, pesa na balança, mas não a deposita com os demais objetos a serem negociados, guardando-a em meio às rugas de suas mãos amarelas e manchadas.

– Vamos fazer o seguinte pra vocês. – Estava na cara que o velhinho é quem ainda mandava na parada. – Trinta e oito reais pelo grama dos cordões e pulseiras, e quarenta pelo grama do anel, que vale um pouquinho mais por causa do trabalho do ourives.

Rato do lixo quer mais;

– Ô, meu chefe, pelos cordões eu concordo, mas este anel... ele vale muito mais!

– Eu sei, meu filho, mas aqui a gente paga o grama...

– Tá, mas o senhor não pode melhorar um pouquinho isso, não?

O velho consulta seu filho e dá a nova proposta:

– Quarenta e cinco! E não se fala mais nisso!

Era uma graninha muito boa para uma tarde de trabalho!

O filho do ancião vai até o pequeno reservado e pega um maço de notas no cofre, sob o perspicaz olhar de Boquinha, que, Deus me livre, já estava começando a pensar em como dar o bote no cara e roubar tudo. Ratão dá o confere e então todos se cumprimentam e se despedem, melhor ir embora logo antes que o mango surte! Tem "polícia" que perto de dinheiro começa a se tremer todo...

Cinquenta reais saíram da partilha para serem entregues ao operador da sala, que havia se ligado que a ocorrência tinha "evoluído", e o restante foi dividido em partes iguais para os quatro. Quer saber quanto? Uma calculadora e faça as contas.

– É isso aí, rapaziada! Quer que deixemos vocês lá na Vinte e Oito?
– Pode ser lá na UERJ – Gouveia não cansa de ver as meninas.
– Tá, beleza, mas olha só, o serviço ainda não acabou não, fica ligado que, quando menos se espera, vem outra sortezinha, tá me entendendo? Fala aí pra ele, Boca...
– É isso aí, fica ligado! Hoje foi só uma provinha, o ideal é todo servicinho sair com uma pratinha dessas no bolso! Isso é a polícia, não é o que vocês aprenderam naquela merda de CFAP não! Este é o nosso contato, pode ligar a cobrar quando tiver um servicinho pra fazer que a gente vem, o setor é nosso, valeu? Cuidado aí na pista...

E mais um degrauzinho abaixo, rumo ao declínio moral!

Rafael tinha um pensamento quanto àquela ocorrência, no fim das contas: "que se foda!".

Ele queria ter procedido, mas e aí? E a porra da vítima que não ajuda? E os mais antigos sequestradores? E o seu parceiro que tinha que comprar um monte de fraldas? E leite, e Hipoglós, e Danone, e talco, e lenço umedecido...

"Ah, quer saber? F-O-D-A-S-E!"

Esse era o sistema. Ou se adaptava, ou seria deslocado, substituído ou exterminado.

Gouveia era só sorrisos! Tirara uma carga das costas com aquela grana extra, e já fazia planos para, ao término do serviço, passar no mercado e dispender boa parte dela em prol da família. Aproveitaria para comprar também um pote de sorvete de dois litros e dois quilos de alcatra cortada em bifes, um almocinho especial para ele e sua mulher no domingo.

– E você cara, vai fazer o que com sua parte? – pergunta a Rafael.

– Tô guardando pra comprar minha arma, tô quase lá...

O serviço era penoso em todos os aspectos. Primeiro porque era verão, e o calor derretia o policial aos poucos por dentro da farda. Segundo porque só tinham uma folga na semana, e pelo horário que chegavam em casa, só dava tempo de dormir e acordar já na hora de trabalhar. E, por fim, tornou-se maçante ficar fazendo todo o dia a mesma coisa! Corre pra lá, pra cá, pega o pivete, dá uma coça... para, faz um lanche, anda mais um pouquinho, para de novo, bebe uma coca... e assim vai. Enquanto isso, eles ouviam pelo rádio o pau quebrando em todos os lugares: "Maré meia, maré meia, prioridade aí, ó... elementos em um auto roubado aí na Conde de Bonfim, sentido Hadock Lobo...". "Maré meia, maré meia, socorrendo elemento baleado aí, ó, hospital do Andaraí...". "Maré meia, maré meia, troca de tiros na rua dos Araújos, correto? Prioridade aí, prioridade!"

Ficavam ouvindo o relato das ocorrências atentos a todos os detalhes, conjecturando sobre os possíveis desdobramentos, os ganhos, as prováveis baixas. Mais do que isso, aguardavam ansiosamente que um daqueles autos desembestados se deslocasse para o seu setor, e várias vezes a dupla de recém-formados invadiu até locais onde não era para estar, na esperança de cercar um determinado fujão e, se necessário, meter bala nele. Mas ainda não havia chegado sua hora. Fazer o quê, então?

O sentimento de tédio era comum aos jovens soldados do PO, que nas formaturas diárias resmungavam o tempo todo quanto à mesmice do serviço. Tirando um ou outro que eram muito medrosos para se manifestar, os demais começaram a perceber que, passados dois meses, as supervisões nem os procuravam mais, ocupadas que já estavam com seus próprios afazeres, como o "recolhe" dos táxis, do bicho, das clínicas de aborto e parceiros afins. Perceberam também que, muitas das vezes em que precisavam usar o rádio, não conseguiam comunicação, em virtude dos aparelhos serem de péssima qualidade e entrarem em áreas de "sombra" (sem sinal), mesmo sob o céu mais límpido! Isso virou desculpa para, sempre que estivessem onde não deviam, e perguntados pelo rádio sobre sua localização, não responder até regressarem ao posto de patrulhamento. Se algum supervisor passasse e não os encontrasse, diriam que estavam em uma rua próxima, e que não ouviram nenhum pedido de prontificação. Como foram percebendo que os recém-formados estavam ficando mais malandros e, o principal, não estavam arranjando problemas – pelo contrário, alguns comerciantes até foram ao batalhão elogiar a atuação da nova turma – os oficiais largaram de mão, e só assinavam a papeleta quando davam a sorte de encontrá-los por acaso.

A rapaziada então, à vontade com a condição de donos da rua, começou, claro, a fazer merda!

Iam para os setores em seus carros particulares, não mais de ônibus, e levavam na mala as roupas paisanas. Repetiam os artifícios aprendidos na praia, e misturavam-se aos pedestres nas calçadas, aguardando até identificar um alvo suspeito, que, logo que localizado, era abordado pela dupla à paisana, justamente coberta por mais uma dupla fardada, completando a quadrilha. Rafael e Gouveia fizeram isso inúmeras vezes, sem sucesso, mas outros companheiros lograram êxito em pegar um vagabundo armado na porta do Itaú da Uruguai, e tomaram um bom dinheirinho dele, além de ficarem com a Rugher 9mm inox que ele portava.

Quando enjoaram dos botes, e encorajados pela falta de supervisão, começaram a simplesmente abandonar o serviço! Encontravam-se quatro duplas, às vezes cinco, no Largo da Usina e seguiam rumo à praia. Barra, Recreio e Grumari eram os destinos mais comuns ao bando de desertores, que levavam consigo os rádios e as armas de serviço, prontos para qualquer confusão. Uma vez, ficaram na praia bebendo cerveja após o pôr do sol, deixando para regressar ao batalhão em cima da hora. Por insistência de Rafael, a galera aceitou ir embora às nove da noite, um horário perigoso e com grande incidência de assaltos na Tijuca e adjacências. Estavam em dois carros, duas duplas em cada, e Rafael e Gouveia vinham em companhia de Paçoca e Félix. Para se proteger, seguiam em comboio, e Paçoca guiava o carro de trás, nem ligando quando o companheiro da frente pegou a rua São Miguel, passando bem debaixo da laje das Kombis. Eles haviam ouvido falar do local onde não se patrulhava à noite, mas desconheciam a passagem em si. Devidamente calibrados pelo álcool, era uma ótima oportunidade de aprendizado. Paçoca estava empolgado com a decisão do "ponta" em desafiar a bandidagem e passar cruzando seu território, só mais tarde ele descobriu que Chaves entrou ali por ignorância total, nunca imaginando o rebuliço que o dedo nervoso que vinha atrás iria causar. "Se tiver bandido de bobeira, eu vou meter bala, hein? Não peida não, hein? Quero só ver...!". Todos no carro de trás tomam suas posições nas janelas semiabertas e ficam à espreita do que viria. A princípio nada lhes chama atenção, até que, bem no cantinho à direita de quem vai no sentido Usina, deu pra ver um band de AK-47 em pé, com mais um vagabundo de radinho ao seu lado. Se estivessem em uma viatura, seriam alvo fácil, provavelmente morrendo antes mesmo de desembarcar, mas os carros particulares passam despercebidos. Então ficaram na dúvida: atirar ou não? Parece que eles não acreditavam até ver que o bandido estava ali de verdade, que era real, que estava armado e pronto para matá-los. Isso os pegou de surpresa, e os soldados, outrora cheios de confiança e disposição, voltaram a ser recrutinhas sem saber o que fazer, pois, além de tudo, estavam bêbados, só de pistola, embarcados, arribados, à paisana, em carros particulares e sozinhos, sem apoio operacional.

Melhor passar batido e voltar depois, certo? Só que o presepeiro do Paçoca não se aguentou e, depois de passar pela laje, já na curva à direita, botou a pistola para fora da janela e deu uma "pentada" completa na direção dos vagabundos, já há muito fora de alcance. Os bandidos sabiam que o ataque tinha vindo da rua, só não conseguiram visualizar de qual carro saíram os disparos. Poderia ser uma tentativa de invasão de alguma quadrilha rival, ou uma operação, eles só não imaginavam que era apenas um policial bêbado fazendo merda! Atiraram para assustar, e assustaram tanto que quase que o carro bateu! Paçoca comemorou depois: "Aí, meti bala neles! Eu sou pica, meti bala na laje das Kombi...", só parando de falar quando Gouveia lhe interrompeu: "É, fodão? Eu quero ver o que você vai dizer para justificar esses onze tiros que você deu!". Ops...

Pois é. Quando dá tiro, o PM tem de preencher uma ficha chamada "parte de consumo", na qual ele narra os fatos que culminaram com a necessidade do emprego da arma de fogo. Nela, constam o número de série da arma, o número da ocorrência, a quantidade de tiros dada, o local onde foram efetuados os disparos e se houve feridos ou mortos. Como é dedutível, não havia como explicar a saraivada de balas aplicadas "a culhão" na volta da praia; então, o que fazer? Rafael liga a cobrar: "Boquinha, tem como você vir falar comigo aqui na Vinte e Oito?". Eles trocaram de roupa, vestiram a farda e guarneceram seus postos de qualquer jeito, cheios de areia na bunda, passando a relatar o ocorrido aos cabos, que morriam de rir diante da imbecilidade dos novatos. Paçoca foi embora cantando pneu em direção ao seu posto, seguindo orientação dos mais antigos, enquanto eles orquestravam a solução do imbróglio: "Tem munição reserva aí, Rato?". "Não, gastei tudo no último serviço à noite... só tem de fuzil .556". Boquinha pensa um pouco e conclui: "Tá tranquilo! Eu queria resolver aqui, sem vocês darem dinheiro pra ninguém, mas já que eu também tô sem balas de .40, aproveita que quem tá hoje na reserva é o Ceará. Separa aí uns 60 merréis que eu vou falar com ele pra vocês. Caralho, na laje das Kombis? Vocês comeram merda? Não é possível... deu no rádio, vocês não ouviram não? Acharam até que era invasão... vocês são foda..."

Rafael fez contato com Paçoca para que ele levasse o dinheiro das munições até Boquinha, para ele acertar o pagamento com o Ceará, que ainda não tinha confiança nos novatos e não faria negócio com eles sem um intermediário. Duas guarnições de GAT foram enviadas para a rua São Miguel, para verificar a ocorrência de uma possível invasão de criminosos ao morro do Borel, enquanto os verdadeiros causadores da balbúrdia acertavam as contas na janelinha da reserva, loucos para irem logo embora e se livrarem do flagrante.

Ah, essa vida de polícia...

No outro dia já haviam esquecido do perrengue da última noite, e bastou colocar o pé para fora do batalhão para que as duplas se juntassem novamente e começassem a tramar a próxima arribação. Entretanto, como em qualquer outro estabelecimento militar, a fofoca correu rápido, e foi só ligar os pontos para perceber que o recruta que pagou por onze munições é que tinha dado aquele monte de tiros a esmo. Só para começar, agora os soldados tinham que ir para os postos de PO conduzidos por alguma viatura disponível, de preferência a que cobrisse o setor. A supervisão começou a sufocar, e até a soneca da tarde ficou perigosa; então, restava apenas voltar ao trabalho. E aguardar os momentos de folga.

A FOLGA DE UM POLICIAL MILITAR É POR SI SÓ UMA INJEÇÃO CONSTANTE de adrenalina! O sentimento de estar sempre alerta já era conhecido, Rafael o exercitara bastante durante o recrutamento, mas nada comparado ao caminho de casa depois de um dia inteiro no Batalhão. Com a ajuda de sua mãe, conseguiu o financiamento de um carrinho usado, mas o ápice da condição policial veio mesmo no fim do quarto mês de formado, com a compra da primeira arma.

O trâmite para a compra de armas particulares tem uma série de exigências por parte da PM, e à época havia um impasse quanto à competência para a confecção dos registros das armas, se seriam feitos pelo Exército ou pela própria PM. Enquanto eles não se resolviam, o polícia ficava na mão, e os soldados recém-formados, mais impacientes e necessitados do que todos, apelavam para soluções alternativas. A compra de uma arma fria era uma delas. Rafael era muito medroso nesse ponto, morria de medo de ser preso! As histórias de policiais que perderam suas fardas e sua liberdade por esse motivo eram amplamente divulgadas desde a época do CFAP. Além disso, estavam muito caras, não valendo a pena a relação custo-benefício. Ele havia batalhado muito para chegar até ali e ter sua condição de policial, não achava justo ter que apelar para uma geladeira. A segunda alternativa era procurar algum colega que quisesse se desfazer de sua arma registrada, a título de "doação". É uma forma de burlar o código penal (é óbvio que ninguém vai dar uma arma de graça), que não legisla claramente sobre o direito presumido do possuidor de uma arma se desfazer dela sem a perda do dinheiro investido na sua compra. Enfim, era feito um processo administrativo para a transferência da arma para o nome do novo proprietário, o que também demorava, mas se ambos os policiais chegassem a um acordo, o comprador já botava a peça na cintura e pronto. Se o novo dono se envolvesse em um tiroteio antes da confecção do CRAF (Certificado de Registro de Arma de Fogo) em seu nome, o mais provável é que os dois se prejudicassem, mas quem está agoniado, precisando de dinheiro a ponto de vender sua própria arma, não pensa muito em tomar uma "porradinha" da justiça, bem como o camarada que está com pressa de arrumar uma arma para trabalhar numa segurança durante a folga.

Os celotex (quadros de avisos) dos batalhões sempre tinham alguma oferta de um policial querendo se desfazer de sua antiga companheira, e no 6º um anúncio de uma Glock .380 chamou a atenção de Rafael. Ele já tinha visto o policial que queria vendê-la com ela na cintura, estava novinha, e o preço de dois mil e quinhentos reais era bem mais em conta do que o preço dela "zero" na loja de armas: quatro mil. Pediu o Nextel de um colega emprestado e fez contato com o anunciante; marcaram o encontro para o outro dia, ao término do serviço de ambos. Rafael passou o dia agitado, ansioso, causando estranheza até em Gouveia: "Porra, até parece que nunca viu arma! Calma que já tá chegando a hora..."; mas de nada adiantava, ele só pensava na Glock. Como não tinha o dinheiro todo na mão, combinou de fazer mensalmente os dois pagamentos de quinhentos restantes, e negócio fechado. Ela veio na caixa, com três carregadores e um municiador, mais 14 munições. Era linda, perfeita, sem dúvida uma das melhores armas para se portar. Só quem tem uma sabe! Apesar do calibre .380 deixar muito a desejar, para as necessidades primárias do soldado estava muito bom, desde que tivesse sempre a oportunidade de atirar primeiro. Ter uma arma era o diferencial que faltava, a credencial completa para um mundo novo. Ia à padaria com ela na cintura, ia ao cinema com ela na cintura, à praia, ao shopping, ao banheiro, dormia com ela! Montava e desmontava umas dez vezes por dia, examinando com precisão todos os mecanismos visíveis durante o primeiro e segundo escalão. Quando tinha que estacionar o carro na rua, descia com ela na mão e ajeitava o coldre de neoprene na cintura da bermuda, acomodando a belezinha displicentemente ante a visão do flanelinha que vinha correndo para extorqui-lo, demovido imediatamente da intenção de abordar o motorista ao avistá-lo ajeitando a peça. "Ô, meu chefe, fica à vontade aí, tá bom? Deixa que eu olho pro senhor aqui, não se preocupa com nada não..."

Ao entrar no banco, ia até a porta giratória e chamava o segurança, mostrava-lhe a identidade e dizia baixinho: "Polícia, parceiro! Tô armado...", era a senha para a porta se destravar e ele passar com sua ferramenta de trabalho. Ficava esperando por um assalto em que o bandido não percebesse sua presença e ele pudesse praticar um pouco de tiro ao pato. Mas nunca aconteceu. Quando ia a uma boate, aí era o clímax! Procurava a entrada lateral e falava com o segurança: "Onde é a cautela, parceiro?" Se o segurança fosse PI, ele chamava o policial responsável (que não deveria estar trabalhando ali na folga, mas fazer o quê?) e este o conduzia para uma salinha onde era feita a cautela da sua arma particular. Nenhum policial gosta de entregar sua arma na mão de um estranho, mesmo sendo colega, mas não é permitido aos agentes de segurança pública do estado a entrada em casa noturnas com seus armamentos. Isso não impede os bangue-bangues nas festas, pois os delegados, promotores, policiais federais e outros "seres illuminati" não são tolhidos pela mesma norma, e não importa qual o cargo que um homem ocupa, se ele é idiota o suficiente para ir a uma balada e ficar bêbado com uma arma na cintura, chegará uma hora em que certamente fará uma cagada!

Vide o policial federal que, em famosa boate da Barra da Tijuca, discutiu com um policial militar, que também se divertia no local, e o assassinou com cinco tiros de sua pistola 9mm (comprada com o meu dinheiro!). Estavam no interior da boate e brigaram por motivo banal (mulher, sempre ela...); então, insatisfeito com a pendenga, e sem disposição para atravessar o "Mike" de porrada, o "Papa Fox" meteu a mão e matou seu contendor sem pena, na frente da irmã do desarmado e indefeso PM. Morreu na mão, com a sua arma na cautela da casa de shows. Não passou no jornal. Também não me lembro de haver condenação, sequer julgamento do assassino. Agora, pense bem: e se fosse o contrário? Se um policial militar bêbado e de folga matasse com cinco tiros um policial federal desarmado dentro de uma casa noturna? 121 duplamente qualificado, 12 a 30 anos. Acho que iria passar até no Fantástico...

Essa famigerada "cautela" gerava uma fila "especial" de policiais, que ganhavam uma cortesia para entrar na boate, sob os olhares atentos das "Marias pistolas", que sentiam o cheiro da pólvora a metros de distância. Interesseiras e vulgares, Rafael tinha verdadeira ojeriza à classe, o que o fazia pensar duas vezes antes de aceitar o chamado de algum amigo para sair à noite. Mas era legal vê-las assanhadinhas à sua passagem rumo à salinha reservada. Depois, saía ajeitando os carregadores nos bolsos da calça e seguia para o camarote, onde uma mesa cheia de bebidas caras, pagas pelos seus camaradas, o esperava.

Com a pistola no meio das pernas, o caminho de casa na volta do batalhão nunca lhe havia parecido tão seguro. Atravessava o túnel Noel Rosa e seguia em direção ao Jacaré. O trajeto, apesar de todos os conselhos dos mais antigos para ser evitado, só deixou de ser feito depois de mais um assassinato que doeu no peito de Rafael. O soldado Neves, seu companheiro de turma, o segundo mais jovem do recrutamento (23 anos), seguia pelo mesmo caminho em um sábado pela manhã, pouco antes das seis, quando teve seu Siena fechado após o último quebra-molas, quase de frente à 44ª DP. Ele voltava do batalhão e estava com uma camisa branca com o brasão da Polícia Militar, mais uma pistola e um revólver .38, quando percebeu o carro dos marginais já emparelhado com o dele; um dos bandidos colocara metade do corpo para fora da janela e cutucava o vidro do carona com o bico do FAL. Sem ter como reagir, encostou o carro e tentou argumentar, pedindo para que eles levassem tudo, e poupassem apenas sua vida. Os bandidos, em plena luz do dia, no meio da rua, atiraram em suas mãos, nos pés, nos joelhos, nas pernas, e por último deram uma rajada de fuzil em direção ao seu rosto, desfigurando-o completamente. Depois fugiram, levando somente as armas e o celular do policial, atirando para o alto em comemoração ao homicídio que fechou com chave de ouro o baile de sexta à noite.

Por mais triste e grotesca que a cena possa parecer, Neves ainda lutava pela vida quando a guarnição do GAT do 3º Batalhão chegou para atender a ocorrência de assalto em andamento. Mesmo baleado mais de trinta vezes e sem a metade da cabeça, ele foi socorrido e levado respirando para o Hospital Salgado Filho, vindo a falecer pouco tempo depois. Como de costume, ainda que várias pessoas tenham testemunhado tudo, nenhuma investigação foi conduzida, e, mesmo o crime tendo sido perpetrado a menos de 100 metros de uma delegacia, sequer um policial civil teve a dignidade de botar a cara na rua após cessarem os disparos, pelo menos para ver se alguém precisava de ajuda. Cambada de covardes!

Quando recebeu a notícia era de tarde, e acabara de entrar de serviço: "Cara, o Maicon me ligou agora, falou que mataram o Neves hoje de manhã, lá na Automóvel Clube... Eu tô te falando, para de passar por lá, tu vai morrer, hein?", disse Gouveia, preocupado com o amigo incrédulo. "Não, deve ter sido outro Neves, ele não ia dar esse mole...". Acontece que não teve mole. Teve sim uma tremenda covardia, mais um sintoma de epilepsia social, mais um caso não esclarecido, mais uma família inteira arrasada, só que esta não teve a visita do secretário estadual de Direitos Humanos, nem entrevista na imprensa, nem ônibus queimado. Essa família enterrou o seu caçula e, junto com ele, um pedaço de seu espírito, da sua essência, de sua vontade de viver. A dor de quem fica é indescritível, então, só resta lamentar. Meus sentimentos aos que ficam.

Que vontade de pegar um 157 Rafael sentia! Talvez até se atrapalhasse, tamanho era o desejo de vingança, mas, quando veio a confirmação de que quem morreu era mesmo o seu companheiro de turma, o serviço voltou a fazer sentido. Ignorando a supervisão, as duplas se reuniram; começaram a traçar um plano de reação contra a morte de mais um amigo, e marcaram para as oito da noite a operação "Mata ladrão".

O primeiro ponto de encontro seria na Conde de Bonfim, no setor do Perninha e do Borges, onde estavam acontecendo muitos assaltos. Como só eram os dois (e ambos um pouco lerdos), ficavam meio sem noção de como abordar motos e carros suspeitos, principais meios de locomoção dos assaltantes da área, mas, com a ajuda de mais quatro duplas de PO, o serviço ficava mais fácil e também mais seguro. Rafael e Gouveia chegaram por último e encontraram a rapaziada já pronta para o combate. Com uma pistola em cada mão (a .40 e a sua Glock particular), Rafael vai para o meio da via e começa a caçar os alvos, fazendo divisada em cada moto com dois ocupantes que passava e as mandando em direção aos outros policiais, que verificavam a documentação e faziam a revista pessoal. Fizeram isso até o término do serviço, e nada! Nem um baseadinho sequer, somente documentação errada. Parece que, na Tijuca, andar sem habilitação é normal, porque de cada dez motos abordadas, nove pilotos não eram habilitados, e desses, ao menos três eram menores. Ainda não estavam no ritmo de pedir um dinheirinho pelas infrações cometidas, somente queriam os bandidos para matá-los, só isso! Eles demoraram para entender que ladrão não é burro, que tem hora e lugar certo para roubar, que plantados no meio da rua seria difícil pegar alguma coisa.

Combinaram de repetir a blitz todos os dias, até o término do serviço de PO, pois já se aproximava a hora de largarem a fase de adaptação ao Batalhão e partirem para outras frentes de trabalho. Variavam os locais, de vez em quando aqui, outra vez ali, e chegou a vez da Vinte e Oito, lá na área de Rafael.

Mais um início de noite na Vila. Era quinta-feira e os boêmios aboletavam-se nas banquetas dos bares espalhados ao longo da avenida, berço de sambistas famosos e palco de noitadas descritas em versos que se repetem sem prazo de validade na cabeça de seus frequentadores. O clima da noite era ameno, bem agradável até, em contraste com o calorão durante o dia todo, que fizera suar em bicas a dupla de policiais de plantão. Depois do lanche vespertino, era só aguardar a chegada dos demais asseclas e dar início a mais uma tentativa de matar alguém, ou no mínimo prender. Pelo que já conheciam da área, seria uma questão de muita sorte dar de cara com um vagabundo armado em plena via; eles não se arriscavam a passar por ali, já que não havia muitas rotas de fuga, e poucas vezes souberam de confrontos originados no local. Os fregueses olhavam curiosos das bancadas dos botecos para o time de policiais que se encontrou na rua Felipe Camarão, deu uma longa caminhada até a praça Sete e voltou, desfilando para todos verem e se prepararem, pois, a qualquer momento, a bala ia voar! E voou mesmo.

Seis PMs, rua São Francisco Xavier, altura da UERJ. Eles se espalham e assumem suas posições, é hora de muito movimento ainda no trânsito, e um sinal que fica no marco inicial da Vinte e Oito forma uma fila imensa de carros toda vez que se fecha. Como ali é uma via de mão dupla, Borracha e Teles atravessam e ficam na segurança, do outro lado. Gouveia e Rafael fazem as abordagens, e Perninha e Borges dão a "dura". Os motoqueiros, quando viam, já estavam cercados pelos carros parados, de cara para os policiais, não tendo muita opção a não ser obedecer às ordens dos agentes. A via serve de ligação entre algumas comunidades pertencentes à mesma facção criminosa, e bandidos da Mangueira a usavam com frequência, coisa que os novatos só foram saber depois. As primeiras abordagens começaram normalmente, com Rafael exercitando sua cara de mau e sua postura de atirador, ora com a Glock, ora com a PT 100, ora com as duas. Do outro lado, Borracha mantinha a posição norte-sul (como manda o regulamento) e vigiava ao redor, enquanto Gouveia volta e meia se distraía com alguma estudante que passava. Ficaram nessa até as nove da noite, já meio sem saco de fazer todo dia a mesma coisa, e nada! Borges cogitou irem todos à barraca de churrasquinho e esperar dar dez horas para voltarem ao batalhão, mas o que ninguém imaginava é que estava para começar mais uma lição importantíssima na vida do guarda, mais uma que não estava no livrinho do CFAP: "Só acaba quando termina..."

Vieram duas motos.

As duas estavam com o piloto mais um carona, todos sem capacete, jovens; um negro com cabelo pintado de loiro, dois brancos com bonés e camisas de time de futebol internacionais, e um moreno claro, de bermuda e chinelo, pilotando a que vinha na dianteira. Este ficou visivelmente surpreso ao olhar nos olhos de Rafael, que surgiu do nada em meio aos carros parados, já tão próximo dele, e o outro, que vinha atrás, diminuiu a velocidade, esperando pra ver o que o policial ia fazer. Foi tudo muito rápido. O sinal abriu e os carros começaram a se movimentar, fazendo Rafael mudar de posição para melhor enquadrar seu alvo. Ele gritou: "Encosta aí, cumpadi! Vambora, encosta logo esta porra...", e o piloto não obedecia, só diminuía mais e mais, mas não parava nem jogava para onde estavam Borges e Perninha. Ao mesmo tempo, a moto que vinha atrás se aproveitou do fluxo repentino após a abertura do sinal e acelerou, seguindo a mão, mas saindo da direção de Rafael e Gouveia; o motoqueiro pensou mesmo que ia passar batido, só não contava com Borracha vindo em sua direção pela outra pista, na tentativa de pará-lo. Se estivessem ostentando algum tipo de arma, os motoqueiros facilmente tomariam um prejuízo, pois eram seis policiais; mas a dissimulação é uma das lições que o vagabundo também aprende em sua escola, e o carona da moto que vinha na direção de Borracha estava de braços cruzados, não oferecendo primariamente nenhum perigo ao policial. Borracha caminhou na direção dos dois ainda na posição norte-sul (segurando a pistola próximo ao corpo, na altura do plexo, com o cano apontado para baixo) apontando com o dedo para o canto da rua onde deveriam parar e desembarcar do veículo. Só sentiu o estalo e o cheiro da pólvora, desfalecendo no chão instantaneamente com a pancada do tiro no meio do olho.

O vagabundo estava com a pistola escondida embaixo da axila, de braços cruzados, com o cão para trás e seca para explodir! O disparo assustou todo mundo. Perninha se jogou no chão e derrubou o Borges na queda, Teles "colou as placas[28]", e Rafael e Gouveia instintivamente diminuíram a silhueta e se viraram, para ver de onde saiu o tiro. Por uma fração de segundo, chegaram a pensar que quem havia disparado fora o próprio colega de farda, diante da acelerada que o piloto da motocicleta deu, todo encolhido e com o garupa colado nele, mas quando viu Borracha caído no chão, não teve dúvida: chegou a hora!

A moto ziguezagueava entre os carros, não dando um bom ângulo de tiro aos dois policiais em pé no meio da rua, mas quando ele dobrou a direita para entrar na Vinte e Oito foi fogo à vontade. Atirou para pegar mesmo, sete tiros colocados; entretanto, a 30 metros e em um alvo móvel, fica estranho até mesmo para um *sniper*. Gouveia curiosamente não disparou, deve ter ficado com receio de balear um inocente, mas, para Rafael, foda-se! Seu companheiro estava no chão, com um tiro na cara, que se foda se mais alguém for baleado! Aproveita a ambulância que já estava a caminho. Os dois na moto que primeiramente relutaram em parar estavam agora estáticos, apavorados com o tiroteio, e, ao vê-los ali ainda, Rafael teve um acesso de fúria! Foi apontando a pistola para o piloto que, desesperado, gritava: "Não tava com eles não, senhor, eu juro por Deus...". Este tomou uma coronhada com a .40 tão forte que o sangue desceu na hora. O garupa pulou da moto levantando a camisa e gritando basicamente a mesma coisa que o piloto, até tomar uma banda de Gouveia e cair de cara no chão. O da cabeça aberta foi arrancado

---

[28] Ficou paralisado, no jargão policial.

do guidão que o sustentava e caiu no chão também, mas ambos estavam de fato desarmados. Pensando rápido, Rafael chamou Perninha e mandou: "Toma conta desses putos aqui, vamo Gouveia, dá pra pegar esses caras ainda...". Subiu na Titan 125 velha dos detidos e, junto com o parceiro, esgoelou a bichinha! Entrou rasgando pela Vinte e Oito de Setembro, tentando pegar o cheiro dos vagabundos, e lá na frente, no mesmo sinal em que prenderam o ladrãozinho de cordões de ouro, viram os alvos virando à direita. Rafael pilotava bem, e isso permitiu que se aproximasse um pouco da outra moto, que perdeu muito tempo zanzando entre os tiros e os obstáculos naturais das ruas que escolheram seguir. Gouveia tinha alça e massa para mandar bala, mas ele também sentia muito medo das manobras que o seu amigo aloprado estava fazendo, e enquanto Rafael gritava "atira porra!, senta o dedo neles!", Gouveia gritava mais alto: "Caralho, cuidado! Vai devagar, filho da puta!". Os bandidos seguiam na dianteira uns 50 metros, numa rua que os policiais não conheciam e nunca tinham sequer entrado, quando, ao tentar convergir em uma ruazinha à esquerda, assustados com a persistência e aproximação dos PMs, eles caíram.

COMO GATOS, DESLIZARAM E CAÍRAM DE PÉ, BATENDO NO CHÃO COM O PEITO e se ralando por inteiro, para então quicar sobre o próprio tronco e voltar a correr, só que agora com as próprias canelas. "Peguei!", pensou Rafael, torcendo o manete do acelerador até quase dar uma volta completa. A moto dos fugitivos ficou para trás e, ao fazer a manobra que derrubou os bandidos, surge na frente dos policiais um morro pontilhado por pequenas luzes, uma viela e um monte de gente boquiaberta, esfregando os próprios olhos. "Para Rafael, para que essa porra é entrada da fave...". Nem chegou a terminar a frase. A "contenção", que se ligou quando a primeira moto caiu, se intimidou quando viu os dois "vermes" invadindo sozinhos (era muita maluquice!) o local, e atirou de qualquer jeito só para conseguir espaço para retrair. Rafael derrapou e os dois caíram, mas, como já tinha freado ao perceber que estavam entrando na boca do leão, não se machucaram. Gouveia se abrigou atrás de um carro, e Rafael correu mais para frente, sob os protestos do parceiro:

"Volta, porra! Volta, volta, caralho!". Rafael estava dominado pelo desejo de catar os bandidos, tão perto que estavam, e nem percebeu que na queda um deles já havia deixado cair a pistola usada contra Borracha. "Volta aqui, cara, ele deixou cair a peça!", mas lá na frente os safados ainda corriam, só precisava de mais um lance até aquela escadaria para ter a linha de tiro perfeita. "Pega lá que eu vou atrás desses putos!", e desembestou até o ponto almejado. Um cargueiro do vagabundo, desesperado com a sandice do Mike, passou longe das pernas de Rafael, mas lampejou bonito conforme ricocheteava no asfalto, acendendo fagulhas parecidas com as de busca-pés de São João. O objetivo alcançado não se mostrou tão providencial para o enquadramento dos marginais, que corriam até quase os calcanhares baterem na nuca, afastando-se ainda mais em direção ao interior do Macacos. Rafael hesitou por um instante, teve receio de continuar e se ver sozinho, perdido no interior da comunidade. Não restava mais nada a fazer a não ser descarregar sua pistola. Mirou do jeito que deu, e aplicou os quatro tiros restantes que estavam na .40. Trocou o carregador e mandou mais uma saraivada de tiros na direção das longínquas silhuetas que se desintegravam no meio da escuridão dos becos, lançando pequenas labaredas esfuziantes pelo cano da valente arma, que não negou nenhum disparo. Ao vê-la travar com a culatra aberta, automaticamente desativou o retém e mandou o último carregador para o combate, mas sua vista turva pelos clarões provenientes da percussão dos cartuchos, em contraste com a baixa luminosidade do local, pediu um tempo para se realinhar e, ao se reestabelecer, não havia mais sinal dos fugitivos. Rafael ficou furioso! Para extravasar, deu ainda mais cinco tiros na última posição divisada dos sujeitos. Sabia que havia falhado, que não os pegaria mais, que Borracha estava baleado e que todos eles estavam fodidos; afinal, como explicariam toda aquela bagunça? Do seu canto na escadaria, respirou fundo e olhou ao redor, todo encolhidinho com medo de mais rajadas da contenção, que não iria retroceder por muito tempo e já deveria estar providenciando o revide. Não havia mais ninguém na rua, as luzes das casas próximas haviam se apagado e Gouveia não estava mais em seu campo de visão, o que lhe deu calafrios na espinha! E agora? A respiração estava ofegante e, como no dia em que escalou a estante para mexer no revólver de seu pai, parecia estar barulhenta demais, atrapalhando os outros sons do morro que conspirava contra o intruso, o demente abusado que agora estava para ter o que tanto sonhou! O silêncio era entrecortado por um arrulhar esquisito, ainda longínquo e indefinido, mas que com certeza não era bom sinal. "HOP? HOP?", chamou Rafael, na esperança de ser respondido por Gouveia. Má ideia!

"Pá...tum... Pá, pá, pá, tum...", o fim dos disparos era seguido por uma oca e cadenciada explosão de gases dentro do obturador do G3 (fuzil), o que torna muito mais aterrorizante a ideia de se imaginar como o único alvo conteirado! Os projéteis acertaram a coluna superior à cabeça de Rafael, que, infantilmente, denunciou sua própria posição, dando aos bandidos a vantagem de preparar o cerco e atacar com vantagem e precisão. Mas o vagabundo se empolga, mete o pé pelas mãos, quer aparecer: "Vai morrer, pé-preto filho da puta!", "bota a cara, cu azul", e toma-lhe bala! De G3, de metralhadora, de 5.56, "joga granada no rabo desse cuzão!", blefavam, na intenção do mango cometer mais um deslize. Bandido nenhum quer tomar tiro, e certo é que eles faziam isso porque tinham medo de um mano a mano; Rafael largou o bambu quando eles falaram da granada, mesmo que não tivesse a direção certa para onde atirar. Mais um probleminha: a munição estava quase no fim! Tinha mais dois tiros de .40 e os quinze do carregador da Glock, somente. Os traficantes responderam e deram mais um cargueiro na mesma coluna, intermitentes, constantes, massivos, um inferno! Gostaria de lhes relatar que nosso protagonista bancava impávido o tiroteio, feliz por finalmente estar onde sempre quis, de cara com o diabo, bramando: "Vem, vem, porra! Cai pra dentro!"... Só que a cena não foi bem assim. Todo encolhido, Rafael abaixa a cabeça enquanto chove reboco em cima dele, e pensa: "Caralho, fudeu! Tô fudido, vou morrer! Vou morrer igual ao Neves, cheio de tiro... puta que o pariu, fudeu!". Empunha a Glock e ensaia uma tímida reação, mas o tirinho da .380 parece até estalinho perto das trovoadas incessantes do "sete meiota" (TUM-TUM-TUM!). Perdeu as contas, só sabia que não ia ter mais bala para cinco minutos de tiroteio! O rádio tinha ficado com Gouveia naquele dia (era apenas um para cada dupla); sem outro recurso disponível, aproveitou o hiato para a recarga dos vagabundos e pegou o celular:

— Polícia Militar, para sua segurança esta ligação está sendo gravada — diz uma gravação, seguida por uma musiquinha e um pedido para aguardar uns "instantes que já iremos atendê-lo". Polícia Militar — agora sim uma atendente — novo 190, boa noite?

— Caralho, olha só, eu sou polícia aqui do 6º, soldado Rafael, RG 102.502, tô encurralado aqui dentro do Macacos, liga pro batalhão, pede prioridade, senão eu vou morrer!...

— Calma, senhor, quem está falando?

— Calma o caralho, você tá surda? Eu sou soldado aqui do 6º, tô encurralado dentro do morro dos Macacos, minha munição tá acabando e eles tão chegando perto...

— Eles quem, senhor?

— Porra, você tá de sacanag...

Os novos disparos, mais próximos do que os anteriores, confirmaram a impressão do policial, que largou o telefone no chão e descarregou o que ainda tinha na Glock, cessando por mais um breve período o avanço dos marginais. Quando pega no telefone de novo, vê que a ligação ainda está em curso e a atendente desesperada tenta contato com o interlocutor que abruptamente interrompera o seu pedido de socorro;

— Senhor? Senhor... Tem alguém aí?...

— Manda reforço, pelo amor de Deus!

— Mas, senhor, onde exatamente o senhor está?

— Ô, filha da puta, eu tô no Macacos, não sei exatamente onde, mas é só escutar o "salseiro" que vão me achar...

— Senhor, aguenta aí, só um segundo que eu vou chamar o sargento pra falar com o senhor...

"Fudeu, eu vou morrer mesmo!". Rafael ficou na linha aguardando uma solução do *call center* para seu problema, enquanto segurava a .40 com as duas últimas munições restantes, se perguntando como tinha sido tão estúpido a ponto de se meter numa roubada daquelas. Só restava aguardar o resgate ou a morte, e mais uma vez a bala comeu, mas, para surpresa do acuado kamikaze, não eram os bandidos atirando, e sim o GAT de maré meia que havia acabado de chegar.

Quando olhou para trás, para o caminho que tinha percorrido até a escadaria, avistou em todos os postes e pontos de cobertura os contornos dos policiais que vieram em auxílio, e não eram poucos! Patrulheiros, supervisão, até as guarnições de moto-patrulhas se apresentaram para resgatar o recruta maluco que tinha invadido o "Cocô" (esse era o nome da localidade onde Rafael tinha entrado sem saber) sozinho, só de pistola. A localidade do Cocô fazia parte do morro dos Macacos, mas, como era bem próxima a uma rua residencial comum, não chamava muito a atenção, até o ponto em que a o acesso à comunidade se revelava em um único caminho, com o morrão bem de frente. Os PMs do batalhão conheciam bem essa areazinha problemática, mas se esqueceram de avisar sobre ela aos novatos do PO, deu no que deu! Quem puxava a ponta era o sargento Lucas, tacando bala para o ponto onde ele já sabia que os bandidos gostavam de ficar. Na sua cobertura vinha o sargento da Supervisão, afinando bonito o M-16 também pra cima do mesmo ponto.

– Vem!

Gritou o sargento Lucas.

– Vem, sai daí!

Rafael meteu o telefone de qualquer jeito no bolso, e com raiva deu os dois derradeiros disparos de seu carregador para o local onde os outros agentes miravam, correndo mais que boi ladrão o pedaço que compreendia a escadaria até o posicionamento do reforço.

Como estavam na caça do policial que se escondera, os traficantes descuidaram da entrada da favela; isso possibilitou o avanço do reforço, que acabou pegando-os de surpresa. O GAT tinha poucas por vezes um motivo para invadir o Macacos, visto a proibição absurda do comando de efetuar operações noturnas nas comunidades, e o resgate do policial das linhas inimigas era ótima oportunidade para dar um baque naqueles abusados que, com a conivência dos tratados firmados na penumbra dos gabinetes estrelados, se prevaleciam da proteção oriunda da corrupção de quem comanda para fazer chacota de quem é comandado. Os bandidos perceberam que saía mais em conta pagar só a quem determina a realização (ou não) das incursões policiais do que a cada uma das guarnições de GAT ou Patamo atuantes na área do batalhão, o que não deixou muito satisfeitos os meganhas que dependiam da troca de tiros para barganhar um possível "cessar fogo". O comandante do GAT estava empolgado, e retraiu a posição até onde se encontrava o oficial supervisor somente para se calçar quanto à sua decisão de continuar avançando:

— Chefe, vou entrar com a rapaziada, ok?

— Calma aí só um pouquinho, Lucas. Estou tentando falar com o coronel pra ver se ele autoriza...

O segundo-tenente Branco tinha saído há pouco tempo da academia, não tinha atitude nem coragem suficiente para tomar uma iniciativa sem o aval do coronel.

Não posso deixar de mais uma vez pulverizar, em minha própria e afetada concepção, a ideia do militarismo policial, que é o câncer a ser combatido pela mais alta dose de radiação de pensamentos evolutivos por parte dos seres sociais. Se não fosse por essa anomalia funcional, o oficial encarregado de dar rumo à operação não precisaria da opinião de ninguém para dar continuidade à ocorrência e capturar os autores dos crimes. Tomem nota: homicídio, tentativa de homicídio (atiraram contra Rafael também), formação de quadrilha, porte ilegal de arma, receptação (a moto era roubada) e associação para o tráfico de drogas. Precisa alguém autorizar alguma coisa? Pelo contrário, não proceder com a ocorrência ultrapassaria os limites da esfera administrativa e incorreria na criminal, pois não seria nada menos que prevaricar. Mas essa cadeia de comando absurda e desnecessária, essa centralização imbecil de poderes, que só quem é beneficiado por ela é capaz de defender, propicia aos detentores dos balaústres da paz e da segurança coletiva os mais sórdidos acertos em troca de dinheiro, de poder, que são as únicas coisas que realmente lhes apetecem. Essa corja de abutres tem a certeza líquida e cristalina de que os seus capachos, devidamente adestrados como cães durante três anos, se sujeitarão sem maiores questionamentos às mais incoerentes determinações, e a do major P3 (nomenclatura da função exercida no batalhão) foi essa:

— Tá maluco? Sai daí agora, não tem incursão no Macacos não, tá entendendo? Sai daí...

Como não conseguiu contato com o coronel, o tenente ligou para o major Selton, justamente o camarada que havia acertado com o vagabundo dono do morro o tratado de paz. Só o fato de ter tido tiroteio nas imediações poderia ser usado como cláusula contratual de rescisão do pagamento semanal, que dirá uma invasão! O major foi específico: ir embora e tchau.

Pelo menos não mandou punir os recrutas que estavam arribados, pois houve uma apreensão de arma e o batalhão estava precisando de alguma coisa para as estatísticas, que estavam no vermelho.

– Lucas, recolhe geral, o major mandou dar última forma.

O sargento bufou com a ordem do tenente, recolheu seu pessoal e, sem sequer pedir para se retirar, subiu na viatura e foi embora, cheio de ódio! Gouveia, que tinha corrido de um lado para o outro até achar um lugar onde o sinal do rádio voltasse a pegar para pedir o reforço, estava todo suado e ofegante, e muito empolgado também ante a visão milagrosa de seu companheiro vivo, inteiro.

– Caralho, você é maluco! Foi muito tiro... Eu não tinha como entrar... Fiquei igual a um peru rodando até conseguir pedir o reforço! Porra, pensei que você ia se fuder...

– Tu viu? Puta que o pariu... que merda! Os caras tacaram bala com força, mané! Fiquei encolhidinho, o reboco da pilastra caindo em cima de mim, a munição acabando, pensei que ia morrer...

– O melhor você não sabe!

– Qual foi? Já estamos presos, né? Eu sabia que ia dar merda...

– Não, quanto a isso tá tranquilo, demos sorte que tem uma arma pra prender! O Borracha, cara, tá vivo! Levaram ele pro hospital, tão dizendo que ele "só" vai ficar cego de uma vista...

A quantidade de policiais no local gradativamente começou a diminuir. Eles passavam ao lado do soldado resgatado com um sorriso de quem não acreditava que alguém fosse tão estúpido para um ato de "brabeza" daqueles. Davam os parabéns pela ocorrência: uma moto roubada recuperada, a pistola que baleou Borracha apreendida e o belo batismo de fogo dos novatos. Seguindo determinação do oficial supervisor, a RP do setor (Boquinha e Rato do lixo estavam de folga) faria a recuperação da moto, e os policiais envolvidos no tiroteio, a apreensão da arma. Borges e Perninha, no outro extremo dos acontecimentos, descobriram que os dois detidos nada tinham a ver com os autores do atentado contra Borracha. Por medo, não souberam como reagir diante da aproximação sorrateira de Rafael no início da abordagem e contaram que estavam sendo seguidos pelos bandidos desde a avenida Marechal Rondon, provavelmente com a intenção de roubá-los. Moradores do Andaraí, não eram marginais, e sim mais dois jovens pobres que não tinham habilitação (daí o medo da abordagem), mas que se enfiaram em trocentas prestações a preço de banana que permitiam a quase todo mundo comprar uma motinha. Um era padeiro, o outro, frentista, e após a confirmação das informações, Rafael, que havia voltado ao ponto de partida pilotando a moto dos mesmos, escoltado pela viatura onde Gouveia pegou carona, os chamou de lado para uma ideia;

– Olha só, mete o pé que senão eu vou fuder vocês, tá entendendo?... Não interessa se a moto está amassada, você não era nem para estar pilotando! Quer reclamar? Então vamos pra delegacia que você vai ficar sem ela de vez! Ah bom... e esse "arranhãozinho" na cabeça aí, vai dizer o que em casa? Isso... que caiu, muito bom! Agora, quer voltar pra casa a pé ou de moto? Então vaza! Antes que eu coloque vocês como cúmplices dos vagabundos que balearam meu amigo..."

Essa última ameaça fez com que o padeiro, com a cabeça e a camisa ensopadas pelo próprio sangue, subisse na moto sem pestanejar, seguido pelo amigo, que nem tinha montado na garupa direito quando ele saiu "saindo", quase derrubando os dois.

A pistola usada para cegar Borracha era uma HC PLUS .380, com a numeração raspada e contando em seu carregador nove munições intactas. Rafael poderia jurar que durante a fuga os criminosos não atiraram, o que levava à conclusão de que eles eram bem xexelentos, pois não tinham condição nem de encher a arma com sua capacidade total de carga, que era de 20 tiros. Àquela hora já deveriam estar tomando um "pau" no interior do morro por terem atraído a atenção da polícia e violado a ordem do patrão, mas, mesmo assim, mesmo sendo insignificantes, atiraram na cara de um policial sem hesitação; e enquanto Rafael e seu companheiro seguem de carona para a 20ª DP para registrar os fatos, Borracha luta por sua vida, ou o que restar dela, em cima de uma mesa de cirurgia.

Na delegacia, o papa Charlie do SIP "futuca" a parte raspada que tinha o número de registro, e consegue uma identificação. Os vagabundos às vezes são tão incompetentes que nem raspar um número direito conseguem, e olhem a surpresa! A pistola pertencia a um policial militar morto em um assalto dois meses atrás, na rua Barão do Bom Retiro. Levaram seu carro, sua arma e sua vida. Comum, nada demais.

A arma é ensacada, lacrada e enviada ao DFAE,[29] o que não impede que depois, em um truque que deixaria Houdini mordendo os beiços de inveja, ela possa aparecer misteriosamente nas mãos de outro bandido, ou policial, ou ambos, sei lá!

Terminada a ocorrência, os cansados patrulheiros que conduziam os soldados estavam aliviados de poder voltar logo para o batalhão e devolver a carga, para depois comer alguma coisa e dar uma dormida no posto de gasolina. Mas ficaram sensibilizados com o pedido dos novatos, que queriam ir até o HCPM[30] saber como estava seu colega baleado, e partiram rumo ao hospital sem informar a ninguém! Lá, souberam que Borracha estava estabilizado, que tiraram o projétil de .380 de dentro da sua cabeça e que ele havia perdido uma das vistas.

Sorte relativa ser baleado por aquela arma, porque se fosse de 9mm, de .40, ou até de .38, a chance de morrer era bem maior. No mínimo, o estrago seria de proporções terríveis, deixando sequelas bem mais severas do que as já apresentadas. A família dele estava a caminho, e Rafael pediu para ir embora; deixou que Perninha e Borges se encarregassem das notícias, não estava com o psicológico legal para transmitir uma informação tão desagradável.

As emoções eram as mais variadas possíveis: euforia por ter participado de seu primeiro tiroteio, culpa pelo ferimento de Borracha, medo de morrer, alegria de estar vivo... Mas não tinha sido como imaginou, tinha sido bem mais! Mais palatável, mais agressivo, mais angustiante. Um verdadeiro entorpecente, alucinógeno, que só quem já provou sabe (ou tenta) descrever. Queria mais, bem mais...

---

[29] Departamento de Fiscalização de Armas e Explosivos.
[30] Hospital Central da Polícia Militar.

Lá pelas duas da manhã, hora em que terminaram tudo e trocavam de roupa, Rafael ainda estava agoniado, só que com outro entrave.

– Caralho, Gouveia, agora que me liguei! Como é que eu vou embora? Tô sem munição, gastei tudo lá.

– Para de palhaçada! Andou na mão a vida toda, agora, por causa de um diazinho desarmado, vai ficar de neurose?

– Sei não... Será que o cara lá da reserva tem alguma coisa de .380?

– Cara (risos), você tá ficando meio louco... Vai lá, vê isso logo pra gente meter o pé!

– Tá, calma aí...

Pegou quinze cartuchos no crédito com o cabo que estava de plantão na RUMB,[31] que por sorte tinha munição sobrando de sua própria pistola. Ia pagar depois. Para variar, estava duro!

Deixaria até as calças empenhadas como garantia se fosse exigido, porque depois daquele dia, depois daquela noite, seria mais fácil ver Rafael andando nu pelas ruas do que vê-lo desarmado, pode ter certeza!

---

[31] Reserva Única de Material Bélico.

# Troca de serviço

A vida no batalhão mudou depois do tiroteio.

Ao chegar para o trabalho depois de um dia de folga, em decorrência da apreensão da pistola, Rafael e Gouveia foram chamados à famigerada salinha do comandante de companhia para darem a sua versão dos fatos. Relataram que as coisas aconteceram por mero acaso, que se encontraram com os companheiros de outras áreas de PO para comerem alguma coisa juntos, próximo ao horário em que costumeiramente os seres humanos (não os PMs de serviço) jantam. Abordaram a moto por força do hábito, e deu no que deu. O capitão não sabia bem se dava os parabéns ou se chamava a atenção dos subordinados. O coronel não podia fazer maiores reprimendas, já que os soldados novos não estavam coordenados com o ritmo dos acertos mantenedores da paz e do seu arrego; então, delegou ao superior imediato dos precoces soldadinhos uma providência quanto a suas atitudes, não especificando exatamente qual. Sem muitas alternativas, o oficial, primeiramente, desfez a dupla, uma forma velada de punição, mas, em contrapartida, deu a cada um a oportunidade de mudar de serviço antes do término do período de PO, uma compensação pelo empenho demonstrado na tentativa de captura dos bandidos que balearam Borracha. Com essa troca de serviço, passariam a integrar uma escala, teriam mais tempo de folga e poderiam começar a pensar em um bico para melhorar a renda. Quem definiria o tipo da nova atribuição de cada um seria o sargento Mangusto; e assim, sem maiores explanações, o capitão mandou que os soldados o procurassem e os fez prometer não repetir a maluquice de tentar entrar no morro dos Macacos sozinhos.

Desceram as escadas meio chateados por não poderem mais trabalhar juntos; afinal, um já sabia a forma de pensar, de agir do outro, mas é assim mesmo. Tinham de se conformar.

– Porra, cara... que merda...

– Tá tranquilo, careca. Pelo menos você vai ter mais tempo para ficar com seus filhotes, você não reclamava disso sempre?

– É, cara, mas sei lá! E se o novo parceiro não quiser nada, se for um bundão igual àqueles antigos da época do estágio? A gente gosta de trabalhar, gosta do que faz, não quero me contaminar não...

– Você acha que eu também não tô bolado, Gouveia? Quero só ver o que vão me arrumar... Ah, se a gente pega aqueles vagabundos...

– Tu ia quebrar eles mesmo?

– Tem dúvida?

– Sei lá, Rafael, será que na hora de entupir eles, de ver o sangue rolar, você não ia peidar não? – ri Gouveia.

– Não fode, careca! Acho que você é que ia ratear, ficar com peninha...

Entraram na sala do habitualmente atarefado e reclamão sargento, que, como sempre, estava mergulhado em pilhas de papel de tarefas atrasadas. Os pedidos de aquisição de arma particular, os pedidos de férias, de licença especial, inclusão de dependentes, de troca de serviço, tudo era com ele.

– Ah, eu não aguento mais essa porra! Só falta mais um ano, só um ano pra minha reforma, pra eu ir pra casa, e eu me livro dessa merda toda... Fala aí, polícia, o que é que vocês querem?

Rafael e Gouveia estavam até sem jeito de dizer que lhe traziam mais trabalho, que vieram para ser alocados em um novo tipo de serviço, e qual não foi a surpresa ao perceber a receptividade do sargento quanto aos novos peões.

– Ah tá... então foram vocês que invadiram o Macacos sozinhos? Quem é que ficou encurralado lá dentro?

– Eu, senhor!

– Então você acha que é o Rambo, hein? Cuidado, rapaz, ainda tem muito tempo na polícia pra você mostrar do que é feito, não se apresse. O que o capitão mandou fazer com vocês?

– Ele falou que o senhor definiria a escala e pra onde seríamos mandados.
– Ele mandou separar vocês, não foi?

Gouveia responde:

– Foi sim, senhor... Não tem como dar um jeito nisso não, meu chefe? A gente queria continuar a dupla, quem sabe numa RP ou num GAT...

O sargento cai na gargalhada:

– RP? GAT? Vocês tão de brincadeira? Vocês têm que agradecer pelo coronel não explodir vocês do batalhão! Vocês mexeram onde não deviam... Ninguém avisou vocês que não se entra no Macacos sem a ordem dele, não? Pois é, então agora, senhores, segurem a "retronaba"[32]! Vocês vão entrar na escala sim, mas no serviço de visibilidade, o que não é bem um prêmio...

Os alienados não entendiam direito o motivo de tanta precaução por parte de todo mundo com relação ao morro dos Macacos, mas em breve suas dúvidas seriam sanadas. Por agora, caríssimo leitor, deixe-me explicar as intrincadas relações organizacionais e as tabelas de preço que regem o organograma e a distribuição de serviços dentro dos batalhões da Polícia Militar do Rio de janeiro. O sargento deu risada diante do pedido descabido do recém-chegado soldado ao batalhão por sua total inocência quanto à pretensão que se propunha. Comecemos por baixo.

No rabo do cometa, estavam eles em sua antiga missão, o PO. Com a escala digna de um escravo somali, trabalhando a pé debaixo de sol e chuva e tendo apenas uma folga na semana, esse serviço era relegado aos jovens recrutas que acabavam de sair do curso de formação e tinham mais é que se foder mesmo. Com pouca possibilidade de ganhos, o serviço cansa horrores e serve apenas para dar a (falsa) sensação de segurança que os coronéis tanto apregoam; os mais antigos corriam dessa furada como o vampiro corre da cruz. Nas festas de fim de ano, se o comandante inventasse de colocar todos nesse barco temporariamente, em esquema de rodízio, era certo que arrumariam uma dispensa médica rapidinho para não ter que ficar andando a Tijuca toda como mulas! Ir para o PO era como ser rebaixado, jogado de lado. Só

---

[32] Gíria policial, quer dizer que o sujeito vai sofrer uma colonoscopia.

mesmo o recruta é capaz de bancar esse trabalho, mesmo assim por tempo predeterminado, senão é capaz de enlouquecer e começar a fazer besteira.

Disputando a saída da lanterna cabeça com cabeça, vinham as temíveis visibilidades, também conhecidas como ostensividades, ou "cabine sobre rodas". Essas guarnições, formadas por dois policiais, tinham a missão de estacionar a viatura em local indicado pelo comando e lá ficar durante 12 horas. Dispostas nos mais impensáveis pontos da cidade, na Tijuca elas baseavam, por exemplo, no Largo da Usina, entrada da rua São Miguel, a menos de 500 metros da laje das Kombis. Também havia uma guarnição plantada dia e noite na entrada do túnel Noel Rosa (que contava com a benevolência dos traficantes do morro dos Macacos); outra, na estação do metrô em frente à faculdade Veiga de Almeida; e até um tal de "carro comando", uma Sprinter, que ficava com as luzinhas acesas no polo gastronômico da Tijuca, também com dois policiais, que, pelo menos ali, tinham um lanche de graça. A Sprinter só funcionava quando queria. Em dias de jogo no Maracanã, teve de ser rebocada para o novo e temporário local de baseamento mais de uma vez, para depois ser arrastada de volta à praça. A única vantagem mesmo com relação ao PO era a escala, 12 horas de serviço por 24 de descanso no primeiro dia, e mais 12 por 48 no segundo. Tentem vislumbrar a quantidade de policiais que já foram assassinados covardemente nesse tipo de serviço estúpido, que só pode mesmo ter saído da cabeça de um mentecapto debiloide que durante três anos sofreu lavagem cerebral até se tornar tão inteligente quanto um caramujo. Deixar o policial e mais um companheiro durante toda a madrugada sozinhos, no meio da rua, sem banheiro, cara... o PM é mesmo um herói. Ou um maluco. E ai daquele que relaxasse e fosse pego sem cobertura, lendo um jornal ou sentado ao mesmo tempo em que o colega. Tinha supervisão que cobrava tudo quando passava; quando não era atendida, aplicava um DRD[33] no guarda. Esse pedaço de papel cumpria a formalidade administrativa de sodomizar o policial contraventor disciplinar, que deveria se desculpar (ou justificar) pela falta cometida por escrito, cumprindo o rito que na maioria das vezes terminava com uma punição. Era mais ou menos assim: "Deveis

---

[33] Documento de Razão de Defesa.

informar o motivo pelo qual foi plotado pela supervisão de oficial com o uniforme em desalinho no dia... estando sem a devida cobertura", ou então: "Deveis informar o motivo pelo qual foi plotado pela supervisão de oficial no dia... sentado ao mesmo tempo em que o companheiro de guarnição, estando ambos desatentos ao serviço e em desacordo com as normas preconizadas pela instituição...". Mais ainda: "Deveis blá-blá-blá comendo fora do horário permitido e regulamentado pelas normas...", ah, tenha paciência! Embora haja mais de uma dúzia de argumentos que justifiquem um breve período sentado durante as 12horas de trabalho, responder ou não ao papelzinho era um detalhe, até porque os coronéis tinham, de acordo com o seu humor, uma tabelinha com o devido castigo para cada uma das contravenções. Ser pego sem boné: 4 dias de detenção. Sentado na viatura baseada: 2 dias. Faltar ao serviço dependia: se fosse em um dia comum, de 4 a 8 dias, mas se fosse em data especial, como Natal, ano-novo ou carnaval, já começava com 15, mais uma possível transferência após o término da cadeia. Até para cagar o PM tem que pedir autorização à sala de operações, que irá providenciar uma viatura para ficar no local do baseamento até a volta da guarnição titular. Antes de sair para ir à cabine com banheiro mais próximo, o cagão tem de informar o horário em que está sendo rendido para proceder, e lá chegando, o horário de início da diarreia. Se se alongasse demais, a supervisão ia até o ponto informado para se certificar de que o PM estava mesmo arriando – isso se não inspecionasse o vaso sanitário para se assegurar de que a merda havia sido realmente feita. A imobilidade das viaturas é tão inacreditável que, se um automóvel passa em frente a ela com uma pessoa crucificada de cabeça para baixo no capô, o máximo que poderiam fazer era informar, via rádio, para algum outro setor correr atrás. Não importa, baseado é baseado, não sai para nada e ponto final. Essa cobrança excessiva, sem contar todos os outros contras, sem contar a exposição exagerada ao perigo como um alvo fixo no meio da rua, detonava com o psicológico do mango tanto quanto ser mandado para o PO, daí a briga feia pela fama de pior serviço do batalhão. Essas duas atribuições, por não interessarem a ninguém, não tinham preço tabelado, ficando disponíveis apenas para aqueles que fossem muito novos na área e que não tivessem uma "camisa" (lugar arranjado por um padrinho), caso de Rafael e Gouveia. Passemos às cabines.

Dependendo da localização, a cabine poderia ser um bom ou mau negócio. A C6/1 ficava na praça Saens Peña. Como tinha muito comércio ao redor, os antigos acertos firmados pelos pioneiros cabineiros ainda valiam em sua maioria, e os componentes recebiam uma graninha certa toda sexta-feira, recolhida por quem estivesse de serviço. Também tinha um pedacinho dos táxis e do mototáxi, que, mesmo pagando a AP Tran, dava uma lambuja para os velhinhos que faziam a ronda. Só trabalhavam nessa cabine sargentos antigos, já cansados da pista mas ainda necessitados do dinheirinho dela, e os 400 reais mensais, mais um pingadinho aqui e ali de vez em quando, ajudavam na sua miserável subsistência. Mesmo indicados para ocupar a função, cada um deles pagava mensalmente ao chafurdento Mangusto a quantia de 50 reais para continuar no serviço. Trato é trato. Se a cabine desse alguma pratinha, como a C6/4, também bebedora da mesma fonte que a /1, ou a /2, lá no Grajaú, todos tinham que dar a bênção na sua sexta-feira de serviço. Ao término do expediente, o sargenteante ficava no boteco em frente ao batalhão, bebendo e aguardando os mutuários. Apesar de trabalharem sozinhos, os sargentos não tinham receio de bancar suas 12 horas abandonados, até porque, de madrugada, pegavam seus carros particulares e partiam para algum cantinho, para dormirem sossegados, tendo apenas o cuidado de levar o rádio para o caso de serem solicitados. Algumas cabines eram como casinhas, como a C6/4 e a /1, o que melhorava um pouco mais a condição de trabalho. Ali, o sargento velho podia se trancar e dormir a noite toda; se a supervisão chegasse, batia na porta, dando tempo para se recobrar. Essa tolerância era cobiçada por aqueles que queriam descansar um pouco das ruas; então, esmeravam-se em manter quem mandava na escala sempre satisfeito com os bons serviços prestados "à população", para não correrem o risco de serem substituídos. Mas engana-se aquele que pensa que o pobre praça (no caso, o sargento Mangusto) é que definia o local de trabalho de cada um. É ele, o comandante de companhia, claro, quem come a maior fatia do bolo! A sacanagem sempre começa por cima.

Não tem como um esquema de corrupção desses funcionar sem a regência do chefe; senão, à primeira insinuação de pagamento pela distribuição do serviço, o PM iria até a sala do capitão e denunciaria: "O sargenteante está me cobrando tanto para me colocar na cabine tal...", e pronto.

O comandante de companhia delega então ao seu secretário os fechamentos dos contratos, a manutenção dos carnês e a prestação de contas quanto à quitação dos mesmos, aguardando em sua salinha somente o recebimento do balanço semanal e eventuais problemas a serem administrados. O dinheiro dele vem em um envelopinho, para não sujar suas mãos, e embora todos saibam que o sargento é apenas um fantoche do oficial, é ele quem leva a fama de sujo, de "graneiro".

Ser comandante de companhia dava um levante no salário do capitão! Para isso, ele tinha de estimular a manutenção da promiscuidade entre o aparato estatal e os interesses comerciais privados, uma coisa no mínimo antiética e no máximo criminosa. Mas não para por aí, não.

Existiam também as cabines isentas do carnê, aquelas que ficavam onde ninguém queria. Para essas, o capitão nem olhava! Algumas eram feitas de fibra de vidro (desculpem, mas não posso resistir a mais um parênteses: um PM em uma cabine de fibra de vidro, feita para protegê-lo, no meio do Rio de Janeiro... é muita maldade!), como a C6/5, que ficava na praça dos cavalinhos (praça Xavier de Brito). Ali, nem a supervisão queria passar, esquecia. Havia um prédio que deixava o polícia se encostar lá no estacionamento durante a noite, mas uma nova síndica assumiu e cortou a regalia. Quem quer que fosse escalado para aquela cabine e estivesse sem carro, tinha que estar com o espírito preparado, porque seriam 12 horas com mosquito, sem comida, sem água e sem banheiro. Só o osso! Talvez, se desse sorte e um companheiro se lembrasse dele, receberia um lanche qualquer trazido por uma alma caridosa, e então voltava para seu posto, arrastando-se de sono. Dinheirinho nem pensar! Os poucos comércios do local cobravam até pelo ar que o PM respirava em suas dependências.

No meio da pracinha tinha um laguinho artificial, onde belas carpas passavam os dias nadando tranquilas e bem alimentadas pelos idosos que moravam ao redor. Entre esses desocupados velhinhos, generais reformados, juízes aposentados, médicos e mais uma penca de senhores doutores que olhavam a figura do PM como a de seu empregado particular, um lacaio propriamente dito. Um belo dia, o cabo Teodoro, antigo integrante da radiopatrulha, foi escalado para compor a C6/5, a temível cabine da praça dos cavalinhos.

Cabo Teodoro conhecia a Tijuca toda, e havia sido explodido de seu antigo serviço de RP por conta de uma negociata malfeita (que caiu no desgosto do major P3), sendo mandado para um dos limbos de maré meia. Ele argumentou veementemente contra o novo serviço, disse que não ficaria sozinho a madrugada toda em uma praça onde, a qualquer momento, um antigo marginal saído da cadeia pudesse reconhecê-lo. Também trouxe à memória todo dinheiro que já deixara nas mãos de Mangusto, o que deveria significar o mínimo de consideração. Mas a determinação tinha extrapolado os limites da companhia, tinha saído do gabinete do major e deveria ser cumprida, sob pena de a recusa caracterizar uma contravenção disciplinar gravíssima. Cabo Teodoro, muito do contrariado, aceitou ir aquela noite para o "picolé", mas dois dias depois, sabendo que seria mandado para o mesmo posto e que não aguentaria muito tempo naquele local, já havia saído de casa com um plano. Chegou ao batalhão na hora certa e verificou no Celotex[34] que continuava escalado na cabine. Trocou de roupa, pegou a arma da PM e partiu em seu carrinho particular para o serviço. Após render o companheiro, deu uma lida no jornal comprado na banca da esquina e comeu um pão com mortadela e café com leite, sentado nos banquinhos do boteco ao lado da mercearia. Pagou tudo o que consumiu e, com o jornal debaixo do braço, pegou certos apetrechos na mala do carro, rumando para o laguinho, onde senhores mui respeitáveis alimentavam as carpas com ração comprada em pet-shops, e não com os tradicionais farelos de pão. "Bom dia!", disse o cabo, cumprimento retribuído apenas por parte do asilo, que olhava curioso para algo que Teodoro trazia debaixo do braço. O dia estava ensolarado, era pouco mais de oito da manhã, e o cabo Teodoro tirou a gandola, armou a cadeirinha de praia e se sentou bem na beira do laguinho. Acomodou a gandola no encosto da cadeira para não amassar, tirou os coturnos, as meias e calçou um chinelão bem mais confortável. Os velhinhos estavam estranhando o comportamento do Mike, mas quase enfartaram mesmo é quando ele armou a vara de pescar, ajeitou com calma os anzóis (três de quatro pontas), prendeu as iscas

---

[34] Sigla para Centro de Localização de Tarefas Expedidas, mural em que são colocados avisos e comunicados de interesse geral dos militares da unidade.

de camarão uma por uma e lançou no meio da multidão de peixinhos. Em poucos segundos, um general não-sei-do-quê ligou para o batalhão e relatou o que estava acontecendo, quase sem ar em seus já ressecados pulmões. O polícia da sala de operações segurou a gargalhada ao perceber que o velhinho falava sério e fez contato com a supervisão de oficial para reportar o fato, não sem antes espalhar para todos que aguardavam a rendição o surto do antigo patrulheiro. Quando chegou à praça, o tenente encontrou Teodoro sentadão, com os anzóis na água e o balde com quatro carpas graúdas aguardando a frigideira. "Vamos, Teodoro, o coronel quer falar com você...", disse o tenente, sério, embasbacado com a cena. "Peraí... bateu! Só mais essa, ó! Bateu, bateu! Ah, bichona... vamo! Vamo! Eita..."

Teodoro foi para o HCPM para uma avaliação psiquiátrica e ficou um tempinho de licença após a pescaria. Os velhinhos disseram que não aceitariam o PM matador de carpas de volta aos seus domínios; então, o coronel, no uso de seus poderes, permutou o cabo de batalhão, acabando com o problema de vez. Teodoro não conseguiu exatamente o que queria, que era voltar à patrulha, mas já que não era possível, melhor começar de novo, em um batalhão no qual não estivesse queimado, do que suportar aquela maldita cabine mais uma noite inteira.

E ainda tinha uma pior do que ela.

Lembram do Andaraí? Pois sim, na rua Caçapava, onde funcionou a boca mais rentável da favela, o coronel que derrubou o morro instalou uma cabine blindada. Era para ser o marco divisor entre o domínio marginal e a retomada de controle do estado, até porque uma cabine blindada na meiuca do movimento, guarnecida por quatro policiais dia e noite, deveria ser suficiente para inibir a ressurreição da vontade de traficar de grande parte dos moleques que ficavam à toa para cima e para baixo pelas vielas. Mas não foi bem assim. Com a saída do coronel Málvaro, os comandantes que o sucederam não tiveram a mesma atenção com o pontinho de chumbo e aço no meio do mapa do batalhão, e a cabine, que pedia uma manutenção constante, começou a ficar sucateada. "Como assim?", pode estar a se perguntar meu caríssimo leitor. Explico: a cabine ficou alocada em uma calçada aos pés de uma escadaria que levava ao miolo da comunidade. Para o ar-condicionado (essencial para que os policiais não morressem sufocados dentro da lata de sardinha) funcionar, as guarnições se uniram e pagaram a um eletricista da favela para fazer um "gato" na fiação do poste mais próximo. Passado um tempo, o aparelho não aguentou a batida de 24 horas e pifou! Após inúmeros pedidos para a sua substituição, e ante a safada procrastinação do comando, que alegava não ter verbas para a nova aquisição, as guarnições se juntaram e compraram um ventilador comum. Para refrescar um pouco mais dentro da sauna, a porta tinha de ficar aberta, e porta aberta é convite para intimidade, certo? Claro que sim, e os moradores, que antes não sabiam como era o interior da cabine, agora passavam e viam os policiais descansando, vendo televisão e tomando café. Ainda na calçada, os PMs improvisaram uma mesinha e uma cobertura de telhas sustentada por madeiras, que oferecia proteção em dias chuvosos para a cafeteira, a geladeira caindo aos pedaços e para os ocupantes da mesinha de refeições. O tráfico rolava solto, embora enfraquecido, de forma que havia uma tolerância dos vagabundos com relação à presença dos policiais na favela, que, por não incomodarem ninguém, também não eram incomodados. Quando o GAT entrava no Andaraí, era como se a cabine não existisse! O pau quebrando pelos becos e os componentes da cabine com suas atribuições, tomando cafezinho e comendo bolo. Também não levavam um real das mãos dos traficantes, até porque, como já disse, o PM só vale o mal que pode causar.

De vez em quando, essa frágil relação ficava estremecida por conta de algum bandido morto pelas sombrias mãos dos policiais invasores, e sobrava para os cabineiros segurar a pemba da retaliação. Os vagabundos desciam e metiam bala na cabine, eram rechaçados pelos policiais vindos em apoio ao pedido de auxílio, e depois de um tempo de estranhamento e rancor, a sacanagem voltava ao normal. Com essa rotina absurda, os policiais relaxaram a posição e a C6/7 passou a ser o local para onde aqueles policiais que não queriam nada eram mandados. Mas estava escrito que aquilo ali fatidicamente terminaria em tragédia, choro e morte, e em belo dia sem sol, ela se apresentou.

Eram sete e pouco da manhã e a rendição, como de costume, já havia chegado para mais um dia de serviço. Marcavam a rendição para mais cedo do que o horário previsto pela escala, de forma que quem saísse, após bancar a noite toda de "pau", fosse embora mais rápido. Com o clima de calmaria que se instalou durante um período, sem maiores atritos com a vagabundagem do "Andara", o major achou desnecessário manter a formação de quatro homens guarnecendo a cabine, e determinou que o número fosse reduzido para apenas, pasmem, DOIS policiais por turno. O sargento Aurélio já era antigo no serviço, conhecia todo mundo na rua Caçapava e seguia o protocolo fielmente, ou seja, não incomodava ninguém. Já o cabo Peterson foi deslocado para lá havia pouco tempo, trabalhava na Patamo do expediente e, por problemas pessoais, causados pela conturbada relação com sua companheira, estava dando muitos vacilos no serviço de pista. Isso acabou ocasionando sua indicação para a cabine pelo comandante da guarnição, para que ele desse um tempo e colocasse a cabeça no lugar. Esse era apenas seu segundo serviço na C6/7, e também foi o último da sua vida. O cabo era, sem dúvida, um excelente militar e se adaptava a qualquer situação. Como a tocada ali era a da conivência, guardou todos os seus instintos guerrilheiros e foi fazer o café, do jeito que o sargento pediu. Enquanto o mais antigo dava uma varridinha na calçada, o cabo preparou o café com esmero, colocou um pouquinho em seu copo para provar e, ao atestar o bom sabor, encheu até a metade para se servir. "Chefe, tá pronto!", disse ele ao sargento, que respondeu "Uh, obrigado, meu camarada! Só um segundinho que eu já vou...". Peterson então se sentou em uma das duas cadeirinhas no interior da cabine para assistir ao jornal da manhã pela velha televisão de 14 polegadas, com a porta aberta, de costas para escadaria, totalmente alheio aos fatos que se desenrolaram na madrugada anterior, bem próximo a ele, dentro da favela.

Uma guarnição do GAT, à paisana, havia entrado à socapa no meio da noite pela Flor da Mina,[35] seguindo uma indicação dada por um X-9. A informação era sobre o paradeiro de um bandido procurado, que pagaria uma graninha para não ser levado preso, ou morto. Ao chegar à casa indicada via telefone, invadiram e lá estava ele, dormindo o sono dos justos ao lado de uma de suas esposas. O marginal pediu calma, que iria "desenrolar aque-

---

[35] Escola de samba do Andaraí.

le bagulho", só precisava de tempo e um telefone para fazer os contatos e mandar vir a quantia acertada. Mas alguma coisa deu errado na negociata, e a extorsão evoluiu para tortura, com o bandido que tentava baixar o preço do resgate do outro lado da linha ouvindo seu comparsa ser queimado com pontas de cigarro, chutado, esmurrado, levando choques nos mamilos e no saco. Depois de satisfazer seus sádicos apetites, e vendo que o negócio foi para o brejo, o policial chefe da quadrilha pegou o telefone e sentenciou: "Tá de mendigaria? Então ouve aí seu parceiro dar o último suspiro...". O vagabundo ainda tentou argumentar, mas tomou logo um tiro na boca que arrancou a parte inferior da mandíbula, depois mais dois, um no peito e um na cara (o que sobrou dela). Selaram seu destino, tudo acompanhado ao vivo do outro lado da linha pelo amigo do traficante, que tentava em vão acertar o pagamento.

A vingança veio em cima de quem não tinha nada a ver com o "caô", dois homens com apenas uma culpa no cartório: usar a farda da PM.

Um bandido, sozinho, armado com uma .45, partiu com tudo em busca de sangue. Mesmo não tendo sido autorizado pelos chefes do morro, ele foi, não se importando com uma possível censura ao que faria. Alguém tinha que pagar. Ele sabia que não encontraria resistência, que seria um massacre, uma covardia. Desceu a escadaria pé ante pé e do meio dela já deu para ver o sargento, distraído, varrendo a calçada. Pulou para uma casa cujo quintal dava a poucos metros da porta da cabine, e se escondeu atrás do murinho de um metro e meio. Aí veio o ataque. O primeiro a ser baleado foi o sargento, caindo no primeiro disparo, que o atingiu no topo da cabeça. Peterson, que estava de costas, levou dois tiros antes de conseguir se virar para ver o que estava acontecendo e, mesmo recebendo uma torrente de 45 no tórax, bravamente sacou sua pistola e revidou, descarregando totalmente sua munição no bandido. Este, ainda que tenha conseguido escapar dos tiros do cabo sem ser alvejado uma só vez, fugiu diante da imprevista brabeza do mango. Uma patrulha que estava se deslocando para a cabine, para um café fresquinho com os colegas, escutou os estampidos e pediu prioridade antes de chegar ao local e verificar a tragédia que ocorrera. No chão da cabine blindada, mas de porta aberta por causa do calor, Peterson chamava as últimas lufadas de ar a seus pulmões dilacerados, com a pistola aberta e o carregador vazio empunhados, de olhos semicerrados e opacos, enquanto o pano se descortinava eterna e lentamente para ele. Acabou. Último ato. Sem palmas, sem ovação. Só o pranto.

Na desesperada mas inútil tentativa de socorrer os policiais, os companheiros que brotavam freneticamente de todos os cantos pegaram a tampa da cabeça do sargento e a acomodaram de volta no lugar, ajeitaram o cabo na primeira viatura e partiram a mil para o HCPM.

Houve incursão, tentativas de captura do assassino, mas ninguém foi preso pelo crime. Virou estatística.

No enterro dos bravos policiais, mais choro das mulheres da família, mais desespero, mais dor. Mas uma coisa fez Rafael engolir em seco para não chorar e fazer feio na frente da rapaziada do batalhão, presente para engrossar o cortejo. Um menino de menos de 10 anos, filho do sargento Aurélio, com o rosto coberto de lágrimas gritava: "Levanta, pai! Levanta...", agarrado ao caixão. Consolado pela mãe, demorou a se acalmar, mas, no momento em que o comandante-geral da Polícia Militar, o coronel Ubiratan, lhe entregou a bandeira nacional que cobria o esquife de seu pai, a expressão mudou sutilmente. O menino adquiriu a aparência de homem; não restara ali mais nada que denotasse sua inocência juvenil, ficara apenas a revolta, a amargura. Tiraram seu pai e lhe entregaram uma bandeira! Deveriam ter consertado a cabine, dando condições para que ela pudesse ficar com a porta fechada. Deveriam ter trocado os vidros, crivados de balas de atentados pretéritos; e o pior, deveriam ter, no mínimo, escalado mais policiais para aquele serviço tão perigoso! Em minha digressão talvez eu acentue as cores e não expresse fielmente as emoções do filho triste e abatido, mas aquele menino havia crescido como um gigante em poucos instantes. Passou a consolar a mãe, levantou a cabeça e abandonou o enorme campo do Jardim da Saudade pisando com firmeza. Ah, que Deus se apiede dos órfãos de policiais militares! A chaga que metamorfoseia seres humanos bons em monstros incapazes do convívio social (de acordo com certas sentenças judiciais), encontra neles terreno fértil para proliferação. Misericórdia por eles e suas famílias!

Paralelamente às cabines, na tabela de preços, havia um tipo de serviço muito parecido, só que com denominação e composição diferentes – os DPOs. Os Destacamentos de Policiamento Ostensivo eram alocados de acordo com a verve do comando para serem uma extensão do batalhão em áreas distantes da sede. Particularmente no 6º Batalhão, esses serviços também eram desconsiderados pelos policiais em face de sua total insignificância e operacionalidade. Em outras localidades sensíveis da cidade, trabalhar em DPOs poderia render uma boa farpela aos integrantes da guarnição, que acertavam com o tráfico local uma trégua regular, mediante paga, mas na Tijuca já se instalara o clima de total desrespeito aos policiais militares com essa atribuição, e o arrego era bala!

Como estavam de mãos atadas pelo comando (que, como já expliquei, "fechou por cima" os acertos com a vagabundagem), os policiais não podiam rodar pelas redondezas dos destacamentos e, eventualmente, causar algum prejuízo para as bocas. Sem essa prerrogativa, a bandidagem cagava na cabeça dos meganhas. O exemplo mais nojento disso estava no PPC[36] Turano. Na verdade, são muitos os nomes e siglas, mas a merda é sempre a mesma. Lá no morro do Turano, um antigo sobrado tinha sido tomado pela polícia para servir de edificação do posto. Essa construção ordinária ficava no limite do acesso de veículos a certo ponto da favela, em um larguinho, onde dividia espaço com caçambas enormes de lixo e uma sujeirada digna de um chiqueiro. Os três policiais que trabalhavam por turno dentro do morro eram levados até lá em cima por uma viatura, que subia as vielas sem poder demonstrar nenhum cacoete de ataque, com os ocupantes inertes, olhando só para frente e com as armas dentro do veículo. Qualquer demonstração hostil poderia ser interpretada pelos marginais (que acompanhavam a movimentação desde a rua Barão de Itapagipe até o destino final) como a deixa para metralharem todo mundo. Após a assunção de serviço, os PMs não podiam colocar sequer o nariz para fora do PPC, que ficava trancado por dentro por uma "perna de três[37]", atravessada perpendicularmente

---

[36] Posto de Policiamento Comunitário.
[37] Pedaço maciço de madeira usado em obras.

à porta de madeira podre, parecendo a tranca de uma velha igreja medieval que tenta figurativamente proteger os fiéis das bruxas que passeiam pelo lado de fora. E passeavam mesmo. Estava claro para todos, polícia e bandido, a quem aquele território pertencia.

Como na cabine da rua Caçapava, houve momentos em que deu "tilt" na pseudossimbiótica relação e, certa vez, a viatura que levava a rendição pela manhã ficou igual a uma peneira. Pelo menos os traficantes deram uma colher de chá e não atiraram para matar, só para humilhar mesmo, porque deram tempo para que os ocupantes do "bolinha" desembarcassem, antes de fuzilá-lo.

Talvez tivessem ficado temerosos de um possível contra-ataque em massa, caso matassem de uma só vez cinco PMs; ou talvez o vacilo (que não se sabe qual foi) da guarnição não fosse justificativa para tanto, mas eu acredito mesmo é que quem deu a primeira rajada era vesgo, e errou sem querer. O incidente se desembolou naturalmente em pouco tempo, e não houve necessidade de alterar a escalação do efetivo do PPC, nem de fazer mudanças estruturais de qualquer espécie na realização do serviço. Ao final do dia, a paz tinha voltado à favela e as bocas puderam retomar suas atividades tranquilamente. Na mesma linha de atuação, porém sem o chorume da promiscuidade com o tráfico, estava o PPC Mata Machado, que ficava em uma localidade na divisão de área com o 31º BPM (Recreio), e não havia expressão nenhuma simplesmente por não ter o que fazer. Ali, não tinha assalto, e o tráfico era desarmado e incipiente, então era sentar e engordar, como o gado de Kobe[38], aguardando a hora do abate. Desnecessárias maiores explanações sobre por que ser escalado para os PPCs também não gerava boleto de pagamento na companhia. Continuemos.

Subsetores de RP.

Estamos agora subindo um degrauzinho no organograma da briosa e clientelista Guarda Real de Polícia. Degrauzinho, por favor!

---

[38] O gado da região de Kobe, no Japão, é criado confinado, ouve música clássica, toma cerveja de excelente qualidade e é massageado diariamente.

Os subsetores eram, de acordo com a voga do comando, um bom lugar para trabalhar. Quando o comando estava bom, as guarnições ficavam literalmente "à culha"[39] pela área do batalhão, sendo solicitadas de vez em quando para auxiliar uma RP, no acautelamento de um local de crime ou para render quem estivesse engessado em algum baseamento e precisasse mijar. Todas essas determinações eram passíveis de desenrolo com a sala de operações, que por 20 reais se esquecia do prefixo da viatura contratante! Aí era só alegria. Sem assumir ocorrências e sem nenhuma ordem de serviço específica para cumprir, os componentes ficavam livres para rodar toda a área da OPM e roubar todo mundo, mas havia um pequeno detalhe: não tinham respaldo para nada! Se acaso batessem de frente com um "bonde" e na troca de tiros matassem os marginais, parabéns! Mas se baleassem um inocente, fodeu.

O sujeito estava indo para o trabalho, ou voltando dele; de repente, uma cantada de pneu, uma gritaria e tiros. O carro dos bandidos mete bala nos policiais que queriam abordá-los, e foge. No revide, quem é que vocês acham que é atingido? Ah, pobre José...

Por isso os "ratrulheiros" viviam no limite. Podiam tudo e, ao mesmo tempo, não podiam nada. Era só talento! Viviam basicamente dos "pedrinhos"[40] e dos botes nos viciados da grande Tijuca.

Quando chegava a noite, os ratos iam para a cozinha. Um dos pontos preferidos para os pedrinhos era debaixo do viaduto da Mangueira, principalmente em dia de baile. Todo mundo ia para o baile com algum probleminha na documentação do carro: "mas já tá marcada a vistoria...", ou então: "esqueci a habilitação em casa...", ou simplesmente: "meu chefe, tô todo errado, vamo desenrolar?". Nesse joguinho de interpretação, os artistas do estado atuavam brilhantemente, ensaiando a polidez do policial sério em contraponto ao jogo de cintura do mais malandro. Era um espetáculo! Tudo se valia de um improviso digno dos grandes mestres da falseta, pois nada era tabelado, nada era combinado; a cada dia ou noite os personagens e as cir-

---

[39] Largadas de qualquer maneira, sem atenção etc.
[40] Blitz montada sem autorização ou determinação do comando, armada única e exclusivamente para achacar motoristas irregulares e eventualmente pegar um vagabundo desavisado.

cunstâncias apresentavam-se de formas distintas. Uma simples direção sem habilitação poderia, dependendo do local, hora ou possibilidades do cliente, variar entre 5 e 500 reais. O vendedor de legumes da feira, que usa sua caminhonete sem vistoria desde 1997 por pura necessidade de trabalhar, não pode ser tratado do mesmo jeito que o moleque de Ipanema, que foi dar um rolé com o carrão do papai na Mimosa, na madrugada anterior ao seu voo para o novo colégio na Inglaterra. No primeiro caso, um cacho de bananas ou meia dúzia de tangerinas cobre o suborno, mas o nenenzinho que precisa estar no aeroporto em quatro horas merece, não merece? Coisas indizíveis aconteciam nas madrugadas tijucanas durante essas operações clandestinas. Mulheres de conduta libertina, ou somente chateadas com o marido por conta de uma traição, colocavam-se inteiramente à disposição dos samurais noturnos em troca do abrandamento de suas infrações. Certos homens mais alegres também, e olha que tinha polícia que não perdoava um "travequinho", dependendo da hora e da situação...

Na falta de dinheiro, eram aceitos cheques (sem cruzar, por favor), tíquetes-refeição, moedas, comida, cerveja, refrigerante, queijos, pacotes de cigarro, periquitos, ovos... Pode rir! Seria cômico se não fosse trágico.

Dias havia em que, por mais que forçassem, não conseguiam um real sequer decorrente de suas estripulias, mas no geral o serviço era bom. Em média, por noite, os dois policiais de cada guarnição saíam com no mínimo 100 e no máximo 300 reais cada um, com a possibilidade do bingo! Aí era questão de sorte, e às vezes ela vinha também.

As vias de acesso às favelas eram constantemente patrulhadas no intuito de achar um gansinho[41] dando sopa. Grande parte deles era xexelento e ia à favela a pé, para comprar só uma maconha de cinco, ou um pó de dez. Tirando alguns manés das coberturas da avenida Maracanã, que negociavam iPods, celulares e até laptops, mais o dinheiro para não tomarem o flagrante, a maioria só tinha mesmo o que havia no bolso, e olhe lá. Mas no morro do São João não era assim. O fato de ele estar localizado na área de outro batalhão (3º BPM) não impedia os ataques dos meganhas do 6º, que usavam a

---

[41] Viciado.

rua Barão do Bom Retiro, principal acesso à favela, como "área de retorno". Eles passavam como quem não quer nada pela via principal, na velocidade padrão de patrulhamento de 20 km/h, espreitando a escuridão que cobria principalmente a rua Açaré e suas vizinhas, na busca por uma lanterna ou um farol longínquo que estivesse estacionando ou saindo de uma das bocas. Ao avistar o pontinho luminoso, começava o frenesi. A partir daí, o que valia era a experiência e a sagacidade dos policiais, que tinham de prever e ajustar o *timing* para a possível saída usada pelo motorista e disfarçar para que ele não percebesse que seria abordado, senão o cliente voltava para o interior da favela e eles perdiam o alvo. O ideal era pegá-lo por trás, quando já estivesse no caminho da serra Grajaú-Jacarepaguá, ou na direção do Méier. Com a presa na trilha da armadilha, só faltava dar o bote! Uma sirenada, mais uma piscada de faróis da viatura que vem logo atrás, é a ordem de parada que o ganso, já suando frio dentro do carro, relutantemente trata de obedecer. Alguns tentavam a sorte e, quando viam que o velho Geração III da PM não ia dar no couro, afundavam o pé no acelerador de suas possantes máquinas em direção aos aclives da serra. Fica difícil para um Golzinho, por maior que seja a habilidade do piloto, pegar um Marea ou um Golf andando na mola, e às vezes a ousadia era compensadora. Mas era um jogo onde se apostava muito alto porque, se o fugitivo fosse pego, perder um dinheirinho para não ser preso com o flagrante era apenas um detalhe diante da coça que o sujeito iria tomar. Isso se o mango, no calor das emoções da perseguição, não tacasse bala no carro em fuga, por achar que se tratava de bandidos armados atravessando de um lugar para outro.

Com o veículo devidamente abordado, era feita a revista padrão em seu interior e em todos os seus ocupantes. Caso o flagrante não fosse encontrado, começava mais um ato da encenação da peça "Miséria Carioca". Uma obra de: "Todos Nós". Direção: "Governo do Estado".

Policial 1:
"Aí, cumpadi, é o seguinte: eu sei que você tava na sacanagem, que você tava na boca. Você tem duas opções: ou você me dá logo e a gente desenrola essa parada pra você meter o pé e ir embora tranquilo, dormir

na sua cama quentinha, ou você continua mentindo e me deixa aqui, igual a um babaca, procurando. Já te adianto que eu vou achar, eu vou achar! E aí, mermão, não tem mais papo, é dura. E vou te avisando, você vai apanhando daqui até a delegacia, seu viciado filho da puta! Vai continuar mentindo? Então fala, fala, seu arrombado, fala onde é que tá! Dá logo, porra, bota aqui na minha mão..."
Policial 2:
"Dá logo, rapaz, senão vai ficar ruim pra você..."
Motorista maconheiro:
"Mas, seu policial, eu não tava em boca nenhuma não, eu fui na casa da minha tia..."
Nesse momento, o cidadão abordado na altura da Cabana da Serra tenta inventar uma desculpa qualquer que justifique sua saída do interior da comunidade. Os policiais percebem que ele não irá se entregar facilmente; então o separam de sua namorada, que estava no banco do carona, para uma conversa em particular.
Policial 2:
"Olha só, bonitinha, esse seu namorado é um merda! Sabe por quê? Porque eu sei que está com você! Ele veio com você lá de Jacarepaguá pra comprar uma maconhazinha aqui, com você, só pra te usar como mula. Ele sabe que a gente não vai revistar mulher. Mas sabe o que eu vou fazer? Vou levar vocês dois pra delegacia. Vou levar, e lá vou pedir a uma policial feminina para te revistar todinha, e lá quem vai se fuder é você! Quem você acha que vai segurar o flagrante? Ele? Porra, para de chorar! Tá de palhaçada? Não interessa que você é estudante, então, diz logo, tá com você? Tá? Então já é! Tá onde? Na calcinha? Mas enfiado na boceta? Puta que o pariu... Então entra aí no carro desse otário e fecha a porta, tira logo que agora a conversa é com ele".

O maconheiro olha a namoradinha entrar no carro e fica assustado, leva um tapão do policial 2 e admite que sim, o flagrante está com ela. Só uma maconha de dez, para curtir uma festinha. A menina coloca a trouxinha enrolada numa camisinha em cima do capô da viatura, mas nenhum dos dois policiais quer analisar o material apreendido, obviamente em face de suas condições anteriores de transporte e armazenamento.

Pois é, senhores leitores, nesse ato começa a rodada de negociações em que o casal, estudante de Direito, tenta negociar sua ficha livre de passagens pela delegacia. Embora tenham demonstrado uma certa petulância ao anunciar sua dileta ocupação acadêmica, na tentativa de constranger o trabalho dos policiais, é evidente a precariedade de seu ensino em matéria penal, pois não haveria problema algum em ir à delegacia por causa de um baseadinho daqueles, talvez nem assinassem.

Em nenhum dos casos há tabela. Como nos pedrinhos, a circunstância é que indicava os rumos da negociata. O jovem casal só pôde perder 200, então é 200 e fechou. Mas os habitués das bocas do São João eram bem ecléticos e proporcionavam as mais variadas surpresas. Empresários bem-sucedidos, pais de família e já passados dos 40 eram cascudos demais para ser enganados com uma lorotinha qualquer de um PM com idade para ser seu filho. Mas, se estivessem com a amante no carro, ou doidões demais para pensarem direito, pagavam bem para passar batidos. Se estivessem sem grana na hora, iam todos juntos, viatura e carro abordado, até o caixa eletrônico mais próximo para o acerto final. Quinhentos, mil, dependia das condições do cliente. Médicos, advogados, os doutores em geral eram ótimos corruptores, pois elevavam o passe proporcionalmente à carreira de respeito estabelecida. Quando não era possível achar um caixa eletrônico aberto durante a madrugada, usavam de outro artifício. Iam até um posto de gasolina, onde o frentista já estivesse adequadamente sintonizado com os propósitos dos meganhas, e lá passavam o cartão de crédito do ganso na quantia acertada pela soltura. O frentista safadinho ficava com uma comissão de 30% do total extorquido e, em troca, devolvia o valor descontado da conta do "cliente" em dinheiro vivo na mão dos policiais, uma sacanagem só!

Uma simples ida à delegacia era deveras constrangedora para esses profissionais de conduta ilibada, e que, por uma simples noia durante a madrugada, não aguentavam a indisponibilidade do fornecedor de confiança, que entregava em casa, e partiam para uma aventura pelo submundo que eles sabidamente fomentavam. A atmosfera obscura e conivente da boca contrasta com o ambiente no qual o doutor tem que sempre esconder o que é de verdade, e onde ele passa a maior parte de seu tempo sufocado, fingindo, cerceado. Ali ele se sente protegido, então, manda ver na cocaína despudoradamente, sob a proteção ferrenha de seus poderosos amigos traficantes. Aproveita para assegurar o estoque pelo menos até terça-feira, e está tão chapado quando volta para o caminho até seu apartamento que acha que as luzinhas do giroflex da viatura são óvnis tentando abduzi-lo. Sem demonstrar nenhum melindre, ele oferece tudo o que pode para se livrar do embaraço: dinheiro, eletroeletrônicos, cheques. Ele só não pode ficar sem seu pozinho mágico. "Pelo amor de Deus... eu sou doente". É, dava pra ver.

Apesar da quantia em dinheiro não ter sido lá essas coisas, ainda dava pra levantar uma prata com o relógio e a aliança que o ganso fez questão de jogar sobre o pano verde: "Eu sou divorciado, preciso me esquecer daquela piranha... ela acabou comigo... estou assim nesse estado por causa dela... me abandonou pra ficar com outro e ainda quer pensão... me dá meu pozinho, soldado, por favor, eu preciso...". Corno e viciado. Que pica, hein, doutor?

Essa versatilidade que o serviço proporcionava fazia com que os titulares mantivessem em dia os pagamentos de 100 reais mensais, garantindo a manutenção da escalação e a renda extra do comandante de companhia. Já, já iremos aos cálculos, espere só mais algumas necessárias explicações.

O serviço mais conhecido da Polícia Militar, considerado por muitos como a "faculdade da polícia", no qual todo PM tem que passar pelo menos um período para ser completo, é, sem dúvida, a radiopatrulha.

São esses policiais que fazem o lobby do comando com a população, interagindo com ela cada vez que o cidadão solicita ajuda pelo 190. É atribuição da RP atender e solucionar qualquer ocorrência em sua área de atuação de forma rápida e eficaz, conduzindo o caso para a delegacia mais próxima, ou lavrando o TRO[42] quando o boletim de ocorrências da polícia judiciária não for necessário. Para trabalhar na RP é preciso, em primeiro lugar, ter alguém que o indique para a função. Ela é uma das mais cobiçadas do batalhão, dada a sua possibilidade de ganhos acima da média e sua liberdade de ação.

---

[42] Talão de Registro de Ocorrências.

Diferentemente dos outros serviços, na RP não é o polícia que corre atrás do dinheiro, mas é o dinheiro que vem até o polícia.

Toda vez que o cidadão tem um problema com o vizinho que estacionou em frente a sua garagem, ou com um assalto a sua residência, é ela que vai até lá avaliar a situação primeiramente. Quando um cidadão bêbado bate de carro e mata ou atropela alguém, ou quando arrombam um caixa eletrônico, ou quando alguém quer se matar, tudo passa por ela. O solicitante liga para a polícia, que, da sala de operações, coordena o repasse da ocorrência para o setor de RP correspondente. Apenas um fator é determinante para que os componentes das referidas guarnições tenham a possibilidade de lucrar com as desgraças alheias: a sempiterna tendência do carioca em querer se dar bem.

O cidadão está dirigindo seu automóvel pela avenida Rodrigues Alves quando, inesperadamente, um morador de rua atravessa seu caminho e não dá tempo de desviar. Talvez, se o motorista não tivesse bebido, até estivesse com os reflexos mais apurados, mas ele atropela e joga o pobre a uns cinco metros de altura, que já cai mortinho e com farofa. Espera-se que pare o veículo, peça socorro e aguarde os trâmites judiciais subsequentes ao homicídio culposo por ele perpetrado, certo? Ah, tá...

Primeiro, ele só parou porque o carro não queria mais funcionar após a forte pancada no mendigo. Segundo, quem chamou a polícia foram pessoas que passavam pelo local. Agora não tinha jeito, a esperança era encontrar uma forma de se safar com a ajuda dos policiais.

O setor de RP, quando atende a uma ocorrência de trânsito de qualquer tipo, sabe que potencialmente tem uma graninha chamando seu nome. Ao chegar ao local do 714,[43] o dono da Mercedes preta já está ao telefone com o advogado, que lhe passa as orientações imediatas. Os policiais veem o defunto virado ao avesso, esparramado por uns dez metros no asfalto, veem o carro todo fodido e, principalmente, veem a cara do cliente. Ah, é bingo! É só ir até o atropelador e pedir seus documentos pessoais e os do veículo, solicitar à sala de operações um subsetor para acautelamento do local até a chegada

---

[43] Atropelamento seguido de morte.

do rabecão e conduzir o cidadão até a DP da área. "Mas, seu policial, por gentileza, o meu advogado está vindo para cá, será que poderíamos aguardar a chegada dele?". "Ô, cidadão, primeiro vamos até a delegacia, lá você fala com ele, correto? Vamos indo pra ir adiantando o andamento da ocorrência". "Mas é justamente isso que ele vem ver com os senhores, sobre a necessidade de dar andamento à ocorrência...". Pois não, doutor!

Como muita gente já havia sido envolvida, não dava para simplesmente fingir que o atropelamento não aconteceu, mas dada as circunstâncias da hora e do local, e diante da figura indulgente do operador de direito, o leque de opções disponíveis para a resolução do problema do empresário era coloridíssimo. Dentro da viatura, a alguns quarteirões da delegacia, os policiais expõem uma proposta sobre a forma de apresentação da ocorrência na sede policial. O que o doutor acharia de relatar que seu cliente fora fechado em uma manobra perigosa, de um carro imaginário, que atropelou o infeliz primeiramente, arremessando-o sobre seu carro já parado pela freada brusca que fora obrigado a dar? O carro ilusório seguiu a toda velocidade, sem se importar com o atropelado, restando ao motorista, que teve o carro danificado pelo corpo do indigente, apenas solicitar a presença da polícia militar. O carro parado não pode atropelar, o que livra seu condutor da responsabilidade do acidente, e, como não haveria ninguém que reclamasse a morte do homem invisível, o polidíssimo empresário, que estava até sóbrio (depois do susto), passaria de autor do fato a simples testemunha, livre do processo e de futuras interpelações. Excelente não, doutor? Pois então, estenda-se o pano! A rodada começa com os PMs apostando em 15, com o cliente pedindo mesa e passando a vez para o advogado. Ele analisa suas cartas e percebe que não está com a melhor mão, então é melhor blefar, respeitosamente, na esperança de diminuir o Big Blind e aumentar seu prestígio diante de seu contratante. Oferece cinco, cash, na mão, mas é prontamente rechaçado com uma veemente negativa e um aceno convidando para mostrar seu jogo. Mais uma rodada e ele refaz as apostas, dez mil, metade agora e metade ao término do termo de declaração do empresário. Tudo correndo conforme o planejado, ele levaria seu cliente de volta para casa e regressaria com a parte restante.

Meio desconfiados, os policias conversam brevemente. Por fim aceitam e encerram o jogo. Não houve perdedores, todos saíram no lucro. Menos o senso de moral.

O estado, que não disponibiliza a perícia para todos os atropelamentos (ao contrário do que manda a lei), o PM corrupto, o inspetor de polícia civil desinteressado, que nem quer saber de investigação, o escrivão que mal sabe escrever um termo de declaração, o advogado safado, o empresário riquíssimo, todos eles são peças, e todas elas fundamentais para que a morte de um fodido da vida perca a importância diante da inconveniência de um medíocre processo criminal para um abastado membro da elite fluminense. Invariavelmente, esses crimes de trânsito não dão em nada, além de pagamento de cestas básicas. Sairia até mais em conta pagar ao estado, mas o PM está ali, tão fácil, tão próximo, tão disponível, que não vale a pena ficar aguardando intimações para depoimentos e o desconforto, por mais que se saiba o veredicto, de ser julgado por alguém. Melhor liquidar a fatura e fim. O resto que se foda!

Como o combinado não sai caro, no início da manhã o advogado retorna próximo ao local do acidente, em um posto de gasolina na esquina com a Haddock Lobo, e faz a entrega dos cinco mil reais restantes. Uma parte do dinheiro veio em dólar, pois parece que no cofre do motorista pé de chumbo não havia muito espaço para reais. Ele até perguntou aos policiais se tinha problema. Problema? Tá de sacanagem, né? Ao verem as notas de 100 dólares em pequenos maços, os policiais tiveram que controlar os sintomas da convulsão extasiante que os faria babar e emitir grunhidos esquisitos. E isso foi só uma noite comum de trabalho de segunda-feira.

De dia, de noite, como eram sempre solicitados pela sala de operações, e como estavam apenas cumprindo sua função, não havia hora ruim ou lugar capcioso para os acertos entre guarnição e contratante. Tudo era feito de forma a sempre beneficiar o cidadão, dando um aspecto legal à barganha, sem a necessidade de forçar o contribuinte a fazer algo que não quisesse, mas deixando bem claro que, se não chegassem a um acordo, o PM iria conduzir a ocorrência como manda a cartilha. Às vezes, os mangos davam uma engambelada no solicitante para garantir a "pelezinha" do final do dia. Quando chegava um chamado de 853[44] na sala de operações, a porrada comia feio! Isso acontecia porque cada operador tinha um queridinho na pista, aquele com quem fechava o repasse das melhores ocorrências e de quem, mesmo em dias ruins, recebia ao menos um lanche caprichado direto do Bob's ou do Big Néctar. Esse operador, caso percebesse que a ocorrência estava em um setor que não fosse o do seu protegido, criava primeiramente uma ocorrência falsa, um trote, algo como um 851[45] atrapalhando o trânsito, ou 621[46], apenas para empenhar o setor do local onde realmente ocorreu o mal súbito. Após a guarnição dar ciência e informar que está procedendo, ele aguarda mais uns minutos e transmite: "2181, 2181, é maré meia. Correto 2181, setor "B" empenhado correto, proceda lá no setor do companheiro e atenda um chamado da dona Francisquinha, o código é o 853, correto..."

O policial do setor "B" entende que aquilo é sacanagem, mas fazer o quê? Culpa dele que não levava nem um café para o pessoal da sala. Todo esse trabalho era porque as casas funerárias tinham um "convênio" com os policiais solicitados nos trâmites relacionados a uma morte natural. O PM se aproxima mansamente, dá os pêsames para a viúva e examina o velhinho todo torto no sofá após infarto fulminante do miocárdio. A fragilidade dos presentes, cara a cara com a morte, e a urgência de tirar o presunto da sala fazem com que a primeira solução sugerida pelos policiais se torne a mais plausível. Acaso fosse fechado o contrato com o papa-defunto indicado pelos prestativos PMs (que na cabeça dos familiares estavam apenas agindo de bom coração), ficava tudo certo! A funerária cuida de tudo, desde o laudo do médico (que sequer viu o defunto), atestando a morte por causas naturais, até a preparação da lápide, translado, maquiagem e vestimentas do falecido. Trinta por cento do valor total do enterro era pago a título de comissão aos aliciadores, mais uma parcela de valor absolutamente insondável (juro que tentei!), paga diretamente ao policial da sala de operações que recebeu a ocorrência. Como reconhecimento, a RP oferta um "por fora" ao camarada distribuidor

---

[44] Mal súbito.
[45] Louco.
[46] Disparo de arma de fogo.

de desgraças, uns 100, 150 merréis, dependendo do valor do enterro. Os mais simples custavam 1.750 reais, mais 200 do médico pelo atestado, e, a partir daí, o céu era o limite. Sorte de quem pegou aquele, o do dono de um prédio comercial, viúvo e pai de um filho, que não queria porra nenhuma com a vida. Sua irmã mais velha depositou na cerimônia fúnebre todos os requintes que ele desejava, e, como dinheiro não era problema, "Cara de bigorna" e "Queniano" quase caíram para trás quando souberam do contrato fechado pela funerária indicada por eles: 45.290 reais, transferidos de uma só vez via doc. Isso sim é que é trabalho recompensador!

Trabalhar nas RPs era assim, uma surpresa a cada dia. Fora esses casos, que não aconteciam com a frequência desejada pelos policiais, ainda havia uma fonte de renda fixa que sempre implementava o salário de quem fizesse parte desse joguinho: os "fechos". Como os setores eram bem delimitados, as guarnições passavam várias vezes por dia pelos mesmos lugares, pelas mesmas ruas. Paravam sempre nos mesmos estabelecimentos para uma água ou um café, e alguns dos comerciantes estreitavam a amizade com a RP, gerando uma relação comercial completamente absurda: o fornecimento de segurança particular pelo aparato estatal.

Depois da aproximação, uma das partes acenava com a intenção de fechar o acordo, que consistia em determinar uma hora para que o setor ficasse estacionado nas imediações do estabelecimento contratante, passando a ideia de que ali não seria um bom lugar para um assalto, em face da presença frequente de uma viatura no local. Como os horários das guarnições estavam sempre lotados, era um privilégio para o responsável de uma loja assegurada ter ali seus cães particulares, o que acirrava a disputa pela vaga de um contrato rescindido. Geralmente, os horários cobertos eram os de abertura e fechamento das portas, sempre mais sensíveis no tocante à segurança, permanecendo a guarnição ali, plantada, por 30 minutos, para seguir depois até o próximo cliente. Se uma ocorrência fosse passada pela sala nesses períodos, era necessário esperar até o término do serviço particular, porque fecho é fecho, e não pode ser de forma alguma negligenciado. O preço semanal desse serviço, como tudo que é oferecido pela PM, variava de acordo com a importância da firma que contratava. Ia desde os 100 reais da padaria até os 400 da empresa de ônibus. Cada setor de RP é formado por quatro guarnições de dois homens, trabalhando em escalas de 12x24 e 12x48, e os acertos eram feitos toda sexta-feira pela guarnição que estivesse de serviço no período diurno. Portanto, a cada sexta-feira uma guarnição diferente recebia o pacote, e todas elas trabalhavam harmoniosamente, cumprindo os horários acertados nos seus respectivos dias.

O fecho é um dos grandes chamarizes do setor de RP (embora não seja exclusividade dele), porque é uma graninha certa, sem a necessidade de se expor a desnecessários perigos de vida e ou liberdade. Além de todas essas possibilidades de ganhos, o setor podia, logicamente, fazer tudo aquilo que o subsetor fazia – pedrinhos – botes, mas com a diferença de que tinham autorização para as abordagens, o que dava certa proteção caso algo desse errado.

Como os morros da Tijuca estavam todos vendidos, não havia muita ação nas poucas incursões que eram realizadas, sobrando para os patrulheiros com maior liberdade travar uma guerra constante contra os bondes que apavoravam o asfalto. Eram as RPs as responsáveis pelo maior número de apreensões de armas e de prisões em flagrante na área do 6º, o que explica a consideração por aqueles que compunham suas guarnições. Malandragem na hora de desenrolar as ocorrências e tenacidade na hora do salseiro!

Quanto vale o privilégio de trabalhar e aprender, no dia a dia, em um serviço tão rico como esse? Cada componente dava mensalmente à companhia 150 reais de suas falcatruas, mas alguns, além disso, massageavam o cocuruto do Mangusto com presentinhos, como relógios e celulares arrecadados nos cantos mais obscuros da maravilhosa Tijuca.

Ainda nesse tipo de policiamento ordinário, porém voltado unicamente para o atendimento das ocorrências de um determinado segmento, existem as Pamesp[47].

No 6º, eram duas: a escolar e a bancária. A escolar zanzava para cima e para baixo sem saber muito bem o que fazer o dia todo. Tirando o dia em que tinha de recolher o dinheiro das escolas particulares, que pagavam o fecho por

---

[47] Patrulha Motorizada Especial.

uma atenção especial, e os dias em que realizavam arrecadações determinadas pelo coronel (como a do shopping da Tijuca), eram quase invisíveis.

As bancárias, bem, nem precisa falar muito, né? A diferença é que o fecho é pago não à guarnição, mas sim ao comandante do batalhão, que designa diretamente quem irá fazer o serviço braçal de atender aos gerentes sempre que houver necessidade. O fecho é forte, paga muito bem, de forma que até os paus-mandados são bem recompensados.

Por isso eles não se importam de buscar os gerentões em casa, ou escoltá-los na chegada ao aeroporto, quando chamados, ou de ir até a agência sempre que um deles vê algo suspeito na velhinha com a bolsa grande, ou no preto favelado na fila do caixa. Quando a agência necessita da presença policial, não liga para o 190, e sim para o telefone particular de um dos quatro policiais responsáveis pela ronda. Faz parte do pacote. Essas Pamesp não atendiam a pedidos de prioridade, não assumiam ocorrências, não ficavam baseadas, eram definitivamente um serviço à parte. Graças à relação de extrema confiança que envolvia as negociações, era o coronel quem ditava a formação dos componentes, sempre auxiliado de perto pelo comandante da companhia e pelo sargenteante. Não havia um valor a ser pago ao capitão; com isso, somente o Mangusto recebia 50 reais por semana para uma cervejinha no boteco, pura camaradagem.

Não há relevância em discorrer sobre os serviços internos, como o rancho e a faxina, relegados aos policiais com histórico problemático com a justiça e a disciplina, ou com passagens frequentes pela psiquiatria. Em vez de tentar dar um suporte ao profissional e trazê-lo de volta a sua real função, é mais fácil deixá-lo corroer-se pelos cantos do batalhão, sem identidade e sem importância, quase um elemento das paredes carcomidas dos alojamentos, vagando sujo e com a camisa rasgada pelo pátio, à espera do horário de ir embora para casa, ou para o bar, ou para a boca, ou para a morte.

Alguns serviços internos de caráter administrativo pediam um pouco mais de profissionalismo. Não obstante o amadorismo imperativo nas mais diversas atividades da Polícia Militar, alguns poucos policiais demonstravam habilidade para tarefas burocráticas, muito embora não haja na PM nenhum curso que chancele tal atribuição. Hoje o PM está na rua, amanhã pode estar escalado como auxiliar do tesoureiro. Basta para isso demonstrar interesse e o mínimo de familiaridade com o cargo. Nesse rol estão os boletinistas, o pessoal que cuida da folha de pagamento, o almoxarife. O resto é meio enrolado, difícil até de nominar ao certo a atribuição. Esses praças são os braços administrativos do comando, são eles que fazem girar as engrenagens do batalhão.

O serviço de despachante de viaturas era, no 6º, o melhor dos serviços internos. Alguns batalhões têm bombas de combustível própria, para o abastecimento de suas viaturas e das demais que fossem determinadas pelo comando, em conjunto com a DGM (Diretoria-Geral de Material). O despachante tinha a missão de cuidar da distribuição e parqueamento das viaturas, reportando ao oficial de dia eventuais alterações e lançando todos os pormenores de seu serviço no livro de registros. Ele também fazia o recebimento do combustível comprado pelo estado, que vinha da refinaria em caminhões terceirizados, prestadores de serviço à Petrobras. Esses caminhões vinham com motoristas particulares, que, em conluio ou não com o dono do veículo, roubavam o combustível sem nem ao menos despejá-lo nos tanques do batalhão. Simples: se o batalhão comprasse 3 mil litros, ele descarregava apenas 2.700. Os 300 restantes ele dividia com o despachante da bomba e com quem mais estivesse envolvido na sacanagem. A medição da capacidade de armazenagem era feita com uma régua de pau, e sem nenhuma supervisão, o que facilitava a roubalheira. Todo mundo sabia do esquema, mas o comando não queria se meter por medo de que um dia babasse feio. Somente alguns oficiais levavam um negocinho para fazer vista grossa, mas a maior parte do lucro ficava mesmo era com o despachante. Se bem que uma vez, um tenente gordo, chamado Vasco Célio, pegou o Nareba dando um derrame na bomba em plena madrugada, e literalmente o extorquiu até o talo. Exigiu dinheiro para que não o autuasse em flagrante e o levasse preso para o BEP, igualzinho o polícia faz com o traficante. Diz a lenda que até empréstimo o soldado teve que fazer para escapar da cana. Eu não duvido! Vasco Célio era escroto e vivia de roubar dinheiro de polícia. Ainda o encontraremos por estas páginas, é questão de tempo.

Além do roubo na fonte, também havia a venda direta ao consumidor. Quando não dava para a sintonia acontecer da melhor forma no descarrego, os despachantes então vendiam a gasolina ali, direto na bomba, um real o litro. As viaturas faziam fila para o abastecimento nos horários de troca de guarnição, e, nos bancos de trás, galões de 20, 40 litros aguardavam cheios de sede pelo precioso líquido.

A probabilidade de um dia dar merda era tão explosiva quanto a mercadoria desviada, tanto que nem a companhia nem outros superiores queriam tomar parte direta no negócio. Por essa razão, e pelo fato de o serviço exigir que o escalado aja por sua própria conta e risco para obter os ganhos, não era confeccionado carnê, o que também não o isentava de, vez em quando, pagar tributos aos oficiais sobre o lucro auferido.

Ah, sim, já ia me esquecendo deles! Como poderia? Figuras emblemáticas e indispensáveis em qualquer batalhão, eles definem os rumos da pororoca durante o serviço ordinário. Estou falando do oficial de dia e de seu fiel escudeiro, o adjunto. O oficial de dia é a representação do comandante durante sua ausência. Ao oficial cabem todas as decisões no tocante ao serviço em geral e as providências necessárias para o seu bom andamento. Eles determinam como e quem será deslocado, recebem denúncias e reclamações da população, lidam com o rancho, com a faxina, com tudo!

Esse poder traz grandes responsabilidades, e também chances de ganhar uma pratinha. Quem quer trabalhar? Ah, essa pergunta sempre estava implícita nos serviços do tenente Praga (referência ao famoso personagem do show da Xuxa). Só havia um problema: tinha que chegar cedo, ou ele vendia tudo antes da rendição do primeiro horário. O oficial, no uso de suas atribuições e ladeado pelo sargento adjunto, percorria a escala de serviço à procura dos serviços desnecessários, aqueles que ninguém nem sabia direito que existiam, dos quais só se ouvia falar. Os correios, o depósito público, algumas visibilidades às vezes eram tão absurdas que pareciam mentirinha. Também havia as guarnições prejudicadas momentaneamente por motivo de força maior, como a doença de um dos componentes. Se o policial que estivesse sobrando tivesse cinquentinha para perder, ia dormir tranquilo no aconchego do seu lar, ou ficava acordado para ganhar 150 na segurança da boate. Assim eles ganhavam em duas frentes, para dispensar quem estivesse querendo descanso e para alocar quem quisesse trabalhar nos melhores setores, como aqueles já descritos. No Natal e no ano-novo era festa na caserna! Quem tivesse 200 reais podia ir para casa passar a virada com a família, só precisava deixar o celular ligado para o caso de "dar ruim". Em um ano-novo muito especial, a coisa quase fedeu, porque uma pessoa foi baleada durante tentativa de assalto e acabou ficando paraplégica; como ele era filho de uma personalidade, o caso ganhou a mídia. Acontece que, naquele dia, o tenente (não o Praga, outro) se empolgou e vendeu quase todo o policiamento da Tijuca; só tinha uma viatura, guarnecida por dois agoniados, rodando a área toda do batalhão. Nem a supervisão estava na pista, tendo que voltar às pressas, bêbada e com a barriga explodindo de bacalhau.

O oficial de dia também ficava com um pedacinho quando era feita a descarga malandra de combustível no reservatório da bomba, ou quando uma ocorrência muito lucrativa sobejava um setor mais camarada, como a do enterro do viúvo rico. O adjunto ficava por ali, esgueirando-se e farejando como um rato; se desse mole, dava uma pernada até em seu superior e comia o dinheiro dos acertos sozinho. Que o diga o oficial que vai procurar um policial que estava escalado e, quando percebe, ele já foi vendido há muito tempo.

Vamos a um cálculo estimado, que eu sei que o leitor deve estar esperando ansiosamente.

Digamos que no batalhão haja duas companhias, cada uma com seu respectivo comandante e seu sargenteante, e metade das viaturas e serviços para tomar conta. Os setores e subsetores iam do "A" (alfa) ao "I" (índia), mais cinco cabines mutuárias. É lógico que o capitão mais antigo ficará com a companhia mais lucrativa, dada a impossibilidade de dividir irmãmente os postos de trabalho; então, sem contabilizar as Pamesps e alguma outra sacanagem que eu, porventura, esteja esquecendo (ou nem mesmo saiba que exista), já dá para ter uma estimativa: cinco guarnições de RP pagando ao comandante de companhia 100 reais cada policial + quatro guarnições de subsetor pagando 50 reais cada componente + duas cabines a 50 reais o cabineiro = 6.000 reais na conta do capitão por mês.

O comandante da outra companhia ficava com o dividendo arrecadado de sua parte subordinada, e assim se dava o equilíbrio descabido e inefável dentro dos muros da administração policial.

Deixei por último na palheta os serviços que mais influenciam, ao lado das RPs, a reputação e o ritmo do batalhão.

A supervisão de oficial consistia no serviço em que um tenente ou capitão saía às ruas para ver de perto como os subordinados estavam conduzindo o trabalho para a população. Entre as suas atribuições estava a verificação da apresentação pessoal do militar (farda, barba, cabelo e equipamentos obrigatórios), o auxílio ao policial envolvido em uma ocorrência que estivesse complicando e a verificação quanto ao cumprimento dos baseamentos e demais postos de serviço. Para tanto, cada policial, ao sair de sua unidade, levava consigo uma papeleta, um pedacinho de papel mesmo, que continha seus dados e a missão a ser executada. O oficial supervisor checava o pedaço de papel e, estando tudo certo, assinava com a hora e o local da supervisão. Ao regressar ao Batalhão, o policial devolve essa papeleta para o adjunto ou para o oficial de dia e finalmente pode ir embora.

Tá.

Mas quem supervisiona o supervisor?

Até existem supervisões que são feitas por oficiais superiores não pertencentes à área do batalhão e que, inadvertidamente, aparecem para dar um "fla-flu" durante a madrugada. Mas elas são tão raras e ineficazes que só servem de fachada para dar ao já exarcebado ego dos coronéis, ocupantes de trabalhadas cadeirinhas dispostas nas varandas do quartel-general, a sensação de que ainda mandam em tudo, que estão no controle.

Balela! O oficial supervisor faz o que quer na pista! Se o camarada está baseado e quer rodar à vontade para arrumar um dinheiro, tem que se ver com ele antes. Melhor negociar do que arriscar ser flagrado na sacanagem; então, às vezes 50, outras 100, dependendo do oficial, era o suficiente para dar a largada à corrida do ouro. Vasco Célio vivia disso.

Por ser ainda muito moderno com relação aos outros oficiais, e por não demonstrar nenhuma aptidão para o combate nas ruas, ficou jogado desde sua chegada ao 6º Batalhão em uma salinha, tomando conta de um monte de papéis. Entre essa papelada estava uma pilha de DRDs que ele organizava e distribuía, enxergando aí sua primeira possibilidade de arrumar um dinheirinho a mais para pagar suas glutonarias, a única forma possível para que atingisse um orgasmo, dado o tamanho de sua enorme pança cadente sobre as partes sexuais.

Ele simplesmente sumia com os papéis colonoscópios aplicados ao PM desatento, mediante um modesto "faz-me rir", lógico. A notícia se espalhou e o filão logo se mostrou cheio de possibilidades a serem exploradas. Quando era sua noite de supervisão, chamava as guarnições em sua salinha medíocre e jogava aberto: "Aí, rapaziada, quem quiser rodar à vontade hoje, tá liberado! Cinquenta agora; se não tiver, no final do serviço, e eu não vou incomodar ninguém! Pode roubar todo mundo, só não pode dar merda! Hoje tem baile no Borel, na Mangueira, tem a Vila Mimosa, tá a culhão! Vamo desenrolar logo pra vocês irem à caça..."

Não satisfeito com o combinado, ele ainda assim saía para dar incertas, pois sabia que pegaria alguém dormindo. Parava com a viatura da supervisão toda apagada antes da cabine e vinha para dar o bote, o cabineiro babando no décimo oitavo sono e com a porta fechada na C6/6. "Acorda aí, polícia! É a supervisão, tenente Vasco Célio, abre essa porta aí!". "Ô, meu chefe, eu não estava dormindo não...". "Tá, mas amanhã, antes de ir embora, passa lá na minha sala que tem um DRD pra você, ciente?". "Mas, tenente, eu...". "Mas nada! A porta estava fechada, se acontecesse alguma coisa você nem ia perceber, eu fiquei aqui fora muito tempo lhe chamando. Está desatento ao serviço, DRD! Vou ver com seu comandante de companhia a possibilidade de lhe mandar para uma visibilidade, pra você ficar mais ligado...". "Ô, tenente, não faz isso não, deixa eu falar com o senhor..."

A fama o precedia e todos já sabiam que, quando ele vinha com essa conversa mole, era porque estava agoniado. Apesar de ser um porco nojento, ele tinha uma meia virtude escondida no saco de banhas – não mascarava ser o que era. Ao contrário da maioria dos oficiais, que se apresentam com pompa e garbo em uma hipócrita e demagógica tentativa de se assumir como a única parte saudável dessa instituição moribunda, ele mandava na lata, sem vergonha, sem pudor! Gostava de dinheiro, pronto e acabou! Não gostou, faça somente o seu serviço corretamente e fim de papo.

Toda porcaria, todo tipo de corrupção que envolve o serviço militar em si só pode subsistir, é claro, quando tem nos superiores hierárquicos acolhimento e encorajamento. Isso pela própria característica inerente aos alicerces militares, que impede que certas atitudes sejam tomadas sem a ciência do comandante. É obvio que, valendo-se da lambança já estabelecida, certo é que praças façam determinadas cagadas por conta própria, mas isso não interfere no fato de que, até chegar a esse ponto, muitas outras foram sugeridas e incentivadas por tenentes, capitães, majores e coronéis. No seu célebre e inigualável *A arte da guerra*, Sun Tzu escreve que se um exército de leões fosse comandado por um cervo, sairia perdedor, mas se um exército de cervos fosse comandado por um leão, teria chances de vitória. É uma bela metáfora do mais famoso e influente tratado sobre as nuances que envolvem os combates militares, as estratégias e sobre como estabelecer uma cadeia de comando forte e eficaz. Também nos dá a mais exata dimensão da importância da influência do oficialato no restante da tropa. Um cervo como capitão pode levar à derrota, por sua fragilidade no comando, enquanto que um tenente leão pode levar à vitória, por sua impetuosidade e tenacidade. Mas e um major ladrão? Que mensagem passaria aos subordinados? Essa a maioria não sabe, então deixa que eu conto.

O oficial da Polícia Militar não pode ser mandado embora. Não pode ser excluído.

O praça é funcionário do coronel. Como ele está única e exclusivamente subordinado à administração militar, para que seja expulso, basta que um processo administrativo seja instaurado e dele resulte um conselho de disciplina. Três oficiais são designados para tal conselho, mas a decisão final fica a cargo do comandante-geral da corporação. É ele, o coronel, quem decide, no fim das contas, se o PM fica ou se vai! Só isso. A maioria dos praças se irrita quando confrontado com sua real condição empregatícia. Quer porque quer acreditar que é funcionário público do estado, mas não é. Está em dúvida em saber para quem você trabalha? Quer descobrir quem é o seu patrão? É só saber quem é que te põe na rua. E quem põe o praça na rua é o coronel, ponto.

Diferentemente do oficial. Para que este seja "expulso", primeiro um colegiado de oficiais é formado, nos moldes do conselho do praça. Após a decisão absolutamente irrelevante dessa primeira bancada teatral, o resultado vai para as mãos do comandante-geral. Se ele quiser botar o oficial na rua, manda sua intenção para a mesa do governador, ele é quem "decide". Viu a diferença? Quem demite funcionário público estadual é o chefe do executivo estadual. Mas ainda não acabou.

O governador decide uma vírgula, pois, ainda que o capitão tenha liberado os dois assassinos que haviam acabado de matar o funcionário de uma ONG, ou que tenha sido preso em flagrante roubando cabos óticos, ou que esteja envolvido com milícias, ou matado a ex-namorada, ou explodido caixas eletrônicos, ainda assim o processo vai para apreciação de uma câmara de desembargadores do Tribunal de Justiça do estado do Rio de Janeiro. É virtualmente impossível que esse oficial seja expulso, dada a quantidade de recursos que podem ser interpostos diante da decisão demérita, mas o ápice da desigualdade para com o praça vem agora. Ainda que, depois de esgotadas todas as apelações, o oficial seja expulso da corporação, ele manterá, vitaliciamente, um vencimento pago pelo estado, hoje em torno de mil reais. Todo mês, essa quantia, que sofre reajuste com os aumentos concedidos à classe, será depositada na conta do dependente direto do "ex"-oficial. Há casos de policiais que, sob o comando de seus respectivos oficiais, cometeram crimes hediondos. Guarnições inteiras, nas quais os praças foram condenados pela justiça e excluídos, e os oficiais foram condenados (alguns absolvidos), mas permaneceram na corporação.

Valendo-se desse manto protetor, eles se escondem atrás das estrelas e colocam mais lenha ainda na já crepitante fogueira da corrupção policial, incentivando os comandados a extorquirem mais, a matar mais. Aí se encontra toda a problemática da PM do Rio de Janeiro. Enquanto a Academia de Oficiais continuar formando líderes desqualificados, pretensiosos e, acima de tudo, aproveitadores da ignorância dos praças, o ciclo de roubalheira continuará se renovando um dia após o outro. Assassinos obedecendo a assassinos, ladrões prestando continência a ladrões; e depois, com a mais deslavada demagogia, o comandante-geral vem crucificar um ou outro policial preso por cometer algum crime de repercussão na mídia. Esquece-se de uma das mais antigas máximas militares: de que a tropa nada mais é do que o espelho do comandante, e que, se as coisas estão a merda que estão, um verdadeiro chefe militar deveria assumir a sua parcela de culpa nos escândalos. Talvez, se estendesse o mesmo rigor com o qual trata os subordinados aos seus coleguinhas de turma, que volta e meia estão envolvidos nos mais diversos tipos de crimes e contravenções, as coisas estivessem um pouco melhores, não é não, coronel?

O SERVIÇO RESERVADO DA PM É UMA VERDADEIRA BAGUNÇA!

Sem ter ao certo um ponto fixo onde mirar, deriva à disposição do coronel e age conforme a voga do comando. Se a direção for a inibição dos crimes comuns, age em desacordo com a atribuição constitucional, pois a Polícia Militar não tem a prerrogativa da investigação de crimes, e sim a de preveni-los. Pior é quando o sujo cisma policiar o mal lavado, e passa a querer que o praça diga como comprou seu carro, onde estava no dia tal, por que perdeu o prazo para a atualização da identidade etc.

De concreto mesmo, só persistem o recolhimento do lucro dos acertos com os donos de caça-níqueis e de certos arregos, pagos por determinados criminosos. Os recursos investigatórios também servem para ajudar nos botes que, com a ajuda do "X" certo, se dão de maneira discreta e eficiente, possibilitando ganhos surpreendentes. Para trabalhar na P-2 o candidato tem de ser (surpresa!) indicado por alguém. Não necessariamente tem de ter a ficha limpa, mas a suspeita de cometimento de crimes vultosos tende a se tornar um entrave à aspiração.

Por último, mas não menos importante, descrevo aqueles que são (ou deveriam ser) o termômetro real do batalhão. Pelas mãos deles passam as ocorrências que normalmente estamparão as manchetes dos jornais, que terminam em tiros e sangue, do jeitinho que a galera gosta! As guarnições de GAT e Patamo.

São grupos formados com a missão de botar ordem na casa sempre que o coronel julgar necessário, e têm basicamente a mesma função, com a diferença de o GAT ter de oito a dez integrantes, e a Patamo, no máximo, cinco. Geralmente são comandados por um sargento antigo, que conhece bem os morros e a área do batalhão e influencia diretamente na escolha de seus subordinados. Um oficial é sempre encarregado de tomar conta da guarnição, mas ele não está presente na maioria das vezes em que ela opera; resguarda-se para quando tiver uma reportagem, ou para quando o "bote" valer a pena. Se o comando estiver na política da "bala", o GAT fica livre para trabalhar à vontade. Depois de uma breve reunião em frente à cantina de maré meia, decidem-se quanto ao alvo da vez, e lá vão eles tocar fogo nas favelas da Tijuca.

Conquistar território inimigo sempre foi sinônimo de lucro para o invasor. Em todos os relatos históricos, ao se apossar de um terreno que antes pertencia ao rival, o vencedor sentia-se livre para o saque e as maiores atrocidades imagináveis pela mente humana. É o "release" da tensão pré-combate, que consome o contendor em fúria, e a adrenalina antes do brado da vitória. O butim é uma prática estimulada pelos comandantes de exércitos como forma de premiar seus soldados pelo empenho de suas próprias vidas na batalha, e ao mesmo tempo animá-los para as próximas que virão. É evidente a analogia proposta, e é também ingenuidade negá-la antes de uma profunda reflexão.

Eis aí mais um problema do militarismo nas forças policiais. Todos os soldados que combatem nas favelas cariocas têm o cerne descrito pela vasta literatura das beligerâncias justamente por sua atribuição ser distorcida e mal-administrada. Não há território inimigo, como pensa a capenga cabecinha do PM, e sim território comum, onde marginais se homiziam para escapar dos braços da lei. Enxergar a comunidade como uma extensão do próprio criminoso só pode mesmo ser uma ideia oriunda da já afetada concepção que o policial militar tem de si e do corpo social.

O militarismo fomenta essa alienação e preenche o mango de ódio e rancor pelas mortes dos companheiros nas mãos de marginais, causando um efeito reverso contra a população, que se esconde como pode, vive como pode. Há comunidades em que os moradores, vivendo sob o jugo do tráfico desde sua fundação, não se identificam mais com o braço armado do estado e passam a ver o bandido como o alaúde de sua insignificância. Mas é improvável que, se confrontados com a ideia de uma rua livre da presença de armas nas mãos de criminosos arrogantes e parciais, não peçam socorro para que tal medida seja posta logo em pauta.

Sem perceber isso, o GAT avança na bala pelos becos e vielas, catando tudo que vê pela frente!

Televisões de plasma, aparelhos de ar-condicionado, garrafas de uísque, brinquedos, tudo que estiver ao alcance das mãos e longe das vistas de testemunhas virará posse dos mercenários tão logo possa ser embarcado no blindado. As armas, as drogas e o dinheiro proveniente de sua venda não pertencem legitimamente ao estado, e sim àqueles que se enfiaram debaixo de uma chuva de balas para tomá-las das mãos dos criminosos.

Antes de lavar o dinheiro, depositando-o nas contas de laranjas ou usando-o para a aquisição de negócios de fachada, o traficante tem que deixar a grana por um breve período circulando na favela, e essa é a maior preocupação da administração das bocas: manter o dinheiro seguro até a hora de ele sair do morro. Uma mochila guarda o lucro recolhido diariamente, que podia chegar, no caso do morro dos Macacos, a 40, 50 mil reais, um peso danado nas costas de quem estivesse incumbido de carregá-lo, sempre escoltado por uma penca de marginais armados até com granadas. Esse carregador, o mochileiro, era o pote de ouro a ser perseguido em algumas incursões, e a mochila volta e meia caía nas mãos dos justiceiros para nunca mais aparecer. O que o bandido poderia fazer? Registrar queixa na polícia?

Pegar um cabeça do morro também valia dinheiro certo, com a diferença de, dependendo da importância do vagabundo, um só bote poder valer por toda uma carreira de extorsões. Não é raro relatos de bandidos que pagaram, na hora e em dinheiro, quantias absurdamente altas, como 500 mil, e até mais, para continuarem soltos nas ruas. Se o dinheiro não estiver todo à mão, recolhem-se os ouros da favela, as armas; se for preciso, os morros aliados até inteiram o valor do resgate. Mas nem tudo pode ficar para a guarnição, algumas coisas têm de ser apresentadas aos jornais, e então eles jogam sobre o capô uma meia dúzia de papelotes, um 38 velho e um defunto, para justificar o tiroteio que durou cinco horas. O coronel também tem que aparecer na televisão, não é mesmo?

Qual não é a sensação ao descer as escadarias com o troféu da caçada carregado em um lençol todo manchado de vermelho! Os braços pendentes para fora, pingando sangue no chão da calçada, na encenação esquálida de providenciar um socorro para o cadáver, já rijo de tanto tempo que foi alvejado. É a pintura da mazela à qual estamos condenados, e com a qual até já nos acostumamos. O PM mata, o PM morre, o PM prende, o PM é preso. O processo de desumanização do policial é lento e gradativo, mas na primeira vez em que ele se vê obrigado a carregar um bandido baleado, como uma peça de carne de açougue, ele pula etapas, e passa a ter a visão da realidade definitivamente afetada por um prisma frio e ensanguentado.

Aquela famosa cena, que não choca tanto quanto deveria, é a mais sóbria ilustração de como é avançado o estado de deformidade moral que atinge a sociedade da região metropolitana do Rio. Em vez de vomitar, o carioca diz: "Ih, ah lá! Se fudeu!", e segue normalmente para o seu rodízio de pizzas, assobiando e cantarolando.

Há a expectativa dos membros da sociedade nessa demonstração pública de barbárie, em que os criminosos são sangrados como animais, num ato de revanchismo contra os arrastões, os assaltos, os estupros, os latrocínios. O cidadão, impotente diante do cano da arma do ladrão, regozija-se ao vê-lo estirado na caçapa da Blazer, todo entupido de balas, os olhos esbugalhados e sem vida. Encontrou alguém para fazer o que ele tinha vontade e não podia, alguém que vai até lá para matar e saquear: o PM.

Animado por essa velada condescendência, o policial se torna algoz e vítima de sua própria desgraça. A cada auto de resistência assinado, dá mais um largo passo rumo à insanidade que o carcomerá tal qual um verme, até que ele mesmo se anule e não reste outra saída senão encontrar-se com aqueles a quem precipitou à sepultura. Famílias destruídas de ambos os lados, choro, morte e miséria para todos, e o grande maestro, a orquestrar a nefasta peça, incólume e sorridente: o estado.

Quando com sorte, com muita sorte, alguns desses sociopatas fardados e deformados caem nas cadeias e têm uma chance de cura. Mesmo que muitos tenham sido julgados e condenados por crimes que não cometeram, passam a pagar pelos que já perpetraram e, com a possibilidade de rever e analisar todos os caminhos que o levaram ao limite da loucura, um novo homem pode vir a acordar e buscar a redenção, não espiritual ou social, mas aquela que é a mais difícil de conquistar pela impossibilidade de dissimulação perante aquele a quem se vai pedir perdão.

Perdoar-se pelos próprios pecados. Para o homem que realmente busca redenção, esse é o maior desafio.

Rafael, preso há muito tempo, por mais que busque um subterfúgio, tem a cada dia a impressão de que jamais se perdoará pelos seus erros. Errou com as pessoas que mais amava e, principalmente, consigo mesmo.

Deus o havia abandonado, agora estava por sua própria conta.

VOLTANDO À SALA DO VELHO MANGUSTO, DEPOIS DESSA EXAUSTIVA, PORÉM necessária dissecação – ainda que bem superficial – de como funciona o esquema dos batalhões, encontramos os dois soldadinhos aterrorizados com a indicação para a "visibilidade". Tentaram ainda argumentar, barganhar com a ocorrência de vulto que originou até a apreensão de uma pistola, mas não teve jeito. Cabisbaixa, a ex-dupla de PO deixa a sala para aguardar o dia de seu novo serviço. Ficou determinado que Gouveia fosse para a "visibilidade 3", exatamente aquela próxima à faculdade onde os bandidos da Mangueira mataram e roubaram as armas dos policiais. Rafael iria para outra, tão ruim quanto, a que baseava na entrada do túnel Noel Rosa. Ambos trabalhariam com outros soldados, porém mais antigos do que eles, e ambos pensavam a mesma coisa no caminho do Celotex: "Que merda!"

Verificaram e conferiram o horário dado pelo sargenteante, de sete da noite (do dia seguinte) às sete da manhã; então tinham aquela tarde e o próximo dia de folga pela frente.

– E aí, Gouveia, vai pra onde agora?

– Eu? Vou voado para casa! Aproveitar que amanhã não tem que acordar cedo e ficar vendo televisão até tarde com minha mulher e as crianças. Há coisa melhor?

– Beleza então, cara! Olha, vê se se cuida lá no serviço, valeu? Não vou estar lá pra te proteger mais não!

– Até parece! Você é que tem que puxar o freio de mão, Rafael, tá muito acelerado, cuidado pra não fazer merda, valeu? Vai mais devagar...

Ao contrário de seu amigo, Rafael não tem pressa para trocar de roupa e ir embora. Sentado em um dos bancos do alojamento, ele leva seus pensamentos até Borracha, internado no HCPM. Sem uma das vistas, restava a ele conformar-se com a incapacidade permanente para o serviço policial, a reforma. Mas até para isso a PM tem má vontade com os subordinados, e ele teve que lutar um pouco contra o aparato burocrático que entrava o andamento dos trâmites. Que audácia daqueles vagabundos! Mesmo em menor número, só com uma .380, eles meteram as caras e quase mataram um policial no meio da rua. Não era mais um filme de ação na sessão da tarde, tinha sido real! Ele se enfiara no olho do furacão sozinho, debaixo de bala, e sobreviveu! Rafael sentia-se encorajado a experimentar o borbulhar das veias novamente, mas o novo serviço era desanimador. Parado durante 12 horas, com uma melancia na cabeça e um cartaz no peito: "Mate-me".

Gouveia já havia se despedido e seguido destino há um tempinho, nem tomara banho de tanta pressa de voltar para casa! Rafael coloca seu paisano e desce as escadas. Resignado, ajeita a mochila nas costas e a Glock na cintura e já se prepara para sair do batalhão quando, mais uma vez, o destino muda o trajeto das coisas:

– Rafael!

O Mangusto o chama de lá de sua salinha e faz sinal para que venha. "Legal, deve ser mais uma entubada...", pensa o soldado. Engano.

– Chega aí, ô, Rafael, você tem habilitação de moto?

– Tenho, por quê?

– Vou te colocar na motopatrulha com um sargento, o Valdicley, você fará dupla com ele no lugar de uma guarnição que acabou de ser explodida. O serviço é dia sim, dia não, de segunda a sábado, de oito da manhã às oito da noite. Quer?

Uma coisa sobre o militarismo: quando o subordinado é perguntado pelo superior acerca do que ele acha de sua ideia, melhor concordar. Rafael trazia isso da bagagem da Marinha e, sem ter a mínima noção do que se tratava aquele trabalho, aceitou sem reservas. Até porque qualquer coisa é melhor do que ficar baseado.

O melhor serviço do batalhão tinha caído no seu colo e ele nem imaginava.

No outro dia, às oito em ponto, ele já está pronto para o combate! Armado e equipado, só faltava a chegada do comandante, e eis que ele aparece.

Sargento Valdicley era uma figuraça! Vestindo um mugue de mangas compridas e uma bota própria para motociclistas, até o joelho, ele anda num gingado engraçado, meio cowboy, meio rapper, na direção do adjunto. Os cabelos pintados de acaju, numa pífia tentativa de esconder os grisalhos, lhe dão aparência cômica, dessas de cantor de forró frustrado. Era mulato e alto, de forma que, se ficasse calado, poderia até inspirar certo respeito durante as abordagens, mas bastava abrir a boca que o desastre começava. Falava fino, errado e engraçado e, ainda por cima, cuspia a cada consoante que teimava colar sua língua no céu da boca. Depois de conversar alguma coisa com o adjunto, ele percorre o pátio com o olhar escondido atrás dos óculos imitação de Ray Ban, e Rafael presume que seja à sua procura.

— Bom dia, meu chefe! Sou eu que vou trabalhar com o senhor.

— Ah, rapaz! Você que é o Rafael? Que entrou sozinho de pistola na favela e teve que ser resgatado?

— É...

Todo mundo sabia.

— Você é meio doido, hein? Mas é isso aí, eu gosto disso! Já pegou a ficha de autorização de saída das motos?

— Já.

— E as chaves?

— Também.

— Muito bom... Então vamos sair logo daqui de dentro que o dia só está começando, e hoje eu tenho que levar uma pratinha pra casa, tô duro igual um coco... você sabe pilotar bem?

— Sei.

Gouveia que o diga!

— Veremos, meu recruta... Veremos. Vambora!

Não descrevi esse serviço propositalmente nas explicações anteriores para que tivesse a oportunidade de fazê-lo agora, no momento adequado. As motopatrulhas são um serviço sazonal dividido em duas duplas, que trabalham em dias alternados. A principal atribuição é a de prevenção e repressão ao crime, mas, de acordo com a conveniência do comando, podia também exercer funções de trânsito e multar motoristas infratores. O batalhão não possuía autopatrulhas de trânsito, as famosas APTran (verdadeiras minas de dinheiro para praças e oficiais), ficando a cargo das motos os trâmites administrativos quanto à apreensão de veículos e a retenção de documentações irregulares e, consequentemente, os temíveis talonários de infração, terror de qualquer motorista mais imprudente. Para que o policial estivesse apto a trabalhar com o talonário, era preciso fazer um cursinho básico e cadastrar-se no Detran, providências essas que deveriam ser tomadas pelo batalhão a fim de formar um destacamento próprio qualificado para a função.

Estória...

Rafael nunca tinha visto um talão de infrações na vida. A sua habilidade credencial para o prêmio de trabalhar nas motos era tão somente ter a carteira classe "AB", coisa rara entre PMs, que usam a identidade funcional como habilitação para dirigir até ônibus espacial. E funciona! O déficit de policiais aptos fez com que Mangusto procurasse a solução mais rápida para que o serviço continuasse guarnecido, diante da inesperada dissolução da dupla que trabalhara no dia anterior.

Os soldados Cláudio e Marcílio trabalhavam juntos desde a época em que chegaram ao batalhão. Depois do PO, passaram à visibilidade e, percebendo que mofariam ali, resolveram investir na própria carreira. Acertaram com o sargenteante uma vaga em um subsetor por 500 reais e partiram com tudo para a pista. Começaram a fazer fama e arranjar uma graninha e, quando um novo major assumiu a P-3 e decidiu formar as duplas de moto, se candidataram à vaga, dispostos até a novos investimentos, se fosse preciso. Mas o major, malandramente ciente dos horizontes defraudados com um talãozinho de multas, fez melhor: em vez de estipular um valor para formar os componentes, acertou um pagamento semanal de 150 reais de cada um do efetivo, a ser entregue nas mãos do sargento Mangusto. Quem estivesse na sexta pagava na sexta e quem estivesse no sábado pagava no sábado (domingo não havia motopatrulhas circulando). O dinheiro também passaria pelas mãos do comandante de companhia, de forma que todos sairiam com um negocinho a mais no bolso.

Negócio fechado, hora de ir ao trabalho! As motocicletas Falcon chegaram novinhas ao batalhão, junto com os capacetes brancos, e de cara já mostraram ser máquinas de dinheiro!

Quem nunca avançou um sinal de trânsito? Quem nunca estacionou em lugar proibido? Na Tijuca todo mundo fazia lambança. Como não estavam acostumados ao policiamento de trânsito, os motoristas sentiam-se livres para qualquer aventura, e se assustavam quando escutavam as sirenes das motos apontando na direção do acostamento. Todo mundo ficou apavorado! Os donos de concessionárias de carros, que estacionavam a mercadoria na calçada; os colégios particulares, cujos pais de alunos paravam em filas duplas; os mercados, que recebiam caminhões de descarga fora de horário; e os mais espertinhos, que faziam trocentas barbeiragens mas não tinham nem como correr das motos no trânsito caótico de fim de tarde. Com o comércio, a sintonia veio naturalmente, e os fechos foram selados um por um, sem pressão nenhuma – simultâneamente, a correria da pista continuava a todo vapor. Algum Idiota (com maiúscula mesmo!) da Nextel, com algum univitelino seu do Detran, teve a magnífica ideia de disponibilizar os elementos de qualquer veículo apenas com os dados da placa do automóvel. A consulta era feita pelos aparelhinhos celulares, não importando o lugar ou a hora. Cláudio e Marcílio, fazedores de merda natos, e agoniados por dinheiro mais do que qualquer um, pegaram carona na maravilhosa era digital e contrataram o serviço com um só objetivo: extorsão.

Pilotavam com uma das mãos no guidão e a outra teclando no rádio, verificando as placas dos carros que transitavam à frente deles à procura de irregularidades. Assim, só abordavam na certeza, eliminando a perda de tempo e aproveitando ao máximo o dia de trabalho.

Documentos atrasados eram os erros mais comuns, e às vezes vinha o bingo: Busca e Apreensão e Restrição Policial.

Isso quando a placa não era uma e o carro, outro, como o Peugeot com placa de Celta, ou o Corolla com placa de Mondeo. O cliente é sempre quem define os rumos da negociação, e o erro dos soldados foi justamente esse: impor preço pela prevaricação. Aí virava extorsão, e o contribuinte fica meio chateado com isso. Com as "cabras"[48] não, aí era pau no gato até o último centavo; afinal, tratava-se de crime e a cana era certa. Mas os "BAs" pediam uma maleabilidade na condução das negociações, nem todo mundo tinha mil, dois mil para perder, e muito raramente o camarada aceita ficar sem o carro, preferindo que seja rebocado. Talvez esse também tenha sido outro dos erros dos meganhas: nunca ter rebocado ao menos um carrinho, só para mostrar serviço. Acontece que começaram a chover denúncias da dupla na P-2 (só dessa, da outra não), e a gota d`água foi a infeliz tentativa de levar um dinheirinho da amiga de um oficial, que foi se queixar pessoalmente com o colega major lá dentro do gabinete do 6º. Como estava com sujeira até as pregas, o P-3 não podia, de uma hora para outra, mandar prender aqueles que lhe deram tanto dinheiro por uns bons quatro meses; então, como castigo, explodiu a guarnição e mandou cada um para uma visibilidade. Foi nesse vácuo que pegaram Valdicley e Rafael.

O sargento já era cascudo, conhecia bem o sistema que regulava o bom andamento do serviço, e, no momento de sua indicação, para azeitar as relações com a companhia, disponibilizou rapidamente 100 reais na mão do sargenteante e se encarregou ele mesmo de explicar ao novo soldado o esquema passado a mando do major.

Pegaram as motos e foram para a pista. Obedecendo ao comandante, Rafael o seguiu até um hortifruti que ficava na rua Uruguai, ainda bem próximo ao Batalhão, para o "debriefing" da missão:

— Senta aí, garoto. Quer uma água de coco, um café, um refrigerante?

— Não, sargento, tá tranquilo.

— Então deixa eu pegar um cafezinho pra mim e vamos conversar...

Ele conhecia todos os empregados do estabelecimento e entrou pela portinhola do balcão como se fosse um deles. Ao voltar, veio com o dono do local, satisfeito com a presença do policial amigo em sua loja. Conversaram um tempinho, parados debaixo da soleira da entrada principal, e alguma coisa dita fez referência a Rafael, de modo que ambos olharam em sua direção e riram. O sargento puxa o comerciante na direção do soldado:

---

[48] Carro roubado.

— Aí, meu recruta, este é o seu Jonas, dono do melhor sacolão da área, conhece?

— Não. E aí, tudo bem?

Rafael cumprimenta.

— Beleza, rapaz. Você vai trabalhar com esse cara aí? Cuidado, hein, ele é perigoso...

O sargento ri enquanto Rafael fica tentando acompanhar a conversa, cheia de ensejos de duplo sentido, na tentativa de formar piadas, no mínimo sem graça.

— Pois é... Recruta, quando quiser alguma coisinha pra beber, uma fruta, pode vir aqui, entendeu, o amigo aqui é gente boa!

— É isso aí, como é seu nome mesmo? Ah, Rafael, beleza. Qualquer coisa, tamos aí, valeu? Fiquem à vontade, qualquer coisa manda me chamar.

O comerciante se retira para o interior da loja e some no meio das alfaces e dos tomates. Valdicley pega dois banquinhos, um para ele e outro para Rafael, e começa uma conversa em tom moderado e confidencial, longe da compreensão dos clientes que passam.

— Seguinte, garoto: o Mangusto já conversou com você o lance da companhia?

— Não, que lance?

— Você sabe o que a gente vai fazer, com o que a gente vai trabalhar?

— Não.

— Olha, nós somos os únicos policiais do batalhão, além da dupla que trabalha nas motos amanhã, que tem o TI (Talão de Infrações), você sabe preencher um?

— Não. É talão de multa?

— Exatamente. A gente patrulha e também cuida um pouco do trânsito, só não assume ocorrência, o que pra nós é excelente. Presta atenção: todo mundo vai comer na nossa mão, vamos tomar os fechos dos caras que foram explodidos, vamos abordar motoristas, mas também vamos ter que fazer umas apreensões pra melhorar as estatísticas do Batalhão; os caras trabalharam aqui uns quatro meses e não prenderam nem uma moto, nem um carrinho, nada. O lance da companhia é assim: você e eu vamos dar no fim da semana, na mão do Mangusto ou do tenente Hélio, que agora é nosso comandante de companhia, 150 reais cada um...

– Quê? Tá maluco, sargento? Por semana? De onde eu vou tirar esse dinheiro todo...

– Calma, recruta. Esse dinheirinho vai vir, é só prestar atenção no titio aqui que você vai aprender. Eu trabalho assim, sem agonia, sem pressa; onde pinga nunca seca, certo?

– É... o senhor que sabe.

– Então, vamos dar uma volta por aí, vamos começar a brincadeira... Olha lá o primeiro cliente.

No sinal de trânsito da Uruguai com a Maracanã, uma Frontier avança o vermelho, quase causando um acidente. Ela vira à direita e segue na direção da Usina, o que deixa o sargento encafifado. Já trepados nas motos, ele adverte o soldado:

– Se liga que pode ser band, hein? Não dá bobeira nã...

– Deixa que eu alcanço ele, sargento!

Rafael não deu tempo nem de o sargento terminar o aviso. Comparada à Titanzinha com a qual perseguira os vagabundos dos Macacos, a Falcon parecia um jato! Acelerou firme, chegando a empinar a roda dianteira um palmo do chão; alcançou em segundos a convergência onde a Frontier havia sumido e avistou em uma reta logo depois. O camarada estava mesmo com pressa e não diminuía a velocidade por nada, costurando os retardatários e avançando mais e mais sinais. Rafael se atrapalhou um pouco com os botões do guidão até achar o que ligava a sirene, o que o fez perder velocidade, mas tão logo o som estridente e agudo do aviso policial ecoou pelas ruas da Tijuca, retomou o acelerador à cata do fugitivo. Ao que parece, o motorista do carro estava simplesmente alheio ao rebuliço que causava. Com os vidros fechados e o som alto, não ouviu a sirene que insistentemente o mandava parar e, ao perceber um motoqueiro de pistola em punho, com gestos vigorosos bem ao lado de sua janela, apontando com a arma na direção do acostamento, jogou o carro de qualquer jeito em cima do meio-fio e ficou congelado, as mãos no volante, o som ainda ligado. De dentro da picape o jovem motorista via os lábios de Rafael se movendo energicamente, enquanto o PM, ainda de cima da moto, apontava-lhe a .40 direto na cabeça. Mas ficou confuso com a arma, a moto, a farda, e o agora perceptível, porém baixinho, som da sirene que brigava com os arranjos violentos de "Killing in the name", do Rage Against the Machine.

– ...desce, filho da puta!

Foi o finalzinho do pedido que ele conseguiu entender, enquanto diminuía o volume furioso nos alto-falantes.

– Bota a mão na cabeça e desce logo, porra!

Lembre-se de que não eram nem nove horas da manhã ainda.

O garotão abre a porta do carro e pede que o policial se acalme, argumenta que não estava ouvindo a sirene por causa do som alto, mas, como de praxe, já leva um pescoção e é colocado com as mãos no teto do veículo.

– Cala a boca, seu arrombado! Tá fugindo por quê?

– Não estava fugindo não, é que...

– Não tava é o caralho! Cadê a peça? O carro é roubado?

– Peça? Peça do quê? Não, seu guarda, o carro é do meu pai...

– Guarda é o caralho, filho da puta! Eu tenho cara de guarda? Eu sou polícia, seu cuzão. Dá logo o papo, fugiu por quê?

– Eu não tava fugindo, senhor... Policial? É que o som tava alto e...

Valdicley, que tinha ficado para trás, finalmente chega a tempo de assumir e impedir que Rafael arrume seu primeiro processo por lesão corporal e abuso de autoridade. Ele pede que o soldado se acalme e abaixe a pistola, que, a essa altura dos acontecimentos, estava na nuca do rapaz abordado.

– E aí, garotão? Fugiu da polícia por quê?

– Não, seu guarda... Desculpe. Senhor policial. Sabe o que é, eu estava com o som ligado e não ouvi a sirene mandando parar... O carro é do meu pai... Eu estava voltando de uma festinha e fui deixar uma menina em casa, aí eu fiquei por lá... Agora estou voltando pra minha casa pra ir pra faculdade, tô atrasadão e hoje tem prova, se eu perder meu pai me mata...

– Quer dizer que você não ouviu a sirene por causa do som?

– É sim, senhor, olha só, vou aumentar pro senhor ver...

*Fuck you, I won't do what you tell me! Fuck you...* Sugestivo.

– Tá, pode abaixar essa merda. E qual explicação você dá por ter furado os quatro sinais vermelhos que você avançou?

– Eu... é que... bem...

– Tá. Habilitação e documentos do carro, vamos.

Sem resposta para a pergunta do sargento, o jovem se retira para o interior do veículo, para pegar o que lhe foi solicitado. Valdicley chama Rafael para junto dele, enquanto caminha em direção ao baú acoplado em cima de parte do assento do carona da Falcon, onde estão guardados os valorosos instrumentos de trabalho: os talões de infração. Rafael já vai esperando uma reprimenda pelo excesso na abordagem do cidadão, ou pela petulância de deixar o sargento para trás, negligenciando a segurança dele e a sua própria em mais um arroubo hollywoodiano de perseguição policial. Valdicley remexe no baú procurando o talão, e diz baixinho, olhando bem na cara do soldado: "Muito bom! Agora é comigo, olhe e aprenda..."

Vai se aproximando do universitário no seu passinho cadenciado de John Waine, molhando a ponta dos dedos na língua e passando o talonário folha por folha à procura de uma virgem de anotações. A visão de um bloco de multas sendo desembainhado bem diante de seus olhos é, para muitos motoristas, uma sensação dolorosa, quase invasiva. Diante da iminência de ter de pagar ao estado uma quantia considerável por uma infração, além dos já absurdos encargos e taxas para transitar com o carro, o cidadão sente como se uma imensa mão de macaco se preparasse para, atrevidamente, enfiar-se em seus bolsos, à procura de mais alguns níqueis, enquanto ele passivamente aceita o ataque sem ter ao menos como se defender.

– Poxa, seu policial, o senhor vai me multar?

– Não, vou anotar o seu pedido! Portuguesa ou mozarela? Se bem que, pra você, tá mais pra calabresa...

Que surpresa ver que o sargento também era dotado de um senso de humor afiado!

– Você ultrapassou quatro sinais vermelhos, mudou de faixa sem sinalizar trinta vezes, quase me fez cair da minha moto, e meu pit bull (Rafael) quase que perde a cabeça e te mete uma bala, pensando que você é um vagabundo fugindo da polícia. Vai ser meu recorde, nem sei por onde começo... Ah sim, vamos lá, os sinais vermelhos. Foram quatro, né? Ih... Rafael, me dá o seu talão aqui porque só esse não vai dar não...

— Ô, seu guar... policial, não tem como resolver isso de outra maneira não? Minha habilitação é provisória, se eu perder ela assim, de bobeira, vai ser a maior merda... quebra essa aí?
— Mas como você quer resolver?
— Sei lá... pode falar?
— Fala, ué!
— Eu não sei... Podia deixar um café pro senhor...
— Kopi Luwak.
— O quê?
— Kopi Luwak. Conhece? Não? É um café indonésio que é processado assim: os grãos de um tipo de café são comidos e digeridos por um animalzinho chamado civeta, que tem em suas enzimas digestivas uma propriedade que torna único seu sabor, depois de serem, logicamente, cagados pelo bichinho. Cem gramas desse café custam 200 reais, e eu só bebo dele. Você está estudando o quê?
— Administração...
— Pois então, administre: quatro infrações gravíssimas de avanço de sinal, mais um novo processo para uma nova habilitação, mais o papai saber que você está dirigindo como um lunático... você é quem sabe. Meu estoque de café está bom, mas meu soldado aqui nunca o experimentou, de forma que hoje lhe farei uma seção de degustação. Fechamos negócio?
— Duzentos...?
— Só se você quiser, se não, tudo bem. Eu preencho os talões e você vai embora. Mas decide logo que eu tenho mais o que fazer, e depois que eu começar a escrever, não tem mais volta.
— Dá pra passar no caixa eletrônico então, pra eu tirar o que falta?
Mas é lógico, prezado cliente! Fazemos qualquer negócio!
Fácil, fácil. De dia, o que não falta na Tijuca são estabelecimentos que oferecem bancos 24 horas. A farmácia mais próxima foi a escolhida pelo jovem, que não sabia se ficava feliz ou triste com o acerto fechado com os policiais. Rafael observa e aprende como depenar um cidadão sem que ele se sinta aviltado, fazendo com que, pelo menos, fique em dúvida com relação ao estupro de sua conta. O contribuinte inocente (ou maldosamente esperançoso

de uma câmera indiscreta) vem com o dinheiro na mão, como se fosse pagar um churro, e é cortado de imediato pela velha raposa:

– Tá maluco, rapaz? Entra lá no seu carro e segue a gente.

Mais uma lição: nunca pegue o dinheiro de qualquer jeito. Precaução nunca é demais, não custava dar uma volta por alguns quarteirões para despistar uma pessoa que, porventura, estivesse de olho na curiosa cena de dois policiais aguardando uma pessoa sacar dinheiro. Valdicley encosta a moto à direita e para, fazendo sinal para que o freguês parasse pouco mais à frente.

– Presta atenção, recruta. A hora de dar o dinheiro é a hora que o cara fica mais puto, por isso ele tem que sempre parar na frente, pra não ver nem a placa nem o número da viatura. É nessa hora que ele pode resolver decorar pra depois denunciar; então, tem que ficar ligado. Agora vai lá, manda ele botar o dinheiro na mão e aperta a mão dele. Não coloca a mão no bolso depois, só sobe na moto e vamos em sentido contrário ao dele. Vai lá pra você ir se acostumando...

Acostumar-se a fazer coisa errada. Existe algo mais natural para um ser humano?

Rafael para bem ao lado da janela entreaberta e ainda consegue ouvir o rock tocando dentro do carro. O motorista, indeciso, olha para o policial e para o dinheiro em suas mãos, sem saber como ofertá-lo novamente, receoso de mais um esporro, e Rafael determina: "Coloca o dinheiro na mão e aperta aqui", estendendo a sua em direção ao limite entre o vidro do automóvel e o mundo exterior. O rapaz faz o combinado e pergunta: "posso ir?", recebendo a afirmativa e um conselho para dirigir com mais cuidado. O vidro elétrico sobe e o cliente se vai. Foi o primeiro aperto de mão. O primeiro de centenas que se sucederam.

Acelerando com o dinheiro ainda apertado na mão direita, o soldado segue seu comandante de guarnição, agora pela Conde de Bonfim. Atravessam de novo o cruzamento da rua Uruguai e param próximo a uma agência bancária, em um pequeno restaurante que ainda está com as portas semicerradas para o início das atividades. Mais uma vez o sargento mostra desenvoltura com os comerciantes, cumprimentando também os funcionários e trazendo Rafael para uma mesinha mais reservada:

— Recruta maldito! O que é que foi aquilo? Porra, quando eu vi, você já tinha sumido! Pegou o malandro na boa; se fosse eu, não sei se ia emparelhar com ele a tempo não...

— É, meu chefe, falei que eu piloto bem!

— É isso aí, mas da próxima vez cuidado pra não ficar sozinho na abordagem. Se fosse um monte de vagabundo no carro? Você tava fudido! Espera eu chegar pra ajudar, só cerca enquanto isso, tá ok? Não é papinho de mais antigo não, você tem que se proteger, minha preocupação é com você.

— Valeu, meu chefe.

— Cadê *la plata*?

O sargento pega os 200 reais em notas de 50. Num gesto rápido de ilusionista, elas somem e se transportam para o bolso da capa do colete à prova de balas. É a prática.

— Bom. Já abrimos o caixa do dia. Entendeu como vamos trabalhar? Sem agonia, devagarzinho, esperando os clientes aparecerem, de pouquinho em pouquinho. Essa porradinha de 200 foi boa, mas se o camarada só tiver dez, cinco, a gente pega também. Só o que não pode é enforcar muito o contribuinte. Agora vamos fazer um tour por todos os fechos que eu conheço e procurar os escondidos; se possível, vamos até firmar uns novos, e no caminho a gente vai parando quem estiver fazendo bandalha, entendido, recruta?

— Porra, para de me chamar de recruta!

— Não interessa! Pra mim você é recrutinha. Está de fraldas ainda, tem muito que aprender com o papai aqui...

— Dá pra ver pelos seus cabelos brancos...

— Que cabelo branco? Tá me chamando de velho? Quer ficar preso? Cabelo branco... É ruim, hein?

— Tá, tá... Segue aí logo, vovô! Quero tomar uma Coca.

— Garrafa de vidro ou latinha?

— De vidro.

— Vambora então, recruta miserável...

A iniciativa de correr atrás da Frontier, embora inconsequente, conquistou a simpatia do sargento, que viu no soldado um futuro promissor. Só precisava de doutrina e lapidação.

De comércio em comércio, eles vão parando e estabelecendo os laços, os vínculos financeiros iniciados pelos antigos componentes da guarnição, e aqui e ali vão acertando novas propinas, novos fechos. Tinha a vidraçaria que queria uma presença mais assídua das motos da polícia em frente à loja, o restaurante que usava local proibido para servir de estacionamento a seus clientes, o mercado, a clínica veterinária e muitos outros mais. Com o dia a dia e o jeito político de Valdicley, aumentou o número de arrecadações em vista da antiga gestão, e a grana começou a entrar de uma forma que Rafael não estava acostumado. Durante os dias de serviço, normalmente visavam sempre a mesma coisa: caçar motoristas infratores. Dos limites do batalhão, lá na Praça da Bandeira, até a estrada Grajaú-Jacarepaguá, incluindo alguns pedacinhos da área do 3º e do 18º batalhões, quem desse mole pagava pedágio. Nesses dias, era comum que cada um saísse de serviço com 150, 200 reais. No último serviço da semana era uma correria só! Enquanto o sargento cansava só de pular de um fecho para outro, Rafael queria continuar as abordagens nos intervalos, não sossegando nem para almoçar. A receita, juntando os fechos mais algumas concussões, chegava a cerca de 500 reais para cada um no último dia da semana.

Rafael ganhava um salário de 750 reais nessa época, e logicamente esse dinheiro era muito bem-vindo.

Todas as barreiras impostas pelo seu senso moral quanto a receber dinheiro das ruas dissolveram-se, tudo passou a ser muito natural, até mesmo justo. Todos faziam, não seria ele o único idiota a remar contra a maré. O efetivo do batalhão sabia que o trabalho nas motos era bom e olhava para a dupla com uma pontinha de inveja no pouco tempo em que eles ficavam no pátio antes de saírem para a caça. O sargento não gostava de conversa fiada pelos cantos do quartel, e acostumou Rafael a aprontar-se para o serviço rapidamente e partir logo para a rua, pois, segundo ele, "quem não é visto não é lembrado". Assim evitava o olho gordo e toda a sorte de especulações dos invejosos sobre a rentabilidade da motopatrulha. Estava certo.

Nem para almoçar eles apareciam no batalhão. Pelo rádio, Valdicley dava o início de seu horário de RF e perguntava solenemente: "Onde vamos almoçar hoje, recruta?". Um talão de infrações realmente é milagroso. Certa vez, propositalmente, o sargento parou na esquina da churrascaria mais cara e conhecida da Tijuca. Sacou o talão de infrações e começou a fingir que aplicava multas nos motoristas que, inadvertidamente, desobedeciam a sinalização da via em sentido oposto. Essa churrascaria possuía serviço de manobrista e, enquanto o funcionário aguardava uma vaga disponível nos acostamentos das ruas anexas, tinha de ficar parado em fila dupla na frente do estabelecimento, o que constitui infração de trânsito.

Todos sabem disso, mas a presença de uma autoridade de tráfego ali era surpresa, de modo que rapidamente o chefe dos manobristas se aproximou dos policiais para sondar o trabalho deles. "Olá, seu guarda, tudo bem? O senhor está multando os carros? Ah, sim... mas e os nossos clientes? Não podem mesmo, é? Mas é errado parar ali? Sério? Tudo bem... O senhor quer alguma coisa, uma água, um café? Ah, o gerente? Só um minutinho que eu vou chamá-lo..."

É um jogo. O camaradinha estava acostumado com esses patrulheiros que se vendiam por pouca coisa, que não tinham o poder nas mãos. O sargento queria muito mais do que água e, com seu jeito malandro, é certo que conseguiria. Em um minuto o gerente estava lá fora, conversando com ele:

– Bom dia, policial.

– Bom dia, companheiro, você que é o gerente aqui do restaurante?

– Sim, posso ajudar?

– Eu acho que eu é que vou te ajudar. Não sei se você sabe, mas trocaram o comandante do batalhão, e agora ele determinou repressão total aos estacionamentos irregulares e a todas as infrações de trânsito.

– Jura?

– Isso aí. Como este estabelecimento é referencial, é um dos lugares mais visados, eu tenho que tomar alguma atitude. Eu, inclusive, gosto muito da comida daqui, só não venho com mais frequência pelo preço alto. Em virtude disso, hoje eu vou parar aqui, como determina o meu serviço, mas vou fazer vista grossa para os clientes estacionados erradamente; mas amanhã poderá ser diferente, entendeu?

– Mas, senhor, não seja por isso! Desde já, esteja à vontade para almoçar aqui quando o senhor desejar! Quanto aos estacionamentos, algo poderia ser feito para que os clientes pudessem continuar parando tranquilamente?

Como eu disse, o sargento era malandro. O que ele queria realmente era filar um rango sempre que desse na telha, mas o gerente ainda queria oferecer uma grana semanal pelo fecho. Valdicley disse que jamais aceitaria dinheiro para deixar de cumprir sua atribuição, só o faria mesmo em prol do pedido de um amigo, e o funcionário da churrascaria virou seu amigo. Satisfeito por ter resolvido o problema sem ter que gastar um centavo do patrão, o gerente abriu de bom grado as portas de vidro para, sempre que quisessem, mesmo nas folgas, os policiais sentassem e comessem tranquilamente o rodízio e as sobremesas por conta da casa. Naquele mesmo dia, estacionaram as motos em cima da calçada, bem em frente à porta principal, e entraram triunfantes no salão onde estão as melhores mesas. O fulano tinha ido mesmo com a cara de Valdicley, pois o colocou bem próximo a uma das televisões de plasma, ligada no canal de esportes, e pertinho da saída da cozinha, onde as carnes eram preparadas, para que eles ficassem sempre com o primeiro corte. Picanha ao alho, carneiro, cupim, costela... Rafael entupiu as artérias de gordura, alegremente, enquanto o sargento o admoestava: "Come devagar, maldito! Tá passando fome em casa?"

O tratamento era muito diferente de todas as outras vezes em que comeu de graça pelo fato de ser PM. Dessa vez, estava sentado em meio aos clientes comuns, servido pelo garçom com toda a atenção dispensada aos pagadores. Alguns frequentadores acharam meio estranho a presença de dois policiais fardados almoçando tranquilamente naquele lugar chique, mas ninguém pronunciava uma só palavra, alguns até cumprimentavam quando passavam pela mesa. Rafael só percebia e respondia os acenos de cabeça depois de Valdicley lhe dar um pontapé por debaixo da mesa, quebrando sua concentração em devorar a comida o mais rápido possível, como se alguém sorrateiramente fosse lhe tomar o prato a qualquer momento.

Satisfeitos, eles vão até o novo "amigo" e agradecem pela hospitalidade, prometendo estar ali de novo no próximo serviço. "Obrigado a vocês, fiquem à vontade para vir sempre que quiserem; qualquer coisa, digam que eu autorizei". Coitado. Era melhor ter pagado uns 70 merréis de fecho por semana. Ia sair mais em conta.

Com o bucho cheio, fica desconfortável pilotar debaixo de sol quente; seria uma boa ideia procurar uma cabine com ar-condicionado para fazer a digestão. De cabine em cabine, o círculo de amizades de Rafael no batalhão foi aumentando, assim como nas vezes em que as guarnições das motos eram solicitadas para auxiliar um setor nas ocorrências de trânsito. Só eles poderiam aplicar as multas, e quando uma viatura queria empenar alguém, chamava pelo rádio:

— Motopatrulha, motopatrulha, 3029, informe.

— Correto 3029, transmita aí para motopatrulha.

— Correto, companheiro, em colaboração, informe aí a possibilidade de proceder até a rua Pereira Nunes para apreender uma habilitação de condutor de motocicleta sem capacete aí, correto? Cidadão debochou da guarnição, disse que se quisesse a guarnição poderia rebocar a sua moto, correto? O mesmo aí é oficial de justiça e está descrente do poder da Polícia Militar, informe aí!

— Ah... Positivo 3029, positivo. Motopatrulha procedendo aí com brevidade, correto? Informe aí ao cidadão a iminência da chegada dos longos e poderosos braços da lei, correto?

— Corretíssimo, companheiro, agradece aí a colaboração.

Maré meia entra na conversa:

— É isso aí, ô, motopatrulha, proceda com todas as medidas cabíveis com esse cidadão aí, correto?

A supervisão de oficial também:

— Correto... a supervisão vai até lá também verificar a conduta do cidadão aí, motopatrulha, tratamento VIP aí, correto?

Malhem o Judas!

Durante um longo período, sempre que uma ocorrência necessitava de providências para lavrar autuações de trânsito, o 6º Batalhão tinha de solicitar a ajuda da guarda municipal, que, por mais insistentes que fossem os chamados, quase nunca aparecia. O tijucano se acostumou, então, a matar os policiais na unha, procrastinando as abordagens até que o PM se cansasse de tentar convencê-lo de que uma multa lhe seria aplicada tão logo chegasse o responsável pelo talão.

O oficial de justiça era mais um desses cidadãos sem noção, e transitava com sua Suzuki 1100 despreocupado com a patrulhinha que estava logo à frente. Ao ser abordado, agiu com naturalidade e, diante da interpelação quanto ao equipamento de uso obrigatório, disse que morava logo ali, que estava voltando da academia, que não tinha problema. O policial não ficou contrariado com a resposta, mas com o tom da resposta, que vinha denotando um ar de superioridade da parte dele com relação aos reles PMzinhos, aqueles seres insignificantes para quem ele, volta e meia, entregava mandados de prisão no BEP. Só para não passar batido, o policial avisou que aquela infração era passível de apreensão da CNH, e, para surpresa dos dois patrulheiros, com um beicinho francês, o funcionário do judiciário estadual proclamou: "Faz o que você quiser, só não tenho tempo para estorinhas. Vai rebocar, então chama o reboque logo, que eu tenho intimações pra entregar..."

A expressão de surpresa do cidadão ao ver Rafael, já adestrado quanto ao preenchimento dos talões, retirá-los do baú da Falcon e caminhar em sua direção foi hilária. A supervisão também chegou a tempo de presenciar quando o incrédulo contribuinte pediu para analisar as folhas onde eram anotados os seus dados da CNH: "Espera, porra! Já, já vou te dar a sua guia, agora deixa eu fazer meu trabalho, não me atrapalha não!". Ele achava que poderia se tratar de um engodo bem orquestrado pelos policiais. Diante da resposta ignorante de Rafael, o oficial de justiça se eriçou todo e ponderou com o tenente: "Você é o mais antigo aqui, não é? Vai deixar seu comandado falar assim comigo? Eu sou um oficial de justiça...". "Ô, cidadão, vai reclamar com o juiz! Agora você tem coisas mais importantes pra se preocupar. Tem alguém habilitado pra conduzir a moto no seu lugar? Não? Então tá. Rafael, quando terminar aí, preenche também o auto de apreensão da moto e vamos levar ela lá para o pátio do batalhão, não precisa chamar reboque não, você toca até lá". O camarada fez 300 ligações, bateu o pé, quase chorou, mas não teve jeito. Ficou sem a habilitação e sem a sua motinha. Quem se divertiu foi Rafael, que nunca tinha pilotado uma 1100 antes e acelerou até o motor "cortar" várias vezes, torrando os cilindros e arregaçando com os pistões. Foda-se! Não era dele mesmo...

A prontidão com que atendiam aos chamados quando algum setor necessitava de auxílio fez com que a simpatia pela dupla crescesse, bem diferente da anterior, que estava sempre agoniada demais à procura de dinheiro para ajudar os colegas. Várias vezes as RPs se encontravam em situações de impotência na hora de aplicar as multas de trânsito, sobretudo quando atendiam a acidentes, e Valdicley e seu soldado estavam sempre disponíveis para uma mãozinha. Rafael também tinha entrado na sacanagem da companhia e, por orientação do sargento, ele mesmo estava entregando os envelopes com o acerto semanal na mão do Mangusto. Era preciso que o sargenteante comesse na mão dele, que visse de onde estava vindo o dinheiro, pois, como Valdicley avisara, estava se cansando do serviço de rua e em breve iria pleitear um trabalhinho interno. Essa aproximação, propiciada pelos acertos financeiros, seria determinante para o momento em que fosse necessário pedir uma camisa, e Rafael começava a cultivá-la com bastante esmero. Como o acerto era pago sempre no dia certo e sem reclamações, o comandante da companhia, tenente Hélio, tratava com a maior atenção seus ladrõezinhos particulares sempre que os via pelo pátio do batalhão. Perguntava como estava a pista, quando o convidariam para almoçar na churrascaria do "fecho", se precisavam de mais talões. Dos 600 reais entregues semanalmente na mão do Mangusto (300 de Valdicley e Rafael, e 300 da outra guarnição), só 50 ficavam com o sargenteante, e o restante era dividido entre o tenente Hélio e o major Migre. Contando com os outros acertos feitos com diferentes policiais da companhia, essa era uma boa implementação salarial, conseguida com os cargos de chefia dentro dos batalhões, e ninguém queria largar o osso.

Um outro diferencial com relação à antiga composição da motopatrulha era a disposição para o combate de Rafael, que sempre puxava seu meio cansado comandante para os chamados de prioridade. Mesmo estando em ritmo desacelerado, Valdicley recordava seus tempos de impetuosidade quando Rafael escutava pelo rádio que um assalto estava em andamento, pelo rádio e pedia para partirem em auxílio à ocorrência. Acendia de novo o brilho de seus olhos e a comichão no dedo incomodava enquanto ele não sacasse a .40 para estalar um pouquinho no rabo dos vagabundos.

Teve uma vez que um grupo de quatro bandidos roubou um Corolla em um sinal de trânsito na Radial Oeste, bem em frente à favela do Metrô. Era pouco mais de meio-dia e os policiais estavam se preparando para estacionar perto da churrascaria para mais uma boca-livre quando veio o chamado:

— Prioridade aí, maré meia, prioridade aí, ó, auto Corolla prata roubado próximo à favelinha do Metrô, seguiu aí rumo à Mangueira, correto? Quatro elementos de pistola, quatro elementos de pistola, cautela na abordagem...

— Vamos, sargento, vamo lá ver qual é?

— Porra, tu não tava com fome?

— Tá cansado, velhinho? Se quiser, eu arrumo um serviço interno pra você, lá na guarda do batalhão...

— Você tá ficando abusado, hein, recruta? Tu vai ver o velhinho se a gente encontrar esse carro... Vambora que agora eu fiquei com vontade de gastar um pouquinho de munição...

Rafael puxou na frente, como sempre, mas ficou indeciso sobre que rumo tomar ao cruzar a São Francisco Xavier; então Valdicley se adiantou e fez sinal para que o seguisse. Passaram por um monte de acostamentos, pegaram duas contramãos e chegaram à Radial rumo ao viaduto da Mangueira. Entraram na área do 4º Batalhão e, como não havia mais rastro nem informação do carro roubado, continuaram em velocidade de patrulhamento, olhando ao redor em busca de uma pista. Já bem próximo ao morro, perto da estátua do Cartola, Rafael, que seguia lado a lado com a moto de Valdicley, avistou um Corolla prata vindo em sentido oposto. Porém, havia sido lançado recentemente um novo modelo do veículo, com design diferente, e o policial que informou a ocorrência não especificara o tipo a ser perseguido. Rafael conhecia as características tanto do novo quanto do velho, mas Valdicley não, e discordou do soldado quando ele falou:

— Caralho, sargento, olha eles vindo lá!

— O quê? Onde? Lá? Não, aquilo lá não é um Corolla não...

— Claro que é, porra, é o modelo novo!

— Que modelo novo o quê! Aquilo é um Civic...

— Sargento, vai dar merda se a gente cruzar com eles, vamos parar logo e bancar pra cima deles daqui, desembarcados...

— Não é Corolla, recruta! Eu já tive um, vai por mim...

— Valdicley, me escuta...

Do outro lado, os bandidos trafegavam tranquilamente próximo ao morro, crentes de que estavam seguros e homiziados no raio de seus domínios, não atentando para as motos que, despretensiosamente, adentravam a boca do lobo. A uma certa distância, e com a camuflagem feita pelo vapor que sobe do asfalto quente, eles não delinearam os contornos das fardas e da sirene pendurada acima do assento do carona, e continuaram se aproximando.

– Caralho! Fudeu, sargento! São eles mesmo, desce, desce, desce....

Rafael pulou da moto, deixando-a cair no chão, e se plantou no meio da pista com a pistola na mão e o cão para trás, na direção do automóvel. Ao ver o policial no meio da rua, já em posição de tiro, o vagabundo que dirigia o carro se assustou e se atrapalhou com o câmbio automático na hora de dar a ré: acelerou demais e acabou porrando o Uno que vinha atrás, escaralhando a traseira do Corolla e dando perda total no pobre Fiat. Desnorteados com a batida e sem conseguir mover o carro, só lhes restou encarar o mundo lá fora, onde Rafael os esperava ansiosamente. Foi rápido e lindo!

Rafael ficou olhando a tentativa de fuga desesperada e a consequente batida. Imediatamente depois, as quatro portas se abriram, com os vagabundos saindo como mosquitos, por todos os lados. Tiro ao pato.

Mesmo estando todos armados, não esboçaram reação, dada a rapidez com que Rafael chamou na bala o primeiro carregador inteiro. Era dia claro e muita gente estava na rua, o risco de um inocente ser baleado era grande, mas valia a pena tentar o tiro ao alvo. Os bandidos pareciam estar correndo debaixo de uma nuvem de vespas e, mal a pistola parou aberta, Valdicley começou sua atuação com a .40 da casa, e depois, com o .38 particular, 6 polegadas inox, cano reforçado e refrigerado. Luxo. O estampido das munições Gold +p+ era diferenciado da cadência de tiro de Rafael, dando a impressão de que um pelotão inteiro de fuzilamento estava aplicando contra os bandidos aterrorizados. Infelizmente, a qualidade da mira dos policiais não era proporcional à da munição, e todos os assaltantes escaparam sem ferimentos para o interior da comunidade. Nem preciso comentar o rendez-vous instaurado no meio do trânsito, certo? Era um tal de carro batendo na traseira do outro, gente pulando pelas janelas dos ônibus, pipoqueiro largando o carrinho ladeira abaixo, uma festa! Uma Van de transporte escolar ficou quase no meio do fogo cruzado, sorte que estava vazia, mas a "Tia" que cuidava dos pimpolhos no trajeto até suas residências teve um treco e foi acudida pelos curiosos que brotavam do chão, segundos após o cessar-fogo. Rafael alimentou a .40 com o terceiro e penúltimo carregador (depois dos Macacos só saía do batalhão com quatro, isso porque o polícia da reserva não deixava pegar mais), sacou a Glock que estava no coldre da capa do colete junto ao peito e progrediu até o Corolla, que, agora, se encontrava, além de batido, todo furado. Valdicley informava tudo pelo rádio e fazia a cobertura do soldado com o oitão na mão direita, mas nem precisava. O estardalhaço causado pelo tiroteio fez com que todas as viaturas disponíveis do 4º Batalhão viessem verificar o que estava acontecendo, e as do 6º também, sob o comando do oficial de supervisão. O cenário era digno de um filme de ação de boa qualidade. Carros com as portas abertas abandonados em meio à via pública, pessoas desesperadas chorando, sendo amparadas umas pelas outras, um carro roubado parecendo um queijo suíço e dois policiais de pé, incólumes, com suas armas na mão.

*Miami Vice*.

"Puta que o pariu, que merda...", disse o tenente ao avistar o estrago. "Porra, Valdicley, eu não vou explicar isso lá pro coronel não! Ele já tá sabendo do caô, diz que vocês vieram em perseguição e por isso invadiram a área do 4º, eu não posso dizer que autorizei essa porra não, se não ele me fode! Mataram alguém?"

Ainda bem que não. Como não houve feridos, a ocorrência ficou mais light, e só precisavam desfazer logo a lambança tirando o Corolla arrebentado dali. O dono do Uno que se vire. Como uma incursão ao morro da Mangueira estava absolutamente fora de cogitação, só lhes restava fazer a recuperação do auto roubado e, para se calçar, o registro da troca de tiros na delegacia.

A proprietária do carrão ficou meio chocha ao vê-lo batido e crivado de balas, mas mudou de ânimo rapidamente quando os policiais lhe narraram que os bandidos fugiram apavorados e que, provavelmente, haviam baleado um deles. Mentira. Passaram perto, mas só. Soltaram a bravata na intenção de animá-la, como se tivessem dado o troco neles pelo susto que a fizeram passar.

Essa ocorrência consolidou Rafael como "questão" dentro do batalhão. Alguns o achavam um barril de pólvora ambulante, que a qualquer momento iria fazer uma merda sem tamanho, mas o que não se podia duvidar é que ir para um tiroteio com ele era a certeza de estar com alguém que não negaria fogo. As tentativas (foram algumas) de derrubá-lo da moto e assumir seu lugar cessaram definitivamente, e agora podia ficar tranquilo com sua posição mais que confortável financeiramente.

Passaram-se três meses na maré favorável em que aportaram, mas, como sempre em sua vida, um revés estava próximo.

Tarde comum na Tijuca. Depois de um lanche bem reforçado, com um sanduíche de peito de peru e salada de cenoura e ricota de três andares, mais um copo de meio litro de suco de laranja, Rafael se arrastou de volta à sua valente motocicleta, sob o olhar sempre crítico de seu amigo sargento: "Você come pra caralho, hein? Duvido que em casa seja assim, senão ia trabalhar só pra pagar supermercado... Coitada da sua mãe!". Montaram nas máquinas e saíram de novo à caça de mais motoristas infratores. Em um sinal de trânsito na Conde de Bonfim, um sujeito numa S-10 avança na caradura, despercebido da presença de policiais poucos veículos atrás. Um gesto com a cabeça dá o comando para que o soldado pegue o malandrinho, e, ao ouvir a primeira sirenada, o motorista já joga para o acostamento, sem esboçar receio algum em ser abordado.

– Boa tarde, policial.

– Boa tarde, cidadão. Desce do carro, por favor.

– Por quê?

– Porque eu tô mandando, porra! Tá maluco? Desce logo...

– Não precisa se alterar, foi só uma pergunta...

– Se o policial mandar descer, tem que descer, caralho! Se é o vagabundo que bota uma arma na tua cara, você não ia perguntar isso, ia? Você viu o sinal que você avançou lá atrás? É por isso que você tem que descer do carro, pra eu fazer o meu trabalho.

– Desculpe, eu não vi...

— Tá, tá. Desce, habilitação e documento do carro.

— Você vai me multar?

Valdicley entra na conversa:

— Companheiro, faz só o que o policial está mandando, por gentileza, pro senhor seguir seu caminho logo...

E diz baixinho para Rafael: "Nem desenrola nada com esse prego aí. Passa a caneta nele logo e vamos partir para o próximo".

Rafael começa as anotações quando o sujeito pega o celular e inicia uma conversa com alguém no outro lado da linha. Ele olha para os policiais procurando uma identificação, mas a capa do colete, propositalmente, fica encobrindo o nome costurado na farda. Valdicley se adianta e comunica:

— Se é o nome que você tá procurando, é primeiro-sargento Valdicley, diga que sou eu que estou te multando.

Como estava apenas cumprindo seu papel, não havia o que temer, fosse quem fosse a pessoa com quem o motorista da S-10 falava ao telefone. Esse tipo de atitude era muito comum durante as abordagens na área do 6º Batalhão. Qualquer proximidade com um policial, por mais remota que fosse, fazia com que o cidadão abordado se sentisse no direito de não ser multado caso cometesse uma falta. No caso desse camarada, ele jogava bola em um society de grama sintética justamente com o major Migre, responsável pela implantação das motos no batalhão, e ligou para ele quando percebeu que seria realmente punido. Durante os bate-papos nos intervalos dos jogos, o major com certeza se gabara de sua função e descrevera a importância dos seus mandos e desmandos, entregando, como garantia de seus relatos, um cartãozinho com o número pessoal de contato para o caso de precisarem de uma "mãozinha" em alguma "dura" da PM na área do "SEU" batalhão. Ora, com as costas quentes assim, o bancário não se dignou nem ao menos a argumentar com os policiais sobre sua distração ao avançar o sinal vermelho; afinal, não se daria o trabalho de reclamar com o empregado. Falaria direto com o patrão.

Rafael cumpriu, formal e profissionalmente, com sua atribuição e entregou a via de infração ao condutor, que aceitou assinar o auto sem interpelar mais os milicianos, só adentrando o veículo novamente após a saída dos policiais em suas motos.

Não importava para quem o camarada tinha ligado, estavam fazendo o seu trabalho, e só. Ademais, não seria a primeira nem a última vez que um cidadão queixoso iria fazer fofoquinha sobre uma guarnição após ser censurado por incorrer em conduta inadequada, então continuaram com o dia e esqueceram-se do fato.

No serviço seguinte, lá pelas 11 horas, receberam um chamado pelo rádio determinando que regressassem ao batalhão e fizessem contato com o P-3. Não deveria ser nada sério, pensaram eles. Só que os desdobramentos daquela ligação feita pelo motorista da S-10 estavam para se apresentar e surpreender tanto os patrulheiros quanto o próprio major. O fato de ele ser um narcisista pedante influenciou para que desse ouvidos à queixinha do babacão, que fazia a ponta-esquerda de seu time, e garantir que a multa seria anulada antes mesmo de seguir para o Detran, não sem antes passar um pito nos subordinados. O motorista infrator ainda relatou que a dupla de policiais queria dinheiro para liberá-lo da autuação, e que não tocara no seu nome por receio da reação negativa que os meganhas poderiam ter. Toda essa mentira deveria ter sido desmascarada instantaneamente pelo oficial, mas ele estava insatisfeito com outra coisa. Após a explosão da antiga guarnição (também provocada por um pedido particular), as coisas deram uma esfriada para o bolso do major. Levaria certo tempo até que uma nova dupla estivesse por dentro dos esquemas e pudesse continuar a arcar com o acerto fechado para todas as semanas, pelo menos foi isso que o tenente Hélio argumentou quando o major o chamou para perguntar sobre sua parte na "pelenga".

O fato é que, por um vacilo juvenil (e um pouco de olho-grande), o tenente bonachão achou que, como o major tinha outras fontes de renda a administrar, não iria dar pela falta da merreca da motopatrulha, e aproveitou para dar uma pernada nele e embolsar sozinho a quantia paga por Rafael e Valdicley. O problema do PI da S-10 não era algo difícil de ser administrado pelo major, muito menos passível de transferência de posto de trabalho (caso a parte dele no dinheiro da pista estivesse chegando aos seus bolsos regularmente), mas, a partir do momento em que tinha de se indispor de graça, o cenário mudava de figura. Era inadmissível que os patrulheiros estivessem multando a torto e a direito, ou exigindo dinheiro para não fazê-lo, e ele não estivesse levando nada. Era um absurdo ele ter que escutar a reclamação do coleguinha sem estar colocando um centavo na sua conta particular. Por isso, pensou ele, já estava mais do que na hora de ter uma conversa com a dupla espertinha, que achacava os outros na rua e não levava nada para a companhia.

A salinha onde fica o escritório improvisado da seção não nega que pertence à PM, com seus arquivos de metal velhos e enferrujados encostados nas paredes e o mofo recobrindo a maior parte do teto. A mesa na qual o major despeja a sua papelada inútil está com um dos pés apoiado num calço de madeira, e mal consegue aguentar o peso do 286 e da impressora paleolítica que range irritantemente a cada passada pelo papel, tornando o barulho alto o suficiente para que os ocupantes da sala nem percebam a chegada dos dois policiais. Valdicley entra primeiro e se apresenta:

— Bom dia, major! O senhor tem alguma missão pra gente?

— Quê? Ah, você é da moto, não é? Sim, sim... Só um minuto.

O oficial termina de assinar um documento qualquer, que versa sobre absolutamente porra nenhuma, e pede que os seus ajudantes saiam da sala para um papo a sós com os motociclistas. "Isso definitivamente não é um bom sinal...", já pensou Rafael, evocando seus tempos de Marinha, em que várias vezes passou pela mesma situação: o superior chama, manda todos saírem e fecha a porta. Lá vem bomba!

O oficial pede para ver os talões de multa e analisa um por um até achar o espelho daquela aplicada ao seu conhecido. Ele confere os dados e arranca a folha, colocando-a em meio ao seu emaranhado de papéis. Sem olhar nos olhos dos patrulheiros (para esconder a covardia de sua real intenção, que é a de que eles roubem, mas deem a parte dele), joga a pergunta em tom áspero no ar:

— Que negócio é esse de vocês pedirem dinheiro pra não multar os outros?

Valdicley, que estava de bom grado à espera do "papo", mudou a expressão radicalmente:

— Como é que é, major?

— É isso aí mesmo. Me ligaram pra fazer uma denúncia de que vocês estão cobrando de quem avança sinal vermelho para não ser multado. Como é que fica agora? Vocês na rua o dia todo, e eu aqui pra servir de babá quando fazem merda? E se o cara for à delegacia e botar pra frente? Tá errado...

Rafael se atreve e fala também:

— Ô, major, se for por causa do cara que estava com a S-10, ninguém pediu dinheiro a ele não...

Valdicley faz um gesto para que Rafael se cale e continua:

— Major, nós chegamos no horário certo, fazemos nosso trabalho, tivemos uma ocorrência de vulto na qual recuperamos um carro roubado há pouco tempo, não há motivo para o senhor falar com a gente desse jeito. Merecemos pelo menos saber quem é que está fazendo fofoca com nosso nome. Eu só trabalho no talento, e acho difícil que uma denúncia tenha tantos indícios assim que mereçam que o senhor leve tão para o coração desse jeito. A não ser que seja um amigo do senhor. Aí, a culpa é dele por não ter tocado no seu nome, se não, como iríamos aliviar? Pode ter certeza de que se falasse que era seu conhecido, não iríamos proceder, muito menos pedir uma prata...

— Sabe o que acontece, ô Valdicley — ainda sem levantar os olhos —, o camarada me liga pra fazer reclamação de vocês, vocês vêm aqui pra trazer uma estorinha, mas o que é pra trazer mesmo vocês não trazem...

Agora escancarou de vez!

— Como é que é, meu chefe? O senhor tá enganado. O que é pra trazer a gente traz toda a semana, desde o começo, e entrega nas mãos do sargenteante. Se não tá chegando nas mãos do senhor, a culpa não é nossa!

Finalmente ele olha nos olhos do sargento.

— E digo mais — continua Valdicley —, pode trazer o tenente Hélio aqui que eu confirmo tudo na cara dele. Cento e cinquenta meu e 150 do meu recruta (mania feia!), entregues no sábado ou na sexta.

— Vocês estão dando isso na mão do sargenteante desde o começo do serviço de vocês?

— Isso aí, major, pode ter certeza!

As narinas já bem avantajadas do ludibriado oficial inflavam e desinflavam de ar quente fumegante, que se espalhava como uma vermelhidão pela face à medida que ia se dando conta de que havia sido feito de trouxa. Pior ainda: tinha sido feito de otário por outro oficial, mais moderno que ele. Que lástima!

Sem maiores explicações, ele apenas tomou os talonários de Rafael e Valdicley e partiu pisando duro rumo ao pátio do batalhão. Após uma rápida varredura, que se mostrou improdutiva, ele adentrou seção por seção à procura do tenente, e acabou por encontrá-lo fazendo uma boquinha no rancho dos oficiais, bem ao lado do rancho dos praças. Não havia ainda nenhum oficial lá dentro para presenciar a baixaria que se sucedeu, e é pouco provável que alguém se metesse na discussão (monólogo, digamos assim) travada entre o possesso major e o acuado tenente, pego em mentira tão infantil que só mesmo ele achou que iria passar despercebida. Mas as paredes eram finas e deu para todo mundo que se preparava para o almoço do lado de fora ouvir claramente o aviltado berrando: "Você é moleque, seu pilantra! Chegou na polícia ontem e já quer dar volta nos outros? Não quero saber, você vai me dar o meu dinheiro! Se vira, vai dar volta na casa do caralho! E pode também procurar um batalhão pra você trabalhar, porque aqui você não fica mais, tá ouvindo?". Ele saiu batendo a porta, cagando para quem tivesse ouvido seus gritos, e voltou para sua caverna mofada. No meio do pátio estava a dupla de policiais, já sentindo que os respingos da mijada muito em breve chegariam às suas cabeças. O tenente poderia ficar emputecido e interpretar aquilo erradamente como um ato de traição dos subordinados, mesmo não tendo eles nada a ver com a sua cobiça. Já se imaginavam em uma cabine qualquer, ou até mesmo transferidos de batalhão, quando, para sua surpresa, o tenente saiu do rancho e sorriu ao avistá-los. Passou por Rafael e Valdicley com uma cara de bobão, parecendo uma criança pega na traquinagem, e comentou: "O major tá puto! Vou ter que me virar agora...", seguindo para o caixa eletrônico que ficava bem na entrada do quartel.

Apesar do tenente ter arcado com o desvio de verbas e ter pago ao major os retroativos da sacanagem, o clima da motopatrulha mixou vertiginosamente. Pelo menos todos souberam que a culpa da vacilação era do comandante da companhia, que, em uma semana, foi transferido de batalhão. Rafael e Valdicley não ficaram "queimados" no episódio, nem com o major nem com o sargenteante, mas a fofoca se espalhou rapidamente até chegar aos ouvidos do coronel, que, informalmente, mandou apurar as alterações envolvendo o serviço das motos. Qual não foi a surpresa dele ao verificar dezenas de denúncias feitas ao serviço reservado envolvendo os componentes das guarnições, inclusive a que detalhava uma dupla que rotineiramente almoçava fardada em churrascaria chique sem pagar nada, a título de fazer vista grossa ao estacionamento irregular do estabelecimento. O major pegava todas essas queixas e simplesmente engavetava, fingia que não existiam. Foi o prelúdio do fim.

Sem os talões, Rafael e Valdicley pressentiram que aquele ciclo estava chegando ao final. Já estavam resignados quando o Mangusto os chamou para informar que o coronel havia acabado com o serviço das motopatrulhas, que só haveria mais o próximo dia de trabalho juntos e que, depois dele, Valdicley seria designado para uma tarefa burocrática; o destino de Rafael ainda era uma coisa a ser decidida. Melancolicamente, eles saíram da sala, e pela primeira vez não estavam com pressa de deixar o pátio do batalhão. Sentaram-se na cantina e acertaram as últimas pontas a serem aparadas antes do inevitável, de forma que pudessem estender o máximo possível o recolhe da graninha de alguns comércios. A vidraçaria pagaria ainda mais duas semanas pela camaradagem, assim como a loja de sucos, a concessionária, o mercadinho e a academia. O resto já era.

Valdicley deixou o terreno mais ou menos preparado para que seu comandado encontrasse boa receptividade quando se reunisse com o sargenteante para a escolha do novo serviço; fora um bom pagador por um bom tempo e merecia certa consideração. De forma estranha, Rafael não se preocupou. Sempre soube que o dinheiro que entrava das corrupções era liso e poderia escapar sem que ao menos se desse conta de como ocorreu; estava até meio cansado da rotina de acertos e da politicagem a que tinha de obedecer para a manutenção dos fechos. Ainda não havia encontrado o seu lugar na polícia. Por mais tentador que fosse colocar um dinheirinho no bolso todos os dias, aquela vida era bem diferente do combate pelo qual pegou gosto nas poucas ações em que teve oportunidade de mandar bala. O sargento Valdicley era de longe o melhor comandante com quem já havia trabalhado, mas precisava de alguém com mais lenha para queimar, alguém com vontade de pólvora. Agora, só o que o soldado cabeça-de-papel podia fazer era aguardar e negociar o melhor posto possível com o deplorável Mangusto.

No último dia de patrulhamento, eles deslizaram preguiçosos pelo asfalto tijucano. A manhã foi se arrastando enquanto eles recolheriam um dinheirinho aqui, outro ali, e enrolaram até a hora do almoço. O garçom se espantou com a fome sobrenatural do já conhecido soldado que, mesmo tendo fama de voraz comedor de carnes, dessa vez foi fundo também nos frutos do mar e nas sobremesas, sem contar as quatro latas de Coca-Cola (com gelo e limão, por gentileza!). Foda-se! Não iria voltar ali mesmo...

O horário de almoço durou até umas três da tarde, quando se cansaram e procuraram uma cabine para dar uma lida no jornal. E leram, releram, viram a sessão da tarde (*O grande dragão branco,* filmaço!), jogaram conversa fora, até se entediarem novamente e partirem para mais uma ronda sem rumo. Rafael ficou com fome de novo, e eles pararam no Big Néctar para um breve reabastecimento, com pães de queijo e suco de maracujá. Mas nem o lanche tinha mais sabor. Era mesmo clima de despedida.

Ao término, estacionaram as motos bem na frente da sala do despachante: elas seriam levadas para outro lugar. Devolveram também os capacetes, colocaram as chaves no claviculário e combinaram de finalmente aceitar o convite do gerente do Otto (restaurante burguesinho na esquina da Uruguai com Conde de Bonfim) para uma bebida e um tira-gosto.

Não tem nada de mais o serviço do local, embora seja festejado por boa parte dos alienados do vale, e alguns deles até estranharam a presença dos dois clientes que chegaram destoando dos trajes habituais. Valdicley, com uma calça jeans na altura do umbigo, uma camisa de flanela para dentro, o cinto aparecendo, e uma elegantíssima pochete a tiracolo contendo o precioso oitão, que cantou pela última vez lá pelas bandas da Mangueira. Rafael, de bermuda e chinelo (como mais gosta!), usando como acessório a inseparável Glock, que dava uma leve palinha da coronha pela camisa de malha. Sentaram-se nas mesas da calçada e pediram chopes e camarão, não sem antes se certificar de que o anfitrião estava presente e assim assegurar que tudo sairia por conta da casa, claro.

— E aí, recruta, tá pensando em ir pra onde?

— Porra... Maniazinha feia essa, hein? Para de me chamar de recruta! Ainda não sei, queria mesmo é ir para o GAT.

— Deixa de ser burro! Você tá com o sargenteante na mão, o GAT não é uma boa escolha agora. Os morros tão todos arregados por cima, não lembra a merda que deu quando você fez aquela lambança lá no Macacos? Se você for para um GAT agora, só vai dirigir e ficar com as sobras que caírem da mesa do coronel, tá ruim... Por que você não pede uma vaga em uma bancária?

— Ah, não! Vou virar babá de gerente de banco? Nem atender prioridade esses caras querem...

— Mas é um serviço tranquilo e você vai colocar um dinheiro certo no bolso toda semana! Para com essa onda de querer tiroteio, não tem mais clima pra isso. A época em que a gente podia matar pra caralho e não dava nada acabou. Hoje, se você der um tiro mal dado e pegar em uma criança, ou uma velhinha, você tá fudido. O ministério público está desenterrando autos de resistência de dez anos atrás e mandando prender os polícia sem prova de nada, só na covardia! Coloca uma coisa nessa sua cabeça de bagre: não vale a pena trocar tiro pela sociedade. É ela a primeira a apontar o dedo na sua cara se você falhar. Lá no BEP tá cheio de recrutas iguais a você, que achavam que estavam abafando e, quando menos esperavam, tomaram no cu! Escute o meu conselho, arrume um lugar tranquilo pra trabalhar, coloque um dinheirinho no bolso, ou até melhor, você é um cara inteligente, veja se consegue um serviço interno com uma escalinha boa, até pintar uma segurança maneira que complemente seu salário. Sai dessa de querer combate, vai na minha que no futuro você vai me agradecer...

Rafael ouviu o enfadonho discurso arrotando cevada misturada ao molho do camarão VG. Para ele, não passava de mais uma daquelas lições de alguém cansado das pistas. Sabia que o velho sargento queria o seu bem e que esperava realmente que sua carreira fosse a mais brilhante e sem sobressaltos possível, mas as palavras entraram por um ouvido e saíram pelo outro, sem que o soldado lhes dispensasse um segundo de atenção.

Ficaram por ali uma hora mais ou menos, comendo e bebendo, relembrando os vários "clientes" que encontraram pelo caminho e as situações às vezes engraçadas, às vezes perigosas, em que se meteram durante os dias de patrulhamento. Rafael estava meio bêbado e Valdicley achou melhor dar um basta no dia, já cheio de excessos do seu antigo subordinado. Fez um sinal para o gerente, que retribuiu o "ok", e levantou-se já fazendo menção de que chegara a hora de ir. "É isso aí, meu recruta, juízo, hein? Terça-feira a gente se vê. Até!"

Conselhos... Rafael recebeu muitos. Pena que não ouviu nenhum deles. Foi a despedida da dupla.

O INÍCIO DO ABISMO MAIS SOMBRIO, A QUEDA MAIS VERTIGINOSA, O PECADO mais aviltante. O caminho sem volta estava pronto, à espera de Rafael, com a boca escancarada, os dentes afiados e alinhados, aguardando para mastigá-lo, saboreá-lo, engoli-lo, para depois regurgitar e lamber o resto, misto de muco e bílis que recobriria a carcaça desumana e imprestável; um autêntico Cérbero com as cabeças a disputar os últimos pedaços de alma, espírito, e fé.

Um homem pode chegar nessa encruzilhada por vários motivos, mas ao atravessá-la jamais terá novamente o brilho da criação das estrelas soprado lá de cima. Ultrapassar esse limite, quebrar esse mandamento, perpetrar esse crime cristaliza o estado metamórfico da criatura, que abandona definitivamente a recalcitrante alternação morfológica e assume a sua real forma e natureza: o Monstro.

Assistam ao parto, façam as suas conjecturas, expeçam suas análises.

É hora de despertar.

# O PRIMEIRO HOMICÍDIO

– E aí, sargento, bom dia! Vamos desenrolar um lugarzinho pra eu trabalhar?

Rafael chegara revigorado ao batalhão naquele dia. Não tinha ficado muito triste com o fim das motos a única coisa de que sentiria falta era da companhia do antigo comandante, já deslocado para o serviço interno de tesouraria. A expectativa era de que Mangusto puxasse pela memória a entrega dos vários maços de dinheiro envelopados, e desse total atenção aos pedidos do antigo recruta, agora experimentado na sacanagem da compra de postos de trabalho. O único receio era quanto ao seu novo mais antigo de guarnição, de que ele não correspondesse às suas tendências beligerantes. Mangusto puxa uma cadeira para Rafael, voltando seu olhar para o quadro da companhia dependurado na parede, quadro este que contém as fotos dos policiais que a integram e suas respectivas atribuições. Com fundo de feltro verde e molduras de madeira barata, o demonstrativo tem especificado, acima das fotos, as iniciais indicativas do tipo de serviço que cada um deles prestava, porém, num cantinho separado do lado esquerdo há um esquema que caracteriza situações especiais, apontando inclusive alguns militares que têm sobre suas fotos a seguinte inscrição: "Presos à disposição da justiça". Rafael passa o olhar pelas fotos dos quatro policiais da companhia que se encontravam naquela situação. Uma delas era bem antiga, com o retratado ostentando um legítimo black power, acompanhado de um bigode negro e espesso como uma taturana. O sargento (que à época do retrato era soldado) estava preso há pouco mais de um ano e meio e teve a foto removida do mural naquele mesmo dia: havia sido condenado pela justiça militar e, consequentemente, excluído da corporação por cometer extorsão contra um motorista de táxi. Pena: seis anos de reclusão em regime fechado. Não vou entrar no mérito incompreensível que transforma a corrupção passiva de um funcionário público estadual (?) em extorsão, crime bem mais ofensivo perante o código penal militar. O fato é que quem oferece a grana para não ser pego na malandragem não é corruptor ativo, e sim uma vítima da violência praticada pelo agente policial. Esse é o entendimento das excelências, e o velho sargento, com 28 anos de polícia, preso, foi para a rua! Sem seguro-desemprego, sem FGTS, sem nada, uma mão na frente e outra atrás. Parabéns, senhores doutores! Acabaram de potencialmente criar mais uma anomalia social, que provavelmente se revoltará e cometerá injúrias bem mais graves do que aquela que o sentenciou a uma morte lenta e silenciosa. Sem contar com o desabamento da estrutura familiar, que tinha como pilar a figura defenestrada, com os filhos desamparados e revoltados à procura, futuramente, dos culpados pela desgraça de sua mãe e de seu pai.

É impossível que a aplicabilidade de uma sentença não se assevere muito além do sentenciado e, consequentemente, corroa aqueles mais próximos ao mutante. Isto é factível, mas, o disparate ocorre porque, já que não dá pra assegurar gregária orientação, por que mantê-la como norma legal vigente? É impensável não punir um crime em virtude do subsequente sofrimento da família do criminoso; então não dava para, pelo menos, depois de ser expulso, o camarada receber uma espécie de compensação pelos anos em que contribuiu com parte de seu salário para a manutenção das aposentadorias? Uma forma de, já que vai ficar preso mesmo, ao menos sua família, que não tem culpa de nada, não passe necessidade? Não, né? Paciência...

Quando erra, o policial militar não é tratado como os demais componentes da sociedade durante seu processo e julgamento. Crimes que seriam de menor potencial ofensivo se avultam sobremaneira, as defesas são mal-recebidas e mal-interpretadas pelos juízos, as formulações de denúncias são maliciosas e ambíguas. Todo o aparato do fórum se coordena no intuito de massacrar o réu PM, que invariavelmente recebe a formação de culpa como a própria sentença condenatória, sendo visto pelos demais, no momento de sua citação, como o inexorável autor do delito.

Existe no Judiciário (principalmente o fluminense) uma caracterização subjetiva e outra objetiva que impelem uma medida extra nas penas aplicadas ao policial militar criminoso. A objetiva é clara, e prevê o acréscimo de um terço da pena-base pelo simples fato do réu ser PM – uma forma taciturna e ineficaz prevista em lei para desestimular a prática criminosa pelos agentes de segurança, tão ineficaz que nenhum PM deixa de aceitar um "cafezinho" receoso de ficar mais tempo na cadeia por conta da farda. Parte-se da premissa que, por ser um agente do estado, o criminoso age com total consciência de ações e desígnios, e deve ser punido exemplarmente para que a instituição não perca a credibilidade perante o corpo social em que atua. Confesso que essa situação, por ser de caráter legislativo, me deixa meio sem saco para proceder à necropsia. Analisar os critérios invisíveis que levam o juiz a descer a marreta com vontade na cabeça do PM é bem mais interessante. E, de tabela, ajuda na compreensão da primeira.

Jean-Jacques Rousseau difundiu a ideia de que o ser humano é naturalmente bom, e que é a sociedade que o corrompe. Sob essa influência, nossa sociedade aprendeu a relativizar as responsabilidades dos indivíduos, refletindo acerca das circunstâncias que levam um homem a praticar um crime (o pobre que passa fome e rouba para alimentar os filhos, o menor carente que vira traficante etc...). Não há um sentimento de conformismo que entenda e aceite candidamente o crime como fato social, mas aprendemos a, pelo menos, relativizar a culpa dos bandidos e, de certa forma, até mesmo a assumir a nossa própria parcela de responsabilidade nesses delitos. É isso o que acontece.

Mas todas as nossas transparências estão ávidas em busca de uma forma de mostrar o que realmente são sem a esfumaçada cortina das convenções racionais. A vingança, o desprezo, a mágoa, a revanche. Para o azar do PM, ele é o escolhido para dar vazão aos impulsos naturais do ser humano.

Não há o que ser relativizado no crime de um PM. Sem nenhum parâmetro que defina a subjetiva atenuante que se confere aos demais criminosos, o PM vira o Judas a ser malhado em praça pública cada vez que se noticia mais uma de suas estripulias. Não lhe é estendido o "benefício" de ter sido corrompido pela sociedade porque acham que ele simplesmente não faz parte dela. É uma categoria à parte, que só existe quando está fardada e de serviço ordinário, vindo de outra dimensão cósmica apenas para pedir seus documentos, e depois se enfiar de volta no buraco negro. Está errado!

O PM é acomodado delicadamente no pilão porque o homem é hipócrita e covarde demais para ser o que realmente é em tempo integral. A vontade geral reprimida é a de arrebentar com o pivete, empalar em vergalhões ferventes o estuprador, guilhotinar os assassinos, mas o pensamento intelectual nos pede que reflitamos sobre a problemática criminosa ao invés de apenas nos vingarmos. O mais próximo que se pode chegar dos impulsos, então, é apedrejar aqueles que não têm desculpa, que são safados e maus mesmo e pronto! Em um subliminar consenso geral, convencionou-se que nada explica ou justifica o delito perpetrado por um PM, justamente pela característica inerente de sua função, que é a de coibir a prática de crimes.

O PM não pode responder o processo em liberdade porque "...devido à sua condição de policial militar, o réu detém alto poder de intimidação perante as testemunhas que serão ouvidas em juízo; além disso, o fato de ser agente de segurança pública pode ser determinante para uma possível destruição de provas, e para que se atrapalhe o bom andamento da persecução penal...". Ter residência fixa, bons antecedentes, emprego público (?) não serve de nada para o juiz se você estiver de mugue. Um PM condenado por homicídio qualificado, réu primário, pode ter facilmente sua pena-base fixada em vinte anos. Um cidadão comum que cometesse exatamente o mesmo ato não ultrapassaria os 14. O juiz de Direito que meteu uma bala na nuca de um segurança de supermercado, porque este não o deixou entrar no estabelecimento que estava fechando, nunca foi preso. Faz mais de dez anos.

Essa discrepância é o modo encontrado pelas Vossas Excelências para refrear os ânimos dos indivíduos que compõem o picadeiro, dando a eles a saciedade momentânea ao julgar arbitrariamente o PM. Não que ele não seja culpado, mas a partir do momento em que um processo começa a tramitar já viciado, todo o resto desmorona como um castelo de cartas. O Código de Processo Penal, o Código Penal, todo o trabalho dos legisladores, em conjunto com alguns dos homens mais inteligentes da História do Brasil, vira cocô, para que juízes cumpram um rito nefasto exigido pelos anseios animais: a exposição do monstro devidamente condenado com extrema rapidez e severidade. Resumindo: aquele que policiar e cometer um crime será punido, de forma exemplar e arbitrária, simplesmente porque alguém tem que servir como alvo da porção impiedosa que habita em todos nós. Como não usamos mais os troncos, as forcas e os chicotes, a forma moderna de açoite é um processo malconduzido, com cerceamento de defesa ou a sua simples inobservância, culminando em sentenças condenatórias acima das convencionais e previstas em lei, reservadas apenas àqueles que não têm a desculpa indigesta de que a sociedade tem uma parcela de culpa nas suas desgraças.

Eu duvido, honestamente, que os nossos magistrados entendam o que Rousseau disse. Duvido, porque não posso conceber a ideia de que o linchamento público dos PMs é mera demagogia. Se eles realmente entendem um pouco da matéria e compreendem que o policial é, antes e depois de vestir a farda, um homem susceptível à contaminação pela sociedade como qualquer outro, estão sendo mais maquiavélicos que a própria Lady Macbeth. Estão usando da agonia prolongada (através de anos a mais na prisão) de uns para satisfazer os desejos de outros, agradando-lhes e angariando assim sua simpatia, essencial para a manutenção do trono de onde governam a plebe imbecil. Uma trama sórdida demais até mesmo para a cabeça do mais afetado romancista.

Perdoem-me mais essa digressão na estória de nosso malogrado protagonista; é que não consigo me furtar a esse imenso prazer de apreciar sempre a magnificência da amplitude do saber de nossas egrégias Excelências, detentoras do martelo impassível da justiça brasileira! Thor, filho de Odin, com seu macete divinal, fica no chinelo.

Mangusto analisa as figurinhas de um álbum de futebol à procura de um encaixe:

– Você tá querendo um lugarzinho quieto e que dê um "negocinho" de vez em quando? Tem uma vaguinha pra dirigir pra supervisão de oficial, o cabo Pedrosa está entrando de licença especial e vai ficar um tempo fora.

– Cruz-credo! Ficar o serviço todo com um estrelado a tiracolo!? Era só o que faltava.

– Não, sargento, tá doido? Não quero não... Estava pensando no GAT, não tem algum precisando de mais um homem?

– Não é bem assim não, rapaz... Você tem que ser indicado pelo comandante do GAT de onde quer trabalhar. Já teve algum que te convidou?

– Não.

– Então, como é você quer que eu te coloque em uma guarnição assim, do nada? Calma, que tudo tem sua hora. Olha só, o melhor serviço pra você agora é uma boa e velha RP. A faculdade, por assim dizer. É um privilégio, tá, porque a maioria dos seus companheiros de turma ainda está amargando os baseamentos. Tem uma vaga aqui no setor G, o novo comandante de companhia explodiu a antiga dupla depois de uma queixa que fizeram deles aqui na P-2. Acho que deram umas porradas num ganso aí, que é filho de um PI conhecido do capitão, e quase que dá merda pros polícia. Ele segurou a denúncia, mas mandou cada um pra um canto, então tá mais do que bom pra você começar por aqui mesmo.

– E quem vai ser o comandante?

– Sim, vai ser... Deixa eu ver, é um cabo... Ah, tá aqui. É o Vicente, ele é novo no batalhão. Chegou hoje e é fita do capitão. O serviço começa amanhã às 19 horas, beleza?

– Beleza, meu chefe. O senhor falou, tá falado.

Como na primeira vez em que aceitou a sugestão do sargenteante (que lhe mandou para a motopatrulha), Rafael aquiesceu com a ideia de se tornar o mais novo integrante do seleto clubinho das RPs. Mais malandro, entretanto, já havia separado uma nota de 50, devidamente dobrada na palma de sua mão, para a hora em que fosse sair da sala e cumprimentasse o Mangusto. No momento do aperto, o velho sargento de careca lustrosa percebeu os sutis contornos do papel ensebado, sua pupila se dilatou, seus instintos deram o alarme, e todo o corpo se preparou para a rápida reação que só os ratos fardados executam com tamanha destreza. A nota passou à sua palma como por atração magnética, e parou no seu bolso num piscar de olhos. Era a forma de Rafael amarrar mais ainda o miserável sargento. O soldado deixou bem clara a mensagem de que, enquanto estivesse sendo bem tratado, sempre estaria disposto a deixar uma pratinha nas mãos sujas de quem administra a zona. Todos entendidos? O olhar satisfeito do sargenteante respondeu que sim.

Como os lobos, os policiais militares organizam-se em matilhas. Os grupos são bem formados e diferenciados uns dos outros de acordo com a função exercida nas ruas, algumas com mais importância do que outras. Isso gera a criação de "clubes", esferas de convívio muito restritas nas quais os integrantes adquirem uma identidade própria relacionada a sua missão; os cabineiros, os patrulheiros, os patameiros, os motociclistas etc. Nos momentos de troca de serviço no pátio dos quartéis, essa diferenciação entre os agentes fica bem clara. De um lado o pessoal das cabines, no meio do pátio os integrantes das RPs, dividindo espaço com a galerinha do GAT (ou Patamo), e dispersado ao redor os demais serviços motorizados (supervisão, subsetores, ostensividades etc.).

Mais uma vez, minha incredulidade pode estar sendo traiçoeira com meus pensamentos, desfocando o teatro como um todo.

Ocorreu-me, algumas vezes, que essa é a forma que os comandantes encontraram para a tropa jamais se dar conta do quanto está sendo negligenciada: a segregação. Quando o corpo é dividido e para de se perceber como unidade, é mais fácil promover o estado de confusão e alienação que impede que a massa se dê conta do quanto está sendo manipulada em prol dos interesses de uma determinada casta. É medonho, mas pode ser que os coronéis conheçam essa artimanha e fomentem a separação entre seus subordinados propositalmente. Funciona da seguinte forma: enquanto um PM está trabalhando na APTran dia sim, dia não, levando para casa 600 reais por semana, ele não se importará com o colega que está baseado 12 horas debaixo de sol. Enquanto o GAT estiver pegando 1.000 reais todo baile de sábado no Borel, que se dane quem estiver lá na cabine do Andaraí. Quem está na boa não se rebela, e quem está fodido perde a força para revolução porque não encontra unidade em sua classe.

Com isso, os coronéis continuam a fazer o que bem entendem, escalam o policial para trabalhar nas festas de ano-novo consecutivamente, interrompem (absurdo dos absurdos!) suas férias para que volte a trabalhar no Carnaval, continuam a se esquivar da questão salarial, sucateiam a assistência à família do PM morto ou inválido, ignoram pura e simplesmente o soldado preso. Fazem absolutamente o que lhes apraz, aquilo que satisfará somente suas déspotas necessidades. Se o praça acordasse e percebesse que quem está puxando as cordinhas tem no rosto um sorriso de deboche, o contra-ataque seria imediato, mas não. Com qualquer trocadinho a mais no bolso ele se esquece de que, para que sua condição de patameiro desabe por completo, basta o comando mudar, ou que aconteça algo que desagrade uma estrela. Para que ele saia da bancária, basta que um gerente não vá com a sua cara. Para que seja demitido da RP, basta acidentar uma viatura.

Talvez seja mais um de meus devaneios. Talvez os coronéis nunca tenham atentado para esse lance, e quem sabe, a partir de agora, determinem uma rotatividade mais constante em certos serviços estratégicos. Aumenta o moral da tropa, retira de uns o sentimento de superioridade com relação aos outros. Afinal, o cara do GAT não pode continuar se achando mais polícia do que o cara do baseamento, o da RP mais malandro do que o da custódia, e assim vai!

Foi exatamente esse cenário que Rafael encontrou naquele iniciozinho de noite em que chegou para assumir o setor G. As viaturas faziam filas para o abastecimento, e os clubes, com seus sócios em assembleia, deliberavam acerca de questões particulares. Os policiais que estavam largando espalhavam-se ao redor e pelos cantos escuros, dividindo os lucros do dia de roubalheira; Rafael foi falar com dois deles que estavam no interior de uma viatura, e ficou sem graça ao perceber que um soldado desfolhava um pequeno maço de notas pequenas, ordenadamente separadas pelo valor, contabilizando a sua parte na sacanagem.

– Opa! Foi mal, cara, não queria te atrapalhar...
– Não. Fica tranquilo! Fala aí.
– Eu tô procurando a guarnição do G, sabe quem é?
– Sei sim, são os "canjica".
– Quem?
– Os canjica! Não conhece? Cabo Prado e cabo Aureliano, tão logo ali na frente. Você vai assumir agora?

– Vou, começo hoje.

– É isso aí, cara, bem-vindo à RP. O setor Golf é bom, tem uns fechinho legal. Se liga lá na São Miguel, os vagabundo tão roubando lá direto. Hoje é dia. Conhece legal a área?

– Não.

– Quem é seu comandante?

– É um cabo novo no batalhão, chegou agora, conhece menos do que eu.

– Tá tranquilo, aos poucos vocês vão ficar ligados na parada.

– Valeu, parceiro, deixa eu ir lá receber a viatura.

– Valeu, bom serviço, até mais.

Rafael se aproxima de Aureliano, um branquelo alto, feio pra danar:

– Fala aí, cara. Sou eu que vou render vocês, tudo bem?

Aureliano mede o novo soldado antes de responder:

– Tudo. E aí, tá pronto pra assumir?

– Tô sim, só queria que você me desse uma bola e me dissesse o que eu tenho que fazer.

O fato de Rafael se mostrar humilde e pedir uma orientação em seu primeiro serviço relaxou o cabo. É muito difícil na polícia alguém pedir ajuda quando não sabe alguma coisa, a maioria prefere ficar dando cabeçadas e fazendo besteira por conta própria. O mais antigo gostou da sobriedade do soldado:

– Já trabalhou na RP?

– Não.

– Então se liga, eu não sei qual foi o desenrolo seu com o Mangusto, mas ele te colocou em um bom setor pra trabalhar. Os antigos companheiros que perderam a condição deram azar, bateram num cara que conhecia alguém, que conhecia o capitão, e lógico que deu merda. Os caras fechavam legal, tomara que você aos poucos entre no nosso ritmo. Cadê o seu comandante?

– Ainda não o vi, deve estar chegando.

– Depois eu passo pra você então os fechos do mercado da Conde de Bonfim, da padaria e do posto da São Miguel. Quem está de noite é que cumpre. Hoje seria você, mas os camaradas que saíram do setor vão pra lá de paisano mesmo pra pegar o deles, não é justo eles terem fechado o mês todo e você já chegar pegando a parte deles, correto?

– Tranquilo.

– É só isso aí mesmo. A planilha com os limites do setor tá lá no porta-luvas, as OS também, mas nem se preocupe porque ninguém cumpre mesmo. O estepe tá na mala, com o macaco e a chave de roda. Verifique sempre, porque às vezes pegam a viatura e somem com as porra das coisas.

Um cabo chega próximo ao amontoado de viaturas parecendo procurar por informação. Carrega em uma das mãos a capa do colete e no ombro direito uma das alças de sua mochila, olhando insistentemente os números das viaturas à procura da sua.

Vicente era mais baixo que Rafael, daqueles atarracados corpulentos, com as feições bem experimentadas para quem tinha apenas 35 anos. Nascera no Amazonas e viera com a família para o Rio bem pequeno, morando primeiramente no morro Dona Marta. Quando as coisas se ajeitaram, a família conseguiu se mudar para Rio das Pedras, onde o convívio constante com os policiais que habitavam o local fez crescer nele a vontade de ser um deles. Porém, depois de alguns anos de loucura fardada, Vicente surtou e, num dia comum, desapareceu! Não avisou à família, aos amigos, ao batalhão, a ninguém. Ficou como desertor por um ano, vagando pelo litoral, do Espírito Santo até a Bahia, vivendo como hippie e dormindo como mendigo. Quando se cansou, se apresentou em um batalhão da Polícia Militar de São Paulo. Foi preso, reintegrado e processado pela deserção, acabou absolvido, sabe-se lá como, mas não escapou de passar pela reciclagem feita no CFAP. Era de lá que estava vindo e com o apoio do capitão, que fora recruta com ele antes de ser aprovado para a academia de oficiais, recomeçava a vida na Polícia.

– Fala aí, boa noite, pessoal! Esse aqui que é o Golf?

Rafael se adianta:

– É sim, estamos juntos.

– Ah, você que é o motorista?

– Eu mesmo.

– Beleza, como é seu nome mesmo... Rafael?

– Isso.

– Tranquilo, cara, sou o Vicente. Tudo pronto? Vamo que vamo?

– Tem umas coisinhas que o amigo aqui estava explicando sobre o setor...

– Ah, sim, claro. Você que é o Aureliano? O sub mandou te procurar, tem alguma coisa para passar de importante?

Os dois comandantes, o que entra e o que sai, ficam batendo um papo enquanto Rafael apronta o que faltava para o início do serviço. Vicente entra na viatura, já pronta para dar a assunção de serviço e a saída do pátio pelo GPS, e repara que o motorista está somente com a pistola da casa, sem armamento de emprego coletivo.

– Não vai pegar o fuzil também?

– Não, é só um, não é? O seu.

– Não, cara, se você quiser, pode ir lá e pegar um, diz que precisa. Aqui é RP, o motorista também pode pegar um fuzilzinho se quiser. Deixa 5 merréis lá com o armeiro e pega um M-16 que tá lá sobrando, eu acabei de ver.

Pela primeira vez, Rafael iria trabalhar de fuzil. Saiu da viatura esfuziante e separou, de muito boa vontade, os 5 reais a serem pagos para o armeiro dispor mais uma arma pesada para a patrulha. Na verdade, o certo seria que somente um dos policiais do setor portasse a arma de uso coletivo, mas aqueles que queriam um pouco mais de ação precisavam de um aparato adequado, e por 5, 10 reais os fuzis que estavam ociosos eram acautelados em nome dos motoristas também. Três carregadores de 5.56 com 25 munições cada. (Uma medida do comando, que visava a conter o número de disparos efetuados pelos policiais, reduziu a capacidade máxima com a qual os carregadores poderiam ser alimentados, que no caso do fuzil de Rafael chegava a 30.) Outro fato cômico era que, dos três carregadores, dois estavam com uma fita adesiva que os envolvia de forma a não se desmontarem durante o uso em uma troca de tiros. Acontece que os carregadores do M-16 são descartáveis, mas acho que se esqueceram de contar o detalhe a quem os adquiriu para a PM, porque eles jamais foram trocados. Um deles estava com uma fita durex grossa com o logo das Lojas Americanas enrolado desde a base até o limite do retém.

O soldado não tinha muita intimidade com a peça, na Marinha só havia trabalhado com o FAL, mas adorou a portabilidade e o peso bem mais leve do "baby". Acomodou o fuzil no banco de trás e assumiu sua posição no volante. Vicente reparou:

— Tá sem bandoleira?

— É, cara, ainda não comprei uma...

— Eu tenho uma aqui na mochila, vou te emprestar. Se você e eu vamos trabalhar juntos, se acostuma que, comigo, sempre que der, você vai estar de fuzil. Não tem essa parada de recruta e mais antigo comigo não! Minha vida tá contigo e a tua comigo, a gente tem que se proteger, correto?

— Essa parada!

— Se liga, a gente não conhece porra nenhuma do setor, mas que se foda, vamo cair pra dentro! Essa história de fecho aqui, fecho ali, não é muito a minha não. A gente vai manter que é pra não prejudicar os caras que vão depender da nossa presença quando estivermos de serviço, senão eu jogava tudo pro alto. Meu negócio é caçar gato e rato, tá ligado? Vamo caçar bandido e roubar tudo deles; se der, a gente mata. Eu também me amarro em uma pratinha, mas tem polícia aí que é agoniado demais! Se vende por merreca, deixa de fazer ocorrência por uma peça ou um cordão de ouro, essa porra não serve pra mim não! E tem mais, é melhor a gente já chegar e meter uma ocorrência boa logo, pra fixar nosso lugar, entendeu? Se a gente matar um esse mês e pegar uma arminha já vai estar legal. Tá com quanto tempo de formado?

— Sei lá... Uns sete, oito meses.

— Legal, já tô sabendo que você é meio piroca da cabeça. Me disseram que é pra tomar cuidado, que você adora ficar dando tiro no meio da rua...

— Caô!

— Esquenta não, eu também sou meio maluco. Desertei, fui preso, voltei, mas outro dia te conto essa história. O negócio é que eu vim do CFAP e tô durinho da silva! A gente tem que botar uma pratinha no bolso de qualquer jeito, e vamos ver se damos sorte de pegar um band de tabela também, já é?

— Vamo lá!

— Maré meia, maré meia, é o Golf chamando.

– Prossiga, Golf.

– Correto, Assunção de serviço aí, o comandante é o...

O asfalto úmido pela fina garoa era colorido pelo reflexo das luzes artificiais ao longo da Uruguai. Tempo fresco, fuzil encostado junto à perna esquerda, apoiado entre a porta do motorista e o corpo. Bastante munição, viatura abastecida até o talo e uma desmedida dose de inconsequência. As ruas da Tijuca pertenciam a ele agora.

Trabalhar à noite se mostrou logo de cara uma coisa absolutamente diferente do que já havia experimentado. Diferentemente da época do PO, dessa vez iria varar madrugada adentro, podendo presenciar tudo de obscuro que pode encontrar abrigo sob a conivência do céu negro. Começaram com um reconhecimento dos locais que compõem o setor de patrulhamento. Do restaurante, em um cruzamento, onde se despediu da motopatrulha, até a Usina a área era deles. Os morros que predominavam no setor eram o Formiga e o Borel, com seus assaltantes mais ativos do que nunca durante o período em que Rafael trabalhou por lá. Deram uma geral pelas ruas adjacentes para se familiarizar com as rotas de fuga usadas após os arrastões; conheceram alguns dos locais que davam um lanche para as guarnições; subiram e desceram a Conde de Bonfim várias vezes, passando em frente à Indiana (principal acesso ao Borel por aquela via), pela rua da Cascata (uma das subidas do Formiga), sempre acompanhados pelo incessante movimento dos motoqueiros favelados, que, ao avistarem o carro da polícia, voltavam rapidamente para o interior do morro. Pelo radinho portátil que carregava, Vicente escutava a conversa dos marginais sempre que se aproximavam da entrada de uma das favelas: "Fala aí, da Barão, se liga aí no Bolinha, tá ligado? Os pé preto tá subindo aqui de novo, são os mermo da outra vez..."; "Tá palmeado, tá palmeado... deixa eles que é tudo nosso". Toda a movimentação das viaturas era monitorada pelos bandidos através desses rádios de comunicação, vendidos em qualquer loja de eletroeletrônicos; mas, com o passar do tempo, e percebendo a fragilidade do sistema, que poderia ser interceptado facilmente, eles evoluíram para um sistema de comunicação à base de ICONS, um aparelho mais moderno e bem mais difícil de ser rastreado.

– Hoje tem baile mais tarde, tá vendo como eles tão ouriçados?

— É, já até perceberam que somos nós passando aqui toda hora.

— Esquenta não, parceiro, não tenhamos pressa. Já que não podemos entrar, é só esperar que uma hora eles têm que sair, aí a gente vai estrear este teu fuzil aí!

— Não vejo a hora!

Só que o serviço de RP não é exatamente predestinado ao combate. Como a Tijuca passava por um período conturbadíssimo, por causa dos frequentes bondes que assaltavam e matavam muito, as RPs, que são as viaturas que rodam a noite toda, encarregaram-se forçadamente da tarefa de trocar tiros com a vagabundagem toda vez que topavam com o problema. Só que na RP só trabalham dois policiais, um deles dirigindo, e os bondes estão sempre com, no mínimo, três ou quatro marginais, armados até os dentes e com cabeça cheia de maconha. A desvantagem é clara. Por isso é que as RPs são destinadas ao atendimento da população em geral, orientadas a solicitar reforços sempre que encontrarem uma situação em que não estejam capacitadas para proceder com segurança.

As ocorrências do setor começaram a chegar para a nova guarnição. Sexta-feira à noite, o dia da "feijoada":

— 2187, 2187, setor Golf, é maré meia.

— Responde aí, Rafael.

— Informe, maré meia.

— Correto aí, companheiro. Proceda até a rua Valdemar Beltrão, no número 28, casal entrando em vias de fato, positivo? O vizinho chamou a polícia, informe aí.

— E aí, Vicente?

— Fala que estamos procedendo.

— Correto, meia, procedendo.

— Vamo lá meter a colher, parceiro. Vamos que a noite é uma criança.

E era mesmo.

No local, um garotão de vinte e poucos anos estava brigando com a namorada por causa do celular dela. Ele viu uma mensagem suspeita e queria ir embora da casa dela com o aparelho, e a menina não aceitou. Na refrega, ele lhe deu um murro na cara. Como os pais da donzela não estavam em casa, um vizinho, que escutou os pedidos de socorro da vítima, chamou a policia.

O rapaz já estava entrando no carro quando a viatura chegou, e a menina, ao ver os policiais, gritou:

— Pega ele, moço, pega ele! Ele roubou meu celular!

O rapaz se adiantou em explicar que não era bem isso, que ele havia dado o celular de presente para a garota e agora encontrara mensagens de outro homem nele, por isso queria o aparelho de volta. O calombo debaixo do olho esquerdo da menina chamou a atenção de Rafael.

— Você bateu nela? Você tá maluco? Não tem desenrolo não, tá preso.

— Preso por quê? Tira a mão de mim...

Diante da recusa em receber voz de prisão, Rafael deu um soco no estômago do cidadão e uma banda que o derrubou de lado. Pegou-o pela camisa e ia conduzi-lo para a viatura quando sentiu que a menina se jogou sobre ele pelas costas.

— Covarde, para com isso! Solta ele, seu covarde, não bate nele, larga...

Vicente, que até então estava se divertindo com o pavio mais do que curto de seu comandado, teve de interferir e desgarrar a megerazinha, dependurada como uma mochila nas costas de Rafael. Mais uma lição para o caderninho do recruta: nunca se meter nesses rolos.

A não ser que a mulher esteja absolutamente convicta de que quer mesmo se afastar do antigo companheiro, nunca se deve dar uns tapas no seu homem diante de seus olhos. Uma amnésia instantânea fez com que a menina se esquecesse do soco que levara minutos atrás, e passou então a acusar os policiais:

— Quem chamou vocês? Sai daqui! Eu não chamei polícia nenhuma, vocês são uns covardes! Deixa o meu namorado em paz, seu porco, não bate nele...

— Senhora, se acalme. A gente só quer ajudar — disse Vicente —, algum vizinho seu ligou para o 190 para denunciar que a senhora estava em perigo, por isso viemos.

— Mas eu não estou em perigo. Vai embora, some daqui! Deixa meu namorado em paz...

Vicente gastou uma boa lábia até conseguir ver a megera domada. Enfim, ela entrou em seu condomínio semiluxuoso para pegar os documentos pessoais solicitados pelo cabo, enquanto eles tinham uma conversinha com o rapaz:

– E aí, garotão? Gosta de bater em mulher, não é? Quer ir dar um rolezinho na delegacia?

– Não, senhor...

– Então esquece a banda, tá maneiro? Fica como se fosse o troco pela covardia que você fez com a menina. Senão, vamos lá pra delegacia, e lá a gente fala a porra toda...

– Não, tá tudo certo. Já está resolvido.

– E devolve o celular pra ela – completou Rafael. – Deu, tá dado. Se você foi corno, problema seu!

Se pudesse, o rapaz teria dado uma resposta à altura.

Só para se resguardar, Vicente determinou que Rafael fizesse um Talão de Registro de Ocorrência – TRO – do acontecido, até para que ele se acostumasse com o famigerado boletinho. O TRO tem o valor legal de uma casca de banana usada. As autoridades dão a ele tanta credibilidade quanto a uma nota de três reais, mas, mesmo assim, o comando da PM determina que isso seja feito a cada atendimento ao contribuinte. Rafael se esforçou para narrar os fatos no pequeno espaço destinado para tal, ressaltando que "... no local, a solicitante recusou-se a ir à DP para prestar queixa do namorado...", e com os ânimos apaziguados e o corno arrependido do boxe na cara de sua dama, segue o serviço.

– Rafael, você tem que ficar mais calmo, cara. Não dá pra dar porrada assim à toa, não! Se o cara resolvesse ir pra delegacia, ia dar merda! Sempre que a gente atender essas ocorrências, fica tranquilo e espera pra ver qual é a da mulher. Só é pra pranchar em último caso, valeu?

– Foi mal, parceiro. Eu às vezes sou meio estourado mesmo...

– É, mas olha só, isso não é um esporro não, valeu? É só uma ideia, pra você ficar mais sagaz. Uma coisa boa é que você tem atitude, e isso, sim, é importante. Atitude não se compra na feira, quem tem tem, quem não tem vai morrer assim. Aos poucos você vai aprender a usar na hora certa, mas não se acanhe com isso.

– Valeu.

A primeira ocorrência de RP, a primeira lição.

Nas sextas-feiras o trabalho da polícia aumenta (e muito) durante o período noturno. É a hora em que os bêbados ficam valentes, que as pessoas querem extravasar e aproveitar o início do fim de semana. A segunda ocorrência foi uma reclamação de som alto, recorrente nas noites de alegria. Resolveram sem nem descer da viatura. Pararam ao lado do carro que estava com a mala aberta e pediram que o motorista baixasse o volume, ele obedeceu, e fim do problema do tijucano. Na verdade, os moradores do bairro são umas malas sem tamanho! Se o solicitante fosse até o dono do carro e pedisse para que ele diminuísse o volume, era provável que o fizesse, dado a prestimosidade com que atendeu o pedido policial. Mas acontece que o tijucano via o PM como seu funcionário, um faz-tudo, e ligava 190 por qualquer coisa. Se ao menos pedisse, e o camarada não reduzisse o som, aí tudo bem, mas nem se dispor a exercer a sua cidadania o contribuinte quer! Também, para quê, se tem um idiota fardado para fazer isso por ele?

As primeiras horas foram passando e a noite se aprofundando; hora de ganhar um dinheirinho:

– 2187, 2187, Golf de meia, é, maré meia.

– Informe!

– Correto, Golf, anote aí: Conde de Bonfim, 453, o código é o 721, positivo? Um Peugeot e um BMW, correto? Informe se copiado.

– Correto, meia, procedendo.

Os acidentes de trânsito eram uma ótima fonte de lucro para os patrulheiros. Já passava das duas da manhã e a maioria das pessoas que se envolve em acidentes a essa hora está embriagada. Dada a descrição dos carros, estariam lidando com cidadãos endinheirados, que não se preocupariam em gastar uma grana para escapar de uma responsabilidade civil. Vicente sabia disso, e preparou o soldado:

– Parceiro, quando chegarmos lá, me dá cobertura e deixa que eu falo, valeu? Vai escutando e prestando atenção que, provavelmente, já vamos conseguir uma pratinha nessa ocorrência.

Dito e feito.

O motorista do Peugeot era um rapaz que havia acabado de sair de um bar com a namorada. Meio bêbado, mas não incapaz, ele entendeu a merda que tinha feito. O motorista do BMW, que teve a traseira destruída, muito puto da vida, discutia com o rapaz sobre a obrigação dele em pagar a sua franquia. Só que o estudante de educação física estava com a permissão para dirigir vencida. Bingo.

O papai chegou rápido para desenrolar a situação. Só dependia dos policiais para que todos ali saíssem no lucro: o dono do BMW, que teria a franquia paga; o rapaz, que não teria complicações legais, e o pai dele, que preservaria os direitos de dirigir do rebento, assumindo a direção do auto no momento do acidente. Para tal, bastava que os policiais colocassem os dados da CNH daquele senhor no BRAT.[49] Começou em dois mil, foi caindo, caindo, até chegar em mil.

– Não, senhor, me desculpe, mas assim não, só aceito se for na hora, esse negócio de marcar pra depois não dá certo. Se o senhor não tiver aí, tudo bem, deixa eu fazer o meu trabalho que é melhor. Isso é uma fraude, não posso me arriscar assim pelos 500 que o senhor quer deixar na mão...

– O senhor espera eu ir em casa então? Vou ver se consigo rápido o que está faltando! Meia hora, pode ser?

Claro que podia! Esperariam até o final do serviço, se precisasse. Tratava-se de um blefe, uma tentativa de conseguir fechar logo o golpe o mais rápido possível, para não dar tempo do cliente se arrepender. Dinheiro na mão, foram aos papéis. Vicente preencheu o BRAT sob o olhar atento de Rafael, que simplesmente parou de fazer a segurança do perímetro para se familiarizar mais com aquele documento tão valioso que descobriu estarem portando. Depois que todos se entenderam e assinaram, entregou-lhes um papelzinho no qual havia escrito o endereço do batalhão e o número do BRAT, para que fosse solicitada uma cópia, necessária para a tramitação do processo de ressarcimento efetuado pela seguradora.

– Deixa eles irem embora primeiro...

---

[49] Boletim de Registro de Acidente de Trânsito.

Vicente falou para Rafael o que este já tinha aprendido antes com Valdicley: o cliente sempre vai embora primeiro. Quinhentos reais para cada um, nada mau para uma noite de serviço.

Nesse aspecto a patrulha o surpreendeu. Não imaginava que seria tão fácil ganhar uma "pelenga" com um acidente. Era mais ou menos o que tirava por semana de fecho na moto, sem contar que, para fazer valer os tratos, tinha que ficar rodando pra lá e pra cá o dia todo, e estacionar com as motocicletas em frente ao comércio de vez em quando. Uma chatice só.

Ali foi apenas um desenrolo básico, e a probabilidade de uma denúncia é quase nula, porque todos estão envolvidos na sacanagem: o PM e o cidadão. Digo *quase* porque sempre tem um ou outro fato isolado, como o do camarada bêbado que atropelou o filho de uma famosa atriz, enquanto fazia um pega, e então chamou o papai para comprar os PMs por 10 mil reais. Ali a merda fedeu feio, mas somente porque a vítima era filho de uma personalidade.

Como não era o caso, Rafael podia aproveitar a onda na maior calmaria. Fizeram uma pausa. Pararam na barraca de cachorro-quente em frente ao restaurante dos riquinhos.

– Dois, por favor.

– Não, Peu – recusou Vicente –, não tô com fome não, quero só um café.

– Tá tranquilo, deixa que eu como. Completos, barraqueiro, caprichal, hein?

O cabo, que não conhecia o apetite de seu comandado, ria enquanto o assistia destruir o primeiro sanduíche em menos de um minuto.

– Cadê o outro? Pode mandar!

As batatas palhas caíam pelo chão ao redor do soldado, junto com ervilhas e grãos de milho, a cada mordida que dava. Já estava na segunda lata de coca e Vicente terminara seu café há pouco.

– Quero ver se você ficar com sono depois dessa bomba aí!

– É ruim, hein? – mastigando. – Vamos patrulhar muito ainda. Que horas termina o baile lá do Borel?

– Disseram que lá pelas quatro, daqui a pouco...

– Então, tô repondo as energias para entrar no clima! Tem muito ganso[50] pra pegar hoje até o final do serviço...

Um carro preto surge do nada, descendo a Conde de Bonfim. Se fosse o bicho mesmo, mataria os dois policiais facilmente, pois ambos estavam desprevenidos enquanto conversavam na barraquinha. O automóvel veio com tanta velocidade na direção deles que quase subiu na calçada e bateu na viatura, enquanto a mulher jovem, no banco do carona, gritava incompreensivelmente, com a cara para fora da janela. O barulho do tranco com o meio-fio fez Rafael quase vomitar. Vicente, com alguns segundos de retardo, assumiu posição com o parafal, palmeando de frente ambos os ocupantes, que puseram as mãos para fora sem parar de gritar:

– Lá em cima... fecharam a rua... estão roubando todo mundo!

Eles entenderam. A algumas centenas de metros, um bonde estava praticando um arrastão. Imediatamente Rafael engoliu o que ainda restava no saquinho do cachorro-quente e partiu com a barriga estufada para a viatura. Enquanto girava a chave para dar a partida, Vicente pegou o pouco que conseguira entender da fala esbaforida do casal, que escapara por sorte do assalto: um carro (Doblò) atravessado na rua e quatro marginais armados, "com umas armas assim ó, maiores do que a sua...", referindo-se ao fuzil do cabo.

– Bora, bora, Peu!

– Tô saindo, hein, fica ligado!

– Vamo, antes que eles vazem!

Lembra do que eu falei sobre solicitar reforço? E sobre a inconsequência? Pois é. Mesmo não sendo essa sua função, qual o patrulheiro que não atenderia uma ocorrência dessas? Quem é que esperaria o GAT acordar para ir até o local? Com todos os defeitos do mundo possíveis e imagináveis a um ser humano, a única coisa que não se pode dizer do PM é que ele é covarde. Atirar-se em meio a uma situação dessas é coisa realmente de maluco, e a Polícia Militar está cheia deles. Em busca de glória, adrenalina, ouro. Não importam as razões, quero alguém que diga que o PM não é um guerreiro. Rafael subia a via, que estava deserta, a mil por hora, sem se importar com

---

[50] Viciado.

a própria segurança. Só o que lhe vinha à cabeça era a cena dos bandidos como donos da pista, apontando a arma para a cabeça de mulheres e crianças só para roubar uns trocados e voltar para o baile. Para esses bandidos, roubar era uma diversão, que tinha o seu ápice quando davam a sorte de render um policial de folga e matá-lo.

– Apaga tudo, Rafael!

O cabo mandou que todas as luzes da viatura fossem apagadas para dificultar o reconhecimento por parte dos bandidos. Ele meteu metade do corpo para fora da janela e divisou alça e maça avante, aguardando o contato visual. Nenhuma pontinha de medo, receio, nada. As veias do soldado latejavam em um misto de expectativa e excitação ante o que poderia acontecer. Sacou a pistola com a mão direita e continuou a dirigir a toda velocidade com apenas uma das mãos, reservando a outra para o iminente embate. Uma silhueta desvelou-se em sentido contrário em meio à escuridão da via. Era um automóvel que vinha de encontro a eles, com os faróis também apagados. Rafael sentiu um arrepio sinistro lhe aguçar ainda mais os sentidos.

– Diminui um pouco aí...

Ele retirou o pé do acelerador, mas a distância continuava a diminuir, tamanha era a velocidade com que o carro não identificado avançava contra eles.

– Caralho, Vicente, eu acho que...

Antes de terminar de falar, os vagabundos começaram a disparar. O barulho era seco e as centelhas do quebra-chama podiam ser vistas claramente, e ainda por cima iluminavam toda a lataria do Doblò mencionado pelos solicitantes. Instantaneamente, Vicente respondeu o fogo com um cargueiro de 7.62. Cena de cinema! O vagabundo estava em posição similar à de Vicente, e ambos seguiam como em um duelo de justa para a definição do embate.

– Para, para, Rafael, não cruza com eles não!

O soldado chama no freio de mão, dando um meio cavalo de pau, e oferece toda a lateral do carona de frente para os marginais. Era perigoso para o cabo, mas em compensação lhe dava melhor ângulo de tiro. O cheiro de pólvora empesteou o interior da viatura, mas nem ele, nem o barulho ensurdecedor dos disparos incomodavam. Uma agradável sinfonia para os ouvidos do soldado que estava onde muito lhe aprazia. A manobra do carro da polícia surpreendeu os marginais, que se viram em desvantagem por terem agora de escolher entre furar o bloqueio (e enfrentar o furioso fuzil do mango que não parava de atirar), ou tentar fazer a volta e dar as costas para o fuzilamento. Escolheram a segunda opção (medrosos como sempre...). Vicente disparava com cadência, de forma que parecia que sua munição era infinita:

– Eles tão voltando, larga o aço, porra!

Rafael desembarcou e jogou a pistola no banco, pegou o M-16, e aí foi brincadeira de criança! Os cartuchos deflagrados riscavam a penumbra da avenida com o cobre reluzente, formando uma cachoeira escorrendo para fora da culatra e rolando ladeira abaixo pelo asfalto. Enquanto Rafael entupia, Vicente fez uma recarga e engrossou o coro por ele iniciado. Devido à distância e à baixa luminosidade, não dava para saber se estavam acertando o alvo, mas alguns dos carros abandonados durante o arrastão ficaram perceptíveis durante a fuga apavorada dos assaltantes. Para quem é abençoado e nunca esteve em uma troca de tiros, preciso explicar que não é como nos filmes. Por mais que você acerte o carro, ele não explode, não tem cenas em câmera lenta nem musiquinha. Só o pau roncando e a fumaça da pólvora subindo.

– Vamo atrás deles antes que entrem no morro, bora!

Rafael deu 25 tiros de 5.56. Trocou o carregador e liberou a trava do ferrolho. Pronto, estava novamente no combate. Passaram pelos carros abandonados e deu pra ver lá longe um pessoal correndo do tiroteio. Eram os donos dos veículos, que haviam sido arrancados deles ou fugiram ao perceber a ação dos criminosos.

– Olha o pessoal correndo lá, Vicente!

– Fodam-se eles, vamo ver se pegamos alguém! Caralho, demo tiro pra caralho, hein? Puta que pariu! – pega o rádio da viatura. – Maré meia, maré meia, prioridade aí, ó! Troca de tiros na Conde de Bonfim, elementos efetuaram arrastão armados de fuzil, correto? Seguiram sentido Usina, provavelmente Borel, copiado?

Começaram a modular vários policiais em resposta ao pedido de prioridade do cabo:

– Quê? Fuzil...?
– Retransmita fuzil aí, companheiro!
– Fuzil? Borel...
– Alfa procedendo!
– Bravo procedendo aí, companheiro!
– Subsetor Delta procedendo!

Todo mundo queria proceder. Era só falar em fuzil que era um rebuliço! Todo mundo queria tentar a sorte de arrumar um "bico" e depois vender para arranjar uma prata. Mas não era só isso. Por mais que no 6º BPM existisse muita gente que não valia nada, nesse ponto quem estava na pista era bem unido. Os pedidos de prioridade nas madrugadas sempre eram prontamente respondidos à altura. Pena que era tarde.

Como que engolido por um portal interdimensional, o carro dos criminosos desapareceu. Deve ter subido para o morro, mas a calmaria da Indiana não denunciava que ali acabara de entrar um carro em desabalada carreira. Rapidamente, muitas viaturas chegaram e tomaram o local, e lá longe, no meio da desgraça, o baile comia solto. Dava pra ouvir o funk: "...Na madruga o bonde parte/cada um portando um kit/quando invadiram o morro/depararam com a D-20/meteu bala nos verme/explodiu o caveirão/detonaram a cabine/mataram os alemão/o primeiro tomou na cara/o segundo tomou nos peito/o terceiro ficou fudido/o quarto morreu no beco/o quinto pediu perdão/o bonde não perdoou/tacou dentro do latão/boladão/pesadão/isso é Comando Vermelho...". De acordo com um deputado estadual, muito do calhorda e demagogo até o último pentelho das pregas, essa é uma das pérolas que constituem um patrimônio cultural imaterial do Rio de Janeiro. Certo é ele, que depende daquele e de outros vários currais eleitorais onde só se entra compartilhando o cachimbo da paz com o traficante "alfa". Errado é quem permite a relação promíscua entre esses representantes do legislativo (e aspirantes a tal) e associações criminosas. Dá nojo desses frouxos, mas fazer o quê? Mao determinaria o seu fuzilamento, mas não compartilho de decisão tão radical. Uma simples inelegibilidade acalmaria meus instintos mais macabros.

Uma incursão à procura dos marginais entrou em pauta. Sonha, neném...

Quando soube do birimbolo, o GAT saiu da cama (serviços de 24 horas têm horário de descanso), com medo de que o arrego do baile fosse cancelado por conta da "caôzada".

A supervisão, que também mamava na teta, foi junto, e achou um monte de defeitos na atuação dos policiais durante o confronto com os vagabundos: "Queria só ver se pega em uma vítima aí, ó... Um monte de paisano no meio da rua e vocês "descascando" na bala... Não tem incursão porra nenhuma não, tá doido? Cheio de gente no morro... Ganharam, deixa eles pra lá. Vão lá ver as vítimas vocês, que começaram o tiroteio, vão lá ajudar elas a tirar os carros da rua, e levem a ocorrência para a 19ª DP. É só, rapaziada, os demais, voltem ao patrulhamento normal..."

O oficial queria desfazer rapidinho a cena para que nada atrapalhasse a sintonia para dali a pouco, hora em que a "formiguinha" traria os 1.000 reais para que não houvesse ações da polícia durante a realização dos bailes. Esse era o arrego pago à ralé, um cala-boca para que os sanguinários do GAT e o oficial de supervisão não se sentissem esculachados pela vagabundagem. O comando-geral da PM proibiu as incursões noturnas em qualquer favela, e os traficantes sabiam disso; então pagavam apenas para que as coisas não ficassem desproporcionais demais, com eles ganhando muito e os policiais, nada, o que poderia provocar retaliações e revanchismo em invasões durante o dia, futuramente. Mas, afinal, um baile estava rolando, com livre comércio de drogas e ostentação de verdadeiras armas de guerra; por que, então, o comando da PM não autoriza a repressão à prática criminosa pelos policiais das áreas conflagradas? Como disse, aquele era o arrego da ralé. Gente muito mais importante se banqueteia nesse prato sujo. É uma podridão sem tamanho, um poço de merda que, quanto mais se cava, mais bosta surge. Rafael não tinha prestado atenção nisso. Ainda.

Tinha mais uma coisinha na qual ele não havia prestado atenção.

Ele saboreava os instantes de glória em que botara para correr um bonde inteiro, com o fuzil em bandoleira e um sorriso de satisfação no rosto. Conversava com os colegas que vieram em apoio sobre os detalhes de sua atuação, dizia que acreditava ter deixado pelo menos um baleado no interior do veículo, gesticulava fazendo mímica das posições de tiro que assumiu, até que, numa dessas macaquices, passou a mão pelo coldre do colete e percebeu que ainda estava sem a pistola. No calor dos acontecimentos, ninguém havia percebido que faltava uma arma no policial, e ele, quando deu por si, mesmo sabendo que a havia colocado no interior do Golzinho, sentiu um aperto no estômago e correu para pegá-la. Revirou a viatura toda e chamou o seu comandante num canto:

– Vicente, fudeu... A pistola da PM sumiu de dentro do carro.

– Quê! Como assim, sumiu? Caralho, cara, isso dá a maior merda! Vambora lá onde a gente tava parado, tem que estar lá.

Sem avisar aos companheiros o que estava acontecendo, eles partem à toda, de volta para o local em que se iniciara o confronto. Passaram pelos carros abandonados de novo e chegaram ao ponto exato, Rafael com o cu que não passava uma agulha, com medo de ficar preso pela omissão de cautela. Vicente tira do bornal uma lanterninha de led muito potente, que ilumina um bom pedaço do asfalto com sua luz azul, e já na primeira busca avistam a pistola caída no chão.

No momento em que partiram à caça dos vagabundos, após o tiroteio, Rafael conseguira derrubar a pistola do lado de fora ao assumir novamente a direção da viatura. Sorte que ninguém havia passado pela rua e pegado a arma. Seria difícil explicar para o coronel um mole desses.

– Que sorte, hein, polícia! Puta merda, se você perde essa arma, ia amargar no rancho o resto da vida. Vê se coloca na lista de compras, além da bandoleira, um fiel também, pra não passar esse sufoco novamente!

Bota sufoco nisso. Toda a satisfação que sentia por ter repelido o grupo de marginais acabou quando ele se deu conta do quão bisonho havia sido. Ainda bem que estava com um bom comandante, que teve calma e não tomou aquilo como prova de irresponsabilidade. Agora ele teria mais uma lição, a última da noite: aprenderia o quanto uma ocorrência pode se tornar chata e demorada.

Primeiro, tiveram que solicitar um reboque para a retirada dos autos abandonados, cujos donos não voltaram para pegá-los. Demorou uma hora e meia para que chegasse. Então seguiram para a 19ª DP, para o registro dos acontecimentos. Demorou mais uma hora e pouco. Só aí, ultrapassado o horário de serviço, puderam regressar ao batalhão.

Dado o título deste capítulo, o leitor deve estar se perguntando se houve ou não algum morto dentro do carro dos bandidos. A resposta é: não sei. A Doblò foi encontrada no dia seguinte por outra guarnição, abandonada em uma rua adjacente à São Miguel, com várias perfurações de bala e marcas de sangue por todo o interior. Mas isso não conta. Mesmo que tenha matado alguém ali (muito improvável), para seu batismo de sangue ser consagrado, ele teria que olhar nos olhos de sua vítima. Não foi o caso.

As circunstâncias que compuseram o cenário de sua iniciação foram completamente diferentes, só os personagens eram similares. Tudo aquilo que estava vivenciando o preparava para aquele fatídico momento de transição, o abismo ao qual me referi antes.

Certo era que os dias na RP iam acontecendo cada vez mais intensos, mais surpreendentes. Trocar tiros à noite já estava se tornando comum. A morte apresentava-se de modo familiar e não mais o incomodava, como da vez em que atenderam a uma ocorrência de suicídio.

Um homem se enforcou dentro de seu apartamento, deixando mulher, filhos, pai e mãe desconcertados. Ninguém entendeu o porquê desse ato ao mesmo tempo tão macabro e emblemático; estarrecidos, chamaram a polícia, procurando orientações de como agir dali em diante, mas Rafael estava absolutamente alheio quando entrou sozinho para verificar a cena. Aproveitou a ausência de testemunhas para bater a carteira do defunto, que balançava pendurado em uma das vigas de madeira da sala ampla e ricamente adornada, tendo todo o cuidado de, após retirar as cédulas, devolvê-la ao bolso da calça social do infeliz. Pensou em dar o bote no relógio também, mas talvez alguém desse pela falta. Melhor deixar pra lá. Vicente é que caiu na gargalhada quando o soldado lhe mostrou o dinheiro arrecadado com o presunto, incrédulo com a audácia do companheiro.

Mais audácia ainda demonstrou ele quando estavam de serviço em uma noite chuvosa de quarta-feira. Receberam um chamado de 714 (atropelamento com vítima fatal), ocorri na Praça da Bandeira. Era bem longe do setor deles, mas como o "E" estava em uma ocorrência pra lá de enrolada (com um oficial da Marinha embriagado), o operador da sala mandou essa besteirinha para eles. Os dias de chuva eram bem monótonos, os ladrões não gostam de se molhar, mas pior do que não fazer nada era ficar tomando conta de cadáver até o rabecão chegar. Eles já previam que seria uma chateação, era de madrugada e os bombeiros demorariam mais ainda; então passaram antes numa loja de conveniência para tomar um café e pegar um biscoito. No local do atropelamento, depararam-se com um autêntico estrogonofe de ser humano. Um pobre trabalhador, ao tentar atravessar as pistas na junção da Elpídio Boamorte (que nome sugestivo!) com o início da Radial Oeste, bem próximo de onde ficavam os travecos, foi estraçalhado por um veículo. Poderia ser até um bonde, tal o estrago que fez no azarado, mas fato é que, seja lá quem foi que o atropelou, não ficou para contar a estória. Estava difícil de distinguir o quê era o que da cintura para cima do morto; ele devia ter ficado agarrado em alguma parte das ferragens do chassi enquanto era arrastado por vários metros, conforme denunciava o rastro de sangue e miolos pela pista.

– Que merda!

– Vão ter que tirar ele com uma pá!

– Porra, Vicente, mais respeito!

– Não tô de sacanagem não, mané! Eu já vi isso, eles raspam com a pá por baixo até recolher a massinha toda, é sério!

– Tá de sacanagem?

– Então tá, tu vai ver então.

– Porra, com uma pá?

– É.

– Não acredito...

Rafael olhava a massa disforme daquilo que costumava ser um tronco e uma cabeça, tentando entender a mistura que se formara no lugar:

– Ali ó, ó um olho dele ali...

Apontou para o olho que se desprendera durante o atropelamento, e que inacreditavelmente ainda estava intacto, preso por um pedaço de carne próximo à sopa de sangue que empapava o asfalto.

— Ih, é, Rafael... Cruzes, tá feio pra caralho...

Mais uma coisa chamou a atenção de Vicente. A porrada com certeza arregaçou a cintura da vítima, que girou 360 graus várias vezes, como um daqueles bonequinhos antigos dos comandos em ação isso fez com que as pernas, ainda que inteiras, tomassem uma posição contrária à natural, após os ossos terem sido triturados por dentro. Mas uma coisa não estava certa: uma das pernas não encaixava no padrão, ficara em posição diferente, estranha...

— Ô Rafael, não tá achando as pernas dele muito estranhas, não?

— Tirando o fato de não estarem ligadas a um tronco?

— Tô falando sério!

— Porra, Vicente, sei lá! O que você tá vendo de errado?

— Se liga só...

Vicente puxa uma das bainhas da calça para cima e não vê nada de mais. Mas, quando faz o mesmo na outra perna, comprova que realmente tinha razão:

— Olha lá, não falei? É mecânica, a perna é mecânica, é uma prótese!

— E daí, cara?

— Como e daí? Você sabe quanto custa uma perna dessas? É uma prata...

— Porra, cara, você tá falando sério?

— E daí, cara, o que é que tem de mais? Ele não vai mais usar mesmo, e essas coisas a família enterra junto com o morto, é um desperdício! A gente tá aqui na chuva, se fudendo de graça, vamos aproveitar essa molezinha.

— Mas tu vai vender isso pra quem?

— Deixa comigo. Eu sei de uma loja lá perto da Saens Peña que vende essas porra, um carinha que trabalha lá me deve um favor. Ele vai arrumar comprador rapidinho...

— E quanto vale uma perna dessas?

— Aí depende, né... Sei lá, uns seiscentos, quinhentos...

— Pô, cara... Não vai ficar com dor na consciência, não? A perna do maluco... é sacanagem...

— Olha só quem quer dar lição de moral! Quando o enforcado te encontrar lá no inferno, tu acha que ele não vai querer os 150 reais dele de volta, não?

– Vai. Só que ele vai vir te procurar também, junto com o teu perneta, mancando e gritando "minha perna... devolve... seu ladrão de perna...". Tira logo essa porra aí, vai! Vamo logo antes que chegue alguém...

Pobre do cobrador de ônibus! Foi atravessar onde não devia, manco ainda por cima, e não conseguiu escapar da morte trágica! Para completar, ainda teria a perna roubada depois de morto, é muito azar...

Eles arrastam o corpo para o meio-fio, onde está mais escuro, e Vicente se prontifica a apressar a retirada dos enlaces que prendem a perna à altura da coxa do sujeito. Era uma prótese benfeita, nova, com uma articulação que simula os movimentos do joelho. Parecia que o cabo tinha razão! Com o comprador certo, aquela ocorrência poderia sair muito lucrativa. Após a retirada do membro artificial, eles o acomodaram na mala da viatura, bem escondido embaixo de um monte de jornais e das mochilas. Contrariando a previsão, o rabecão chegou em pouco mais de vinte minutos após a solicitação, e a primeira coisa que o bombeiro perguntou foi:

– Vocês viram a perna dele por aí?

Responderam que não, lógico. Com certeza deveria estar lá no Méier, agarrada embaixo de algum carro que passou por cima após ela se desprender com o impacto.

Como Vicente previu, o bombeiro, indiferente em continuar a procura do pedaço que estava faltando, pegou uma pá e começou a raspar o asfalto, recolhendo os despojos e acondicionando-os no saco preto padrão para tal.

– Olha lá! Não te falei?

– Caralho... Tu falou mesmo! Com uma pá, velho!? Pra quem acha que já viu de tudo... Não dá não, cara, isso é muito bizarro! E o que é que eles vão fazer com isso? Vão mostrar pra família assim?

– Aí eu não sei. Acho que não, né?

– Vamo embora, parceiro, chega dessa coisa horrorosa!

– Que vamo embora o quê! Agora é DP, filho, não acabou ainda não.

O bombeiro mastigava calmamente seu palitinho no canto da boca enquanto ia raspando o resto que faltava, e acenou dizendo que terminara. Mais uma vez não houve perícia, não houve investigação, e a única coisa que precisaram fazer foi narrar o acontecido na delegacia. Registro feito, fim de papo.

No outro serviço, durante o dia, foram até a loja de materiais ortopédicos negociar a prótese roubada, e o vendedor amigo de Vicente ficou com a peça para apresentar a possíveis clientes. Em uma semana ele conseguiu fechar a venda por 700 reais, 100 para ele e 600 para os policiais. Nada mau, contando que ainda naquela mesma noite de serviço extorquiram mais 240 reais de motoristas infratores.

As coisas corriam bem na Companhia e no Batalhão. O sargenteante recebia a mensalidade sempre em dia, as supervisões não perturbavam muito e o comando havia mudado. O novo coronel trouxe uma penca de policiais a tiracolo, muitos deles para comporem novos GAT, e os ventos estavam prestes a mudar para a vagabundagem da área. Sempre que ocorriam essas trocas, era comum o novo comandante botar pressão no tráfico, ordenar operações constantes e com força total, para valorizar o passe na hora de fechar o arrego. Os bandidos sentiram o clima de mudança e não se fizeram de rogados, caíram pra dentro. Algumas culturas acreditam que, quando você mata um inimigo, ele vira seu escravo no inferno. E foi exatamente um desses bandidos que inaugurou a senzala pertencente a Rafael.

Domingo de primavera.

O serviço começou naquela noite como em todas as demais. Já na saída do batalhão, o tempo ameno e o céu sem nuvens indicavam que Deus e os santos preparavam as arquibancadas celestes para assistir lá de cima ao destino de dois homens se cruzando, e as consequências anunciadamente desastrosas de seus livres-arbítrios. Dá para imaginar a comoção entre os habitantes etéreos do espaço enquanto consideravam a tecelagem da trama que uniria vítima e assassino: as deliberações acerca de uma possível interferência divina capaz de impedir o fato, e a decisão final de que o que realmente importa é a liberdade de cada homem em fazer de sua vida o que bem entender.

Rodaram mansamente pelo setor, cumprindo a obrigação dos dois únicos fechos da noite: o posto e a pizzaria. Receberam um chamado de acidente de trânsito que não rendeu nada, uma ocorrência de perturbação do sossego, mais um acidente, e até aquela hora nem sinal da vagabundagem. Estranho para um domingo à noite, serviço geralmente agitado, até mesmo pelos bailes que rolariam mais tarde em algumas comunidades. Deram uma volta pela serra Grajaú-Jacarepaguá, sacanearam os travecos da Praça da Bandeira, lancharam e finalmente resolveram parar em uma cabine.

– Que noitezinha mais chata!

– Nem me fala!

Rafael estava entediado e nem chiou quando Vicente sugeriu uma parada na C6/6, que ficava próximo ao Maracanã. Geralmente, ele gostava de rodar até mesmo quando as ruas estavam vazias, mas não dá para ir contra os sentidos das tramas divinalmente engendradas.

Bateram na porta de vidro fumê da cabine e foram recebidos pelo sargento, que permanecia trancado lá até as sete da manhã. Ele ficou mais que contente ao ver os colegas trazendo pizza e guaraná, cortesias do fecho.

– Olá, meus queridos! Vão entrando.

A cabine estava muito gelada, resultado do ar-condicionado dado por um órgão da Petrobras que funcionava num prédio bem ao lado. Rafael sentou-se em uma das cadeiras, esfregando os braços frios, e Vicente aproveitou a pausa para aliviar a pressão de seus frágeis intestinos, que não suportaram bem o atum da portuguesa de mais cedo.

– E aí, como é que está a pista aí fora?

– Ah, sargento, tá morta! Não tem ninguém na rua, até os outros setores devem estar dormindo.

– É, fim de mês é assim mesmo, as pessoas não têm dinheiro e preferem ficar em casa.

– Ruim pra gente que fica rodando sozinho, sem nem um cliente pra abordar... Porra, sargento, diminui esse ar aí, tá frio pra caralho...

– É? Eu já tô tão acostumado que nem sinto mais! Abre a porta aí, então, pra sair o gelado.

Assim que é aberta a porta de vidro, um carro vem piscando os faróis na direção de Rafael, de pé diante da cabine. Ele assume posição de tiro defensiva na direção do auto, que acende a luz interna e revela apenas um ocupante em seu interior, com as mãos espalmadas sobre o volante. Era um homem jovem, lá pelos 30 anos, que apresentava uma expressão de urgência, mas não apavorada.

– Fala aí, guerreiro, aconteceu alguma coisa?

– Seu policial, tem um cara caído lá atrás, acho que ele foi atropelado, estava assaltando e...

– Calma aí, fala mais devagar que eu não estou entendendo.

O sargento se junta ao soldado na interpretação do que o cidadão queria comunicar.

– Tem um cara lá atrás, acho que ele estava querendo assaltar um carro, foi atropelado e está caído lá no chão, lá atrás...

O relato era convincente. Passou pela cabeça de Rafael que o próprio comunicante poderia ter atropelado o assaltante, e que estava transferindo a responsabilidade por receio de complicações legais. Mas uma inspeção visual constatou que o carro estava intacto, respaldando a versão de um terceiro componente na narrativa.

– Quando foi isso?

– Agora! Agora mesmo, o cara tá lá no chão ainda...

– Tá vivo?

– Está, está se mexendo.

– Me aponta aí onde é...

Rafael faz Vicente parar seu expurgo e colocar as calças correndo para verificar o fato. De acordo com o solicitante, o local onde o suposto bandido atropelado estaria ficava próximo à cabine, em uma rua escura e que realmente era ponto conhecido por ser perigoso. A facilidade de acesso à avenida Radial Oeste e suas várias ramificações facilitavam a fuga para diversas favelas, e a penumbra pela falta de iluminação acobertava a ação dos criminosos. Os moradores da ruazinha estavam acostumados com os assaltos aos passantes, já não se assustavam por qualquer coisa, e as simples cantadas de pneu não eram suficientes para tirá-los da cama. Somente os tiros lhes despertavam. Ao perceberem a escuridão da reta, os policiais foram tomados por um momento de dúvida: seria uma emboscada? Mesmo em silêncio, compreenderam que pensaram a mesma coisa, e Rafael acendeu os faróis altos na intenção de iluminar a maior área possível. Não dava para enxergar a totalidade da via do ponto de onde estavam vagarosamente, o soldado conduziu a viatura com os faróis ligados, e lá na frente, próximo a uma esquina, Vicente avistou uma coisa se mexendo junto ao meio-fio:

— Para aí, Rafael!

Perto do semáforo, um homem se arrastava lentamente em direção à sarjeta, num instinto desesperado de autopreservação. Sair da rua era o seu principal objetivo, para que não fosse atropelado novamente, e depois, a fuga, assim que conseguisse recobrar as forças para se levantar. Os dois policiais desembarcam da viatura e progridem pé ante pé, confiantes no relato do cidadão de que se tratava de um bandido, o que pedia cautela na aproximação. Bermuda e tênis de marca, camisa de time de futebol estrangeiro, boné caído no meio do caminho (revelando o cabelo raspado e pintado de russo no estilo que os vagabundos gostavam), o jovem negro tinha todos os indicativos de um 157[51] que tinha se dado mal. Ao chegarem bem perto, verificaram que o indivíduo estava mais traumatizado do que aparentava à distância. Voltou-se num susto para os PMs, que se aproximaram sem que ele percebesse, espumando sangue pela boca e balbuciando murmúrios incompreensíveis; com certeza seriam pedidos angustiados de ajuda. Ossos tinham se quebrado, a pele estava ralada e da cabeça escorria um sangue espesso, que aderia feito seiva ao rosto do pobre. Os policiais ficaram confusos diante daquele ser humano em situação de extremo sofrimento e fragilidade, comovidos pelo sentimento de compaixão e, ao mesmo tempo, ainda tomados pela animosidade contra o marginal, que foi instada e nutrida desde a primeira vez em que vestiram a farda e foram às ruas. Revistaram o condenado, que se entregou e já não tentava mais alcançar a calçada, esperançoso de conseguir ali seu perdão e o providencial socorro. Não encontraram nada com ele, nem uma arma, identidade, celular, nada.

— Porra, qual é a desse cara, Vicente?

— Esse maluco é "tralha", Peu, esse maluco é "tralha"...

---

[51] Art. 157: Subtrair coisa móvel alheia, para si ou para outrem, mediante grave ameaça ou violência à pessoa.

– Mas ele tá sem nada em cima. Aí é foda... O PI foi embora, nem testemunha tem mais, vamos socorrer ele logo.

– Peraí, deixa eu só dar uma busca pela rua...

Por que o cabo decidiu fazer essa busca pela rua onde acontecera o atropelamento? Por que ele não ouviu a sugestão do soldado e aceitou socorrer o homem caído? Destino? Karma? Vai saber! A arquibancada do céu fica apreensiva quando o cabo tira mais uma vez sua potente lanterninha de led para iluminar o chão preto. "Será que ele vai ver?", perguntam-se os anjos, torcendo para que Rafael tenha mais uma chance de não se perder, para que não se defronte com tal situação. Vicente percorre o caminho inverso, iluminando cada centímetro do asfalto por onde poderia ter acontecido o choque, e eis que encontra a prova que faltava. A cerca de 15 metros de distância de onde o bandido estava, ele encontrou a arma, uma Lamma cal. 45 com 12 munições intactas.

O bandido estava só, e resolveu fazer o assalto contra o solicitante que foi até a cabine quando este se preparava para dar a partida no carro, mas cometeu um erro: enquanto ele rendia o motorista pela porta, esqueceu-se da rua, até mesmo por ela ser pouco movimentada. Deveria ter sido um roubo fácil e rápido, mas um carro que vinha com os faróis apagados percebeu o que estava acontecendo; por medo de também se tornar uma vítima, acelerou, puro reflexo, e acabou por jogar o assaltante a metros de altura, separando-o de sua arma e arrebentando suas costelas e pernas. Vicente arrecadou a arma ainda de costas para o seu comandado, que olhava aquele jovem – golfando sangue e com as vistas perdidas – sem saber o que fazer.

– Aí Rafael, é bingo, hein...

O cabo lhe mostra a arma de longe e Rafael demora alguns segundos para entender. Quando a ficha cai, rapidamente todo o seu ódio aflora pelos olhos, injetados de sangue e ira, e pela primeira vez o bandido caído o olha de volta. Eles se encaram por um momento: o bandido percebe que sua máscara caíra e, consequentemente, o que estava prestes a acontecer.

Rafael passa o fuzil em bandoleira para as costas e saca a .40, coloca o cão para trás e aponta na cabeça do moribundo. Vicente se aproxima em silêncio e coloca a pistola .45 na cintura, consentindo com a cabeça e aguardando a execução. O bandido, quando percebe que sua sentença foi proferida, se desespera, implorando por piedade. Emite grunhidos guturais, sufocados pelos fluidos que inundam suas vias aéreas, vomita sangue, agita-se e começa a se debater forte, se arrasta para agarrar-se nas pernas de seu carrasco usando as últimas forças...

Todos nas arquibancadas celestiais estão de pé! Era a hora da decisão, do livre-arbítrio, do pecado, da morte. Livre-arbítrio do bandido, que saiu para roubar sabendo que aquilo poderia acontecer. Livre-arbítrio do policial, que tinha uma vida em suas mãos e decidiu ser impiedoso.

Rafael empurra com a sola do coturno o ombro direito do homem prostrado a seus pés, para que a face dele fique bem exposta. Mira bem no meio da cara do jovem bandido e olha no fundo de seus olhos... Lembra-se de Sampaio, de Neves, de Borracha... Hesita por uns instantes... Atira.

Dois homens morreram ali, naquela diabólica e obscura esquina. E, naquela mesma porta do inferno, nasceu um monstro.

Quando o disparo atingiu em cheio a face da vítima, os ossos da maçã direita do rosto explodiram, espirrando sangue e pele nas canelas do soldado. Por reflexo, ao receber o impacto da bala, o bandido levantou-se, mesmo com as pernas quebradas, arqueou bambo e desabou de novo, com a barriga para cima, grasnando baixo um som que reverberava pelo orifício causado pelo tiro, fazendo borbulhar o sangue que jorrava como em um caldeirão fervente. Ao ver que o baleado continuava vivo, Vicente, que vinha se aproximando, gritou assustado:

– Dá de perto, porra! Dá de perto!

A impressão que ele teve foi a de que seu soldado havia errado o tiro, pois a vítima se levantou. Só quando chegou perto é que reparou no rombo na cara do sujeito. Rafael também se assustou quando viu o seu alvo levantando, estava certo de que o tiro tinha pegado, mas decidiu que ainda precisava efetuar mais um disparo. Sua vontade era a de descarregar a pistola em cima do corpo estrebuchante, mas como iriam apresentar a ocorrência, não poderia se exceder. Um ou dois tiros são explicáveis, mais do que isso fica complicado, e ele sabia disso. Com o zumbi agora em decúbito dorsal, e sem condições de efetuar qualquer pedido de piedade, o golpe de misericórdia: o segundo disparo o atingiu no peito, na altura do coração. Não parecia nem que havia sido alvejado novamente. Seu corpo não trepidou ao alojar o projétil, e o sangue demorou a começar a escorrer e manchar a camisa, e finalmente deitar ao solo. Apenas o torso, no exato momento em que a bala o violou, murchou tal qual uma bexiga que se esvazia, deixando toda a estrutura molenga. Era o ar que escapava dos já estourados pulmões, por causa do atropelamento, e que após o disparo encontrou uma válvula de escape.

Rafael fica olhando nos olhos perdidos do bandido enquanto ele tenta em vão chamar o ar de volta, vendo a vida lhe escapar a cada nova tentativa, a cada grunhido. Os olhos são mesmo a janela da alma (se é que realmente há uma dentro de cada um de nós), ou reagem quimicamente no momento da morte de uma forma para mim desconhecida, porque é nítido o apagar de uma centelha sutilmente luminosa no interior da pupila ao expirar. Rafael sentiu um calafrio quando, pela última vez, sua vítima tentou abrir a boca, parando no meio do caminho. Seus olhos se tornaram opacos, não havia mais movimentos reflexos. Estava morto.

Ao verificar que o fato havia se consumado, o comandante da guarnição começa a tomar as providências necessárias.

– Fica tranquilo aí, Rafael, relaxa agora. É a primeira vez?
– É...
– Certo, certo... Agora deixa comigo, valeu? Só fala com os outros quando eu mandar, ok?
– Tranquilo...

Vicente se abaixa, pega em uma das mãos do defunto e a estica lateralmente na direção de um imenso muro de um terreno baldio à direita da viatura, disparando a .45 com os dedos ainda mornos da vítima. Existe uma técnica que identifica se a pressão usada para premir o gatilho no momento do disparo foi feita quando o sangue já não circulava mais pelos membros, o que desmascararia facilmente uma farsa mal-orquestrada; então, é preciso pressa para que o cadáver não esfrie.

– Me ajuda aqui, vamos colocar ele no banco de trás, vai sujar a porra toda, mas não tem problema não.

A dupla acomodou o corpo deitado de qualquer jeito no banco traseiro e partiu em arrancada rumo ao Hospital do Andaraí:

– Maré meia, maré meia, 2187 aí com prioridade, correto? Socorrendo elemento baleado após troca de tiros com a guarnição, hospital do Andaraí, informe aí se copiado?

– Correto aí, 2187! Onde foi esse confronto aí?

– Próximo a C6/6, correto? Elemento efetuando assalto reagiu a abordagem policial e acabou alvejado, positivo?

– Guarnição intacta, comandante?

– Positivo, guarnição intacta!

– Correto, arma apreendida?

– Positivo.

– Parabéns pela ocorrência aí, companheiro, informe na delegacia.

Assim que termina o diálogo com a sala de operações, o rádio Nextel de Vicente começa a tocar; ele fala brevemente com a pessoa do outro lado da linha e desliga o telefone com expressão satisfeita.

– É, parceiro, acho que ainda vamos ganhar um dinheirinho hoje...

– Como?

– Você vai ver...

No hospital, a chegada de uma viatura da PM é sempre precedida de grande expectativa. Os auxiliares de enfermagem, os seguranças, os faxineiros, os médicos de plantão, todos se alvoroçam quando tomam conhecimento de que os meganhas estão trazendo mais uma pessoa para ser "socorrida", mais um coitadinho de um bandido. É que, como a maioria dos profissionais que têm de lidar com o PM, os da área da saúde sempre os enxergam com desconfiança, duvidando se quem está ali na caçapa merecia mesmo aqueles tiros. É muito comum ver menininhas aspirantes a auxiliares de enfermagem, que ainda nem aprenderam a limpar uma bunda cagada, procurando por sinais de execução, usurpando uma função legista que se encontra muito além de seus estudos e capacidade, e a fuxicar arrulhos que variam entre a maldade e a pura e simples ignorância: "Olha, ele estava provavelmente deitado quando foi atingido... O que é que aconteceu, ele estava roubando alguém?". "Você é o quê? Investigadora? Promotora? Então faz a porra do seu trabalho logo e tira esse verme da minha patrulha que eu tenho mais o que fazer, não fode!". A resposta ríspida de Vicente à jovem doutora que veio até a viatura surpreendeu Rafael, que, apesar de contrariado com a atitude inconveniente da médica fofoqueira, teria sido um pouco mais comedido. "Com esse pessoal tem que ser assim. Eles veem a gente como um bando de assassinos filhos da puta e covardes; se der mole, tentam inventar estorinhas para te prejudicar. O melhor é cortar logo...". Mais uma para a caderneta de anotações. Só quem dá moral mesmo são os maqueiros, gente simples e acostumada com a realidade violenta dos criminosos: "É isso aí, meu chefe! Menos um pra roubar trabalhador, tem que matar todos eles mermo...". O presunto ainda está fresquinho quando o jovem mulato e seu companheiro mais velho de trabalho arrancam do banco traseiro a massa inerte mas flexível, deixando no caminho salpicos de sangue até deitá-lo sobre o ferro frio e enferrujado da maca reservada apenas para aquelas ocasiões. Um médico mais cascudo examina os sinais vitais só para se certificar de que o homem está realmente morto. A falta de documentos impossibilita a identificação do suspeito, e, sem ter a quem comunicar o óbito, o corpo fica ali na emergência, coberto por um lençol, aguardando a condução para o Instituto Médico-Legal.

Outra viatura sobe a rampa de acesso ao pátio principal do hospital. Os funcionários imaginaram tratar-se de mais um baleado, mas não: era o setor "E", cujo comandante estava há pouco falando com Vicente ao telefone. Eles parabenizam os colegas pela ocorrência, a melhor da semana até então, e entram na sala onde está a maca para apreciar o troféu da caçada.

– Aí, show de bola, hein? Quem foi que "fez" ele?

O soldado fica relutante em assumir a autoria do assassinato. Olha para Vicente, esperando uma dica do que fazer:

– Pode falar, Rafael, eles são de confiança, aqui é papo de polícia!

– Fui eu.

– Boa, garoto! – disse o sargento Ricardo, vulgo Beiçola. – Um na cara e um no peito, bem profissional.

O cabo que dirigia para o sargento continuou:

– "Fizeram" a mão dele?

— Fiz, fiz... — diz Vicente — tá tudo certo, agora é só fechar lá na DP. Sabe quem é que está de plantão?

— Sei sim, é uma delegada, uma tal de Cristiana Amourinho. Cuidado com aquela piranha lá, ela é a maior filha da puta! Esses dias aí ela enrolou uma ocorrência do "A", deu a maior merda, um atropelamento que acabou rendendo a madrugada toda. Aquela mulher é burra pra caralho, só passou na prova pra delegada porque dava pra um chefe da Polícia Civil...

— É mesmo? Então tá, deixa que eu enrolo essa arrombada quando chegar lá. Se ligou, né, Rafael? Vamo combinar logo a nossa história...

— Peraí — pediu o sargento —, esqueceu a "paradinha"...

— É mesmo, vamo desenrolar isso, vamo ali pra trás do estacionamento, traz a viatura de vocês.

Uma das prerrogativas de uma RP decente é a capacidade de tirar leite de pedra, e a hora da ordenha havia chegado.

Beiçola ligara para Vicente lhe oferecendo a oportunidade de efetuar uma troca vantajosa para os quatro policiais envolvidos. A arma apreendida com o bandido era uma .45 muito bonita, nova, e tinha grande valor no mercado negro. O sargento tinha uma .380 velha, apreendida dois meses atrás com um feirante, que a usou para ameaçar um homem durante discussão em sua barraca. Para não prendê-lo por porte ilegal, o sargento fechou em 300 reais (era tudo que o cliente tinha em caixa), e, lógico, tomou a pistolinha para si. Era uma PT 58s tão fodida que nem valia a pena a revenda, melhor guardar para uma hora de necessidade, como matar alguém desarmado, ou trocar por uma arma melhor. Como a dupla autora do homicídio teria que apresentar uma arma (não faria diferença qual) para justificar o auto de resistência,[52] o sargento propôs um trato: transformar a .45 em uma .380. A arma mais valiosa seria vendida por bom preço, e os donos do defunto pagariam pela pistolinha um valor mais alto do que realmente valia, pela prestimosidade do serviço dos colegas.

— É esta aqui, sargento!

---

[52] O auto da resistência foi criado pela ditadura militar para justificar o assassinato, pelas forças do governo, de militantes da esquerda no Brasil (N. da E.).

– Porra, cara, que "peção"! Vale uma prata... Não apresenta essa porra não, Peu, o papa Charlie vai botar é na cintura e ficar pra ele se der mole. Vamo botar esta belezinha pra "rolo", vai vender rápido...

– O senhor já tem quem compre?

– A rapaziada da milícia paga isso aqui mole!

– Quanto, mais ou menos? – interessa-se Rafael.

– Uns três e meio, quatro... Vamos ver lá na hora. Do valor que pagarem, vocês deixam 1.500 pra gente e dividem o resto entre vocês. É jogo pra todo mundo!

– E aí, Rafael, você que decide. Quem "fez" foi você, a ocorrência é tua.

Vicente dá plenos poderes ao soldado, que só tem uma dúvida:

– Não dá merda, não? Sei lá, a quantidade de pólvora pode ser menor nesta pistola do que na .45, sei lá...

– Dá nada! – entra na negociação o motorista do sargento. – Ele está identificado?

– Não.

– Então, esse puto vai ser enterrado como indigente, nem investigação vai ter. Você acha que vão pedir exame residual desse merda que nem identidade tem? Porra nenhuma... E não faz diferença qual o calibre da arma quando o que se busca é só a pólvora nas mãos. O negócio é uma "prata", apresentar esse pistolão aí dá até pena! Se eu estivesse com dinheiro, eu mesmo pagava por ela.

– Eu também – emenda o sargento.

– Até eu! – ajuda Vicente.

– Então já é, vamos trocar essa porra!

– Só faz um teste pra ver se ela está atirando "na moral". Vai que a delegada pede uma perícia pra checar se a arma funciona...

– Deixa comigo. Fiquem com a .45 então, depois a gente faz contato. Deixa a gente resolver logo essa ocorrência, senão vai amanhecer e a gente não terminou.

Na saída do hospital eles ainda cruzam com a supervisão de oficial, que queria se inteirar dos fatos e até pediu para ver a arma do bandido, por curiosidade mesmo. "Essa trezentos e oitenta aqui? Tá de sacanagem, né...". O oficial, pela sua experiência, soube na hora que eles haviam trocado a arma, e morreu de rir com a pistolinha que seria apresentada. Qual bandido, em sã consciência, trocaria tiros sozinho com uma .380 contra dois policiais armados de fuzis? Ele sabia que era uma farsa, a delegada saberia que era uma farsa, a promotora saberia que era uma farsa, até um demente saberia que era uma farsa. Mas e daí? A verdade é apenas o que se pode provar, ou não? Tem polícia que apresenta 765, 22, até 635 para justificar defunto em tiroteio, não dá para reclamar da .380 velha. Além do mais, o que aconteceu, segundo a versão oficial – que consta inclusive no TRO 198856 – foi o seguinte:

"Durante patrulhamento de rotina, a guarnição recebeu pedido de socorro de um motorista que havia acabado de sofrer uma tentativa de assalto. A vítima foi orientada a esperar em uma cabine da PM próxima, e não o fez. A viatura seguiu para o local indicado na intenção de identificar e prender o suspeito. Ao perceber a aproximação dos policiais, o indivíduo abriu fogo e, no confronto, acabou alvejado duas vezes. Imediatamente socorrido no Hospital do Andaraí, não resistiu e veio a falecer, sendo arrecadado com ele uma pistola calibre .380 de numeração raspada com sete munições intactas no carregador..."

O escrivão da Polícia Civil estava tão sem saco para registrar a ocorrência que nem as remelas dos olhos lavou quando foi acordado para atender os PMs. Ao saber que o caso apresentado seria o de um alegado auto de resistência, chamou a autoridade policial de plantão, que, para surpresa dos patrulheiros, não era uma delegada, e sim um delegado, responsável pela central de flagrantes do dia. Corroborando o profissionalismo sempre apresentado pela Polícia Judiciária na resolução de crimes envolvendo a morte de zés-ninguém, entre um bocejo e outro o doutor ouviu o relato dos fatos, e sua única diligência foi encaminhar a arma para análise, para verificar se ela estava mesmo em condições de disparar e se havia sido usada recentemente. Bem que a velha raposa da outra patrulha previu o movimento... Vicente, que tinha se desligado desse detalhe, teve tempo de aparar a última aresta, e, no caminho para a DP, disparou duas vezes com a .380, que mostrava fôlego mesmo depois de tantos anos de uso.

Ainda embriagado pelo porre de sangue que acabara de tomar, Rafael narrou os fatos como descritos anteriormente, feito um robô, sem pausas ou tempo para respirar. Assinaram os papéis – Rafael, como condutor da ocorrência, e Vicente, como testemunha – e foram tomar um café num lugar qualquer, para descansar, pois ainda faltavam três horas para o término do serviço. Só então ele teve tempo de pensar sobre o que havia feito.

MATAR ALGUÉM. ERA A ÚLTIMA FRONTEIRA A SER CRUZADA NA ESCALADA para a perdição, e o que ele sentia era um vazio, um nada incomum; parecia um pouco com a fome, mas só. Tentou aplacar o buraco aberto com um beirute e meio litro de suco de laranja, mas não deu certo. Descartou a fome; então, o que mais seria? Talvez sua alma tivesse escapado, deixando o corpo abandonado, funcionando no modo automático; ou os vermes infernais começavam a lhe comer as entranhas antes da hora. De qualquer forma, aquilo estava lhe perturbando demais para que conseguisse pensar direito, raciocinar direito; e pelo resto do serviço ficou quieto, por mais que seu comandante tenha tentado tranquilizá-lo sobre a matéria:

– Fica tranquilo, cara, é assim mesmo... Depois de um tempo você esquece. Não adianta ficar bitolado com essa neurose na cabeça. Fez tá feito, pronto e acabou. Se fosse ele no seu lugar, teria feito a mesma coisa, senão pior! Vá pra casa tomar um banho e dormir, descansar. Essa ocorrência vai dar uma moral pra nós, e ainda temos que aguardar um contato do sargento amanhã, ele vai dizer quanto os caras lá da Liga vão pagar pela pistola. Foi um bom serviço, você fez direitinho, fica calmo que você não fez nada de errado, valeu? Vamos lá, toca pro batalhão pra gente ir embora.

Dormir.

O sono de um homem nunca mais é o mesmo após derramar sangue pela primeira vez. Rafael foi levado para aquele caminho desde o seu primeiro contato com a farda da PM, mas nem o ódio que aprendeu a ter dos marginais, nem a memória dos seus amigos mortos conseguiriam justificar para ele mesmo o crime que havia cometido. O turbilhão de emoções que tomou conta de sua cabeça, na hora em que viu a arma do bandido, o fez agir seguindo o que foi ensinado, ao mesmo tempo de maneira subjetiva e objetiva, desde o CFAP, aquilo que os seus superiores apregoavam como o certo, o justo. Matar não era só uma revanche, era também a autoafirmação perante os demais membros da instituição, perante os colegas de batalhão, pois agora se transformara em um polícia de "questão", um "quebra" de verdade. Todo o esquema ao qual fora exposto servia para isso, para dar continuidade à miséria pessoal de cada jovem que ingressa na Polícia Militar em busca de um sonho, uma vida, e acaba por encontrar sofrimento, tristeza e morte por todos os cantos. As sequelas são irreversíveis e, após o primeiro homicídio, o homem passa a carregar um véu soturno sobre as pálpebras que o atormentará até seu último suspiro. Essa maldição se dá porque ele sempre saberá o que fez, e que é capaz de fazer de novo, se assim o quiser. Olhar nos olhos da morte e palestrar com ela, agir em favor dela, coabitar com ela... Há um outro profissional mais malogrado do que o policial militar do Rio de Janeiro? Ele lida com o podre, com o torpe, com aquilo que ninguém quer que exista, mas existe. A instituição PMERJ está doente, doente de verdade, viciada, agonizante, e estende aos seus componentes todas as dores resultantes da moléstia. Rafael apresentava os sintomas e, escondido de seu comandante, enquanto se trocava no alojamento, vomitou tanto que achou que iria pôr para fora o próprio esôfago.

Vou lhes relatar uma coisa que me chamou muito a atenção, e que eu não tenho a mínima condição de explicar. Apreciaria deveras se algum especialista em saúde mental se debruçasse sobre o tema e pudesse tecer uma linha de pensamento a esse respeito.

No célebre romance *Lolita*, Vladimir Nabokov descreve um sonho perturbador de seu igualmente perturbado personagem principal. Pedófilo e assassino, o protagonista tem uma deformação moral, descrita nos seus mais finos aspectos, que inclui o mote da obra: a paixão e o desejo sexual por crianças e a capacidade de premeditar e matar sem sentir remorso algum, desde que para ele a morte seja justificável. Acontece que, durante um sonho, H. H. sê vê com uma arma na mão diante de um odioso desafeto, e o desejo de matar o toma em fúria ardente. O alvo percebe sua ira, mas, debochadamente, assiste impassível às caretas ameaçadoras, e o olha direto nos olhos enquanto

H.H. lhe aponta a arma na direção da cabeça. Tomado pelo ódio, H.H. aperta o gatilho com propriedade, várias vezes, mas qual não é sua surpresa ao perceber que, após os estampidos, as balas saem do cano deslizando e caem debilmente no chão, bem diante de seus pés, enquanto o alvo continua lá, parado, ileso, fazendo pouco de sua raiva e de suas intenções homicidas.

A descrição do sonho termina por aí, e a obra continua por mais centenas de páginas deliciosamente desconcertantes, que revelam um monstro em plena atividade e no auge de sua maturidade anômala. O que me assustou de verdade, e tirou-me o sossego quando li essa parte do livro, foi que já tinha ouvido relatos desse mesmo sonho antes, só que da boca de pessoas reais. Vários policiais com quem conversei enquanto estava pesquisando sobre os problemas da PM, inclusive o próprio Rafael, descreveram ter tido sonhos exatamente iguais, sem que tenham sequer ouvido falar de Nabokov, e achando que "Lolita" é nome de algum filme pornô. Policiais diversos e que não se conheciam, das mais variadas idades, regiões e religiões, apresentando diferentes situações emocionais e familiares, tendo em comum apenas um aspecto primordial: a farda. Como é possível que esses homens tenham tido um sonho exatamente igual àquele descrito na obra publicada em 1955, escrita por um russo nascido lá no fim do mundo no ano de 1899? O abismo cultural traçado entre os dois paralelos é evidente; então, como achar o ponto de convergência capaz de elucidar tamanha padronização de atividade mental? Mera coincidência? Resposta fácil mas pouco provável. Para mim, em meu leigo entendimento, essa correlação só é admissível pelo fato de que os monstros são iguais em qualquer lugar do globo. Pensam igual, agem igual, sonham igual, e, como eu disse lá no início, a maldade pode ser adquirida, pois nenhum dos PMs entrevistados tivera o tal sonho antes de se tornar policial. O *monstruosus acometicius* se instalara no organismo ainda inócuo, e lhe deu aos poucos todas as premissas (incluindo as metafísicas) para que a metamorfose fosse completa, irretocável – ao contrário do malfadado Humbert, que trazia consigo inata a malignidade por nós convencionada.

A cabeça doente do escritor permitiu-lhe expor um detalhe acuradíssimo de seu personagem, desvelando até a mais intrínseca das ideias inseridas em um sonho; e o pavoroso disso tudo é que policiais reais, que estão nas ruas com armas em punho, compartilham da mesma pane psíquica de H.H.

A imagem perturbadora não saía da cabeça de Rafael. Imaginava o que significavam os ruídos balbuciados na tentativa de argumentar algo que preservasse sua vida, pouco antes de ter a cara impiedosamente estourada pelo tirambaço de .40. Ainda podia sentir o cheiro do sangue misturado à fumaça da pólvora enquanto o carregava para a viatura, os braços moles e pendentes por onde escorriam pingos rubros, grossos, o rastro vermelho por toda a extensão do membro. Esfregou as mãos por longos minutos durante o banho, os pulsos, o rosto, mas o perfume da morte impregna todos os poros, toda a pele, e nem uma banheira de creolina daria jeito no incômodo. Só mesmo o tempo. Tentou dormir mas foi em vão. Rolava na cama de um lado para o outro, desconfortável, parecia até que alguém lhe cutucava quando finalmente achava uma boa posição. Algumas vezes abria os olhos do nada, desperto como um felino, na esperança de surpreender quem estava a perturbá-lo. O dia era claro lá fora mas o quarto estava um breu por causa das cortinas *blackout*; ao dar de cara com a escuridão, era embaralhado em meio às suas projeções, e num segundo se percebia sozinho de novo. Não durava muito; logo a sensação de estar sendo observado apertava novamente, e novamente após a escuridão, nada. Chegou a cogitar ser sua vítima a culpada pela inquietação, autorizada pelos demônios a, temporariamente, subir e fazer traquinagens, a fim de tirar o sossego (e a razão) de seu algoz, pelo menos enquanto ele não descesse e se juntasse à repartição. O celular toca:

– Alô.

– E aí, parceiro, tá dormindo?

– Não, não tô não. Pode falar, Vicente!

– O sargento me ligou agora, disse que os amigos dele querem ficar com a "moto". Eles querem pagar R$3.500, mas, como foi você que "pegou", tinha que falar contigo primeiro. E aí, já é?

– O que você acha?

— Olha, cara, poderia até pagar mais, mas teria que procurar comprador... Assim, rápido, na mão, não está ruim não. Por mim tá tranquilo...

— Então já é, dá o toque nele e pode fechar.

— Beleza então, vou falar com ele agora, no próximo serviço está na mão. E aí, tá melhor?

— Mais ou menos, não tô conseguindo dormir...

— Ih, eu sei como é que é. Esquenta não que é assim mesmo. Enquanto "ele" estiver lá sozinho, vai continuar desse jeito, te perturbando, tem que mandar logo mais um pra "lá", pra fazer companhia, entendeu? Senão "ele" fica muito sozinho, sem ter com quem conversar, aí só resta você...

— Eu, hein!? Sai pra lá com esse papo, Vicente! Valeu, deixa eu dormir.

— Boa sorte, e bons sonhos...

Os dois dias de folga demoraram uma eternidade para passar. Volta e meia se via no negrume da esquina da morte de novo, cara a cara com o bandido. E se não fosse mesmo um marginal? E se aquele rapaz estivesse passando ali por acaso e tivesse sido vítima de um atropelamento, e a pistola, encontrada por um simples capricho do destino, deixada para trás por outra figura noturna? Talvez o verdadeiro dono da arma tenha se escondido ao perceber a aproximação da viatura, e o motorista se confundido na hora de relatar os fatos aos policiais, incriminando erroneamente o jovem atropelado... Tratou de afastar esses pensamentos o mais rápido possível. O peso de viver com a morte de um inocente nas costas é capaz de elevar a loucura a níveis insuportáveis. Só mesmo o PM, ou ex-PM, que carrega consigo tal pecado escondido no mais profundo de sua alma, sabe da corrosão causada pela culpa na maldade indesculpável e irreparável. E também pelo pavor de um dia ser cobrado por conta dela...

CHEGOU ATRASADO AO BATALHÃO. COMO NÃO VINHA DORMINDO DIREITO, O corpo estava cansado, dolorido, mas a Tijuca o esperava para mais um dia de trabalho. Encontrou com Vicente e Beiçola perto das bombas de abastecimento.

— Fala aí, bom dia, senhores! Desculpem o atraso...

— Que nada, parceiro, a sala de operações ainda nem cobrou a gente. E aí, já está dormindo melhor?

— Ainda não, tá uma merda!

— O sargento tem um "negocinho" aqui que talvez te deixe mais feliz...

O antigo tira dos bolsos do colete uma pataca de dinheiro relativa à venda da pistola. Dois mil, já descontada a parte referente ao pagamento pela .380, no valor de R$1.500.

— Prontinho, tá na mão! Dois mil limpinhos, nada mau pra uma noite de trabalho, hein?

— Valeu, sargento. A rapaziada da milícia lá gostou da peça?

— Ô, se gostou! Ainda mandaram avisar que o que tiver pode levar pra lá que eles pagam. Fuzil, metralhadora, granada... É só dar o toque que o dinheiro vem na mão!

Vicente se anima:

— É, vamos trabalhar pra isso, não é não, meu parceiro? Esse moleque tem "estrela", sargento, não se espante se amanhã a gente der outro bingo...

— Pois é, eu até queria falar com vocês sobre amanhã mesmo! Amanhã é quinta-feira, estamos no início do mês e a noite vai estar cheia de "gansos"...

— É, meu chefe — adianta Rafael —, mas a gente não está muito acostumado a pegar viciado por aí não, só dá dor de cabeça...

O sargento e o cabo, seu motorista, dão um sorriso pelo canto da boca; afinal, o soldado não sabia do que estava falando.

— É mesmo, é? Só dor de cabeça? Então se preparem que amanhã eu vou apresentar o "morrinho" para vocês, veremos se você vai ou não mudar de opinião.

— Morrinho? Que porra é essa?

COM AQUELE AUTO DE RESISTÊNCIA E A NEGOCIATA DA PISTOLA, VICENTE E Rafael subiram no conceito dos outros patrulheiros e ganharam a confiança deles. Uma das sacanagens mais antigas e rentáveis na área do 6º Batalhão (executada apenas pelos integrantes das RPs) agora lhes seria apresentada, e pelas mãos de um mestre, o sargento Beiçola, 21 anos de polícia só lá no

6º: próximo ao Corpo de Bombeiros de Vila Isabel, em uma ruazinha erma, ficava um dos acessos à área conhecida como "Pantanal", localidade do morro dos Macacos. Era uma rua ascendente, asfaltada apenas até certo ponto, mas o que importa aqui é o início da subida, logo acima da avenida Radial Oeste. O "morrinho" era um descampado bem ao lado de uma curva dessa subida, e revelava frondosamente no horizonte, que se precipitava à beira do barranco, a favela da Mangueira em todo o seu esplendor. Do ponto de vista do observador de pé na beirada do morrinho, bem abaixo dele estava a pista sentido Maracanã, para quem vinha pela avenida Marechal Rondon, ou para quem descia do viaduto da Mangueira intentando o mesmo caminho. Paralela a esta, e separada por um canteiro, estava a pista de sentido contrário, o finalzinho da Radial, para quem queria acessar o mesmo viaduto, ou simplesmente seguir até a 24 de Maio. Colada nesse trecho estava a favelinha do Metrô, atrás dela a linha do trem, e do outro lado dos muros que ladeiam os trilhos o objetivo se revelava: a rua Visconde de Niterói. A principal via de entrada à comunidade da Mangueira também abrigava o barracão e a quadra da famosa escola de samba, mais a estátua de Cartola e seu museu. Nesse caminho estava um dos principais chamarizes aos visitantes do asfalto, que vinham de longe (e até de outros países) para conhecer a mercadoria da casa: a boca do Buraco Quente.

De cima do morrinho, com a ajuda de um binóculo vagabundo qualquer, dava para acompanhar tudo o que acontecia do outro lado da linha do trem. Os carros acessavam o beco pela Visconde de Niterói, onde um "estica" estava sempre de prontidão. Era esse funcionário do tráfico que fazia a ligação da boca mais famosa da Mangueira com o asfalto, como um atendente de *drive-thru*, anotando o pedido do cliente e voltando com a droga segundos depois. Isso é para aqueles que não queriam se dar ao trabalho de entrar na favela, pessoas que chegavam em carrões importados, algumas celebridades, jogadores de futebol, gente que não quer ter contato com a sujeirada dos becos, mas que consome o que é "endolado" neles com bastante prazer. Nem todos os ricaços viciados são assim. Alguns são camaradas da vagabundagem e emprestam seu prestígio a eles, desfilam pelas vielas sorridentes em dias de baile, transitam em meio aos fuzis com desenvoltura, e só recebem cocaína da "boa", sem a misturada feita de bicarbonato e cal para render mais. Em dias de samba era um frenesi: o movimento de carros se tornava absurdo, com gente comprando e consumindo a torto e a direito por todos os lados. Dentro dos carros, no meio da rua, nos camarotes da quadra, o pó vendido nesses dias era inclusive separado de uma mistura especial, para fidelizar e fazer jus à fama.

O sistema de extorsão funcionava assim: lá em cima do morrinho ficava uma guarnição no "olho", os dois patrulheiros responsáveis pela identificação dos alvos a serem abordados. Para alcançar o ponto estratégico durante a madrugada, algumas precauções precisavam ser tomadas, e uma delas era não acionar nenhuma luz no momento do posicionamento. Até para manobrar a viatura era necessário cuidado redobrado, pois o simples acionamento de uma luz de freio era suficiente para que, de lá do alto do morro, os traficantes percebessem a tocaia, e várias foram as vezes em que guarnições receberam uma chuva de balas traçantes dos bandidos furiosos com a maldade contra seus clientes. Em uma dessas ocasiões, o mato seco pegou fogo de tanta fagulha provocada pelos projéteis incandescentes, e o incêndio se alastrou por uma área tão grande que os bombeiros demoraram horas para debelar as chamas.

Após se posicionarem, era hora de escolher o carro a ser escoltado. Do ponto de observação se podia enxergar a criatividade dos viciados ao esconder a droga. Um deles, ao receber os vários papelotes de cocaína das mãos do estica, foi até a mala do seu Land Rover, retirou a caixa de ferramentas, o forro, e escondeu o flagrante no vão entre a lanterna traseira direita e a lataria, um gênio! Muitos recorriam ao já manjado artifício de deixar o pó com as mulheres, visto que a presença de policiais femininas durante os patrulhamentos noturnos é quase nula, e a revista fica impossibilitada de ser feita pelos homens. Mas, quando o agente tem a certeza de que o flagrante está com ela, uma seção de terror psicológico, além de meia dúzia de ameaças, é o bastante para que comecem a cantar como sabiás bem rapidinho. Nesse pedacinho do Rio de Janeiro tinha de tudo! Pagodeiros, advogados, pedreiros, playboys, patricinhas, médicos e até mesmo policiais, que, impulsionados pelo vício incontrolável, iam até lá comprar a droga na cara e na coragem, sabendo que, se fossem identificados, provavelmente morreriam dentro do morro e de forma muito cruel. Pois enquanto uma dupla fica lá em cima, apreciando o espetáculo, outra fica cá embaixo, pertinho da Radial, aguardando o contato Nextel. Quando o cliente é escolhido (na maioria das vezes pelo valor do carro que ostenta), chega a hora de armar o bote. Ao sair da boca o motorista tinha três destinos, um deles era seguir reto rumo à Maré 22 (área do 22º Batalhão), e aí não tinham como efetuar a abordagem. Era muito fora dos limites do 6º e não valia a pena arriscar tanto, até porque viciado era o que não faltava; então, melhor esperar o próximo. O segundo destino era seguir pelo viaduto da Mangueira, e a partir daí ele já estava com meio corpo preso na teia. Poderia descer e retornar em direção à 24 de Maio, ou então, e por último, seguir para o Maracanã. Em qualquer um dos dois trajetos ele já estava "palmeado", e até que se visse surpreso e aflito ao perceber as luzes da viatura, mandando que encostasse, era apenas questão de tempo. Do alto do morrinho, todas as coordenadas eram passadas pelo Nextel aos comparsas, que aguardavam no asfalto com o motor ligado: a cor do veículo a ser parado, a marca e o modelo, quantas pessoas estavam no seu interior e o principal – onde a droga foi malocada. Algumas vezes, se a luz de placa estivesse ligada, dava para informar até o código alfanumérico do carro. Com a certeza do flagrante, as abordagens eram agilizadas e a possibilidade de lucros aumentava exponencialmente, e o que se seguia após o viciado ser devidamente enquadrado era a negociação em prol da sua liberdade.

A noite seguinte chegou. Ainda cabreiro com a decisão de seu comandante de experimentar o morrinho, Rafael resmungava de quando em quando:

– Ô, Vicente, tem certeza que tu quer perder tempo correndo atrás de ganso mesmo? A gente poderia ficar de rolé perto do Borel de novo, vai que a gente dá mais uma sorte?

– Calma, Peu, bandido é o que não vai faltar pra gente correr atrás, vamos dar um crédito ao sargento! Essa sacanagem do morrinho é velha, muita gente já se deu bem por lá! Alguns anos atrás, umas guarnições alugaram um apartamento bem próximo lá dos bombeiros, de onde dava para visualizar a boca direitinho, só pra fazer o "olho" mesmo estando de folga.

– Tá de sacanagem?

– Tô falando sério! Rapaz, tem polícia que construiu a própria casa só fazendo morrinho, o Pelicano e o Orelha foram desses!
– Ah, duvido que seja tão bom assim...
– Então tá, mas pelo menos vamos lá conferir; se não estiver legal, a gente vaza.
–Valeu, mas passa no Big Néctar primeiro porque eu tô com fome.
– De novo?
– Eu, hein... é você que vai pagar? Então não fode! Vamos logo que quando tô com fome eu fico nervoso...

Vicente era camarada, de vez em quando dava uma folga para o soldado e dirigia a viatura por um tempo. Depois da parada estratégica na casa de sucos, fizeram o contato com os anfitriões da noite:
– E aí, meu chefe? Vamos lá?
–Tô aguardando vocês aqui em frente à UERJ, vem logo que a favela está bombando e a gente vai ficar no horário de 1h às 3h.
– Já é, meu chefe, tamos chegando!

Em dias de muito movimento, para evitar atritos entre os policiais na hora de achacar os clientes, eram formados quartos de hora para as guarnições atuantes no morrinho. O horário estipulado para o sargento era o melhor, até porque ele era o mais antigo da ala e merecia o privilégio. Sorte de quem estivesse fazendo dupla com ele. Beiçola e o cabo estavam parados dentro da viatura comendo cachorro-quente, acumulando energias para a intensa atividade que se seguiria. Rafael desembarca e vai falar com eles:
– Fala aí, sargento, boa noite!
– E aí, garoto, vamos trabalhar?
– Quando o senhor mandar!

O cabo faz uma brincadeira sem graça:
– Mas sem matar os outros, hein? Hoje é só uma prata...
– Esquece isso...A gente segue vocês, então?
– Não, não... deixa que o Arnaldo vai dirigir lá para o teu companheiro e nós vamos ficar no "olho"; na chegada lá tem que saber manobrar sem acender o freio, senão a vagabundagem vê de lá de cima, e taca bala! Como é a primeira vez que vocês vão lá, tem uns toques que eu tenho que dar

pra vocês antes de partir pra sacanagem, no caminho eu vou adiantando. Vamos indo...

Rafael vai de carona com o sargento velhaco e Vicente segue com o outro cabo. Da UERJ para o destino era um pulo, e em poucos minutos já estavam se enfiando na subida escura ao lado do quartel dos bombeiros. Era um breu, e, como não podiam ligar os faróis, só mesmo alguém que já conhecesse o local poderia guiar a viatura, pois a impressão era a de estarem trafegando no vácuo do espaço sideral.

– Caralho, sargento, que porra de escuridão é essa?

– Entendeu por que a troca dos motoristas? Se vocês vêm aqui sozinhos, iam cair da ribanceira.

– É assim até lá em cima?

– É, mas isso pra gente é bom! Hoje está perfeito, o céu com nuvens e sem estrelas, fica mais difícil de alguém ver a gente lá da Mangueira.

– Porra, mas tá muito escuro...

– É... Teve polícia que já viu até alma penada aqui, gente que ele matou e depois voltou pra assombrar...

– Ih, para de palhaçada, sargento!

– Tá com medo? Tô falando sério...

De repente, dois vultos surgem e parecem se aproximar da viatura.

– Ali, sargento, tem alguém ali...

Beiçola segura o soldado, que se preparava para fazer a divisada de tiro nos alvos adiante, rindo do pavor do subordinado frente à possibilidade de as silhuetas serem fantasmas.

– Calma, rapaz, é a guarnição do setor Bravo, vai matar os companheiros?

Rafael reconhece vagarosamente as nuances das fardas e dos fuzis em bandoleira, e mais ao fundo os contornos da viatura e do giroflex.

– Putz... não brinca mais assim não, meu chefe! Quase que meu coração sai pela boca!

Era curioso como, durante o serviço, o incômodo pelo assassinato recente não o acometia. O mugue de certa forma o "blindava" dos tormentos morais que lhe tiravam o sono, e, com o passar do tempo, começariam a se perceber somente enquanto estivesse sendo "polícia", enquanto estivesse trabalhando.

Essa é mais uma das facetas da metamorfose pela qual o PM passa durante a sua transição da vida comum para a vida de polícia. A antiga definição de ser, a antiga identidade, fica tudo ultrapassado após a carteira com o porte e o RG. Com a mudança, ele começa a ser conhecido como o PM, passa a agir como o PM, a pensar como o PM, e era disso que Vicente havia falado. Com a passagem (completa após o homicídio), a tendência é que haja um recrudescimento dos antigos sentimentos e uma nova tomada de realidade, uma nova moral. O mundo ganha tintas sombrias e as pessoas parecem aflorar com ares ainda mais maquiavélicos e maliciosos. Se matar alguém transforma um homem, com o PM o impacto é elevado à décima grandeza, porque ele terá de continuar na lida, com a mesma situação transmutante, dia após dia, enquanto busca uma forma de adequar o seu novo "eu" às demais pessoas sem que exploda e cause terror e morte inadvertidamente. Uma bomba-relógio ambulante, sem timer programado ou detonador específico. Pode demorar um ano, uma vida, ou nunca acontecer. Pode ser uma discussão de trânsito, uma traição conjugal, ou um gol do time adversário; recentemente um PM matou o motorista de uma van por causa de 1 real a mais que teria de pagar pela passagem.

Mas para Rafael o que importa agora é que esses ânimos são aplacados com a vestimenta da farda militar, com os ajustes dos equipamentos de guerra. Colete, coldre, bandoleira, luvas, bornal, fiel, joelheira, mochila, todos dão a familiaridade confortante de estar entrando no transe da pólvora estourada, no zen da bala voando. É a nova identidade do sujeito, sua nova caracterização. Lá no alto do morrinho era esse o estado de espírito experimentado por Rafael, que se esquecera da angústia dos dias anteriores e ria de sua própria temeridade ante o sobrenatural.

As figuras caminham pela penumbra até se tornarem identificáveis. Eram os cabos Magalhães e Joelson, aves de rapina do 6º e velhos frequentadores do morrinho.

– É, sargento, hoje tá bom o negócio lá embaixo.
– É mesmo, e aí? Já deram uma sortezinha?

Joelson continua:
– Pegamos um playboyzinho lá da Barra com mais duas menininhas no carro, estavam levando maconha pra uma festinha...

– Perdeu um negocinho?

– Os companheiros do "E" que pegaram ele lá embaixo disseram que ele rateou de começo, não queria entregar o flagrante. A cara dele caiu no chão quando os colegas tiraram as trouxinhas de dentro daquele espacinho onde fica a tampa pra abastecer, sabe qual é? A gente aqui de cima viu tudo enquanto o ganso estava escondendo. O carro dele tem aquele sistema de abertura elétrica da tampinha, e quando ela abriu na pressão, a maconha pulou de lá de dentro no colo dos polícia. Ele chorou, disse que estava duro, mas quando chegou na porta da delegacia deu tudo! Foi uns 300 merréis, mais os três celulares (o dele e os das meninas), uma garrafa de uísque que estava no carro e o relógio!

– Tá bom pra caralho. Não pegaram mais ninguém?

– Pegamos mais um casal meio coroa que perdeu uma merrequinha, um taxista... e só. Teve um Fusion que meteu o pé pela Vinte Quatro de Maio e deu uma poeira nos amigos que tentaram abordar ele. Eu vi na hora que o estica entregou pra uma mulher no carona, que deve ter enfiado tudo dentro da calcinha. Esse ia perder uma prata forte, só pelo abuso de fugir, mas os polícia lá de baixo são muito devagar, deram molinho...

Rafael se admira:

– Porra, um Fusion?

– É... agora já era.

Realmente, pela qualidade da clientela, talvez valesse a pena exercitar a paciência e passar um tempinho depenando alguns gansos desavisados. Com a chegada da rendição, é a hora dos cabos do setor "B" se despedirem (muxoxos com o fim da lucrativa tocaia), arrastarem consigo a guarnição do Índia e darem espaço aos recém-chegados abutres, que já se aboletavam para visualizar melhor o campo de caça. Vicente e o motorista do sargento se juntam a eles na beirada do morrinho. A vista era muito bonita daquele ponto. Depois do espaço escuro que delimita a linha do trem, a rua Visconde de Niterói se acendia toda, com as lâmpadas amarelonas derramando sua luz fosca sobre o asfalto, em contraste com a Radial do outro lado do abismo negro, cuja iluminação é feita por lâmpadas fluorescentes e brilhantes. Acima das luzes amareladas, o morro se apresentava como um mosaico obscurecido, e lá e cá, pigmentadas por luzinhas ora vacilantes, ora fixas, certas vielas visíveis e outras partes absolutamente insondáveis, um cupinzeiro ornado por pisca-piscas e encimado por uma cruz de luz branca numa das partes mais altas observáveis. A via deitada a seus pés tem um ritmo de passantes bem movimentado para aquela hora da noite. Beiçola aponta para os iniciantes a exata localização do beco de acesso à boca. Dá para vê-lo bem claramente, mesmo sem a ajuda do binóculo, mas com o auxílio do instrumento os detalhes são impressionantes. O sargento tinha um aparelho próprio, com lentes que facilitavam a visão no escuro e um ajuste de foco perfeito, aparelho profissional, comprado após a constatação de que se tratava de um investimento necessário e compensador. Rafael pede para dar uma espiada. Demora um pouquinho para adequar o ajuste certo, mas logo o encontra e a tela fica nítida. Viu um moleque gesticulando ante a aproximação de um carro, chamando-o para estacionar, mas este passa direto após uma lombada feita pelo tráfico, que visava apenas a diminuir a velocidade dos autos que por ali transitavam, medida de segurança. Uma casa que mais parecia um boteco, verde, sem muros e com a varanda toda aberta, como um estabelecimento comercial, era a primeira construção à direita que iniciava a entrada ao beco. Algumas pessoas, sentadas nas meias-muretinhas desta, todos moradores, assistiam ao movimento e dançam funk, graças a Deus inaudível de onde estavam espreitando. Não era possível enxergar o movimento de traficantes armados, eles não se expunham na pista – explicou o sargento – sem um objetivo definido, como sair para roubar ou atravessar de uma favela para outra. Menos em dias de baile, quando organizavam "patrulhas" motorizadas para garantir a segurança dos acessos ao morro, e zanzavam livremente pelos entornos em carros roubados, com os fuzis para fora das janelas no melhor estilo Bagdá! Rafael passa o binóculo para Vicente e o sargento lhe guia até que consiga observar onde está o posto de policiamento comunitário, ou melhor, o trailer da PM que ficava no meio da desgraça. Três ou quatro policiais escalados pelo 4º Batalhão ficavam ali, no pé do morro, guarnecendo uma casinha de alumínio ordinária, assistindo a tudo completamente impotentes e humilhados. Diziam as línguas ferinas que o trailer foi colocado ali não para reprimir o tráfico, mas para proteger a boca que ficava mais próxima à entrada da quadra da Mangueira (a mais lucrativa) de uma eventual invasão.

Tem lógica, visto que o arrego que os componentes da cabinezinha recebiam dos marginais era pífio, e certamente o grosso do malote estava indo para o coronel e uma meia dúzia de asseclas. Do ponto de observação não era possível definir nenhuma atividade policial do outro lado, mas eles estavam lá, os mangos, trancados dentro da lata de sardinha e à mercê do humor dos traficantes, como da vez em que o PPC telégrafo foi atacado. Não se sabe ao certo que merda aconteceu para motivar o atentado, mas esse posto de policiamento encravado no interior da favela (já em perfeita relação simbiótica com a vagabundagem local) do nada virou alvo da fúria dos narcotraficantes, que só não "passaram" todos os PMs que estavam lá porque não quiseram. Era 17 de dezembro de 2007, e a guarnição posicionada dentro do trailer do Buraco Quente recebeu determinação de não colocar a cara para fora se não quisesse ficar sem cabeça. É aterrador como um comando de batalhão, de uma instituição, sujeita o subordinado a situações tão degradantes como essas. E não eram poucas. No Turano, no São Carlos, na Rocinha e em várias outras comunidades dominadas pelo tráfico de drogas havia essa representatividade clientelista, imposta pelo comando da Polícia Militar, que, sem vergonha de abusar assim da inteligência da população, dizia que sua manutenção era necessária para o controle dos índices de criminalidade. Mascaravam a derradeira finalidade: estabelecerem-se como repartições a serviço dos interesses pessoais de alguns coronéis, que administram recursos policiais como fontes de lucro e controle de áreas conflagradas, dispondo dos destacamentos como bem entendem – ação essa somente possível mediante, logicamente, a bênção das autoridades políticas que lhes indicam para tais cargos de confiança.

– Ô, sargento, tem certeza de que tem um trailer lá? Tá brincando, né?

– Até queria estar, mas não...

– Eles não podem fazer nada, nem um "botezinho"?

– Tá maluco? O arrego deles vem toda sexta, não pode dar bote em viciado ali não. Eles só estão lá pra dar segurança pra eles, pros gansos e vagabundos.

– Deixa eu ver aí, Vicente!

Rafael também mira na direção apontada como sendo a do trailer, na esperança de visualizar um PM que corrobore a inacreditável informação de

Beiçola, mas não passa mais que poucos segundos com o foco voltado para lá, logo é cutucado pelo sargento:

– Ali, rapaz, "marca" aquele carro que tá parando lá na boca... É o quê? É um Astra, né?

– É sim, meu chefe, o estica tá chegando agora na janela do carona.

O sargento se agita:

– Vai lá, Arnaldo, vai com o Vicente lá pra baixo, rápido, vamos pegar esse aí! Continua olhando aí, Rafael, vê se dá pra pegar legal onde é que ele vai malocar o flagrante.

Vicente e o outro companheiro rapidamente deixam o morrinho e partem para o ponto da emboscada. De lá de cima, Rafael assistia o crime se desenrolar na maior calmaria. Poucos instantes após fazer seu pedido, a mulher no banco do carona recebe a encomenda fresquinha, em mãos. O motorista aproveita que não vem nenhum carro atrás e desce para urinar ali mesmo, próximo à porta do carro. Aparentemente não foi usado nenhum artifício mirabolante para esconder o flagrante, porque, logo depois de se aliviar, ele entrou no carro e engrenou a primeira:

– Sargento, estão saindo.

– Acompanha eles aí, não perde de vista...

A velocidade do carro é mínima, o suficiente apenas para que ele não desengrene, e essa morosidade vai irritando o soldado. Passam pelo primeiro quebra-molas, pelo segundo, e por um breve momento ficam fora da visão do observador ao passar por detrás de uma das pilastras do viaduto. Quando aparecem de novo, vêm à toda velocidade. Rafael até se atrapalha com a mudança e desfoca a visão, mas se recompõe; e lá está, de novo, o alvo claramente divisado.

– Sargento, pegaram o viaduto, vão vir pra cá!

– Ótimo!

Não tinham mais como fugir. A área do 22º BPM estava fora para eles, só lhes restava cair nas garras de seus observadores.

– Fica de olho, agora vê se eles vão seguir para maré 3 ou para cá.

– Tá tranquilo, meu chefe, estão descendo, diminuíram um pouco, acho que vão retornar... Não, não, sargento, maré 6, destino maré 6, tão vindo pra cá!

Beiçola faz contato pelo Nextel com os policiais que já estavam aguardando lá embaixo:

— Aí, Arnaldo, estão seguindo na direção de vocês aí, correto? Astra preto, dois ocupantes, um homem e uma mulher, vai passar aí daqui a pouco...

Ao passar pela Radial, bem abaixo do morrinho, o carro sai do campo de visão, mas não demora muito e as informações começam a chegar:

— Tranquilo, sargento, estão passando agora, passaram, tô indo atrás...

Não era muito prudente parar o carro logo de cara, ali na Radial. Era uma área exposta e muito impessoal para o desenvolvimento das negociações; então esperavam que o motorista tomasse uma via menos movimentada para ser abordado. Vicente pega o aparelho de Arnaldo e continua o repasse das coordenadas:

— Acho que eles ainda não se ligaram que estamos atrás deles. Estão seguindo reto pela Radial, a toda, acho que vou tocar a sirene...

Beiçola adverte:

— Não, espera mais um pouco, vê primeiro se eles não vão sair da Radial...

— Mas já estamos aqui perto da Veiga... E ele não quer reduzir, acho que agora ele se ligou... Porra, estamos a 120, é melhor sirenar logo, vou dar o toque... Ih, caralho... Ele tá acelerando. Tá acelerando, vai, cumpadi, cola nele, vai...

A comunicação via telefone é interrompida. Enquanto Rafael e o sargento ficam sem saber o que está acontecendo, Vicente e Arnaldo partem em uma perseguição feroz ao auto que tenta se evadir. Ao perceber que o toque da sirene era uma ordem de parada, o motorista do Astra acelerou fundo na intenção de despistar os policiais. Passaram voando baixo pela cabine da Praça da Bandeira, e ao perceber que o fugitivo iria enveredar pelo caminho do túnel em direção à Zona Sul, Vicente não pensou duas vezes: meio corpo para fora da janela e dois tiros com o sete-meiota, de advertência, para o alto, testando se seria o suficiente para frear a impetuosidade do piloto fujão. E foi.

Como o movimento era pouco na avenida, o motorista do Astra, após sentir as faíscas dos pipocos passarem perto da lataria, desacelerou primeiro e foi abrindo as janelas filmadas pela película escura, jogando na direção da agulha que fica bem antes da subida que leva ao caminho do túnel. A viatura dos policiais, inconformados com a tentativa de fuga, estava 10 metros atrás, e Vicente pulou dela ainda em movimento, com o fuzil quente e em posição.

– Desce do carro, porra! Mão na cabeça...

De dentro do automóvel, com o pisca-alerta ligado, sai uma criatura com uma das atitudes mais improváveis. Além de desobedecer à ordem do policial, a mulher loura, de uns 35 anos, demonstra indignação e inicia um escândalo:

– Vocês atiraram em mim! Vocês estão loucos, socorro! Vocês atiraram no carro em que eu estava, eu não fiz nada, pelo amor de Deus...

Gesticulando muito e gritando cada vez mais alto, a mulher se abaixava e procurava por marcas de tiros na lataria do carro, fingia estar passando mal e fazia todo o possível para disfarçar a verdade: que estava na sacanagem e ainda por cima transportava drogas. O homem ao volante permanecia no carro. Arnaldo, que não trabalhava com fuzil (pois seu negócio era mesmo só uma pratinha, nada de tiroteio), se aproxima com a pistola em punho e lhe pede para desembarcar:

– Desce aí, ô, viado! Quer fugir, né, ô filho da puta... Quase que causa um acidente! Desce logo, porra...

O indivíduo de pela clara, uns 40 anos, vestia-se bem para um viciado. A calça escura, tipo cargo, e um desses calçados para trilha, meio bota, meio tênis, davam a ele um ar de descontração, e a camisa polo axadrezada, de tecido grosso, com um alce bordado no lado esquerdo do peito, era novidade para o cabo. Certo era que o camarada olhava assustado para a cara do policial mas não descia do carro: estava tremendo, da cabeça aos pés, e não entendia direito o que fazer. A mulher maluca repreende:

– Ele não está entendendo você, seu ignorante! Ele é norueguês, está hospedado em minha casa, passando férias! E me diga, o que é que vocês querem? Documento? Tá aqui ó! Tudo certinho! A habilitação dele? Tá aqui, a permissão dele pra dirigir em país estrangeiro, vocês nunca devem ter visto uma dessas! Pois então, não tenho nada pra dar pra vocês não, está tudo certo, vai arrumar outro pra pedir dinheiro, seus mortos de fome! Não sei nem por que vocês me pararam, além do mais, ainda deram tiros em nossa direção! Vocês sabem com quem estão falando? Eu sou advogada, amanhã cedinho vou no batalhão de vocês dar queixa, vou acabar com a carreira de vocês, seus loucos...

– Tá bom, tá bom... Mas o que é que a doutora estava fazendo na Mangueira?

– ...


– Sargento...

– Fala aí, companheiro.

– Melhor o senhor vir aqui, estamos na entrada da Mimosa, debaixo do trilho do trem.

– Que é que foi, fizeram merda?

– Não, melhor o senhor vir, a ocorrência vai "evoluir"...

Rafael ficou curioso em saber o que estava acontecendo lá no local para onde a abordagem foi transferida. Acontece que, quando indagada sobre o motivo de sua ida até a favela, a mulher ficou, primeiramente, estatelada com os poderes mediúnicos do mango, mas em segundos recobrou-se e desatou a falar mais ainda, na tentativa desesperada de dissuadir os policiais de proceder à revista. Malandramente, Arnaldo argumentou que ali não era um local seguro para aquela discussão, e determinou que os cidadãos os acompanhassem até outro ponto. Vicente iria com eles no interior do Astra, para impedir que, durante a locomoção, o flagrante pudesse ser jogado fora. A louca chiou, disse que estava com pressa e que não iria a lugar nenhum, mas quando foi informada de que, se não obedecesse, seria levada até a delegacia mais próxima, mudou de ideia. Um sinal claro de que realmente estava na sacanagem. O sargento ficou preocupado; afinal, não era comum que esses casos ocorressem. Geralmente, Arnaldo se virava bem no desenrolo; além do mais, não era prudente abandonar o morrinho assim, ainda havia movimento de viciados lá embaixo, e estavam até em vias de escoltar outro carro que acabara de parar na boca. Esperava que o bote fosse rápido, preciso e sem delongas, para que desse tempo de pegarem aquele também, mas, como houve o pedido, era sinal da importância de sua presença:

– Tá certo, tô chegando aí!

— Que é que foi, sargento?
— Não sei, eles estão com algum problema, vamos lá pra descobrir.
— E aquele carro lá parado...
— Ganhou! Vai poder fumar à vontade. Vambora.

Quando chegaram na entrada da Vila Mimosa encontraram todo mundo em intenso debate. De um lado os cabos, que perguntavam insistentemente onde é que estava o flagrante, as drogas que haviam acabado de ser compradas na favela do outro lado da linha do trem. Do outro, a tresloucada, que queria porque queria tapear com uma estória esfarrapada de ter se perdido na volta de uma festa, e mais o gringo bobalhão, que agora se divertia com a pitoresca interatividade turística carioca. Os ânimos estavam se exaltando, e o sargento chega para tentar colocar ordem na bagunça:

— Calma aí, Peu! Deixa eu falar com esta senhora. Minha senhora, vamos descomplicar: por que a gente não resolve essa parada de uma vez? Me entrega logo o flagrante...

— Que flagrante o quê? Vem cá, quem é você? Sabe com quem você está falando? Eu sou advogada e não preciso ficar passando por isso não...

— Ah, é assim, então? Vai ficar de putaria com a minha cara? Tá achando que...

— Putaria com a sua cara? Acho que você está me confundindo com alguém da sua família...

Aí o caldo entornou de vez! O sargento, que tinha chegado na intenção de amenizar a parada, partiu para cima da doutora para lhe dar uns tabefes e calar aquela boquinha malcriada. Vicente se meteu no meio dos dois (porque ela encarou o Beiçola) e impediu que trocassem socos. Vociferavam farpas mútuas, e a cena era até engraçada de se ver, mas Rafael encucou com outra coisa. O estrangeiro, que também assistia com certo ar de riso à pastelada, de quando em quando tinha de andar para os lados para não ser envolvido pelas partes contendoras. Nessas horas, movia-se de maneira estranha, com as mãos nos bolsos da calça, dando a impressão de estar evitando muita amplitude nos movimentos.

— Ô, Arnaldo, vocês já revistaram esse puto?
— Não...

O carro havia dado uma boa esticada antes de resolver parar ao toque da sirene. O gringo teve tempo hábil para malocar o que compraram na Mangueira, o que levou os cabos à conclusão de que a droga estava com a mulher, a única que não poderia ser revistada. Mas se enganaram. Com aquela cara de bundão, o gringo estava segurando tudo com ele, crente que iria se safar na maior tranquilidade.

– Aí, cumpadi, vira de costas!

Rafael, que já tinha sido avisado que o abordado era estrangeiro, fez um gesto circular com o indicador para que ele se virasse. O camarada fingiu que não entendeu; entretanto, aquele gesto era universal, e então começou a dar na pinta que ele estava mesmo se escamando.

– Vira aí, ô arrombado!

O soldado o pega pela camisa de grife e o vira à força, o que provocou protestos ainda mais inflamados da loura louca. Já nas primeiras buscas em seus bolsos (eram vários na calça cargo) encontrou a prova do crime (?): dois papelotes de cocaína de 20 reais.

– É meu, isso aí é meu! Eu sou usuária, quero ir pra delegacia agora!

O gringo agora olha para baixo o tempo todo, perdeu o sorrisinho bobo e se consterna com a situação de flagrância. A mulher logo se adiantou em assumir que os "papéis" eram dela, que ele nada tinha a ver com isso, que ele apenas estava com a droga para tentar protegê-la de ser surpreendida. Eles eram gansos experientes.

– Aí, sua piranha! Tá na sacanagem e ainda quer pagar de fodona, né? Tá presa, você e seu amiguinho aí!

O sargento desabafa, ofegante, depois de tanto se sacudir nos braços de Vicente, mas a mulher não parece nem um pouco preocupada de ir até a delegacia; ela era advogada realmente, sabia que não iria dar em nada mesmo. Só que ainda não estava tudo certo para Rafael.

– Vira aí, seu puto, ainda não terminei não!

Ele continua a busca pessoal no estrangeiro, e a mulher reclama do porquê de continuar com aquilo, queria registrar o fato logo. Rafael faz que nem a escuta e corre as mãos por dentro das pernas do camarada, dando continuidade ao procedimento. Não percebe nada de mais, e mesmo assim está cabreiro:

– Chega aí – gesticula com as mãos, – abaixa a calça.

No começo a ordem não é compreendida. Rafael levou o cara para um canto e repetiu o que disse, novamente sem sucesso, e então ele mesmo puxou-lhe a roupa para se fazer compreensível. Vacilante, o gringo abaixou as calças só um pouco, Rafael mandou descer mais, até os joelhos, e depois a cueca. É escroto (desculpe o trocadilho) mas são ossos do ofício, e, como suspeitava, encontrou. Os vários papelotes de cocaína brotavam dos genitais e caíam no chão, entre as calças arriadas do safado. A mulher, que estava em polvorosa antes da descoberta, agora se cala, e pela primeira vez abaixa a cabeça. Como disse, eles eram gansos experientes, e deixaram no bolso dele só uma amostra, para o caso de serem abordados. Como a quantidade era pequena, o desenrolo era mais barato, mas com o novo flagra teriam que perder bem mais para comprar o passe livre de seus narizes. Treze papelotes de cocaína estavam na cueca do infeliz, mais quatro no calçado esquerdo (onde ele habilmente enfiou o material enquanto estava com o outro pé no acelerador), pó o suficiente para animar a *after party* à qual foram convidados após um show de uma famosa cantora da MPB.

A festinha privê aconteceria em uma cobertura de Botafogo e deveria contar com a presença, entre outros proeminentes, do riquíssimo empresário estrangeiro, apreciador de mulatas e demais produtos manufaturados nas favelas, e que havia implorado para seguir com a amiga e advogada brasileira na ida ao morro. Não era a primeira vez dele no Brasil, tinha negócios aqui, e o mais legal foi que, de uma hora para outra, ele aprendeu a falar português. Um milagre! "Vamos conversar", ele disse, com sotaque carregadíssimo mas inteligível. A coisa agora mudara de figura. Arnaldo começa sua atuação:

– Esse é o problema de vocês... Arrumam o maior tumulto, esperneiam, mas no final acabam se fudendo mais do que o necessário. Se desde o começo já tivessem dado o papo, já estariam no rumo de casa, mas agora não tem mais desenrolo não, seu gringo sem-vergonha, tá preso pra caralho! Vira, bota a mão pra trás...

O cabo saca as algemas e torce um dos braços do viciado, que não resiste mas tenta apelar para a diplomacia;

– Que ser isso? Não precisar disso, senhor, vamos conversar...

Acaba algemado e conduzido para a viatura, com os olhos marejados e a cara de coitado que só os melhores gansos sabem reproduzir. Mas aquilo tudo fazia parte da encenação. Os policiais não queriam na verdade prendê-lo, e sim valorizar o passe, dar legitimidade à ação e aumentar o valor a ser negociado. A loura, de cabeça baixa, acompanha a movimentação e aguarda o que será feito dela. O sargento chega perto e diz em tom de voz manso e debochado:

– Viu, nem precisei te encostar a mão, doutorazinha de merda! Vocês mesmos é que se empenaram! O teu amiguinho aí vai entrar é no tráfico, e você também, vamos ver a sua cara no jornal de amanhã. Que dirão seus companheiros de trabalho, hein? Mão pra trás!

– Que é isso, vai me algemar também? Há necessidade disso?

– Lógico! Seu passeio agora é diferencial, vocês receberão tudo o que têm direito...

A mulher é colocada ao lado do gringo e fecham a porta. Do lado de fora, a quadrilha decide a linha a ser adotada dali em diante:

– Vicente – começa Beiçola, – vai você e teu companheiro com eles na viatura e façam o caminho de volta até a UERJ; digam que estão indo para a 20ª DP para lavrar o flagrante. Vai devagar, e no caminho já sabe: vai desenrolando, faz o policial bonzinho, entendeu?

– Deixa comigo, meu chefe.

– Tranquilo então, nós vamos atrás, vou me mostrar irredutível quanto à prisão. Vamos ver quanto eles vão cantar e depois a gente pede. Vai lá!

Rafael assume a direção, com Vicente ao seu lado e os presos atrás. Partem rumo à Radial novamente.

– E o meu carro? – perguntou a advogada.

– Calma, senhora – responde Rafael. – Um policial está conduzindo ele até a delegacia. Que merda que vocês fizeram...

– Mas não tem necessidade disso tudo, algemar a gente, por quê? Que perigo eu ofereço?

– Você sabe que não é isso! Porra, vocês irritaram o comandante, ele é o mais antigo, ele que decide. E vou logo te avisando: do jeito que ele vai apresentar a ocorrência, vocês vão entrar no tráfico. O delegado que está de plantão hoje é foda, o sargento já está até falando com ele no rádio...

— E se você falasse com ele? Tem como a gente se acertar sem ir até a delegacia...

O gringo parece um disco arranhado.

— É, vamos conversar...

Vicente interrompe:

— Porra, gringo, você tá falando tanto que quer conversar, quer conversar... Fala logo o que tu quer falar!

— Eu querer dar dinheiro para vocês...

A mulher entra no jogo:

— Ele tem como negociar bem, vocês não vão se arrepender, vamos parar em algum lugar e conversar.

— Não sei, não, o sargento não tá muito a fim de papo não...

Rafael arremata:

— Dá logo o papo, gringo, tem quanto pra perder?

— Dois mil, pode ser?

De cara dois mil? Rafael tomou um susto e engoliu em seco aquela proposta. A regra da negociação é simples: primeiro o camarada dá um preço, depois você o dobra ou triplica, e finalmente chega-se a um valor intermediário. Esse era o valor pensado para o final da conversa, mas o gringo já jogou alto, sinal de que tinha grana forte para perder. Era o momento de continuar a peça e não de demonstrar surpresa.

— Só isso? Você tá maluco? Vocês tão indo presos por tráfico, meu camarada, não é por porte não... Tá achando que eu tô morrendo de fome, porra? Divide por quatro, é 500 pra cada, tá de brincadeira...

Vicente embarca.

— Porra, ainda bem que vocês falaram aqui! Se fala isso na cara do sargento, aí que ele ia ficar puto de vez! Segue, Peu, pra delegacia, que eu já vi que não vai ter desenrolo...

— Tá bom, tá bom... — a mulher se rende. — Faz o seguinte: chama o sargento aqui, para em algum lugar que eu falo com ele... — consulta baixinho o norueguês. — Dez mil, mas vamos ter que ir à minha casa, quer dizer, ao meu apartamento, onde ele está hospedado...

Rafael quase infartou! Seguindo a regra, o valor poderia chegar a vinte, trinta, quem sabe? O cara tinha dinheiro mesmo, e mais do que eles imaginavam. Se pedissem cem ele daria um jeito. Já imaginou o imbróglio para um norueguês, preso em carceragem de delegacia carioca? Era isso que a mulher lhe explicava para mensurar a gravidade da enrascada em que estavam se metendo, e consequentemente justificar a urgência em satisfazer a cobiça da quadrilha. O camarada tinha no cofre do apartamento de sua anfitriã, advogada tributarista que cuidava de parte considerável de sua empresa no Brasil, o total de 15 mil dólares, 7.500 euros e 10 mil reais. Ela era solteirona, e o acolhia sempre durante suas estadas à procura de mulatas e cocaína latino-americanas, produtos a preço de banana. Pagar ali era a melhor solução. Faltavam os ajustes. Pararam em um canto escuro perto da universidade do estado, próximo à rampa que dá acesso ao Maracanã. Rafael tira as algemas dos clientes e pede que eles aguardem no carro. Os quatro policiais se reúnem e Vicente comunica:

— Meu chefe, eles estão apavorados, querem desenrolar de qualquer jeito! Sabe quanto a mulher ofereceu?

— Quanto?

— Dez mil!

— O quê?

— Tô te falando... o gringo primeiro puxou dois, mas a gente disse que era muito pouco, então ela cochichou com ele e veio com essa, dez mil, só tem que ir na casa dela pegar.

— E onde que é?

— Ela ainda não falou, nem eu perguntei, disse que é apartamento...

— Ih, não sei não, pode ser furada...

Rafael opina:

— Acho que não, sargento, eles estão com medo mesmo, viram que pode dar merda feio pra eles.

— Mas quem é esse cara que tem tanto dinheiro assim pra dispensar de madrugada?

— Sei lá! O cara é gringo né, tem grana, é melhor pagar aqui do que gastar com advogado depois...

— Tem razão. Chama eles aqui, vamos desenrolar todo mundo junto.

Os quatro policiais e as duas vítimas agora negociam abertamente o pagamento pelo indulto. Arnaldo começa:

— Olha só, vocês arrumaram um circo do caralho, querem ir embora pra casa? Então o papo é o seguinte: 30 mil, senão é dura!

A advogada se sente aviltada ante a presunção do mango:

— O quê? Isso é um absurdo! Ninguém tem esse dinheiro assim, de uma hora pra outra, vocês estão ficando...

Rafael a interrompe antes que se inicie outro arroubo de insultos:

— Olha só, minha filha, você não está em condições de falar muita merda não, é só dizer sim ou não, porra! Se você tá dura, fala logo e vamos pra DP.

— ...

Mais alguns instantes de silêncio por parte dela, que olha para a cara do ganso norueguês e afinal o chama de lado. Demora um pouco na consulta e torna a falar, porém bem mais calma:

— Olha, nós não temos esse dinheiro todo, não estou pechinchando, é sério! Ele está com viagem marcada para amanhã, só quer voltar para o país dele, o máximo que ele pode dar são 15; aceitem, vai...

Beiçola permanece quieto, cara de mau, morrendo de vontade de cair na risada diante do dinheiro que arrancaria dos dois viciados. Mal sabiam eles que, se chorassem bastante e dissessem que só tinham o dinheiro da carteira para negociar, iriam embora safos do mesmo jeito. É um jogo de pôquer, nem sempre quem tem a melhor mão leva. O blefe é uma arma poderosa! Os policiais blefaram, disseram que os prenderiam se não elevassem a quantia oferecida pela sua liberdade, e ganharam o jogo. Vicente prepara o golpe final:

— Quinze mil agora, na mão, e sem mais conversinha, fechado?

Nesse ponto deve-se dar crédito à técnica usada com maestria pelos PMs de serviço nas ruas cariocas: fazer o adversário capitular crendo que ele é o vencedor, por ter acertado um valor menor do que o exigido inicialmente. Eles até tinham os 30 mil pedidos, mas ela pechinchou e reduziu o valor pela metade, com a falsa sensação de estar na vantagem. Assim, quando passa o calor dos acontecimentos, o cliente não se sente tão prejudicado e a chance de uma denúncia é bem reduzida; e os policiais, que se contentariam com 200, 300 reais, saem como os verdadeiros vencedores, pois conduziram a negociação a um nível bem mais elevado do que eles esperavam. A resposta da advogada vem com um suspiro de alívio:

– Fechado então! Como vamos fazer?

O acertado foi assim: Rafael e Arnaldo iriam com o gringo até o apartamento da advogada, no Astra, enquanto ela ficaria com Vicente e o sargento, aguardando o retorno do negócio fechado. Lá chegando, a garagem do prédio, que não tinha porteiro, abriu ao toque do botão do controle remoto. Era um prédio bonito de São Conrado. Achou longe da Radial Oeste? Eram 15 mil reais! Se fosse preciso, os PMs iriam até São Paulo para receber o resgate. Subiram as escadas até o terceiro andar. O gringo pediu que os policiais aguardassem na sala enquanto ele ia ver se estava tudo certo. Entrou no reservado do quarto e abriu o pequenino cofre, escondido atrás do criado-mudo, ao mesmo tempo em que Rafael assaltava a enorme geladeira duplex inox, rica em alimentos caros e deliciosos. Arnaldo serviu-se de uma garrafa de scotch do bar e acomodou outra, ainda lacrada, no bornal, olhando ao redor em busca de algo mais valioso que pudesse afanar. Rafael, satisfeito com o dinheiro que iria extorquir, não pensava em roubar mais nada da casa, embora os eletroeletrônicos dispostos pela sala chamassem sua atenção, como tv de plasma de 50 polegadas, som de última geração, computador e tudo mais que os ricos têm de sobra. Só levou mesmo os bombons Ferrero Rocher que estavam na geladeira e três polenguinhos, além de abocanhar um pedaço enorme de pudim de leite sem sequer retirá-lo do recipiente onde estava armazenado. Aparece o gringo:

– Eu resolver o problema. Ser todo o dinheiro que eu ter comigo, vou voltar pro casa sem nada. Dez mil reais, mais 2.500 dólares, poder ser?

A visão das verdinhas resplandece no semblante do cabo, que arrecada o montante das mãos da vítima e pede que se apresse para saírem logo dali. Confere por alto, somente folheia as notas, e as entrega nas mãos de Rafael, para ele contar e conferir se o valor está exato. Arnaldo vai dirigindo, como um foguete, e o soldado se mantém ocupado na contagem e recontagem do dinheiro do resgate; afinal, quando chegarem de volta ao cativeiro, a advogada e o gringo têm de sumir o mais rápido possível. Beiçola, mesmo com tantos anos de serviço e roubalheiras, não consegue disfarçar o nervosismo quando vê os companheiros descerem do Astra; ao receber o aceno afirmativo de Rafael com a cabeça e vê-lo dar três batidinhas discretas no colete, demonstrando onde está a grana, dá um sorriso franco de alegria, esquecido de que a advogada está ali ao lado, dentro da viatura. Recobra-se e assume de novo a postura de mau, abre a porta e determina:

– Vai lá, doutora, segue seu caminho.

Ao gringo foi ordenado permanecer no carro dela e aguardar até a libertação; e ela, depois de descer, só falou uma coisa:

– Posso ir?

Vicente faz com a cabeça que sim, corroborando a determinação do sargento, e ela se vira e vai. É nessa hora que Rafael se lembra de um detalhe, do toque final: pega de volta com o sargento todos os papelotes apreendidos e corre para a doutora, que já começava a se ajeitar ao volante para seguir destino.

– Aqui, senhora, foi por isso que vocês vieram, e foi por isso que vocês pagaram. Se não fosse por essa merda, vocês não passariam pelo que passaram hoje. Nós íamos jogar fora, mas eu acho que, se alguém tem que fazer isso, são vocês. Tome, pode pegar, é seu! Faça o que quiser!

A mulher tem os olhos voltados para baixo, um misto de vergonha e raiva de, ao fim e ao cabo, perceber que ela mesma era a causadora de toda aquela situação nojenta. Agentes de segurança pública corruptos, traficantes, mortes e miséria, tudo financiado com o dinheiro de quem acha que fumar e cheirar não é nada demais, não é errado, não é crime. O gringo se estica todo no banco do carona, pega a cocaína e agradece com um honesto "obrigado!", enquanto a mulher permanece quieta, olhando para baixo, sem moral, envergonhada. Rafael sai da janela do Astra e dá um tapa no capô, o sinal para que o carro se vá, mas ele ainda fica parado por alguns segundos, apenas com o motor ligado. Era a advogada viciada, que acabara de tomar um tapa sem mão do PM, tentando se recompor.

A QUADRILHA SE JUNTA DE BRAÇOS CRUZADOS FRENTE ÀS SUAS VIATURAS E contemplando o carro com as vítimas se afastando mansamente. Agora era só dividir o lucro da noite. E rezar para não "babar".

# "Ratrulhando" – o segundo homicídio

– Viu, sargento, não disse que o garoto tinha estrela?

No pátio do batalhão, Vicente se vangloria da suposta "sorte" que o seu comandado traz. Aquele serviço anterior tinha mesmo sido do caramba, 15 mil só para os quatro, coisa dificílima de acontecer numa noite de "ratrulha". A quantia paga em reais já fora dividida, e a parte em dólares seria trocada durante o dia de serviço em uma casa de câmbio conhecida por Arnaldo.

– Depois que eu trocar o dinheiro, faço um contato com vocês, valeu?

– Tá bem, vamos aguardar.

Vicente e Rafael partem para mais um dia de patrulha pelas ruas. Engana-se, porém, quem pensa que todos os dias são floridos como a última noite. Tirando os fechos, o patrulheiro tem que correr atrás se quiser arrumar alguma coisa, e muitas vezes não adiantava forçar e procurar que a grana não vinha. Era um jogo de gato e rato constante, em que os bandidos eram os atores principais – sem eles, nada acontecia. Os policiais, nesse ínterim, ocupavam-se em comer de graça a maior quantidade possível de besteiras e achacar os cidadãos comuns, infratores do Código de Trânsito principalmente. Mas muitos outros passavam o tempo de outra forma, bem mais degradante.

Há várias maneiras de lidar com o estresse caótico provocado pelo trabalho de policiar as ruas: praticar esportes durante as folgas, aproveitar a família e passear são boas opções, ou, durante o serviço, dar uma paradinha para uma soneca, e (a preferida de Rafael) comer. Pena que tinha PM que, para relaxar e se sentir bem, precisava cheirar.

Mais uma doença crônica que se abate nas fileiras da corporação: a dependência química. Geralmente começava no álcool, evoluía para o cigarro e terminava no pó. A quantidade de PMs viciados trabalhando na área do 6º Batalhão era tão grande que eles não precisavam mais nem se esconder dos demais companheiros: passaram a ser regra. Na chegada de Rafael ao Batalhão a epidemia já estava bem disseminada, mas ainda sob controle; na época, quem cheirava mantinha as aparências, não se revelava. Depois de um tempo, as máscaras foram caindo, e até quem ele menos imaginava se revelou com "ganseníase". Beiçola, o sargento velho, foi um desses. Esse tipo de viciado tinha um perfil bem específico: só cheirava quando estava de serviço, tinha raiva de viciados "PI", tinha vergonha do vício e só conseguia trabalhar bem quando estava "trincado". Muitas das vezes, o primeiro roteiro a ser cumprido por certas guarnições era bordear os morros, mas não à procura de bandidos. Ficavam à espreita até um viciado passar e tomavam-lhe toda a carga que havia acabado de comprar. Não exigiam dinheiro para liberá-lo, apenas ficavam com a droga para consumirem depois. Uma das cenas mais horripilantes já presenciadas por Rafael se deu quando, ao atender um pedido para acautelamento de local de 932 (encontro de cadáver), pegou a dupla que iria render cheirando em cima do capô do Gol bolinha. Os dois cabos, "Estilo" e "Peixeirinha", mandaram ver numa "carreira" do tamanho de um dedo indicador, nem se incomodaram com o flagrante. Essa dupla era demais! Algumas vezes, quando não conseguiam "sufocar" ninguém, eles mesmos compravam o pó com o próprio dinheiro. Paravam perto de um mototáxi do Andaraí e chamavam seu "aviãozinho" de confiança, que, em troca da correria que fazia eventualmente para os meganhas, tinha passe livre para rodar sem habilitação e sem os documentos da motocicleta. Quando ele avistava a viatura se aproximando, já sabia qual era a sua missão: ir até o morro do São João e buscar um "capa preta". De 20, às vezes de 50, depende de quantos contribuintes conseguiram achacar, alegria para o resto do serviço da patrulha! Paradoxalmente, os únicos problemas que esses policiais traziam para a administração eram de ordem disciplinar, quanto ao cumprimento de horários e a parte marcial. Apesar de serem roletas-russas ambulantes, soltas no meio da rua, dificilmente cometiam crimes violentos. Só queriam saber de cheirar e roubar, e no serviço em si eram ótimos caçadores, rapineiros por natureza, até pelo fato de conhecerem quem é que estava na "sacanagem" só de olhar. Tal era a impressão do soldado, que se sentia enojado em ter de trabalhar ao lado desses viciados algumas vezes, mas nem por isso deixava de admitir a eficiência deles na identificação de determinadas espécies de vagabundos. Até porque a maré às vezes não estava muito boa, e toda ajuda era bem-vinda.

O BATALHÃO VIVE DE ESTATÍSTICAS.

De acordo com estudos (?) elaborados com afinco durante os anos na Academia D. João VI, e nos diversos cursos de especialização ao longo da carreira, os oficiais da PM aprendem a traçar as "manchas criminais" e pontos de maior sensibilidade na área da circunscrição. Baseiam-se para isso nos tipos de ocorrência mais constantes, no volume e na qualidade das coisas apreendidas e nos registros feitos nas delegacias de polícia. Quem vai trabalhar na patrulha sabe que vai trabalhar para as estatísticas. Funciona da seguinte forma: cada setor de patrulha é formado por quatro duplas (alas), e a cada mês uma delas fica encarregada de apresentar uma ocorrência de vulto. Essa ocorrência tem que ter arma apreendida, material entorpecente e, de preferência (mas não obrigatoriamente), um pobre-diabo algemado e açoitado (sendo irrelevante se era ou não o dono do material apresentado). Cada guarnição tinha o seu kit "gol de mão[53]" pronto para ser colocado nas costas do primeiro otário, aspirante a criminoso, que fosse a bola da vez; na falta dele, simpatizantes e usuários de drogas ou simples jovens moradores das favelas davam conta do recado. Com isso, o batalhão assegura a sua postura de enfrentamento ao crime perante as autoridades políticas, e o comando se fortalece, facultando ao todo-poderoso coronel mais tempo para desfrutar as benesses de comandar sua horda particular de mercenários estúpidos.

Mas tudo dependia (mais uma vez!) da tropa, e, como quem se recusava a trabalhar por meta, ou a forjar ocorrências, era posto de lado, aqueles que gostavam da pista tinham que se virar para dar conta das exigências do comando e não perder o lugarzinho na RP, no GAT ou na APTran. Só que ar-

---

[53] Como são chamadas as ocorrências forjadas.

mas não caíam do céu, os bandidos não as entregavam de mão beijada, e por mais que se empenhassem no corre-corre das perseguições, tinha guarnição que só tomava prejuízo. Aí era hora de improvisar.

Uma das formas de burlar o esquema imposto pelo comando, que exigia a apresentação de ao menos uma arma apreendida por mês, eram os chamados "canos de piscina": dois tubos de ferro (como os de armação de piscina), um colocado por dentro do outro, com uma haste soldada em cada um para fazer o papel da empunhadura. No cano menor é acomodado um cartucho de espingarda, e, como o mais largo tem o fundo tampado e uma saliência pontiaguda fazendo o papel de precursor, ao encaixar um no outro e bater com a espoleta da munição contra esse fundo, segurando pelas hastes como num fuzil, ela percute. O disparo sai pelo cano menor, e o cartucho deflagrado fica preso, praticamente inutilizando o artefato. Embora rudimentar, de acordo com a legislação penal, a peça é considerada arma de fogo, gera apreensão e responsabilidade criminal para quem a portar e, consequentemente, números para as estatísticas. Havia um suboficial, que trabalhava como oficial de dia, que fabricava e vendia os artefatos a 70 reais; sempre que a pista dava uma esfriada, Rafael recorria a ele. Acontece que ninguém mais apresentava armas de verdade, todo mundo estava comprando os canos de piscina do sub! Quem pegava uma pistola ou um revólver na rua guardava para si, ou vendia, e as delegacias saturaram-se de registrar aquelas mesmas historinhas fajutas de sempre. Um delegado reclamou com o coronel, e quase deu merda. Durante um tempo, as DPs não estavam mais registrando as ocorrências com os canos, e aí?

A outra saída era mais dispendiosa, mas ainda assim melhor do que perder o lugar na patrulha.

Sempre tinha alguém oferecendo uma arma velha para ser usada nas apreensões. Eram armas de baixo calibre, .22, .635, enferrujadas e obsoletas, mas que não podiam ser ignoradas pelas autoridades policiais. Os PMs então separavam um pouco do dinheirinho obtido na pista e as compravam, para a hora em que fosse preciso apresentá-las. Há uma pressão constante por parte do comando para que as metas estatísticas sejam cumpridas, e quem não atende as expectativas está fora! Isso leva quem está nas ruas a trabalhar sempre no fio da navalha, preocupado com dinheiro, com a vida, com a morte, com as ocorrências, com os vagabundos.

Um dos supersentidos que aflora após a metamorfose é uma espécie de "sensor aranha", um sonar ativado quando um band está próximo ao raio de ação. Essa nova habilidade, incompreensível para o ser humano comum, se apresenta em todos aqueles que cruzam a fronteira do assassínio por cumprimento do dever, mas em alguns PMs que exercem atividades específicas (como patrulheiros e patameiros) ela se desenvolve em níveis extraordinários, e passa a apontar com impressionante exatidão aqueles indivíduos que, por mais que se camuflem, não perdem sua aura marginal. Em parte, esse fenômeno se deve ao fato de que os pares se reconhecem, não importando o lado da linha em que estejam; afinal, um bandido é um bandido, esteja ele fardado ou não. É como o ditado que diz que só um lobo pode caçar outro lobo. Pois então: ao patrulhar por dias e noites consecutivas, por meses (como era agora o caso de Rafael), a necessidade de identificar um criminoso apenas pelo *feeling*, pelo olhar, exercitada à exaustão, provocava efeitos maravilhosos! Vários indicadores apontam para um sacripanta: as vestes vêm em primeiro lugar, mas também são as mais fáceis de dissimular. Um traficante pode muito bem se camuflar com um terno no intuito de passar despercebido; então, muitos outros fatores precisam ser levados em consideração. A temperatura das mãos (geladas – indefectíveis delatoras), o dilatamento das pupilas (há de se ter cautela, o abordado pode apenas ter se assustado com a aproximação de um policial, sem necessariamente ser criminoso), a fala (gaguejar é ótimo indício de culpabilidade), o olhar perdido (em busca de socorro), a respiração (ofegante=nervosismo; tranquila demais=malandragem), o contexto do local onde o abordado está (ex: uma grávida saindo do morro a pé, às três da manhã, indo na direção de um carro estacionado em um bar=aviãozinho), e vários outros elementos impossíveis de serem descritos por, necessariamente, demandarem de seu observador mais do que a mera contemplação, por fazerem parte de uma complexa equação em que o somatório de todas as variáveis não dá a razão exata da proporcionalidade entre atitude e suspeição. Só mesmo as criaturas metamórficas conseguem, em seu cerebelo colonizado por fungos, equacionar todos os "x" e "y", finalmente chegando a um resultado final.

Rafael ia muito bem nessa matéria, e deu prova disso numa segunda-feira à tarde. Estavam patrulhando fora de seu setor (como sempre!), próximo ao Largo da Segunda-Feira[54] (coincidência...), logo após o farto almoço filado na pensão do Seu Léo. Particularmente para ele, essa era a pior hora para trabalhar. Ficava lerdo, a capacidade de raciocínio diminuía consideravelmente (o fluxo de sangue dispensado para a região da barriga, para acelerar a digestão, deixava a já debilitada cabeça no zero!), e só o que lhe interessava era arrumar uma cabine com ar-condicionado para dormir uns 40 minutinhos. Sentado mesmo, ou deitado no chão, tanto faz, mas tinha que descansar.

– Porra, Vicente, vai logo pra 6 que eu tô na merda...

– Também, come igual a um esfomeado! Parece que nem tem comida em casa, eu morro de vergonha...

– Ah, não fode, rapaz! Você tá com "vergoinha", é? Parece até mulher, eu hein! Palhaçada! Eu como na medida do meu trabalho! Trabalho muito, como muito!

– Mas precisava botar macarrão? Você já tinha pegado a lasanha, o frango, precisava ficar esperando o macarrão?

– Pô, cara, o macarrão tava bonito...

Vicente, que já estava acostumado com a indisposição costumeira de seu comandado depois do almoço, divertia-se com as justificativas para a glutonaria e sempre assumia a direção da viatura até o local da sesta. Rafael olhava para as pessoas na rua pela janela, o fuzil para fora apoiado no retrovisor, a visão cansada pela claridade do sol forte contrastando com o ambiente do restaurante do qual acabara de sair, o ar sufocante, o calor, o barulho da rua, o trânsito, a fumaça dos escapamentos... só queria descansar.

– Peraí, Vicente, dá uma encostada ali pra eu ir naquela barraquinha rapidinho...

Na calçada onde fica um supermercado, bem ao lado de um banco, alguns vendedores ambulantes oferecem suas mercadorias àqueles que passam.

---

[54] No bairro da Tijuca, Zona Norte do Rio de Janeiro.

Carregadores automotivos de celulares e capas para volantes, para os motoristas parados no sinal que une o término da Conde de Bonfim com o início da Haddock Lobo;[55] bananas-figo e raspadinhas para os transeuntes, e um engraxate que, coitado, fazia tempo que não conseguia um cliente. Ao lado dele, um senhor bem velhinho e magro tomava conta de sua barraquinha: nada mais que uma tábua apoiada em dois caixotes, onde ele estendia seu mirrado estoque de pecinhas para reposição e conserto de relógios de pulso. Ele mesmo sentado em outro caixote, aguarda, pacientemente, a chegada de algum interessado em recolocar uma pulseira no lugar, ou trocar a bateria, coisa que cada dia menos gente deixa para fazer no meio da rua. Preferem as lojas dos shoppings.

– ... Só vou ali colocar outro pininho na minha pulseira que arrebentou e já volto.

Uma pulseira de relógio arrebentada. Por causa dela ele foi até o velhinho. O relógio era vagabundo, Rafael não tinha essas vaidades que a maioria dos PMs tem, e qualquer lugar serviria para resolver o problema. Quando o velhinho levantou o olhar e viu o soldado se aproximando, com o fuzil cruzado ao peito, achou que ele iria mandá-lo sair da calçada. Humildemente se levantou e fez menção de recolher suas coisas.

– Ô, mestre, que foi? Não, que é isso... pode ficar à vontade, ninguém vai mexer com você não...

– Não?... Então o senhor me desculpe... é que o rapaz da segurança daqui do supermercado já falou que não me quer aqui na calçada, e a guarda municipal quando vem me toma tudo, a gente fica assustado...

– Mestre, pra começar, não me chame de senhor, que é sacanagem... Segundo, me mostra quem é que disse que não quer o senhor aqui!

– Não, meu filho, deixa pra lá, não quero criar problema...

– Foi aquele grandão ali?

– ...

Rafael vai até o crioulo grande e gordo que observava de longe a interação dos dois, crente que o policial estava implicando com o ambulante e logo iria colocá-lo para correr.

---

[55] Tijuca, Zona Norte carioca.

— Fala aí, camarada. Foi você que falou que não quer o velhinho na calçada?

— ...

— Foi ou não foi?

— Sim, mas...

— Vem cá, tu é polícia?

— Não..

— Então se liga, faz o teu aqui nesta porra e não mexe com nada que estiver na rua, valeu? A rua é minha, quem sabe sou eu! O coroa está trabalhando, foda-se se o seu patrão acha que ele está enfeiando a frente do comércio dele!

— Mas...

— Mas é o caralho! Se o velhinho reclamar comigo que tem gente perturbando ele, aí o negócio vai ser comigo. Eu sei como são essas coisas, dá pra você obedecer seu patrão sem sacanear o pobre lá, ele está trabalhando, igual a você!

Sem mais, Rafael deixa o segurança sozinho, tentando se explicar, e volta pisando duro até a barraquinha. Tira do bolso do colete o seu velho reloginho com a pulseira estourada e mostra ao ancião:

— Pode ficar tranquilo, mestre, ninguém vai mais perturbar o senhor não. Aqui, quanto é pra colocar um pininho nessa pulseira?

— Não é nada não... mas será que depois ele não vai ficar com raiva não? Querer descontar...

— Claro que não! Ele já sabe que tem que deixar o senhor trabalhar em paz, só isso. Quanto que é?

— Não é nada...

— Que é isso, meu chefe? Nada disso, senão eu vou consertar em outro lugar! Diz aí, de graça eu não aceito mesmo! Trabalho é trabalho...

— Não é nada...

Demorou um pouco, mas agora ele pegou.

O velhinho, enquanto ficava dizendo "não é nada", olhava de soslaio para um camarada que estava parado, falando ao celular, em frente à agência bancária.

Depois que Rafael desceu da viatura, Vicente estacionou em um posto de gasolina mais adiante, onde sempre tinha café fresco. Não dava para ver o carro da polícia do ponto em que estava a barraquinha de consertos, e, enquanto Rafael passava um sabão no segurança abusado, longe da entrada do banco, uma moto com dois elementos parou bem em frente ao velhinho. O homem da garupa saltou, olhou para os lados e deu uma ajeitada na "peça", sacando o telefone do bolso e iniciando uma ligação, enquanto o piloto saía como uma flecha no fluxo de carros. A discrição com que o velho o denunciou, apenas com um olhar, quase passou despercebida.

Quase.

Rafael ativa ao máximo o sensor aranha para sondar o alvo. Homem claro, alto, 25 a 30 anos. Calça jeans escura, tênis discreto, camisa polo para dentro da calça. Sem barba, cabelos bem cortados, sem brincos ou tatuagens aparentes. Falava ao telefone, compenetrado, sério, de frente para a rua e de costas para o banco, atento às pessoas que passavam, mas sem causar alarde. Gesticulava pouco, movia-se pouco, e ainda não tinha visto que, 10 metros à sua esquerda, um PM palmeava todas as nuances. Rafael olha para o velho e de novo para o camarada. Volta ao velho, que não diz nada, nem uma palavra, apenas baixa a vista bombardeada pelo tempo... "Obrigado por me defender... mas não posso ser caguete! Esse cara está estranho, pode não ser nada de mais, mas eu o achei estranho... desculpe não poder falar, mas não sou dedo-duro... sou só um velho, é difícil um policial tratar bem quem trabalha na rua... esse cara é estranho, vai nele que ele está na sacanagem... de onde eu vim não é bom se meter na vida dos outros, na favela é assim, sou humilde, pobre, perdoe-me se não falo nada, mas ele está na sacanagem, ah e como está!..."

– Vou fazer a cinco reais então pro senhor, pode ser?

– Se não me chamar mais de senhor...

Rafael deixa o relógio nas mãos do velho e caminha na direção do camarada. Ele ainda fala ao celular e não percebe a aproximação, mas a uns três passos ele se volta para a esquerda e por um rapidíssimo instante fita o policial, que o olha direto nos olhos. Alerta vermelho!

Aquele instante foi o suficiente para uma faísca brilhar no olho do guarda. Não tem explicação. O alvo não tomou nenhuma atitude que o denunciasse, pelo contrário olhou o policial, retomou sua postura inicial e continuou falando ao celular, calmamente, tranquilamente. Mas o *feeling* foi incômodo demais, tinha algo naquele cidadão que não cheirava bem.

— Boa tarde, senhor.

O abordado pede um instante ao PM com o dedo indicador, fala ao seu interlocutor para aguardar na linha e se volta:

— Pois não?

A calma dele fez Rafael ratear por um segundo. Estava com a blusa para dentro da calça, no meio da rua, dia claro...Teria sido um tiro na água?

— Está aguardando alguém?

— Por quê?

Hum...

— Nada não.Vira aí que eu vou te revistar.

— Vai o quê?

— Tá surdo, porra? Vou te revistar!

O cidadão fica descontente com a atitude do soldado, que insiste em efetuar a revista pessoal. Enfim cede, mas não sem antes comunicar alto e bom som para quem está do outro lado da linha, duas vezes: "Tenho que desligar, é, um PM vai me revistar, ouviu? Vou tomar uma "dura", ser revistado, ouviu?"

A insistência em falar que está para ser revistado tinha um bom motivo: alertar quem estava do outro lado da linha de que a "casa ia cair". Rafael apenas passa as mãos ao redor da cintura do homem, que já está de costas. Fez isso para não perder a ocasião; talvez até, se o camarada tivesse sido mais solícito no momento da interpelação, nem chegasse a esse ponto, mas o fato é que nenhum PM gosta de ser retrucado quando pergunta algo comum, como se o cidadão está à espera de alguém. Não sentiu nenhum volume a mais na linha de cintura e quase acreditou se tratar de um alarme falso, mas, num gesto de puro costume, correu com as costas da mão direita pelo vão entre as pernas do abordado (como manda a técnica), e pela primeira vez valeu a pena prestar atenção numa aula do CFAP. Uma ponta sólida bateu na mão do soldado assim que esta chegou aos fundilhos da calça. "Não pode ser...", pensou ele, e olhou de relance para o abordado, que, por cima dos ombros, espiava a reação do PM e aguardava a chance de dar o bote. Num pulo, como quem se esquiva de uma cobra, Rafael se afastou um passo, mas sem chamar a atenção dos pedestres. O safado se complicou e ficou sem reação ante o movimento do PM, que levou a mesma mão ao coldre de perna e o desabotoou, libertando a pistola para um saque rápido, se necessário.

– Olha só, perdeu! Se fizer escândalo eu te "estalo" aqui mesmo, na frente de todo mundo! É um desenrolo?

– O que é isso? Do que você está fal...

– Para de palhaçada, ô seu filho da puta! – Saca a pistola e continua com ela apontada para baixo. – É dura ou é ideia?

O camarada estava com a cara no chão. Diante das circunstâncias, não tinha mais jeito.

– É uma ideia, é uma ideia, meu chefe... Já é, tranquilidade...

– Então, presta atenção: eu não vou nem tocar em você pra não dar na pinta. Se você tentar correr, ou tentar meter a mão,[56] eu vou te cortar no meio com o fuzil. Vai de costas pra mim, devagar, na direção daquele posto de gasolina ali, lá a gente desenrola, já é?

– Porra, mas aí você vai me prender!

– Se eu quisesse te prender, já tinha te colocado deitado de cara na calçada. Vai logo!

O bandido, muito do insatisfeito, se vira e começa a caminhar na direção do posto. Ficava a uns 50 metros, tinham que esperar o sinal fechar, e aqueles instantes demoraram uma eternidade. Para ambos. Tivesse ele percebido um PM fardado próximo ao banco, deixaria a sua potencial vítima escapar e esperaria a próxima.

A quadrilha funcionava assim: dentro da agência, uma mulher aguardava na fila com algumas contas para pagar. Nada muito vultoso, só o mínimo que justificasse sua presença no estabelecimento. Acompanhava a movimentação dos outros clientes, buscando identificar quem é que estava sacando mais dinheiro, e aí passava uma mensagem de texto dando as características do alvo ao interceptador, que aguardava do lado de fora. Acompanhado de um piloto de moto, ele aguardava num bar bem próximo, e, ao sinal, partiam rumo à

---

[56] Sacar a arma escondida.

agência. Enquanto o piloto deixava o interceptador armado na frente do banco e dava a volta no quarteirão, o vagabundo esperava a saída do desavisado e iniciava o reconhecimento: se o alvo era um policial a paisana, se estava de carro próprio, se alguém o aguardava para buscá-lo. Todas as coordenadas eram repassadas numa constante comunicação com o piloto via celular, e juntos decidiam sobre a melhor hora para fazer o assalto. Teria acontecido assim, não fosse o pino do relógio arrebentar.

O alvo saiu da agência e virou à esquerda, passando atrás de Rafael enquanto ele caminhava para abordar o criminoso. Quando o safado foi acompanhar com o olhar a sua presa, deu de cara com o PM, que não sabia o que estava acontecendo, não sabia que tinha cruzado com uma possível vítima de saidinha de banco, não sabia que o cidadão que estava para abordar pensou em matá-lo se houvesse a oportunidade. Para disfarçar, o bandido ajeitava bem sua PT 938 no meio das pernas, dentro da sunga de praia bem amarrada, e colocava a blusa larga para dentro das calças. Era um ótimo jeito de andar armado sem despertar suspeitas até o momento do roubo, mas aí estava também o ponto fraco de sua estratégia. Pouco antes do assalto, ele se ajeitava em cima do banco da moto de maneira a facilitar o manuseio da arma, mas, se fosse preciso sacá-la em qualquer outro instante, seria prejudicado. Rafael, com o fuzil cruzado e uma das mãos segurando firme na coronha, o dedo indicador ao longo do guarda-mato, demoveu-o de qualquer reação, só lhe restando a resignação e uma tentativa de negociar a liberdade. Se Rafael o tivesse pego em outra situação, em local deserto, com certeza faria outro auto de resistência. De fato, se o safado tivesse ao menos esboçado uma reação que lhe justificasse um tiro de .40 no meio do peito, na frente de todos os pacatos cidadãos, ficaria bem mais feliz, mas malandramente ele nem se coçou, nem uma tossida, um espirro! Prender para quê? Sem vítima, apenas no porte ilegal de arma, quanto tempo ficaria na cadeia? Seis meses, quem sabe? Mas logo estaria na mesma sacanagem de novo, e de novo matando, roubando... O único jeito para esses casos é o que a sociedade quer que o PM faça, mas não quer ter a certeza de que o PM fez. Rafael queria fazer, foi treinado para isso, incentivado a isso, doutrinado para isso, mas não pôde, então, na hora do lobo roubar o lobo.

Vicente está todo serelepe, conversando com uma frentista que era sua paquera, com o copinho plástico de café nas mãos e apoiado em uma das portas abertas da viatura, quando vê Rafael já na calçada do posto. O soldado faz um sinal incompreensível, e ele nem dá bola, de tanto tipo que faz para a moça, mas a insistência das sacudidas de mão o deixam intrigado. Agora percebe que, numa linha reta, andando em passos sincronizados, ele e mais um homem caminham juntos, um à frente do outro, como se fossem sombra e objeto. Vicente acompanha quando Rafael se adianta só um pouco à chegada e abre a porta de trás para o sequestrado entrar, quieto e de cabeça baixa. O soldado tinha o M-16 cruzado às costas e a mão direita na pistola ainda no coldre, e entra logo após jogar o fuzil por cima da viatura para o companheiro pegar.

— Vambora, Peu, vamo, vamo...

Sentado ao lado do bandido, Rafael saca a .40 e coloca o cão para trás, aponta na direção do abdome dele e manda que repouse as mãos no encosto de cabeça do motorista.

— Mas o que é que está acontecendo...

Vicente dispensa a moça, que se afasta assustada, e assume a direção, ainda sem entender nada.

— Qual é a desse maluco aí, parceiro?

Rafael arranca a blusa do safado de dentro da calça e mete a mão lá no fundo, arrancando até os pentelhos dele quando puxa a arma escondida na sunga. Quando o inox da pistola brilha ao ser revelado, Vicente entende que é para sair dali o mais rápido possível. O trabalho iria começar.

Rafael joga a pistola do marginal no assoalho do banco do carona, lá na frente, e libera sua raiva, desferindo uma potente coronhada na cabeça do "cliente". Na hora, o sangue começa a descer, e por uns segundos ele fica meio grogue.

— Pra que isso, meu chefe... é um desenrolo... tem uma prata pra perder pra vocês... sem esculacho... aí, tô todo sangrando...

Vicente olha para Rafael pelo retrovisor, os olhos arregalados mostrando que, se continuasse assim, a negociação não daria certo. Rafael pergunta:

— Então, canta a pedra logo, seu arrombado! Se demorar muito, eu nem quero ouvir! Tá com quanto pra desenrolar?

– Ô, meu chefe, aqui, nada, né? Tem que fazer o contato...
– Dez, se não é dura!
– Não tem condições, meu chefe, é muito pra mim, ai... – ele se queixa, botando a mão no ferimento.

Rafael aterroriza:
– Ô, parceiro, vamo matar logo esse filho da puta, tava na sacanagem, na saidinha de banco...
– Não faz isso não, um montão de gente viu o senhor me tirando lá da frente, vai me matar à toa, vai se complicar à toa... tem o irmãozinho lá da moto que faz a correria pra mim, uns 4 mil eu arrumo, só tem que dar um tempo pra ele ir lá pegar...

Vicente percebeu que se tratava de um ladrão experimentado, malandro.
– Lá onde? Qual favela?
– No Jaca...

Jacaré.[57] Um morro pertencente a outro batalhão (3º BPM), mas que emprestava suas tralhas para assaltar na área do 6º. Não era tão perto, mas de moto não demoraria muito.
– Então já é. Faz o contato logo que a gente vai pro cativeiro.

Vicente segue para um prédio que funciona como estacionamento rotativo em uma rua transversal à Haddock Lobo. Os vigias eram conhecidos e sempre o deixavam entrar com a viatura para descansar durante a madrugada; àquela hora, o estacionamento seria um ótimo ponto para aguardar a chegada do dinheiro. O bandido fala em código ao telefone com o asseclla (malandro!), e pede que lhe traga os 4 mil para dar a entrada no "carro que vai comprar". Perguntado onde ficava a "concessionária", ele se vira para os policiais e pergunta em que lugar será feita a entrega do resgate. "Primeiro resolva a situação, e com o dinheiro na mão, de volta à Tijuca, volte a ligar."

Rafael olha odiosamente para a cara do marginal enquanto esperam o retorno, pensando em como seria ter mais um escravo em sua senzala infernal. "Ah, se fosse de madrugada...". O bandido olhava fixo para o chão da viatura, uma expressão de angústia e impaciência quanto ao seu

---

[57] Bairro da Zona Norte carioca, onde está localizada a favela do Jacarezinho.

destino. Sabia que estava nas mãos de um homem que queria matá-lo, que queria machucá-lo muito, ao menos. Sua única salvação seria o resgate, pago integralmente e o mais breve possível. Vicente anda de um lado para outro preocupado; afinal, são várias as complicações de se manter um refém cativo no interior da viatura. Todo o policial bota o cu na reta quando se arrisca nessas empreitadas criminosas, e a coisa mais fácil do mundo é prendê-los nessas situações. Caso o piloto da moto não estivesse a fim de negociar, ou simplesmente não dispusesse do dinheiro, existia uma forma de, ao menos, manter a integridade física de seu comparsa: denunciar a extorsão mediante sequestro no batalhão mais próximo. Se ele chegasse ao batalhão e explicasse que estava para cometer um assalto, e seu comparsa fora pego, e que ele estava em poder de policiais que exigiam dinheiro para soltá-lo, seria recebido de braços abertos pela corregedoria. Esses policiais que atuam prendendo policiais existem para dar à população a falsa sensação de que alguma coisa ainda se salva na PM. Até parece...

No batalhão, agem como detentores da chama incorruptível do brio policial, e, na folga, trabalham como seguranças de bicheiros, tomam conta de milícias, extorquem motoristas de transporte alternativo, e muito mais. Com o seu serviço ordinário, buscam expiar as capenguices morais e administrativas da Polícia Militar, enjaulando bandidos tão precários quanto eles próprios, dando uma resposta imediata aos mais ignorantes, que assistem ao espetáculo encenado crentes de que ali estão presenciando o ato derradeiro. Mas a sujeira continua a escoar por debaixo das cortinas, descendo dos gabinetes dos coronéis até as coxias, onde fica a massa de jumentos perfeitamente manobráveis, à espera de mais um dinheirinho da pista. Não importa se o cara que vai fazer a denúncia é bandido, se está com mandado de prisão expedido, se estava para cometer um roubo. A prioridade é prender os policiais, que estamparão os jornais do dia seguinte com mais uma matéria de capa. Saidinha de banco tem a toda hora, nem chama mais tanta atenção, mas um PM preso em flagrante por sequestro, isso sim é matéria para a semana toda. Sem contar que tira o foco do que realmente importa, que é o "Comando Estelar" do crime organizado, aquele que manda matar até juízes mas se traveste de mocinho quando "corta na própria carne".

Vicente conhecia o enredo, sabia dos riscos, mas na rua é assim. Só ganha quem se arrisca. O telefone do vagabundo toca.

— Fala aí...Tá tranquilo. Meu chefe – diz, olhando para Rafael, – o parceiro quer saber onde é pra fazer a entrega.

Rafael olha para Vicente, que até ficou surpreso com a rapidez com que o dinheiro foi levantado. Deveria ter pedido mais. O cabo assume a partir daí.

— Manda ele lá pro Largo da Usina, sabe onde é?

— Perto do Borel, né?

Safadinho! Conhecia bem, deveria até ter amigos por lá.

— É isso aí, manda ele pra lá agora. Algema ele aí, Peu!

Com o refém algemado, seguem até o ponto de encontro. Inicialmente, passam direto pelo local, só para se certificarem de que a barra estava limpa, de que não havia nenhum bote armado contra eles por parte dos corregedores. Avistaram o motoqueiro parado em cima da moto, com uma mochila nas costas e olhando para os lados. Ao avistar a viatura, ele estica o pescoço, mas o carro passa direto e ele fica sem entender.

— É aquele lá?

— É, sim, meu chefe, pode ir na fé que não tem "escama" não. Tratado não sai caro...

— Vamos ver...

Fazem o retorno pelo pequeno espaço do terminal de ônibus existente no local, e Vicente determina:

— Vai lá, parceiro, deixa ele comigo aqui. Atividade, hein?

— Já é, vou lá!

Rafael desembarca e caminha para o motoqueiro, que desce da moto e coloca a mochila em cima do banco, mantendo o olhar baixo, sem encarar o policial. A pequena praça do largo tem movimentação modesta àquela hora, ainda não era horário de saída dos colégios e os passantes limitavam-se a moradores e passageiros à espera da condução, todos bem acostumados à presença de PMs no local. Rafael tem uma das mãos na pistola e, já ao alcance de um braço, manda o piloto se virar. Ele obedece e ainda por cima coloca as mãos para o alto, sendo imediatamente repreendido:

— Abaixa a porra dessa mão! Quer chamar a atenção, é? Só fica parado...

— Foi mal. O parceiro tá onde?

— Depois do dinheiro. Tá tudo aqui?

— Tá aí sim, na mochila, pode levar pra conferir...

Rafael dá uma dura no camarada e chega a bater duas vezes no saco dele pelos fundilhos da calça. O cara chegou a dar pulinhos, mas, depois que o soldado viu até onde dá pra entocar uma arma, adotou esse procedimento sempre que desconfiava de algum suspeito. Ao certificar-se de que o abordado não estava armado, Rafael pega a mochila e faz o caminho de volta, ouvindo pelas costas:

— Cadê ele, meu chefe? Já fiz minha parte, agora o senhor tem que fazer a sua, né?

— Espera aí que ele tá na viatura.

A troca ocorreu rapidamente. Rafael entrou e conferiu por alto o dinheiro, separado ordenadamente de acordo com o valor de cada nota. As de dez, as de cinquenta e as de cem, como os caixas entregam nos bancos. Com certeza, aquilo vinha de um fundo reservado para emergências. O refém estava com a camisa toda suja de sangue por causa da coronhada, e Vicente lhe ordenou:

— Levanta a mão pra tirar as algemas! Se liga só, tira essa camisa e limpa a cabeça e a cara... cospe na mão e limpa, porra! Não é bandido? Então, se vira! Mete o pé logo e some da área do meu batalhão, tá entendendo? Se eu te pegar aqui de novo, é "cerol", vala! Some...

O marginal saiu da viatura com sangue nos olhos, transtornado, mas sem dizer mais nada. Ai do policial que fosse vítima dele futuramente, que estivesse sacando um dinheiro no banco e fosse reconhecido no momento do assalto. Sentou-se sem camisa na garupa da moto e desceu pela São Miguel, deslizando. Ao cruzar com os patrulheiros, parados de pé do lado de fora da viatura, ele deu uma olhada odiosa para os seus raptores, com uma mensagem bem clara: "Vermes! Morram!"

— É, Vicente, acho melhor a gente meter o pé daqui logo e arrumar um lugar pra contar esse dinheiro. Vamos lá pro estacionamento do Bob's!

— Tá com fome de novo, cara? Mas não é possível! Você tava se arrotando todo agora há pouco...

— Mas já trabalhei bastante, não concorda? Me desgastei muito, preciso de um lanchinho...
— Vamos indo então. Agora me conta: como é que você se ligou nesse malandro?
— É, meu amigo... Tem gente que nasce com o dom. Quem sabe se você treinar bastante não chega lá?
— Recruta abusado... Continua assim que eu te mando pra um baseamento rapidinho!
— Ah, é? E vai ficar sem o "talismã"? Já é a segunda arma que eu arrumo pra gente, e essa a gente nem precisa apresentar!
— Estou te sacaneando, você é meu camaradinha! Deixa eu ver essa peça dele aí... Porra, tá novinha! E aí, vamos vender ou guardar pra mais tarde, pra uma emergência?
— Por mim, a gente guarda. Já ganhamos essa prata aqui mesmo, não tenho pressa de mais dinheiro agora, você tem?
— Não.
— Então, vamos guardar. Sábado a gente está à noite, quem sabe o que vai rolar...?
— Beleza então, fica contigo por enquanto.
— Ih, esqueci do meu relógio!
— Aquela porcaria? Compra um novo, seu mão de vaca!
— Eu não. Ele tá funcionando direitinho...


Quem sabe o que vai rolar?

Sábado à noite, não aquele da semana do vagabundo sequestrado, mas dois meses depois. Faz calor na Grande Tijuca, e os policiais militares do 6º Batalhão estão empenhados em sua função, totalmente alheios ao desconforto causado pelo tempo seco e abafado. Mugue de manga comprida, luva de meio dedo, arma fria na mochila, quatro carregadores extras de 7.62 e disposição para correr atrás do ouro. O sábado à noite era o dia de todas as ocorrências, de todos os "causos", de vida e de morte. É o dia em que se bebe mais, o que causa mais acidentes. Também é no sábado que os maridos impotentes descontam sua frustração sexual nas companheiras e, calibrados pelo álcool, esfaqueiam, espancam, matam. Sábado é dia de baile nas comunidades, dia dos bondes atravessarem de um lado para outro, espalhando pelo caminho arrastões e mais um bocado de sangue. Dia de viciados meterem o nariz fundo na cocaína, do homem casado arranjar briga com o travesti com quem fez um programa, do oficial da Marinha ser pego com uma arma fria. Nesse dia glorioso, um PM pode mudar de vida, com um pouco de sorte para encontrar a ocorrência certa e muito talento para fazer com que ela se torne um caixa eletrônico aberto e sem limites para saque.

Certa vez receberam o pedido de socorro de um motorista que emparelhou com eles no sinal de trânsito. Ele relatou que o homem do carro que estava vindo bem atrás discutira com ele por causa de uma manobra malfeita, e o ameaçara com uma pistola preta enorme! Na hora, Vicente e Rafael deduziram tratar-se de um policial à paisana (isso é bem típico), mas, como estavam todos parados ali no mesmo local, acusador, acusado e viatura, não puderam deixar passar, e foram até o motorista para ouvir o seu lado da estória. A surpresa veio quando o abordado declarou que não desceria do carro, pois era oficial da Marinha, e só se apresentaria para um equiparado ou superior a ele. Rafael, primeiro, confirmou com o homem ameaçado se realmente havia uma arma envolvida; ao receber a afirmativa, enquanto Vicente apontava o 5.56 na cara do oficial, cruzou o 7.62 às costas e o arrancou de dentro do automóvel pela janela. O capitão-tenente esperneou, gritou que todos ali estavam presos, mas Rafael e Vicente perceberam que ele estava com um bafo de cachaça tão forte que, se acendessem um isqueiro perto de sua boca, todos explodiriam. Feita a busca no interior do carro, encontraram a arma, uma PT 99 Taurus, com o brasão da Marinha do Brasil. Até aí nada de mais, os oficiais têm porte para esse tipo de armamento, mas rapidamente apareceu o problema: aquela, particularmente, ele não poderia estar portando. Ele estava de serviço e saiu de madrugada para beber e se divertir no Buxico, uma boatezinha da área. Levou consigo a arma oficial, que jamais deveria ter saído do quartel, com ou sem ele. Depois de uns tabefes para que recobrasse a razão, percebeu a merda em que estava se enfiando: era chegada a hora de demonstrar o talento. Primeiro, convenceram o ameaçado a não ir à delegacia, pois não daria em nada e blá-blá-blá... Depois, esclareceram ao encrencado as complicações legais do seu ato, lembraram-no de que a sua promoção será atrasada em virtude do processo a que responderá, que ficará preso, e, por fim, negociaram o valor a ser pago para que tudo se resolvesse ali mesmo. A mesma fórmula de sempre: o oficial ofereceu 500, os PMs ficaram indignados e ameaçaram algemá-lo. Aumentou para mil, Rafael pediu cinco e empataram em dois. Quem veio fazer a entrega do dinheiro foi o pai do capitão-tenente, um senhor de uns 70 anos, muito educado no trato com a guarnição. Era o que se podia esperar de um suboficial reformado do Exército. Ele agradeceu por não encerrarem a carreira de sucesso de seu filho, dispensou o táxi que o levara até a Vinte e Oito de Setembro[58] e assumiu a direção do carro do oficial intermediário.

— Senhor — chamou Rafael, — a arma!

Entrega a pistola ao suboficial, que, mais uma vez, agradece e vai embora manso, com o filho no carona, dormindo de boca aberta, completamente exausto de tanta farra. Jamais ficariam com aquela pistola, era batom na cueca! Se fossem pegos com ela, dava cana; além do mais, as chances de berrar a extorsão eram menores se no final tudo ficasse certo para o oficial na volta à sua organização militar.

Nesse dia glorioso (noite gloriosa, na verdade), os PMs do 6º estavam em um ritmo frenético de vai e vem. Naquele sábado, as viaturas se batiam a todo momento pelos pontos mais sensíveis do vale. Rua São Miguel, Radial Oeste, Conde de Bonfim, todas elas num zum-zum-zum de sirenes e giroscópios dignos de uma boa série policial. Até aquele momento já haviam sido feitos mais de cinco pedidos de prioridade, todos em função de bandidos fechando vias públicas para assaltar, e ainda eram 22 horas. A noite seria longa. Rafael e Vicente estavam no clima, abordando todo mundo que encontravam pela frente. Qualquer carro com os vidros escuros, qualquer moto com dois homens, quem estivesse a pé perto dos morros, todos esses cidadãos eram checados na busca constante dos policiais pela fortuna e pela "fama". Mais tarde,

---

[58] Boulevard Vinte e Oito de Setembro é o principal eixo do bairro de Vila Isabel, Zona Norte carioca.

iriam fazer um "morrinho", mas dessa vez com outra dupla de patrulheiros, pois Beiçola e seu motorista estavam de férias.

– É, Rafael, até agora nem um real, hein! Com é que pode?

– É, mas a noite tá boa, cheia de pedidos de prioridade.

– Sim, mas de que adianta? Bala pra todo lado, mas de bolso vazio! Vamos ver uns "gansinhos" lá no São João?

– Prefiro ficar mais um tempo de rolé por aqui mesmo, até a hora que o baile começar, quando os bondes pararem de assaltar.

– Tá querendo confusão mesmo, hein?

– Nada, cara... pelo menos a gente tá se movimentando, fazendo alguma coisa de bom...

O rádio da viatura grita com o chiado comum aos pedidos de prioridade policial:

– Prioridade, maré meia, prioridade! Elementos em um Bora preto assaltando na Conde de Bonfim...

O relato é interrompido por estampidos de tiros e a comunicação é cortada. O operador da sala tenta restabelecer o contato, assustado com a urgência do pedido e a abrupta interrupção:

– Retransmita aí, companheiro! Informe aí quem solicitou apoio... Atenção todos os prefixos de maré meia que estejam desempenhados, procedam com prioridade em toda a extensão da Conde de Bonfim, verifiquem o que houve no local, cautela senhores, cautela...

Vários prefixos se prontificaram e atenderam ao chamado; Rafael já estava na quinta marcha, voando baixo para o meio do tiroteio.

– Peraí, Peu, vai mais devagar, não segue por ela não, corta pela rua da delegacia e vamos fechar a São Miguel lá por baixo! Se eles forem do Borel, vamos pegar eles na boa!

Vicente tinha razão. Eles estavam próximos à rua Uruguai quando ouviram o chamado; dali até a São Miguel, àquela hora da noite, seria um pulo. Rafael fazia as curvas acentuadas cantando pneu; pouco antes do limite até onde se podia ir com segurança pela São Miguel (sentido Usina), Vicente o mandou parar para armarem a emboscada. Havia um condomínio aos pés da encosta de pedra que limitava o Borel com o morro da Casa Branca, e ele tinha uma ruazinha paralela por onde os carros entravam para o estacionamento. Ali, esconderam a viatura e foram se abrigar na penumbra da via principal, debaixo de duas árvores frondosas que ofereciam proteção contra os disparos dos criminosos e os deixavam em vantajosa posição de tiro. O elemento surpresa era o principal nessa ação, os bandidos não teriam chance. Enquanto viessem a toda velocidade, preocupados com as viaturas que os perseguiam, não perceberiam a guarnição escondida e seriam alvejados primeiro. Todo o tempo entre receberem o chamado e se posicionarem na tocaia demorou cerca de quatro minutos.

– Foda vai ser se eles não vierem pra cá! Se seguirem por cima, pela Indiana.

– É, a gente tem que apostar, certo? Ficar correndo de um lado para o outro é pior, aí é que não arrumamos nada mesmo!

– Você tá certo, Vicente, só tô te falando que eu vou ficar puto se perder esse bonde aí, estávamos tão perto... Olha lá, tá vindo um farol...

Para trás tinha ficado uma viatura toda furada de balas, com um dos PMs, o soldado Márcio, ferido por estilhaços nas pernas e no braço esquerdo. Correndo na dianteira vinham eles, os marginais, dando um baile nas patrulhas que tentavam interceptá-los. Rafael e Vicente estavam um ao lado do outro, em árvores próximas: Vicente, com o bico do 5.56 apoiado na forquilha que dividia o tronco, e Rafael na posição torre (com um dos joelhos no chão e a outra perna formando um ângulo de 90 graus), com o fuzil prolongando-se como extensão de seus membros. Da posição deles, a rua ia em curva para a esquerda, de forma que quem vinha com os faróis acesos projetava luz nas grades e nos muros do condomínio à direita. Era hora de tensão, não podiam simplesmente fuzilar o primeiro Bora preto que passasse. Teriam que tentar, de alguma forma, uma abordagem para ter a certeza de que bandidos armados estavam no interior do veículo.

Em um dos episódios mais tristes de toda a história do 6º Batalhão, ao receber um pedido de prioridade semelhante, uma patrulha atirou contra um carro que havia sido reportado como envolvido numa troca de tiros com outros policiais. Iniciaram a perseguição e conseguiram se aproximar do veículo, que parou ao receber o toque da sirene e, mesmo sem que nenhum disparo fosse efetuado de dentro do automóvel abordado, os patrulheiros confiaram nas informações passadas pela sala de operações e acabaram traídos por seus próprios instintos. Abriram fogo contra o carro parado, enquanto em seu interior uma mãe e os dois filhos sentiam o calor do chumbo fumegante passando por eles. O saldo não poderia ser mais trágico: um menino inocente morreu vítima dos tiros disparados pelos policiais, a mãe foi ferida e, milagrosamente, um bebê de colo saiu ileso fisicamente. Houve confusão na hora de relatar os fatos anteriores, dando conta de um outro automóvel em troca de tiros com PMs que estavam em seu encalço. O automóvel da família era semelhante ao dos bandidos, da mesma marca, e isso foi suficiente para que, aliado à forma decadente com que a instituição instrui e recicla sua tropa, a tragédia sobreviesse. Para todos.

Digo todos porque conheci os policiais envolvidos na desgraça, e posso testemunhar fidedignamente da tristeza que a morte do pobre menino trouxe para suas vidas. Incomensurável o sofrimento dos pais que perderam seu filho. Sobre isso, é impossível discorrer ou explicar.

Quanto aos policiais, primeiro foram presos. Chamados pelo seu governador de "bestas" e "débeis mentais", defenestrados pela imprensa, enfrentaram um processo (quase) justo, pelo menos do ponto de vista criminal. Em uma estoica (quão rara!) demonstração de excelência do Direito, foram absolvidos por um júri de seus pares da acusação de homicídio qualificado.

Antes que alguém se revolte, favor terminar de ler minhas palavras.

Um homicídio qualificado acontece quando um indivíduo mata outro por alguma razão, e não dá chance de defesa à vítima, ou usa de meio cruel, ou tem um motivo torpe, ou tudo junto. Isso ocorre quando o agente tem o ânimo de matar a sua vítima, quando intentava o ato consumado motivado por alguma razão particular. A pergunta é: queriam os policiais atirar contra uma mãe e seus dois filhos ou contra um grupo de criminosos? Que eles agiram errada e ignorantemente não há dúvida, mas é lógico que os dois policiais (um cabo e um soldado) não imaginavam que, enquanto abriam fogo contra o carro parado, estavam massacrando uma família. Seguindo uma escala de danos, primeiro vem a criança assassinada, depois a sua família, e, imediatamente após, eles. Tiveram suas vidas arruinadas. Perderam a farda (ainda que inocentados pela justiça), pois a PM tem mecanismos que expulsam de suas fileiras os praças que ela não quer mais, independentemente de juízos ou culpabilidade. No caso desses dois policiais, a PM os excluiu por terem sido acusados de um crime de grande repercussão na imprensa nacional, e até internacional, atentando assim contra o pundonor militar da classe. Não importa o resultado do julgamento: o simples fato da notoriedade pública é o suficiente para expurgar o Monstro revelado. Isso, é lógico, só funciona para a ralé, pois entre os oficiais criminosos, que são muitos, a medida tendenciosamente perde a aplicabilidade. Os policiais passaram um ano na cadeia respondendo por um crime pelo qual acabaram inocentados. A absolvição legal sobreveio, mas o que se dirá da culpa de carregar nos ombros a morte do garoto? É um peso duríssimo de suportar, uma dor, um arrependimento que só quem tem sangue inocente nas mãos experimenta. A ligação entre os que estão envolvidos nessa trágica passagem só pode ser definida para alguns em níveis espirituais, de uma forma em que crenças apascentem e busquem a lógica no metafísico para a razão do encontro de todos naquela rua escura e triste. Eu tenho outra.

A forma como os PMs são incentivados pela sociedade e pelos comandantes a matar, somada à presença cada vez mais intensa de bandidos despudorados pelas ruas da cidade, fruto das ineficazes políticas de segurança pública e desenvolvimento social, gera um sem-número de vítimas inocentes.

A Guerra dos Jumentos! Coalhada de balas perdidas e sangue derramado pelo asfalto, ela aterroriza a todos e faz dos inocentes alvos cada vez mais comuns. Perissodáctilos armados até os dentes e em lados opostos, matando mais do que a guerra do Iraque, por dinheiro, por diversão e, às vezes, até mesmo por engano.

Rafael estava excitado! Lógico que não sexualmente, mas o brilho azul dos faróis xênon, aumentando de intensidade à medida que se aproximava da curva, lhe aguçava os sentidos, a expectativa; mais uma vez o cheiro da pólvora o inundaria de um calor vibrante e divertido! A sensação da tocaia, a breve espreita, a decisão:

— Vicente, vou lá pro meio da rua! Fica aqui e banca, se eles aplicarem em mim!

— Tá maluco, cara? Fica aqui mesmo, quando eles passarem a gente mete bala!

— Mas e se a gente atirar no carro errado? Lembra daquela merda lá na rua Garibaldi? Não quero me fuder não, vou bancar no meio da rua e mandar parar; se furarem, eu meto bala!

Rafael caminha, diminuindo a silhueta no melhor estilo *Counter Strike*,[59] para pouco antes do meio da rua e avista uma frente de carro preto crescendo em sua direção. Como uma pilastra, se solidifica e aponta o 7.62 direto no para-brisa; o carro, ao perceber o vulto armado na sua frente, breca até os pneus esfumaçarem. Rafael sentiu o dedo coçar de vontade de atirar, e por milésimos não o fez; só então delineou os contornos do veículo e concluiu não se tratar do modelo relatado pela sala de operações. Ressabiado, caminha os poucos passos que o separam do capô do Sentra; a luz interna se acende, revelando uma mulher, um homem e três crianças no banco traseiro. A cara de susto dos ocupantes do carro era tamanha que Rafael até sentiu vontade de rir, liberando automaticamente o caminho para que prosseguissem viagem.

— Caralho! Tu viu, Vicente? Que é que esse merda tá fazendo com a família aqui perto do Borel a uma hora dessas?

— Deve ser morador da Usina, essas porras não têm noção não! E... caralho, olha aí...

Um carro fez a curva a toda velocidade. Estava com os faróis apagados, só sendo possível perceber sua aproximação quando já estava bem perto do local da emboscada. Rafael acompanhava a saída da família, que ainda estava próxima a ele, e se virou instintivamente, com o fuzil já em posição de tiro, mas viu tratar-se de um Polo preto, não um Bora. Por um segundo, relaxou a posição. Foi o suficiente.

Não era culpa dos companheiros que deram o alarme. No calor dos acontecimentos, é fácil confundir modelos de carros tão parecidos. Os va-

---

[59] Popular jogo de computador, em que equipes de terroristas e contraterroristas combatem até a vitória.

gabundos vinham desesperados de vontade de conseguir chegar logo ao morro. Na parte traseira, a marca de alguns tiros disparados no confronto inicial estava fora das vistas de Rafael, o que deu a vantagem para que os bandidos atirassem primeiro. O carona, no entanto, olhava para trás, buscando o rastro de uma viatura perseguidora, e se confundiu um pouco com a visão do PM, sozinho no meio da rua, e um carro mais à frente. Os vidros escuros lhes davam cobertura, e de dentro do carro mesmo, pelo para-brisa dianteiro, o carona deu uma rajada com seu AK-47 a poucos metros de distância de Rafael. Alguns marginais são sagazes no combate urbano; muitos têm treinamento militar, serviram nas brigadas paraquedistas, nos corpos de fuzileiros e, após tomarem um pé na bunda dos quartéis, se alistam nos exércitos dos traficantes de drogas. Sorte que a maioria é estúpida e só entra para o crime porque é onda, porque é maneiro, para ganhar dinheiro fácil e rápido. Aprendem a atirar dentro da favela, instruídos por esses que citei antes, mas, sem a disciplina dos quartéis, rapidamente abandonam o que foi ensinado e passam a agir como nos filmes de ação. Atiram em rajadas para todo lado, acham que as balas são teleguiadas e sempre vão surtir efeito. Engano. Atirar em rajadas é uma das grandes idiotices dos marginais (principalmente os 157); o tiro perde precisão e, mesmo de perto, pode errar o alvo. Mas que Rafael sentiu o zumbido da morte sussurrando em seus ouvidos, isso ele sentiu!

Simultaneamente às gargalhadas inconfundíveis do Kalashnikov, vieram os clarões, os marimbondos, e o soldado mergulhou no asfalto sem conseguir disparar um tiro sequer. O carro da família, que seguia mais adiante, parou e ficou, atordoado pela chuva de balas que furou parte da lataria, e o Polo os ultrapassou. O marginal se virou para trás, para continuar o fuzilamento ao soldado caído; só não contava que houvesse mais um policial, acobertado pela forquilha de uma árvore, com 25 munições calibre 5.56, tremendo de ansiedade para irromper pelo quebra-chamas. Um espetáculo de estratégia!

Vicente começou pela porta do carona e, já nos dois primeiros tiros, a risada nefasta do AK silenciou. Depois distribuiu por toda a lateral, dois a dois, colocados e cadenciados, com a calma de quem toca um instrumento finíssimo mas de acordes trágicos. O Polo rabeou, subiu no meio-fio, voltou à pista descontrolado, rabeou de novo, e se arrebentou em uma árvore mais à frente, do mesmo lado da rua em que Vicente estava. Rafael assistiu a tudo deitado no chão, enfurecido; quando conseguiu se reerguer, fez sua divisada e engrossou o coro. As portas do lado direito se abriram e deu para ver dois bandidos fugindo, capengando, para os cantos impossíveis de se alcançar da São Miguel, por causa da contenção que fica no alto do morro. Rafael os castigou com fogo, o que só os incentivava a correr ainda mais rápido. Vicente concentrou os tiros restantes nos marginais que ficaram no interior do carro, mas também percebeu a fuga e incitou seu comandado:

– Pega, Rafael! Dá neles, não deixa eles correrem não!

Mas eles estavam um pouco longe e a mira do soldado nunca foi muito boa, ainda mais à noite. Conseguiram escapar.

– E agora? Vamos atrás deles?

– Não, não... Vamos lá no carro, vai aplicando que eu tô trocando de carregador!

Os dois PMs vão até o carro batido, de onde não se vê mais nenhum tipo de movimento. Os vidros estavam perfurados mas não estilhaçados, e Rafael, a mando de Vicente, estala cinco tiros de seu fuzil (mais potente que o do cabo) na direção da janela do carona. O vidro se desmancha já no segundo tiro, e é possível visualizar o momento em que, ao ser atingido por um dos disparos, o topo da cabeça do vagabundo (já morto), sentado no carona, salta até encostar no teto, terminando por cair, separado do resto do corpo, em cima do banco do motorista.

– Caralho! Tu viu?

– Vi! Mas ele já estava morto, tá... nem vem que esse é meu! Dá mais uns no banco de trás!

Mais quatro tiros na marcação do banco traseiro, mais um vidro estourado, e o interior do carro revelado.

– Tem um fudido aqui atrás, Vicente!

Deitado, um jovem de menos de dezoito anos agonizava ao longo do banco. Como não estava na altura dos vidros, escapou da saraivada de 7.62 aplicada por Rafael. Tinha sido atingido por dois tiros de Vicente, ambos na parte direita do corpo, um na perna e um no braço, o segundo transfixando-o e saindo pelo ombro. Ao seu alcance estava o AK usado pelo morto do banco da frente, ensopado de sangue, em cima do freio de mão, mas seus ferimentos o impossibilitavam de tentar um ataque. Estava quase em choque pela violência do fuzilamento, mal podia se mover. Quanto ao atirador, caiu no primeiro disparo de Vicente, que pegou abaixo da clavícula esquerda e explodiu seu coração.

– Olha a porra do fuzil deles lá! Palmeia esse maluco aí que eu vou pegar.

O cabo entra pela janela da frente e arrecada a principal peça do espólio. O fuzil não estava muito novo, mas atirava, e muito! Dinheiro à vista. No interior do carro também estavam caídos um rádio transmissor, uma mochila com carregadores, pertences de motoristas roubados e várias cápsulas deflagradas, inclusive de pistolas.

– Filho da puta...

Com uma voz baixa e sofrida, o jovem pede que lhe socorram. Não há misericórdia.

– Se vai fazer, faz logo, Rafael! Se não, a gente socorre.

Rafael dá um passo atrás, e Vicente entende e acompanha. O bandido está deitado de lado, com os pés voltados para o soldado e a cabeça apontando para a porta aberta por onde os outros marginais haviam fugido. A porta que barrava seus pés também está aberta, de forma que Rafael tem uma visão de toda sua lateral direita, porém, pelo ângulo, não dava para acertar diretamente a cabeça dele. O soldado pensa um pouco, busca se ajeitar para atirar da melhor forma, aproxima-se mais um passo e coloca o cano do fuzil por cima do corpo deitado, mas percebe que, se atirar assim, daquela distância, pedaços de carne voarão sobre ele.

– Vai logo, Peu! Daqui a pouco vai estar cheio de gente aqui!

O baleado estava em francas condições de ser socorrido e percebe que o PM quer matá-lo; então, começa a gritar e tenta reunir forças para levantar e sair do carro. A meia levantada que ele dá coloca sua cara de frente para o 7.62, e daí já toma o primeiro. A metade esquerda da mandíbula inferior é arrancada pelo projétil e a cabeça se torce como que atingida por uma jamanta desgovernada. Curiosamente, o ferimento não causa grande sangramento, somente pedaços de pele e gordura brancos polvilhados por discretos pontículos vermelhos são visíveis. Rafael se contém, pois a regra é clara: muitos tiros podem render suspeição da legitimidade (?) da morte. "Mas espera aí?! Se é um bonde, e eu vou dizer que atirei nele passando, qual o problema de eu entupir esse filho da puta?". Era a sua chance de vislumbrar o estrago que um fuzil poderia fazer em uma pessoa. Não podia desperdiçá-la. O zumbi mexia o pouco que lhe restou do queixo em um movimento reflexo, como se estivesse mastigando, só esperando o apagar das luzes. Rafael então dispara o que ainda sobrava no carregador, seis ou sete tiros, todos acertando o corpo e dilacerando-o como monstruosos cães selvagens. O cotovelo direito explode e joga o braço em movimento antinatural para cima, ao reverso. A cabeça sacode e mais tiros a acertam, deixando muito pouco que ainda a defina como tal. O tronco lateralizado também recebe sua parte, mas mal se move, apenas assimila e deixa passar as balas, que o transfixam tão facilmente como se feito de borracha e estuque. Que cena infernal! Ainda assim, estourado de balas por todos os lados, o menor tenta se sacudir, tremendo, não em convulsões mas ordenadamente, arrastando-se pelo banco, tentando sair escorregando pela porta aberta.

– Caralho, Vicente, ele não morre!

– Ele já tá é morto há muito tempo! Nem precisava desse monte de tiro que você deu... olha lá a pistola do filho da puta...

Debaixo dele aparecia a Glock .45 que escapara de suas mãos quando foi baleado por Vicente. O cabo se apressa em recolher a última peça do butim e agora ambos se preparam: hora da limpeza.

– Toma aqui! Leva o AK e esconde lá na mala da viatura, debaixo do estepe, coloca as mochilas por cima também. Traz a "vela"[60] e estaciona aqui do lado. Já berra logo a prioridade, diz que tem dois baleados, que precisamos de auxílio. Vai rápido antes que chegue alguém!

Antes de alcançar a viatura, Rafael passa pelo carro da família, que assistira aos três minutos da horrorosa ação policial. Poderia ser uma complicação,

---

[60] A arma que foi apreendida com o bandido da saidinha de banco.

testemunhas da execução e do excesso perpetrado por ele. Pede que abram a janela:

— Senhor, se o senhor continuar aqui, vou ter que conduzi-lo para a delegacia como testemunha dos fatos. O senhor quer testemunhar?

O homem sacode vigorosamente a cabeça, dizendo que não, quer apenas sair dali o mais rápido possível.

— Tem certeza, senhor? O seu carro também foi atingido pelos bandidos, teve dano aí, olha lá o seu para-choque traseiro...

O homem insiste que não tem problema, que ele mesmo consertará, só quer dar a volta e pegar outro caminho até chegar em casa.

— Eu não vou te obrigar a ir não, mas então vou pedir que, já que não vamos proceder daqui, que o senhor esqueça o que viu. Tudo bem?

— Meu rapaz, por mim você pode matar todos eles que eu não tô nem aí!

De onde estavam não dava para ver o estrago feito nos bandidos, era mais fácil falar deles assim, de longe, sem sentir o cheiro de sangue. Mas é isso mesmo que a sociedade quer, que eles morram, todos eles, desde que não seja ela a responsável por recolher os restos fedorentos. Contanto que tenha alguém para fazer isso, não há problema! Rafael aguarda que o carro complete a manobra e siga seu rumo.

Mal ajeitou o fuzil no porta-malas e uma viatura aparece. Vieram guiados pelo barulho dos disparos e pararam bem ao lado de Vicente. Rafael termina de esconder o AK, tira da mochila a .380 que será colocada nas mãos de um dos defuntos, acomoda tudo bem direitinho e guia a patrulha de volta à rua.

— Caralho! Vocês fuderam eles, hein? Cadê o resto da cabeça desse aqui?

— Deve tá aí pelo chão. Procura aí... — diz Rafael, satisfeito com sua obra.

— Eu não! E as "peças"?

— Esse aqui tava de .45, mas esse tava na mão...

— Já arrumaram uma "vela" pra ele?

— Tem aqui... toma, Vicente.

— Beleza, agora é só berrar a ocorrência e socorrer.

— E essas bolsas aqui? Vão apresentar? — pergunta um dos soldados que veio em auxílio.

– Lógico que não! Vai tirando aí, vamos colocar dentro da patrulha de vocês e vamos dividir, já é?

## POLÍCIA CIVIL DO ESTADO DO RIO DE JANEIRO
## 19ª DP – REGISTRO DE OCORRÊNCIA 114563.4729.2007

"Compareceu neste Distrito Policial, às 03h21min do dia 29 de junho de 2007, o soldado PM RAFAEL FIGUEIRA DA SILVA, RG 102.502, lotado no 6º Batalhão de Polícia Militar, para relatar os seguintes fatos:

Durante patrulhamento de rotina, por volta das 23h40min, receberam da sala de operações de seu referido batalhão o alerta sobre elementos armados em um auto de cor preta, efetuando assaltos em via pública. Ao proceder o cerco na rua São Miguel, veio a confrontar-se com os mesmos, que efetuaram injusta agressão contra a guarnição por meio de DAF,[61] não restando alternativa a não ser responder proporcionalmente à agressão sofrida. Durante o confronto, o carro roubado, que ora se sabe ser um VW POLO/placa LAH 2309, perdeu a direção e bateu em uma árvore, enquanto dois de seus ocupantes aproveitaram-se da confusão e empreenderam fuga para o interior da comunidade do Borel. Ao proceder à abordagem do auto em questão, verificaram que em seu interior estavam baleados dois suspeitos, sendo um deles o menor de idade de nome MARCOS ALEXANDRE RAMOS AURELIANO, 15 anos, filho de MARIA DAS LOURDES RAMOS AURELIANO e de pai não declarado. Até o momento, o segundo suspeito não foi identificado. Socorridos os feridos no hospital do Andaraí, foi constatado o falecimento de ambos, conforme os BAMs de números 12281 e 12282. De acordo ainda com o relato do soldado Rafael, a mãe do menor foi até a unidade hospitalar quando soube que "seu filho estava com problemas", para buscar notícias. Não quis reportar quem a alertou sobre o "problema" do filho nem comentar sobre seu possível envolvimento com traficantes da localidade. Foi informada de seu óbito e reagiu sem demonstrar surpresa, preferindo não ser con-

---

[61] Disparos de arma de fogo.

duzida à delegacia para prestar depoimento, limitando-se apenas a fornecer os documentos pessoais e a fazer a identificação do corpo. Com o suspeito não identificado morto no confronto foi arrecadada uma pistola cal. .380, de marca Taurus, modelo 938 inox, numeração de série raspada, com um carregador e oito munições intactas. Com o menor de idade foi encontrada uma pistola cal. .45 de marca Glock, modelo G30 oxidada, numeração de série SWU 2502, com dois carregadores e 11 munições intactas. Também foram encontrados no interior do veículo um radiotransmissor, vários documentos e alguns pertences de motoristas roubados pelos suspeitos anteriormente..."

— E AGORA, VICENTE? COMO É QUE A GENTE VAI NEGOCIAR ESSE AK?
— O negócio é não ter pressa. Amanhã de manhã vou fazer contato com o Beiçola, vamos ver o que ele vai dizer.
— Deixa que eu levo o fuzil pra casa então.
— Olha lá, hein... não tá pensando em fazer merda não, né? Ele vale uma prata, 40 mil mais ou menos, vê se não faz besteira!
— Deixa comigo, me liga assim que fizer contato com ele. Não vou dormir direito hoje de novo mesmo...

# Milícia – tribunal e decapitação

– Alô...

– Tá dormindo ainda, cara? Já é mais de meio-dia! O sargento está esperando a gente lá naquele posto de gasolina onde ele tem uma segurança, sabe onde é?

– Sei, lá na estrada do Campinho?

– É, esse mesmo. Quinze horas, valeu? E leva a "peça" que ele quer dar uma olhada.

Rafael se levanta e esfrega os olhos, querendo acordar de vez. Dormiu como uma pedra, nem sombra dos pesadelos que lhe atormentavam desde o primeiro assassinato. Talvez o cabo estivesse certo, e agora, com mais um para compartilhar as chamas do inferno e a palhoça da senzala, a alma penada de sua primeira vítima finalmente parasse de incomodar. Animado com a expectativa de botar a mão em uma boa grana, ele nem almoçou direito. Retirou o AK do embrulho que fizera com uns lençóis velhos, limpou ele todo, colocou um pouco de óleo e embrulhou de novo. O que ele queria realmente era que o encontro se desse dentro de alguns dias, para que tivesse tempo de aproveitar pelo menos um pouquinho o fuzil apreendido. Dentro da mochila dos marginais havia dois carregadores, cheios de munição calibre 7.62 curto, mais sete cartuchos que sobraram do carregador que estava em uso quando atiraram em Rafael. A intenção era usar a arma, poderosa e intimidatória, em um ataque contra alguns marginais de uma boca de fumo perto de sua casa, ação que seria coordenada por ele e contaria com a participação de outro soldado, um vizinho seu. Já planejavam essa lambança há algum tempo, mas o aparato logístico entravava a operação; mas agora, com o AK, ela poderia seguir adiante. Poderia, se a milícia não estivesse ávida por qualquer coisa que cuspisse fogo.

Como o sargento havia dito, qualquer coisa que eles arranjassem, era só levar que a "firma" pagava. Fuzil, escopeta, pistola, revólver, bazuca, não importa o preço, dinheiro no ato! Quando Vicente ligou e falou que estava com um "tênis nº 47", o sargento ficou empolgado e disse que queria vê-lo imediatamente; a muito custo aceitou o argumento de que haviam acabado de chegar do serviço e precisavam descansar. Deu a eles algumas horas de sono e marcou o encontro na sua área de domínio, próximo a uma de suas bases. Rafael não sabia direito como as coisas funcionavam na administração dos negócios do grupo paramilitar, e tampouco se interessava por isso.

As milícias surgiram, começaram a se fortalecer e ganhar espaço no vácuo deixado pelo estado nas áreas pobres do Rio de Janeiro. Abandonadas pelas políticas de inclusão social e segurança pública, essas áreas primeiramente viviam sob o jugo do tráfico, e eram os criminosos que impunham as regras de convivência, às vezes de forma violenta e abusiva. Casos em que traficantes obrigavam pais a entregarem suas filhas para servirem aos seus prazeres sexuais, ou em que matavam indiscriminadamente por qualquer motivo fútil, como uma briga por pipas, fizeram com que um sentimento de animosidade se instaurasse e, consequentemente, brotasse uma semente perigosa: a do justiceiro. Cidadãos comuns, aliados a policiais de folga, compartilhavam o pensamento de que alguém tinha que fazer alguma coisa, já que o estado cagava e andava para eles. Começou o bangue-bangue. Os bandidos, até então mais bem armados, rechaçavam facilmente as investidas dos paramilitares, que perceberam haver uma falha na estratégia adotada para o enfrentamento; ela se dava justamente em um dos pontos mais sensíveis: a captação de recursos para o "esforço de guerra". Bandido não está preocupado com o preço da munição no mercado negro, nem com a folha de pagamento dos soldados do tráfico; dinheiro eles têm de sobra para pagar, e bem, a quem se dispuser a lutar pela sua bandeira. Têm uma renda fixa, um negócio próspero e lucrativo, e, enquanto houver viciado botando grana nas mãos deles, as engrenagens estarão lubrificadas e a máquina de guerra continuará a todo vapor. Já os milicianos, vão viver de quê? Por mais que seja grande a indignação com os abusos, para guerrear o sujeito precisa de um soldo, uma forma de se sustentar e à sua família, mesmo que miseravelmente. A milícia não trafica drogas, seria antiético e imoral; também não rouba; então, precisava achar uma forma de pagar os seus componentes pelo empenho no combate aos marginais. Começaram a pedir (não exigir) que moradores contribuíssem com pequenas quantias em dinheiro, mensalmente, para que os plantões continuassem, impedindo a volta dos bandidos às localidades recém-conquistadas. Centrais clandestinas de TV a cabo foram instaladas e passaram a distribuir o sinal a preço bem abaixo do cobrado pelas operadoras. O transporte alternativo foi organizado de forma a suprir as debilidades do sistema público, que muitas vezes ignorava certos lugares e simplesmente não disponibilizava linhas para atender aos moradores. O fornecimento de gás era coordenado pelos chefes, que cobravam uma espécie de ágio para que as distribuidoras operassem em seus domínios. E foi logo depois que toda essa estrutura ficou pronta que começaram a meter os pés pelas mãos. A supremacia pelas armas foi alcançada com a vastidão de recursos financeiros que agora sobejava os pretensos caciques, e nem os bandidos queriam mais encrenca com as novas tribos. Tirando poucos pontos dissonantes, a paz havia sido alcançada em várias comunidades após o armistício que delineou, geograficamente, quem mandava onde; e o que era milícia era da milícia, o que era do tráfico ficou para o tráfico. Engana-se, porém, quem pensa que os milicianos estavam satisfeitos com a nova ordem estabelecida; queriam mais, e qual seria o próximo passo? Domínio político. Com o "assistencialismo" que, além de cooptar apoio popular, enchia seus cofres, os chefes se sentiram no direito de representar sua gente sofrida dentro do legislativo, e vários deles foram eleitos para cargos importantes nas esferas federal, estadual e municipal. Quando não se candidatavam, barganhavam apoio eleitoral nas suas áreas de influência, e assim elegeram muita gente que até hoje está ocupando cadeiras nas assembleias. Foi o começo do fim! Quer coisa mais assustadora para os senhores do Brasil, para a elite carioca, que um bando de policiais e associados arrebanhando votos e apoio popular? Já pensou se essa cambada de ignorantes começa a se dar conta do quanto era vilipendiada, e resolve apoiar em uníssono o levante paramilitar, que tropeçava mas tentava colocar ordem na casa? Imaginou o transtorno e o embaraço quando, com uma arma apontada para a cabeça, o governador tivesse que explicar por que os professores da rede estadual ganham tão mal, os policiais ganham tão mal, os médicos ganham tão mal, enquanto ele dá milhões de reais em dinheiro público para uma simples festa de anúncio dos jogos da Copa? E o problema que geraria rever todas as sentenças assinadas pela juíza de Nova Iguaçu, que deixava sua secretária particular brincar de Têmis com o processo dos outros? Ah, meus delírios... Mas todo levante, toda revolta começa assim, "fora da lei", até que consiga ganhar dimensões e mudar alguma coisa. Justamente quem hoje domina é quem ontem teve de se revoltar contra a dominação (regime militar), e, uma vez no poder, inebriaram-se de tal maneira que sua bússola moral não tem mais Norte, fica girando como um cata-vento alucinado, apontando apenas para o próprio nariz. Mas venhamos e convenhamos, não é mesmo, cara-pálida? Também não são tão nobres assim os objetivos reacionários dos milicianos. *Poderia* até ser, mas esse tal de "ia" está se tornando muito recorrente no meu texto...

São apenas policiais! PMs, civis, delegados e coronéis, mas só policiais, e seria demais esperar que eles entendessem a magnitude do instrumento que tinham nas mãos. Um saco de dinheiro e pronto, esqueciam-se até quem eram suas mães! Começaram a se matar por pontos de kombi, por "gatonets", por botijões de gás, e aí a vaca foi para o brejo! Tudo o que os maquiavélicos arquitetos queriam era um pretexto, um motivo para esmagar as aspirações dos morlocks abusadinhos e, por debaixo das togas, entre cohibas e doses de scotch, começaram a trama que asseguraria sua hegemonia. E não foi difícil. Na verdade, até posso ver suas risadas de tão fácil que foi manobrar os imbeciloides. O primeiro passo foi dar a corda para que se enforcassem e, com o trânsito livre na cena pública, eles mesmos começaram a se caricaturar, mistura nababesca de Al Capone, Virgulino e Dicró. Concomitantemente à ascensão dessas pitorescas criaturas, as disputas entre os grupos paramilitares rivais ficaram cada vez mais ferrenhas, e os violentíssimos assassinatos decorrentes estampavam manchetes de página cheia! Às vezes, só faltavam as edições oferecerem de brinde um dos cartuchos usados na execução, recolhido no local! Uma cartelinha semanal também me passou pela cabeça: "Preencha todos os selos de segunda a domingo e ganhe um exclusivo pedaço de lataria, recolhido do carro no qual um PM, ligado à milícia, foi executado com mais de 70 tiros..."

Com a população assustada pela violência das refregas, foi iniciado o sistemático plano de combate aos milicianos, e a derrocada deu-se de maneira espetaculosa, com prisões cinematográficas e operações de nomes impactantes, do jeitinho que o povo gosta.

Qualquer organização criminosa que use armas para enriquecer tem que ser esmagada pelo estado, impiedosamente. Só é incompreensível a unilateralidade da forma como certos homens da lei tratam a questão, ignorando o Comando Vermelho, o Terceiro Comando puro e os Amigos dos Amigos. Compreensível até é, para mim. Resta saber se você já conseguiu pegar!

Houve vários convites nessa época áurea para que Rafael ajudasse nos trabalhos da "Firma", coordenando pontos de transporte alternativo ou tomando conta de centrais de TV a cabo clandestinas, mas ele nunca se interessou. Gostava mesmo só da pólvora, das balas. Tinha falado com Beiçola que, quando houvesse recrutamento para efetuar ataques a localidades ainda dominadas por vagabundos, era só chamar que estaria dentro.

Chegou a hora.

O carro de Vicente já estava estacionado em frente à loja de conveniências quando Rafael chegou. Encostados nele, o cabo e o sargento conversam, provavelmente negociando o valor a ser pago pelo fuzil.

– Ô, garoto! Demorou, hein?

– Foi mal, sargento, o trânsito estava ruim...

– Tudo bem, trouxe o "negócio"?

– Claro, tá lá no banco de trás!

– Trouxe os carregadores também, né? – pergunta Vicente.
– Tá tudo aqui...
– Então vamos lá, me sigam – pede o sargento. – Vamos lá na "administração".

Cada um entra no seu carro e partem todos para um lugar novo. O caminho é comum, típico subúrbio carioca, até que saem da rua principal e tomam uma secundária, mais outra, entrecortam o bairro e por fim chegam a uma ampla praça, com um campo de futebol de dimensões oficiais. O comércio ao redor é próspero, com padarias, lan houses e barraquinhas de açaí, e um passa-passa volumoso de gente. A "administração" é o ponto de kombis, que fica bem ao lado do campo onde antes existia uma parada de ônibus sempre com muita gente. Não havia cobertura para quem esperava o coletivo, apenas uma placa indicando ser lá a parada; então, os milicianos fizeram um telhado e colocaram bancos no local, organizaram quem queria trabalhar dirigindo as kombis, lucrando com as taxas pagas pelos motoristas que operavam nas linhas. Isso depois de expulsar o tráfico da comunidade, em uma série de batalhas sangrentas que por muito tempo passaram despercebidas à mídia. O lucro foi tão grande que atiçou a cobiça e fez aumentar o interesse por novos locais a serem explorados, sempre com a mesma problemática de primeiro terem de expulsar os bandidos residentes. O fuzil servia como ferramenta para tal.

– Fiquem à vontade, meus amigos! Aqui é tudo nosso, só tem "fechamento"!

Rafael se incomoda com a presença de PIs armados ali perto.

Os paisanos são peças importantíssimas no organograma miliciano, responsáveis pelas mais variadas atribuições. No ponto das kombis eles organizavam as filas, recebiam as diárias, faziam a contabilidade e cuidavam da segurança, tudo supervisionado por um policial de folga. Também eram eles que ficavam nos plantões, locais estratégicos de acesso à comunidade, que têm de ser monitorados 24 horas por dia para evitar invasões de traficantes ou grupos rivais. E eles também matavam, e muito. Para não se expor, ou às vezes por falta de disposição mesmo, os policiais usavam alguns dos PIs como "buchas", para fazerem o serviço sujo. Como a maioria queria ganhar moral diante dos patrões, recebia de bom grado a missão de eliminar desafetos, e quanto mais crueldade melhor, para ficarem bem famosos. Rafael sentia-se desconfortável com a presença desses jagunços ao seu lado. Por mais que fossem amigáveis, um PI com uma arma na mão é sempre um perigo, nunca se sabe que merda vai dar.

– Faz um contato com o Marcelinho aí, Charles, pede pra ele vir aqui no ponto que tem uma mercadoria pra ele avaliar.

Marcelinho era outro policial que fazia parte do grupo.

Cabo do 31º BPM, estava na "Firma" desde a sua criação, e passara despercebido a várias investigações e alguns tiroteios. Dividia a liderança com mais três homens, um bombeiro, um policial civil e um PI, este responsável pela parte administrativa da quadrilha. Na aquisição de um armamento de grosso calibre, Marcelinho sempre dava a última palavra, dependendo dele também a negociação e o acerto quanto ao valor que seria pago pela peça. Não demora muito e ele chega.

Destoando completamente do resto do cenário, a Toyota Hylux preta aparece por uma das ruas laterais esbanjando soberba. Passando forte sobre o chão acidentado, ela sobe e desce imponente, pouco ligando para os buracos e quebra-molas, avançando como um monstro de metal em direção ao campo. Percebe-se que o clima entre os transeuntes muda, parecem apreensivos e apressados diante da iminente presença do "chefe de estado", que anuncia sua chegada pelo barulho do cadron no cano do escapamento. Todos ali sabem de quem se trata: era um deles, um dos donos do local, o mesmo que uma semana antes matara um rapaz de 17 anos no meio de um jogo de futebol, na frente de diversas testemunhas, por conta de suposta ligação com um bando que cometia assaltos fora dali.

A picape para no meio da rua, dificultando a passagem dos demais veículos, e de dentro dela sai uma figura hilariante. Marcelinho compartilhava todas as características de outros semelhantes seus que se preocupavam em compensar o complexo de inferioridade. Além de baixinho, era gordo, careca e feio, feio de dar pena. Com uma penca de cordões de ouro pendurados para fora da camisa preta, um deles com um cifrão gigantesco como pingente, anda quase que curvado, como se tudo pesasse muito no pescoço. Era novo, contava trinta e poucos anos, e estava há onze na PM. Do banco do carona desce sua namorada, por quem largou o casamento anterior, abandonando uma esposa feinha e três filhos. A nova "primeira dama" era outra peça! Loura tingida, vinte centímetros mais alta do que ele, corpo cultivado em academia, tinha no máximo 20 anos. Nascida no bairro, viu no justiceiro tupiniquim a chance de melhorar um pouco sua condição miserável (e a de seus cabelos); usou sua indiscutível beleza (diretamente proporcional à sua mediocridade) para seduzir o baixinho, que não pensou duas vezes em dar um pé na bunda da mulher que o acompanhara nos momentos de dificuldades financeiras antes de se tornar policial. Malvada e maliciosa, a loura gostava do poder exercido por seu chaveirinho na comunidade, e desfrutava do *status quo* que lhe tocava por tabela: a "mulher do patrão".

Certa vez, em festa de rua promovida dentro dos limites do local, um rapaz, que não era morador dali, cortejou a bandida. Desejosa de confusão e sangue, ela sutilmente encorajou o rapaz, alto e bonito, com trocas de olhares e insinuações, sem que o seu anãozinho de estimação percebesse. O jovem, que não sabia de quem se tratava, aproveitou o momento em que ela se afastou do acompanhante e a abordou, ao que ela se esquivou, já com o olhar à procura do "patrão". Quando este viu o que se passava, avançou em cima do jovem e lhe deu um tapa na cara com o copo de cerveja ainda na mão, cortando o rosto do agredido, que, por instinto, revidou o tapa do baixinho com um soco. Menor, mais fraco e com a moral atacada pelo invasor de seu território, o cabo não pensou duas vezes: diante de sua excitada vagabundinha, matou o jovem com mais de 15 tiros, no peito e no rosto. Ela assistiu a tudo fingindo espanto, mas em câmera lenta dava para perceber o seu semblante de satisfação com o desfecho, a tragédia e a morte. A partir daquele dia, todos teriam medo de se aproximar dela, e era isso que ela queria.

A diaba está com uma saia que mais parece um cinto, um top deixando toda a barriga à mostra, para chamar a atenção mesmo, e dá uma fulminada em Rafael de cima a baixo. Ele já conhece o tipo de longe e ignora sua presença, fica voltado na direção do "pouca perna".

– Fala aí, companheiro, tudo certo?

Marcelinho não pode mais evitar, é seu jeito. Até para cumprimentar os outros tem a voz arrogante, metida. Pobreza de espírito não se acaba com cordões de ouro, e Rafael sabia disso; então, melhor ignorar e responder em tom amistoso:

– Beleza.

– Fala aí! – emenda Vicente.

– São esses aí que tu falou, que prendem uma arma por serviço? – pergunta ao sargento.

– São esses sim, meus camaradas! Conta pra ele aí como que vocês conseguiram essa "peça"!

– Que nada, demos sorte...

– Conta aí, conta que ele gosta – insiste Beiçola, – vai valorizar o produto!

Rafael deixa Vicente contar a aventura da noite anterior e detalhar os pormenores das mortes dos dois que sucumbiram no confronto. Durante a narrativa de seu companheiro, se pega pela primeira vez pensando no menino que havia matado, e assim, pela boca dos outros, parecia que ele nem tinha estado lá, que se tratava de outra pessoa.

– ...Aí, esse cara aqui deu-lhe uma rajada que estourou ele todinho, ficou sem cara, uma coisa horrível...

Revia a cena do cotovelo explodido e arremessado para cima, girando, a cabeça se desmanchando, o sangue e os miolos escorrendo como uma tigela derramada. Ficou com vontade de comer um espaguete à bolonhesa.

– ...Aí, lá dentro ficou o AK. Pega lá pra ele ver, Rafael!

A mulherzinha insiste em fixar o olhar no soldado, que, como sempre, está de chinelos, bermuda e camiseta, com seu único acessório de valor: a Glock. Rafael passa por ela e entra no seu carrinho, tirando do banco de trás o embrulho feito de panos velhos e estendendo-o sobre o capô. Vai desdobrando até que de dentro dele se revele, pouco a pouco, o objeto valioso disputado a tapa por criminosos de todas as espécies: o AK-47.

– Criado em 1947 por Mikhail Kalashnikov, o Avtomat Kalashnikov ("automático de Kalashnikov" – modelo de 1947) se tornou uma das armas mais famosas de todos os tempos. Mundialmente conhecido por seu poder e rusticidade, esse fuzil, desenvolvido pelo jovem sargento russo quando de licença médica, transportou-se através de décadas, vindo parar misteriosamente nas mãos de vários traficantes cariocas. Que a arma esteja presente nos conflitos civis no continente africano (onde são trocadas por cachos de bananas) é compreensível; afinal, os ideários comunistas estão próximos e fabricantes têm contatos estreitos com déspotas interessados na peça. Mas aqui, no Brasil, onde não há tratados que permitam a comercialização de armamentos estrangeiros dessa espécie, é impressionante a facilidade com que se consegue achá-los nas favelas cariocas. Munição também não é problema. Os milicianos não ficaram para trás e, logo que seu poder de compra foi incrementado, conseguiram seu próprio arsenal. Uma das características dessas armas é a rotatividade. Quando o seu portador morre em confronto, o vencedor do tiroteio passa a deter sua propriedade. Quando são apreendidas pela PM, muitas das vezes somem de dentro dos depósitos da Polícia Civil e voltam para as ruas, sempre leiloadas a peso de ouro.

– Que beleza! Está novo ainda!

O estado do fuzil melhorara muito diante do que aparentava inicialmente no momento da apreensão. Rafael nunca havia tido aulas sobre a manutenção desse tipo de armamento, ele não figura no rol de armas convencionais da instituição, mas sua habilidade e curiosidade lhe permitiram fazer a manutenção de primeiro escalão sem maiores dificuldades. Tem bandido que é relaxado, deixa a arma ficar suja, enferrujar; com um trato mais atencioso, Rafael havia eliminado todas as manchas de sangue e restos de pólvora seca incrustados nele.

– Pois é – confirma Vicente, – e atira que nem o caralho!

– Vamos testar? – pergunta o sargento.

O anão se anima.

– Claro, manda essa parada pra cá!

Rafael acha que é brincadeira. Seria um absurdo disparar para o alto ali, no meio da rua, mas disfarça, dizendo em tom bem-humorado:

– Não vai espantar o pessoal, não? Tá cheio de criança passando...

– Que nada, polícia, quem sabe aqui sou eu! Neguinho já tá acostumado, comigo na área sempre tem bala voando! Passa pra cá que eu vou "botar pra cantar"...

Os paisanos que tomavam conta do ponto de kombis ficam ouriçados e se arrumam em volta do patrão para vê-lo em mais uma patética demonstração de poder, com a prostituta a tiracolo achando tudo muito natural. Ele tem intimidade com a arma: destrava e coloca na posição de rajada, aponta para o alto e dispara uma sequência de, pelo menos, dez tiros. As gargalhadas da arma apavoram quem estava distraído, comprando alguma coisa no comércio, e não tinha tampado os ouvidos; algumas mães se apressam em correr com suas criancinhas remelentas para longe da praça. Outro efeito curioso é a aglomeração formada por uma maioria de jovens, de ambos os sexos, que agora, alertados para a exibição, ficam por perto para acompanhar uma eventual segunda salva.

– Tá cantando bonito!

Vicente não fala nada mas se alivia com o fim da estupidez, assim como Rafael.

– Te falei! Vem com dois carregadores sobressalentes, e um está até cheio, vamos negociar?

– Claro que sim! Chega aí, vamos sentar ali pra beber uma cerveja, quero ver a "facada" que vocês vão me dar.

Uma mesa na padaria está pronta para receber os negociantes, com uma cerveja gelada esperando para ser aberta. O baixinho senta de frente para os vendedores, com a loura diabólica ao lado, sempre de olhos no soldado que já estava ficando incomodado. O fuzil é posto em cima da mesa, para uma análise detalhada, sem que as pessoas ali achem qualquer coisa de estranho na comercialização. O baixinho olha, vira de lado e comenta alguma coisa com a companheira, que, para surpresa de Rafael, terá voz ativa na decisão da compra. A primeira-dama faz carinha de nojo, parece insatisfeita com a antipatia do soldado e desconta no seu material de venda, mas Marcelinho não lhe dá muita bola, gostou mesmo do fuzil.

– Fica à vontade, rapaziada, bebe um copinho que tá muito calor!

– Não, mas valeu.

– Bebe aí, rapaz!

– Não gosto muito de cerveja, bebam vocês.

Rafael afasta o copo que lhe foi trazido enquanto Vicente acompanha o outro cabo na golada. Hora de dar o preço.

– Quanto vocês querem?

– Bem, você viu que está tudo certo com ele, não é mesmo? Então – diz Vicente – 45 está bem pago!

O baixinho pensa e olha de novo para a namorada, que descaradamente fica insatisfeita com a proposta. Ele olha para baixo e retruca.

– Guerreiro, tá caro... Semana passada a gente pegou um "vassourão" (fuzil FAL 7.62) por esse preço, não sei se a rapaziada vai querer pagar não...

Rafael não gosta daquela procrastinação. Não estava vendendo um carro, era um fuzil! Não há muito que negociar, ou tinha dinheiro para pagar, ou não:

– Olha, cara, eu quase morri pra pegar essa peça, não vou pechinchar não. Se eu tivesse dinheiro, eu ficava com ela pra mim, só pra ter em casa.

O baixinho pede um segundo.

– Marca um tempinho que eu vou fazer contato com um companheiro, dá licença.

Ele se levanta da mesa e deixa a loura para tomar conta da conversa deles. Enquanto zanza de um lado para outro da padaria, faz contato com algumas pessoas pelo Nextel, sempre em código, e, não demora muito, vem com a contraproposta.

– Seguinte, eu falei com os amigos aqui, disse a eles que a parada era boa e coisa e tal... E disse o preço de vocês. Eles se interessaram, mas perguntaram se podia baixar um pouco, e aí a gente faz negócio agora por 40 mil, fechou?

O preço que Vicente estimava inicialmente. Era muita grana para quem (agora, depois das esmolas que o governo chama de aumento) ganhava 1.050 reais por mês, grana demais para ser recusada. Quem vende uma arma dessas vai ter sangue dos outros marcado na testa até o fim da vida, mas o PM não enxerga dessa maneira. Era espólio de guerra, material de propriedade legitimamente sua a partir do momento em que expôs a vida para adquiri-lo. Culpem os fabricantes que as produzem, ou os atravessadores que as revendem, menos ele! Só cuidava do remanejamento.

– E aí, Rafael, tá bom pra você?

– Pode fechar! Manda vir o dinheiro.

Não que a milícia não tivesse os 5 mil barganhados, era só o velho instinto policial querendo sempre se dar bem. Marcelinho sabia que o fuzil valia mais, e rebaixou o preço só de birra, só para não fazer a vontade do outro mango. Ele fez mais um contato, agora com outra pessoa, e mandou que ela trouxesse o dinheiro. Maria Bonita esboça um sorrisinho pela queda no valor da mercadoria, se levanta, ajeita a saia e vai se apoiar de novo no seu anão, falando não sei o que no seu ouvido, certamente fazendo pouco dos policiais que se sujeitaram à sua oferta. Olha de rabo de olho para trás, para a mesa, e volta a cochichar, ao que ela e Marcelinho dão risadas.

— Essa filha da puta...

— Porra, nem fala, Rafael, eu já tô ficando puto com ela! Que mulher desgraçada, e ela tá te olhando desde que chegou, querendo arrumar intriga!

— Tu acha que eu não me liguei!? Porra, velho, que lugarzinho horrível, quero pegar o dinheiro e meter o pé daqui o mais rápido possível!

— Pois é, agora, olha só, vamos um atrás do outro, valeu? Em comboio, não sai correndo igual um despirocado como você anda não! A gente tem que estar junto, sei lá se esses caras estão de maldade com a gente! Já pensou, eles nos dão o dinheiro e mandam alguém vir atrás, pra assaltar?

— Não viaja, Vicente! Se eles quisessem, já tinham tomado o fuzil da gente há muito tempo! Além do mais, Beiçola tá lá fora. Na hora de ir embora, vamos pedir a ele para nos guiar de volta até a rua principal e tá tudo certo.

— Sei lá... Com essa mulherzinha esquisita aí, tem que desconfiar de tudo, né?

Passados uns dez minutos de dolorosa espera, um camarada chega de moto com uma mochila nas costas e para na padaria. Marcelinho vai falar com ele, e, mesmo sendo o patrão, parece respeitá-lo. Era um sujeito magro, alto e claro, familiar a Rafael.

— Eu conheço esse cara, Vicente...

O sujeito coloca a mochila sobre o ombro esquerdo, por apenas uma das alças, e confirma ao patrão que o dinheiro está ali. É então conduzido à mesa para apreciar a mercadoria e conhecer os vendedores.

— Rafael?!

— Fala aí... Jorginho?!

— Foi você que trouxe o fuzil?
— É, parceiro, tô caindo pra dentro deles com força! É tu que tá nessa sacanagem aqui, é?...

O SOLDADO JORGE FOI COMPANHEIRO DE TURMA DE RAFAEL.
Durante os exames de admissão, após a aprovação na prova escrita, Rafael e ele ficaram próximos por compartilharem um sofrimento em comum: a cirurgia para a remoção de tatuagens. A Polícia Militar não permitia que seus candidatos possuíssem cicatrizes deformantes ou tatuagens, e muitos aprovados tiveram que se submeter ao procedimento para poder ingressar na corporação. Isso só contava para a admissão, porque depois de formado pode tatuar até a cara. Mesmo que seja um critério paradoxal, é obedecido, e as dores até a recuperação da área enxertada são um suplício horroroso. Rafael tinha feito alguns desenhos em seu corpo na época de marinheiro (nada mais típico), e teve que se virar para conseguir um local que aceitasse fazer a mutilação; Jorge também, e quando foram realizar os testes físicos, ainda estava em recuperação. A expressão de dor fez com que se reconhecessem com o mesmo problema, e até brincassem com a situação. Era a melhor maneira de lidar com o desgaste de estar todo remendado e passar ainda um dia inteiro fazendo exercícios. Jorge tinha suas próprias razões para se sacrificar tanto assim pelo emprego.

Trabalhava como motoboy e havia tentado o concurso duas vezes, sem sucesso. Decidido a ser aprovado, abandonou o emprego três meses antes da prova escrita para se dedicar aos estudos, deixando na corda bamba a esposa e os dois filhos pequenos. Passou, mas os desafios continuaram. Quase foi reprovado por causa da pressão alta, estava nervoso e não conseguia controlar a ansiedade tiveram que marcar um novo dia para que fizesse a aferição. Quase que o reprovaram também por causa da cicatriz que surgiu no lugar da tatuagem. Menos feliz do que Rafael na hora de conseguir um médico que aceitasse a cirurgia, teve que se contentar com um açougueiro que lhe deixou queloides e marcas de falhas nas incisões, dignas de um serralheiro míope e com Parkinson. O resultado foi catastrófico, mas um dos doutores da banca examinadora se apiedou dele (e de sua abnegação em prol da carreira) e o deixou passar. Ainda teve mais um probleminha: como havia abandonado o emprego, algumas contas ficaram em atraso, e seu nome foi parar no Serviço de Proteção ao Crédito (SPC). A pesquisa social que a PM realiza no passado do candidato é muito séria (?). Todos os aspectos são levados em consideração, e até uma simples dívida pode causar a eliminação instantânea, sem que maiores explicações sejam pedidas ao candidato. Policiais do serviço reservado vão até o local onde o conscrito mora e entrevistam vizinhos quanto à conduta dele; vasculham registros de ocorrência feitos em delegacias (até mesmo aqueles em que figura como testemunha), à procura de algo incriminatório que justifique o desligamento; e tomam mais uma série de outras medidas que, não obstante a já afuniladora e impiedosa sabatinada psicotécnica (essa avaliação psicológica por si só já é absurdamente criteriosa (?) e elimina tanto quanto o exame intelectual), visam a buscar o mínimo vestígio de comportamento marginal, desqualificatório para a função.

Isso só corrobora a minha tese de que o monstro nasce a partir do modo como a instituição policial militar fluminense deforma o indivíduo ao longo do tempo, a ponto de ele perder sua própria identidade, pois, com um critério de seleção tão rígido, que não permite a entrada nem de devedores de crediário, fica óbvio que a maldade é adquirida, e não inata.

Jorge teve que fazer um acordo com as Casas Bahia para renegociar a dívida contraída na compra de um beliche para as crianças e de um refrigerador novo para casa; após efetuar o primeiro pagamento do novo calhamaço de boletos, teve seu nome "positivado".

Com tudo em cima, retornou com a documentação exigida até a seção responsável pelas pesquisas sociais (que havia lhe dado uma semana de prazo para resolver seu problema) e apresentou-se. Só então foi integrado ao corpo de alunos. E veio a Polícia!

Jorge se transformou em monstro antes de Rafael. Não dá para ser tão enfático e específico nos pormenores dessa metamorfose pela impertinência da exposição; afinal, não é ele nosso protagonista. Mas bem que poderia sê-lo.

Morador da área dominada pela milícia desde os tempos de motoboy, fez o concurso quase em segredo, apenas os amigos mais chegados e familiares sabiam de sua aprovação. Durante o recrutamento continuou discreto, e embora todos da área já soubessem do novo recruta, ninguém puxava assunto sobre; ele não dava brechas. A reserva se devia ao receio de que a área voltasse a ser dominada pelos antigos traficantes: estes poderiam supor que ele, agora policial, sempre simpatizara com os milicianos, e poderia tê-los ajudado com informações durante a tomada do território. O tempo foi passando e, após a formatura, começaram os assédios para que tomasse partido nos negócios paramilitares. Recém-formado não quer saber de prancheta de ponto de kombi, quer é bala, mas não o convidavam para os ataques, porque ainda não sabiam do que ele era "feito". Aborrecido com o descrédito, declinou das propostas e partiu com tudo para o trabalho no 3º BPM, para onde havia sido classificado. Entrou na fila para comprar a .40, que foi liberada para uso particular, e, enquanto esperava pelo moroso processo, conseguiu um oitão frio de seis tiros "canela seca",[62] para não ficar andando desarmado. Trabalhava baseado durante o dia e a noite toda, pedindo licença até para cagar, e o dinheiro sempre raro e minguado. Andava de ônibus, e começou a ficar revoltado ao ver os milicianos de carro importado, esbanjando peças de ouro, enquanto a esposa colocava um pouquinho de água e maisena no leite das crianças para render mais. Mas estava disposto a acreditar que tudo aquilo era uma fase, que em breve conseguiria uma segurança boa e sairia daquela penúria. Continuava em sua rotina, até que a transfiguração lhe foi imposta sem sobreaviso.

Jorge era cria do bairro e conhecia os bandidos que mandavam na área antes da chegada da nova quadrilha. Conhecia é modo de dizer, pois nunca se misturou. Ele até sabia quem era quem, mas não passava do cumprimento. Nem todos os bandidos foram expurgados com a ascensão da milícia, muitos conseguiram escapar sem ao menos serem identificados, tão logo perceberam a iminente derrota na guerra. Alguns desses traficantes eram jovens e apenas mudaram de endereço, mas de vez em quando entravam incógnitos no território miliciano sob o pretexto de jogar bola, ou visitar uma namorada, quando na verdade buscavam o levantamento de inteligência sobre as defesas,

---

[62] Revólver .38.

para a elaboração de planos de ataque e retomada. Numa noite de sábado, quando os carros ligavam seus equipamentos de som no último volume e a praça ficava lotada, Jorge resolveu levar a mulher e os filhos para fazer um lanchinho em um trailer. Toda a cúpula da milícia estava presente nos arredores, Marcelinho inclusive, e a festa era garantida pela noite toda, com cerveja e armas por todo o lado. Jorge sentou-se com a família em uma mesinha dessas de ferro e fez o pedido. Geralmente não gostava de aglomerações, mas a esposa tinha pedido para dar um descanso da cozinha e as crianças queriam comer alguma coisa diferente. Juntou uma merrequinha dos bolsos, colocou o "canela seca" na cintura e foi, já pensando em comer logo e voltar para casa. Enquanto o lanche não chegava, Marcelinho se aproximou para dar um oi ao recruta. Puxou uma cadeira, fez um carinho na cabeça das crianças e perguntou como estavam as coisas no batalhão. Reiterou o convite para que ele ficasse de fiscal da prancheta, disse que era assim mesmo, que logo passaria para algo melhor, mas Jorge recusava. O lanche chegou, e Marcelinho se levantou para deixar a família comer sossegada, não sem antes gritar para o dono do trailer: "Aí, família, o lanche do polícia aqui é meu, valeu? Tá pago...". Jorge que não precisa, mas o cabo insiste, que não era nada demais, que eles precisavam se unir, e termina pedindo para ele pensar melhor quanto ao convite. Por acaso, enquanto vai acompanhando Marcelinho ir embora, Jorge olha para as mesas ao redor e fica gelado: um antigo traficante está sentado bem ao seu lado.

Conheciam-se.

Quando começou a trabalhar como motoboy, certa vez esse mesmo traficante pediu um favor a ele: que levasse uma carga de droga até uma boca no extremo oposto da comunidade. Era comum aos pilotos trabalharem como aviõezinhos, o tráfico pagava bem e ninguém tinha coragem de dizer não. Como já queria ser policial, e sabia que um flagrante acabaria de vez com suas expectativas, inventou que era da igreja e não poderia fazer o transporte. O traficante ficou furioso, disse que ali tinham que fazer o que ele mandava, senão não iria mais rodar, e derrubou Jorge da moto, empurrando-o com o bico do fuzil durante a discussão. Mas esse bandido era novo na área, tinha vindo de outra comunidade, e o gerente da boca o repreendeu ao saber o motivo da picuinha, afirmando que ali só ia levar carga quem quisesse, ninguém era obrigado a nada. Diminuído na sua autoridade, deu pra ver na cara dele o descontentamento por ter de engolir o motoqueiro abusadinho (se estivessem em outro lugar, descarregaria o fuzil em cima dele). Ao ficar sabendo pela boca dos outros o que tinha acontecido, a mulher de Jorge ficou desesperada e implorou para que fossem embora daquele lugar, temia uma vingança do traficante. Mas não deu tempo para que ele fizesse a maldade porque, menos de duas semanas depois, a milícia entrou e foi de casa em casa (com a ajuda de alguns X9) matando um por um os bandidos que pegava. A maioria foi surpreendida enquanto estava dormindo, e somente os que estavam na boca há pouco tempo escaparam, pois os "x" não os conheciam bem. Era o caso do bandido que ameaçara Jorge. Ele conseguiu guarita em outra favela, continuando com a carreira criminosa, e, apesar da pouca idade, já tinha conseguido muita moral em decorrência de sua crueldade. Assassinava por prazer, não importando se era policial, traficante rival ou entregador de pizza. Cruzou seu caminho, ele matava sem dó! Assumiu um posto de relevância no Cesarão, favela da Zona Oeste do Rio, e começou os planos de retomada do território de onde fora expulso dois anos antes. Mandou primeiro espiões sem importância, menores simpáticos ao tráfico mas sem envolvimento pecuniário com a quadrilha. Eles iam jogar bola no campo, passavam o tempo nas lan houses, mas a missão era olhar a área no geral, informando quanto à presença e localização das "contenções", e quais os armamentos utilizados no dia a dia pelos milicianos. Se esses espiões fossem reconhecidos como moradores de uma favela de tráfico, seriam interrogados e possivelmente mortos; daí a necessidade de mandar primeiro os peões para o início do planejamento. As informações davam conta de um relaxamento nas posições defensivas, com poucos plantões espalhados durante o dia (à noite eram reforçados), e isso encorajou o traficante a dar o próximo passo. Para que o ataque fosse bem-sucedido, precisava de detalhamentos mais exatos por parte de quem entendesse melhor da estratégia, coisa aquém da capacidade das sementinhas do mal; então, num gesto arriscado, mas que lhe deu ainda mais respeito junto à bandidagem, decidiu ele mesmo adentrar as linhas inimigas para espionar. Era um pouco de burrice de sua parte, mas o desejo de autoafirmação e a petulância lhe suplantaram, levando-o direto para a tempestade. Aproveitaria o fim de semana de festa e, com o pretexto de visitar uma namorada habitante do local (que era secretamente simpática ao tráfico), observaria a rotina dos milicianos, quando traçaria a melhor estratégia para a futura invasão. Fez isso uma vez e passou despercebido por todos, amealhou a maior quantidade de informações que pôde e ficou entusiasmado para novas incursões. Só faltava delinear melhor os horários de maior movimento de viaturas dentro da comunidade, pois o apoio do batalhão da PM aos milicianos era essencial na manutenção da segurança, de forma que um ataque teria de ser planejado para uma hora em que não houvesse guarnições transitando por lá. E pela segunda vez usou o mesmo artifício para se infiltrar. Se não fosse Jorge ter saído de casa, a pedido da família, para um inocente hambúrguer com refrigerante, teria passado despercebido novamente.

Durante a troca de olhares entre os dois a tensão fica evidente. O bandido havia escutado Marcelinho alardeando a condição policial de Jorge, justo ele, aquele motoboyzinho que ele derrubara com uma bicada de fuzil tempos atrás. Sentiu o gosto seco da morte, uma epifania que lhe revelou a idiotice de ir tão longe com sua arrogância, e vacilou. Ao seu redor só havia inimigos, sedentos pelo seu sangue sem nem ao menos conhecê-lo, e ele sabia disso. Jorge foi outro pego de surpresa. Estava com a família num momento de puro lazer (quantos policiais cariocas já morreram assim...) e em área completamente dominada por aliados. A presença de qualquer intruso já seria intolerável, ainda mais esse que o humilhara no passado! Mas o seu grande dilema era: o que fazer? Pensou em levantar, chamar alguém da Firma para contar a estória e deixar que eles cuidassem do assunto, mas a praça estava lotada, Marcelinho já tinha se perdido na aglomeração, e não poderia deixar a família sozinha até encontrar alguém. A única solução seria abordá-lo. Jorge se levanta displicentemente, já não encara mais o desafeto, e sim tenta dissimular sua intenção. Mas o bandido percebe e, ao ver o outro se levantando, levanta também e esboça uma fuga. O traficante simplesmente ignora o fato de estar deixando para trás a menina que lhe dava o passe livre para a comunidade e tenta fugir sozinho, pouco se importando com as consequências que ela vai sofrer quando descobrirem o seu envolvimento. Derruba a mesa onde estavam lanchando, a menina cai no chão, e ele segue esbarrando e tropeçando em todo mundo que encontra pela frente. Jorge saca o revólver e grita para parar, corre atrás dele e vai pulando os obstáculos, humanos e materiais, deixados pelo caminho para dificultar a perseguição. Não demora e a corrida fica ainda mais complicada por causa da multidão que se aglomera. Jorge está meio fora de forma e não consegue mais continuar o empurra-empurra; então atira para o alto, apenas para que o bandido pare. As pessoas ao redor se assustam e começam a gritar ao ouvir o estampido, correm de um lado para outro desesperadas, buscando se proteger, e o bandido, mais uma vez, vacila. Se ele fosse intrépido ao invés de petulante, não se resignaria com o disparo e continuaria correndo, até se aproveitando do tumulto para conseguir escapar mais facilmente; mas ao invés disso parou, na esperança de dialogar e ser perdoado. Jorge se aproxima e o manda deitar no chão, ele tenta enrolar e Jorge lhe dá uma coronhada, mas não acerta em cheio. O bandido apenas balança, e o clima fica mais tenso. Um grita para deitar, o outro pede pelo amor de Deus, e naquele disse-me-disse chegam os milicianos, que vieram teleguiados pelo barulho do disparo. Demoraram um instante para reconhecer Jorge; e Marcelinho, que chegou logo depois, ao ver a cena e perceber que o soldado estava rendendo alguém, sacou sua pistola e reforçou a ordem. O traficante continuou rateando, disse que estavam enganados, que ele era apenas um trabalhador; Marcelinho, com mais prática do que Jorge, desferiu um golpe certeiro com o aço da Beretta 9mm, e o bandido desmaiou.

As pessoas acompanhavam o desenrolar dos fatos com extremo entusiasmo, excitadas, esperançosas de poderem presenciar o último ato, sem sequer saberem o motivo pelo qual o homem apanhava. Jorge explicou tudo a Marcelinho, que adquiriu um tom sério, escutando com atenção cada palavra. Mandou que algemassem o homem (ainda desmaiado), ordenou que alguém trouxesse sua caminhonete e chamou Jorge de lado. Foi conciso. Explicou que levariam o condenado para um lugar ermo, o interrogariam e depois o matariam; por isso era preciso que Jorge confirmasse mais uma vez que não havia a menor possibilidade de estar se confundindo. O policial jamais se confundiria com aquele rosto. Nem que fosse desfigurado por uma grave queimadura, ou atropelado por um bonde, Jorge nunca iria esquecer aquela expressão odiosa que lhe fitou quando foi repreendida, a expressão que lhe jurara de morte tão logo fosse oportuno. Mas daí a assinar a sentença do traficante era outra coisa. Jorge queria combate, trocar tiro; se por acaso matasse alguém em um confronto, tudo bem: estaria no seu "estrito cumprimento do dever legal", portanto não haveria remorso ou culpa. Mas o que estava para acontecer era bem diferente. A execução de um homem rendido e sem chance de se defender é uma barbaridade, uma covardia, mesmo se tratando de um inimigo em potencial. Jorge fica sem ter como explicar seu ponto de vista, e vai se embolando nas palavras até que consegue dizer a Marcelinho que não era bem isso que ele queria. Poderiam apenas dar uma coça nele, deixá-lo todo moído, mas não precisavam matá-lo. Ele fica sem graça de pedir pela vida do sujeito, pensa que agora, sim, é que, após todos da Firma saberem que ele tem pena de traficante, não terá mais chance nenhuma de ser do pelotão de ataque. Toda a doutrina assassina à qual Rafael fora exposto durante seu recrutamento e formação policial foi compartilhada por Jorge, mas mesmo assim ele relutava em sucumbir à metamorfose. Até que uma simples observação de Marcelinho bastou para acabar com todas as ponderações: "Vai deixar ele ir embora vivo? Ele sabe onde sua família mora..."

...

E se um dia a milícia perdesse a guerra contra o tráfico? E se o bandido voltasse sedento de vingança? E se quisesse se desforrar em cima de sua mulher e filhos?

Jorge vai até sua esposa, que acompanhava o tumulto de longe, e lhe diz para não esperá-lo acordada. Ela chora discretamente, sabe o que vai acontecer. Mas não fala nada.

NA CAÇAMBA DA HILUX, COM OS SOLAVANCOS DA RUA DE BARRO QUE TOMAM como rumo, o traficante acorda e fica apavorado. A escuridão era predominante, a única luz vinha do farol que iluminava ladeira acima; o homem, prevendo que está a caminho da sepultura, começa a pedir por sua vida. Marcelinho e Jorge vão sentados na beirada da caçamba e fingem não ouvir as súplicas, enquanto ao volante e no banco do carona mais dois milicianos (outro PM e um PI) mal se aguentam de ansiedade para executar a pena de morte. Conforme avançam no terreno, as súplicas vão diminuindo. No início eram fervorosas: que se tratava de um engano, que ele era um trabalhador, pai de família, que iriam matá-lo à toa. Aos poucos, ele percebe a indiferença dos algozes perante suas petições e vai esmorecendo. Começa a pensar na sua ignorância, na morte, na mãe... Chama por ela em delírios, insistentemente, como que envolvido em um transe tenebroso que assusta até mesmo Marcelinho, acostumado a coisas esquisitas. Fica se retorcendo no chão da caçamba como uma minhoca, de um lado para o outro, e chamando pela genitora, alternando a intensidade, o tom e o timbre da voz, como se mais de uma pessoa estivesse falando pela mesma boca. Silencia por determinados momentos para depois emitir grunhidos, rosnados, e já não parece estar são. Talvez um surto causado pelo estresse de saber que está indo para o matadouro, e não havia nada mais que pudesse fazer para se salvar. Ele mesmo já havia precipitado outros para destinos semelhantes, e até se regozijara com o sofrimento de suas vítimas, mas agora seria ele o sacrificado, e a expectativa da violência era tão dilacerante...

Os olhos estão perdidos, a expressão vazia. Talvez fosse outra coisa.

Por certo, já se imaginava sentado no chão, ou deitado, ou ajoelhado, não importa, de olhos fechados, enquanto os tiros iam lhe arrombando o invólucro, deixando escapar a essência em filamentos suaves pelas brechas chamuscadas de resíduos de pólvora deflagrados à queima-roupa. Como por várias vezes impingira aos outros tal barbárie, podia se vislumbrar no lugar deles agora, com o seu próprio sangue escorrendo grosso, as formigas passeando por suas vias aéreas antes que o corpo tivesse esfriado, os urubus beliscando as órbitas oculares e demais pontos molinhos de carne, arrancando nacos generosos a cada investida. Que fim! Mas ele estava enganado. O que os milicianos tinham reservado para ele era diferente. Mais ou menos cruel é difícil de mensurar, mas era diferente.

Jorge engoliu em seco quando chegaram ao descampado no alto da colina.

Era um local distante quase 20 minutos da praça, uma campina no alto de um morro onde torres de alta tensão acampavam seus fios poderosos longe da curiosidade dos mais preguiçosos. Ele estava indo no embalo dos demais:

Marcelinho, o outro soldado de nome Tiago (que compareceu ao local de pronto ao chamado do patrão) e um PI de nome Altino, homem de mais de 50 anos que, sem trabalho e sem conseguir se aposentar, engrossava as fileiras paramilitares. Altino foi açougueiro na mocidade, e tinha passado um tempo preso por matar com 32 facadas o amante de sua ex-mulher; a familiaridade com a morte mais o período trancafiado eram suas qualificações para os trabalhos de extermínio, que exigiam sigilo frieza e malignidade. Nesse descampado, após a tomada do poder pela milícia, eram realizados alguns interrogatórios e julgamentos que, ao cabo, poderiam render desde uma simples surra até a pena capital. Os meios empregados variavam de acordo com o condenado: fuzilamento, asfixia, facadas e o mais requintado deles, o "micro-ondas".

Jorge estava mais do que tenso. Sabia o que se passava quando levavam algum cativo até aquele ponto, e que de lá não haveria mais volta. Estava consciente de que o cara não poderia ir embora vivo, mas não estava preparado para o que viria. Ninguém está.

Não há forma de passar incólume pela peça dantesca que se desenrolava vividamente naquela maldita colina, e foi por essa via, mais tortuosa e estreita que a de Rafael, que Jorge deixou de ser Jorge, e se tornou também um monstro.

Arrastaram o moribundo até que ele caísse da caçamba, batendo com força no chão a cabeça e o tronco. Tiago manteve a caminhonete e os faróis altos ligados, e Altino foi à cata de algumas coisas que já se encontravam por ali, mas Jorge, de onde estava, não viu direito o que eram. Levaram o condenado até a luz artificial e passaram a lhe fazer diversas perguntas, ao que ele não mais tentou dissimular sua intenção primária e contou tudo: que estava a mando de traficantes de uma quadrilha desejosa de retomar o local de onde havia sido expulsa; que foi até o campo da milícia obrigado, sob ameaça de morte, sua e da família, se não cooperasse; que nunca mais apareceria por lá; que pelo amor de Deus não o matassem; que lhe deixassem ir embora pela mãe, doente e dependente dele...

Altino vem atravessando a escuridão até revelar-se como num jogo de espelhos, trazendo consigo três pneus velhos de carro. Ao percebê-lo e divisá-lo, o jovem homem algemado emite urros lancinantes de agonia, baba e cospe, gemendo como um animal ruminante. Mesmo sem forças, tenta levantar e escapar do inevitável. Debate-se e esperneia, clamando: "Não, não, pelo amor de Deus... Deus... não, socorro... Deus...", e Tiago batendo na sua fronte com o tambor do revólver até as pernas pararem de sacudir, e Alcino lhe encaixando os pneus de forma a prender seus braços na altura dos cotovelos e as pernas na junção dos joelhos; ainda sobra um para ser empilhado no tronco, deixando pouco de sua cabeça exposta – e Jorge, apavorado, estatelado, assistindo a tudo. Marcelinho pega de dentro da cabine da caminhonete uma garrafa PET com dois litros de gasolina e despeja em cima dos pneus, encharcando as vestes, o corpo, as mucosas do pobre. É hora da expiação. Os carrascos deliberam sobre atirar ou não antes, para que a queima decorra com o indivíduo já morto, mas Marcelinho apenas emite um deboche qualquer e acende um palito de fósforo. Pergunta se deve soltá-lo, e Alcino e Tiago o incentivam a prosseguir, e Jorge, consultado pelos olhares de apuração dos outros, aquiesce.

O palito aceso encontra vapor inflamável antes de tocar o líquido, e as chamas se elevam furiosamente para depois se espalhar uniformes, percorrendo todo o corpo condenado. Os gritos não duram mais do que quatro segundos. São sufocados pelo torpor. Mas ele ainda está bem vivo, sentindo a morte o abraçar, os órgãos internos derretendo pelo calor do afago. Jorge vê a pele inchar, esbranquiçar e romper em bolhas enormes, e só aí, não por misericórdia, e sim para terminar logo e voltar para a festa, Marcelinho, Tiago e Alcino sacam suas armas, e aguardam que Jorge saque o seu revólver também. Posicionam-se ao redor da brasa semimorta e descarregam o chumbo piedoso até as cargas se esgotarem.

Estava batizado. Jorge, a partir daquele momento, se tornara miliciano.

TRANSMUTADO, A PRIMEIRA AÇÃO DE ATAQUE COORDENADA POR ELE FOI A represália contra a jovem que alcovitou o bandido espião. Marcelinho deixou a critério de Jorge o que fazer com a dissidente, queria ver se podia confiar no soldado para tomada de decisões capciosas. A sentença de morte não se aplicaria a ela, pois a comunidade se revoltaria com o veredicto; então, ele não interferiu na decisão, mas acompanhou de perto para chegar a sagacidade do novo miliciano e, eventualmente, coibir algum excesso. Mas o soldado correspondeu às expectativas e não precisou de correções. Uma surra à base de pauladas iniciou a aplicação da pena, acompanhada da humilhação maior para uma favelada: a raspagem dos cabelos. Depois de ficar careca, o exílio permanente (estendido aos familiares), e fim da seção.

Jorge passou a ser conhecido e respeitado depois da fogueira. Trabalhava com Tiago na supervisão dos plantões e ajudava na organização do ponto de kombis, planejava e executava ataques a novas áreas (sob as ordens dos "donos" da Firma), e obtinha êxito na maioria de suas ações, o que aumentou a confiança depositada nele. Outro aspecto fundamental para sua ascendência dentro do organograma paramilitar foi a frieza demonstrada quando se fazia imperativo o emprego da violência. Certa vez, quando a execução de outro policial militar miliciano foi necessária (por motivos de demarcação de território), Jorge aguardou pacientemente por 16 horas, trancado dentro de um carro, até que o alvo chegasse ao posto de gasolina onde era o dono da segurança. Para passar despercebido, um comparsa estacionou em frente a um estabelecimento fechado que ficava ao lado do posto, no início da manhã, antes da troca dos plantões, e foi embora. Se um carro parasse por ali com o chefe já presente, despertaria a atenção e poderia causar uma defensiva, mas com o carro parado no local o dia todo, as chances de se integrar à paisagem eram muito maiores. Os plantões mudaram (dos frentistas e dos seguranças), e, como previsto, ninguém atinava mais para o automóvel parado por ali. O policial velhaco chegou como sempre, cheio de cordões de ouro e um carro espalhafatoso se adiantando à sua presença. Mal desceu e foi incendiado por uma sequência de 5.56 que parecia não ter fim; o segurança do posto, pego de surpresa ao ver aquela figura "teletransportada" brandindo chumbo, só teve tempo de correr e se enfiar no banheiro, se borrando de medo de ser o próximo. Jorge calmamente foi até o cadáver desfigurado, retirou-lhe apenas a pistola da cintura, esnobando as joias, e seguiu no Voyage capenga de volta a seus domínios.

Essa execução em especial fez com que não só Marcelinho mas também os outros chefes desenvolvessem uma estima e um respeito singular pelo recruta, que em poucos meses tinha se tornado o matador nº 1 do grupo. Por isso ele havia sido encarregado de trazer o dinheiro da compra do AK-47 oferecido por Rafael, e a simpatia do miliciano matador pelo PM mercador deixou Marcelinho meio sem graça por ter feito troça da mercadoria em questão.

– Então vocês se conhecem?

– Somos da mesma turma, passamos a maior merda juntos... – diz, apontando para a cicatriz na parte interna do bíceps que ficou no lugar de uma das tatuagens.

– Nem fala, cara, a gente gosta muito dessa polícia mesmo! Este aqui é o meu comandante, cabo Vicente... – responde Rafael.

– Tranquilo, irmão?

– E aí, irmão, tudo na paz! Deixa eu ver essa belezinha aqui! – pega o fuzil da mesa e faz uma empunhadura. – Caraca... Maior peção, hein? Pegaram aonde?

– Batemos de frente com uns 157 ontem, lá perto do Borel, a bala voou e...

Rafael abrevia a história para que Jorge fique por dentro apenas dos detalhes, para valorizar um pouquinho sua atuação e fazer valer os 40 mil.

– ...E aí foi isso! É você que é o homem do dinheiro?

– Tá tudinho aqui, parceiro! Quarentinha, em dinheiro vivo!

Era muito dinheiro.

Na Polícia Militar do Estado do Rio de Janeiro matar às vezes é apenas um negócio.

Rafael, que ganhava menos do estado para promover a segurança do que um assessor de vereador para servir café, quase caiu para trás! Então ele, enfim, encontrara o eldorado de que tanto ouviu falar. Os policiais que ostentam mansões, joias, carrões, todos têm um ponto de partida em comum: a morte. Não a deles, é claro, mas a dos outros, a morte lucrativa. Começaram a matar como Rafael começou, por passionalidade, por doença, e depois, ao notarem que, além de divertido, era vantajoso financeiramente, não pararam mais. Percebendo que uma morte nunca poderia ser ensejada apenas pelo lucro pessoal, Rafael tentava se manter alerta aos sinais para que não ultrapassasse os limites do aceitável de sua própria ideologia. Jamais mataria por encomenda ou por motivos bestas, como uma discussão de trânsito, ou se alguém olhasse para sua mulher; mas se a morte fosse legítima e, ainda por cima, lhe rendesse uma graninha, por que não? "Então é assim que os caras do GAT arrumam tanto dinheiro...", pensava sozinho. Não que não soubesse como a coisa funcionava, mas a visão dos pacotes de notas de 100 e 50 sendo jogados sobre a mesa trouxe a realidade de forma palpável. Continuava alheio aos desejos de ostentação de muitos PMs (que incluíam badulaques e máquinas escandalosas), mas queria entrar para a sacanagem também, a "prata" forte. A patrulha, mesmo com seus botes e acertos, dificilmente lhe renderia mais dessas raridades. Ele sabia o quanto era difícil (e perigoso) para dois PMs enfrentarem um bando com fuzis e ainda sairem vitoriosos, com chances reais de lucro. O fuzil nunca fica para trás, o vagabundo pode largar até a própria perna caída no chão, mas o fuzil ele dá um jeito de carregar! Deram sorte com essa ocorrência, mas a sorte um dia poderia acabar, e disputar fuzil sem a sorte ao lado é complicado... A ideia de ir para o GAT nunca lhe pareceu tão atraente. Eles é que estavam no esquema certo.

– Ei? Tá viajando aonde?

– Foi mal, Jorginho, é que é tanta grana que eu fiquei tonto!

– Relaxa, cara, tá tudo direitinho, eu mesmo contei. Vamos conversar um pouco, tá com pressa?

– Eu não, mas o meu parceiro quer ir pra casa dele logo...

– Então vê aí que eu não vou deixar você ir agora não, vou te mostrar a minha área, como funciona tudo aqui! Marcelinho, negócio fechado, pode levar a peça. Meu amigo e eu vamos dar uma volta por aí; qualquer coisa, me chama no rádio, valeu, chefe?

Marcelinho pega o fuzil e se despede, apertando a mão de um por um. Convida os visitantes para comparecerem aos festejos corriqueiros de fim de semana, dá um boa-sorte sincero aos novos camaradas, chama a sua loura maldita e juntos vão embora. Rafael fica aliviado com a saída da ninfa maquiavélica. Vicente, por sua vez, aproveita o bate-papo dos amigos e faz a contagem de sua metade ali mesmo, na mesa do "escritório", entre um gole e outro de cerveja, pouco se importando com os olhares curiosos. É convidado para o tour que farão pelo território miliciano, mas diz que está cansado e que voltará outro dia para jogar futebol com a rapaziada (a milícia tinha um time que sempre ganhava quando jogava em casa). Despede-se da dupla, satisfeito pelo negócio bem-sucedido, faz uma mesura e vai até Beiçola, para que este lhe indique como chegar à avenida principal, e segue seu caminho.

Os dois amigos ficam na mesa ainda por um longo período. Pedem refrigerante (Jorge também não tinha o costume de beber álcool), comem pão com mortadela e relembram os dias em que a grana era contada até para pegar o ônibus.

– Era foda, parceiro...
– Porra, e eu? Com mulher e dois filhos em casa? Era o maior problema... Até o dinheiro começar a entrar, demorou pra caralho!
– Eu sei! Pra você foi bem mais difícil. Mas agora está de "patrão"!
– Quem me dera! Melhorou, mas ainda falta bastante. Um dia eu chego lá.
– Vai devagar, cara, volta e meia tem um sendo preso por causa de milícia, você sabe!
– É, mas agora está mais tranquilo, não tem mais guerra aqui, entendeu? Tenho muita coisa pra te contar, já fiz muita merda por aqui, você não tem noção...

Jorge pergunta onde está o carro de Rafael e os dois seguem juntos nele para o passeio. A moto fica parada lá na padaria mesmo, com a chave na ignição e tudo. Quem seria louco de mexer? Durante o percurso, dá para perceber certa amargura nas confissões do matador. O caminho enveredado passava muito ao largo daquele dos dias de aflições pós-operatórias compartilhados com o amigo. A ideologia, a legalidade, a honra haviam esvaecido em cinzas e impiedade. O relato do cara incendiado vivo, dos gritos e da aflição, que só aconteceu porque ele o havia identificado, deixou Rafael arrepiado. Qual é a medida do homem para que não se perca em meio à crueldade? Jorge cambaleava entre a visão terna de sua família e as fagulhas que se erguiam da fogueira humana, não sabia mais ao que pertencia. No embalo, aceitou a condição de assassino impiedoso arremessada a ele, e, como em todas as tarefas profissionais que lhe eram atribuídas desde os tempos de biscateiro, buscava executá-las com perfeição. Estava integrado à comunidade onde vivia, exercia a sua função corretamente e recebia um pagamento por isso. Digo mais: se não fosse pela mediocridade com a qual o estado trata o corpo de praças da Polícia Militar, tais incongruências teriam enorme entrave para vingar, pois tanto Jorge quanto Rafael não queriam riquezas, somente uma vida digna, compatível com o grau de responsabilidade de suas atribuições. A culpa deve ser partilhada por todos, e não personificada neste ou naquele soldadinho. Em qual tribunal militar os comandantes diretos encontram complacência do juízo? Digam um que se digne a ser chamado de Corte que absolva inteiramente os comandantes de subordinados criminosos! Arrasem a demagogia e chamem à responsabilidade políticos, oficiais, formadores de opinião, membros do Ministério Público e juízes. Ou então, cuidado! Eles continuarão parados na próxima esquina, com fuzis e pistolas empunhadas, mandando encostar e pedindo os documentos.

O PRIMEIRO LUGAR VISITADO FOI A COLINA DOS JULGAMENTOS. NÃO HAVIA mais vestígios da fogueira, pois um funcionário da Firma era encarregado da limpeza nos dias seguintes às seções ordinárias. Recolhia os restos e fazia um buraco em local que só ele sabia onde ficava, no meio da mata, e, depois de enterrar os despojos, cobria tudo de forma a esconder a terra revolvida.

Era dia claro, mas Rafael podia vislumbrar detalhadamente um balé de almas atormentadas na parte mais aberta do descampado: as vítimas das execuções anteriores. Quando estas os perceberam no anfiteatro, urraram e investiram furiosamente contra eles, mas, presas por coleiras invisíveis forjadas por satanás, resignaram-se em apenas lhes lançar insultos e agouros em línguas mortas, acatando a ordem de aguardar, pois a hora seria chegada.

Tão jovens e tão deformados... Igualmente condenados ao mesmo Hades[63] que frequentemente abasteciam.

---

[63] Segundo a Bíblia, provérbios 27:20, Hades é a sepultura comum da humanidade, o lugar figurativo onde se encontra a maioria dos humanos falecidos. Reino dos mortos.

Seguiram pelos plantões, cumprimentaram os PIs que faziam a segurança das fronteiras, foram até uma central de TV a cabo clandestina (onde Jorge era sócio), e por fim se encontraram com outro dos chefes da milícia, um policial civil chamado Robert.

Jorge apresenta o amigo ao patrão, conta de suas peripécias para adquirir o fuzil que acabara de vender, e Robert estende a mão e o cumprimenta com entusiasmo;

– Sempre que tiver mais dessas pode trazer, valeu? O Marcelinho levou ele para eu ver agora há pouco, lá perto do Dezoito (outro ponto de kombis), é um "peção". E aí, tá procurando emprego?

– Obrigado, mas quem me dera... Não tenho tempo pra quase nada, estou aqui só pra dar um passeio com meu camarada mesmo...

Rafael não tinha a menor vontade de se tornar integrante da quadrilha, embora o dinheiro fosse muito bom. Era preguiçoso, não queria acordar cedo na folga para ficar de babá de PI, mas se pintasse um convite para a guerra, aí seriam outros quinhentos.

– Pelo jeito você gosta do combate, não gosta? Então, a gente precisa de uns "polícia" assim, meio malucos mesmo. Estamos pra expandir, já contou pra ele, Jorge?

– Não, ainda não.

– Então vai explicando pra ele que eu vou ali conferir um negócio rapidinho, cinco minutos e já volto!

O GRUPO ESTAVA EM FASE EXPANSIVA. COM A ELEIÇÃO DE UM APADRINHADO (que teve toda a campanha bancada pela Firma) para a Câmara dos Deputados, o apoio político trouxe o que faltava para a aquisição de novos territórios: a conivência policial. A invasão e consequente tomada de áreas conflagradas só pode se dar com o apoio ou, no mínimo, a inércia do batalhão e da delegacia da área. O político proxeneta agia, então, propiciando a união dos extremos, usando seu prestígio para cooptar interessados dentro dos quartéis e avalizando as relações. Nos casos mais promíscuos, guarnições de serviço acompanham a invasão, ou invadem sozinhas e expulsam os traficantes para a milícia entrar logo depois e continuar a caça de porta em porta. Não raro, milicianos adentram as comunidades em blindados (caveirões), fretados por quantias substanciais de dinheiro. Podia acontecer também de o batalhão (coronel) não querer se expor demais; então, apenas havia o acerto com as guarnições para que, iniciado o conflito, somente intervissem ao chamado específico do chefe paramilitar. Todos os pedidos de auxílio dos moradores via 190 deveriam ter seu atendimento protelado o máximo possível, para que a nova ordem tivesse tempo de se estabelecer. Bala perdida? Criança baleada? Danem-se! Favelado não merece prestimosidade policial, ou estou errado? Em compensação, depois de tomar conta da área e começar a exploração dos negócios à margem da lei, o grupo paga uma taxa aos delegados e comandantes, a título de agradecimento, e tributa parcelas dos lucros obtidos ilegalmente como forma de prover a continuidade da parceria. Nessa batida, a Firma estava tentando a tomada final de um ponto específico: a localidade de Duas Pontes. Esse lugarzinho, enfiado no miolo de uma favelinha, estava dando uma dor de cabeça tremenda aos milicianos. Lá, onde havia mesmo duas pontes sobre um valão, um bando de traficantes encasquetou que não cederia aos ataques e que lutaria até a morte pelo terreno. Encastelados como os russos em Stalingrado, iniciaram uma guerrilha (como todas no Rio de Janeiro: beco a beco, laje a laje) bem acirrada, com dias de vitória e derrota para ambos os lados. Algumas vezes, precedida pelas guarnições de GAT do batalhão local, a milícia entrava e a bala comia solta! Matavam um, dois, e, quando começavam a vasculhar, não ficava nem sinal de bandido no ar. Caía a noite e era um desespero! Vagabundos pareciam brotar do chão com fuzis vorazes, não dando tempo nem para a recarga das armas dos PIs que ficavam no plantão. Mais tiroteio; no fim os milicianos eram postos para correr, e a boca voltava a todo vapor (desculpem mais um trocadilho!). A força motriz dessa resistência vinha de um traficante chamado Péba, que durante anos comandou o narcotráfico local e que decidiu não ser expulso. Ele conquistava a total obediência dos asseclas dando o exemplo, sendo sempre o primeiro a atirar quando a polícia entrava e o último a se esconder quando a batalha estava perdida. Como uma hidra adestrada, a cada vez que um bandido morria, dois novos queriam entrar no seu lugar, fresquinhos e cheios de disposição para o enfrentamento. Péba fomentava essa inclinação à marginalidade incentivando e pagando bem quem "fechava" com ele, e assim o confronto estava se estendendo demais, deixando uma pedra incômoda no sapato da milícia. Estrategicamente, o local poderia ser ignorado por um tempo, para que os bandidos esmorecessem e sucumbissem ao cansaço de batalhas irregulares e repetitivas, mas para os chefes tomar Duas Pontes agora era uma questão de honra! Ainda mais depois que Péba pegou um PM durante um dos confrontos noturnos e o deixou completamente estragado, resultado de tanto tiro que deu nele mesmo depois de morto. Foi o primeiro policial miliciano integrante do grupo de Marcelinho e Cia. a ser assassinado, teria de ser vingado!

Determinados a mudar de estratégia, recorreram a um princípio básico dos manuais de guerra: uma vez que o general (guardadas as devidas proporções) era tirado de cena, o resto da tropa naturalmente cairia em confusão, dando tempo hábil para a conquista do exército adversário. Passaram então a ficar no encalço de Péba. O problema era que o sujeito não saía de dentro dos becos para nada! Tudo chegava até ele pelas mãos de moradores: comida, celulares, armas e munição, tudo entrando em carros comuns de gente comum da favelinha. Só com informação era possível começar ataques a essa linha de suprimentos aberta bem na cara da polícia, e de dificílima identificação, dada a frugalidade das "formiguinhas". De vez em quando davam uma sorte e a informação (passada por um X9) batia: aí assaltavam um carregamento de balas de pistola e fuzil, ou uma mala lotada de compras do mês para a bandidagem. A capacidade de persistência dos traficantes estava esgotando os limites da paciência da liderança paramilitar, que só viu uma brecha na "rotina" de Péba: todas as noites, como a maioria dos bandidos com o cu na reta, o traficante escolhia um local diferente para dormir. Eram sempre casas de amantes mais afastadas da pista, de preferência aquelas bem no fundo da comunidade, no sopé do morro inabitado que encerra os barraquinhos paupérrimos. Mas uma delas, a mais bonita de todas, recusava-se a se mudar para lá. Era uma mulata alta que, embora mulher de malandro, sabia da instabilidade de sua condição e não abandonava o emprego de auxiliar de enfermagem. Trabalhava em hospital público de Santa Cruz, na

Zona Oeste, um lugar para onde frequentemente eram enviadas as vítimas de tiroteios nas comunidades próximas. Esses baleados às vezes precisavam ser custodiados, e, por estarem impossibilitados de seguir logo para casas de detenção, um jerico-faz-tudo era escalado para ficar ao seu lado até a alta hospitalar. Um PM que esteve por lá imbuído dessa tarefa tão "nobre" se engraçou pra cima da mulata, que, receosa de ser flagrada dando confiança ao policial, nem o olhou nos olhos. Mas existe afrodisíaco melhor do que o perigo? Depois de um pouco de insistência, os plantões em que calhava estarem juntos ficaram mais animados, e quem diria, pensava o PM, que um hospital pudesse ser assim, tão libertino! Tinham de fazer rodízio nos recintos amorosos, porque era um tal de cruza entre médico e enfermeira, maqueiro e faxineira, tuberculoso e amputado, que se não marcassem em cima perdiam a vez. Pois essa senhorita passou a um amor bandido elevado ao quadrado, com duplas possibilidades de orgasmos injetados por extrema periculosidade. Ninguém no hospital poderia saber do romance dela com o PM, ou correria o risco de ser delatada por algum fofoqueiro ao amante marginal. O PM não podia saber de seu romance com o bandido, pois poderia encrencar com a questão e arrumar problemas. Pura adrenalina! Ela recusava se mudar para o miolo da favela, pois isso a diminuiria, a colocaria no mesmo patamar das demais concubinas do traficante, e para ela, como o trabalho representava a liberdade e a independência, mudar-se para o fundo da favela seria retroagir em tudo que conquistou, mesmo que dentro do barraco tivesse todos os eletrodomésticos que desejasse, mais um armário lotado de roupas e um carro bonito na garagem. Ela desfrutava das benesses financeiras criminosas, ganhava mesada, roupas, perfumes e tudo mais que as outras, mas não se sujeitava a essa ordem específica; por isso houve brigas, e ela apanhava que nem gente grande em todas elas. Mas era a mais bonita, já disse; o bandido sempre pedia perdão e voltava para o seu lado, e queria recomeçar, e lhe dava presentes, e ela até queria terminar, mas não tinha para onde ir – além do medo de ser morta se resolvesse largá-lo de vez... Nunca subestime o poder de uma mulher magoada por ter apanhado do companheiro! Ela começou a desabafar com o PM (depois dos coitos esbaforidos), contando da situação que estava passando, que queria escapar mas não via saída para seu problema. Desabafava, mas sem contar quem era o "marido" violento; queria sondar para saber primeiro se poderia confiar no amante, e só depois lhe dar as informações que ela sabia serem de extremo valor. O mango ouvia o chororô fingindo estar indignado, embora no fundo quisesse só mais uma rapidinha, até que, quando ela achou que estava na hora, contou quem era o seu maltratante. O PM se assustou! Aquele tempo todo estava traçando a mulher do Péba e não sabia?! Era o bingo! Todos no batalhão conheciam o problema que a milícia estava passando por causa desse vagabundo, a informação que levasse a ele estava valendo uma prata, e a mulata caiu no colo do polícia! Daí para esquematizar a arapuca foi rápido. Geralmente, Péba a procurava nos fins de semana, quando as investidas milicianas davam uma trégua. Ligava de madrugada já chegando lá, para ela abrir o portão da garagem e ele entrar com o carro; do lado de fora, três seguranças (todos de fuzis) faziam a proteção do sobradinho, que ficava em um local de mais fácil acesso dentro da comunidade. Com o sol raiando, ele ordenava, de acordo com seu humor, se dois iam descansar e um ficava no plantão, ou se ficavam todos, ou nenhum, enquanto ele passava o dia inteiro comendo, vendo televisão, bebendo e bolinando a mulatona. Nessa hora seria efetuado o ataque. Independentemente de quantos bandidos ficassem de guarda, depois da certificação da presença do alvo, um grupo entraria com tudo pelo lado da favela oposto ao ponto onde ficava o objetivo. Com os criminosos voltados para a frente aberta, uma pequena fração avançaria até o lugar em que o chefe do bando estava homiziado, e o surpreenderia. Atacado onde se julgava protegido (e oculto), ele viraria presa fácil. As chances de êxito eram consideráveis. Só faltavam os kamikazes dispostos à empreitada.

– Tô dentro!

UMA SEMANA DEPOIS, ÀS DEZ HORAS DA MANHÃ DE DOMINGO...

– Pode vir, Rafael, estamos marcando o encontro para o meio-dia, vem pra gente almoçar aqui em casa antes!

– Valeu, parceiro. Daqui a pouco tô chegando aí.

Por que raios Rafael sairia de sua casa em pleno domingo de folga para correr atrás de traficante?

Jorge lhe explicou como seriam as coisas. Falou que, se tudo desse certo, talvez até pintasse uma grana, resultante do espólio deixado pelo inimigo, caso realmente o matassem. Falou também dos riscos de morte e de prisão. Mesmo estando tudo acertado com o batalhão e com a delegacia, as consequências dessas ousadas ações eram sempre imprevisíveis, até porque nenhuma autoridade, por mais envolvida que esteja, "segura" uma criança morta por bala perdida durante um ataque. Uma guarnição de Patamo estava "fechada" com os milicianos e seria ela a protagonizar o engodo, incursionando pelo extremo oposto à casa da mulata. Atrás dos PMs de serviço, pelo mesmo flanco, viria um grupo de paramilitares, bem armados e com a ordem de fazer bastante barulho, atirando para valer e para assustar. Os encarregados da eliminação de Péba entrariam pelas vielas em uma Blazer branca da Firma, imitando as viaturas descaracterizadas usadas pelo serviço de informações da PM. Seriam apenas cinco, todos com fuzis, e um deles teria uma atribuição especial: cortar a cabeça do meliante. Não seria Rafael o bárbaro em questão. Apesar de já ter visto e feito muita coisa, não teria estômago para isso. Quem faria a secção seria um PI, especialmente recrutado para esse tipo de missão. Sempre que era preciso picar alguém (vivo ou morto, não importa), o "doutor" era chamado. O apelido se justificava em razão da precisão das incisões, que permitiam que o corpo de um adulto, depois de devidamente separado em partes e encaixado como um quebra-cabeças, coubesse tranquilamente em qualquer mala de carro, ou saco de lixo preto. Isso facilitava as desovas. Quando o morto era ralé e ninguém fosse mesmo dar por sua falta, colocavam os sacos nas caçambas da Comlurb para que o próprio município providenciasse o enterro adequado. Cortar a cabeça de Péba era preciso porque, além de ele ter coordenado a brutal execução de um PM miliciano, era o último ponto de resistência à Firma, e a decapitação mandaria um recado claríssimo: "Quem manda é a gente! Desapareçam!". Voltando à pergunta que propus, talvez tenha sido isso que impeliu Rafael a sair de casa como um sarraceno em busca de justiça divina. O grupo miliciano era coeso, tinha fortes laços fraternos que ligavam os integrantes de maneira a se condoerem verdadeiramente pela morte do soldado Hugo. Esse era o propulsor da engenhosidade do plano para a vingança, mais até do que a motivação financeira, pois se não tivessem explodido todo o rosto do PM, como fizeram, abandonariam a área para fazer negócios bem ao lado. Rafael era desejoso de participar desse tipo de amizade, queria poder contar com um companheiro disposto a trocar tiros a seu lado, caso um dia tivesse de resolver algo pessoal que estivesse além de seus limites. Cortar a cabeça de alguém como punição pelos seus pecados! Não há ato mais emblemático do que esse no currículo de um justiceiro. Ele queria estar presente ao plenário; mais que isso, queria contribuir de forma eficaz para a condenação e aplicação da pena. Mais uma vez os desígnios se uniram: decisão, cerco, tiroteio, fuzil, Beiçola, milícia, dinheiro, Jorge, colina, político, corrupção, coronel, delegado, traficante, mulher, PM, traição, morte, vontade. Potência. É só o que existe.

– Escolhe aí, parceiro, fica à vontade.
Na mesa da cooperativa das kombis, um arsenal à disposição. Dois fuzis M-16, um AK-47 (o que ele vendeu!), dois AR-15, um FAL e um G3.
– Quero este!
O barulho do G-3 estalando, primeiro seco e depois ecoando grave pelo vento, sempre despertou em Rafael o desejo de um dia poder usá-lo em combate. Mas esse armamento não constava das reservas de material bélico da PM, apenas o BOPE dispunha de algumas unidades, e o sonho só pôde se concretizar graças à Firma.
– Eu vou ficar com este! Vamos ver se valeu o investimento.
Marcelinho escolheu o AK recém-comprado para o assalto, e, seguido de Robert, Jorge, o Doutor e Rafael, equipou-se com tudo que achava necessário. Pistola cada um tinha a sua, e também colocaram coletes, pegaram algumas granadas de luz e som (compradas de um PM do batalhão de choque que, após retirá-las da reserva da unidade, dizia tê-las usado em dias de jogo no Maracanã, para depois repassá-las aos milicianos). Mas o que deixou Rafael espantado mesmo foi o facão. O Doutor foi o único que não quis levar fuzil. Colocou o colete, carregou a PT 99 9mm (arma preferida desde os tempos em que foi cabo da brigada paraquedista) e tirou

o facão da bainha. Era um desses de cortar cana, vendido em qualquer loja de ferramentas, e estava novinho em folha. Havia sido comprado e afiado justamente para aquela ocasião especial, e o Doutor avaliava se tudo estava ajeitado para a cepa.

Do alto dos seus 40 anos, ele havia sido cooptado pelos milicianos depois de trabalhar como pedreiro por um bom tempo, até se envolver em uma briga com o irmão de um traficante local. Foi uma briga de bar, e, embora irmão de traficante, o cidadão não era bandido propriamente dito: trabalhava no Ceasa e apenas tirava uma marra nas costas do irmão bandido. Como resultado da contenda, o traficante se intrometeu e foi tirar satisfações com ele, que teve que se submeter ao esculacho para não perder a vida. Não houve agressão, só um tremendo esporro, com direito a ameaças e fuzil apontado na cara, o suficiente para que o mal fosse plantado. Com a entrada da milícia, este bandido foi um dos primeiros a "rodar", sendo que seu irmão, por não ter envolvimento direto com o tráfico, resolveu ficar, até porque não tinha outra casa para morar nem outro lugar para onde ir. Ele até conseguiu passar despercebido aos milicianos, mas não ao Doutor, que, na primeira oportunidade que teve, lhe enfiou uma faca na barriga no mesmo bar onde tiveram a primeira discussão. Não pode haver morte na área sem a autorização dos donos da Firma (queima o filme da administração); então o Doutor foi chamado para explicar o porquê do assassinato e tentar assim salvar a sua própria pele, que estava na mira da justiça dos paramilitares. Após dar seus motivos, foi feito um levantamento que comprovou a história do Doutor, e este, além de ganhar o indulto, recebeu uma oferta de emprego que lhe renderia 600 reais por semana.

– Muito agradecido! O que eu tenho que fazer?

– Ô, JORGINHO, ESSE CARA NÃO VAI LEVAR FUZIL NÃO?

– Não, cara, ele é meio sistemático, o negócio dele não é trocação não, é só fazer o que o Marcelinho manda, ele tem uma consideração do caralho com ele! Se não fosse o Marcelinho, tinham matado ele no dia do caô lá.

– Que dia?

– No dia que levaram ele para explicar por que tinha matado um outro "maluco" lá por causa de cachaça, dentro do bar, com uma facada no bucho.

O Robert tava querendo "empurrar" (matar) ele, e se não fosse Marcelinho correr atrás para saber se a história que ele tava contando era verdade, ele tinha morrido. A verdade é que o cara que ele matou era irmão de um traficante que eles tinham matado assim que assumiram tudo aqui, e tava passando batidão, até que o Doutor resolveu cobrar o sujeito por causa de uma judiaria que tinha feito com ele há uns tempos trás. Uma porra de uma briga em que o arrombado lá chamou o irmão vagabundo pra se meter, pra intimidar o Doutor, sei lá, maior rolo! Só sei que, depois desse dia, ele fechou com o Marcelinho e segue ele igual um cão! Se ele mandar pegar, ele vai e pega, que se foda quem é.

– Tu já viu ele fazendo essa porra alguma vez?

– Que porra?

– Essa porra de cortar os outros!

– Vivo não, mas uma vez a gente tinha que botar uns malucos na mala do Santana, e não dava, aí ele cortou um dos defuntos todinho, igual como faz com boi. O pior é que o puto já tava todo duro, tinha morrido umas seis horas antes, e pra cortar foi maior merda! Teve que fazer uma força do caralho, até serrote ele usou num osso da perna que a machadinha tava esmigalhando todo mas não cortava.

– Tá de sacanagem?! E tu ficou vendo essa porra toda e não vomitou, não sentiu nada?

– Porra, eu fiquei bolado pra caralho, né, velho? Mas vou fazer o quê? Já tava lá mesmo, o maluco tava morto, qual é o problema de cortar ele? Eu virei a cara e que se foda, corta esse puto aí! Mas isso que eles querem fazer com o Péba eu nunca vi não, nem eu, nem ninguém aqui viu! Esses caras querem se fazer de "fodão", acham que é assim, molezinha, eu quero só ver lá na hora do caô mesmo se eles vão peidar! Porra, cortar a cabeça do maluco dentro da casa dele... Vai ser foda! Mas também, vou te falar, se a gente conseguir, vai ser bom, sabe por quê? Geral vai peidar e a guerra acaba! Ninguém quer ficar sem cabeça, e se o chefe, que mandava na porra toda e tinha maior condição, se fudeu, quero ver quem é que vai ficar!

– Eu tô meio bolado com essa parada, irmão... Até quero ver, mas na hora, vai ser do caralho, hein? É um bagulho muito doido...

— Vai roer a corda, recruta?

— Ih... só nos teus sonhos, recruta! Vamo lá tacar bala no cu deles, que se foda! Quero só ver se eu vou ganhar um dinheirinho...

— Vamo vê lá na hora. Olha lá o Robert partindo pra Blazer... Vambora!

A mensagem do policial amante da mulata chegou no Nextel do Papa Charlie (policial civil). A confirmação de que o alvo estava no "x" era a senha para que a equipe prosseguisse com a operação, e esse pequenino texto escrito nas teclinhas do aparelho celular rendeu aos traidores a quantia de 20 mil reais. Em dinheiro.

Durante todo o trajeto até as proximidades da favela, Robert e Marcelinho falaram ao Nextel. Não poderiam se encontrar com os demais para não despertar a atenção dos bandidos (que tinham olhos do lado de fora da comunidade) quando tomassem o caminho da casa da mulata. O plano para a incursão era o mais simples e estúpido possível: "cavalo corredor." Depois de iniciados os confrontos com a Patamo e os outros milicianos, esperariam 10 minutos, tempo para que todos os reforços marginais ficassem voltados para a isca, e entrariam com tudo pelas ruazinhas de chão batido. Uma das informações dadas pela traidora era a de que o caminho não contava com as contumazes barreiras que o tráfico espalhava pelas ruas para dificultar a entrada de viaturas policiais. Este era, inclusive, um dos motivos que a fazia gostar tanto da localização de sua casa: apesar de ficar dentro da favela, não era em uma área muito "feia", por assim dizer, o que lhe facilitava a locomoção para o trabalho e para seus caros passeios no shopping.

Jorge era o motorista, e ao seu lado, no carona, Marcelinho iria abrindo caminho com o AK gargalhando. No banco traseiro, atrás de Jorge, Rafael se posicionaria com o G-3 pronto para arregaçar quem estivesse na frente ou ao lado, com Robert fazendo o mesmo no outro flanco, e o Doutor aguardando para entrar em cena no meio deles. Continuam rodando pela avenida Cesário de Melo como se fossem um carro de passeio comum, aguardando o início da guerra.

— É isso aí, rapaziada — diz Marcelinho para os demais. — Tá tudo certo, agora é só aguardar o caô formar.

– Do jeito que esse sargento é "piroca"[64] – comenta Jorge, a respeito do comandante da Patamo que iniciará o confronto, – vai ser um inferno!

Dois minutos depois as balas começam a voar.

A proximidade da favela com a avenida levou os motoristas que trafegavam pelo local a se apavorar, passando a dar marcha à ré, no meio da pista, com medo das balas perdidas, pouco se importando se iriam causar um acidente. Os tiros pipocavam frenéticos, em rajadas intermitentes dos mais diversos calibres.

– Vamos marcar só uns minutinhos. Vai indo lá pra rua do informe, Jorge!

Ele pega o primeiro contorno e volta para a pista da avenida que dá mão para a rua do objetivo; segue em marcha lenta, aguardando a ordem de invadir.

– É isso aí, rapaziada! Pode abrir os vidros...

Sem colocar ainda os bicos para fora, as janelas são abertas e Jorge aumenta a marcha.

– É agora, hein, Robert, fica ligado aí que assim que vir alguma coisa eu vou tacar bala, me cobre quando eu for recarregar. Rafael também, o que tiver na pista que parecer esquisito, mete bala sem dó! Vai, Jorge, acelera essa porra aí, vai com tudo!

A Blazer entra derrapando em uma das ruas de terra, cheia de buracos, rumo ao esconderijo do bandido. Segundo Marcelinho, que já estivera na comunidade combatendo antes, a casa da mulata ficava a 500 metros, mais ou menos, da avenida. Não estava longe, mas o que dificultava era a série de curvas que teriam que fazer para atingi-la. Nesse caminho, se Péba estivesse em um dia de desconfiança, poderia dispor de alguns seguranças, não só nas proximidades como também nas lajes das casas dos moradores do entorno. Isso poderia ser fatal, dada a vantagem que o atirador teria sobre eles, mas inconsequência era o que todos dentro daquele utilitário esporte tinham para dar e vender.

– Vira, vira...

Marcelinho vai guiando o motorista rua após rua, algumas tão estreitas que os retrovisores quase raspam nos muros. Quebra-molas são ignorados, os

---

[64] Maluco.

amortecedores rangem e os solavancos jogam os ocupantes de cabeça no teto várias vezes. Todo esse estardalhaço abafa os primeiros tiros dados na direção dos milicianos.

– Ali, Marcelinho, correu pra esquerda...

Mal Robert acabou de marcar o alvo, Marcelinho "barulhou" o AK em tiros duplos, tentando ao máximo corrigir a divisada em meio ao mar revolto. Os dois bandidos estavam numa esquina, avançados da posição em relação à casa que deveriam proteger, curiosos com o confronto que se dava no outro lado da favela.

– Correu pro teu lado aí, Rafael, vai espanando ele, não deixa ele botar a cara não!

Dependia de Rafael agora toda a segurança dos demais. Se ele rateasse, ou ficasse com medo de tomar um "boladão", os bandidos teriam tempo de se realinhar e continuar atirando. Foram pegos de surpresa quando avistaram a Blazer, atiraram de qualquer jeito, só para correr, mas, se tivessem a oportunidade de revidar, fariam com vontade. A escolha do G-3 fora decisiva.

Rafael se ajeitou pela janela colocando meio corpo para fora. Aproveitando que Jorge deu uma reduzida, para não serem pegos enquanto atravessavam, fez uma melhor divisada que Marcelinho e bombardeou o canto para onde correram os bandidos. Que show! O G-3 tocou a sua lúgubre sinfonia, cadenciando perfeitamente o som da obturação dos gases na câmara, e os tijolinhos foram se desfazendo, salpicando o ar com barro vermelho, como minifogos de artifício.

– Vai! Desce agora, todo mundo, vai!

Enquanto Rafael continuava com a salva, os outros três que portavam fuzis desembarcaram e tomaram a vez do G-3. Dois, digo, porque Robert ficou a cargo da segurança de área, caso houvesse mais atiradores. Rafael, com o ponto sensível coberto pelos parceiros, desembarca também e reforça a avaliação de perímetro de Robert, enquanto o canto para onde correram os bandidos continuava a ser castigado. Era uma esquina que, se os bandidos fossem "disposição" mesmo, poderia ter sido defendida por um tempo, pelo menos até acabar a munição, possibilitando assim ao chefe uma chance da fuga. Mas, assustados pela intensidade do tiroteio e acuados no meio das duas frentes que convergiam sobre eles, correram para fugir e se salvar, largando sozinho o "patrão" dentro da casa, a menos de 50 metros deles.

– "Fatia" lá, Jorge. Vê se dá pra ver pra onde eles vazaram!

Marcelinho vai diminuindo a silhueta atrás de Jorge; ambos ganham a esquina e percebem que tinham expulsado a defesa do chefão.

– Limpo! E aí? Qual vai ser?

Robert, o policial civil, dividia a liderança com mais alguns, como já disse, mas nesses momentos sua placidez ascendia sobre os sócios.

– Vai fazendo contato aí com a Patamo pra eles virem reforçar aqui, manda eles saírem por lá mesmo e darem a volta, pra chegar mais rápido. A Blazer vai ficar aqui mesmo. Aponta a casa aí, Marcelinho!

– É aquela do meio lá, a verdinha.

– O sobradinho?

– É.

– Então é isso aí. Cuidado até a Patamo chegar, hein? Se vierem pra cima de vocês, e vocês acharem que vai dar "ruim", retrai até lá na casa que a gente banca junto! A gente vai progredindo a pé, fica atento ao rádio! Rafael, fica na retaguarda, o Doutor vai no meio. Deixa que eu puxo a "ponta". Pronto?

Rafael dá uma respirada.

– Bora.

– E você, Doutor?

– Atrás de você.

O trio segue na conduta de patrulha o pouco que falta até o esconderijo. O portão está fechado.

É um portão de garagem alto, de chapa de aço fina, por onde podia facilmente transpassar um disparo efetuado pelo bandido encurralado.

– Me dá uma força aqui pra eu olhar por cima do muro, Rafael. Não fica aí de cara pro portão não, deixa eu primeiro ver como é que tá o quintal.

Rafael põe as mãos de forma a sustentar o peso do companheiro para que ele reconheça o terreno. Era espaçoso, e havia dois carros estacionados logo depois do portão, o da mulata e o C3 (roubado, lógico) de Péba. Sem cães e sem movimentação aparente. Resolveram pular.

Primeiro Robert, depois Rafael, e então soltaram o trinco que ficava por dentro para dar entrada ao Doutor, que ficara do lado de fora para impulsionar o soldado na escalada. A porta de entrada da frente estava atrás dos carros, e várias janelas também ofereciam pontos de risco aos invasores. Contudo, não havia pontos por onde o bandido pudesse escapar sem ser visto; então meteram o pé na porta, mas ela era de ferro e estava trancada. Nem se mexeu.

– Se afasta um pouco aí que eu vou descascar essa porra na bala!

Rafael se preparava para arrebentar o miolo da porta a tiros quando, de lá de dentro, ouviu-se o grito de uma mulher.

– Quem está aí?

– ...

– Quem está aí? Responde, senão eu vou gritar por ajuda!

– Porra, Robert, e agora?

– Peraí... É a polícia, senhora! Temos um mandado de prisão, abra a porta, por gentileza.

– Mas não tem ninguém aqui, só eu, e eu sou mulher!

Robert captou;

– Mete bala, Rafael, arromba que ele tá aí.

Rafael desmanchou o miolo da porta com oito tiros de fuzil, e entraram os três, um atrás do outro, cobrindo todos os cantos da casa. A mulher, que inicialmente se assustou com o barulho dos tiros, ao ver os homens entrando correu em direção ao que era a porta e, ao passar por eles, falou bem baixinho, sussurrante:

– Ele está no quarto, com uma pistola debaixo da cama.

O BANDIDO ESTAVA ACOMPANHANDO TUDO DE LÁ DA JANELA DO QUARTO. Por uma frestinha, avistou os policiais se aproximando, pulando o muro e invadindo o terreno. Quando os tiros começaram, lá do outro lado da favela, ele estava dormindo, e acordou meio ressabiado com o confronto. Não era normal, pelo menos não aos domingos, e ele já estava decidido a não ficar por ali muito mais tempo; iria só dar mais uma bolinadazinha na mulata e seguir para a linha de frente, para se inteirar dos fatos. Foi nessa fornicação que ele se deu mal. Quando escutou seus seguranças trocando tiros ali, do lado do sobradinho, o bicho já estava em cima dele! Não deu pra correr. Acuado, mandou a mulatona (mal sabia ele) disfarçar e tentar salvar a sua vida, implorando para que ela fosse convincente ao dissuadir os invasores de procurar alguém ali dentro; precisava ajudá-lo pois ela era a única, a que ele mais amava; depois disso, sairiam dali e viveriam uma vida diferente em outro lugar.

Os tapas, socos, pontapés e ofensas haviam semeado muita mágoa e raiva dentro da mulher, que, amorosamente, o olhou nos olhos e falou:

– Deixa comigo, vai dar tudo certo...

Rafael entrou na frente e, ao avistar a cama, disparou uma série de sete tiros ao longo do colchão.

– Ai... Ai... Para, para, pelo amor de Deus, para... Eu me entrego. Ai... Ai...

Dois disparos atingiram Péba, um na perna e outro no ombro, ambos do lado esquerdo. Arrastado, o traficante sai de baixo de sua última alcova e começa a implorar pela vida. O tiro que o atingiu no ombro transfixou o corpo e parou no chão, causando um ferimento que aparentemente não era de extrema gravidade. Mas o da perna encontrou o fêmur e partiu-o em migalhas, expondo pontas brancas que brotavam de dentro da pele, sujando de sangue tudo ao redor. Em choque, o bandido não demonstrava estar sentindo muita dor, só veio com a mesma ladainha de sempre para tentar negociar a liberdade.

– Olha só, vocês não precisam me matar não! Tem um dinheirinho pra perder, tá lá nas "Ponte", tá ligado? É só me levar lá que a gente desenrola. Me socorre aí que a gente desenrola, vocês vão se dar bem...

Ignorando-o, Robert abaixa e sob a cama a Ruger 9mm com 13 tiros no carregador e um na câmara a arma que Péba empunhava, sem muita convicção, antes de ser baleado.

– Cadê o "bico"?

– Eu não tô de fuzil não, chefe!

Com a pistola do marginal, Robert dispara um tiro na direção do piso, que passa zunindo muito próximo à cabeça do moribundo.

– Cadê o "bico"?

– Pelo amor de Deus, chefe! Eu não tô de "bico" não, só os segurança lá fora que tavam, tá ligado! Eu só banco essa pistolinha mesmo, só pra me proteger, tá ligado? Vamo, desenrola isso aí, chefe...

– E quando vocês pegaram meu soldado lá? Vocês deram pra ele a chance de desenrolar?

– Ô, chefe, aquilo foi um erro! Eu não tava presente não, foi um dos moleques lá que vacilou e fez aquela covardia! Eu puni ele, mandei ele ralar da favela, tá ligado? Eu não quero guerra não, mas ninguém me dá paz! Os moleque lá ficam doido, tá ligado?...

Até então o Doutor estava por trás de Robert e Rafael, e Péba não o tinha visto bem; quando o percebeu e viu que trazia consigo, preso ao cinto de guarnição, um facão embainhado, gelou! Fingiu não ter prestado atenção, continuou seu pedido de clemência, mas não conseguia mais desviar o olhar do cortante.

– E o dinheiro? Tem dinheiro aqui?

– Não tem não, chefe. Só o "recolhe" das bocas de ontem, só uma merrequinha, uns 4 mil e pouco! Mas lá na "treta" tem uma mochila pra negociar, 100 mil, é de vocês, é só me levar lá...

Blefe. Robert sabia que Péba não disponibilizava toda essa grana pra perder assim, de imediato. Teria de fazer contatos, empréstimos com outros traficantes, e isso no momento não era interessante. O importante era a tomada do território, o recado de que a milícia não iria compactuar nem lucrar com nada que viesse do tráfico. Se os milicianos aceitassem a barganha, Péba ganharia um tempo precioso para tentar escapar do destino que sabia lhe aguardar desde o momento em que avistara o facão.

– ...É só me dar uma moral, chefe. Olha como é que ficou minha perna...Tá estragada, não consigo nem levantar. Tô ficando com frio, chefe, já vi um irmãozinho com um tiro desse, não é boa coisa. Me socorre e vamos resolver logo...

Robert chega bem perto do homem agonizante, e fala:

– Você não tá curioso pra saber como é que a gente te achou aqui, não? Foi a tua mulher, essa mulata gostosa, safada, que acabou de sair, que "deu" você, seu corno! Sabe quem é que tá fudendo ela toda noite em que ela dá plantão lá no hospital? O polícia. Você é um merda, e vai pagar pelo que fez com o meu camarada agora!

– ...

Péba se lembrou de quantas vezes esbofeteou a mulher por causa de sua recusa em largar o trabalho, em se submeter apenas às suas determinações. Recordou também seu olhar, momentos antes, quando lhe disse que tudo ficaria bem, que não se preocupasse. Contorcia-se de remorso de não tê-la matado, e mais ainda, pelo amor que sentia por ela e pela dor da traição. Tudo fazia sentido para ele agora, menos a própria vida. Calado, ele não olha mais para os homens ao redor, apenas fica de cabeça baixa, disposto a encarar o derradeiro momento.

A Patamo chegou para dar o suporte na esquina do sobradinho, e Marcelinho e Jorge correram para encontrar os companheiros e não perder o desfecho da operação.

– Já tem gente lá fora no reforço. E aí, qual vai ser? Vamos levar ele lá pra fora ou vai ser aqui mesmo?

Marcelinho queria finalizar o ato logo, Robert concordou e fez com as mãos para todos se posicionarem da maneira correta, para que não fossem baleados por acidente. Com o pelotão de fuzilamento formado, e o homem caído no chão à frente, a ordem:

– Na cara não, hein, rapaziada? Não pode estragar, todo mundo tem que ver que é ele...

Péba agoura alguma coisa incompreensível contra os carrascos, ainda sem lhes voltar os olhos, e é assassinado.

RAFAEL NÃO QUIS FICAR PARA PRESENCIAR A DECAPITAÇÃO.

Jorge também não queria, mas, como era contratado da Firma, pegaria mal se demonstrasse ter o estômago fraco, furtando-se a compartilhar esse momento tão peculiar quanto macabro.

Do lado de fora, Rafael aguardou uns bons cinco minutos antes de ver o Doutor saindo com o saco de batatas, contendo a cabeça do traficante, em uma das mãos. Pela trama gotejavam secreções escuras e viscosas, misturadas ao sangue oriundo do pescoço decepado, e deu para perceber, num rodopio entre o próprio eixo que o amarrado fez, os olhos revirados e semiabertos do executado, a boca aberta e a língua para fora... Parecia até mesmo se tratar de um molde de boneco de cera, de uma cabeça cenográfica. Uma pequena bolsa (dessas colocadas transversalmente aos ombros) com o dinheiro recolhido das bocas na noite anterior foi entregue a Rafael, como espólio pela empreitada. Seria dividido apenas entre ele, Doutor e Jorge. A Patamo se encarregou dos trâmites legais, assumiu as ocorrências e os baleados do lado dos traficantes (menos os despojos de Péba, que foram queimados), e a milícia entrou e ficou, dessa vez para valer. Na manhã do dia seguinte, a cabeça de Péba estava exposta em um dos acessos às tais pontes, para que todos os moradores e tivessem a certeza da troca de comando na favela. Os demais bandidos, que conseguiram se esconder, planejavam uma reação; porém, ao saberem do trágico fim do antigo chefe, demoveram-se de qualquer intentada e fugiram para comunidades também servidas pelo Comando Vermelho. A tática do terror deu certo e, em pouco tempo, a milícia fez o que o estado não conseguiu fazer em décadas: acabar com o tráfico e, consequentemente, com as séries de roubos, assassinatos, estupros e pequenos delitos numa determinada região problemática e carente da Zona Oeste do Rio de Janeiro.

Mas a que preço?

# GAT

Rafael não gostou.

O grupo de milicianos se comportava de maneira um tanto quanto improvisada, estúpida aos seus olhos. Apesar dos requintes de crueldade com os desafetos e dos assassínios espetaculosos, durante as vagas demonstravam despreparo e ambições muito abstratas: uns queriam se eleger deputados "feudais"; outros, ser a versão nacional do Scarface; outro, menos expressivo, contentava-se em personificar Leatherface; e exemplos como esses passeavam pela cooperativa com enorme assiduidade. Depois de ter participado, pela primeira e última vez, de uma ação miliciana, Rafael entendeu que a boa primeira impressão que tivera dos paramilitares era tão solúvel quanto o sal. As aspirações e demonstrações patéticas de poder, fomentadas pela anuência das autoridades estatais por determinado período, somadas aos festivais de bestialidade promovidos em seus domínios, levaram-no a prever um cenário fatídico para encerramento da peça: cadeia.

Não demoraria muito para a incongruência entre as atividades milicianas e as funções públicas exercidas por seus integrantes darem um nó. A partir daí, PMs, Papa Charlie, bombeiros e PIs seriam obrigados a escolher um lado, pressionados pelos políticos que, agora, demonizam os grupos, originando um impasse: ou abandonar o poder e a riqueza amealhados em meio à miséria social, ou resistir e arriscar perder a liberdade.

E digo que apenas a liberdade, pois o risco de um miliciano morrer nas mãos da polícia é mínimo. Isso porque, ao ser atacada pelas forças regulares estaduais, a milícia nunca resistiu. Não é no mínimo interessante? Um grupo que toma uma favela das mãos de uma facção criminosa bem-armada, e com traficantes alucinados de ódio para manter seu território, não resiste a nenhuma incursão policial sequer? Se fosse tudo isso que a mídia cansa de noticiar, não era de se esperar que, a cada prisão de um chefe paramilitar, ocorresse uma chuva de balas? Como não ocorre, qual a motivação?

Talvez os policiais presos por formar quadrilhas, dispostos a enfrentar o mais sanguinário dos bandidos para lhe tomar das mãos o mando (e o dinheiro), sejam incapazes de formalizar um tiroteio para escapar de um mandado de prisão. De qualquer maneira, não é por esse prisma que estamos observando; então, voltando ao perturbado Rafael (pela visão da cabeça gotejante), ele pensou: "Vai dar merda..."

Mas claro que ia dar!

Matando por causa de gás, de Kombi, de mulher, de dívida, de traição, de tudo, que outro destino mais poderia aparecer na bola de cristal? "...Tô fora!"

E não fez mal. Onze meses depois de Péba ser esgorjado, durante uma operação da 35ª DP (que naquele mês teve o contrato com a Firma rescindido e os repasses bloqueados), Jorge foi preso enquanto tomava café em uma padaria no centro de Campo Grande. Não reagiu e, além do mandado de prisão expedido em seu desfavor (art. 288 CP), segurou o porte ilegal de arma de uso restrito por conta da 9mm que estava com ele. Marcelinho foi submetido a processo disciplinar da PM, instaurado mesmo sem denúncias criminais contra ele, e foi expulso pouco tempo depois.

O que ficou, então, da experiência que seria de relevância na história de nosso monstro?

Tudo.

Se não fosse pelos contatos feitos por Rafael durante a interação com os milicianos, não haveria o convite e, consequentemente, a consolidação do caminho que o levaria à prisão:

– Bem-vindo ao GAT. Amanhã, às sete e meia; não se atrase.

Algumas coisas que aconteceram no entremeio:

O comandante da companhia em que Rafael e Vicente estavam lotados ficou furioso com a ocorrência que rendeu o AK-47. A primeira viatura a dar o alerta teve um de seus componentes ferido, sem gravidade, por um dos tiros do fuzil. Além disso, o Golzinho ficou todo furado, alguns disparos varando de um lado a outro da lataria, o que comprovava que os traficantes estavam com armas de grosso calibre. O capitão, com isso, sentiu-se ludibriado por não ter sido convidado a tomar partido na eventual negociata, ainda mais sendo ele "fita" de Vicente; chamou os policiais para conversar em sua famigerada salinha, em particular, para saber se teria uma participação no lucro da venda da arma. Ele não podia ter certeza de que os patrulheiros realmente roubaram a peça, então contou uma estorinha, na qual um inspetor da Polícia Civil o havia procurado para levantar informações sobre o possível desaparecimento de um armamento de origem criminosa, no transcurso da ação que culminara na morte dos dois suspeitos. De acordo com o relato do oficial, ele enrolou o investigador, disse que os PMs envolvidos eram de extrema confiança e de conduta exemplar, que não havia possibilidade de eles terem sumido com prova tão vultosa, ainda mais para repassá-la a outros criminosos a troco de dinheiro, e que, se soubesse de algo contrário, entraria em contato imediatamente. Pediu então aos subordinados que lhe contassem a verdade, sem rodeios, para que, se houvesse mesmo perpetrado o crime, tivesse chances de defendê-los diante do coronel, que também tomara ciência da suspeita e exigia respostas. Deixou bem claro que não era sua intenção puni-los, mas apenas ter a sua fatia do bolo, dada a sua condição de chefe de quadrilha. Afinal, sem o aval dele não estariam nas ruas, aptos à caça ao tesouro. Rafael e Vicente deram de ombros e, mesmo sem combinar o que dizer, negaram que qualquer arma tivesse sumido da ocorrência, e recontaram "tudo" o que aconteceu para o capitão. Mas o oficial não era tão burro, conhecia a área do batalhão e sabia que vagabundo do Borel não troca tiro assim, de .380, para perder! Inconformado, jogou aberto com os praças e exigiu a sua parte do dinheiro na venda do fuzil, ameaçando transferi-los caso continuassem com aquela dissimulação.

Até que o capitão merecia uma merrequinha por sua camaradagem; era um cara gente boa, que não perturbava muito no dia a dia, mas aquele papo de policial civil procurar o batalhão, isso foi muita "forçação" de barra. Se estava duro, "agoniado", era só falar logo de cara, mas o problema é que ele deu a entender que queria que o dinheiro fosse dividido igualmente entre os três, como se ele estivesse lá, botando a cara para bater também. Aí era sacanagem, olho grande demais, e Vicente apelou para a amizade, disse que jamais daria "uma volta" nele, ainda mais sendo conhecidos desde a época em que ambos eram soldados. Mas não teve jeito. Nesse momento, os ensinamentos da Academia D. João VI valeram, e todas as vezes em que ouvira oficiais superiores vociferar "Praça não presta... Praça é uma raça ruim..." fizeram sentido: os subordinados continuaram mentindo e não compartilharam o butim. O capitão, em menos de uma semana, desfez a dupla e os transferiu, não de batalhão mas de companhia, recomendando-os para os novos superiores com a devida pecha de "volteiros". Trabalhando em escalas diferentes, em dias diferentes, o contato entre Rafael e Vicente diminuiu, rareou, a ponto de Rafael nem saber se o cabo conseguira mesmo trocar de carro usando o dinheirinho da venda do AK, conforme desejava. Cada um passou a enfrentar seu próprio "Ceará"[65] na caserna, e isso os afastou definitivamente.

Nada pior para um polícia dentro de um batalhão do que ter fama de "volteiro", safado, um cara em quem não se pode confiar. Ainda mais quando essa fama pega entre os oficiais, que passam a escalar o desafortunado nos serviços mais insignificantes possíveis e imagináveis.

De cara, Rafael bancou a C6/5, aquela cabine na praça onde o polícia surtou e começou a pescar os peixinhos do pequeno lago artificial. Calor, mosquitos, nem um lugarzinho para lanchar e sem um real no bolso. A propósito: não tinha banheiro também; então, de madrugada, só de sacanagem, ele mijava em cima das carpas, criadas cuidadosamente no espaço público por meia dúzia de generais de pijamas, moradores do entorno, que se reuniam por ali todo final de tarde para jogar bocha e arejar as fraldas. Com o tempo, a traquinagem perdeu a graça e Rafael começou a entrar em síndrome de abstinência por não estar mais fazendo mal a outros seres vivos. Assim, na calada da noite, quando ninguém estava observando, jogava migalhas de pão para que as carpas se amontoassem na beirada, e as arpoava

---

[65] Um dos nomes dados ao período de "seca" financeira pelo qual passa um determinado PM durante seu serviço ordinário.

com um vergalhão velho e enferrujado que encontrara jogado numa caçamba de lixo. Pobres bichinhos... sempre sofriam a cada vez que um PM era escalado para aquele famigerado serviço. Pagaram o pato pela imprestabilidade do caricato Queequeg,[66] que, sem poder dar tiros em alguém, passava o tempo alimentando gatos bandidos com pescado fresco. Isso de noite, porque durante o serviço diurno a hora parecia ter 145 minutos, e toma sol quente nas fuças!

Como não pertencia mais à companhia do velho mangusto, todo o lobby azeitado anteriormente foi para o brejo, e o novo sargenteante continuava reticente quanto a aceitar uma graninha para desobedecer à ordem do capitão, que era manter o soldado no limbo até a reforma! Com o passar das semanas, a raiva do capitão diminuiu mas o estigma de "espertão" continuou perseguindo Rafael nos serviços subsequentes. Trabalhou em outras cabines, nas ostensividades, interdições, guarda do quartel, e tudo isso sem ganhar um tostão das ruas. Tinha uma reserva do dinheiro, angariado nas empreitadas criminosas passadas, mas essa também estava começando a chegar no vermelho, o que pedia com urgência uma nova fonte de renda. As necessidades evoluíram desde os tempos de recruta e agora ele tinha que pagar a conta do Nextel, a prestação do carro novo, as roupas, a faculdade (é, nosso monstrinho resolveu estudar!), e só o salário da PM não dava nem para os três primeiros dias do mês.

Respirou um pouco quando o escalaram para a custódia no Hospital do Andaraí.

Lá ficavam os presos da área do 6º BPM, necessitados de tratamento médico, enquanto aguardavam transferência para o hospital penitenciário, sempre pajeados por um PM escalado para manter a segurança do local e impedir eventuais evasões. No sétimo andar havia uma sala reservada para a recuperação de bandidos feridos em confrontos com a polícia e que não precisavam de terapia intensiva: para esta Rafael foi designado.

Era uma sala ampla, com uma maca em cada extremidade e um banheiro separado. A porta de acesso era pesada e de correr, assim como as enormes

---

[66] Personagem do livro *Moby Dick*, de 1851, do autor americano Herman Melville.

janelas de madeira, sendo que uma se encontrava quebrada e com um tapume carcomido no lugar, deixando entrar por baixo dele severas rajadas de vento, dada a altura do prédio. No geral, a sala era um lixo (como tudo o que diz respeito a encarceramento no Brasil), com gazes e curativos sujos espalhados pelo todo chão; a cada plantão, um policial sozinho tomava conta dos dois presos ali detidos. O certo, e o que "as normas da instituição preconizam", era justamente o contrário (dois policiais por preso), mas a falta de efetivo obrigava o sargenteante a se virar com o que tinha sobrando, tudo para obedecer às determinações do comando. Nessas horas, vale o que os oficiais querem, não o que as normas determinam; o soldado que se vire para tomar conta de dois presos, ao mesmo tempo em que vai ao banheiro e faz as refeições. Os dois sobreviventes que Rafael encontrou tinham sido baleados em situações distintas: um após ter roubado um carro (o comparsa fugiu) e o outro durante incursão policial ao morro da Cotia; pouco ligava para eles, mantendo-os algemados à maca o dia todo. Um deles foi transferido tão logo pôde voltar a andar, mas o outro, o da incursão, tinha levado um tirambaço pelas costas, na altura da clavícula, e estava todo torto, sem previsão de alta. Certa vez, na volta de mais uma das cirurgias feitas para tentar consertá-lo, sentia fortes dores, e Rafael ficou incomodado com os gemidos agonizantes que não o deixavam dormir. Foi pedir à enfermeira que fizesse algo – ela até se admirou da compaixão do mango –, e a moça administrou um analgésico poderoso no vagabundo que o fez dormir como um neném. Rafael embarcou logo depois, deitado na outra maca vaga. De alguma forma, o bandido interpretou aquilo como um gesto de solidariedade do PM, e, no plantão seguinte, falou: "Com todo respeito, meu chefe... o senhor me deu a maior moral aí, no meu sofrimento, isso aí é pro senhor tomar um café...", e deu 50 reais na mão do polícia. Amizade feita! Com a sintonia harmonizada, os outros serviços vieram naturalmente. Às vezes, queria uma visita íntima (mesmo não sendo direito do custodiado em hospital, ainda mais estando ele em convalescência); então, agendava para o serviço de Rafael. Cem reais. Outras, queria fumar uma maconha (trazida pela visita). Mais 100 reais. Fumava deitado na maca, com a porta de correr trancada e Rafael deitado do outro lado da sala, assistindo à televisão trazida pela mãe do preso (mais 100 reais). Fecharam uma mesada semanal e, durante pouco mais de um mês, Rafael recebeu 300 reais por semana para deixar o plantão "arregado", com direito a DVD, lanche do McDonald's, maconha, celular e piranha liberados. Pena que durou pouco, pois a marola começou a dar muita pinta e nem o vento que entrava pelo tapume estava mais dando jeito na fumaça. Algumas enfermeiras começaram a reclamar e chegaram a ligar para o batalhão para contar o que estava se passando. A supervisão foi até lá (pela primeira vez!) na má intenção, cheia de vontade de pegar Rafael no erro e prendê-lo, mas ele foi avisado de antemão pelo motorista do capitão (um colega de recrutamento) e teve tempo de desfazer os flagrantes. Detalhe: para disfarçar o cheiro do último baseado aceso pelo preso, ele derramou quase um litro de álcool iodado pela sala; quando perguntado pelo oficial o porquê daquele cheiro tão forte de remédio, respondeu: "É um hospital, né, chefe... alfazema é que não poderia ser..."

Tiraram Rafael da custódia e, mais uma vez, pela denúncia das enfermeiras, ele ficou "pichado". Não havia mais nenhum buraco onde pudessem enfiá-lo. Jogaram-no então na agência dos correios que ficava em frente à praça Saens Peña. O dia inteiro parado, em pé, como um vigilante de empresa privada, e com o gerente do posto achando que é o patrão do mango. Até parece que ele iria se resignar... O horário de almoço era de meio-dia à uma da tarde, mas Rafael saía às 11 e voltava lá pelas três, com a cara inchada de tanto dormir na cabine nova, que era blindada e ficava na avenida Radial Oeste, pertinho do Maracanã. Ia no seu próprio carro, e ficava lá com o cabineiro, comendo e vendo televisão, despreocupado, só esperando a hora de ir embora. Não ganhava um real, mas em compensação não tinha dor de cabeça alguma. O responsável pela agência sempre fazia uma carinha feia quando via Rafael chegando todo amarrotado, mas nunca falava nada, até que um dia, quando ele só apareceu depois do filme da sessão da tarde, se aproximou e disse, sem muita segurança: "Olha, eu não quero ser chato não, mas o horário de almoço é só até a uma! Se o seu superior chegar...". Rafael nem deixou o zarolho terminar: "Toma conta da sua vida, porra! Não fode..."

Esse episódio, é claro, chegou ao conhecimento dos superiores, mas eles simplesmente não deram importância à queixa. E Rafael continuou sua rotina.

ATÉ QUE ENCONTROU COM O AMIGO JORGE, POR ACASO, ENQUANTO ABASTECIA o carro no caminho de volta da faculdade. Conversaram um pouco sobre o trabalho, e Rafael lhe contou sobre o período ruim que estava passando no batalhão. Jorge já sabia que as coisas não tinham ficado muito bem depois que o amigo vendera o fuzil para a Firma, que haviam suspeitado dele e de Vicente e os "explodido" da guarnição, mas não imaginava que estavam tão mal assim. O miliciano falou para Rafael que esse negócio de caçar aventura quando de serviço era arriscado, que era melhor ele esquecer isso e se juntar de vez à Firma, onde os rendimentos eram mais satisfatórios e os perigos mais controlados. Rafael balançava, mas queria mesmo era voltar à ação pelas ruas da Tijuca! Vendo a disposição do amigo em querer continuar combatendo na "pista", teve uma ideia. Fez contato com Robert, depois com Marcelinho, e conseguiu um canal com um sargento que era comandante de um GAT do 22º BPM. Este, após alguns dias, fez contato com outro sargento, comandante de um GAT do batalhão de Rafael, e efetuou o pedido para que desse uma chance ao seu indicado. Questão de tempo.

O comando do batalhão estava para mudar.

Como sempre ocorre em períodos de mais ou menos dois anos, havia chegado a hora de outro estrelado assumir as rédeas da carroça maluca puxada pelas mulas que tanto trabalham para enriquecê-lo. Quando chegava esse momento, era comum que alguns oficiais do estado menor acompanhassem o antigo carroceiro no declínio das atribuições. Formar uma equipe em que se possa confiar para garantir a continuidade dos esquemas de corrupção não era tarefa fácil; então, melhor assegurar as afinidades já estabelecidas e arrebanhar os velhos assecías para os novos horizontes. O coronel que estava saindo do 6º para comandar o 15º BPM formou o seu balaio, e nele estava o capitão que havia queimado Rafael e Vicente.

Duas semanas depois da passagem de comando, Rafael estava chegando com ânimo revigorado ao pátio da OPM. Eram seis e meia da manhã e, para sua surpresa, alguns de seus novos companheiros de trabalho já estavam a postos. Sexta-feira era um dia muito especial para o GAT, e os cabos Anselmo e Juarez, juntamente com o segundo-sargento Antônio, tomavam café na cantina, conversando baixinho. Estes eram os componentes da 54-6678, a viatura Blazer que seria dirigida por Rafael. Ele passa pela cantina em direção às escadas que levam ao seu alojamento olhando para os militares. Sabia muito bem o que eles deveriam estar combinando, conhecia-os pela fama de "arregados" que tinham no batalhão.

SARGENTO ANTÔNIO ERA O COMANDANTE DAQUELA VIATURA, MAS NÃO DO GAT. Estava lotado no 6º BPM há mais de oito anos, cinco dos quais em GATs. Era um homem de 40 anos, alto e esguio, ágil até demais considerando as limitações impostas a mangos nessa idade. Era corredor assíduo e cuidava bem da saúde: dispensava bebidas, cigarros e noitadas, cultivando um hábito bem divergente da maioria dos PMs, que só quer sacanagem. Mantinha um casamento meio conturbado com a segunda mulher, 17 anos mais nova, o único ponto de instabilidade capaz de derrubá-lo, impelindo-o às vezes a atitudes tendenciosamente suicidas no cumprimento do dever, quando chegava para trabalhar acumulando problemas pessoais. As recorrentes reclamações da esposa, que queria mais dinheiro para ir ao salão e ao shopping, dizendo que a sexta-feira tinha passado e que ele não havia dado a ela um pouquinho do "arrego" pego nos morros durante o serviço, deixavam-no atordoado; as brigas eram animais, a ponto de, por duas vezes, ela procurar o batalhão para se queixar das agressões. Depois de alguns dias (e muita humilhação por parte do sargento), ela o aceitava de volta; em comemoração por terem reatado, ela ganhava um belo banho de loja com tudo a que tinha direito, inclusive a compra de um carro novo, no qual às vezes dava carona a um rapaz da idade dela quando saíam da academia. As escapadas só rolavam quando Antônio estava de serviço, pensando ela que assim manteria o segredinho. Mas ele já sabia do amigo especial, alguém tinha buzinado em seus ouvidos; mas, quando perguntou sobre isso, ela soltou um poderoso "está insinuando o quê? Está duvidando de mim, é?".

Pobre sargento! Tão bravo no combate aos mais dispostos traficantes tijucanos e tão submisso a uma simples vagina!

Rafael já tinha conversado com ele algumas vezes. Reconheciam-se como guerreiros e não teriam problemas em trabalhar juntos – bem diferente do cabo Anselmo.

Era um daqueles burros de ciganos de que já falei antes.

Com badulaques dourados espalhados pelos dedos e pescoço, todas as resenhas e cacoetes dos mais arrogantes meganhas, e um mostruário de guias de santos aparecendo pela gandola desabotoada, o negro parrudo personificava tudo o que a população tem como estereótipo de PM. Falava mal, se comportava mal, e, certa vez, quando teve de confeccionar um TRO, escreveu "marjinais" e "invadiram-se do local" no relato da ocorrência. Um gaiato teve a sacana ideia de troçar com a ignorância do cabo: tirou uma xerox do documento e colou na parede da reserva de armamento, para que todos que estivessem assumindo ou largando do serviço lessem a pérola.

Ele não levou a coisa muito na esportiva e queria porque queria saber quem foi que vazou o talão. Ninguém se acusou e a coisa ficou por isso mesmo.

Mas não se podia dizer que Anselmo (apesar de estúpido) não gostava das boas coisas da vida. Muito embora fosse incapaz de dispender um real na compra de um livro de português (tampouco frequentar uma aula), gastava com soberba o que ganhava na "mineira" (peneirar crimes e criminosos à procura de dinheiro!). Sua mais recente aquisição fora um New Civic zero quilômetro, comprado com dinheiro de uma extorsão mediante sequestro e mais uma merrequinha que tinha guardada. Nas folgas, malhava em uma academia de boa estrutura que ficava no Méier e frequentava pagodes e festas, sempre acompanhado de alguma de suas várias amantes. Gastava bastante em uma só noite de farra, com uísque e energético liberado para os amigos puxa-sacos e para as meretrizes, e a conta às vezes chegava aos quatro dígitos. Seus dois filhos, com ex-companheiras diferentes, recebiam bem menos atenção e, quando precisavam de algo a mais do que o determinado pela pensão, calculada com base no salário de fome do PM, tinham de suplicar por um tênis ou uma mochila novos. Era o típico "autoridade", que se acha acima de tudo e de todos apenas por ter uma carteirinha amarela. Quase morreu por causa disso. Arrogante que só, numa dessas noitadas de esbórnia, com o destilado saindo pelos poros, iniciou uma confusão por causa de uma das acompanhantes. Ela havia sido cortejada por outro homem (mais novo do que ele, um rapaz) que não tinha notado que estava acompanhada. Foi tirar satisfações com o rapaz, que não se fez de rogado e discutiu com ele, até lhe dar as costas e o deixar falando sozinho ao perceber que se tratava de um ébrio. Anselmo tirou a pistola da cintura e deu um show! Aplicou duas coronhadas no rapaz, que sangrou e desfaleceu, estirado no meio da muvuca. Pois o jovem era filho de um famoso bicheiro da Zona Norte, que colocou a cabeça do cabo a preço de ouro, e teve muito "desenrolo" e negociação até que o contraventor aceitasse uma reunião para ouvir as explicações do PM. Jurou que tudo não passara de uma fatalidade, um mal-entendido, e implorou pela própria vida. Até um coronel entrou no circuito para agendar a reunião, e de lá saiu o cabo, com o cuzinho na mão e o rabo entre as pernas, prometendo parar de beber tanto.

Maldoso e malvado, gostava mesmo era de chutar cachorro morto. Trocava tiro, sim, mas nada de especial, nada que o colocasse em um patamar diferenciado. A tara dele era finalizar vagabundo. Uma vez, estava lá do outro lado dos Macacos, lá no "Lote", quando um companheiro fez contato, dizendo que tinham baleado um no "Pau da Bandeira". As duas localidades (o "Lote" e o "Pau da Bandeira"), apesar de pertencerem à mesma favela, ficavam longe uma da outra, mas, mesmo assim, Anselmo perguntou: "Ele tá vivo ainda? Espera aí que eu já tô chegando! Segura ele acordado aí que eu chego rapidinho, deixa esse pra mim...". Abandonou a posição só para ter o prazer de estourar a cabeça do infeliz, que já havia sido baleado no peito e estava mais pra lá do que pra cá. "Meu exu tava pedindo o sangue desse aqui... agora eu tô acertado com ele de novo, não tô devendo mais..."

Segundo o pai de santo de Anselmo, o problema com o bicheiro decorreu da desobediência por não ter matado o jovem que lhe deu as costas, pois era isso que o tal "santo" queria. Como não tinha matado aquele com quem teve o atrito (incentivado pelas forças ocultas), ficou no débito, incumbido de derramar sangue impreterivelmente na próxima vez em que o exu mandasse; caso contrário, perderia a proteção espiritual e teria a vida ceifada no próximo "caô".

O ser humano é engraçado... Capaz das tramas mais mirabolantes apenas para justificar suas próprias mediocridades. Se quer matar, é porque a "entidade" está pedindo. Se se salva de um perigo, é porque teve a proteção de seus etéreos cuidadores. "Tudo tem um propósito... há um plano para você... você é especial..." – todos eles mecanismos de autopreservação da espécie, pois, se descobríssemos que, na verdade, não passamos de baratas saracoteando de um lado para o outro, e que nada do que fazemos, pensamos ou vivemos terá significado algum quando virarmos adubo, canibalizaríamos uns aos outros até a extinção.

E AINDA TEMOS O CABO JUAREZ.

De longe, era o mais bem treinado combatente da guarnição. Oriundo do Batalhão de Operações Policiais Especiais, concluiu o Curso de Ações Táticas (CAT) ainda soldado e, por longos sete anos e meio, seu ninho foi em meio à elite da tropa. A ideologia à qual é submetido um aluno dos cursos que facultam o ingresso nesse seleto grupo dita que, lá, eles são policiais diferentes, pertencentes a uma "polícia" diferente, sem espaço para máculas. Os cursos são extenuantes e de incontestável excelência, sendo reconhecidos mesmo entre órgãos de segurança pública de outros países, que vêm até o Rio de Janeiro em busca de instrução para o aprimoramento de seus próprios métodos. Tá bom... Mas será que ser uma polícia autointitulada "diferente" é sinônimo de uma polícia eficiente?

Ônibus 174; morador do Andaraí morto por policial do BOPE após ter ferramenta confundida com uma submetralhadora UZI; policial do BOPE preso por vender munições ao tráfico da Rocinha; policial do BOPE preso por atacar a tiros o portão da casa da ex-amante; oficial do BOPE comanda episódio lamentável, conhecido como "muro da vergonha" – e um sem-número de outros exemplos que de tão semelhantes (e corriqueiros) tornam enfadonha a dissertação.

Parabéns aos oficiais administradores e operacionais que buscam, através de viagens para workshops no exterior (com direito a recebimento de gordas diárias pagas em dólar), novas técnicas de gestão e adestramento para o currículo dos cursos de Ações Táticas e de Operações Especiais. Só se esqueceram de, em meio à lambança no pote de melado, pensar um pouquinho mais na sua aplicabilidade e na psique do material humano que, afinal de contas, é, de tudo, o mais importante.

Policial é só policial. Ponto e acabou. Não encara inimigo, encara criminoso, duas coisas completamente distintas. O inimigo é pessoal, é de guerra deflagrada, tem bandeira, uniforme e ideologia própria. O criminoso é um par, levado ao crime por fatores intrínsecos, sociais ou patológicos, e deve ser retirado do convívio social em prol do bem-estar coletivo, de acordo com as convenções estabelecidas por cada comunidade. Quem combate o primeiro é o soldado, e o segundo, o policial. E aí está a grande problemática do modelo nacional. Soldados policiais. Ou policiais soldados.

Essa deturpação atributiva é a causa maior do curto-circuito no cérebro do PM e uma das prerrogativas fundamentais para a metamorfose concretizar-se. De nada adianta apregoar que no BOPE não tem policial corrupto se lá tiver policial maluco, psicopata, assassino. Enquanto perdurar a estupidez oferecida aos alunos de que o "caveira" tem que matar, homens transfigurados continuarão estampando capas de periódicos, num dia como heróis, noutro, como vilões. Ao lado da cancela que conduz ao interior das dependências do Batalhão "Especial" (vigiada 24 horas por dia por quatro sentinelas), um banner preto gigantesco, com uma caveira mostrando os dentes, dá o tom do aviso: "Seja bem-vindo, mas não faça movimentos bruscos..."

É piada. E de mau gosto.

Quer dizer que, se um visitante, no momento em que estiver fazendo a sua identificação para passar pela cancela, espirrar ou tiver um tique nervoso, ou uma crise de riso, será alvejado?

Claro que não. Mas a sentença, elaborada para enaltecer a periculosidade dos policiais ali lotados, que se orgulham de ser conhecidos como verdadeiras "máquinas de matar", de ser temidos entre os marginais pela fama de torturadores, serve apenas para demonstrar o nonsense das autoridades militares. Durante o período de formação até a consolidação da condição de policial militar, o indivíduo já é deformado moralmente para que exerça seus assassínios sem escrúpulos. Elevar essa animalidade exponencialmente, formando um grupo segregado dentro de outro, pela simples competência no derramamento de sangue, é no mínimo atirar no próprio pé. Ou cabeça. Não dá para esperar muito dos coronéis no que tange ao planejamento e à coerência, há outras preocupações que lhes tomam muito da capacidade intelectual – como achar um jeito de remanejar a verba destinada ao rancho para a compra de uma mesa nova para o gabinete.

Mas alguém poderia dar uma ajudinha para que, agora, nesses dias difíceis que a PMERJ enfrenta, com a morte de uma juíza pairando sobre os ombros de um dos mais influentes coronéis da instituição, os estímulos ao tiroteio fossem menos escancarados.

Pode pegar mal depois, entende?

De certa forma, o BOPE funciona como um porto seguro para onde o governo aponta sua quilha toda vez que o bote furado começa a adernar. É blindado para que nem todas as debilidades das políticas de segurança pública fiquem escancaradas, e seus componentes usufruem dessa conivência quando têm de responder por seus desequilíbrios. A maquinação é tão profícua que multidões aplaudiram quando um "capitão" do BOPE mimetizou, no cinema, o que acontece todos os dias pelas mãos de PMs comuns, os chamados "barrigas azuis". Se a película tratasse o assunto, com as mesmas cenas de assassinatos e torturas, usando como protagonistas PMs de um "batalhãozinho" qualquer, não tenho dúvida de que a ojeriza seria encolerizada pela aviltante encenação de crimes tão bárbaros. Mas como quem colocava o saco na cabeça da criança estava de preto, tudo bem! Que a mensagem seja difundida e que os quasímodos continuem arquejando sob a égide dos Napoleões das *Quintas dos animais*.[67]

---

[67] Personagem do livro *A quinta dos animais*, título em Portugal de *A revolução dos bichos*, romance alegórico de 1945 do escritor inglês George Orwell.

6 – "Nenhum policial do BOPE mata sem motivo".

7 – "Todos os policiais são iguais, mas alguns policiais são mais iguais do que os outros."

Ah, sim! Só para não passar despercebido: adivinha de onde vem o coronel que é acusado de ser o mandante da morte da juíza?

Caveira!

Com o término do CAT (Curso de Ações Táticas), primeiramente Juarez amargou alguns meses na guarda do batalhão, ao lado da (me desculpem!) patética caveirinha ameaçadora. Era preciso aguardar uma vaga (ou um pistolão) para ingressar em uma ALFA (equipe) e finalmente pôr em prática os valorosos ensinamentos táticos. Chegada a hora, começou o trabalho de pista. Ingenuidade pensar que no BOPE não tem ladrão. Apenas o objeto e a forma de escambo variam, pois enquanto o "barriga azul" cata tudo que estiver pela frente, o caveira corre atrás da "mochila" (que leva o dinheiro das bocas) e dos bicos. Pela natureza do serviço, ficam menos inclinados a certos escândalos, já que as incursões são violentas e espantam a maioria dos curiosos. Com o objetivo alcançado, o que for amealhado entre os defuntos é classificado por mim como "butim" (o famoso espólio de guerra), e é dividido entre os componentes da "A" como recompensa pelos esforços empreendidos. A diferença são alguns códigos obedecidos pelos de preto, que os de azul não observam. É difícil um policial do BOPE negociar carga de droga apreendida ou a venda de fuzil a traficantes e bandidos em geral. (Veja bem: difícil, não impossível. Como em meus estudos não me deparei com casos concretos, apenas especulações, não posso tecer assertivas.)

Juarez começou a sentir o gostinho da prata no bolso e caiu para dentro dos marginais com vontade! A cada operação sobrava sempre alguma coisinha, nem que fosse uma pochete com uns míseros trocados e uma pistolinha pra justificar o baleado. A coisa foi evoluindo, os demais companheiros de Juarez tomaram confiança nele por completo, e começaram a deixá-lo por dentro dos esquemas mais lucrativos. Cada fuzil apreendido e desviado tinha como destino os milicianos (que na cabeça deles eram polícias comuns, e não bandidos, o que validava o crime) dos mais diversos pontos da cidade. Com o brevê, conseguir uma segurança boa fica mais fácil, e logo Juarez foi contratado para trabalhar com um bicheiro bem rico na Baixada Fluminense. Como coração de "CATiano" bate na sola do pé, para ele não foi problema algum aceitar a proposta de matar um antigo desafeto do contraventor, mediante paga, obviamente. A justificativa moral que Juarez encontrou para se convencer de que não estava se perdendo foi a de que o alvo era ex-presidiário e tinha cumprido pena por matar um policial, durante disputa por pontos de jogos ilegais.

Rolando ladeira abaixo, ele permaneceu no BOPE se fartando como podia, até que a equipe toda caiu em desgraça por ter sido flagrada pela corregedoria (da Polícia Civil) com três fuzis, desviados de uma operação que haviam acabado de encerrar. Se fosse uma Patamo cheia de barrigas azuis, estariam todos devidamente encaminhados ao BEP antes mesmo de qualquer explicação, mas, como pertenciam à elite, mereciam tratamento diferenciado, não concordam?

Cada um foi "bicado" para um batalhão diferente, e assim o insatisfeito Juarez caiu de paraquedas no 6º Batalhão. Não era bem uma punição, era mais uma forma de frear o ímpeto criminoso dos homens de preto e deixar claro que, na próxima, em um batalhão comum, não haveria mais condescendência. E você achou que Juarez tomaria jeito?

Logo de cara, quando colocou o brevê para se apresentar na sargenteação, fizeram-lhe o convite para "montar na mula" (guarnecer um GAT), e lá foi ele para a pós-graduação. Com os barrigas azuis aprendeu o que não se ensina em cursos, e chafurdou prazerosamente no lamaçal e na podridão do serviço policial. Ultrapassou limites: roubava até ar-condicionado da casa dos traficantes (a caçapa da Blazer arriava até arrastar nos para-lamas); ficou "arregado" (recebia dinheiro para não incursionar nas favelas) e abandonou de vez a farda preta. Nem pensava em voltar para o BOPE, sua ideias giravam apenas sobre o próximo ataque e o próximo "arrego".

E era sobre isso que estavam conversando.

Rafael trocou de roupa e vestiu a farda bem rápido, ajeitando toda a parafernália que compõe o PM do GAT: capa de colete, bornal, fiel, luvas de meio dedo, balaclava (touca ninja), cantil, bandoleira e, na mochila (indispensável principalmente nas horas de saque), binóculos (herança das épocas de morrinho), faca (?), lanterna, alicate (?) e um saquinho com munições para fuzil, sobras de confrontos antigos. Tinha até comprado um coturno novo, extraleve, pago do próprio bolso. O que a polícia fornece aos militares (uma vez por ano) é uma porcaria.

"Quero é novidade!"

Desceu as escadas aliviado e ansioso pelo novo dia de serviço, que há tanto tempo estava almejando. Só uma coisa o preocupava: como seria a receptividade dos demais componentes com relação ao novo motorista? Nesses serviços, as guarnições costumam ser "fechadas", unidas em torno de um objetivo comum: ganhar dinheiro. Quando um integrante sai, a sua vaga geralmente já tem um pretendente certo, que aguardava no circuito até a disponibilidade. Rafael chegou do nada, apenas com um pedido muito forte, feito por um sargento de outro batalhão, e, mesmo com o crivo do comandante do GAT para o período de experiência, não tinha como prever a reação dos companheiros. Poderiam estar com outro amigo na fila de espera, alguém que já conhecessem e com quem tivessem certa intimidade, imprescindível para aquele dia tão especial que era a sexta-feira, dia do pagamento. Aproxima-se da mesa e cumprimenta a todos:

– Bom dia, senhores. Sargento Antônio, eu vim a mando do sargento Magalhães, vou ser o motorista da guarnição...

– Claro, claro... É Rafael, não é? Senta aí, cara, quer tomar um café?

– Não, obrigado...

– Que nada! Come aí, rapaz, come que o dia vai ser longo, são 24 horas de ralação, pode ir se preparando...

Juarez e Anselmo olham o soldado de cima a baixo, respondendo o cumprimento sem nenhum entusiasmo. Anselmo mal o espera se ajeitar na cadeira:

– Tem um "padrinho" forte, hein, parceiro? Tinha gente caçando essa vaga há maior tempão...

Juarez continua:

– É essa "parada" aí... Qual foi a situação lá do "bico" que sumiu da ocorrência? O capitão queimou vocês geral, disse que deram uma "pernada" nele...

– Se liga só, não teve "pernada" porra nenhuma. Só que eu não tô trabalhando pra ficar me fudendo e babando saco de oficial! Se ele quer, ele que vá pra pista batalhar pra arrumar alguma coisa! O mal dele é que ele queria, além do dinheiro que a gente já pagava pra companhia, um "pedaço" sempre que "bingava" alguma coisa. Não fode! Teve uma arminha? Teve sim, mas não foi um fuzil, foi uma Desert .50 novinha que tava com o vagabundo, e eu não sou otário de apresentar uma peça dessas, não é? Trocamos por uma .380, aí ele ficou todo putinho, inventou até que tinha uma investigação pra apurar o sumiço de uma suposta "arma que estava em poder do suspeito", filho da puta! Me fudi pra caralho por causa dele... Banquei cabine, custódia, interdição, baseamento... só agora um amigo fez um contato pra me dar uma moral...

Juarez se anima:

– Caralho, uma Desert?

Mas Anselmo continua a destilação:

– Mas e os polícia que se feriu lá? Os que berraram a prioridade? Eles disseram que os vagabundo tava de bico...

– Camarada, só sei que nós, eu e meu antigo comandante, que agora tá se arrombando lá num baseamento por causa desse capitão bucetão, matamos dois! Na hora do "pomba rolou", o carro deles passou pela gente, que tava escondidinho atrás daquelas árvores lá no limite da São Miguel, sabe qual é? Porra, então, se liga. Bala pra todo lado, eu até escutei um AK gargalhando, dois fudidos lá dentro do carro e dois correndo, qual foi a minha? Taquei bala no rabo dos que correram, pena que não acertei, e fui bater os defuntos! Um ainda tava vivo, estourei ele todinho antes de socorrer, ficou feião na foto...

Antônio confirma:

– Ficou mesmo. No outro dia de manhã a gente foi dar uma carona pro polícia que ia fazer a rendição lá na custódia e viu o corpo sendo levado de rabecão lá pro IML, não lembra não, Anselmo?

– Aquele moleque que tava todo do avesso? Foi ele que tava na sacanagem? Você que fez aquilo?

Rafael estava ganhando simpatia aos poucos.

– Tava com o braço todo escaralhado?

– Esse mesmo! – relembra Antônio. – Vocês são malucos... Dar aquele monte de tiro no moleque... Cuidado, rapaz! Isso tá dando merda. É um, dois e acabou. No máximo.

Anselmo quer saber mais:

– Então era aquele molequinho que tava com a Desert? Mas tinha outra peça também, não tinha?

Juarez parece satisfeito com o início da primeira entrevista do novo contratado e, surpreendentemente, corta as indagações:

– Porra, Anselmo, tu é chato pra caralho, hein? Deixa o cara respirar, até parece que tu nunca deu uma volta em oficial! O capitão tá lá esperando até hoje o parte dele no G-3...

– Ih... a parte dele... a parte dele é o caralho! Eu, hein... quero mais é que ele se foda! Bundão do caralho, crente que tava no meio da partilha só porque era oficial de operações e encontrou a gente lá no pé do morro, depois que o tiroteio já tinha acabado! Ele que não entre pra disputar bala junto, não, pra vê se vai ganhar alguma coisa...

– Então! O maluco tá certo! Mesmo se tivesse pegado um fuzil, e daí? Tem que parar com essa mentalidade de que patrulha tem que dar um pedacinho de tudo que arruma pra comandante de companhia. Por isso é que eles estão mal-acostumados. É Rafael, né, parceiro? Então, vai indo lá pegar a ficha da viatura que daqui a pouco o Magalhães tá chegando, e hoje ele deve querer ir pra rua logo. O Antônio é o sargento, mas quem manda nessa goiaba aqui sou eu: tá aprovado pro início do estágio. E você, Anselmo, é tua vez de pagar a conta!

– Eu?! De novo?

– Paga essa porra aí logo, negão! Cheio de ouro pendurado aí, tá parecendo uma penteadeira de puta, todo enfeitado!

– Porra... vocês são foda! Tira o olho dos meus ouro, me deixa...

Foi apenas o primeiro contato. Continuaram o desfile de falsos insultos e palavrões, comum aos beligerantes que saem em busca de riqueza e nutrem uns pelos outros o sentimento de unidade enquanto for vantajoso. Não se trata de uma amizade sincera. Ao contrário, poucas são aquelas guarnições cujos laços fraternos envolvem seus componentes a ponto de se considerarem realmente amigos. A camaradagem se dá porque, nos enfrentamentos, a vida de um depende não raro da impetuosidade e coragem do outro, e confiança é, no mínimo, o que se pode esperar de quem estará por trás com um 7.62 destravado. É comum que, dentro das guarnições, dois ou três compartilhem de maior proximidade; e que trabalho árduo é o do comandante para administrar oito, às vezes dez cabeças, pensando em fazer merda o tempo todo, cada qual a sua maneira! Um quer matar, o outro desenrolar, o outro sequestrar...

Caminhavam todos para perto da viatura, aguardando os demais para a reunião usual em que o primeiro-sargento Magalhães, comandante do bando, daria as ordens do dia.

Perfilar aqueles homens, para Rafael, era estar presente na mais singular das atribuições de que se pode imbuir um PM carioca. Retirou a ficha da viatura, preencheu todos os dados e pegou a chave no claviculário. Checou óleo, água, abasteceu e estacionou ao lado da 54-6679, a outra viatura que compunha o GAT. O motorista dela logo apareceu.

O SOLDADO VIANNA ERA UMA TURMA APENAS MAIS ANTIGO QUE RAFAEL. DEU sorte. Depois da formatura, foi classificado para o 31º BPM, um horror para os recém-formados. Após bancar três meses ininterruptos de PO de praia, não aguentava mais tanto sol e maresia, e começou a inventar doença para baixar hospital. Cada término de LTS[68] coincidia com o aparecimento de uma nova moléstia, como conjuntivite (esfregava os olhos com limão na ponta dos dedos até que eles ficassem vermelho-sangue), unhas encravadas (que impossibilitavam o uso de calçados, portanto impedindo o serviço de rua), diarreias, bronquites (todas provocadas ou dissimuladas) e muitas outras mais. Era estranho que Vianna não se parecesse mais com um zumbi do que com um policial. Apesar de sua aparência esquálida e pálida, seu corpo naturalmente branco e seus membros compridos, manter o perfil moribundo estava se tornando cada

---

[68] Licença para tratamento de saúde.

vez trabalhoso, exigindo muito da sua capacidade criativa e interpretativa, e as doenças passíveis de simulação sem maiores danos ao organismo também estavam no fim. Ademais, os médicos do HCPM, ao verificar o histórico do paciente durante as novas consultas, percebiam que se tratava de mais um querendo fugir de serviço ruim, e perigava que uma punição administrativa lhe sobreviesse tão logo pegasse um oficial-médico de mau humor. Nesses períodos de convalescência, enquanto aguardava a vez nos consultórios do hospital, com frequência encontrava com um senhor que sempre estava às voltas com médicos também. Ao contrário dele, o velhinho precisava mesmo de acompanhamento constante, principalmente o do ortopedista, por causa de uma queda que lhe feriu os quartos seriamente.

Conversava com o velho para passar o tempo, e escutava histórias de quando ele era PM da ativa, das barbaridades que fazia e de como quase tudo era permitido, como jogar mendigos amarrados do alto de uma ponte para que se afogassem no rio Guandu, obedecendo à ordem de uma autoridade executiva que queria as ruas da cidade limpas. O motivo da faxina: a visita de Sua Alteza Real, a rainha da Inglaterra. Os PMs foram incumbidos do trabalho braçal, que consistia em recolher os indigentes e conduzi-los até o túmulo aquático. Qual foi a repercussão de tamanha crueldade para os mandadores do genocídio? Diga-me você! Um doce para quem responder de bate-pronto (sem pesquisar no Google!) o nome da autoridade que determinou a solução final.


Mande-me a conta da bananada.

Mas o velhinho, apesar de seu passado de glórias (?) e de todos os autos de resistência e pecúnias (gratificações vitalícias concedidas pelo estado a quem matava durante o serviço ordinário), agora não conseguia nem levantar para pegar um café. O soldado gostava mesmo das conversas e se oferecia para pegar tudo que o senhor precisasse, amparando-o até nas idas ao banheiro. Quem sempre levava o ancião ao hospital era o filho, herdeiro da maldita profissão do pai, que o deixava lá e voltava para pegá-lo tão logo fosse liberado pelo doutor. Enquanto seu pai aguardava, o sargento Magalhães sempre ia até o batalhão para dar uma "pescoçada", sentir como estava o clima nos demais GATs; e foi ajudando o pai do sargento que Vianna conseguiu uma permuta do 31º para o 6º Batalhão e tornou-se o motorista da primeira Blazer.

– Tudo bem, cara! Tu que vai dirigir pra rapaziada hoje, né?

– Espero que não só hoje.

– É, eles são assim mesmo. Comigo também foi assim. Fiquei um tempo em experiência, demorou até que me fixassem na guarnição. Era você que tava naquele caô lá do borrachinha?

– Era...

– Caralho, que doidera... fiquei sabendo. E aí? Ele se reformou?

– Ainda não. Estão renovando a LTS dele de seis em seis meses só pra retardar o pagamento que ele tem que receber. Uma sacanagem só!

– Ih, nem me fala de LTS! Sofri um bocado com as babaquices do HCPM enquanto estava servindo lá no 31º. Pra pegar uma dispensa era uma merda...

– E agora, o que falta pra gente ir pra rua?

– Falta o principal, né? Conhece o sargento Magalhães?

– Conheço pouco. Ele estava aqui ontem, foi com ele que eu vim encontrar pra saber se tinha ou não uma vaga pra mim.

– Fizeram um pedido por você?

– Fizeram...

– Então tá tranquilo. É só esperar que ele tá lá em cima se trocando, ele gosta de fazer uma reuniãozinha antes de ir pra rua, ver se alguém tá com algum problema, se não quer trabalhar, se está se sentindo mal, essas coisas. Ele não vai pra morro nenhum se alguém estiver com mau pressentimento. E ainda mais hoje, que é sexta-feira, né...

Rafael entende, mas se faz de rogado:

– E o que é que tem?

– Calma, deixa que ele, na hora que achar melhor, vai te botar por dentro das sacanagens. "Bizu": dirige quieto, ouça tudo e fale pouco. Faz o que eles mandarem, não pergunta e não reclama de nada. E o principal, só atire depois que eles atirarem. Eles ficam putos da vida quando chega um cara novo que atira por qualquer coisa.

Mas afinal, com quem é que eles pensavam que estavam lidando? Rafael começou a considerar se realmente tinha sido um bom negócio queimar o cartucho com um pedido de vaga no GAT. Ele não era mais um recruta qualquer, bitolado e cheio de empolgação. Tinha evoluído muito nos anos após a formatura, havia matado, roubado, destruído, tudo que um PM precisava para se formatar como tal. Não estava mais com saco para aguentar de novo as mesmas piadinhas, os mesmos sermões dizendo que ainda tinha muito que aprender.

Que ele estava enganado quanto a isso, ah, estava sim.

Julgava-se pronto para qualquer serviço policial, mas nem imaginava as peculiaridades envolvidas no trabalho dos patameiros. Somente acordaria para a condição de aprendiz no calor do chumbo, observando a maestria dos gestos dos companheiros e sua desenvoltura no campo de batalha. O problema, como quase tudo que se refere ao trato com PMs, era o ego. Pense em um policial do trânsito. Ele tem uma escala boa, trabalha com aquilo que gosta e arrebenta uma farpela durante o serviço, causando-lhe um sentimento de superioridade com relação aos demais colegas sujeitos a outros tipos de trabalho menos importantes. Do mesmo modo procede o patrulheiro, que se acha o melhor por tirar proveito de onde os outros só enxergam aporrinhação (vide os 721); o cara que dirige para um juiz, que se acha parte integrante do escroto direito do magistrado apenas por lhe abrir a porta e desejar "bom dia, excelência"; o camarada que trabalha na sargenteação, que ganha dinheiro sentado e sem correr risco de morrer ou de ficar preso; e tantos outros exemplos dentro da instituição. Mas os policiais do GAT, esses sim, são o topo da pirâmide da arrogância!

No batalhão, andam alcovitados, formando matilhas, conversando baixo e olhando para os lados, como se todos os outros policiais no pátio estivessem lhes invejando a posição. Tratam não só os novos integrantes, mas a todos que não fazem parte da távola, como amadores, satisfeitos com as sobras do banquete criminoso dado no alto das favelas. Locomovem-se pesadamente, com mochilas e carregadores sobressalentes embaraçando os movimentos, e dificilmente se ocupam dos serviços extras.

(No segundo dia de folga, o PM pode ser escalado para trabalhar em um jogo de futebol, ou em um PO de praia, ou em um bloco de carnaval, ou em um show de artista famoso, ou em qualquer coisa que o raio do comando invente para sacanear o mango, mesmo que o evento aconteça fora da área de seu batalhão. É o chamado "serviço extra", pelo qual o policial não recebe hora extra, mesmo trabalhando durante a sua folga. Se ele faltar, é punido. Se reclamar, também. Só mesmo o militarismo é capaz de tamanha incoerência.)

Os integrantes do GAT eram, e muito, mais experientes e sagazes do que Rafael poderia supor, mas, mesmo assim, não deveriam ser, de forma alguma, alimentados pelos coronéis como cães de pedigree diferenciado. Essa segregação é parte do mecanismo de dominação que impede a união da classe, tão nobre e necessária, e incute na cabeça do PM que ele deve ser melhor que o outro, ter mais ouro do que o outro, ter um carro melhor que o outro, matar mais que o outro, ter uma arma melhor que a do outro...

Quem chega ao GAT precisa entender, rápido, que terá de se submeter ao crivo de toda a guarnição para tornar-se efetivo. Engolir a prepotência dos demais companheiros, que já estão montados na "mula", então, torna-se parte fundamental da iniciação. O rito já havia começado para Rafael, e mais um daqueles que o avaliariam acabava de se juntar ao grupo.

O CABO MEDINA ESTAVA COM O SARGENTO MAGALHÃES DESDE OS TEMPOS EM que ambos eram comandados por outro mais antigo. Não era uma figura das mais interessantes. Baixo, meio gordinho e com um bigode desajustado, seguia Magalhães como se fosse seu escudeiro mais fiel. A todos queria demonstrar ser uma figura bem mais proeminente do que realmente era, com longos relatos das ocorrências em que tomava partido, colocando-se sempre como o protagonista dos episódios mais heroicos. Contudo, não passava de um parasita, sugando as benesses da ousadia dos demais. Não tomava uma decisão sequer de relevância e sempre se esquivava dos trabalhos mais cansativos, como a verificação das lajes e escavações à procura de materiais escondidos (armas e drogas).

Uma vez, durante uma "Troia", um mecânico inocente pagou com a vida o preço pelo afobamento, despreparo e necessidade de autoafirmação do cabo.

A forma como Medina sempre arrumava uma desculpa para não se empenhar começou a incomodar os companheiros de guarnição. Nunca puxava uma ponta de patrulha (por mais que conhecesse os morros incursionados) nem se oferecia para suprimir fogo ou ficar na "Troia", o que estava irritando a rapaziada. Como a cadeira da Blazer começa a trepidar quando seu ocupante dá sinais de muita esperteza (ou covardia), na primeira oportunidade, depois que Magalhães chamou sua atenção acerca da proatividade, Medina se prontificou a montar tocaia juntamente com Antônio e Juarez, num trabalho feito no morro dos Macacos.

Primeiramente, deixe-me explicar como funcionam as "Troias":

Quando uma viatura da polícia entra em uma comunidade dominada por traficantes de drogas, é de conhecimento geral que uma das formas utilizadas pelas quadrilhas para alertar ao bando sobre a presença policial é a queima de fogos de artifício. O que nem todo mundo conhece é o intrincado esquema de vigilância montado pelos criminosos, que funciona de maneira eficiente e profissional. Quando uma viatura se aproxima, mesmo que ao largo dos limites da favela, bandidos com aparelhos comunicadores, em postos de observação, começam a acompanhar e repassar a movimentação policial aos asseclas, arraigados no interior dos becos, cuidando dos negócios e resguardando o "tesouro". Rádios portáteis e celulares são usados para orientar os "seguranças" e disponibilizar as "contenções" se realmente houver uma investida contra o território. Quem trabalha no "radinho" está proibido de vacilar, pois pode perder a vida se não der o alerta na hora certa, e a forma impecável como o marginal monta sua guarda torna quase impossível uma incursão sem alarde. Com o tempo hábil permitido pelos alertas, era possível correr e esconder dinheiro e armas, objetivos principais de captura nas operações; com isso, os policiais não raro saíam com as mãos abanando, debaixo de tiros, e sem prender ninguém. Mas há uma estratégia.

Os policiais tiveram que inovar na caça ao tesouro. Começaram a pensar numa maneira de surpreender o inimigo dentro de seus próprios domínios, e daí surgiu a ideia da "Troia". Inspirados no mais célebre engodo na história das artimanhas militares, perceberam que, após o início das incursões (devidamente alertadas pelos radinhos com cautelosa antecedência), a chuva de balas proveniente dos confrontos deixava as vielas desertas. É comum encontrar barracos, casebres abandonados no interior da comunidade, e, aproveitando-se de que ninguém estava observando, um pequeno grupo escondia-se no imóvel bem atrás das linhas inimigas. A emboscada estava pronta! Qualquer lugar servia como esconderijo: igrejas, lajes, até mesmo casas ocupadas, que tinham seus moradores prontamente amarrados e amordaçados pelos policiais para que não pedissem ajuda aos traficantes. Os bandidos não contavam quantos policiais estavam entrando (depois de um tempo, a vagabundagem determinou que os radinhos fizessem a contagem sempre que possível), e o GAT ensaiava o término da operação com a retirada do efetivo, deixando para trás três ou quatro mercenários, loucos por adrenalina e dinheiro. Os bandidos, ao receberem a notícia de que os policiais tinham ido embora, davam um tempinho até que as coisas esfriassem, mas, passadas algumas horas, voltavam com tudo para suas atividades normais, e era aí que eram pegos de calças curtas, justamente onde se julgavam mais seguros.

Quem ficava na "Troia" tinha que ter sangue-frio. Os "bondes" passavam com armamento pesado, em número superior, sendo que a única vantagem dos policiais era o elemento surpresa. Vagabundo quer moleza, não gosta de trocar tiro, e, quando o espólio valia a pena, os mangos não pensavam duas vezes: abriam fogo com vontade, para tumultuar e dar a falsa impressão de que ocorria um ataque em massa. O "espalha-brasa" funcionava bem, pois geralmente, ao cair do segundo baleado, os demais corriam até desaparecerem novamente no labirinto de muros mal-emboçados. A guarnição, que fingia ter se retirado, na verdade ficava rodando do lado de fora, próximo à favela, e quando os tiros começavam ou recebiam o chamado pelo rádio, já sabiam que era hora de voltar e resgatar os companheiros. Aí o bandido se lascava de vez, com tiros vindo de dentro e de fora. Só mesmo os mais "ratos" ou sortudos escapavam. Daí, era só recolher o espólio, o prêmio pela coragem e pela audácia demonstradas no cumprimento do dever. O "bingo" era quando matavam o "tesoureiro", o cara que trazia a mochila com a grana, mas quem portava fuzil também era um bom alvo, e as opções no meio da muvuca de criminosos eram tantas que às vezes miravam em um e acertavam em outro, aumentando a excitação: "Será que pegou no de fuzil?". "Não, cara, acho que pegou no da mochila...". "Vamos lá ver logo, quero saber o que foi que ele deixou...". "Calma, o resgate já tá vindo, já vamos lá pegar, mas eu ainda acho que é a mochila, hein..."

Medina estava dentro da igrejinha, suando em bicas, respirando pesado e pensando no que é que ele estava fazendo lá. Antônio e Juarez permaneciam calmos, mas se afligiam um pouco pelo temor visível do gordinho. Percebendo que olhos críticos recaíam sobre sua atitude precária, Medina esforçava-se para aparentar conforto, e revezou com Juarez no ponto de onde, deitado e encolhido, observava a movimentação do lado de fora por uma pequena brecha. O plano era simples: mais uma "Troia" nos Macacos, e, quando a linha de tiro estivesse limpa e o alvo compensasse, fogo. Acontece que nesse morro um monte de gente circulava para cima e para baixo no meio da vagabundagem, e era preciso cautela, pois um morador morto por bala perdida é capaz até de derrubar um comando de batalhão.

E veio o cara da mochila, justo na hora em que Medina se meteu a ficar de olho no buraco! Atrás do mochileiro, como não poderia deixar de ser, uma escolta de sete bandidos, armados com fuzis, olhava com atenção para as casinhas. A afobação do cabo não mediu consequências; não contou quantos bandidos estavam na contenção, não esperou a linha de tiro ficar clara, não reparou nos moradores ao redor, só pensou em acertar o mochileiro e pegar a grana, e, de quebra, se encher de moral diante dos parceiros. Mas ele errou o primeiro tiro.

Errar o primeiro tiro na "Troia" é como assinar o atestado de falha da operação. O vagabundo deu uma cambalhota por cima da mochila com meio segundo de retardo em relação ao estampido, ficou de pé e correu como o vento! Apavorado ante a possibilidade de deixar o malote escapar (e se tornar chacota da guarnição), Medina foi tentando interromper o pinote largando o aço em cima de seu alvo. Resultado: baleou e matou um inocente que passava pelo local a caminho do trabalho. Juarez e Antônio, avisados milésimos de segundo antes do disparo, mal tiveram tempo de se alinhar e não conseguiram uma boa divisada. Apenas um dos bandidos da segurança foi mais azarado e não resistiu aos ferimentos; quando o resgate chegou e viu que no chão também jazia um homem desarmado, pensou: "Fudeu..."

Tentaram embuchar uma arma velha na mão do trabalhador, mas, com os protestos da família, que não aceitou ver o morto passar por bandido, voltaram atrás na primeira versão apresentada na delegacia e trataram o caso como fatalidade, dadas as circunstâncias do tiroteio. Ficou como mais uma vítima do fogo cruzado entre polícia e bandido, só que, dessa vez, apenas os canos azuis cuspiram pólvora.

Medina baixou a bola depois disso. Ficou com medo de vir a ser responsabilizado pelo seu dolo eventual, mas, dependente que era do dinheiro das ruas, não pediu para sair do GAT. Magalhães o carregava, como a uma mala rançosa que, apesar de meio inútil, estava acostumado a ver ali, no cantinho do armário. Pelo menos parou de falar tanto! Até com as estorinhas de ocorrências tinha parado, e tudo que falou com Rafael no primeiro contato ali, ao lado das viaturas, foi:

– Bom dia...

O grupo estava se fechando. Só faltavam o sargento Magalhães e o terceiro-sargento Reginaldo; e lá vinham eles, descendo as escadas do alojamento um ao lado do outro.

Reginaldo era o sensato da guarnição.

Estava no 7º período do curso de Direito de uma boa faculdade particular do Rio de Janeiro, e não via a hora de se formar e largar a pista de vez. Seu objetivo após a graduação não era advogar, mas sim conseguir aprovação em um concurso público que lhe permitisse levar vida melhor. Estava no GAT por dois motivos: porque precisava do dinheiro extra para pagar a mensalidade e sustentar a família, e por causa da escala mais folgada, que lhe permitia acompanhar o curso sem muitas faltas. As guarnições de GAT trabalham, em sua maioria, em esquema de 24 horas de serviço por 72 de descanso e, mesmo durante o serviço, Magalhães às vezes o liberava para sair, assistir a aula e depois voltar e se incorporar novamente ao grupo. Curiosamente, mesmo trabalhando no enfrentamento diário havia há um bom tempo, e sendo um combatente ferrenho e disposto durante os tiroteios, nunca tinha matado ninguém, embora os registros oficiais dissessem o contrário. Explico:

Acontece que, durante os tiroteios, a chance de matar alguém é muito pequena. Traficante não fica colocando a cara para ser baleado de bobeira. Mais do que escaldado, quando vê a polícia chegando, corre e se entoca primeiro; só atira se estiver em posição de suprema vantagem. Pouquíssimas são as vezes que um bandido cai baleado enquanto está oferecendo resistência, enquanto dispara ou aponta sua arma para um policial. A quantidade de tiros que se ouve durante as incursões policiais serve apenas para avançar no território inimigo, abrindo caminho a bala, e aí tem início o trabalho dos carrascos. Uma vez tomado o morro, começa a varredura no ambiente, à procura de sinais que indiquem o criminoso que atirou durante o início da operação, e aí vale tudo. Com a ajuda de um X9 fica mais fácil, é só ele apontar e o alvo fica definido, mas, sem o dedo-duro, outros fatores são levados em consideração.

Certa vez, no morro da Formiga, Anselmo, Vianna, Antônio e Reginaldo estavam dando uma "batida". Com o mandado de busca e apreensão na sola do coturno, arrebentavam as fechaduras no caminho e invadiam as casas uma a uma, pois Anselmo vira um bandido correr naquela direção, fugindo dos pipocos. Em uma das casas, encontraram um jovem deitado na cama e o mandaram levantar, estocando-o com o bico do fuzil. Uma rápida entrevista se sucedeu, e Anselmo, com o olhar maldoso, o pegou na curva: "Sei, você mora aqui e tava dormindo, né? E por que é que essa camisa tá assim, toda fedendo a suor? Você é sonâmbulo, é? Corre enquanto dorme?". A verdadeira dona da casa invadida (primeiro pelo bandido em fuga, depois pelos policiais à sua procura) fingia que nada estava acontecendo e continuava lavando roupa no tanque. A sessão de tortura começou ali mesmo no quartinho, com os PMs querendo o fuzil de qualquer jeito! Socos, choques, e nada de o moleque abrir onde é que estava a arma. Acontece que ele não tinha um fuzil, tinha uma pistola, e entregou onde ela estava, pois o seu saco já estava chamuscado de tantas descargas elétricas. Mas Anselmo queria mais: "Meu santo tá dizendo que você tá mentindo; se continuar assim, Zé Maria vai ficar rindo da tua cara...". Levaram o rapaz para fora da casa e, como ele aparentemente não tinha mesmo um fuzil para desenrolar, e como esses subalternos têm pouco dinheiro para perder, decidiram matá-lo. A decisão é tomada sem palavras, apenas no entrecruzar de olhos dos meganhas, que se conhecem e compreendem a intenção de cada um por telepatia.

Todos dão um passo para trás, disfarçando, e Anselmo o manda levantar (para que não fique marca de tiro no chão e o projétil não entre de cima para baixo, caso haja perícia, o que é muito raro...), dizendo que é para colocar as algemas. Atira no peito dele duas vezes.

O que acontece a partir daí é mero trâmite administrativo policial. Socorre-se o defunto, no hospital constata-se a morte, e de lá se segue para a delegacia. Apresenta-se a arma, relata-se a ocorrência; aí entra o "macete". As guarnições de GAT adotam um sistema de rodízio para a confecção dos registros. É que ficar na delegacia é um porre, ainda mais com esse tipo de BO, que demora pra caramba! Tem também o problema de uns matarem de mais e outros de menos, o que pode resultar numa carga suspeitosa para os reais assassinos fardados; então, cada um assina uma vez a responsabilidade sobre o morto, mesmo que não tenha sido ele o autor do disparo. Eu sei que pode parecer coisa de retardado assumir um abacaxi desses, mas lembre-se de que estamos falando sobre PMs cariocas...

É comum que essa estupidez por vezes traga complicações. Já houve mango tendo que explicar defunto para as autoridades quando, na verdade, estava com dor de barriga dentro do batalhão. São coisas do GAT, insondáveis e absurdas, mas reais.

Por essa conta, Reginaldo contava oito cruzinhas na coronha de seu 5.56, o que lhe dava mais ânimo ainda para estudar e sair daquela vida. Parecia prever que aquilo acabaria dando merda um dia. Nem precisava ser médium para acertar essa previsão.

– Bom dia, senhores! Como estamos hoje?

A fala vem do sargento Magalhães.

Formando um círculo, a guarnição se reúne para ouvir a palestra do comandante.

– Primeiramente, acho que vocês já perceberam que temos um novo integrante, o soldado Rafael, que vai se juntar a nós a partir de hoje em um período de teste. Rafael, seja bem-vindo, e fique tranquilo que o serviço não tem mistério nenhum, é só seguir o feijão com arroz e você vai se dar bem. Como todos sabem, hoje é sexta-feira, um dia sensível e complicado, mas espero que não haja nenhuma alteração para que amanhã todos possamos voltar para casa sem atrasos. O capitão Enoque é o supervisor de hoje e vai nos acompanhar a partir das 20 horas para dar uma circulada pela área toda. É a primeira supervisão dele; então, acho que ele tá querendo um pouco de ação. Se der sorte, quem sabe a gente bate de frente com alguma coisa na pista... Tem uma OS aqui pra cumprir de 10h às 12h, uma A REP 3 (blitz) na entrada do Noel Rosa. Quem vai é a 678. E mais tarde tem outra, de 22h até meia-noite, com todo o efetivo na serra Grajaú-Jacarepaguá. Agora de manhã é só o básico, vamos dar uma voltinha pra ver como está a área. Alguma pergunta? Tem alguém se sentindo mal ou querendo falar alguma coisa?

Ninguém se habilita, e Magalhães então segue para se acomodar no banco do carona de sua mula de metal. Mais um dia de serviço.

Ao todo, contava 24 anos de polícia. Desses, 21 só de 6º Batalhão. Tirando os períodos de cursos no CFAP (soldado, cabo e sargento) e poucos meses trabalhando no 5º Batalhão, quando recém-formado, não conhecia outra polícia. Serviu ao Exército por três anos, como paraquedista do 26 BIPQDT, um dos mais conceituados entre os guerreiros alados. Como não conseguiu permanecer no serviço ativo (não havia vagas para engajar todos os PQDTs), degringolou para a profissão do pai, sob uma chuva de protestos da família inteira. Formado policial militar, o brevê de paraquedista deu um empurrãozinho na carreira belicosa. Foi galgando espaço aos poucos, e então veio o primeiro convite para uma Patamo, de um sargento que também usara outrora a boina grená. Naqueles tempos as coisas eram diferentes. A Patamo não enfrentava resistência quando subia os morros; pelo contrário, ao avistar os "pés pretos" subindo, a bandidagem simplesmente se escondia para não ser presa ou morta. Quando tinha um mandado de prisão, ou alguma coisa séria que pedia intervenção policial, o comandante da Patamo simplesmente mandava dar o recado para fulano ou sicrano se apresentar, senão ia ter sacode na favela. E que sacode!

Não havia corregedoria, disque-denúncia, câmeras nos celulares e imprensa sensacionalista contra a instituição. A barbaridade reinava absoluta, com os PMs fazendo o que bem entendiam com o povo pobre, ignorante e favelado.

Melhor era acatar as ordens dos semideuses do asfalto e, muito a contragosto, entregar quem estava sendo procurado, embalado para presente! Magalhães chegou na polícia no momento da transição. Nem ele mesmo consegue esmiuçar como aconteceu a mudança, mas o fato se deu porque o estado, com a sua inépcia no quesito gestão de segurança pública, propiciou o fortalecimento dos criminosos de tal maneira que, um dia, quando foi cumprir mais uma missão de rotina, não se sabe como, teve que voltar rastejando para não ser atingido pela saraivada de balas de fuzil que vinham do alto da caixa-d'água, lá no Borel.

Nem a polícia trabalhava com fuzil, tinha no máximo a carabina .30 (que nada tem a ver com uma arma antiaérea), usada como armamento de emprego coletivo na Segunda Guerra Mundial, e anos-luz atrás em matéria de poder de fogo dos AR-15, que pululavam nas cordilheiras vermelhas.[69] Além das carabinas, os policiais dispunham de escopetas calibre 12 (que, dadas as características dos confrontos cariocas, são tão eficientes quanto bacamartes de sal grosso), revólveres calibre 38 (os "cerqueirinhas", apelidados assim por causa do secretário de segurança que os concedeu, o general Nilton Cerqueira), as metralhadoras INA 9mm (que só funcionavam com a culatra aberta, causando vários acidentes durante seu manuseio) e a Pasã .45, todos armamentos ultrapassados diante da gerência criminosa. Foi dessa época cavernosa que Magalhães tirou sua tenacidade no combate aos traficantes.

Como não havia maneira de confrontá-los diretamente, entendeu que tinha de ser mais esperto e começou a tecer a teia de estratagemas e artifícios necessária para dar cabo de suas missões. Cooptava moradores para servir de informantes, entrava nas favelas se passando por viciado para levantar o território e o poderio bélico, aperfeiçoava as técnicas de interrogatório e tortura, e, quando as informações eram suficientes, chegava o momento da ação. Não

---

[69] Metáfora para definir os morros ocupados pela facção criminosa Comando Vermelho.

pense que, apenas por estar com uma arma ruim, o policial se inibe diante dos marginais. Eles entravam com tudo, no peito e na raça, atrás do objetivo. Quebravam as bocas, tomavam tudo dos bandidos e depois passavam o "cerol", fininho! Matar traficante ou ladrão naquela época não era crime, e assim Magalhães estabeleceu-se como um dos maiores fazedores de ocorrência do 6º Batalhão, progredindo passo a passo rumo à sua maior pretensão: comandar seu próprio GAT.

Matou muito. Criança, mulher, homem, aleijado, não importava. Quem quer que estivesse envolvido na "sacanagem" ganhava um passaporte direto para a eternidade.

Quando soldado, enquanto torturava um rapaz no alto do Andaraí para que ele entregasse o esconderijo das drogas, tarde da noite, a mulher do bandido, uma faxineira que havia acabado de cumprir o turno de trabalho, chegou em casa e se deparou com os policiais em pleno interrogatório. O jovem, já muito machucado e com vários órgãos estourados pelas pancadas, expirou antes mesmo de poder pedir socorro à mulher, que, desesperada, começou a gritar ensandecidamente. Não poderia haver testemunhas e, como prova de que estava de corpo e alma entregues à guarnição, o velho comandante ordenou ao soldado Magalhães que matasse a nortista. A mulher continuou a gritar, pouco se importando se a morte estava cafungando em seu pescoço. Possuído, o sargento repetiu a ordem, confundindo sua voz com a gritaria da faxineira, jogada ao chão por cima do corpo flagelado do marido. Magalhães sentiu uma nuvem negra descer e envolver todos no pequeno cômodo de tijolos aparentes e móveis simples, os olhos do comandante avermelhando-se, o cano da Mosberg tremendo em várias direções, os outros companheiros aguardando para ver o que ele faria... Queria sair dali e tirar a farda, correr e voltar para casa, esquecer aquele dia terrível. Tinha 23 anos... E ela se tornou sua primeira escrava.

Ele não sabia, mas, se tivesse escolhido poupar a faxineira, seus parceiros o matariam, colocariam a culpa no rapaz torturado, e a mulher como morta em decorrência do tiroteio. A PM funcionava assim. Não havia espaço para piedade.

Nessa lobotomia às avessas, transformando homens comuns em maníacos homicidas, Magalhães foi inserido de tal forma que o estupro de sua consciência se elevou ao nível mais cataclísmico. O estado era seu patrão, e as mortes nada mais que uma atribuição oficial. Tão oficial que se incorporaram ao seu salário na forma de uma gratificação pecuniária que o acompanhará até a morte. Ou exclusão.

Pode, depois de tamanha sevícia psicológica, um homem tornar a ser humano?

Nem mesmo o mais proeminente psiquiatra conseguiria dar uma resposta definitiva, pois ela derivaria de especificidades intrínsecas e imperscrutáveis do âmago espiritual. Um evento, porém, talvez ajude a investigar a mudança radical no deturpado discernimento moral que Magalhães adquiriu ao longo do serviço policial militar. Não era ele cruel ou masoquista; era, sobretudo, indiferente. Não se sentia culpado pelo que fazia, mas, conquanto perpetrasse os homicídios, não se sentia alegre também. Era uma parte do seu serviço, às vezes até meio feia, mas somente isso. Serviço "público" militar estadual. A única vez que matou durante a folga foi coisa de dois anos atrás e, justamente nessa, foi emparedado com todas as suas legiões demoníacas, até então mascaradas por detrás de espectros fundamentalistas.

Era para ser um trabalho como tantos outros.

É bem verdade que não estava de serviço, mas fazer campana para matar não era nenhuma novidade. Já tinha feito isso em quase todos os morros da Tijuca e as ocorrências que se seguiam eram, invariavelmente, alvo de elogios por parte dos comandantes. Sempre pegava um bandido armado, ou uma "mula" atravessando um carregamento de drogas, sempre coisas relacionadas diretamente ao tráfico e suas vertentes criminosas. Dessa vez foi por um motivo pessoal.

Seu pai, o velhinho reformado, conservava alguns hábitos dos tempos em que brandia o aço estatal. Um deles era a bebida. Frequentador assíduo dos bares da vizinhança de Anchieta, subúrbio carioca onde morava, era conhecido por todos, e sua condição de policial aposentado também não era segredo para ninguém. Certa noite, enquanto um jogo de futebol era transmitido ao vivo no telão de um boteco onde o velho molhava a garganta, um grupo de torcedores começou a fazer muita algazarra. Até então nada demais, afinal, favelado gosta mesmo é de uma presepada. Acontece que, durante o festival de macaquices, derrubaram a garrafa do senhor e sequer se desculparam pelo inconveniente. O velho não gostou e chamou a atenção do grupo, que respondeu com uma coleção de insultos e palavrões. Ele não andava armado quando saía para beber, justamente para evitar esse tipo de tentação, mas o desrespeito foi tamanho que ele se levantou da mesa convicto de ir em casa, voltar com o revólver e atirar contra o bando de abusados. Um dos que estavam em meio aos exaltados era vizinho do velho, morava na mesma rua que ele, e disse aos demais que ele era um policial militar aposentado. Com a informação, o grupo passou a lhe impedir a saída e a agredi-lo ainda mais verbalmente. A confusão se generalizou, até que alguém deu uma garrafada na cabeça do velhinho, que precisou ir para o hospital tomar uns pontos.

Magalhães estava de serviço e, quando soube do ocorrido, soltou fogo pelas ventas. Queria ir até o local imediatamente, mas foi demovido da ideia pelos companheiros de GAT, que já premeditavam a retaliação. O levantamento não demorou uma semana.

O homem que caguetou o velho fez como se nada tivesse acontecido e continuava sua rotina normalmente. Saía cedo, trabalhava e voltava para casa sempre por volta da mesma hora, 7 da noite. Magalhães não queria que mais ninguém participasse do homicídio, era coisa pessoal dele e resolveria sozinho; aceitou apenas que Anselmo lhe emprestasse o carro para a emboscada. Era um Fiat Brava preto, com vidros mais pretos ainda, clonado e com placa de São Paulo, que só por desencargo de consciência ainda teve as chapas retiradas. Esquematizou o atentado para o dia em que estaria de serviço, para valer como álibi caso alguma investigação chegasse até ele. Perto das 17 horas, deixou o batalhão rumo ao caminho da tocaia. Parou no começo da rua da casa do pai e lá ficou, só aguardando que o carro do alvo aparecesse. Mas alguma coisa o estava deixando incomodado... Como da vez em que matou a viúva, o tempo escureceu, pés de vento assobiavam pelas frestas da lataria e um temporal se armou lá fora. A rua, que já não era muito movimentada, ficou deserta. Presságios... Por que só lhes damos atenção quando a tragédia já se consumou?

Certo é que o carro do homem veio, passou por Magalhães e foi seguindo até parar em frente ao portão da garagem. Magalhães abriu somente a janela do motorista e, de dentro do carro mesmo, começou a disparar com a 9mm, mirando nos encostos de cabeça pelo vidro traseiro do carro do alvo. O vidro se desmanchou e, depois de acabar a munição, ele recarregou e foi até lá conferir, mascarado com uma touca ninja azul. Parou antes mesmo de chegar a abrir a porta do Monza: um pequeno corpo estava caído por cima da marcha, por baixo do corpo do homem, que, em um último ato de desespero, tentou proteger a filha com a própria carcaça.

A menina de quatro anos ficava na casa da avó materna, esperando que a mãe a buscasse ao término de seu expediente de trabalho. Com o temporal que se aproximava, o homem atendeu ao pedido da ex-mulher e foi buscar a filha. Aproveitou para ficar um pouquinho mais com a criança, que pediu para ir à casa dele para ver os peixinhos do aquário novo, comprado recentemente...

Estatelado com o imprevisto, Magalhães teve os sentidos cortados por uma fração de segundos e, sutilmente, um grunhido fino inundou seus pensamentos. Não compreendia como e de onde estava vindo aquele estribilho agonizante; entrou em estado quase catatônico, até que entendeu que o frágil corpinho é que estava celebrando a sinfonia fúnebre; eram os suspiros, os últimos da criança que, perfurada pelas balas na garganta e nos pulmões, reverberava o ar em notas tristes. Incomensuravelmente tristes.

Magalhães, dada a pequena estatura da menininha, não a viu sentada ao lado do alvo. E a matou por acidente.

Quer entender a dimensão da culpa que recai em um homem ao tirar uma vida inocente?

Quer entender a diferença entre um PM, adestrado pelo estado para se tornar um assassino, e um maníaco psicótico, que mata apenas para satisfazer as próprias vontades?

Ao encontrar qualquer uma das respostas, as duas estarão reveladas.

Pesadelos, insônia, irritação, trauma, depressão, angústia, apatia. Magalhães vem passando por tudo isso desde o dia em que ouviu a melodia insidiosa que jamais o abandonou. Piora quando seus filhos o abraçam. Várias vezes se viu derramando lágrimas silenciosas, enquanto observava seus filhos dormindo em paz, seguros e inteiros dentro de casa. Pensava em como as coisas ruins só dependem de um ato inconsequente, até mesmo involuntário, para destruírem vidas e sonhos. A morte de pai e filha foi noticiada com grande estardalhaço; pelo que consta, o homem era problemático mesmo, e uma pá de suspeitos foi interrogada acerca do assassinato. Menos Magalhães. Passou despercebido às investigações. Um infeliz chegou a ser apontado como o autor do crime e ficou preso até que se visse livre da acusação. Depois disso, o caso ficou em aberto, sem solução.

Lá no fundo, Magalhães queria ser preso pelo que fez. Não pelos outros assassinatos que cometeu no passado, mas apenas por esse, pelo da menininha. Se por acaso alguém lhe apontasse como autor, não teria forças para negar tamanho pecado e entregaria o corpo ao açoite, mansamente. Já não suportava a dor da culpa perene em seu dia a dia, o pesar dos ombros, a insatisfação ao acordar e perceber que não há justiça alguma nas coisas do mundo, e que todos os acontecimentos da vida apenas derivam nas tramas do tempo, como um tolete de fezes ao sabor da maré na Baía de Guanabara.

Ele jamais se perdoou e, a partir de então, apenas aguardava a hora de seu julgamento, sua punição por ter sido o responsável, com sua deformidade moral, pela morte de uma criança inocente. Implorava aos céus (se ainda pudessem lhe dar ouvidos) para que apenas ele fosse imputado pelo crime, e que, oposto à pobre menininha, seus filhos não sofressem suplícios pela estupidez alheia.

Contudo, continuava com seus afazeres. Comandava o GAT, pagava as contas, tomava banho, fazia a barba, criava os filhos... Mas o pânico que se plantou em sua mente sempre lhe ressaltava o terror de saber que para a morte não precisa haver motivo.

Entenda quem puder.

E, COMO EU ESTAVA DIZENDO, MAIS UM DIA DE SERVIÇO SE INICIAVA!

Rafael assumiu a posição de motorista e os outros combatentes tomaram seus postos: Sargento Antônio no carona, cabo Juarez atrás dele e cabo Anselmo na janela traseira esquerda. Os fuzis para fora dão a impressão de um paliteiro de metal, e é essa a intenção – demonstrar poder. O primeiro roteiro do dia nada mais é que um passeio. Saem pela Barão de Mesquita e descem a Uruguai. Atravessam a rua Maxwell e continuam, até contornar o shopping e chegar à Visconde de Santa Isabel, uma das vias de acesso ao morro dos Macacos.

Antônio vai instruindo Rafael. De manhã era assim mesmo, Magalhães gostava de circular por toda a área para mostrar que era ele quem estava de serviço. Que não era para Rafael se preocupar com a proximidade das contenções conforme avançavam, pois elas não atacariam o comboio – não se respeitasse determinados limites, invisíveis mas rigorosos. Seguir pela Petrocochino até o encontro com a Torres Homem podia, desde que não se atrevessem a continuar subindo rumo ao Pau da Bandeira. Passar pela São Miguel de dia até pode, mas não dá pra descer e abordar ninguém perto da laje das kombis; se alguém por lá estiver armado, tem que deixar passar. Na serra, tinham que tomar cuidado quando era preciso fazer uma abordagem próximo à segunda passarela (em frente à Cotia) e dali em diante. Às vezes, os vagabundos queriam atravessar para o complexo do Lins, e se "marcasse", alguém podia se machucar. Na Flor da Mina, entrada do Andaraí, eles não queriam muito problema com o GAT: quando duas viaturas Blazer passavam em comboio, até o radinho ficava quieto e se escondia. Agora, se uma patrulha passasse desavisada e resolvesse tumultuar por ali, era certo que receberia ao menos umas "pistoladas" para ficar mais esperta. Na Formiga era tranquilo até perto da pista de skate e, como o morro estava "fedendo" (sem dinheiro), Magalhães nem passava por lá. Na Chacrinha, subiam embarcados até o ponto de onde dava pra ver a creche. A favela estava fraca, e só de noite é que eles colocavam os bicos para fora, mas, mesmo assim, melhor não arriscar.

No Turano era o de sempre: só até o DPO e no entorno se circulava com relativa tranquilidade, mas com atenção redobrada durante a noite na entrada do 177. Quem dá mole pro azar é pego no beco! No Salgueiro, o roteiro incluía apenas a rua dos Araújos, e, depois de passar por todos esses lugares, Magalhães determinou que fosse cumprida a OS pelos integrantes da 678, e seguiu para o batalhão.

Como estava no primeiro dia, e seguindo o conselho de Vianna para não falar nada, Rafael nem sequer pensou em perguntar o porquê de as guarnições não cumprirem juntas a ordem para organizar a blitz. Pararam na Torres Homem, perto da entrada do Túnel Noel Rosa.

– Está bom aqui, sargento?

– Tá. Vamos lá. Só até meio-dia, rapaziada, vamos colocar os cones na rua...

As operações A REP 3 são montadas por ordem do comando para coibir a prática de crimes e efetuar buscas por armas e drogas no interior de veículos. Nada que impeça de jogar uma conversinha para cima dos motoristas mais incautos e pedir um dinheirinho em troca de vista grossa a documentos em atraso.

Rafael conservava o ranço de patrulheiro e queria achar uma forma de arranjar dinheiro em todas as oportunidades. Contudo, uma coisa que tinha aprendido com os anos de Marinha era que jamais se toma uma decisão por conta própria quando se está sob comando. E lá foi ele consultar o sargento Antônio.

– Sargento, o camarada ali tá sem habilitação. Ele quer desenrolar um "negocinho", pode ser?

– Não, não... Deixa isso pra lá. O carro tá legal?

– Tá atrasado também...

– Mas tem documento?

– Tem isso aqui...

– Deixa eu ver.

Antônio vai até o motorista, um rapaz de 20 anos que trabalha entregando frangos congelados, e, após uma breve arguição, o libera para seguir com as entregas. Rafael não fica muito satisfeito.

Antônio continua com o seu passo despreocupado, caminhando por entre os cones, nem aí para abordar ou revistar os carros que passam. Para e conversa um pouco com Anselmo, volta para o primeiro cone e conversa com Juarez. Rafael, no meio da blitz, finge que nem está mais vendo os carros pas-

sarem. "Quer saber...", pensou ele, "...que se foda! Pelo menos não tô numa porra de uma cabine... Se eles quiserem, eles que abordem..."
— Rafael!
— Fala, Juarez.
— Quando achar que o carro tá suspeito, pode mandar parar, cara. Não precisa esperar a gente decidir não, valeu?
— Tranquilo... Eu parei um maluco ali, ele até queria perder um dinheirinho porque tava sem habilitação, mas o sargento liberou ele...
— Ah é, né, rapaz... Você tá vindo da patrulha, ainda quer roubar todo mundo! Presta atenção: aqui a gente não liga pra documento não, o negócio é só arma, droga, foragido da justiça... Tá entendendo? Se você vai ficar com a gente, tem que esquecer esse negócio de pensar pequeno, de ficar achacando motorista. Repara só o Negão; ele não tá nem aí pra porra nenhuma, sabe por quê? Porque isso aqui é só pra passar o tempo, só para o povo ver a gente na rua. Na hora certa a ação vai chegar, relaxa e continua as abordagens; daqui a pouco a gente vai embora almoçar, quem sabe não damos uma sortezinha antes?
— Valeu, Juarez!
— Fica tranquilo que você não vai embora pra casa sem colocar um dinheirinho no bolso não. A correria já está acontecendo... À noitinha você vai ver.

Meio-dia, término da blitz, guarnição de volta ao batalhão. Rafael vai seguindo Juarez no caminho do rancho. Parece que ambos compartilham de interesses em comum e o cabo começa a familiarizar mais o soldado com o restante do grupo. Sentados à mesa, até mesmo Anselmo se descontrai um pouco mais, e o sargento Antônio revela que não levou a mal o fato de o soldado querer tomar um dinheiro do entregador de frangos. Ele sabia que a transição da patrulha para o GAT requer adaptações. Mas, mesmo se sentindo mais à vontade com a presença do novo integrante no covil, eles não lhe contaram o motivo pelo qual todos estavam tranquilos, muito menos o que é que o restante da guarnição estava fazendo que ainda não havia regressado para o almoço.

Parado na entrada do "lote", localidade que faz divisa entre os morros dos Macacos e do São João (pertencente à área do 3º BPM), Magalhães aguarda a "formiguinha" aparecer.

– Tá demorando hoje, hein, sargento?

– Depois que botaram essas porras de Icom (rádios transmissores modernos) na favela, só dificultaram a porra do contato...

– A gente já tá há muito tempo sem dar um prejuízo neles, é por isso que eles tão abusados assim!

– É, Medina, mas com esse capitão que tá aí na supervisão, hoje nem dá pra fazer muita graça, a gente ainda não sabe qual é a dele.

– Olha, chefe, por que a gente não dá só uma "espetadinha" neles, só um "caôzinho" pra eles verem que não estamos brincando?

– Calma, Vianna, primeiro deixa a sintonia acontecer; se ficarem de muita palhaçada, depois a gente resolve...

Cinco minutos mais tarde o representante da associação de moradores aparece.

Os preparativos para o baile que aconteceria dali a algumas horas estavam a todo vapor. Ao redor da piscina, construída em uma quadra no meio da comunidade, caixas de som gigantescas eram instaladas, os freezers eram abastecidos com muita cerveja e a carne do churrasco estava sendo temperada. Todos os morros controlados pela ADA foram convidados para a festividade que comemoraria o aniversário de 30 anos de um dos principais bandidos do local. A festa contaria ainda com o show de um famoso cantor de pagode e a aparelhagem de som da maior equipe organizadora de bailes do Rio de Janeiro, tudo bancado com o dinheiro do tráfico. Tamanha ostentação só seria possível, obviamente, com a conivência do comando do batalhão, que fora chamado de lado, previamente, para ter o seu preço negociado. Não é possível dar a cifra exata de quanto o major P-1 acertou (em nome do coronel) para fingir que não via os caminhões adentrando o morro, abarrotados com caixas de som, o comércio de entorpecentes a torto e a direito, o desfile de armas de guerra e o trânsito de elementos foragidos da justiça, mas não deve ter sido pouca coisa. Depois do acerto, a ordem para os GATs foi explícita: ninguém entra no Macacos no dia do aniversário do "Bebezão".

Com o morro fechado por cima, a festa aconteceria de qualquer maneira, mas Magalhães estava disposto a atrapalhar no que pudesse. Mais até do que isso: estava contrariado com a goela do major, que queria engolir o boi com chifre e tudo e repartir apenas com os oficiais (quando repartia); se percebesse que a vagabundagem não lhe mandaria nada, nem um cala-boca, prevalecendo-se do contrato estrelado guardado debaixo do braço, tocaria fogo no "puteiro"!

Estava ciente de que atacar os protegidos do coronel & cia. lhe renderia um "bico" (transferência) para Cabrobó do Adeus – na verdade, era bem isso que ele queria. Estava cansado da sacanagem, das ruas, das mortes, porém não tinha coragem de pedir para sair. Cansava também ter de pajear todo oficial novo no batalhão, para depois ele agir como o major e querer ficar com tudo para si. O próprio major, que se sentou à mesa para negociar o arrego, foi apresentado ao mundo da corrupção, quando ainda aspirante, pelas mãos do sargento Magalhães, e agora dava uma de malandro, sacaneando os praças sempre que podia.

– ... E fala mais uma coisa pro teu patrão: quem está na pista somos nós! A nossa parte tem que vir, senão, não tem festa...

– Mas o comandante de vocês autorizou a associação a fazer a festividade. É uma festa comunitária...

– Comunitária é o caralho! Tá achando que eu sou o quê? Otário? Eu trabalho aqui há mais de vinte anos, seu moleque, vai enrolar a puta que o pariu! Acabou o papo. Dez mil até às sete horas, manda o mototáxi entregar lá na entrada do "cocô", ou então paga pra ver. É com vocês mesmo.

Esbravejando, Magalhães retira seu efetivo e parte para o batalhão. Não demora muito e seu rádio toca. É o chefe da sala de operações dizendo que o major quer falar com ele, com brevidade.

É um joguinho tenso esse que ocorre dentro das divisórias da P-1. O major não podia escancarar que o trato era com ele, mas tinha que fazer com que o sargento e seus comandados ficassem longe da favela até o final da festa. O sargento não podia jogar na cara do major que ele era um bandido egoísta, mas tinha que dar seu jeito para fazer valer seu mugue e pegar sua parte no arreguinho também.

– Pois não, chefe, mandou chamar?

— Mandei sim, Magalhães... Teve uma ligação aqui pro batalhão agora, uma denúncia, dizendo que uma Blazer ameaçou impedir o baile que vai ter no Macacos hoje se a associação não pagar dez mil de arrego...
— Hum... e aí?
— Foi a guarnição de vocês?
— Não.
— Olha, Magalhães, eu conheço você há muito tempo, eu sei que foram vocês...Você vai me complicar se der um "baque" no morro hoje! Tem uma ordem do CPA[70] dizendo que as operações noturnas estão proibidas, não dá pra fazer nada...
— É, mas o "pedaço" do senhor tá garantido, não tá?
— Isso não vem ao caso...
— Major, me desculpe, mas já que o senhor me chamou aqui, vou lhe falar francamente. Conheço o senhor desde que era aspirante, a primeira vez que o senhor matou alguém foi com a minha guarnição, muitos anos atrás, mas parece que o senhor esqueceu como as coisas funcionam... Não existe esse negócio de o comando ficar acertando por cima e largar o GAT de lado, sem nada! Todas as guarnições estão insatisfeitas, a vagabundagem só falta dar risada na nossa cara, e, antes que isso aconteça, eu vou fazer uma merda tão grande que até o coronel vai cair! Se o Bebezão quer fazer a festa dele, que faça, foda-se! Mas se a parte da minha guarnição não vier, eu vou entrar lá e acabar com baile, vai ser tiro pra caralho, pode escrever!
— Magalhães... você vai se prejudicar...
— Não tem problema, major, eu já tô em fim de carreira, faltam dois anos pra me reformar. Mas já estou avisando de agora: se quiser me prender, pode prender, porque daqui eu vou reunir meus homens e começar a trabalhar.
— Espera aí, também não precisa ser assim... Porra, que situação que tu me deixa...
— Chefe, isso é mole! Dinheiro pra perder eles têm de sobra... É só esperar o safado lá ligar e dizer pra ele que eu tô maluco, que se não pagarem, meu GAT vai lá mesmo, e vai dar merda, só isso!

---

[70] Comando de Policiamento de Área.

– É, mas aí meu elo com ele é que vai enfraquecer, né... Ah, deixa essa porra pra lá, sabe? Eu tava vendo a hora que isso ia dar merda mesmo, esse arrombado ficar me ligando toda hora pra reclamar! Vocês que sabem, é com vocês mesmo, se quiser entrar, entra, mas arruma uma desculpa. Diz que tava perseguindo alguém, porque a proibição das operações noturnas existe mesmo e veio de lá do estado-maior. Já sabe que depois de hoje a voga vai mudar, vai voltar a ter guerra direto, já sabe, né?

– É, major... uma guerrinha de vez em quando pode ser bom pra gente também, vamos ver...


– Antônio...

– Ô, Magalhães... senta aí, a comida hoje tá boa...

– Não tô com fome. Conversei com o major agora, adivinha: liberdade de ação! Prepara os homens, o garoto novo também, vamos colocar ele no circuito logo pra ver do que ele é feito. Se não pagarem hoje, a gente vai trabalhar.

– É, amigo... Já tava na hora...


Assim são os acordos feitos entre polícia e bandido. Quando da revogação, não há avisos, e uma das partes sempre acaba perigosamente exposta. Como em episódios pretéritos, em que, por várias vezes, PMs nefelibatas subiram calmamente as ladeiras, com as mãos estendidas e as calças arregaçadas até as canelas e, alheios às resoluções tomadas nos convescotes criminosos, receberam tiros e um pé na bunda em vez do dinheiro combinado.

Mas dessa vez não houve confronto.

Não porque, ciente de que o GAT estava em ebulição, a vagabundagem resolveu pagar direitinho.

Depois do descanso da tarde, eles voltaram às ruas e, mais uma vez, Magalhães separou as guarnições. A viatura comandada pelo sargento Antônio partiria para os pequenos recolhes, os poucos que ainda subsistiam mediante a voracidade impingida pelos oficiais. Acontece que alguns traficantes pagavam o arrego do GAT independentemente de pagarem ao comando também; e algumas comunidades menores, como a Chacrinha e a Casa Branca, não tinham acerto com o coronel, por terem pouco movimento nas bocas. Essas relações eram antigas e de conhecimento da maioria dos policiais do 6º. Rafael sabia mais ou menos o que esperar do itinerário a ser seguido. Antônio manda que ele siga rumo à Chacrinha. Dão uma parada na Barão de Itapagipe, em frente a um posto de gasolina que fica no início da rua, e de lá fazem o contato pelo "radinho". Não demora muito e vem a resposta: "Já é, meu chefe, o mototáxi vai levar aí pra vocês, aquele esquema de sempre, já é?". Como sempre combinavam, após o chamado pelo radiotransmissor, o contratante determinava que o primeiro mototaxista livre a passar pela favela levasse o "arrego" até o contratado, que aguardaria parado em frente ao posto. Não é à toa que flagrantes de policiais em atos de corrupção sejam tão frequentes. A certeza da impunidade (ou ao menos a expectativa dela) torna os agentes tão descuidados que a facilidade de filmá-los ou fotografá-los em cenas de promiscuidade e luxúria criminosa só encontra paralelo nos gabinetes políticos. Fazem da rua seu escritório e da viatura sua sala, negociando e vendendo o aparato estatal a preço de banana. Por semana, a Chacrinha pagava míseros 600 reais! Seiscentos reais para dividir entre os oito; era por isso que as guarnições não completavam seu efetivo, porque o arrego em geral estava pouco, e dividir com dez iria arrasar com a contabilidade da quadrilha.

A moto vem e o piloto, antes de jogar o saquinho plástico no colo do comandante, dá uma conferida no número da viatura para se certificar de que está pagando aos "vermes" certos. Quem está desatento não percebeu, mas uma velhinha que passeava com seu Yorkshire ficou encucada com o arremesso e tentava entender o que estava acontecendo...

A parada seguinte foi no Turano, na mesma rua, centenas de metros adiante. O Turano estava "sofrido" e o arrego também era caidinho, 1.000 reais, fora o que pagavam ao comando mensalmente. Sem contar que precisavam de reservar uma parte da propina para ser paga à galera do 1º Batalhão, que tinha uma fatia considerável da favela sob sua área de atuação. A forma de entrega do dinheiro era parecida, só que a viatura não ficava parada esperando a moto chegar. Depois de fazer contato, os policiais ficavam dando voltas pelas cercanias e quem esperava era o entregador, parado ao lado da entrada do estacionamento do Hospital da Aeronáutica.

Seis da tarde, os recolhes estavam só começando. Seguiram para o Borel.

O morro não dava nada, nem uma empadinha com suco para os policiais! Fechados com o coronel, zombavam do GAT, dizendo que ali o arrego era "bala"; então os policiais acharam outra forma de arrumar um dinheirinho na favela. Na entrada da Indiana havia um dos pontos de mototáxi mais movimentados de toda a Tijuca. Eles não rodavam apenas no interior da comunidade, faziam corridas para fora também, e a maioria dos pilotos eram jovens inabilitados para tal. O GAT, percebendo o filão, não desperdiçou. Você pode até estranhar; afinal, achacar quem anda sem habilitação é coisa de patrulha ou APTran, mas a especificidade da Indiana é que complicava. O ponto ficava em um dos principais acessos ao morro, e de vários lugares os traficantes vigiavam essa entrada e repeliam facilmente qualquer patrulha. Já contra o comboio eles preferiam não atirar, não dar motivo para uma invasão, e deixavam que os policiais permanecessem ali para achacar os motoqueiros, desde que não avançassem um centímetro além da cooperativa. O prancheteiro é que ficava encarregado de efetuar o pagamento e, quando a Blazer chegava, corria na janela e apertava a mão do guarda. Trezentos reais; e de lá mesmo Rafael manobrou e desceu de volta à Conde de Bonfim.

Passaram pela entrada da Casa Branca e a cena se repetiu, assim como no Andaraí. Lá, depois do covarde assassinato dos dois policiais que trabalhavam na cabine, o comando determinou que as bocas fossem sufocadas, e o GAT, quando quisesse, nem precisava pedir autorização para incursionar. Mas Magalhães baixou o fôlego, depois do sprint inicial, porque os traficantes estavam tão maceteados que não davam mais mole com nada na pista. "Entocavam" tudo assim que viam o comboio apontando lá longe, e entrar e subir as ladeiras procurando de casa em casa, laje em laje, é muito cansativo, tornando mais jogo para os meganhas, portanto, acertar a mesada semanal. O absurdo é o quão baixo pode chegar um PM na sua dignidade: mesmo a favela tendo perpetrado recentemente os homicídios de dois companheiros, o GAT se vendeu por 400 reais. Pagos de muita má vontade, diga-se de passagem; a cara de desprezo que o motoqueiro fez quando veio entregar o bolo de notas baixas, de cinco e de dez, fedendo tanto a maconha que dava para enrolá-las e fumá-las... Causou desgosto em Rafael estar aceitando tamanho insulto. Seguiu a orientação de Vianna e mais uma vez ficou quieto.

Partiram então rumo à serra. Subiram e desceram até a divisa de área com o 18º BPM; daí, retornaram e passaram bem devagar, margeando todas as passarelas, olhando calmamente o movimento das favelinhas erigidas na encosta rochosa. Rafael não entendeu, mas Antônio mandou que ele seguisse direto e pegasse a Teodoro da Silva, descendo, e depois a São Francisco Xavier, Doutor Satamini, voltando para a Tijuca e, bandalhando no sinal em frente à Saens Peña, a Conde de Bonfim de novo, só que rumo ao Salgueiro. Contato no radinho, dez minutos de espera e a formiguinha vem – não de moto, mas a pé – pela rua dos Araújos. Era a melhorzinha das propinas semanais: 1.200 reais. Mesmo assim, merreca perto do que batiam os GATs do 9º BPM ou do 16º BPM, que recolhiam por semana, facilmente, de 20 a 25 mil reais. Mas isso era bem longe da Tijuca. No 6º, a mendigaria continuava; se não fosse a festa dada pela ADA, e os dez mil pagos pela permissividade, teria polícia atrasando conta dentro de casa.

Falando em mendigaria, Antônio mandou voltar para a serra. Não precisariam passar por ela de novo, só iriam até a C6/10, a cabine que fica no começo da subida. É que o primeiro passeio foi só para avisar que estava na hora do pagamento, e os bandidos, que das encostas acompanhavam a movimentação de sobe e desce, e já sabiam o número da viatura à qual deveriam pagar, mandavam o dinheiro para ser entregue ao cabineiro, que, de lambuja, ficava com "um galo" (50 reais) por segurar o flagrante.

Quando Rafael aponta pela Visconde de Santa Isabel, passando em frente à antiga Polinter, que ficava ao lado de uma das entradas do morro dos Macacos – entrada esta mais conhecida como "Nigéria" (pelos ares de guerra civil respirados nas tentativas de incursionar por aquele ponto) – avista a viatura de Magalhães parada, já esperando por eles na cabine, ao lado do sorridente cabineiro. O negócio fechado há poucos minutos nunca chegaria ao conhecimento (nem aos bolsos) de Rafael.

Uma das coisas com as quais o novato numa guarnição de GAT tem que se resignar é que, até entrar no "clima", vez ou outra será passado para trás. Foi assim com o arrego pago pelo presidente da associação de moradores (a mando do tráfico), o qual Rafael sequer ficou sabendo que estava sendo acertado.

A traição se dá mais pelo fato de que, se por acaso fossem denunciados pela extorsão e tomassem um "bote" da corregedoria, estariam todos presos, sem exceção. Inclusive o soldado que nada sabia da negociata.

"MAS É SÓ ISSO? O SERVIÇO É SÓ ESSE? QUE MERDA..."

Esse era o pensamento de Rafael enquanto realizava mais uma A REP 3, aquela marcada para meia-noite, e que contou com a presença de toda a guarnição mais o oficial supervisor. De lá do alto da serra dava para ouvir o baile rolando solto no morro dos Macacos, o que deixava o soldado ainda mais insatisfeito. Apenas ele demonstrava certa inquietação; afinal, os demais estavam com os bolsos cheios! Dividiriam o que foi recolhido pela viatura de Antônio mais o que foi pago pelos traficantes donos da festa, um ótimo resultado para um dia de trabalho. Rafael não viu a divisão do caixa, pois foi feita após o término do serviço apenas entre os sete titulares, fora do batalhão e longe dos seus olhos.

Se ele, que estava com os camaradas o dia todo, não viu a cor desses 10 mil, imagina a supervisão de oficial! E merecer um "pedaço" ele merecia, até porque, se desse merda, o capitão ia preso junto com todo mundo. Depois sairia limpo, tudo bem, mas até lá amargaria uns dias de xadrez.

A noite avançando, o sono batendo... E que saco ficar abordando carros sem tomar um real de alguém! Rafael, que era movido pelo "desenrolo", pela adrenalina não só dos tiros mas de engambelar o contribuinte no jogo de blefe e atitude jogado no tabuleiro do asfalto, sentia as costas berrando de dor pelo tanto de tempo que se encontrava de pé. Saiu do batalhão todo emperiquitado, o patético exemplar de um GI Joe baixa renda, com um monte de tranqueira a tiracolo que não passou nem perto de usar: cinco carregadores sobressalentes de 7.62, quatro de pistola, cantil, touca ninja... E o máximo que fez foi usar a faca para descascar uma laranja que estava dando sopa dentro da cabine. Na patrulha tinha muito mais ação, possibilidades diversas. Mas ele estava animado. Apesar da insatisfação, vislumbrava dias melhores, e o companheirismo começava a ser cultivado ali, enquanto estavam na rua fingindo que trabalhavam. Magalhães o avaliava o tempo todo, certificando-se de que ele era digno de confiança para estabelecer-se na guarnição. Conversou com Antônio sobre o comandado e dele ouviu somente coisas satisfatórias: que Rafael não questionava, obedecia, e observava tudo, faltando apenas ver como é que ele se sairia no meio de um tiroteio. Apesar de queimado com a fama de "volteiro", injustamente cunhada pelo antigo comandante de companhia, ele tinha um bom histórico de combate. Meio inconsequente até, é bem verdade, mas o certo é que de inseguro e covarde jamais poderiam lhe chamar.

Essa é a lapidação necessária, pois no GAT não há lugar para inconsequência, heroísmo ou destrambelhamento. Tudo tem que ter um objetivo, um alvo, mesmo que você às vezes o erre e se atrapalhe, como fez o afobado Medina algumas vezes.

Terminada a blitz, Magalhães reuniu o efetivo, avisou ao oficial que continuaria mais um tempo pela rua e que, caso quisesse algo mais da guarnição, era só chamar pelo rádio. O GAT segue o líder, e vão todos parar no estacionamento do Bob's da Barão de Mesquita. Magalhães manda que peçam o que quiserem, pois ele pagaria a conta (com o dinheiro do arrego, lógico), e Rafael saiu logo com tudo o que tem direito: lanche completo, milk shake e sorvete, tudo grande, sob os olhares incrédulos dos companheiros.

– Não dá pra comer isso tudo aí não, cara! Tu vai passar mal!

– Juarez, não regula... Tô com uma fome fudida!

– Ô, Magalhães – grita Vianna, – vem aqui pra tu dar uma olhada no lanche do Rafael! O cara não deve comer faz um ano...

– Deixa eu ver... Quê isso, soldado... Tá com verme?

– Tem que aproveitar, certo? Trabalhamos muito hoje, nem tive tempo pra comer o dia todo...

– É... foi um dia de trabalho cansativo, muita coisinha pra fazer. O Antônio gostou de você dirigir pra ele, continua assim que vai dar tudo certo. Pelo que estou sentindo, as coisas vão mudar em breve e a gente vai ter mais ação, vai trabalhar mais; então, segura a onda que a tendência é melhorar. Tá gostando?

– Tranquilo, meu chefe. Sem mistério...

– Não te falei? Eu sei que tu gosta de tiroteio, sei também que vocês pegaram aquele AK dos band lá do Borel... Que foi? Ô, rapaz, eu tenho mais de vinte anos nessa sacanagem aqui! Quando vocês pegaram o fuzil, me deram um toque lá da favela pra eu intermediar o contato, pra eles pagarem o fuzil de volta. Como eu não te conhecia bem, deixei pra lá, mas eles ofereceram 35 mil, espero que tu tenha vendido ele bem... A parada com o capitão, ele tava errado mesmo! Vocês tinham que ter dado uma merrequinha pra ele, certo, mas da forma como ele queria, que dividisse igual pra três, ele que vá tomar no cu dele! O batalhão agora está assim, eles achando que tudo a gente tem que bater cabeça pra eles, mas na minha mão eles tão fudidos! Se quiser, eles que venham atrás, senão eu não dou porra nenhuma de mão beijada pra ninguém! Sabe por quê? Porque depois, quando "baba", todo mundo tira da reta, e só fica o meu, ninguém quer comprar o barulho! Por isso a gente tá assim, devagar... Não era assim não! Todo serviço a gente apresentava uma ocorrência: arma, droga e um vagabundo morto; mas, de uns dois comandos pra cá, o ritmo teve que diminuir, caso contrário minha guarnição já estava presa. É assim que as coisas são, garoto. Tem hora que é preciso desacelerar, mas eu acho que em breve vamos ter liberdade de ação de novo. E aí você vai poder mostrar se gosta mesmo da guerra. O resto da guarnição é disposição pura, hein? Vai conseguir acompanhar?

– Deixa comigo, sargento – fala e mastiga ao mesmo tempo, com a boca horrorosamente cheia. – O senhor não vai se decepcionar!

# Operação macacos

Rafael continuava se desenvolvendo naqueles dias de GAT.

Passadas algumas semanas, na familiaridade com o serviço fez aumentar proporcionalmente a aceitação dos demais companheiros. Um dos episódios que o ajudou a se estabelecer na condição de efetivo aconteceu quando Rafael teve de dominar um playboy gigantesco, que desacatou toda a guarnição durante uma refrega em frente ao "Buxico". O jovem, talhado em academias de musculação e turbinado com anabolizantes, bateu em todo mundo da boate, até nos seguranças; e quando as viaturas chegaram, atendendo ao chamado do dono do estabelecimento, ele cismou de encrespar logo com Vianna, o mais raquítico do comboio. Inflamado pela multidão ao redor, o garotão bramou insultos e chacoteou da farda, dos fuzis, do salário, do que pudesse para humilhar os PMs, que ficaram sem ação diante de tamanha ousadia. Acontece que, se ele estivesse com uma metralhadora, todos saberiam o que fazer, mas uma simples submissão era coisa estranhíssima para os guerrilheiros, acostumados a imobilizar bandido somente à bala. O abusado xingava e dava um passo atrás, apontava o dedo na cara de Vianna e voltava de novo atrás. Rafael, que tinha ficado estacionando a Blazer na avenida Maracanã, chegou e viu aquela cena engraçada: sete policiais rodeando, tentando achar o melhor ângulo para deter o garotão; pareciam um grupo de fazendeiros à cata de um porco que fugiu do chiqueiro.

Rafael cruzou o 5.56 nas costas, passou ao largo da aglomeração, embrenhou-se em meio a ela e, de surpresa, travou o grosseirão meio de lado, num mata-leão tão justo que abafaria o próprio de Nemeia![71] Ele até que tentou se soltar, sacudiu-se desesperado de um lado para o outro, totalmente desengonçado, mas quem já levou um sabe que, depois de ajustado, só se sai de um golpe desses "batendo" (desistindo da luta), ou apagado. E como aquilo não era uma luta, e não havia juiz para mandar parar, toda a força que o garotão fez só ajudou a desoxigenar ainda mais rápido o seu sangue, e em menos de 10 segundos ele já estava dormindo, com a cara na sarjeta. Foi algemado enquanto estava inconsciente. Quando acordou e viu a merda que tinha feito, começou a chorar, pedindo aos policiais que relevassem e não o prendessem. Tarde demais. Dois dos seguranças prestaram queixa das lesões corporais sofridas, acrescidas da acusação de desacato e resistência à prisão. Nada que lhe rendesse mais que o pagamento de uma meia dúzia de cestas básicas, porém o prejuízo ele levou mesmo foi dentro da viatura, a caminho da delegacia, com a seção de choques elétricos e cacetadas nas canelas e plantas dos pés.

Tirando esse e mais uns dois episódios em que acudiram a pedidos de prioridade, nada de mais relevante aconteceu. Sem contar os dias em que tinham que recolher o arrego, ficavam soltos pelas ruas quentes do bairro conflagrado.

Mas os ventos da mudança começaram a ulular nos horizontes tijucanos e, sem que Rafael percebesse, a tempestade estava se armando.

Essa tempestade tinha nome, local e data certa para acontecer, e somente Magalhães e Antônio foram chamados à reunião feita com o P-1.

– Olá, senhores, como estão hoje?

– Tudo certo, major.

– Pois é... E os trabalhos? Não tem tido muita ocorrência ultimamente.

Magalhães puxa a fala:

– Então, major, o senhor havia falado sobre uma previsão de operações para serem efetuadas, estamos no aguardo, como é que ficamos?

---

[71] Criatura da mitologia greco-romana que habitava a planície de Nemeia, na Argólida, aterrorizando toda aquela região. A terrível fera não podia ser morta por um homem normal e todos os que tentavam enfrentá-la ficavam completamente aterrorizados pelo seu rugido, que podia ser ouvido a quilômetros de distância.

– Certo... Bem, o coronel está ciente de que passou da hora de voltar a bater nos morros, está tudo muito largado. Vocês ficarão encarregados do planejamento, de escolher onde preferem incursionar de cada vez. Um oficial vai estar encarregado do comando, aquele que estiver como operações, mas se ele quiser passar a bola para os comandantes de guarnição, aí entrem em acordo entre vocês. Só não o deixem vendido, para que ele possa sempre estar a par do que está acontecendo e apresentar as ocorrências como supervisor de serviço. No mais, é a liberdade de ação de volta, como vocês queriam há muito tempo. O batalhão tem que melhorar o número de ocorrências o quanto antes; a partir de agora é com vocês.

– CHEGA MAIS, PESSOAL, VAMOS NOS REUNIR AQUI, QUE MAGALHÃES QUER falar com todo mundo.

Começou.

As incursões policiais em favelas cariocas são o cúmulo das atividades bélicas em território nacional. Em nenhum outro estado, em nenhum outro momento da História encontrou-se um poder paralelo tão disposto e bem armado para enfrentar a ordem estatal como o dos traficantes. Nem os revolucionários, nem os separatistas, ninguém conseguiu reunir tamanho idealismo e poder de fogo como as facções criminosas que dominam a venda de drogas nos morros fluminenses, tal qual o Comando Vermelho (CV), o Terceiro Comando Puro (TCP) e os Amigos dos Amigos (ADA). Realizar uma incursão nessas áreas requeria planejamento, estratégia e audácia, mais algumas doses de cobiça e inconsequência.

O morro dos Macacos foi o escolhido para a reabertura dos trabalhos.

A escolha não se deu por acaso. Emblemático entre a mística criminosa local, o Macacos sempre foi uma favela complexa. Estava em guerra incessante com o seu vizinho e antagonista, o morro do São João; atirava contra as patrulhas, interrompia o trânsito no Túnel Noel Rosa para assaltar motoristas, promovia bailes, fazia de tudo um pouco para atazanar a polícia. Até um helicóptero da PM eles derrubaram, à bala, matando todos os praças que estavam dentro dele. (Nesse terrível e absurdo episódio, os oficiais estavam equipados com roupas específicas antichamas, que os protegeu das queimaduras causadas pelo incêndio subsequente às avarias. Não havia (?) dinheiro para disponibilizar o aparato de segurança para todos os ocupantes; ou seja, os praças, como sempre, receberam o que deu para comprar, e morreram todos. Queimados.)

O círculo era vicioso. Um chefão do tráfico, descontente com a repressão a seus negócios, acenava com uma trégua; então oferecia uma grana e algum coronel pegava. Passado algum tempo, a relação ia se fragilizando, e o coronel ou queria mais dinheiro, ou começava a ser cobrado pelo baixo número de ocorrências, e daí para a guerra estourar de novo só precisava de uma fagulha. Iniciados os confrontos, a balança pendia para ambos os lados com regular equidade: um lado às vezes se dava bem, outras mal, até que, cansados da brincadeirinha de gato e rato, iniciavam-se as rodadas de negociações para o cessar-fogo.

Com a paz restabelecida, a "sacanagem" rolava sem o menor pudor, até que se iniciasse mais um período de turbulência.

Organizar uma operação no morro dos Macacos não era tarefa fácil. Ao longo dos anos, Magalhães havia adquirido uma série de táticas capazes de propiciar incursões relativamente bem-sucedidas, mas, para que elas pudessem ser colocadas em prática, todos deveriam estar devidamente orientados. Organizar uma Troia[72] era uma delas. Porém, o tempo demasiadamente prolongado sem uma investida no território criminoso deixou o sargento cabreiro de utilizar tal artifício. É que, para a Troia dar certo, para que os riscos de algum policial se ferir durante a operação fossem diminutos, ele precisava contar com um X9 forte dentro da favela; ele é quem daria as informações acerca da atual disposição dos criminosos para o combate, o seu inventário de armamentos atualizado e, principalmente, a localização de uma edificação onde os PMs pudessem ficar escondidos, de tocaia, à espera da hora certa de agir. Esse tempo sem incursionar fez com que o sargento aos poucos perdesse o contato com os principais X9 que mantinha nas linhas inimigas, e sem essas preciosas informações ficava muito complicado

---

[72] Simulacro de combate.

calcular os riscos da operação. Como seria o marco de retorno às atividades de embate, tudo precisava sair perfeito! A ausência de um informante de confiança dissuadiu Magalhães de organizar a Troia, e Anselmo então sugeriu de invadirem pelo "Cocô".

Essa localidade, que também pertencia ao morro e ficava relativamente longe do miolo da favela, era o ponto de entrada mais vulnerável das defesas criminosas. O acesso a ela era bem próximo do asfalto, um lugar que Rafael conhecia bem, já que ficara encurralado lá quando trabalhava no PO, e a chance de retornar e dar o troco na vagabundagem o animou profundamente.

O primeiro a morrer, se tudo desse certo, seria o radinho. É que lá os moleques que trabalhavam no radinho ficavam no local conhecido como "pele a pele", muito expostos; a maioria nem portava armas, justamente para diminuir a chance de policiais quererem seu sangue durante as operações. Largados no meio da rua com os aparelhos dependurados nos pescoços, eles informavam sobre a movimentação ao redor da favela. Quando pegos, apenas tomavam uma coça e eram encaminhados à delegacia. Quase sempre: quando o GAT tinha que apresentar ocorrência e não encontrava ninguém dando sopa pela rua, ia lá e matava um dos guris, mesmo desarmado; depois colocava uma pistolinha na mão dele e ficava tudo certo. Anselmo já tinha utilizado esse expediente anteriormente e sabia que pegaria fácil mais uma vítima, por isso levantou a ideia como a melhor maneira de retomar a posição de ataque. Depois que matassem o menor e o apresentassem na delegacia, a vagabundagem entenderia que a coisa tinha voltado a ficar séria, apesar da resolta por terem matado mais um deles desarmado. A forma como se dava o ataque era a mais simples possível: as viaturas vinham em alta velocidade, paravam pouco antes da entrada, seus ocupantes desembarcavam (menos os motoristas) e entravam no melhor estilo "cavalo corredor", palmeando cada canto à procura do alvo. Somente um, no máximo dois bandidos ficavam na contenção ali, durante o dia, armados de fuzil, mas, com seis policiais suprimindo fogo, eles não ficavam sustentando o tiroteio por muito tempo, e logo retraíam em busca de reforço. Se o GAT desse sorte, ainda poderia balear uma dessas "contenções", e aí a ocorrência ficava linda.

Mas não era muito fácil. É que do ponto de onde os bandidos atiravam, da escadaria, ficava mais fácil se abrigar, e então, quando o reforço chegava, eles reorganizavam a defesa de modo a rechaçar a invasão, e essa era a problemática da sugestão de Anselmo.

Magalhães não queria simplesmente ir lá e matar um pé-rapado! Queria também dar uma batida no morro para ver como é que as coisas estavam no geral. Percorrer as vielas, subir nas lajes, cavar uns buracos, marcar a sua presença de volta à comunidade. Continuar o avanço pelo Cocô, ao contrário de iniciar a investida, era um perigo muito grande para a guarnição. Uma vez alertados pelo tiroteio inicial, o morro todo se prontificava, e os caminhos que levavam ao interior da comunidade por aquela entrada, pelas escadarias, eram tortuosos e abertos demais para possibilitar o mínimo de abrigo aos PMs, que não tinham como ir muito além da posição de onde os radinhos faziam os seus reportes. Incursionar por ali só era possível com a presença de outro efetivo, outro GAT, que entraria por um acesso diferente – o Lote ou a Nigéria – e deslocaria para esses novos fronts a atenção dos reforços. Como Magalhães não queria uma operação conjunta, nem matar apenas um radinho desarmado, a ideia da incursão pelo Cocô foi descartada.

Entrar pela Nigéria também era coisa de louco!

Imaginem uma rua de aproximadamente 300 metros. Ladeando-a, os muros altos do antigo Jardim Zoológico, e os igualmente altos muros da carceragem da Polinter, dando a impressão de se estar adentrando uma rua sem saída, um caminho sem volta. Parado na Visconde de Santa Isabel, olhando até onde a vista alcança, um muro bem de frente dava a impressão de encerrar a via, mas ela continuava com uma suave confluência, à direita, que levava ao interior do problema. Um sofá velho ficava no começo da descaída à direita, a céu aberto, fora da mira dos policiais que passavam pela rua principal, bem no ângulo de onde findava a possibilidade de divisar algo mais entravando o caminho por onde entrariam. Este servia de repouso para a contenção que ali se aprumava de dia e de noite, incessantemente. Nesse primeiro ponto de defesa, os traficantes contavam com dois soldados, armados com pesados fuzis, sempre um AK e outro 7.62 (G-3 ou FAL), nunca "melissinhas",[73] e eles abriam fogo com vontade se uma viatura sequer fizesse menção de embicar em frente à rua, independentemente de ela estar sempre cheia de moradores entrando e saindo. Pelo fato de ser quase que uma reta só, quem está na confluência tem imensa vantagem, pois pode "fatiar" a curva e aplicar em quem está entrando sem se expor; já quem invade vira alvo fácil, pois todos os disparos vêm em linha e não há nenhum local onde se possa abrigar até atingir o ponto a ser conquistado, que é justamente a curva maldita. E não é só. Além dessa primeira contenção, havia uma ladeira logo acima em que outro ponto de defesa era disposto, apontado para o caso de uma invasão se iniciar pela rua Torres Homem, e este poderia ser redirecionado facilmente com um simples jogo de corpo para reforçar a entrada da Nigéria, se preciso fosse. Essa contenção variava tanto que nunca dava para saber ao certo o que esperar: se um, dois ou dez bandidos de fuzil atirando contra. Mesmo que passassem por tudo isso, ainda havia a contenção do Lote.

Se uma guarnição chegasse até a curva, a entrada do Lote, vigiada de cima de lajes protegidas pela fachada de um prédio residencial enorme, também se voltava contra os PMs, massacrando-os à bala; e só se conseguiria parar com o fuzilamento se outra fração incursionasse pela Barão do Bom Retiro e atacasse as lajes, obrigando a vagabundagem a se esconder, pois de lá da curva da entrada da Nigéria só seria possível acertá-los com balas que fizessem voleios! Até o vagabundo que ficava no Pau da Bandeira dava uns pipocos em cima da guarnição; mas, uma vez conquistada a confluência, haveria abrigo e possibilidade de supressão de fogo. E quem pensa que os moradores sumiam da Nigéria, quando viam a polícia chegar, está redondamente enganado! Orientados pelos traficantes, os favelados (principalmente os mais jovens) simpáticos ao tráfico e as "macaquetes"[74] saíam saltitando em frente à guarnição, mal ela desembarcava da viatura, na intenção de demover a tentativa de incursão pelo receio policial de algum "inocente" ser vítima de

---

[73] Fuzil M-16, designação das Forças Armadas norte-americanas para uma família de fuzis de assalto derivados do AR-15. É a arma de fogo mais produzida em seu calibre.
[74] Garotinhas novas e mulheres moradoras do morro que só se relacionavam sexualmente com os bandidos do local.

bala perdida. Essa tática criminosa é uma das mais antigas e eficientes no empecilho às operações policiais, pois, para que a mais bem planejada missão se dê por encerrada, basta apenas um morador cair alvejado durante o tiroteio. Os bandidos sabiam disso.

O morador baleado contará com a possibilidade de processar o estado, com a ajuda financeira dos traficantes e com a atenção da mídia, que o elevará ao status de mártir sofredor da truculência policial; se não morrer ou ficar sequelado, talvez até tenha feito bom negócio ao se colocar, voluntariamente, entre os policiais e os criminosos.

Desculpem a extrema sinceridade. Eu sei que, depois que o véu demagógico desaparece, fica um pouco indigesto tomar ciência de certas verdades. Acompanhei de perto o drama vivido pelos policiais durante as operações, e testifico, fidedignamente, que nem toda vítima de bala perdida foi pega de surpresa. E, indo mais além, os policiais que já incursionaram pelo morro dos Macacos podem atestar que, não raro, quando percebiam que estavam perdendo a batalha, e que a tomada do morro era iminente, os bandidos atiravam contra qualquer morador incauto, somente para paralisar os avanços dos PMs. Tal fato não ocorre somente no Macacos, mas em várias outras comunidades que ainda vivem sob a égide criminosa. Orientados e calados pela mordaça dos traficantes, alguns desses reféns, acometidos pela síndrome de Estocolmo (ou não), culpam a polícia por todos os atos estúpidos cometidos durante as operações, mesmo sabendo que a bala que acertou esta ou aquela criancinha saíra do fuzil do traficante. É comum populares alardearem que a polícia chegou atirando, que fez isso e aquilo, quando, na verdade, o que estão fazendo é apenas dar uso a mais uma das armas do crime organizado. Este coopta a opinião pública em seu favor e manda que cidadãos comuns joguem lama no nome da instituição, para desmoralizá-la e enfraquecê-la; tanto que não é incomum encontrar quem diga que "policial é tudo bandido". Quem perde com essa trama toda é o favelado, o PM, eu e você, que temos que transitar pelas ruas sem saber quando um novo tiroteio vai começar. Quem é que ganha com essa tendenciosa transvaloração é que é o enigma. O leitor mais atento pode elucidar a questão, pelo menos do meu humilde ponto de vista. Concordando com ele ou não.

MESMO COM TODOS ESSES ENTRAVES, AS COMPLICAÇÕES IMPOSTAS PELA peculiaridade do ponto a ser conquistado, toda a problemática de lidar com a atitude da população durante as operações, o risco de tomar um tirambaço na cabeça ao mínimo descuido – mesmo assim os policiais do 6º volta e meia adentravam o Macacos pela Nigéria. Faziam isso porque de lá a tomada de todo o morro era somente uma questão de tempo. Espalhar-se pelos pontos mais sensíveis, uma vez dominada a curvinha miserável, ficava prático e rápido, pelos vários pontos de abrigo e, também, pela proximidade com a quadra onde se localizava a piscina da vagabundagem, principal ponto de reunião dos criminosos locais. Sem contar com o moral dos criminosos, abalado com a perda da Nigéria: acuados e humilhados, só lhes restava achar um buraco e se esconder bem depressa. Mas Magalhães não queria contar com essa possibilidade de infiltração. O nome da localidade não é à toa, e o tiroteio que se dava durante o transcurso da operação lembrava mesmo o de uma guerra civil. Estava um pouco enferrujado pela ociosidade, e na verdade ele jamais gostara muito daquele lugar. Isso fez com que o velho sargento esmorecesse, e ficasse cansado só de pensar no corridão que era da Visconde de Santa Isabel até o sofá.

Em seus pensamentos, ele já havia se decidido por onde começaria a invasão desde que recebeu o sinal verde para se organizar; só estava eliminando os pontos e fazendo um *brainstorm*. Ouvia a todos: as sugestões de Vianna, que queria entrar pelo Lote; de Medina, que preferia o Pau da Bandeira; o único que não estava falando nada era Rafael, assustado com aquela proliferação de ideias, das quais nunca tinha tomado conhecimento. A imagem deixada pelas primeiras semanas de trabalho, de uma guarnição relapsa e preguiçosa, sumiu da cabeça do soldado, que agora sentia um friozinho na espinha bem singular. Todos falavam com segurança e seriedade, entreolhavam-se e debatiam sobre essa ou aquela contenção, esse ou aquele bandido, do qual já estavam no encalço, e Magalhães afinal debelou o falatório com a decisão que não os desanimou em nada, muito pelo contrário! Era o que a maioria queria ouvir: tomariam o morro pela mata.

Eram quatro horas da manhã no alojamento do 6º Batalhão, e Rafael não pregou olho um segundo durante a noite toda.

– Rafael? Acorda aí, cara, tá na hora.
– Tô acordado.
– Não dormiu nada?
– Nada, Vianna... nadinha.

A expectativa da operação lhe tomara por completo.

Os dois soldados abandonam os beliches e começam a se reequipar. O material dormia ao lado deles, em condições de pronto emprego, caso uma emergência sobreviesse. Rafael calça os coturnos, coloca a gandola de mangas compridas e a ajeita por dentro das calças. Depois, o cinto de guarnição com cantil, o coldre de perna pendurado e amarrado na coxa direita e o bornal na coxa esquerda, ambos acessórios pesados por já estarem com seus equipamentos devidamente acoplados: a pistola em um, e os carregadores sobressalentes dela em outro. No bornal também havia luvas cirúrgicas, lanterna, alicate e uma faca de combate, que até então só tinha cortado uma meia dúzia de frutas. Ajeitados todos os engates das presilhas, era hora da acomodação do colete. Rafael deixa que ele deslize sobre o tronco, sem desatar os velcros que atam as duas partes (frente e trás), e retira de um dos vários bolsos o par de luvas de neoprene meio dedo, fedidas a chulé por nunca terem sido lavadas ou postas ao sol. O colete desce facilmente pela estrutura do soldado, ajudado pelo peso dos carregadores de 7.62 dispostos pelos bolsos. Eram cinco no total, mais o que estava em uso no fuzil. Ajeitado o colete, ainda morgado pelas horas que passou se revirando no estreito beliche, com a musculatura contraída e rançosa, ele sente as costas rangendo e se abaixa para pegar o fiel companheiro, que repousava ao seu lado, em cima dos tacos de madeira do piso: o Parafal 147789.

A arma, inicialmente delimitada apenas para o uso das forças paraquedistas do Exército brasileiro (uma tropa de elite), agora figurava como uma das mais comuns no arsenal da PM carioca (uma tropa abobalhada), e contava com apenas uma ligeira adaptação: o encurtamento do cano, ou "bico". Rafael coloca o seu em bandoleira, com a mão direita na empunhadura e a esquerda ao longo da parte superior do guarda-mão, e, acompanhado do magricela Vianna, desce as escadas rumo ao pátio.

Ao redor da viatura já estavam Magalhães, que olhava impacientemente para o relógio, Antônio e Juarez, enquanto, na sala de operações, Reginaldo e Anselmo palestravam com o sargento supervisor da central acerca das generalidades da incursão que estavam para realizar.

Medina foi até a padaria, que ficava em frente à casa de um coronel, um safadinho que fora pego recebendo auxílio-moradia mesmo habitando um imóvel cedido pela instituição. Embora agisse de forma no mínimo sacana, o oficial não gostava de aglomerações de subalternos em frente ao seu poleiro. Para evitar dissabores, o cabo, que sabia que o coronel acordava cedo para aparar os bigodes, foi sozinho até a padaria, na ponta dos pés, e providenciou o desjejum da rapaziada, a ser colocado em sacolas plásticas para viagem, mais uma garrafa térmica com um litro de café com leite.

O capô da viatura virou mesa, e todos aproveitaram os últimos instantes antes da ação começar. Pão com mortadela, queijo e presunto, todo mundo comendo, e Magalhães não para de olhar no relógio.

– Dá mais um toque nele aí, Antônio. Vê se ele já tá perto.

O sargento liga para alguém que, do outro lado da linha, dá uma resposta satisfatória, transmitida a Magalhães com um sinal de positivo, antes mesmo de Antônio desligar o aparelho.

– Tá chegando.

– Muito bem. Terminem de comer logo que o transporte tá vindo, vou dar uma ida ao banheiro e já volto.

O PRIMEIRO PONTO ESTRATÉGICO A SER LEVADO EM CONSIDERAÇÃO PARA A operação ser bem-sucedida era o transporte, mas antes preciso dar alguns esclarecimentos acerca da localização da mata.

Trata-se de um considerável pedaço de território coberto por reminiscências da Mata Atlântica, bem no meio de uma zona urbana. A face sul do morro dos Macacos, por ainda conservar esse tipo de vegetação, permanece desocupada devido aos imensos entraves em vencer a natureza e ali lhe impor as moradias de alvenaria, de forma que, quem adentra o Túnel Noel Rosa sentido Tijuca, olhando para cima, logo avistará micos saguis saltitando de galho em galho. E era exatamente por esse ponto, pela face sul do morro, por um resto de trilha no meio do mato que começava próximo à entrada do túnel, que Magalhães, Antônio, Rafael e Juarez iriam incursionar. A divisão das duas equipes foi feita assim por Magalhães, que queria o soldado presente no terreno mais capcioso pelo qual teriam de passar, justamente para ver como é que ele se portaria. Seria uma caminhada longa até o aparecimento das primeiras construções da favela, coisa de mais de uma hora e meia, até porque durante a noite desabara uma chuva que perdurou, fininha, até aquelas horas da manhã, o que tornaria a trilha escorregadia e ainda mais difícil de ser vencida. Essa trilha já havia sido usada anteriormente por Magalhães e outros times de GAT; porém, quando dessa operação, contava mais de um ano sem ser explorada. Informações chegadas até os PMs orientavam sobre a disposição de novos postos de vigilância no interior da trilha, verdadeiras "casamatas" no melhor estilo vietcongue. Quando Rafael soube disso, chegou a dar um sorrisinho de incredulidade com o canto da boca: "Tá brincando?... Esses caras tão vendo muito filme, só pode ser ..."

Juarez lhe chamou a atenção, dizendo que aquilo era sério, que todo sucesso da incursão dependia de passarem incógnitos até atingirem o local de onde atacariam as contenções por cima; um tiroteio iniciado ainda na trilha acabaria com o elemento surpresa e, consequentemente, com a operação. Rafael não sabia o que de verdade poderia haver naquelas informações, nem o quanto todos deveriam estar coordenados para que os riscos fossem controlados durante os "trabalhos". Se tudo aquilo que os companheiros estavam considerando realmente acontecesse, a realidade seria bem mais espetacular do que as obras de ficção.

Enquanto o time tático se arrumava na surdina pela mata, os outros prepararam o engodo.

Entrariam "espalhando brasa" pela Nigéria, mas não para invadir, apenas para que os criminosos redirecionassem as contenções para aquele ponto. Então, a outra guarnição viria por cima, imprensando a vagabundagem na bala; com o corre-corre que invariavelmente se dava, com bandido escondendo mochila de dinheiro, carga de pó e fuzil, a probabilidade do bingo era muito maior. Maior sim, mas muito mais arriscado para quem vem pela mata do que por qualquer outro ponto. Colocados todos os detalhes na balança, como as chances de um inocente ser baleado, as chances de sucesso e os riscos de morte, o comandante já havia tomado a sua decisão.

O transporte até o início da trilha, que ficava na entrada do túnel, do outro lado da favela, também era outro aspecto a ser cuidado. Toda a movimentação no túnel àquela hora era monitorada pelos traficantes. Qualquer viatura que se atrevesse a usar a via ficava na mira dos marginais, fato que tornava incomum a presença policial ali durante o período noturno, tirando as vezes em que uma operação oficial era deflagrada e, naturalmente, os dois lados já esperavam pelo tiroteio. Então, atravessar o túnel com a Blazer poderia chamar a atenção, desnecessariamente, para a guarnição, ainda mais porque a viatura iria passar cheia de policiais indo e só traria o motorista vindo; vagabundo pode até ser burro, mas não é bobo, e rapidinho se "escalda" com qualquer coisa. O mais comum era que um carro paisano fizesse o trajeto até a infiltração; um taxista, amigo de Antônio, atendeu ao pedido do sargento e já estava chegando para dar a carona. O carro passaria pelo túnel, por onde os traficantes estavam de olho, chegaria do outro lado e faria o retorno próximo à favela do Jacarezinho, parando por, no máximo, dois segundos antes de adentrar o túnel novamente, de volta a Tijuca, tempo suficiente para os quatro policiais pularem fora do Corsa sedan e sumirem no meio do mato.

Todo esse aparato era para manter o sigilo o máximo de tempo possível, tanto que Anselmo não especificou nada para o supervisor da sala de operações enquanto conversava com ele, e nem a supervisão de oficial, nem o capitão responsável pelas operações ficaram cientes da incursão até o tiroteio começar.

– Olha ele chegando aí, Magalhães. Acho que está tudo pronto.

– Certo, Antônio. Senhores – chama todos para perto, – cheguem mais... está tudo pronto, vamos iniciar. Alguém quer fazer alguma pergunta, esclarecer alguma coisa?

– ...

— Bom, então é isso. Meu grupo vai comigo no táxi, já estão todos prontos, certo? Ok, ajeitem-se todos aí dentro, cuidado com o bico do fuzil, não vai furar o teto do amigo que vai dar a carona, pelo amor de Deus, hein... Me dá aqui, Juarez, deixa que eu levo o teu fuzil aqui na frente, deixa o Rafael sentar aqui do lado, isso, na janela, senão não vai caber todo mundo... Fecha o vidro aí, pronto... Vamos indo. Reginaldo, Anselmo, atenção no contato, valeu? São 4h40, já podem ficar lá pela 10, porque qualquer coisa, se a gente tiver que voltar e abandonar a missão, vocês já podem começar a espalhar a brasa por ali mesmo, pra chamar a atenção e abrir espaço pra nós retrairmos. Até daqui a pouco...

Rafael estava todo apertado no banco de trás. Encolhido, ele fica com a cara espremida na janela, e pelo menos pôde admirar pelo vidro escuro do carro a noite franca que se preparava para ir embora. Ainda garoava, e os limpadores de para-brisa estavam ligados na velocidade mais baixa, com o seu barulhinho raspando a água do vidro competindo apenas com o som do rádio. "... Mas o que ele quer? Ah, irmãos! Irmãos, ele quer a sua alma! O inimigo quer a sua alma, pra fazer companhia a ele lá nos quintos dos infernos, onde ele já está condenado por toda a eternidade! Essa doença que tá aí te machucando, essa dor de cabeça, que não importa o monte de remédio que você toma e não sara, tudo isso é armadilha dele, que sabe que você tá fraco, e sabe por que você tá fraco? Sabe por quê? Porque você está afastado de Deus! Porque você não vem pra Igreja! Porque você acha que dar o dízimo é besteira, que não precisa! Longe da Igreja, longe de Deus, você vira alvo fácil, e aí, meu amigo... ah, e aí? Aí o bicho te pega! Meu irmão, você tem que estar sempre preparado, sempre em pé de guerra com esse inimigo! Ele usa a televisão, com um monte de mulheres seminuas, ou até nuas mesmo às vezes, para atiçar a tua luxúria; usa o teu companheiro de trabalho, que fica te invejando; usa até o irmão da Igreja, que não cuida da própria vida e fica fazendo fofoca dos outros! Irmãos, o demônio é astuto, ele é ruim, é mau, ele está ao derredor buscando a quem tragar, como diz a palavra de Deus no capítulo..."

"Porra, se Deus sabe de tudo, antes mesmo das merdas acontecerem, por que é que ele fez esse puto, só pra ficar sacaneando a gente? E se ele sabia que o capeta ia se revoltar contra ele, e que ia ter de condenar ele ao lago de fogo e enxofre, ao sofrimento eterno, e mesmo assim o fez, sabendo que ele ia só se fuder, cadê a bondade divina, o amor incondicional que atinge todas as criaturas? Por que ele também não é uma criatura de Deus? E aí então..."

– Rafael!
– Oi!
– Tá com a cabeça onde, cara?
– Tô ouvindo a porra do rádio, Juarez, tô viajando...
– Tá, mas e aí? Tá se sentindo legal?
– Tranquilo, vamos ver que merda vai dar.
– É isso aí, essa parada mesmo. Fica sempre comigo quando começar a trilha, valeu? Não descola...
– Valeu, parceiro.


Antes de entrar no túnel, eles passam, sem ser incomodados, pela viatura que ficava baseada bem próxima; os dois policiais que a guarneciam, ninados pelo tempinho fresco que a chuva trazia, dormiam quietinhos, sem a menor sombra de preocupação com a proximidade da favela, o boné tapando a cara, de braços cruzados e com as portas fechadas. Acho que, mesmo se um bonde de vagabundos passasse e visse a cena, era capaz de morrer de rir e deixar que os meganhas continuassem o soninho.

– Aí, tá vendo? Depois toma-lhe uma caralhada de tiro e não sabe o porquê!
– É foda, Magalhães. Também, imagina que merda que é bancar isso aqui a noite toda...
– Mas, Antônio, não é desculpa não, eles são é relaxados mesmo! Se quer dormir, que pelo menos um fique acordado, né, é o mínimo...

O taxista, que até então só havia dito um bom-dia, pergunta:
– O senhor quer que eu dê uma buzinada pra acordar eles?
– Obrigado, meu chefe – diz Juarez, – buzina sim, dá um susto nesses bundão aí... Viu? Acordaram no pulo! Se fosse o "bicho" mesmo...

Poucos lugares são mais soníferos do que guaritas, salas de estado,[75] pórticos e viaturas oficiais de serviço. Só quem já foi militar sabe.

O buraco que trespassava o morro era mal-iluminado e malconservado. Embora fosse uma rápida via de ligação entre duas importantes áreas da cidade, acho que a localização impedia que as autoridades lhe dessem mais atenção e fizessem algo para melhorá-lo; os ratos passeavam livres pelas bocas dos bueiros, cruzando a pista e se escondendo ao verem os faróis se aproximarem. Acima e à direita da entrada do túnel, em uma escadaria, outros ratos, só que de duas pernas, também se homiziavam e acompanhavam atentamente a movimentação de todos os veículos que passavam. Durante o dia era possível vê-los, em pequenos bandos, com os radinhos comunicadores amarrados ao pescoço e, de vez em quando, uma pistolinha na cintura. A maioria eram crianças, alistadas nos exércitos criminosos por opção de vida, pelo fascínio que o tráfico exerce em suas mentes pueris. No morro, bandido é "o cara", o exemplo a ser seguido; e mesmo tendo escolas à disposição, viver no crime e passear de motocicleta roubada na favela era bem mais sedutor. Nessa atividade específica, a do "radinho", a maioria era "de menor", porque se tratava de função de pouca importância na hierarquia do tráfico, e vagabundo "criado" de radinho na mão ou era castigo, ou vacilação. Mas durante a noite, especificamente naquele e em mais alguns pontos, o radinho não ficava sozinho. Perto dele sempre havia alguém na contenção, um fuzil.

Ainda com a cara colada na janela, Rafael vai olhando para a escadaria e entorta o pescoço todo; enquanto o táxi avança, ele continua olhando fixo para o alto. Quando estão quase entrando, quando começa a escuridão do túnel, no último segundo, ele vê: com o fuzil em bandoleira, um traficante fazia sua ronda. Este ficou descoberto apenas por uma fração de segundos, mas Rafael pôde definir claramente a calça jeans, a camisa preta, a mochila nas costas e a pele clara do vagabundo.

– Ali, ali, Juarez...

---

[75] Denominação do local onde os oficiais de serviço da Marinha recebem autoridades e comandam os serviços dos subalternos. À noite, geralmente são guarnecidas apenas por sonolentos marinheiros.

– Que foi, o que é?

– Lá em cima, na escadaria, ó o "band" lá de "bico"...

Magalhães se vira do banco da frente:

– Cadê?

– Lá, tá vendo?

– Vi – alardeou Juarez, – tô vendo o "bico"...

– Deixa ele passeando aí, tranquilo... Daqui a pouco a gente se encontra...

E passaram pelo túnel nojento, e desceram o viaduto até bem pertinho da favela do Jacaré, e fizeram o retorno, e o coração do soldado disparado como um tarol aloprado! Subiram o viaduto de volta, o céu ainda estava escuro e a chuva caía, muito fina; conforme subiam, dava para ver a mata se erguendo e tomando o morro por completo, um paradoxo em meio a tantas edificações naquela vizinhança.

A mata era mais escura do que a própria noite. Esquisita, disforme, com partes rasteiras e outras densamente fechadas, parecia não querer a presença deles ali. Como que por onisciência, possível apenas a seres mágicos, ela sabia que, dentro do táxi, margeando os seus limites, estavam quatro violadores que a maculariam. Passariam pelas suas entranhas, aproveitando-se do véu natural que lhes daria cobertura, e atacariam aqueles com os quais já mantinha um relacionamento harmonioso: os traficantes, que jamais tentaram lhe queimar uma folha de amendoeira sequer; ao contrário dos pés-pretos, que frequentemente consideravam a ideia de tocar uma queimada que arrasasse a vegetação por completo, justamente para acabar com a guarida criminosa. Mais de uma vez, quando de folga, PMs se reuniram para despejar alguns galões de gasolina e atear fogo nesse pedacinho de verde, que insiste em permanecer onde está e continuar dando sombra e abrigo aos vagabundos.

O taxista diminui a marcha a menos de 100 metros do túnel.

– Aqui está bom?

– Não, ainda não... Mais à frente, por favor. Nem precisa parar não, só vai devagarinho, ok?

Magalhães, após essa última instrução, puxa suavemente a maçaneta interna, que avisa sua abertura com um suave clique. Estava livre a porta do carro, segura apenas pelas pontas dos dedos do comandante.

– Diminui mais um pouco...

Com habilidade, o sargento velho esgueira meio corpo para fora do automóvel e salta, com um fuzil em cada mão, o dele e o de Juarez. Rafael seria o próximo.

– Vou agora, Juarez? Posso pular?

– Vai, vai...

Ele abre a porta e prepara o movimento, mas, como é grande demais, na saída se enrola com o fuzil e a bandoleira e se estabaca todo no asfalto. Sorte que, àquela hora da madrugada, o movimento era quase inexistente; se não fosse atropelado, pelo menos passaria uma vergonha daquelas. Ainda se levantando, percebe Juarez e Antônio já do lado de fora, acelerados, correndo, diminuindo a silhueta e buscando o abrigo da mata, enquanto o táxi segue seu rumo até sumir dentro da boca preta do túnel.

– Vambora, Rafael, avança,...

Recobrado, o soldado junta-se aos companheiros em meio às folhagens. Ainda não estavam totalmente em oculto, pois esse trecho era muito próximo à via e faltavam pelo menos 50 metros de mato acima para que sumissem na escuridão. Sem demora, Juarez assume a ponta e começa o caminho em meio ao mato picado. Mais ou menos picado, sim, pois há muito ninguém se atreve a passar por ali, e a natureza começava a reclamar sua autenticidade.

Rafael se lembrou do que o cabo lhe disse no carro e assumiu sua posição na patrulha como o segundo homem, bem atrás do ponta, caminhando na conduta em posição de combate, procurando controlar a respiração, tentando a cada passo não se distrair com o cenário. Lá embaixo, pelo seu lado esquerdo, aos poucos as delineações que levavam ao túnel iam desaparecendo, ao mesmo tempo em que a vista mais ampla de todo o viaduto se revelava esplendorosa por entre as folhas das copas. Essa impressão lúdica rapidamente se desfez assim que se percebeu na trilha de fato. Colado no rastro de Juarez, Rafael se viu em meio ao silêncio e à escuridão. Como já estavam em ambiente pouco iluminado fazia algum tempo, enxergava sem dificuldade a silhueta do companheiro à frente, e mais alguns detalhes visíveis no raio de um corpo, mas, além disso, o breu tomava todas as projeções e só quem já conhecia o caminho poderia segui-lo sem erro. Além da sensação ruim de não saber o que está à frente, o frio que se sentia dentro do mato e a trilha íngreme e escorregadia, de lama mole, mostraram ser um desconforto maior do que o experiente sargento estava lembrado. Essa foi, sem dúvidas, a maior dificuldade a ser vencida por todos da patrulha. Juarez patinava caminho acima, galgando aos poucos, metro a metro, o que ele conseguia certificar pertencer à trilha; e não poderia ser diferente, já que ele era o único cursado de fato e, por tabela, o mais acostumado a lidar com situações adversas. Para quem ficava atrás dele, os tombos iam acontecendo sequencialmente, pois a lama ficava mais "amassada" e "lisa" conforme ia sendo pisada, fazendo Antônio e Magalhães deslizarem e se sujarem até o pescoço a cada caída.

Para completar, a chuva, toda tímida, enclausurada nas nuvens, como se atendesse ao pedido da mata insatisfeita com a violação, apertou e despejou os litros que ainda lhe sobravam nas cumbucas em cima dos PMs. A progressão teve de ser interrompida até que a fúria elementar se abrandasse, e eles se reuniram embaixo de uma árvore, dividindo o pouco espaço que servia como abrigo. Embora tenha passado pela cabeça de cada um deles abortar a missão e retomar o caminho de volta, ninguém foi covarde o suficiente para dar o ensejo. Era só uma pancada de chuva, parece que desferida para testar até onde ia a disposição dos militares, e, como não houve fustigação, mal as torneiras se fecharam eles já estavam de volta à trilha. Ao que parece, a intempérie deu uma lavada no moral da guarnição, que, percebendo que não haveria moleza para nada, apertou o passo e marchou forte, subindo cada vez mais o morro.

Molhado, pesado, armado e equipado no meio do mato à caça do inimigo. Existem nas Forças Armadas brasileiras grupos de operações especiais que têm em seus quadros combatentes dos mais audazes. São homens que aguentaram o inferno úmido dos cursos de mergulhadores de combate e comandos anfíbios, ambos da Marinha do Brasil, ou enfrentaram os elementos e sentiram a crueza dos "Charlie-Charlies" nos cursos de guerra na selva e comandos, ou, mais ainda, foram levados ao limite físico e psicológico no impiedoso curso de FE, estes últimos do Exército brasileiro. Os homens que conseguem esses brevês são os mais bem preparados do Brasil, a elite da elite das Forças Armadas, e quase que a sua totalidade vai passar os trinta anos de serviço sem jamais ser posto na mesma situação combativa daquele soldadinho cabeça de bagre, que se enfiou no meio do mato só para arrumar um fuzil para vender. O único barulho que se ouvia na conduta era o dos galhos caídos sendo pisados, de leve; e mesmo nunca tendo recebido qualquer instrução sobre como caminhar pela selva, por mimetização, e um pouco por instinto, Rafael transformou-se, assumindo uma postura muito confiante enquanto avançava. O escuro abissal foi dando lugar a tons de azul-marinho nas clareiras; era o dia preguiçoso que começava a se anunciar, e o soldado, atrás do ponta, cobria todos os quadrantes incansavelmente, costurando o ar com a alça e maça do parafal. A arma, depois de um ligeiro período empunhada em posição efetiva, ainda mais somada à peculiaridade do terreno capcioso, pesava sobremaneira nos membros e esse peso refletia até na coluna vertebral; os dois sargentos que vinham atrás dele admiraram-se do empenho e seriedade com a qual conduzia sua parte no dispositivo. Crescera seu vulto na escuridão da trilha; ficou claro que não importa o que diz o emblema que o combatente traz alinhavado ao peito, e sim o tipo de fibra da qual é feito o seu coração.

Não ofegava, não se distraía mais, não tinha pressa. Parecia que o mato sempre fora sua habitação, e desconforto algum lhe acossava além da pontadinha de fome que sempre sentia enquanto trabalhava. Estava completamente à vontade com o ambiente e tinha total controle da expectativa do embate, só lhe faltando mesmo mais experiência e conhecimento do território, coisas que, nas suas previsões, teria tempo de sobra para aprender.

Nunca lhe passou pela cabeça que perderia a liberdade antes.

– AQUI.

Juarez dá o sinal de "alto" (erguendo o punho fechado) aos componentes da conduta, que se alinham em torno do comandante. Depois de quase duas horas de trilha, a manhã nublada revelou as graves expressões dos guerreiros, enlameados, com o rosto oleoso típico dos pernoitados, com a barba por fazer. Dali até uma das mais críticas áreas do morro dos Macacos eram apenas mais alguns poucos metros, e lá haveria uma clareira que lhes possibilitaria uma visão privilegiada da "sinuca", um dos pontos onde a contenção costumava montar guarda. Duas coisas poderiam acontecer então: a primeira era encontrarem um vigia atento à clareira que os denunciasse antes de se posicionarem, e aí haveria a troca de tiros franca, com os dois lados expostos; a segunda era contar com a sorte grande e pegar a vagabundagem desprevenida, cansada da noite chuvosa – a chance de sucesso total, nesse caso, aumentava exponencialmente. Magalhães dá o tom da aproximação em voz baixa, sussurrando:

– Eu vou com o Juarez até a clareira, no rastejo, e vocês um pouco mais atrás. Se estiver tranquilo, a gente vai dar o sinal e vocês se alinham também, aí a gente mete bala.

Rafael e o sargento Antônio aguardam acocorados pelo toque para progressão. Dez metros adiante, Juarez, pela luneta acoplada ao seu parafal, divisa a sinuca e faz com a mão para a aproximação e o alinhamento de todo o pelotão de fuzilamento. Vai ser uma festa!

Abaixo, a trinta e poucos metros em média, quatro vagabundos se reúnem embaixo do telhadinho. Um deles deveria estar mais à ré da sua atual posição, na mata, justamente para evitar que a contenção fosse surpreendida. Mas a noite foi de chuva, fria e tranquila, não havia motivo para preocupação, e àquela hora da manhã eles relaxavam fumando um baseado, único entorpecente permitido aos plantonistas. Estavam na parte mais alta da favela, e as construções que se erguiam por ali eram em sua maioria paupérrimas, pois nos grotões do morro moravam aqueles mais pobres, que não tinham condições de bancar os palacetes mais próximos ao asfalto. A contenção estava reunida em torno de mesinhas de pedra, como as de praças públicas, cobertas por um amarrado de telhas de amianto pertencentes à parte externa de um estabelecimento "meia boca" que, quando funcionava, realizava festas privadas para os traficantes. Estes aproveitavam o seu difícil acesso para ficar mais à vontade, e lá bebiam e fumavam longos baseados, sempre acompanhados pelas "macaquetes", que não perdiam um só evento. O longo período sem ação policial de vulto na favela fez com que o natural acontecesse, e o relaxamento da posição é gradativo e contagioso: nenhum deles parecia estar preocupado com qualquer coisa, a não ser em manter o cigarro de maconha aceso. Conversavam, ouviam funk por um celular, e Rafael engoliu em seco quando um deles, saindo da proteção do telhadinho e se mostrando todo, revelou, cruzado às costas, o "bico" familiar. Com a mesma roupa – só que sem a mochila –, o bandido, que estava na escadaria da boca do túnel de madrugada, agora ensaiava passinhos de funk bem ali, no centro de sua maça de mira. A suspeita confirmou-se quando, ao detalhar na mente o tipo de guarda-mão encorpado que vira, Rafael reconheceu ser um G-3 o que o marginal portava, com uma coronha rebatida adaptada, coisa de profissional. Dançava perto dele mais um fuzileiro do tráfico, um moleque, com um "vassourão" (FAL 7.62) seguro pela empunhadura com apenas uma das mãos, em postura tão displicente que levaria pelo menos dez tiros até se colocar em posição de pronto emprego. A surpresa foi o terceiro homem, um crioulo alto, meio "cascudo", de bermuda, casaco e chinelo, com um AK-47 cromado em inox brilhando mais do que diamante a refletir os poucos raios de sol daquele dia. Este fumava sua maconha quieto, e olhava constantemente para o alto, para a mata, mas em uma direção oblíqua à de onde os PMs estavam alinhados. Nesse ponto eles tiveram tempo de se aprumar e sumir na folhagem, e, se não os apontassem na exata marcação, seria difícil precisá-los em meio ao cenário. O único que não portava fuzil era o menor (que deveria estar de guarda na mata), com dois rádios comunicadores de frente para ele na mesa, um I-COM e outro mais ordinário.

Como que suspensos no espaço e no tempo, toda a comunicação entre os PMs nesse momento se dá em segundos, por mímica e telepatia. Magalhães sabe exatamente o que Juarez está pensando, e faz sinal com os dedos para que Antônio mire no AK, pois o segundo sargento era o melhor atirador do grupo. Aquele fuzil de forma alguma poderia se perder: tinha um grande valor de revenda, e a prioridade era alvejar o vagabundo que estava com ele. O segundo alvo seria o G-3, e Magalhães especificou a missão para Juarez. Rafael sentiu-se impelido a pedir permissão para ficar incumbido da tarefa, mostrando-se pronto para cumprir o objetivo. Tomara como insulto pessoal a ronda que o marginal fizera na madrugada anterior, tão próximo a ele, mas, na verdade, queria era dar o troco pelo susto que passara ao se perceber tão perto do perigo. Aquele vagabundo com seu fuzil G-3 fez Rafael sentir calafrios duas vezes no mesmo dia, e derrubá-lo teria um gostinho especial de vingança. Magalhães consulta os olhos do cabo, que aquiesce e aponta com o dedo bem no rosto de Rafael, como quem diz: "Confio em você! Arrebenta ele!"

Satisfeito com a cumplicidade entre seus comandados, Magalhães dá um novo azimute ao "catiano": o menor do radinho, que parecia ser um tiro difícil por estar com o tronco e a cabeça oscilando por trás de uma parede de alvenaria (justamente por isso teria ficado a cargo de Rafael, pois, se o alvo escapasse, não faria muita diferença). Agora, com a alma raiada do Parafal de Juarez a lhe conteirar os bagos, o terrível destino daquela criança estava inevitavelmente selado. Para Magalhães, restou a tarefa de eliminar o "vassourão", que era o vagabundo mais próximo à linha e conservava a trajetória de tiro mais clara. Alvo fácil.

Um momento de respiração profunda...


O COMANDANTE DÁ A ORDEM.

Sem aviso aos criminosos, sem ordem para largarem as armas, sem identificação, nada! Quatro juízes condenando à morte quatro pessoas pelo porte ilegal de armamento de uso restrito e por tráfico de drogas. processando, julgando, proferindo e executando a sentença num mesmo ato, instantaneamente. Não é de se admirar que a cabeça do PM carioca seja uma cabaça cheia de mingau. É muito poder para uma só pessoa administrar. Enlouquece!

Ao primeiro clique do gatilho de Magalhães se preparando para acionar o percussor, os outros três seguem o movimento, e os estampidos saem quase simultaneamente, uma sequência de trovoadas que ecoou forte por toda a mata. Na percepção de Rafael, a fumaça da pólvora saindo pela culatra embaçou ligeiramente a visão dos acontecimentos subsequentes, mas todos os detalhes e impressões estavam lá, e deixaram sua sequela. Mais uma cicatriz no peito do monstro, que só iria lhe cobrar os dolorosos dividendos em forma de culpa e arrependimento mais tarde, quando atrás das grades.

O bandido do G-3 caiu de frente, desabando como um saco de lixo jogado de cima do caminhão. Logo no primeiro tiro, foi alvejado na altura do plexo; o buraco aberto nas suas costas, causado pelo vácuo do projétil transfixando o corpo, "chupou" para fora pedaços de órgãos vitais, como os pulmões e o coração, e alguns metros de tripas caíram, curiosamente, pela parte de trás, e não espremidos através do pequeno orifício de entrada frontal, como geralmente acontece. Na sequência, o segundo tiro já lascou o chão, visto que o alvo inesperadamente caiu no *strike* 1, levantando poeira e alertando o soldado para a correção da divisada. Rafael então "largou a bomba", mirando nos alvos que, naqueles milésimos de segundo, buscavam ainda entender de onde vinha aquela tempestade de chumbo! Nenhum deles teve chance de reagir.

O negão que estava com o AK ficou sem cabeça. O tiro de Antônio foi tão certeiro que explodiu abaixo da orelha direita do vagabundo, e, como o alvo estava em uma diagonal decrescente em relação ao atirador, o disparo praticamente guilhotinou o infeliz, arrancando junto, de lambuja, o trapézio esquerdo e rasgando ao meio o ombro do mesmo lado, como uma peça de carne fatiada. Caiu perto do alvo de Rafael, e, como deu pra ver de longe o estrago feito pelo disparo, o soldado passou-lhe a marcação para aplicar em cima do FAL, que inicialmente havia tremelicado e tentara escapar da saraivada de Magalhães. O comandante era o único com um fuzil 5.56, um M-16, que era mais leve e traria menos entraves para ser carregado durante a caminhada pela mata. O calibre dessa arma foi desenvolvido pelos americanos para ser um diferencial nos campos de batalha, pois tirava de combate três soldados de uma só vez, com um único disparo. Como não provocava uma morte instantânea – desde que não atingisse pontos vitais –, dadas as dimensões menores do projétil em relação aos conhecidos 7.62 (curto e longo), além do soldado atingido pela munição, mais dois seriam temporariamente inutilizados para socorrer o ferido, propiciando assim uma vantagem à tropa equipada com o novo armamento. Adaptada à rotina de embates nos morros cariocas, o que se apresentou foi uma nova e cruel modalidade de assassínio, pois os baleados não contavam com o altruísmo dos bandidos aliados e, depois de feridos, ficavam à própria sorte, dependendo só deles mesmos na luta por suas vidas. Quem tomava uma "caroçada" de "melissinha" poderia até ter mais chances de ficar vivo na hora, mas isso não significava exatamente uma coisa boa, pois as sequelas decorrentes dos ferimentos às vezes eram um suplício pior que a morte.

Dois tiros de Magalhães vazaram o peito do moleque, centímetros abaixo da "saboneteira" direita. Com o impacto, ele deu três passos atrás e caiu de joelhos, e então cambalhotou de lado desabalando num "pinote" inesperado, largando o fuzil no chão. Os disparos dos companheiros de linha eram intermitentes, centrados, e Rafael, destoando do coro, seguiu as pernas do garoto "bombardeando" o que tinha no carregador; num desses o alvo capotou com tudo e caiu de cara, com a perna virada ao avesso, estourada na altura do joelho pelo tirambaço de Parafal. A propósito: os fuzis estavam tinindo, todos eles, e nenhum negou fogo durante a matança!

Caído, impossibilitado de continuar a fuga mas ainda se mexendo, seu cérebro dava comando aos membros, que simplesmente não podiam mais responder. O garoto tenta se levantar e, como não consegue, se arrasta com as palmas das mãos, as unhas cravadas no solo; nisso, misericordiosamente, Magalhães aplica mais dois disparos certeiros, um na lateral direita da cabeça e outro no pescoço. Por mero capricho, o tiro que entrou pela têmpora direita não furou o crânio de fora a fora, mas provocou do lado esquerdo um edema enorme, como que um superfurúnculo se erguendo por debaixo do couro cabeludo, e que na verdade era a bala, interrompida em sua trajetória pelos ossos que esmigalhou mas não conseguiu vencer.

Rafael percebe que o alvo jaz inerte depois da última salva e corre a mira em direção à marcação de Juarez – o menor do radinho –, que para sua surpresa já estava no chão, todo fodido.

O catiano usou o melhor de suas instruções para certificar-se da efetividade do disparo; ainda que não tivesse uma divisada clara dos "cinco x"[76], engajou um ponto que, definitivamente, neutralizaria o menor: a pélvis. De seu ângulo, essa era a única área "limpa", pois o restante do corpo estava recostado em uma parede de alvenaria, pertencente à varanda onde estavam as mesinhas. A bala entrou estourando a cintura do molecote, que se

---

[76] Pontos nos quais o policial aprende a mirar quando vai efetuar um tiro, que consistem basicamente no espaço entre a linha da cintura e o pescoço.

encontrava sentado, e saiu pela nádega esquerda, levando tudo o que tinha direito, de porções generosas de intestinos, que derramaram merda amarela e pastosa pelo chão, à bílis escura e diversos outros fluidos, tudo regado a sangue espesso e vermelho forte. O cruel foi que ele ficou vivo e bem consciente até depois do impacto (mediante o torpor que lhe impedia de sentir dores mais agudas), mas não conseguia sequer mexer o pescoço para se ajeitar no solo; o choque foi tão grande e seu corpo era tão franzino que a coluna vertebral se partiu em vários pedaços, mas seus olhos permaneceram abertos, acompanhando todos os acontecimentos ao seu redor. Ele queria sussurrar algo, talvez chamar pela mãe (coisa comum entre os bandidos que estão para morrer), e embora sentisse os pensamentos perpassarem seus neurônios, não conseguia vocalizá-los, tampouco mover os lábios. Estava paralisado totalmente, e a partir daí, mesmo que sobrevivesse, condenado a passar o resto da vida como um vegetal humano.

Idade: 13 anos.

— E AGORA?

A pergunta de Rafael vem quase um minuto depois de os disparos cessarem; os quatro PMs permaneciam imóveis no descampado, ainda apontando os fuzis avante. Ninguém falava nada.

Ele achou melhor não repetir a pergunta, e esperou por novas instruções.

Acontece que, depois do último tiro, que ninguém sabia ao certo quem havia dado, um silêncio e uma calmaria tomaram conta, de maneira tão soberba que só os latidos dos cachorros irrompiam na favela. Deitados em posição efetiva de pronto emprego, eles admiravam o resultado do bem-sucedido ataque e aguardavam para definir os rumos da continuidade da operação. Chegara um dos momentos mais delicados — aquele em que muitos policiais perdem a vida por conta da sensação de "já ganhou": a retração.

Os alvos estavam todos neutralizados e não se percebia nenhuma movimentação, mas era preciso aguardar um tempo para que uma contraofensiva não os surpreendesse justamente enquanto faziam a "limpa" nos defuntos. Ao que tudo indica, pegaram os homens fortes do plantão numa só tacada, e, até que os reforços se organizassem, demoraria um pouco – se é que colocariam a cara depois do imenso prejuízo. Magalhães quebra o silêncio, mas mantém alça e maça apontadas no objetivo.

– Rafael, desce rápido e recolhe as armas, dá uma batida nos defuntos também pra ver se tem alguma coisa nos bolsos, e não esquece as mochilas e o radinho. Juarez, vai e dá cobertura pra ele; se sentir "escama", larga tudo e sai, o resto deixa com a gente que daqui de cima a gente cobre vocês.

Sem demora, o soldado levanta e progride no caminho abarrancado que o levará até o palco da carnificina. Agora, conforme descia, com o cabo Juarez a escoltá-lo, conseguia ouvir de novo a musiquinha funk tocando no celular, que restou intacto depois do massacre. O primeiro a ser verificado foi o AK.

O fuzil estava novo, mas de longe eles não conseguiram perceber a má qualidade do cromado que aplicaram no chassi da arma; alguns pedaços, próximos aos locais de maior manuseio, estavam começando a descascar, dando uma aparência ruim à peça. Seria um problema a solucionar antes da revenda, porém nada muito trabalhoso. A grata surpresa foi constatar que, embaixo do casaco de grife usado pelo marginal, se escondia uma Glock 9mm, camuflada, um luxo somente acessível a poucos. A arma customizada, objeto de cobiça entre os apreciadores, ainda contava com um kit rajada e mais três carregadores sobressalentes, um deles para 25 munições.

– Caralho, Juarez! Olha só que peção.

– Cadê... Porra! Camuflada! Que filho da puta, hein? Vai, recolhe logo a porra toda pra gente subir, depois a gente vê melhor...

Só depois de descarregar a pistola e acomodá-la dentro do bornal é que ele olhou direito para o estado do defunto. Tentava descobrir onde é que a cabeça dele tinha parado; e só prestando muita atenção ele entendeu que ela não fora arrancada, mas sim implodida, como se tivesse murchado, tal qual nós fazíamos durante a infância quando ateávamos fogo nos nossos soldadinhos de plástico e ficávamos admirando enquanto eles derretiam lentamente para dentro de sua estrutura oca. Indiferente, Rafael dá uma geral nos bolsos e encontra um pouco de dinheiro, um maço de cigarros e chicletes. Pega um e começa a mastigar: de menta. Cruza o AK-47 nas costas e passa ao próximo, o seu, o G-3. Este, sim, impecável!

A coronha rebatida não tinha sido adaptada, ao contrário do que supunha, e pertencia a uma série do armamento que, para ele, era até então desconhecida. Para não ter que arrastar o fuzil por baixo do morto (e assim correr o risco de sujar a arma de sangue), Rafael vira o bandido de barriga para cima, de forma a liberar mais facilmente a bandoleira de seus ombros, e fica cara a cara com a face mais nojenta da morte. Ele havia morrido com os olhos abertos, provavelmente nem percebera o que tinha acontecido, mas os olhos cinza-avermelhados fitaram o soldado tão severamente que ele não teve mais a audácia de continuar encarando sua vítima. Fez o que tinha que fazer: "bateu" os bolsos, recolheu o espólio e se levantou, de cabeça baixa e desviando o olhar, quase que com vergonha dele, do morto.

Juarez percebeu o desconforto do soldado e pegou o G-3 para ele mesmo carregar. Cruzou-o às costas e disse:

– Vamos lá, vai lá no outro agora, rápido...

O outro era o FAL.

A perna dele já dava um anúncio do quão estragada toda a carcaça tinha ficado, e Rafael, ciente de que era o responsável por aquele estrago, olhou rapidamente para o "fricassê" de panturrilha misturada com tíbia e joelho, e cuidou de finalizar sua tarefa. O moleque também estava com uma pistola, uma Colt 1911 oxidada que já devia ter feito muita gente chorar, e o policial, num gesto rápido, descarregou-a e entregou na mão do cabo. Recolheu ainda o fuzil caído mais atrás; no guarda-mão do FAL tinha um grafite em tinta spray prateada que dizia: "Terreirinho é o aço!". "Terreirinho" era o nome dado a outra localidade da favela, de onde provavelmente aquele vagabundo morto deveria ter saído para dar uma ronda e fumar um bagulho. Rafael não se entretinha mais analisando as armas apreendidas; fazia tudo rapidamente conforme o cabo ia lhe orientando, partindo em seguida para a verificação do material em cima da mesa. Um segundo antes, porém, deu uma olhadinha para a cabeça do defunto, que estava virada para o lado oposto e não poderia encará-lo de volta. O inchaço causado pelas hemorragias e fraturas internas inflava o crânio baleado como se fosse um balão, e seu diâmetro aumentara em quase duas vezes, criando uma cena grotesca. A única coisa que Rafael pensou foi: "Que porra mais feia! Credo..."

Dentro da mochila havia uma quantidade significativa de entorpecentes, cocaína em sua maior parte, mais sete carregadores de G-3, quatro de FAL e quatro de AK – todos cheios; um saco de biscoitos Trakinas pela metade, um isqueiro, fita isolante e dinheiro, pouco, uns 300 reais. Aproveitou para colocar dentro dela os dois rádios comunicadores, o celular (depois de desligar aquela musiquinha funk infernal!), fechou e lhe deu "ombro-armas". Era uma dessas mochilas grandes de camping, e aquele monte de coisas dentro pesava muito, adernando o tronco do soldado, que se preparava, respirando fundo, para subir o barranco de volta quando percebeu que alguma coisa estava errada. O último alvo ainda respirava.

Diante da quantidade de sangue e demais órgãos derramados, somando-se ainda o fato de a cintura do garoto estar ao contrário, Rafael pressupôs que ele estava morto antes mesmo de checá-lo mais de perto. Isso porque o soldado vira os dejetos saídos dos intestinos da vítima espalhados pelo chão, lhe causando náuseas instantaneamente; o cheiro do sangue molhado pelo solo úmido começava a se erguer e incomodar os sentidos, como quando o interior de um carro fica impregnado pelo cheiro de um cão atropelado e despedaçado na via, só que bem mais forte.

Com a cota de desgraças no limite por um dia, ele achava que podia se poupar dessa última análise e desviou as vistas do menor, mas o balanço provocado pelo excesso de peso nos lombos o fez dar uma rateada e, instintivamente, olhar para baixo. Foi quando viu a criança de olhos e boca abertos, respirando mansamente com a cara enfiada no solo batido.

– Juarez!
– Que foi?
– Esse puto aqui ainda tá vivo!
– Cadê?

O cabo se aproxima e, sem nenhum pudor, revisa o pequeno corpo caído. Levanta-lhe as pálpebras e coloca as costas dos dedos frente às vias aéreas, constatando ser verdade o que o soldado lhe reportara.

– Faz a segurança aí!

Rafael acomoda todo o material arrecadado em cima da mesa e assume a posição de escolta, enquanto Juarez calça um par de luvas cirúrgicas (que trazia consigo no bornal) e procede a revista no baleado. Estava mesmo desarmado, e não carregava nada com ele além dos radinhos comunicadores. Juarez para e pensa por alguns segundos.

– É, ele não vai morrer se a gente deixar ele assim não... Deve ter ficado aleijado, no mínimo. Tem que "empurrar" ele. E aí? Qual vai ser?

O cabo fez a pergunta ao soldado.

O que ele queria realmente saber era o quanto o subordinado estava comprometido com toda a equipe. Eliminar o alvo remanescente era uma forma de afirmar aos companheiros que ele estava totalmente envolvido com os ideais da guarnição, e Rafael não perdeu a chance de dar mais essa prova.

– Deixa que eu faço! Dá uma chegadinha pra trás aí...

Ele aponta o fuzil para a cabeça do menor, já divisando o lugar certo para "estalar", quando o cabo o interrompe abruptamente;

– Não, rapaz! Você tá maluco? Assim não... Olha só, se você "der" nele dessa distância, vai ficar marcado um monte de pólvora nele, provando que o tiro foi à queima-roupa, que ele foi executado. Tem muita gente morta aqui! Pra não "babar", tem que fazer o negócio direitinho, sem afobação. Deixa eu me ajeitar...

Juarez se levanta, retira as luvas e reassume a posição de combate. Coloca o AK cruzado às costas, arrecada a mochila e deixa apenas os outros fuzis para Rafael carregar. Agora lhe ensinaria mais uma técnica de extermínio, coisa refinada que se aprende nos cursos de ações táticas e operações especiais.

– Deixa a segurança de área comigo. Faz assim ó: tapa a boca e o nariz dele com as mãos, segura até o coração não bater mais, e vai rápido, que a gente tá demorando muito! Mata esse moleque aí logo...

– Porra, Juarez... Com a mão? Caralho...

– Qual a diferença? É melhor do que arrebentar a cabeça dele na bala, como você queria. Anda, pega um par de luvas aqui no meu bornal... Isso, agora calça logo essa porra e liquida a fatura!

Foi pesado demais.

Mesmo para ele, já há muito metamorfoseado, a experiência elevou a bestialidade um nível acima, e, conquanto todas as mortes por ele perpetradas tenham se tornado causa de expiação impiedosa, dessa ele tinha um extremo arrependimento.

Apertando-lhe as narinas com a mão esquerda e sufocando a boca com a direita, Rafael começou a asfixiar o garoto que, embora impossibilitado de se manifestar, acompanhava consciente a conduta de seu algoz. Percebeu as mãos a tragá-lo para a morte, e olhava fixamente para o soldado, com os olhos arregalados e injetados de sangue, tentando implorar por piedade, mas Rafael não o encarava. Só de relance, de quando em quando, consultava suas vistas apenas para perceber se já era o suficiente; ao vislumbrar que ainda havia vida, Rafael voltava a apertar com mais vontade, olhando para o chão, torcendo para que aquele martírio acabasse logo. Um estremecimento repentino e involuntário acometeu o garoto (a essa altura com os olhos revirados), mas só os tecidos, e não o corpo, remexiam-se em espasmos vacilantes, de maneira que em nada atrapalhou o trabalho do soldado, que teve aí mais um termômetro indicativo de quando deveria parar com a pressão. Fitou os olhos totalmente brancos do moleque e percebeu que o fim estava próximo; por debaixo da pele, os tecidos também pararam com o tremelique, e lentamente os olhos passaram de brancos a opacos. Para garantir, permaneceu por mais 30 segundos apertando-lhe a cara. Por fim, liberou as mãos pigarreadas de sangue. Vomitou em seguida.

– Rafael, agora não é hora pra isso não, cara! Vê o peito dele, se o coração parou de bater...

Rafael retira as luvas empapadas de sangue e coloca as mãos em cima do frágil tronco inanimado, atestando o óbito.

– Vamos voltar! Sobe na conduta que eu vou atrás...

Tonto, sufocado, o soldado obedece a ordem e ajeita os dois fuzis, retirados das mãos dos traficantes, cruzados às costas; coloca o seu em posição de combate e avança sobre o barranco. A vontade que sentia de abandonar aquele teatro de horrores era tão grande que não se incomodava com a fadiga causada pela trilha na mata, muito menos com o peso extra das armas que carregava. Só o que desejava era sair dali o mais rápido possível, temeroso de que o demônio, oportunamente, abrisse uma fenda no chão e tragasse a todos de uma só vez.

Lá em cima, Magalhães já havia providenciado os detalhes da retração. O primeiro ponto a ser considerado foi a retirada dos corpos do alto da favela. Não se trata de um cuidado, e muito menos respeito o que os policiais têm para com os mortos; trata-se de um mero trâmite necessário para que toda a operação tenha um aspecto de legalidade quando for apresentada às autoridades competentes. Caso deixassem algum dos corpos para trás, quando ele aparecesse, levado pelos familiares para uma área mais acessível, certamente teria em uma de suas mãos uma carteira de trabalho, e na outra, uma chave de fenda. Para evitar esse imbróglio e não deixar suspeitas quanto à legitimidade (?) das mortes, todas as carcaças deveriam ser recolhidas, alterando o plano que Magalhães organizara inicialmente.

O que acontecia mais comumente quando os policiais chegavam à "sinuca" era uma troca de tiros aberta, e dificilmente eles conseguiam matar mais de um vagabundo nesse embate. Depois do "espalha-brasas" inicial, a bandidagem corria, se abrigava e largava o baleado caído no chão; com a outra equipe entrando por baixo, acontecia a tomada geral do morro, deixando o caminho aberto para a retirada dos corpos até o asfalto. Acontece que, dessa vez, seriam quatro "presuntos" carregados escadarias abaixo, e bandido morto pesa um bocado, não restando alternativa ao comandante de guarnição senão o pedido de reforços.

Não havia nem o que relutar, visto que seria impraticável retirar os corpos e cuidar da segurança somente com seus homens. Magalhães sabia que os vagabundos estavam lá, se preparando para dar o troco se surgisse oportunidade, e, antes que fosse surpreendido, fez o contato com a sala de operações, relatando a ocorrência e solicitando o apoio da guarnição de GAT que estava entrando de serviço, mais a presença do oficial supervisor. Tava montado o palco de uma operação de verdade.

Agora sim! Com a presença de mais policiais, com a anuência do oficial, eles iriam ter como "bater" a favela sistematicamente; contando o tempo dispendido em apresentar a ocorrência na delegacia posteriormente, o serviço facilmente ultrapassaria as 36 horas. O único "porém" é que teriam de dividir o espólio com os demais mercenários, mas o resultado da operação havia sido excelente e melhor era retrair com segurança. Três fuzis! Coisa difícil de acontecer em um só dia de trabalho.

Para o resgate dos defuntos fariam da seguinte forma: uma vez tomado o barranco de onde o sargento organizava a linha defensiva, o local ficava seguro, possibilitando a aproximação de viaturas pela localidade conhecida como Pantanal. A via que levava a esse local passava pelo "morrinho", e não era prudente segui-la se a parte superior do morro não estivesse dominada.

Uma das viaturas de GAT do dia subiria em auxílio, mais a Blazer conduzida por Vianna, que dirigiria para o oficial supervisor; então os motoristas desceriam com a "carga" e os combatentes progrediriam favela abaixo a pé, revistando tudo aquilo que achassem suspeito. Simultaneamente, o restante do efetivo mobilizado para a operação entraria por baixo, e todos se reuniriam no "Lote" para uma retirada estratégica segura.

Os movimentos foram todos previamente coordenados pelos militares, e Magalhães não demorou muito para transmitir as orientações pelo Nextel, de forma que, quando Rafael terminou a subida e se realinhou em sua posição, as coisas já estavam devidamente combinadas. Só lhes restava aguardar.

– Magá, dá uma olhada nesse bico aqui que eu te cubro...

– Porra, o inox dele tá feio pra cacete...

– Viu? E de longe tava brilhando pra caramba...

– Vamo ver se tá funcionando...

Magalhães aponta o AK para um beco e dispara sequencialmente. Funcionava.

– Pelo menos está bom. E os outros?

– Tá aqui, meu chefe!

Rafael lhe passa as outras duas armas e deita-se ao lado de Antônio.

– É, esses aqui estão bem mais novos...

Deitado ainda, Rafael remexe na coxa.

– Aqui também ó, sargento... Olha que pistolão!

– Porra... Camuflada?

– E tava cheia de carregador.
– Então vamos resolver logo isso porque daqui a pouco o resgate tá chegando. O que vai de dura?
Antônio dá a sua opinião:
– Por mim, bota só pistola...
Juarez complementa:
– Ainda tem esta aqui, Magá, a 45 Colt.
– Mas tem que colocar um bico pra rolo também, vocês sabem como é... Vamos colocar esse AK de "dura", tranquilo?
– É, já que vai ter que colocar um mesmo, bota esse aí, a foto no jornal vai ficar bonita!
– É essa parada aí, Juarez. Por mim, então, vai esse também.
O comandante consulta o soldado;
– E aí, Rafael, fechou?
– Claro, sargento. O que resolver pra mim tá bom.
– Então fechou. Um bico, a mochila, os radinhos... O Anselmo ainda tá com aquela granada xexelenta lá com ele, não está?
– Qual? – perguntou Juarez.
– Aquela que pegamos no Borel...
– Ah, a "tartaruguinha"? Tá sim.
– Então a gente deixa a 45 para os amigos que vão vir no resgate e os carregadores sobressalentes do AK, e coloca a granada mais aquela .380 velha que tá no "paiol" na mão dos "band". A Glock vai ter que ir de "dura" também.
– É, Magalhães... – diz Antônio, pensativo. – Eu tava aqui pensando e realmente têm muito vagabundo morto. Já tem muito tempo que "eles" não tomam uma porrada dessas e a ocorrência tem que ficar amarrada direitinho. Vamos botar de dura mesmo umas peças "maneira" pra ficar bem pra estatística e pra não dar merda. Dois fuzis de espólio tá bom pra caramba.

Antônio tinha razão. Caso ficassem de olho-grande, e naquela vez não apresentasse nenhum fuzil junto aos quatro mortos, a 20ª DP prepararia um inquérito tinindo de tendencioso por pura invejinha. Os inspetores gostavam quando o GAT deixava uma "pele" para eles em agradecimento pela confecção dos autos de resistência, e, como Magalhães não gostava de dar nada para os barrigudos preguiçosos, tinha sempre de amarrar todas as pontas de seus cadáveres.

Rafael queria pensar no dinheiro, nos 80 mil que, em média, conseguiriam pelos fuzis, mas os olhos do menor continuavam a encará-lo. A lama e a farda úmida incomodavam e o cheiro da carnificina parecia estar impregnado por todo o corpo... Foi quando os estampidos recomeçaram.

Em rajadas, vindos de baixo, alguns marginais ensaiaram uma ofensiva contra os policiais. Sem chance. Mais uma vez, é preciso explicar algumas peculiaridades inerentes ao serviço policial, que em geral são deturpadas pela magia do cinema. Tiroteios não se dão frente a frente.

Ao contrário do que muitos pensam, em raríssimas exceções os tiroteios acontecem com os atiradores ao alcance do campo visual um do outro. Na praxe, quem tem o elemento surpresa ganha, e, uma vez que os contendores se percebem, é reação instintiva primeiramente procurar abrigo para depois abrir fogo. Ninguém quer ficar na reta de um fuzil; a vagabundagem sabia que os meganhas estavam atentos e não botou a cara nas vistas da "sinuca". Ficou pelos bequinhos, atirando para intimidar, gritando: "Vai morrer, cu azul... Vai ficar fudido, pé-preto... Tá cercado, verme filho da puta...". Nada que o sargento não tenha visto antes. Consciente de que estavam em posição vantajosa, Magalhães repassava essa tranquilidade aos demais, deixando até o soldado relativamente calmo.

– É assim mesmo, garoto. Eles vão ficar berrando aí até acabar a voz, querendo deixar a gente com medo. Não atira se você não estiver vendo o alvo direito, tem que economizar munição porque a gente nunca sabe até que horas vai ter que ficar no morro, nem o que vai encontrar durante a descida; então, se segura aí que daqui a pouco a gente acaba com a palhaçada deles.

Rafael estava com o dedo coçando, como sempre, mas entendeu o que seu comandante quis dizer. As expressões de Juarez e Antônio estavam serenas, deixando o soldado mais seguro quanto ao andamento da incursão. Como disse antes, ele imaginava já saber muito de polícia, e naquele momento, em cima do barranco, percebendo atentamente o modo como seus superiores lidavam com todo aquele cenário caótico e perigoso, vislumbrou o quanto ainda tinha de aprender. Era só um soldado, um recruta ladeado por águias que, calculadamente, davam seus rasantes deixando pouca ou nenhuma chance de escapatória para suas presas. Da posição onde estavam, quem quisesse atacá-los teria de ter a audácia de colocar-se também frente aos canos fumegantes, e são poucos os bandidos com disposição para tamanha ousadia. No máximo, chegavam até os cantos dos murinhos e botavam apenas os fuzis na reta, atirando debilmente, sem nenhum alvo realmente divisado. Até para arremessar uma granada o vagabundo tinha que se expor, e a primeira das duas lançadas estourou muito longe, sem levar perigo aos PMs. Mas o barulho da explosão enervava.

– Caralho! Que porra é essa?

– Ué, Rafael? Nunca escutou o barulho de granada explodindo, não?

– Eu não! Puta que pariu... Tão tacando granada na gente?

– É, mas não tem perigo não... Pra chegar aqui eles teriam que botar a cara pra lançar mais de perto. Eles não têm cu pra isso não...

Bandidos atirando granadas contra agentes de segurança do estado... Vai entender! E quem achar que é exagero, que estou pintando com cores fortes demais, procure conversar com um PM carioca; ou mais além: peça para visitar um batalhão, e aprecie de perto os estragos feitos pela artilharia criminosa nos carros blindados da instituição. É sério, mas é tão absurdo que chega a ser engraçado...

Depois da segunda explosão, Magalhães dá "o papo":

– Quer saber? Esses puto tão muito abusadinhos... Tem quantos carregador desse G-3 aí?

– Uma porrada! – respondeu Rafael.

– Então me dá o "bico" aqui...

Rafael lhe entrega o fuzil, que ainda retinha em sua câmara uma munição pronta para uso e para dar sequência a suas irmãs, e Magalhães "descasca" na bala sem pena! Atira basicamente em cima dos becos, estourando as paredinhas e fazendo a poeira da alvenaria subir em nuvens.

– Vai, Rafael! – grita o cabo. – "Larga o prego" também, mete bala nessa porra!

Juarez já tinha espalhado ao lado deles os carregadores do FAL recolhido com o vagabundo morto, e trovejou forte pro lado dos traficantes. Os três fuzis cantando ao mesmo tempo faziam uma barulheira infernal, e quem quer que estivesse escondido pelos becos ficou encolhidinho, com medo de uma bala ricochetear, pensando: "Fudeu! Os pé-preto tão tudo maluco e 'pesadão'..."

Eles nem perceberam, tamanho foi o estrondo causado por essa sequência de mais de 120 tiros, mas lá embaixo, na "Nigéria", o pau também estava roncando solto e a poliçada entrava em bando pela rua da Polinter. Os radinhos emudeceram em toda a favela. Era o sinal de que o morro seria tomado.

O bando que se movimentara para experimentar os PMs no alto da mata agora estava prestes a ficar encurralado, e, como ratos, enfiaram-se nas primeiras brechas encontradas nos barracos pelo caminho, cessando qualquer atividade ofensiva contra a guarnição.

– Magalhães, tá na escuta aí?

A voz do outro lado da linha era do sargento Djalma, comandante do GAT que os renderia.

– Fala, Djalminha!

– Tô subindo com a porra toda, hein? Já ganhei o "Lote" e a "Nigéria", vou dar uma batida no "Pau da Bandeira" e no "Terreirinho"...

– Não, porra! Espera que eu tô descendo, aí a gente vai pro "Terreirinho" junto, depois no "Laboratório", aí a gente "mete o pé". Cadê o resgate dos baleados?

– Deve tá chegando aí daqui a pouco...

E lá vieram os meganhas! Dois cabos do GAT de Djalma, Vianna, o sargento Rodney, que trabalhava dirigindo para a supervisão de oficial, e o tenente Peterson, supervisor do dia.

As viaturas não ficaram muito perto do local onde os corpos estavam, e apenas esse simples trajeto, carregando os defuntos, foi suficiente para deixar até os cabos, que vieram ajudar, enojados, não obstante serem experientes combatentes urbanos. O tenente tinha acabado de sair da academia de oficiais e estava em uma "velocidade" monstruosa, mas, quando deu de cara com a realidade literalmente dilacerada e fedorenta sob seus pés, disfarçou e saiu para fumar um cigarro, os dedos trêmulos de nervosismo. Não o julgo. Qualquer ser humano reagiria com repugnância àquela tragédia.

Enfim, começou o cata-cata. Cata uma perna aqui, um braço já endurecendo ali, e o primeiro a ser "delicadamente" acomodado na caçapa foi o negão sem cabeça. Rafael e Juarez vinham logo atrás, carregando o cabeça de Balão, que, incrivelmente, quase não sangrou pelo buraquinho da têmpora. Deve ter saído tudo pelo pescoço. O pega pra capar foi na hora de decidir quem iria carregar o menor do radinho, que, além de coberto de sangue, repousava em uma poça de merda amarela. A forma pastosa dos dejetos indicava ainda que o carregador correria o risco de se sujar todo, e os "cavalheiros" do resgate recusaram-se a pegar no moleque, sobrando para a dupla de "heróis" transportar o cadáver. Nada mais justo; afinal, foram eles que o mataram. Como a primeira Blazer já estava cheia, acomodariam o corpo do garoto na segunda, mas o vagabundo do G-3, o sem tripa, fora colocado lá primeiro e seu cadáver enrijeceu muito rápido. Acabou ocupando espaço demais; como não dava para ajeitá-lo melhor, tiveram que quebrar as pernas dele, de forma a conseguir fechar a tampa da caçapa. Por sorte o menor era mirradinho e estava com a coluna toda estourada, facilitando para Juarez fazer um embrulho com o defunto, dobrando-o ao meio; coube direitinho no pequeno espaço vago.

– Já ajeitaram tudo?
– Já sim, sargento!
– E o material apreendido? Colocaram nas viaturas?
– Também.
– Tranquilo, então. Obrigado aí, meus amigos, podem seguir pra "socorrer" os baleados. Vai indo lá que a gente vai fazer a segurança de vocês.

Pouco antes, Magalhães ordenara que Vianna escondesse os dois fuzis, que seriam desviados, dentro da viatura. Ao invés de proceder ao "socorro" imediatamente (o que também não adiantaria de nada), o motorista faria uma parada na /10 e deixaria o armamento com o cabineiro, que providenciaria o armazenamento do material até a oferta de um comprador interessado. Esse polícia da cabine, velho amigo de Magalhães, estava coordenado com as ações do GAT há algum tempo, de forma que era de confiança, e tinha um dos maiores atributos que o PM pode ter dentro de um batalhão: não jogava conversa fora.

A pistola .45 seria entregue a Djalma quando se encontrassem, como um presente pela presteza em oferecer o serviço de rabecão. Não dividiriam o lucro da venda dos fuzis roubados, é lógico, mas uma pistolinha assim, de graça, até que não era pouca coisa.

Depois de despachar os motoristas rumo ao hospital do Andaraí, para cumprirem mais uma etapa obrigatória posterior aos homicídios a serem homologados pelo estado, restava aos PMs uma longa descida pelas escadarias da favela.

A conduta de patrulha estava armada. No comando, apesar de haver um oficial presente, quem puxava a ponta e dava as coordenadas era Juarez, o mais safo nesse tipo de trabalho. Atrás dele vinha Rafael, depois o tenente e logo após Magalhães, que se comunicava e dividia as orientações com o catiano. Em seguida vinha Antônio, o sargento Rodney e o cabo Álvares, atentos a qualquer movimentação à ré e nas lajes por onde haviam passado. O caminho era sinuoso e irregular, com trechos de ladeira e outros formados por degraus de concreto, entrecortando becos, vielas e muitos barracos, tomando toda a atenção dos policiais que se concentravam ao máximo na progressão.

Revistar casas com segurança é uma coisa possível de ser feita apenas quando a favela está dominada.

Informações são tudo quando os policiais estão à vontade no interior da comunidade, e sem elas os agentes ficam tateando no escuro, em meio ao mar de moradias que se estende morro abaixo; como a safra de "X" não estava boa, sobrou-lhes ficar dando cabeçadas onde achassem que poderia sair alguma coisa. Nesse ponto o "sexto sentido", sobre o qual já falei, fazia a diferença: e então o sargento Rodney teve um leve pressentimento quanto a uma determinada casa.

– Hop...

Ele pede a atenção dos companheiros:

– Aí, vamos dar uma "batida" nesta casa aqui!

— O que foi, Rodney? — perguntou Magalhães.

— Sei não... Olha essa marca de pé aqui no muro...

No muro da residência, que ficava ainda na parte alta da favela, uma marca de pé descalço feita de lama meio seca dava a impressão de alguém ter pulado ali recentemente. Era um bom palpite, o que fez a conduta se realinhar de forma que Juarez e Rafael pulariam para dentro e o restante ficaria do lado de fora, na segurança. O muro era baixo, e a casa bem mais bonita por dentro do que aparentava, com portas de ferro trancadas e um quintalzinho cheio de brinquedos de criança espalhados. Um pequeno corredor levava à parte dos fundos, de onde não dava mais para seguir pela favela porque era fechada; mas havia uma escada que conduzia à parte alta, a laje, e Rafael e Juarez resolveram dar uma espiada, até mesmo para ter visão mais ampla do terreno que ainda teriam de descer.

— É, cara, não deve ser porra nenhuma não, só um pé de algum moleque correndo atrás de bola mesmo...

— Juarez, eu não tô com pressa de descer não. Por mim a gente fica batendo essa porra toda até de noite...

— Que é isso, cara! Não tá bom pra você ainda não? Eu tô todo fudido, com lama até no saco, cheio de fome...

— Ah, isso eu também tô!

— Então, por hoje já tá tranquilo, e não esquece de que ainda temos que ir pra delegacia, e vai demorar um pouco lá, tá ligado, né?

— Pois é... Aí, dá uma olhada...

Parados em cima da laje, com o morro todo se apresentando ao redor, Rafael fixou o olhar na caixa-d'água. Era uma dessas azuis feitas de fibra, bem grande; como às vezes faltava água, os moradores tinham que se precaver e armazenar o quanto pudessem. O que lhe causou estranheza foi, justamente, a forma como a tampa estava colocada. Não fora bem encaixada, e, quando o soldado apontou o deslize, Juarez se aprumou com o fuzil em riste e fez sinal para Rafael levantar a tampa com cuidado, de uma só vez. Sem fazer barulho, o soldado parou ao lado da caixa e, num movimento único, arrancou a tampa inteira fora.

— Perdi, perdi, meu chefe! É um papo, meu chefe, é um desenrolo, perdi na moral, tô na mão...

O vagabundo, que estava escondido só com a cabeça para fora d'água, desatou a gritar, e agarrou de tal maneira nas fibras da estrutura que só saiu de lá na base da coronhada.

– Deixa eu matar esse filho da puta aí mesmo, Juarez...

– Não, espera aí, agora não! ... Sai, filho da puta! Vambora, seu arrombado, sai daí, porra...

– Que é isso, meu chefe? Vai matar? Não me mata não, eu sou de menor, eu tô na mão, que é isso, senhor...

Atraídos pela gritaria, Rodney e Magalhães também pularam o muro para ver o que estava acontecendo.

– Leva ele lá pra frente, Juarez, não é bom ficar marcando aqui em cima não. Rafael, dá uma olhada lá dentro da caixa, mergulha e vê se tem alguma arma no fundo.

O soldado desequipou o que podia e entrou com muita dificuldade no reservatório, passando a raspar o fundo com as mãos; de repente, esbarrou em alguma coisa sólida.

– Opa...

Afundou de novo e pegou: uma pistola Bersa 9mm, oxidada e com um carregador pela metade.

– Tá na mão, né, ô filho da puta...?

– Ô, meu chefe, é só uma pistolinha, não tem necessidade de me matar por causa dessa merdinha à toa não... Eu tenho um dinheiro pra perder pra vocês aí, é só a gente desenrolar...

Magalhães corta a fala dele com um soco no meio da cara.

– Cala a boca, seu arrombado de merda! Rapaziada, dá uma busca geral no quintal, deve ter mais coisa escondida por aqui, e se não tiver, ele vai dizer onde tem. Vou lá pra fora com esse merda e depois a gente vê o que vai fazer com ele.

O quintal é revirado por todos os cantos.

Como um labrador, Rafael cumpre a determinação do comandante e fica feliz por ter sido ele a descobrir o vagabundo aquático, que por pouco não passou batido.

Mas ele estava falando a verdade, e não havia escondido nada além da 9mm durante a sua fuga. Era novo no "movimento", estava na "boca" há três meses, e na hora em que a emboscada aconteceu ele dormia, sendo acordado pelo barulho dos tiros. Um pequeno grupo de reação se formou para tentar saber o que tinha ocorrido no alto da favela, e, como não deu tempo de todos se armarem, ele foi só com a sua "peça" particular, a pistola. Quando a vagabundagem se ligou que os PMs mataram todo mundo que estava na "Sinuca", ficaram cabreiros e não avançaram mais; esse mané que se escondeu na caixa-d'água ficou preso no fogo cruzado, não conseguiu voltar para seu esconderijo e acabou deixando as havaianas para trás, saltando o primeiro muro que viu pela frente. Deu azar.

Quando Rafael, Rodney e Juarez pularam para fora, depois de se certificarem de que não havia mais nenhum armamento largado para trás no quintal, o bandido já estava com a cara toda amarrotada de tanta porrada. O cabo Álvares era meio sádico e aplicou tantos telefones no malandro que ele nem conseguia mais ouvir as perguntas de Magalhães.

– ... Cadê o fuzil?
– Ah? O quê?
– Cadê o fuzil, porra!
– Aí, meu chefe, eu não tô entendendo, minha cabeça tá doendo... Tem 10 mil pra perder, tá lá em casa, é só fazer o contato, minha mulher vai trazer...

O galalau, que tinha blefado ser menor de idade, na verdade tinha 20 anos, e zonzeava, quase não falando mais coisa com coisa. O tenente acompanhava o interrogatório pasmo, e logo se apresentou para dar também uma "conferida" no cliente.

– Dá o papo, filho da puta! – toma-lhe bicuda. – Onde é que tá o fuzil?
– Que? Fuzil? Não têm fuzil não, meu chefe! Eu sou "vapor", nem "caio" pra guerra não...

Uma coisa que acontece muito quando está rolando uma operação e a favela está dominada pela polícia: o morador vem pra rua.

Como forma de intimidar os policiais a não cometer excessos, os moradores se empoleiram nas janelas e nas calçadas, de olho em tudo o que os PMs estão fazendo, de preferência com um celularzinho na mão, prontos para flagrarem o próximo furo de reportagem do Jornal Nacional. Não foi diferente dessa vez, e a aglomeração fuzilava com o olhar a cena do bandido sendo arguido, de maneira que Magalhães teve de tomar uma decisão. Reuniu os companheiros e comunicou:

– Olha, esse moleque tá mentindo, sabe por quê? Ele tá muito "fedorento"[77] pra ter 10 mil pra perder dentro de casa...

Era o famoso "seguro de cu".

Quando o marginal estava com medo de ser morto, inventava ter dinheiro para negociar sua soltura apenas para fazer contato com a família, e daí protelava a entrega da grana, até que os policiais se vissem obrigados a desistir do pagamento do resgate e enfim o levassem preso. É que, depois de pedir dinheiro à família, fica mais perigoso assassinar o refém, pois o risco da denúncia vingar é grande; então, tinham de proceder com o sequestrado, e esse era mesmo o objetivo de alguns bandidos mais "chulés": serem presos e não assassinados, até porque às vezes era mais barato pagar um advogado e sair depois de uns meses do que entregar tudo o que tinham nas mãos dos meganhas. Vários indicadores apontavam para o fato de ele estar usando tal artifício: o nervosismo, a vergonha, as roupas molambentas e o cabelo pintado de louro sarará denotavam uma posição inferior na hierarquia do tráfico, fazendo o comandante baixar a ordem.

– "Grampeia" ele. Vamos fazer a ocorrência.

Uma boa decisão.

Em casa, a caixinha que o "vapor" dispunha para negociação de seu alvará instantâneo continha somente mil e poucos reais. O marginal sabia ser pouco, havia começado a poupança recentemente, e a ordem do "patrão" era de só pagar pela libertação dos cabeças, ou seja, nem adiantava fazer contato que ninguém ia inteirar na soma. Pensou rápido quando se viu descoberto, pois, se não inventa logo que tinha 10 mil para dar, talvez Rafael o matasse ainda dentro da caixa-d'água. Melhor preso do que morto (?), e, depois de sentir as algemas frias lhe apertando os pulsos, ficou até aliviado.

---

[77] Estar sem dinheiro.

O morro dos Macacos estava subjugado.

Por mais que fuçassem e "batessem", não saía mais nada de lugar nenhum. Lá embaixo, Magalhães fez a alegria da imprensa quando passou com o preso algemado; sem contar que em frente à delegacia havia mais carros de reportagem, e a foto clássica do material apreendido em cima do capô da viatura aguardava somente a guarnição completa para ser eternizada. Vianna deixara tudo ajeitadinho previamente, como o comandante gostava; entretanto, Rafael se esquivou de aparecer nas imagens. Ainda morava em um local de periferia, e arriscar ser identificado não valia os cinco minutos de fama. Se hoje estava posando como herói, era porque ninguém sabia o que havia ocorrido no alto daquele morro; por mais que não quisesse pensar nisso, ele sentia que, do jeito que as coisas estavam acontecendo, mais cedo ou mais tarde apareceria nas reportagens – preso ou morto.

# Vila – a informante

O ritmo ficou frenético.

Depois da operação – que resultou em quatro mortos, um preso e farto material apreendido – a tocada nas favelas tijucanas deu uma guinada drástica. Quem pagava arrego ficou sem entender nada quando foi surpreendido pelas guarnições, de todas as alas de serviço, entrando e tocando uma zorra dentro dos domínios criminosos. Todo dia tinha incursão, e quase toda incursão resultava em morte para o lado dos traficantes. Esporadicamente, um ou outro policial era ferido, mas nada de muita gravidade. O prejuízo maior era sempre do lado deles.

O GAT de Rafael foi o maior contribuinte para o aumento no número de ocorrências. Paióis de armazenamento de armas foram estourados, laboratórios de refino de droga também, e o maior deles, que resultou em uma apreensão de quilos de entorpecente, foi localizado graças a uma peça fundamental para a execução dos trabalhos: o informante. O contato com a mulher que deu a localização exata da casa onde funcionava o esconderijo se deu dois meses antes, em uma zona de prostituição muito conhecida no Rio de Janeiro, a Vila Mimosa.

Mais uma sexta-feira. A forma como o arrego era recolhido mudou depois que os policiais tiveram restabelecida a liberdade de ação para realizar operações restabelecida. Agora, eles simplesmente paravam por alguns minutos na entrada da favela escolhida e aguardavam um mensageiro com a proposta do dia. Se não fosse satisfatória, promoviam a quebra da boca com um confronto que espantaria a clientela, isso se não causassem prejuízo maior com a apreensão de drogas e armamento, ou o pagamento de resgate por algum traficante eventualmente sequestrado. Escolhiam quem seria a bola da vez e incursionavam aonde queriam, para depois passar o resto do dia recolhendo os acertos e fazendo churrasco no pátio do batalhão.

Nessa sexta-feira, o dia tinha corrido muito bem. Logo pela manhã atacaram o Borel pela Laje das Kombis; a bala voou por todo lado e, devolvendo a gentileza de Djalma, empurraram os traficantes na direção de sua guarnição, que estava atocaiada na mata atrás do morro. Dois bandidos foram mortos, armas foram apreendidas (e trocadas) e ainda sobrou uma escopeta para Rafael e sua quadrilha. Depois do bafafá iniciando o dia, foi a hora de começar o "recolhe". A "mão de macaco" percorreu o itinerário com muita facilidade, não encontrando resistência de nenhuma favela em pagar pelo dia de paz; ao cair da tarde, todas as facções criminosas tinham saldado seus boletos.

Foi o aniversário de Reginaldo, que solicitou a Magalhães uma folga à noite para fazer uma prova na faculdade e de lá ir para casa. O comandante permitiu, mas antes providenciou a compra de carnes e cervejas, e fez um churrasco em comemoração, que se estendeu até bem depois do aniversariante ir embora, impedindo a maioria da guarnição de continuar os trabalhos. Já de noite, lá pelas 22 horas, Anselmo, bebedor resistente, reuniu três do efetivo para uma ronda, mais um passeio pela área do batalhão à procura de alguma coisa para passar o tempo. Juarez e Vianna logo se apresentaram, o que animou Rafael a se voluntariar para integrar o grupo e dirigir durante a patrulha. Como em muitas vezes anteriores, depois de bordear os principais morros à procura de ação sem sucesso, foram parar dentro da Vila Mimosa.

Pertencente à área de atuação do batalhão da Tijuca, a rua Ceará era, talvez, o endereço mais famoso da Praça da Bandeira. Apesar de abrigar empresas de transporte, comércio e até uma sede dos Hells Angels, o motivo da fama era a exploração sexual, que faz do lugar um dos mais procurados na cidade quando o assunto é garotas de programa. Trata-se de uma rua inteira, fincada em meio a um quarteirão comum, destinada a casas de prostituição que funcionam 24 horas por dia, sete dias na semana; um local que, por sua particularidade, pedia a presença da polícia frequentemente. Tanto que havia um setor de RP destinado basicamente à resolução dos problemas nos puteiros: o setor "E" de maré meia, um dos mais lucrativos no batalhão. Passavam por ele todas as "sacanagens" realizadas nas "casas", que é o nome dado aos locais onde as mulheres atendem seus clientes. Desde a adulteração até a comercialização de bebidas falsificadas (trocavam os rótulos e as tampinhas de cervejas baratas, substituindo-as por outras de marcas mais caras), passando pelo tráfico de drogas e pela exploração de jogos ilegais, tudo tinha um "pedacinho" destinado à poliçada, que fazia a festa das piranhas gastando o dinheiro por ali mesmo mal acabavam de colocá-lo nos bolsos. A delegacia da área, a 18ª DP, também tinha sua parte certinha e, sejamos coerentes, mais um monte de autoridade legislativa e executiva também devia levar um calaboca para fazer vista grossa à exploração das mulheres, que vendiam seus favores sexuais por 35, 40 reais. Vitrines de material humano a céu aberto, uma rua fedendo a urina e o ar carregado pela fumaça dos cigarros; um ambiente que, no começo de mês, recebia milhares de trabalhadores com seus salários fresquinhos nas mãos, um bando de peões que jamais compraram um livro para os filhos mas que não economizavam as merrecas quando tinham uma puta sentada no colo. A porta do inferno, com luzes foscas avermelhadas esparramando-se pelos paralelepípedos e suas habitantes prontas a te puxar para dentro de um dos quartinhos com camas ensebadas, papéis higiênicos usados jogados pelo chão e trincos que não fecham. Miséria pouca é bobagem.

Espalhadas pela rua, em frente aos estabelecimentos aos quais pertenciam, as mulheres desfilavam corpos gastos e, em sua maioria, bem distantes do padrão mínimo de asseio e estética. Além do nível exigido para expor-se ali ser o mais baixo, os trajes íntimos que usavam em meio à sujeira do ambiente facilitavam o acometimento de infecções e doenças das mais variadas. O contato com os fregueses durante o flerte era pessoal e intenso, aumentando ainda mais a exposição a que se submetiam as profissionais, com o passar de mãos aqui e ali, mas não tinham escolha: se quisessem levar algo para casa no fim do expediente, tinham de seguir a regra dos patrões, a quem pagavam um percentual do acertado com o cliente cada vez que usavam as dependências das "casas".

O início da rua tem um cavalete impedindo o trânsito de carros àquela hora. Vigiado por um PI (pago pelo PM reformado, dono da "segurança" na vila), o cavalete só é retirado da entrada quando alguém autorizado se aproxima – o caso da Blazer dirigida por Rafael. Viaturas em geral tinham o acesso aberto e até mesmo festejado pelos "funcionários" mantenedores da ordem na zona, pois eram os PMs que davam o aspecto de legalidade e o suporte nas horas em que o bicho pegava. E frequentemente a coisa esquentava, ainda mais com o consumo de drogas e álcool turbinando o sexo promíscuo, o que alterava os ânimos, tornando as brigas e homicídios lugares-comuns ao cenário. O setor E resolvia as pendengas que chegavam pela sala de operações, mas às vezes ele estava empenhado, e a viatura que estivesse de passagem por lá assumia o pepino, correndo o risco até de se enrolar por não ter autorização para patrulhar o local. Como o GAT não tinha limitações quanto ao roteiro de patrulhamento – desde que não saíssem dos domínios do batalhão –, podiam passear tranquilos e admirar sem pressa as varandinhas que serviam como mostruário.

– Vai devagar aí, Rafael. Deixa eu ir vendo as meninas...

Anselmo era conhecido na Mimosa.

As melhores "meninas" passavam por sua mão tão logo começavam a trabalhar na vila; não importava o preço cobrado para o programa ser feito fora dali, ele sempre as levava para motéis mais apresentáveis. Ele adorava o clima de libertinagem e ostentação das prostitutas, assim podia balançar bastante seus penduricalhos de ouro e chamar a atenção para si e para os dividendos de uma carreira policial bem-sucedida, às vezes levando consigo duas, três mulheres para orgias regadas a uísque e cocaína. Quando passaram em frente à casa 17, uma "menina" viu o cabo no banco do carona, com o braço para fora da janela, e o "bico" também.

– Oi, metido!

– Oi, minha princesa... Dá uma parada aí, Rafael.

– Mas onde? A rua tá cheia...

– Encosta em qualquer lugar aí, pô. Não tem problema não! Essa porra é viatura ou não é?

Mal parou e os companheiros desceram.

A forma como os demais frequentadores "paisanos" reagiam à presença dos meganhas variava da inveja ao despeito; afinal, eles atraíam a atenção das melhores putas assim que desfilavam suas poderosas armas de fogo pelas calçadas. Existe em meio aos policiais uma máxima que diz que só quem gosta do PM é bêbado, cachorro, maluco e piranha. Pode até ser uma piada de mau gosto, mas a atração exercida pelo mango nesses tipos específicos é considerável. Talvez seduzidas pelo poder metaforizado nos fuzis, ou simplesmente carentes de alguém que lhes possa proporcionar a sensação de proteção, mesmo que por segundos, garotas de programa são magnetizadas pela presença da farda; e pularam em cima da guarnição. De imediato, Anselmo mandou vir uma garrafa de uísque e latinhas de energético, reunindo o grupo em torno de uma mesinha alocada, estrategicamente, atrás da viatura. Não podiam ficar tão expostos assim, pois a corregedoria estava dando incertas na Vila justamente para pegar quem ficava de sacanagem em horário de serviço. As punições administrativas eram bem pesadas. Nada muito relevante aconteceu depois disso, apenas um monte de papo furado e bebidas goela abaixo das meninas, que marcaram com Anselmo um "extra-night" para a outra madrugada.

Passaram-se três meses.

– MAGALHÃES, TÔ COM UMA PARADA SÉRIA PRA CONVERSAR CONTIGO, COISA quente...

– Que foi dessa vez, Anselmo?

O comandante achou que o cabo havia aprontado mais uma das suas, mais um problema adquirido em suas noitadas de esbórnia, mas, dessa vez, tinham algo interessante para lidar.

A tal noitada marcada por Anselmo aconteceu, e ele levou três trabalhadoras da Vila Mimosa para um pagode na Zona Norte com tudo pago. Dormiram todos na casa dele, com mais um policial, e, depois desse dia, sempre que Anselmo tinha uma folga convidava as mulheres para um passeio. Praia, festinhas... mas uma das "meninas" simpatizou mesmo com o cabo, e assim estreitaram a amizade, certa confiança de um para com o outro. Não se relacionavam mais sexualmente, mas ele sempre passava na Vila para ver como ela estava, e a moça, em contrapartida, lhe apresentava as novatas para serem degustadas. Foi nessas frágeis malhas que o papo começou a rolar.

Ela morava em um morro controlado pela mesma facção criminosa que mandava no morro dos Macacos. Seu irmão fora morto pela polícia em um confronto armado, o seu antigo companheiro e pai de seu filho também. Na adolescência, andara envolvida em crimes como tráfico de drogas, homicídio e roubo. Como ainda era menor de idade, as sanções socioeducativas foram brandas, e virtualmente ela não possuía antecedentes criminais – mais uma medida legal (e incompreensível) a fim de "proteger" o menor infrator de constrangimentos durante sua vida adulta. Seu relacionamento com os traficantes de drogas da comunidade onde morava era estreito e, esporadicamente, fazia serviços de transporte de dinheiro e entorpecentes de uma favela para outra, o que lhe facultava acesso a informações preciosas. Informações... Tudo que o "polícia" precisa!

Anselmo percebeu que podia tirar proveito da miséria da jovem (que mal passava dos 20 anos), e deu corda, consolando-a e ensaiando alguns conselhos, uma corte que levou um tempinho para surtir efeito. Depois de muito "cantá-la", convenceu-a das "vantagens" de ser "X9", principalmente a grana. A informação que levasse a uma boa pilhagem certamente seria muito bem recompensada; depois desse, os outros argumentos ficaram vencidos, sobrando apenas certa reticência com relação à atividade espiã. Tinha medo de ser descoberta e, em consequência, torturada e morta, mas, depois de o PM gastar muito de sua lábia com promessas e projeções que não poderia garantir, ela começou a balançar.

Um fator foi decisivo para o primeiro informe.

Militares do Exército, em missão de ocupação de favelas, entregaram jovens pertencentes a uma determinada comunidade a traficantes de uma comunidade rival. Os jovens foram assassinados e seus corpos apareceram em um lixão da Baixada Fluminense, mas as investigações rapidamente levaram a polícia a prender os militares e realizar operações (desastrosas) para capturar os traficantes, autores dos homicídios. Com o morro sendo revirado todos os dias, os chefões saíram pela tangente e abrigaram-se junto ao aliado mais próximo, o morro dos Macacos. Muito "inteligentes", os policiais não previram esse movimento e perceberam a fuga muito tarde. Como travar batalhas em duas frentes distintas é deveras cansativo, esmeraram-se em bater apenas no morro que ficou com a fama e deixaram o Macacos de lado, quieto. Lá, a bandidagem refugiada foi muito bem tratada, com direito a bailes de boas-vindas e passeios de moto pela favela. Mas traficante foragido precisa de dinheiro para suas despesas, e não é porque a polícia estava em cima que a "boca" parava de funcionar. Quando caía a noite, o "movimento" formava, e o lucro das vendas tinha de ser levado em remessas aos chefes. Quem ficava a cargo do transporte eram justamente as "formiguinhas", sempre ansiosas por um qualquer. A mulher tinha feito dois desses transportes. Num deles, fez a entrega em uma minirrefinaria de cocaína estabelecida em uma casa acima de qualquer suspeita, na localidade do "Terreirinho".

Ela conhecia a favela dos bailes que frequentara na época de paz (esteve inclusive no aniversário negociado pelo presidente da associação de moradores) e seu trânsito ali era normal, não lhe sendo imposta nenhuma restrição. A única coisa que figurava não como segredo, mas como um detalhe a ser preservado, era sua batalha nas noites da Vila Mimosa, pois, ao mesmo tempo em que o dinheiro do tráfico não era suficiente para sustentá-la (o que a empurrava para a prostituição), tinha medo de cair em descrédito se algum bandido soubesse dessa outra atividade. Não que o tráfico pagasse mal – longe disso –, é que ela era malandra e não queria se envolver a ponto de não poder sair mais; então, contentava-se com servicinhos "freelancer" para ganhar um extra e calçava-se com o dinheiro dos programas. As medidas socioeducativas impostas na adolescência haviam lhe dado um aperitivo do que seria a vida na prisão, e sentia-se muito mais inclinada a ser puta do que presidiária. Entregar a localização da "refinaria" pareceu-lhe ser uma traição mais plausível, até porque não estaria entregando nada de sua própria comunidade, e testaria até que ponto a confiança em Anselmo poderia ser levada em conta. Se com a informação ela conseguisse uma boa quantia, aí sim estaria confiante para "dar" o que sabia ser realmente valioso: o paradeiro de chefes do tráfico foragidos da justiça.

Esses criminosos pagavam pequenas fortunas pela liberdade quando eram sequestrados, mas o risco de alguma coisa dar errado era grande, e primeiro ela teria de testar os cúmplices. Uma vez ouvira a história de uma mulher que se envolveu com um PM e entregou o amante criminoso, que pagou pela soltura e dobrou a oferta apenas para ter o nome de quem o delatou. O PM safado "vendeu o X", e a mulher passou por tormentos pavorosos antes de ser decapitada e queimada. Quem mora em comunidade entende que isso não é nenhum absurdo por parte dos traficantes, e quem conhece bem a PM sabe que, por dinheiro, tem mango que é capaz de trair qualquer um. Qualquer um!

– Sentiu firmeza nela mesmo, Anselmo?

– Claro! Marquei da gente dar uma passada na Vila Mimosa hoje mais tarde, pra levar mais um papo e ver qual vai ser. Só não dá pra chegar lá de "bondão", se não ela vai escaldar, tem que ser só nós... Leva também o Rafael que tá tranquilo, ele tem boca e não fala...

Chegou a noite.

Rafael ficou curioso quando Magalhães determinou que trocasse de roupa e colocasse o paisano, pois iriam até a Vila "resolver uma parada". Os outros cinco também encafifaram, mas ninguém duvidava dos propósitos do comandante, e seguiram para o cumprimento de mais uma OS para realização de blitz na rua São Miguel, de meia-noite até as duas, uma chatice. Inicialmente o soldado até achou que a missão seria dar um "cerol" em alguém, mas no caminho Anselmo já o foi colocando a par do que se tratava e começou a instruí-lo acerca de como se comportar durante a entrevista. A mulher ainda não tinha dito onde e como achariam a refinaria, e esse contato seria decisivo para estabelecer confiança. Ela estava na rua, em frente à casa onde trabalhava, e veio falar com eles apenas de calcinha e sutiã.

– Oi... ai, "Selmo", tô nervosa, não sei não...

Apesar de o cabo ser mais próximo a ela, foi Magalhães quem a envolveu.

Sentaram-se nos fundos do inferninho e não demoraram mais de 20 minutos acertando tudo, inclusive porque as coisas eram simples mesmo e não havia motivo para estender o encontro além do necessário. Magalhães não deixou que as coisas tomassem um aspecto solene demais, simplificou ao máximo e ganhou crédito para concretizar o trato, que foi o seguinte: divisão do espólio por igual entre todos os envolvidos no esquema. Para evitar desencontros, ela ficaria de prontidão, com um celular para coordenar os PMs até o local exato do "bingo". Enquanto conversava com o sargento, ela desviava o olhar para Rafael, que estava calado, e assim permaneceram, cumprimentando-se apenas na hora da despedida.

Alguma coisa naquele encontro tinha incomodado o soldado. Parecia ter sido fácil demais convencer a delatora, como se ela estivesse preparando-lhes uma emboscada no alto da favela. Magalhães era desconfiado de tudo, aquiescendo veladamente que estava bom demais para ser verdade, e, naquela mesma madrugada, em particular, teve uma conversa definitiva com Anselmo.

– É certo, Magalhães... Essa "menina" não é de bobeira não... ela é cheia de "inquérito", gosta de uma "sujeirada" também! Até homicídio essa piranha já tem nas costas! Vamo na dela que eu acho que vai ser o "bingo". Ruim de tudo, a gente não acha porra nenhuma e volta...

Semana seguinte.

Só havia uma maneira de chegar até o objetivo sem dar tempo hábil aos traficantes para esconderem o que tivessem de mais valor na casa. Somente uma maneira de penetrar pelas contenções e parar o mais próximo possível do perímetro almejado, de forma a impossibilitar fugas e fazer o cerco, dominando a localidade. Teriam de entrar pela "Nigéria", debaixo de muita bala, e progredir rapidamente, ignorando uma dúzia de atiradores e apontando apenas para aquilo que interessava. A única forma de fazer isso tudo era dentro de um blindado.

"Cara de trem", "cara de lata", "caveirão". Muitos eram os apelidos do veículo em meio à bandidagem. Sua implementação possibilitou uma nova era no combate às fortalezas do tráfico de drogas e, consequentemente, novas formas de extorsão também. Certo é que o blindado tornou-se o terror dos traficantes, e em áreas onde seu uso era corriqueiro os criminosos tiveram de se adaptar e aprender novas formas de guerrilha para impedir baixas muito significativas. Aprenderam que fincar trilhos de trem no asfalto era uma boa maneira de lhes impedir o acesso às ruas mais estratégicas, e que em ladeiras, principalmente as de paralelepípedos, galões de óleo diesel derramados faziam as rodas deslizarem, barrando a subida dos monstros de lata. Quando não dispunham de material para essas barricadas, simplesmente cavavam crateras no chão ignorando o trânsito das demais pessoas da comunidade; ainda que tudo isso falhasse, quando os obstáculos eram ignorados, chegava a hora de botar as "peças" na rua. Sabe-se lá Deus como, os bandidos tiveram ao seu alcance verdadeiros arsenais de guerra, e não adianta vir com a velha estória de que traficante só consegue arma com polícia corrupto porque não cola! Por mais sacana que o PM seja, nem que ele queira consegue uma .50 nova, ou um lança-rojão, ou uma caixa de granadas. Esse material só pode ser adquirido com quem tem conhecimento graúdo dentro dos quartéis das Forças Armadas, pois se trata de um material muito específico e precioso. Essas armas são capazes de impingir danos graves à blindagem e, depois de um período curto de utilização, lá estavam os veículos sendo "recapeados" na fuselagem, com a PM dando mais um show de lambança quando o assunto é administrar o que tem! Buracos causados por tiros de .50, .30, chegavam a ser tapados com durepoxi, apenas para que os bandidos não percebessem as brechas e se motivassem a atacar ainda mais. Dou uma unha por um blindado que esteja com o para-brisas sem nenhum trincado nas camadas. Até pneu faltava, e os próprios policiais é que mendigavam com borracheiros uma ou outra sobra para que pudessem rodar. O estado dos equipamentos em geral era lastimável (tirando o blindado do BOPE, que tinha os reparos feitos mais rapidamente), mas ainda assim era melhor do que nada. Em certas favelas, como as do Complexo do Alemão, só dava para entrar embarcado e o pau comia solto, invariavelmente causando baixas nos veículos que chegavam até a enguiçar com as avarias, só sendo possível resgatá-los depois de muito negociar uma trégua com os traficantes locais. Esse negócio de que "o BOPE mete bala...", de que "a PM entra em qualquer lugar" deve ser desmistificado, porque não foi somente uma ou duas vezes, e sim inúmeras as situações em que a "diplomacia" tomou o lugar dos fuzis na resolução dos confrontos – sempre, claro, após o estado tomar um chocolate dos vagabundos entrincheirados nas favelas. No Complexo, o que teve de equipe do Choque, CORE, BOPE, Civil, Exército, FBI e o raio que o parta encurralada não foi brincadeira! E aí começava mais um drama protagonizado pelos agentes do estado: "Oh! E agora, quem poderá resgatar o blindado?". Depois de enguiçar no miolo da comunidade, os PMs ficavam como sardinhas na lata, aguardando que outro caveirão pudesse socorrê-los, e rezavam para que os salvadores também não ficassem avariados pelo caminho.

Na favela da Pedreira, certa vez, o terreno estava fofo demais e quatro blindados enguiçaram sequencialmente, em uma atrapalhada operação de resgate que durou um dia inteiro. Foi preciso um trator para rebocar os veículos de volta à avenida Brasil, depois do "cessar-fogo" devidamente costurado e protocolado pelas partes envolvidas.

O 6º Batalhão não dispunha do veículo pacificador; então, quando a necessidade se apresentava, o comando mendigava ao colega mais próximo um empréstimo para realizar o assalto – o que não era o ideal, mas tinham de se virar com aquilo que o estado podia oferecer. A verdade é que cada coronel queria ter o seu próprio blindado, porque ele significava uma arma de coação importantíssima na hora de determinar os arregos a serem pagos. Com o veículo, seus comandados tinham acesso irrestrito a qualquer favela, podendo facilmente atrasar o funcionamento das "bocas", o que levaria até mesmo os marginais mais impertinentes a uma postura mais generosa nos termos dos contratos. Apenas alguns batalhões tinham o blindado na garagem, e foi o 3º BPM quem veio em auxílio ao pedido do P1.

Magalhães conversou com o major, explicando-lhe que tinha uma boa informação e que precisaria do blindado para ir até o local, de preferência sem a presença do efetivo de outro batalhão. O major bem que tentou, mas o empréstimo só foi feito com a condição de realizar a operação de forma conjunta, com uma guarnição de GAT do 3º acompanhando o veículo. Na PM não tem ninguém bobo, e se o major estava pedindo um blindado emprestado era porque o objetivo valeria a pena. Nada mais justo do que o "dono" do equipamento pegar uma carona na crista dessa onda. Com a presença de seus comandados, o coronel do 3º Batalhão ficaria com parte da fama resultante do sucesso da operação, e também com sua fração de um eventual espólio que, com certeza, estava em jogo para justificar tamanho pedido de empréstimo. Magalhães, obviamente, não ficou satisfeito de ter de dividir sua informação, tão cara e cuidadosamente cultivada, mas não teve jeito. Para garantir a segurança de seus homens e o sucesso da empreitada, aceitou a fusão.

— JUAREZ... AÍ DENTRO DEVE TÁ QUENTE PRA CARALHO!
— É... e o motorista já falou que o ar tá escangalhado há mais de um mês, só tá funcionando a ventilação...Você que tava lá de frente com a "X", sentiu firmeza nela?
— Cara, vou te falar, não me senti muito à vontade com ela não. Sei lá, sabe qual é? Ela pareceu meio nervosa. Acho até perigoso, porque se "apertarem" ela um pouquinho lá dentro do morro ela vai se trair e se entregar. Que ela quer dinheiro ela quer, mas não sei se tá ligada que essa porra é séria pra caralho, que alguém pode dar um tiro na cara dela se descobrir o que ela tá fazendo...

Antônio chega entusiasmado.
— Vamos lá, senhores... a seus postos, vamos embarcar!
Meio-dia no pátio do 6º Batalhão.

Todos já estavam armados, equipados e prontos para a ação, planejada por Magalhães e pelo capitão Livorno, atual comandante da companhia. Junto com o efetivo de Rafael, mais dez homens do batalhão vizinho participariam da incursão, um deles o motorista do blindado que levaria o primeiro time a atacar os criminosos. O restante viria atrás, em viaturas comuns, aguardando que as defesas fossem rompidas para poderem entrar e assegurar o perímetro. Com tudo devidamente esquematizado, lá foram eles.

Rafael se sentou em frente a uma das pequenas escotilhas por onde o cano do fuzil trespassava o metal para conteirar os alvos, colocou o abafador de ouvidos e sorriu. Não havia muito o que temer. Todos sabiam que o morro dos Macacos não tinha tradição e muito menos poderio bélico para enfrentar os "caras de lata"; que os momentos de maior exposição seriam enfrentados pelos companheiros embarcados nas Blazers, e o maior risco que corriam era o da informação ser "furada" e terem perdido o dia de trabalho. Magalhães se aprumou na torre, a parte alta do blindado que permite ao atirador uma visão de 360 graus; o sargento comandante do GAT do 3º Batalhão foi com ele para dar suporte, enquanto o capitão se sentou ao lado do motorista. Mal apontaram na Visconde de Santa Isabel, os radinhos começaram a pirar: "Ó, o cara de trem aí". "Da Nigéria, se liga aí que eles tão de maldade...". "Aí, pé-preto, vai tomá no cu, filho da puta! Tá cheio de morador na rua a essa hora, porra, tá querendo caô, porra! Vai se fudê, hein...", "Coé" neguinho, eles vão entrar aí, neguinho, atividade, atividade...". Quanto à questão dos moradores estarem nas ruas, os traficantes tinham razão. Era cedo e o movimento de civis, inclusive crianças, era muito grande; os policiais tinham que encontrar uma maneira de diminuir os riscos de uma pessoa inocente ser vitimada por bala perdida, e até nesse impressionante quesito o "caveirão" ajudava! Bastava roncar o motor na entrada da rua, soltando nuvens de fumaça com a queima de óleo, que a simples visão de seu vulto era suficiente para inculcar o pânico nos favelados, empurrando-os de volta para os abrigos sem demora. Cada um corria o mais rápido que podia, uns com bolsas, outros com bebês embaixo dos braços, mas a correria mais engraçada era a dos bandidos, aporrinhados em seus postos e sem ter alternativa senão se apressar em se esconder. Embicaram na rua e aguardaram apenas alguns segundos, o tempo de as pessoas saírem do caminho: logo começaram os disparos. Os criminosos, como já destaquei, não têm o menor compromisso com o destino de suas balas, e abriram fogo mesmo com vários moradores ainda tentando se evadir. Aí não havia outra coisa a fazer a não ser avançar e rezar para que ninguém se machucasse. Avançando, os ângulos de tiro foram se desvelando. E Magalhães mais o outro sargento desembainharam suas armas, brandindo o aço na direção onde sabiam estar as contenções, que nem pensaram em colocar a cara na reta do blindado e abandonaram a posição como ratos em fuga de um navio naufragando. Rafael estava louco para atirar também, mas, pela sua escotilha, nenhum alvo se apresentava. Animou-se quando Juarez "maçaricou" um murinho por onde deve ter visto algo se abrigar (ele não atirava à toa), e encorpou a supressão de fogo, divertindo-se em descascar a construção de alvenaria, que se desmanchou em algumas partes, porém não deixou claro se houve alguma "casualidade". Passaram ao lado do sofá, subiram um pouquinho e a barulheira continuava. Os tiros dos bandidos tilintava pela blindagem à medida que avançavam e deixavam para trás peças de artilharia inconformadas, inclusive com aquele som ordinário que Rafael agora sabia identificar perfeitamente: o da explosão de granadas, atiradas sem muita técnica, mas que poderiam facilmente barrar o veículo se o atingissem em pontos fracos, como a parte das suspensões e outra qualquer do assoalho. Veículos foram colocados atravessados nas ruas, para retardar o avanço e possibilitar a melhor sincronização possível aos granadeiros; mesmo assim, o vagabundo não negava sua natureza covarde e desinteligente, errando feio a couraça. O blindado também pouco tomava conhecimento dos carros a sua frente, e os arrastava até que lhe abrissem passagem, pouco importando os estragos infligidos. Com a brecha arregaçada nas linhas defensivas, o restante do efetivo componente da operação invadiu a favela e galgou posições de abrigo em abrigo, não demorando muito para que toda a esteira deixada pelo blindado estivesse completamente dominada.

– Aí, piloto, "marca" por aqui mesmo que daqui a gente vai na conduta.

Magalhães dá o comando e o capitão pergunta:

– Daqui mesmo, Magalhães?

– É sim, chefe. Vou ter que dar uma descida pra me situar melhor...

Não estavam longe.

A hora de desembarcar do blindado figurava como a mais delicada da operação. Com os bandidos recuados, mas ainda de olho na movimentação dos polícias lá do alto de seus esconderijos, o desembarque deveria ser feito de maneira rápida e precisa, sempre com os invasores tendo em mente um ponto de abrigo. O veículo parado anunciava que a qualquer momento seus ocupantes poderiam se mostrar, e muitos PMs já foram feridos, até mortos, pelas mãos de um traficante mais técnico e paciente que aguardou esse melhor momento para efetuar o disparo. Quem desceu primeiro foi Juarez, que correu até uma meia-amurada e foi seguido pelo comandante do outro GAT. Aí foi a vez de Magalhães, do capitão e do restante dos seis policiais (incluindo Anselmo e Antônio), menos Rafael, que ficou por último; quando saiu, tiros passaram zunindo pelos seus ouvidos e só teve tempo de se abaixar. Um dos projéteis acabou estalando num poste ao lado do soldado, arrancando uma lasca de concreto que se esbagaçou na canela dele.

Quem estava lá no alto da favela esperou que todos os PMs se alinhassem para tentar alcançar o maior número possível de alvos, e, quando achou que já estava bom, abriu fogo sem economizar munição, causando alguns segundos de confusão na equipe. Os PMs não identificaram ao certo de onde estavam vindo os disparos, e ficaram ainda mais nervosos ao ver Rafael caído ao lado do blindado, com a mão na perna.

– Rafael, que foi, cara? Tá "pegado"? Onde foi?

– Não, tá tranquilo, foi só um estilhaçozinho, Juarez! Já tô legal... Filho da puta! Rasgou a porra da farda...

– Tá legal o quê, cara! – e a bala voando. – Tá sangrando aí, vê aí se a bala não entrou, essa porra não é brincadeira não, agora você tá com o sangue quente e talvez nem esteja sentindo...

– Só arranhou, aí, ó – levanta e bate com a perna no chão. – Deixa eu "fatiar" aqui que vou largar a bomba nesse filho da puta...

Rafael começa a saraivada sem ter muita noção de onde mirar, mas, por sorte, o ponto da escadaria castigado pelo soldado era muito próximo de onde o traficante preparara a emboscada. Com medo de ter sido localizado, ele retraiu o suficiente para que os policiais lhe tomassem o ângulo e a posição. Empurraram o "sniper" para o miolo da favela e a supressão de fogo foi tão pungente que ele não se atreveu mais a atacar.

– 360! 360!

Magalhães dá o comando para que o grupo cubra todos os pontos, de maneira a organizar as defesas e assegurar o território conquistado. Depois de se assegurar de que o ferimento de Rafael não era grave, começou a busca.

As informações da "X" davam conta de uma casa de dois andares com paredes geminadas em ambos os lados. Os vizinhos eram moradores comuns e habitavam construções bem semelhantes, o que fazia o esconderijo das drogas perder-se em meio ao mosaico de casinhas; entretanto, a fachada de pedras negras entregaria o local a ser pilhado. Somente quem sabia que tipo de construção deveria ser procurada eram Magalhães, Rafael, Anselmo e Antônio, restando aos outros apenas primar pela segurança e aguardar o toque de ação. Porém, não estava fácil achar a tal fachada de pedras; depois de 15 minutos de patrulha, foi feito o contato telefônico. Magalhães e Anselmo se afastaram alguns metros e o sargento iniciou uma conversa ao aparelho. Do outro lado, a interlocutora parecia bem segura do que orientava, e várias vezes Magalhães levantou o olhar em determinada direção, dando referenciais de onde estava e apontando no ar. Foi um pequeno detalhe que deu o azimute exato à mulher para indicar a direção a ser tomada: um muro branco e bem grande, com o grafite de um rato musculoso antropomorfo, paramentado como militar e equipado com armas nas duas mãos, mais a inscrição: "ADA – Macaco boladão – bonde do Scooby só tem rato sinistro".

Depois da canja involuntária dada pelos vaidosos traficantes, ficou fácil! Aproximadamente 100 metros à frente, duas vielas à esquerda e uma pequena subida à direita, encontraram. Magalhães dá o sinal, informando ser aquele o objetivo, e toda a conduta se arruma para mais um 360: não era o momento de relaxar a posição! O portão solteiro, com a soleira bem onde iniciava o acabamento de pedras escuras (muito fino e bem feito por sinal), era de ferro pesado e não possibilitava a visão do interior da casa, mais um indício de que a informação era mesmo quente. Geralmente, para adentrar uma residência é necessário um mandado judicial, expedido por autoridade competente, mas dentro do morro, depois de um tiroteio arrumado, certas normas podem e devem ser convenientemente inobservadas. Acontece que o portão pouco cedia, por mais força que os agentes fizessem, e até tiros foram disparados no miolo – mesmo assim, ele não estourava. Prevendo esse tipo de contratempo, o sargento Antônio trazia na mochila ferramentas providenciais: uma ponteira, um pé de cabra e uma "sexta-feira", imediatamente utilizadas para estalar o cimento da parede, bem na direção da lingueta da fechadura. Os anos de serviço braçal na Marinha deixaram Rafael familiarizado com o equipamento; descascou um retângulo justamente na fixação dos pontos de apoio do portão, até os chumbadores, e, com a força de vários homens puxando para baixo, ele finalmente cedeu completamente. Os vários "bicos" cobriram todos os cantos do interior do quintal mal a passagem foi aberta; logo de cara uma coisa denunciava ser aquele, realmente, um local de manuseio de drogas. Muitas guimbas de cigarro jogadas pelo chão, "lacres" de papelotes de cocaína, pacotes de biscoito vazios e galões azuis de tampas pretas compunham o cenário que, aparentemente, pertencia a um lugar com frequentadores transitórios. As portas estavam descascadas e nada parecia denotar que o local servia como habitação, mais parecia um depósito mesmo. O capitão assumiu a ponta e um PM o acompanhou na varredura da área externa, que era pequena, enquanto Rafael e seus companheiros de GAT forçaram a porta de entrada. Feita de madeira compensada, ela arriou no primeiro chute, dando visão a uma sala desmobiliada, com pisos brancos e uma janela grande de ferro, fechada com aldabras internas. Com certeza, a casa servira de moradia para alguém anteriormente, não foi construída exclusivamente para servir ao tráfico. Quando a porta desabou, o cheiro de droga empesteou o ar. Bingo! O flagrante estava no que seria a cozinha, em cima de uma mesa enorme que destoava do restante da "decoração" – eram pacotes de cocaína embalados como tijolos, de um quilo cada, maconha e farto material para "endolação" (embalagem) das drogas. Quem estava lá saiu às pressas, porque, além do ventilador ainda ligado, um cigarro, soltando suas últimas linhas de fumaça, repousava caído no canto do compartimento, o que deixou os agentes em alerta redobrado. Não seria incomum encontrar algum "endolador" prezando seu material de trabalho até o último segundo.

Protegidos pelo sigilo com relação ao seu local de expediente, eles ficavam relativamente tranquilos quando uma operação policial acontecia na favela; afinal, sua localização não era do conhecimento de qualquer um, e várias vezes, enquanto as guarnições trocavam tiros lá fora, eles apenas faziam silêncio e fumavam até a tribulação passar. Tinham ordens para não abandonar as drogas e a casa até estarem realmente em rota de comprometimento. Quando viram que os policiais já estavam demolindo o portão de entrada, ficou tarde demais para escapar! Largaram tudo e, quando tentaram pular o muro dos fundos, perceberam que mais pés-pretos ocupavam as ruas de baixo; iam cair no colo deles se traçassem aquele caminho. Não restava saída, a não ser tentar se esconder por ali mesmo. Subiram para o segundo andar – que também abrigava um terraço – pela escada caracol que ficava na sala, e se esconderam em um banheirinho minúsculo, espremidos dentro do boxe.

– Perdeu, filho da puta! Sai, sai, bota a mão pro alto...

Estavam desarmados e quem os achou foi Antônio, que teve a cobertura de um policial do 3º BPM durante a busca. Sem camisa, de bermuda de tactel e descalço, o primeiro homem saiu encolhendo o rosto e fazendo uma careta, como se estivesse ensaiando para receber um tiro na cara. Curiosamente, ele não chorou, não implorou, apenas obedeceu às ordens e deitou de barriga para o chão, uma atitude submissa reservada àqueles que já em algum momento passaram pelo sistema prisional do estado. Era magro de dar dó, com o corpo coberto de tatuagens malfeitas; aparentava mais de 40 anos, e tinha as pontas dos dedos feridas, resultante da lida intermitente com o material de trabalho. O segundo era mais jovem e estava assustado demais, tanto que se mijou todo ao receber a ordem para abandonar o esconderijo e deitar ao lado do outro preso. Tremia da cabeça aos pés e não conseguia conectar as frases com que tentava argumentar em sua defesa. Era o medo de morrer. Mal sabia ele que, antes de pensar em matá-los, os policiais tentariam obter a maior quantidade possível de informações acerca de outros esconderijos, e de tudo o mais que estivesse relacionado ao tráfico na comunidade: hora do interrogatório.

– Traz o "cascudo" aí primeiro, Peu...

Juarez era quem chamava por Rafael. Reunidos no segundo andar da casa, ele, Magalhães, Antônio e o capitão prepararam o local do interrogatório, que, ironicamente, seria feito dentro do banheiro no qual os bandidos tentaram se esconder. Para isso, trouxeram do térreo uma cadeira dobrável, dessas de ferro, feitas para botequins, e a colocaram debaixo do chuveiro, dando espaço ainda para mais três torturadores permanecerem no interior do cubículo. Rafael arrasta o preso mais velho e o põe de pé, apertando-lhe as algemas, em direção ao banheiro. O preso não tenta reagir ou resistir, apenas balbucia palavras de autodefesa: que aquilo era desnecessário, que lhe fariam mal à toa; mas o soldado pouco lhe dava ouvidos e o colocou para dentro do reservado com um "hook" nos rins. O interrogando teve as algemas abertas por um breve momento, apenas para que seus braços fossem entrelaçados na estrutura da cadeira; resignado como era, já acostumado aos maus-tratos que o estado sempre lhe concedia por meio de seus agentes, baixou a cabeça e deixou a água correr pelo tronco esquálido, aguardando o inevitável: por mais que falasse tudo o que sabia dos mecanismos do tráfico, ainda assim seria torturado. A isso se resumia sua vida, uma sucessão de torturas desde a infância miserável e órfã; passara pelos abrigos, reformatórios e cadeias, sempre seviciado e desesperançoso, sendo o tráfico a maneira encontrada para conseguir sustentar-se e ao seu vício. Só o que não fazia era pegar em armas, porque não tinha essa natureza beligerante contra os aparatos do sistema, muito menos coragem para enfrentar facções rivais e PMs durante os tiroteios. Queria ganhar o seu e fumar um bagulhinho tranquilo. Pensava nisso ainda de cabeça baixa quando foi despertado com um chute na barriga, aplicado pelo capitão.

– Levanta a cabeça, filho da puta! Cadê as "peça"?

– Que "peça", meu chefe? Aqui não tem "peça" não, rapaziada aqui trabalha "na mão", só quem banca arma é os contenção aí fora...

Magalhães não dá tempo para pensar muito e lhe desfere um soco na cara.

– Não tem peça é o caralho, "rapá"! Tá me achando com cara de otário, é?

– Não tem, meu chefe, tô dizendo pro senhor, não tem... O garoto aí fora começou ontem... Pode procurar aí fora que o senhor não vai achar nada, porque não tem...

O homem cospe um pouco de sangue pelo canto da boca, que escorre junto com a água bem fraquinha, descendo em filetes pelo topo de sua cabeça; e a surra continuava, com o interrogando afirmando não saber nada além de seu trabalho como "endolador". Chegou a hora de elevar o nível de coação.

Coordenados mentalmente, os PMs se arrumam para que Juarez se acomode bem ao lado do homem, que, pela primeira vez, começa a respirar em bufos rápidos e agonizantes, temeroso do aparelho que viu nas mãos do cabo: uma máquina de aplicar choques, parecida com um barbeador elétrico, que pode ser comprada por qualquer um em lojas de caça e pesca sem que para isso seja exigida qualquer documentação específica. Pagou, levou! Essa máquina desferia uma corrente elétrica não letal que fazia a vítima retrair a musculatura em uma dolorosa reação instintiva, o que já era suficiente para obter resultados muito satisfatórios durante os interrogatórios, mas os PMs queriam mais e aperfeiçoaram a aplicação do método. Sentado na cadeira de metal, molhado e algemado, o homem urrava de dor a cada choque aplicado. As descargas provocavam estalos ruidosos sempre que o aparelho se encostava à pele molhada do torturado, o que deixou Rafael ansioso para dar seus "choquinhos" também. A aplicação era picotada por mais perguntas do tipo: "Onde é a casa do fulano?"; "Onde é o paiol das armas?"; "Cadê o dinheiro?". Mas nem adiantava perguntar muito porque, além do homem não saber de nada mesmo, o cérebro começou a se autoproteger, e mais nenhuma informação dada por ele seria confiável. Tentava argumentar que sabia de uma casa onde "talvez" encontrassem alguma "coisa" dentro, mas se percebeu que o que ele intentava era uma forma de parar com os choques. Isso, no entanto, foi interpretado pelo capitão como sinal de que estavam chegando lá, e mais um pouco conseguiriam a informação boa de fato. Magalhães achava que já estava bom, mas, como o oficial insistiu para a sessão continuar, deu o comando para prosseguir. O pescoço do cara já estava todo chamuscado, as costas também; Juarez então passou a lhe aplicar as descargas nos mamilos, e a isso até Rafael reagiu com repugnância.

Diferentemente de interrogar alguém com uma surra, em que a certa altura o corpo não aguenta mais e desaba, a tortura com choques elétricos é malévola demais pelo fato de que o indivíduo ficará sempre alerta para receber mais um maltrato, demorando muito até que a dor seja naturalmente bloqueada pelos sistemas de autodefesa do organismo humano. Isso dá ao torturador mais afoito a errônea impressão de que o interrogando é valente e não quer entregar o jogo, prolongando acima dos limites a aplicação do castigo.

Quando a linha azul de eletricidade que corria entre os polos do aparelho se encontrava com o mamilo, faíscas e fumaça eram expelidas, deixando um odor de carne queimada – menos incômodo que os gritos da vítima, que babava uma secreção branca e grossa e se contorcia como em um surto epilético.

– Acorda esse filho da puta aí!
– ...Ih! Ele tá na merda... Acho que mais um pouco e ele morre.
– Espera um pouco que ele volta. Vai tirando as algemas dele... Rafael, traz o outro aqui.
– Sargento, deixa eu aplicar a sessão nele?
– Não sei... Juarez?
– Por mim, tudo bem, eu fico ao lado pra orientar.

O homem desacordado é jogado no chão do lado de fora do banheiro. Não bastasse o horror causado pelos bramidos de dor que o traficante mais jovem teve de ouvir, enquanto aguardava sua vez, a visão do comparsa desmaiado o advertira do quanto ainda poderia estar para sofrer, e ele passou a dizer um monte de coisas para tentar evitar o interrogatório. Que não sabia de nada importante; que começara no tráfico há pouco tempo e que tinha apenas 17 anos; que nunca havia sido preso e que sua família esperava por ele em casa. Mas não adiantou. O ritual se repetiu: com os braços algemados para trás, entrelaçados na estrutura de metal da cadeira, a água foi aberta e correu pelo corpo do interrogando, que tremia e soluçava em um choro convulsivo e escandaloso. "Onde fica o paiol?"; "Quem é o cabeça?"; "Cadê a mochila com o dinheiro?". A cada nova pergunta, golpes traumáticos reverberavam ocos no cubículo, mas, dessa vez, os PMs estavam irados e sem paciência, pois julgavam impossível que nenhum dos dois fosse capaz de dar uma informaçãozinha sequer.

Curiosamente, o telefone de Magalhães tocou nessa hora. Era a informante, que queria saber se haviam encontrado a casa. Sucinto, o comandante apenas respondeu que tudo tinha saído conforme o planejado, e que marcariam o encontro para dali a alguns dias.

Voltando à arguição: findos os chutes, socos e coronhadas, hora de aumentar mais uma vez o nível de moléstia. Rafael, o aprendiz, segue a orientação silenciosa do cabo e começa os choques pelo pescoço, estalando forte o ar mais uma vez. O jovem, porém, tem uma reação mais violenta do que o primeiro traficante e, impelido por seu vigor físico, se derruba com cadeira e tudo, caindo em cima do pé do capitão.

– Filho da puta, arrombado...

É colocado em posição de novo e sofre mais uma aplicação, mostrando tenacidade – não por coragem, mas por simples instinto de autopreservação. Mais uma vez usa o corpo para arrastar a cadeira e se afastar do agressor. Rafael fica possuído e passa a impingir-lhe cargas cada vez mais contínuas, o que faz Juarez interceder e voltar todos à marcação inicial. Se ele não queria cooperar, dava para ser mais persuasivo ainda.

– Tira a bermuda dele aí...

O cabo não dá a ordem especificamente a alguém, mas o capitão, irritado com o pé dolorido, se adianta e baixa até a cueca do malandro na altura dos calcanhares. O rapaz se contorce de agonia. A postura submissa no momento do flagrante agora se transformara em atitude resistente e corajosa: um homem lutando por sua dignidade. Pena que foi em vão. Juarez assume a coordenação novamente e lança mais uma pergunta: "Onde tá o dinheiro?" Imediatamente à negativa, encosta o aparelho no pênis da vítima e aplica mais uma descarga. Dessa vez, o estalo foi tão alto quanto um traque de São João; o jovem tenta se erguer com cadeira e tudo, mas bambeia e cai no chão de lado.

– Tira a cadeira da frente, joga por cima dele aí, isso, segura... segura aí esta porra...

Deitado quase de bruços, dominado por dois homens, os braços quase vergando do avesso e passando por sobre a cabeça, com uma cadeira ainda atada aos membros – e Juarez passa a lhe aplicar as descargas nos lugares mais improváveis, de maneira sádica: por entre as pernas do torturado, no ânus, no escroto e períneo, não podendo causar outra reação mais natural do que a defecação.

– Puta que o pariu, que nojo...

Rafael e o capitão não aguentaram o mau cheiro e saíram para respirar, mas continuaram ouvindo os urros guturais do infeliz que, por mero instinto, estava sofrendo muito mais do que o necessário.

— Leva esse filho da puta lá pra fora, depois que ele terminar de se limpar...

Aproveitando-se do chuveiro, Magalhães abre-o a toda e coloca o bandido, já sem algemas, debaixo d'água. Manda Rafael entrar de novo e ajudar Juarez na escolta, enquanto delibera algo com o capitão e Antônio, do lado de fora.

O jovem recobra a consciência aos poucos e ajeita suas vestes; não consegue se movimentar muito e tampouco levanta o olhar na direção dos policiais, continua caído no boxe, o mesmo do qual tentou se safar, e ouve com um arrepio o grito vindo de lá de fora: "Traz ele aí, Peu...".

Quem chamava era Livorno, que tinha determinado como acabaria a operação. O jovem não queria levantar, estava dolorido demais e não se aguentava nas pernas, nem ligou de levar mais um chute nas costelas, punição pela morosidade. Terminou sendo arrastado para o terraço, no qual todos o aguardavam. Sentado em cima das mãos, quem já estava lá mais ou menos recobrado era o seu assecla, o "rato" magrelo que foi trabalhar aquele dia para ganhar uma grana a mais, pois nem era o dia dele. Entrecruzam o olhar por um momento, mas logo baixam as vistas de novo, cientes de que dali para frente só lhes restava mesmo amargar a cadeia por um bom tempo.

— Levanta esse maluco aí, Rafael! Bota o grampo nele...

O jovem continua com os membros comprometidos e não levanta por si só, tendo que ser amparado pelas axilas para se pôr de pé. Quando Rafael o solta por alguns segundos, para liberar o porta-algemas do cinto de guarnição, olha de relance para o capitão e, numa fração de milésimos de segundo, entende o que vai acontecer. Daí foram só os estampidos. Dois no peito, certeiros e letais, que derrubaram o infeliz de frente! O barulho produzido pelos tiros do M-16 em um local tão pequeno ecoou no ouvido do soldado, que ficou surdo por uns bons segundos. A vítima caiu de pronto e sem estardalhaço, nem parecia ter sido baleada; estava mais para um nocaute fulminante, pelo menos até a hora em que o sangue começou a escorrer pelo chão. O único pego de supetão foi Rafael, que não se assustou, mas bem que poderia ter sido avisado que o "cerol" ia passar; afinal, seria candidato a atuar como carrasco, se consultado fosse. Ele olhou o defunto caído de cara no chão, o sangue empoçando, e virou para ver o outro condenado, mas já se afastando dele, pois sabia que seria o próximo. Não poderia haver testemunha da execução; isso era bem óbvio, e deveria incutir na cabeça daquele que aguardava a aplicação da sentença um desvario de angústia e temor incomensurável, algo como sentar de cara com o demônio que veio em busca de sua alma e saber disso; porém, o estúpido e debochado Nefilin não a toma de súbito – fica encarando e saboreando os instantes precedentes à estripação com exímia deferência, inclemente. Um ritual precisava ainda ser cumprido, e dele constavam os seguintes preceitos dogmáticos: o sentenciado não poderia, de forma alguma, ser alvejado quando estivesse caído ao chão, porque isso claramente traria complicações legais, apontadas mesmo pelo mais simples exame necrópsico. Deveria então ser colocado de pé, em postura condizente com as circunstâncias da narrativa de sua morte, que se deu quando, ao ser surpreendido na casa que servia como laboratório no refino de drogas, reagiu a tiros de pistola e acabou morto no confronto com os policiais. Rafael parou ao lado dos companheiros e continuou fitando-o, até que um calafrio causado pela postura do condenado o sacudiu: imóvel e de cabeça baixa, sequer se virou ante o assassinato de seu comparsa; continuava na mesma posição, sentado em cima das mãos e aguardando o que aconteceria. Não estava em transe nem assustado, mas sim muito consciente do homicídio e indiferente ao cenário, o que agora chamava a atenção de todos os PMs ali no terraço. Sua expressão era séria e compenetrada, os olhos fixos em algum ponto imaginário do chão que, por mais imperscrutável que fosse, não deixava de ser esquadrinhado pelos policiais, à procura de um entendimento. Nessa confusão de semblantes e malignidades, algo se perdeu, deixando todos os atores como que suspensos no ar; algo que pairava sobre toda aquela tragédia sangrenta magnificamente regida pelo estado. Uma coisa corta a enlevação:

– Qual foi? Já "estalaram" um desses puto...

Anselmo viera teleguiado pelo disparo. Ele estava ciente de que haviam feito dois prisioneiros no andar de cima, mas ficara junto aos policiais do 3º Batalhão para conferir a prévia da apuração do valioso material apreendido. Tem que ficar de olho quando se trabalha com desconhecidos, pois era capaz de, se desse um mole, ter "polícia" colocando tablete de cocaína escondido na mochila, no bornal, dentro das calças e onde mais houvesse espaço! Anselmo chegou do seu jeito de sempre, espalhafatoso e impertinente; mal se apercebendo do clima e da conjuntura em que estava se metendo, foi logo encimando seu fuzil na direção do traficante magrelo.

– Deixa esse pra mim, meu "santo" tá apontando ele...

Gostava de matar! Saía de onde estivesse para isso, e ficava exasperado quando não o convidavam para o banquete. Os outros policiais, ancorados ao chão novamente, não fazem menção de responder ao cabo, muito menos de tentar explicar uma coisa que não tinha explicação: por que todos tinham parado ante a atitude do condenado. Abrem espaço para que ele se aproxime, possibilitando, apenas nesse momento, uma visão detalhada daquele que seria assassinado. Anselmo, negro como a noite mais escura, empalideceu, ficou cinza-claro, como um personagem de TV ao se oscilar os comandos de contraste. Percorreu com os olhos a silhueta do homem prostrado e congelou, simplesmente empacou tal qual uma mula. Segundos do tamanho de horas se passaram até que o cabo baixasse a arma, desse meia-volta e retornasse ao andar de baixo, dizendo apenas: "Deixa eu ir lá ajudar o pessoal..."

Ele nunca explicou, e seus companheiros também jamais perguntaram por que desistiu de "empurrar" o magrelo. Não há que se achar disso uma falta de disposição por parte do policial; vai ver que era apenas um dia e uma hora ruim, em que não se sentiu bem para matar mais um homem! Sempre que tinha a chance de chutar um "cachorro morto", não se fazia de rogado, e atravessava um morro, largava o prato de janta, fazia o esforço necessário para somar mais um em sua senzala. Mas o que ele vira tatuado nos braços do condenado resfolegou em suas crenças, enchendo-o de medo. Símbolos inteligíveis somente a ele e a seguidores do credo, denunciavam aquilo chamado comumente de "corpo fechado" pelos leigos, uma espécie de proteção espiritual, concedida por determinada entidade, a fim de que o protegido não seja vítima de morte violenta pelas mãos do inimigo. Para Anselmo, o fato de o subjugado permanecer olhando para baixo, sem demonstrar emoção alguma, era uma forma de conectar-se ao seu protetor e lembrar-lhe da promessa de um escudo metafísico que tornaria impraticável a violação de seu corpo. Não deu muito certo no caso em questão.

Quem sabe até, em uma outra vida, o bandido cobre o reembolso do sacerdote que celebrou o pacto, porque, mal Anselmo desceu as escadas, Rafael olhou para Magalhães, e este aquiesceu telepaticamente ao intento do soldado. Rafael acocorou-se bem defronte aos olhos incrédulos e esbugalhados do sentenciado – para ficar na linha de tiro exata à altura do peito – e o fuzilou com um balaço de 7.62. Apenas um, e qualquer pressuposta aura protetiva espiritual esvaeceu com o vagabundo, que, em mais uma bizarrice, morreu sentado mesmo, em cima das mãos. Somente o seu pescoço de frango amoleceu e despencou, trazendo junto a cabeça – com os olhos abertos; o resto do corpo se manteve na posição anterior ao disparo.

LÁ EMBAIXO, A BUSCA POR MAIS MATERIAIS ILÍCITOS CONTINUAVA POR TODA a casa, e a contagem do material entorpecente terminou em 30 quilos de cocaína, 50 de maconha e mais os componentes para mistura; havia até cal, armazenado nos galões azuis de plástico. Os policiais que estavam fazendo a cobertura e segurança externas acharam graça quando, do terraço, Livorno pediu que abrissem espaço: com Rafael pegando nas pernas e Juarez nos braços, sacudiram pendularmente até ganhar força e arremessaram o primeiro corpo, que caiu estabacado no chão de concreto, emitindo um som breve e oco. Logo depois veio o segundo, seguido por um "heeeiii!" de comemoração por parte dos meganhas que assistiam de baixo o voo dos defuntos. Agora era só seguir os procedimentos e dar conta da retirada, uma moleza com a ajuda do blindado, que serviria também como caminhão de carga e rabecão, não sendo preciso dar mais de duas viagens até a saída da favela para colocar todos a salvo.

E está pronta mais uma matéria de capa:

"Policiais do batalhão da Tijuca apreenderam, na tarde de ontem, grande quantidade de drogas e armas durante uma operação feita no morro dos Macacos, Zona Norte do Rio. Dois suspeitos, até o momento não identificados, foram mortos durante o confronto, que se iniciou no momento em que os agentes chegaram à comunidade e se estendeu por horas, deixando em pânico moradores e também quem passava pelo local. A operação, que contou com o apoio de um veículo blindado e PMs do batalhão do Méier, foi desencadeada após denúncia anônima de que um laboratório para refino de cocaína funcionava em uma casa dentro da favela. De acordo com o capitão Livorno, responsável pela operação, os suspeitos reagiram quando receberam voz de prisão: 'Logo na chegada à comunidade, nossa guarnição foi recebida a tiros, e nós os surpreendemos no exercício da atividade ilícita dentro da residência, quando eles efetuaram disparos de pistola contra a guarnição, que respondeu prontamente à injusta agressão, vindo a balear os dois, que foram imediatamente levados ao hospital...'. No total, 10 quilos de cocaína pura foram apreendidos, além de mais de 50 quilos de maconha, material para mistura e embalagem, duas pistolas 9mm de uso exclusivo das Forças Armadas, uma escopeta e munição. O caso foi registrado na 20ª DP, em Vila Isabel".

Não acredite em tudo que você lê no jornal.

# Sequestro – acerto na DP

A relação simbiótica funcionou divinamente!

Ao fim e ao cabo, todos os envolvidos (menos os traficantes) naquela trama, que contara com ardis de espionagem, traição, violência e promiscuidade, deram-se bem, com compensações financeiras plenamente satisfatórias. O pessoal do apoio logístico, vindo do batalhão vizinho, não se decepcionou: além de colher os louros pela coparticipação na missão bem-sucedida, ficou com metade da cocaína desviada, e dela faria dinheiro suficiente para repartir entre a equipe e ainda dar um agradinho ao major e ao coronel, que eram os "donos" do blindado "arrendado" para a empreitada e jamais poderiam sair de mãos abanando. O pessoal do 3º BPM ficou tão feliz que até cedeu uma pistolinha para servir de "vela" nas mãos de um dos bandidos (não sem antes "fazer" as mãos dele, para que resquícios de pólvora grudassem na pele).

Os outros 10 quilos ficaram para Livorno (que providenciou ele mesmo a arma plantada na mão de seu defunto, de forma a lhe justificar o assassinato), Magalhães e cia., inclusive ela, a informante, sem a qual dificilmente dariam um tiro tão preciso. Várias são as considerações feitas no momento em que se define qual será a quantidade e especificidade do material a ser desviado no decurso da operação, e nenhuma delas é passível de análise mais profunda, pois tudo depende da vivência adquirida por cada um dos envolvidos no crime, de suas próprias características pessoais e projeções, sendo possível perceber apenas caso a caso. Neste, especificamente, pesou o fato de um oficial contar presença em meio aos mercenários que, por eles mesmos, sumiriam com toda a cocaína encontrada e apresentariam apenas a maconha, que tem baixo valor de revenda, faz muito cheiro e ocuparia maior espaço na hora de ser escondida. Talvez o capitão se espantasse com tamanha voracidade, então o deixaram definir o que iria ou não, e o oficial orientou que se subtraísse apenas dois quilos de cocaína para cada time. Os comandados chiaram, Juarez lhe deu as costas em claro sinal de desprezo. Como disse anteriormente, o que vale é a experiência pessoal de cada um, coisa que o oficial ainda não tinha muito nesse tipo de situação; ficou com medo de sumir com muita droga e acabar dando na pinta. Ele queria o dinheiro tanto quanto os praças, chegava a salivar diante da pilha de drogas, que sabia valer uma bolada, mas tinha que se manter controlado: por ser o mais antigo da operação achava que dependia dele manter os homens sob controle, não os permitindo se exceder em suas ganâncias. Magalhães e o "sargentão" do 3º deram um "papo" no capitão de forma a tranquilizá-lo sobre a matéria, para que ficasse despreocupado quanto a possíveis denúncias dos traficantes acerca do sumiço de materiais apreendidos, isso não era costume dos bandidos do Macacos. Se perdessem num dia, recuperavam no outro, e disque-denúncias, ou melhor, "disque-vinganças" dessa natureza não constavam da prática dos vagabundos daquela favela.

Acalmado o oficial, o consenso ficou em 20 quilos de cocaína pura para serem divididos igualmente entre as duas guarnições. Excelente butim!

Na mesma noite da operação, enquanto patrulhavam em comboio nas proximidades do morro, os traficantes do Macacos, pelo radinho, fizeram uma proposta de resgate pela mercadoria, oferecendo 5 mil reais por quilo devolvido. Um deboche; Magalhães ouviu a oferta apenas por curiosidade, pois já estava acertado que quem faria a negociação seria Medina, o perdulário, que tinha conexões íntimas com a vagabundagem de Acari, dominada pelo TCP.

O cabo era amigo de um "tralha"[78] das antigas que dava expediente na favela, conheceram-se na época do serviço militar obrigatório. Essa ponte servia para a manutenção de sua cadeira no GAT também, pois grandes quantidades de droga demandam a atuação de um intermediário mais "chegado" para serem bem negociadas. Medina tinha o contato, seu amigo bandido fazia

---

[78] Bandido.

a ponte até o dono da boca, que dava o lance pelo material apreendido sempre acima de qualquer outra favela proponente; como qualquer mercadoria, o preço do quilo da cocaína oscilava de acordo com a oferta e a demanda, influenciando ainda o grau de pureza, procedência, data de evasão etc. O que faz então valorizar um pouquinho o serviço de revenda promovido pelos policiais é o baixo custo do transporte, que tem até "sobretaxa", quando feito por traficantes comuns, paga a título de periculosidade, para o caso de serem flagrados e presos com o material ilícito. Não há esse risco quando é a própria viatura da polícia que realiza a entrega, e Medina conseguiu acertar em 8 mil reais o valor a ser pago por cada quilo da droga desviada. Ainda não era o ideal. Por mais cumplicidade que o "patrão" oferecesse aos meganhas, dificilmente um traficante se disponibilizava a pagar o valor de mercado por uma carga de droga roubada, não importando se de um aliado ou inimigo isso era sabido por todos da guarnição, que concordaram com a quantia oferecida, ficando acertado o encontro para o próximo dia de serviço.

Quem ficou segurando o flagrante até a data da transação foi o próprio Medina. Já que deixava a desejar em outros quesitos, esforçava-se quando encontrava uma tarefa que podia realizar bem.

Mal assumiram suas atribuições ordinárias e Magalhães, com a aquiescência do capitão Livorno, ficou com a manhã livre para resolver "aquela parada". Seguiram então, na Blazer, Magalhães, Vianna, Rafael, Antônio e Juarez, enquanto o restante da guarnição ficou descansando nos beliches do alojamento. Medina veio atrás em seu carro particular, com a cocaína dentro, e partiram rumo à avenida Brasil, no sentido Zona Oeste, direto para Acari. A viatura foi fazendo a escolta do carro particular, para o caso de outros policiais pelo caminho ameaçarem interferir nos "trabalhos", e foram pisando fundo até a saída da avenida, que dava para a boca da favela. Tudo estava acertado, e só quem iria adentrar a comunidade seria Medina, que se encontraria com o bandido amigo na primeira viela de acesso. A viatura passa direto pela entrada e, vagarosamente, segue para o retorno, de maneira a sincronizar com o tempo necessário para que a negociata seja efetuada, o que ocorre em pouco mais de 10 minutos. O carro de Medina deixa a comunidade, acelera forte, faz o retorno e alcança a Blazer já na pista de descida, em direção ao centro da cidade, onde emparelham; e o sorriso estampado na cara do pequeno perdulário não esconde: negócio fechado!

Era literalmente um saco de dinheiro. Trancaram a porta do alojamento e se debruçaram sobre os maços. Os companheiros que ficaram descansando, e haviam acordado há pouco com o barulho da porta se fechando, pensaram ainda estar dormindo, e desfrutando de um sonho lindo em papel moeda: caleidoscópios de azuis e marrons e amarelos, pontilhados por onças, peixes e macaquinhos dançando diante de suas vistas turvas e satisfeitas. Procederam primeiro à contagem, coisa difícil de fazer no momento da negociação dado o volume muito grande de cédulas. O traficante que comprou a droga foi gentil e disse a Medina que ficasse à vontade para conferir se o valor estava certinho, mas não era prudente permanecer muito tempo dentro da favela nesse tipo de situação, até mesmo desnecessário, pois traficante quando combina paga exatamente o acertado, justamente para fidelizar o parceiro de crimes. Lógico que sempre havia um ou outro "soldado" que ficava olhando de cara feia quando via um PM entrar em sua favela para negociar produtos de saque, mas o "patrão" tem de estar acima disso e visar apenas a parte empreendedora da relação.

Nem um centavo a mais, nem um a menos.

– Capitão...
– Diga, Reginaldo.
– A guarnição quer falar com o senhor lá no alojamento.
– Ôpa! Vamos lá...

A parte dele já estava separada e arrumada em cima do beliche, com mais 6 mil reais anexos destinados ao coronel a título de IR. Não recolher ao fisco poderia ocasionar até mesmo a dissolução da guarnição, caso viesse à baila um bote não compartilhado; então, que cada bandido fique com aquilo que lhe compete e pronto.

— Tudo certo então, senhores? Eu pleiteei ao coronel uma folga pra vocês como mérito pela ocorrência de sucesso, e ainda vai ter elogio "cantado" em boletim pra ir pra ficha de vocês. Magalhães, escala aí dois por dia pra folgar e me entrega a lista depois, ok? Hoje não tem OS nenhuma pra cumprir, então fiquem tranquilos pra rodar a hora que quiserem; qualquer coisa, façam contato. Bom serviço a todos!

Magalhães tinha suas reservas acerca do novo capitão, mas sabia que seria fácil ganhá-lo (como a qualquer outro oficial), bastando para isso colocá-lo em um "assalto" bem planejado, que rendesse muito e oferecesse pouco risco. A partir daí, a cumplicidade estava selada, e a ascendência hierárquica se esvaía como gás, até porque, entre bandidos, não há que se ter a primazia pela continência.

— E AGORA, SARGENTO? VAMOS TER AÇÃO HOJE DE NOVO?
— Hoje não, Rafael... Hoje é dia de descansar um pouco e aproveitar; além do mais, temos compromisso de noite, lembra? Ou já se esqueceu de que ainda temos que entregar a parte da nossa "sócia"?

CHEGOU A NOITE. MAIS UMA VEZ, SOMENTE ANSELMO, RAFAEL E MAGALHÃES vão ao encontro da informante. Uma coisa importante nesse negócio de informações é que a identidade do "X" deve permanecer o mais oculta possível, uma maneira não só de preservar a fidelidade do agente como também a própria vida dele, pois nada mais odioso para um traficante que ter um dedo-duro infiltrado em seu convívio. Manter a fidelidade significa impedir, ou ao menos diminuir, as chances de as informações chegarem até outros policiais de diferentes guarnições; por isso é importante que poucos colegas saibam quem é a melhor fonte, pois, se mudarem de serviço ou de batalhão, não levarão consigo o mapa do tesouro. Magalhães era o chefe da equipe, tinha a inteira confiança de Anselmo e não havia receio algum de que ele tomasse conhecimento da identidade da mulher, quanto a Rafael, seu jeito reservado e até meio chato não combinava com o estilo boêmio, mas em compensação se encaixava perfeitamente com o tipo de parceiro exigido naquele momento: alguém que inspirasse confiança, demonstrasse que os acordos são sérios e que não haveria risco de "trairagem".

Uma das coisas que causam pavor no mundo dos X9 é ter a identidade vendida justamente pelo policial a quem se aliou. Alguns desses não têm mãe mesmo e, quando recebem uma boa oferta pela cabeça de um informante, não se melindram em negociar, indiferentes aos sofrimentos impingidos ao antigo colaborador quando este for levado ao tribunal do tráfico. Isso não é incomum; não é de hoje e sempre vai acontecer, pelo menos enquanto criminosos continuarem a desfilar suas riquezas impunemente pelas ruas. Então, o que valia de verdade era estabelecer uma relação sólida de confiança entre as partes, que culminava no momento em que o "X" recebia sua recompensa exatamente da maneira contratada. Entre todos os envolvidos no esquema, ela era a mais vulnerável, pois estava sozinha, e ainda por cima morava ao lado do inimigo (?), o que tornaria uma desonra lhe faltar com o combinado e não dividir igualmente o lucro recolhido. Todos no GAT concordavam nesse ponto e, feitas as contas, cada qual arrecadou seu montinho, deixando o da mulher intocado e embalado, pronto para ser entregue.

Os olhos da meretriz brilharam ante a visão dos maços de notas.

— Eu li no jornal, e lá na favela foi o maior caô por causa desse prejuízo que eles tomaram... Eles tão ligado que alguém deu a parada, mas sabe qual é, né? Eu tô na minha lá, passo batida mesmo.

Magalhães demonstra preocupação sincera com a delatora:

— Olha só, garota, vê se não desfila nada que chame a atenção por enquanto, hein? Se tu comprar muita coisa, agora que o bagulho acabou de acontecer, alguém pode se ligar; tem que ser esperta e continuar passando batida...

— Não, fica tranquilo que eu não vou dar esse mole, não... Mas valeu pela preocupação. Agora vem cá, posso? — meneia a cabeça na direção do dinheiro.

— Claro, é seu! Conforme o combinado, igualmente pra todo mundo.

— Valeu, "seu" sargento... E tu, hein, negão? Agora que tá com dinheiro sobrando, vai dar uma senhora festa, né?

— Porra, tu tá ligada, né? Só Black Label original, vê se bota umas mina maneira na minha fita, já é?

— Tranquilidade, isso é mole... E você? – pergunta a Rafael, – não fala nada não?

— Falo, ué... Quando vai ter mais uma informação dessas de novo?


Demorou um pouco.

Algo em torno de três meses, para ser mais exato. Nesse período a rotina de serviço no GAT continuava correndo normalmente, porém sem aquela pressão nos ombros de todos à caça do dinheiro. O arrego era pago com regularidade, as operações aconteciam quando os componentes sentiam-se dispostos para o tiroteio, e o comando carregava a guarnição no colo; isso tudo causava uma certa comodidade.

Refestelado com a tranquilidade financeira, Rafael aproveitava o tempo livre e, seguindo o conselho de Reginaldo, aplicou-se mais aos estudos na faculdade. Finalmente engatou um relacionamento sério com uma colega de curso, tentando encontrar um paliativo para sua metamorfose que, àquela altura, já era irreversível. Não tinha mais pesadelos com os mortos, não se questionava sobre a moralidade de seus atos; queria somente melhorar a própria condição com um nível mais elevado de instrução, mas sem largar jamais o combate, coisa que nunca passara pela sua cabeça. Aliás, dificilmente um PM que trabalha na pista acorda a tempo de perceber o quanto age como um mongoloide. Isto ele só entende quando já é tarde demais que é apenas mais um, mais um número de RG, um peão, e não no sentido nobre do trabalhador braçal, mas sim personificando a peça menos valorosa no tabuleiro – aquela que cai em sacrifício das maiores, que protege os reis e as rainhas; o burro de carga, que leva todos os açoites, mesmo não tendo sido ele a apear os arreios que, frouxos, derrubaram toda a carga dos lombos; o monstro com retardo mental, capaz das maiores hediondezes, mas que sequer consegue se libertar de suas coleiras de barbante; o ladrão esfarrapado de galinhas; o maníaco psicótico assalariado; o brinquedinho dos coronéis; o indesejável.

Alheio a toda sua mazela, Rafael reagiu com grande excitação quando Anselmo lhe chamou em particular.

— Se liga só, mais tarde vamo dá uma ida lá na Vila, valeu?

— Qual foi?

— Tem um papo pra gente lá, uma informação... Ela disse que tem que ser rápido, que não pode passar de hoje, porque o bagulho tá pra acontecer amanhã.

— Ela não adiantou mais ou menos o que é, não?

— Não, mas pelo jeito é coisa boa, acho que é o "bote" que a gente tava esperando...


Sequestro.

Dentre todos os crimes que podem ser praticados quando se está com a farda da PM este é, sem dúvida, um dos mais maravilhosos! Para começar, é um crime em que, na maioria das vezes, ninguém se machuca. Uma vez sabida a localização do alvo, os PMs precisam armar a abordagem, que pode acontecer de forma sutil, enquanto a vítima faz compras no supermercado, ou atribulada, após uma intensa troca de tiros. Às vezes ela se dá de maneira inteiramente espontânea, quando em patrulhamento de rotina os mangos se deparam com um "cidadão" que descobrem ser foragido da justiça, ou com um bandido conhecido; mas em todas as situações um detalhe crucial, na forma como as coisas se conduzem após o arrebatamento da vítima, define a peculiaridade da ação criminosa: o sequestrado não tem a quem pedir socorro. E não é pelo fato de o "criminoso" ser justamente aquele que deveria acudir; é mais porque, para o bandido sequestrado, pedir ajuda significaria ir para cadeia também, coisa horripilante, e que vagabundo pretere somente à morte. Quando a intenção é mesmo sequestrar, desde o início da abordagem o policial deixa claro que tudo será um "desenrolo", que se o bandido estiver disposto a pagar pela liberdade sairá ileso e numa boa; a partir de então, começa a rodada de negociações para estabelecer o valor do resgate, o local da entrega, os contatos telefônicos a serem feitos, e por aí vai.

Uma coisa incomum é o uso de cativeiros, locações onde o sequestrado aguarda preso até o recolhimento do resgate para só então ser liberado. A regra é esperar perto da vítima, dentro de uma viatura, um DPO ou qualquer outro lugar, contanto que possa ser inserido num contexto no qual aleguem, caso sejam surpreendidos pela corregedoria, que não havia sequestro algum e que, na verdade, a pessoa detida estava a caminho de ser conduzida para a delegacia. Não há, nessa que é a mais baixa esfera do bacanal promovido com os aparatos fornecidos pelo estado, maneira mais articulável de se cometer um crime, pois tudo se dá de forma a aparentar a mais estrita legalidade, com os agentes usando não só o material da fazenda, mas também as prerrogativas da função para cometerem mais uma de suas atrocidades, com baixíssimas chances de punição. Pelo menos dessa feita eles não promoviam a morte e visavam apenas ao lucro (desde que o "cliente" se prontificasse a cumprir à risca sua parte no contrato). E quase sempre era isso o que ocorria, com o vagabundo pagando pela liberdade e saindo intacto da abordagem policial.

A prática da extorsão mediante sequestro se tornou tão corriqueira entre os polícias que passou a incomodar, e os traficantes começaram a se movimentar, procurando formas de inibir o crime e refrear os ânimos dos agentes. Não pagavam mais pela liberdade de bandidos de baixo escalão, denunciavam os raptos anonimamente pelo telefone, sempre que fosse conveniente, e isso foi obrigando as autoridades a tomar providências, fortalecendo as corregedorias para que reprimissem a todo custo os desvios de conduta. No contraponto, alguns PMs refinaram os meandros do ilícito e, aproveitando-se novamente das engrenagens legais, adotaram uma conduta que dificultava ainda mais a tipificação do ato criminoso. Melhor do que manter alguém detido dentro de uma viatura é mantê-lo preso em uma delegacia, aguardando o dinheiro do resgate chegar pelas mãos do advogado, e essa sujeirada só é possível quando se tem um conhecimento "bacana" dentro da Polícia Civil. Se o PM pudesse contar com um amigo "Papa Charlie" atuando como comparsa, ele conduziria o sequestrado para a delegacia, para que ficasse aguardando preso dentro da carceragem até que as coisas se acertassem; caso contrário, ficaria por lá mesmo, respondendo à justiça pelo que estivesse devendo. Ainda que a família do sequestrado denuncie o pedido de resgate, alertando sobre qual é a delegacia onde será feito o pagamento e onde toda a quadrilha estará reunida, fica difícil caracterizar o flagrante, pois em cima da mesa do policial civil estará um APF (Auto de Prisão em Flagrante) prontinho para dirimir qualquer suspeita quanto à conduta dos policiais acusados. Nessa lambança estavam metidos não só os inspetores como também muitos delegados que gostavam de uma graninha extra; afinal, dependendo da "cabeça" que pegassem, a compensação poderia render quantias exorbitantes! Quando o vagabundo era "questão" mesmo, quando era o dono da favela, não era incomum que os resgates fossem estipulados em seis dígitos, e tudo que fosse negociável entrava no "rolo" – cordões de ouro e joias em geral, fuzis, carros e motos, o que precisasse para que a quantia exigida fosse alcançada. Por isso tudo é que informação acerca de localização de vagabundo vale tanto; e, quando chega, não pode ser de forma alguma negligenciada.

Magalhães não estava se sentindo bem e passou o dia inteiro no hospital, sendo dispensado para repouso domiciliar em seguida; como isso, apenas Anselmo e Rafael foram até a Vila Mimosa ao encontro da informante. Trocaram de roupa e seguiram no carro paisano do cabo, misturando-se ao fraco movimento daquela madrugada de quinta-feira. Foram direto à "casa" dela, onde a encontraram logo na entrada em trajes íntimos, conversando com um cliente. Ela dispensou o programa e arranjou uma mesa escondida para se sentarem, passando a relatar euforicamente tudo o que sabia sobre a nova.

– Olha só, gente, eu tenho uma parada séria pra falar pra vocês, uma parada pra se levantar mesmo, tá ligado? Vocês sabem quem é o Rufinol, não sabem?

– Lá da tua favela? – perguntou Anselmo.

– É, ele mesmo... Então, amanhã ele marcou de sair com uma amiga minha pra ir pro motel, pra comemorar o aniversário dela, coisa que ele nunca faz, mas, como tá amarradão, resolveu fazer. Vou te falar, depois que ele assumiu o morro, ele quase nunca saiu de lá, e quando sai é muito escondido,

porque ninguém fica sabendo, mas dessa vez minha amiga ficou tão feliz que não aguentou e veio me contar. Ela comprou lingerie nova e tudo, o papo é real mesmo.
– Mas e aí, você sabe pra qual motel eles vão?
– Não... Como é seu nome mesmo?
– Rafael.
– Olha, Rafael, eu não sei o motel qual é, mas eu sei como eles vão. É de táxi, um cara que faz a "correria" pros bandido lá de vez em quando, mas que sempre passa batidão. O carro dele é da cooperativa lá da Lapa e...

Era tanta informação que chegava a sobrar! Até a cor da calcinha que a namorada do traficante usaria no encontro amoroso entrou no meio, assim como a marca e o modelo do táxi que seria usado no transporte, a atual descrição física do alvo e a hora prevista para deixarem a favela. Não havia como errar, pois a comunidade tinha apenas uma saída: a ladeira que ficava ao lado de um posto de gasolina próximo ao Hospital da Polícia Militar, lugar ideal para montar uma tocaia.

Uma reunião de emergência foi convocada tão logo Anselmo e Rafael regressaram ao alojamento, e todos puseram-se a ouvir primeiro para depois vislumbrarem as possibilidades. Estavam falando do famoso Rufinol, o traficante que comandava a venda de drogas num dos polos mais rentáveis da cidade, localizado bem próximo ao centro. Ele ascendeu ao comando das bocas depois da morte do antigo "dono" do morro, um traficante apelidado de Ban Ban que acabou assassinado por envenenamento após comer um pudim recheado com chumbinho. Quem preparou o doce foi uma de suas mulheres, que se tornou amante de um policial do BOPE e foi seduzida a cometer o homicídio para ficar com o espólio do criminoso, mas quem levou a fama por ter matado o bandidão foram os caveiras, que na verdade só tiveram o trabalho de incursionar para retirar o corpo e sumir com a mochila de dinheiro que acompanhava o falecido aonde ele ia. Talvez esse seja o ponto fraco da maioria dos vagabundos: vaginas. Não é à toa que bandido é desconfiado e não para na casa de qualquer uma. Para eles, elas agem como víboras e não avisam a hora em que vão dar o bote. Contudo, Rufinol descobriu a confabulação da mulher e do caveira, mas não a tempo de conduzi-la para o tribunal no alto da favela: tão logo o espólio foi retirado do morro, ela fugiu, levando a roupa do corpo e duas malinhas. O novo chefe do tráfico então adotou uma postura de tolerância zero com possíveis delatores, e expulsou da comunidade até as pessoas que tinham um convívio mais distante com a traidora. Com essa atitude, passou a ser temido não só pelos moradores mas também pelos outros bandidos, que estranhavam um vício inconveniente e perigoso que o patrão cultivava. O abuso de psicotrópicos controlados o deixava com tiques e manias de perseguição, e, quando entrava em crise, implicava até com os mais chegados, reagindo violentamente a qualquer estímulo. Paranoico, o criminoso não queria de forma alguma sair da favela para aproveitar um pouco do dinheiro amealhado em sua vida de crimes, mas, diante da visão do jogo de lingerie novinho, e da afirmação de que só o veria no corpo da amante caso fossem passar uma noitada no motel mais caro da região, não aguentou e cedeu aos encantos da menor. Ela era muito nova, tinha 16 anos, mas já adorava estar no meio da vagabundagem e ostentar a condição de "mulher do patrão"; e ainda tinha a bênção da família, também beneficiada com os presentinhos do traficante, que iam desde mobílias e eletrodomésticos até uma moto novinha, em que ela desfilava serelepe, ladeira acima e abaixo, o dia todo. Só parava quando ele mandava chamá-la, para servir como concubina mais uma vez.

Com toda a planta levantada, chegou o momento de planejar a missão, que aconteceria enquanto estivessem de folga, e por isso demandava um planejamento rápido e preciso. Não poderiam perder tempo, o sequestro tinha que ser consumado na próxima noite; de madrugada mesmo ligaram para Magalhães, que acordou assustado, mas, ao ouvir por alto do que se tratava, confirmou presença no batalhão de manhã cedo, antes de passarem o serviço.

O grupo ocupou-se bolando todos os detalhes da abordagem e os meios a serem empregados, de modo que, quando Magalhães chegou, agasalhado e tossindo rouco, teve apenas de ouvir a exposição e chancelar o trabalho.

– Vamos fazer. Podem começar os contatos.

A ordem do comandante foi o ponto de partida para a operação. O primeiro passo era estabelecer contato com um policial civil que pudesse ajudar na preparação do cativeiro, e essa tarefa ficou a cargo de Reginaldo, que tinha um amigo de faculdade lotado na 18ª DP. Estudavam juntos desde o primeiro período do curso de Direito, e ambos tinham aspirações bem parecidas: usar o canudo para tentar qualificar-se em um concurso que oferecesse melhores condições de vida, de preferência ainda na área de segurança pública, em cargos como delegado ou agente da Polícia Federal. Estavam muito aquém do nível exigido para candidatos a vagas desse porte, mas sonhavam alto com o dia em que poderiam entrar no jogo de gente grande, onde se ganha muito e quase nunca dá merda pra alguém. Embora estivessem na luta para progredir, já haviam sido contaminados pela bactéria causadora da monstruosa metamorfose de maneira irremediável, e, por mais que alcançassem cargos poderosos, jamais seriam pessoas normais. Tanto que o papo nos intervalos das aulas era sempre o mesmo: um matou fulano, o outro deu um "bote" no sicrano; e, algumas das vezes em que as ocorrências do GAT precisaram de uma mão para ficarem "amarradas" bem certinho, foi o inspetor Vidal mesmo quem ajudou. Reginaldo ligou para ele, ainda na manhãzinha, e o acordou dizendo que precisava lhe falar pessoalmente; como Vidal também estava de folga, combinaram o encontro na casa dele para dali a meia hora. Magalhães foi com Reginaldo ao encontro do policial civil, e o restante da guarnição foi liberada para algumas horas de descanso, mas de sobreaviso, e com o Nextel ligado no volume de toque mais alto. O de Rafael chamou lá pelas 16h.

– Fala aí, garoto!

– E aí, Juarez? Qual foi?

– Reunião às 18, valeu? Lá no batalhão, já tá tudo no esquema.

– Já é, tranquilo. Te vejo lá.

A arapuca estava armada. Dividiram-se em três carros: no Golf "sapão" preto ficou a equipe de apoio 1, guarnecida por Medina, Vianna e Antônio; em um Megane prata, a equipe de apoio 2, com Rafael, Juarez e Anselmo; e na viatura Gol branca, descaracterizada, da Polícia Civil estavam Vidal, Magalhães e Reginaldo, todos de fuzil, pois seriam os responsáveis pela abordagem do táxi onde estaria o traficante. O inspetor não precisou de mais do que meia dúzia de telefonemas para dispor de todo aparato solicitado. Ao meio-dia encontraram-se com o delegado titular da 18ª DP, na praça de alimentação de um shopping, e o colocaram a par da informação. A intenção do sequestro foi comunicada sem pudor algum e o Doutor se animou com a proposta, mas deixou claro que tudo deveria ser feito com inteligência e sem machucar o "cliente"; se algo começasse a sair dos trilhos, procederia com o preso e colheria sozinho os louros da ocorrência. Era uma operação "fantasma", como se os policiais militares jamais tivessem entrado em conluio com os policiais civis; e para reforçar o sigilo, orientou que mais ninguém da delegacia fosse acionado em apoio, e que o pessoal do GAT mesmo tomasse conta disso, coisa que agradou Magalhães, pois tinha o total controle de seus subordinados, ficando assim mais fácil de manobrar as ações. O delegado tinha compromissos fora da DP e, por telefone mesmo, mandou seu adjunto providenciar o material para a equipe que chegaria lá em breve. Às 15h já estava tudo pronto: viatura, coletes e armas. Anselmo ia se comunicando com a informante e repassando aos companheiros o andamento da cilada. De acordo com o informe, o carro levando o bandido sairia da favela por volta das 21h. Às 19 estavam todos a postos.

Estacionado em uma rua de frente para a ladeira, ficou o Golf com a equipe que tinha a melhor visão do acesso. Não havia como o Meriva táxi passar por eles e não ser percebido, tanto faz se subindo ou descendo, e, por ser o carro mais potente de todos, o Golf faria a perseguição e o cerco, caso o taxista desse uma de espertinho e tentasse fugir. No posto de gasolina, bem ao lado da entrada da favela, ficou parado o carro de Rafael (comprado à base de muito espólio recolhido da vagabundagem), e após as 19h a conversa cessou no telefone entre ele, Anselmo e a informante. Era uma medida de precaução, pois o bandido ficava cada dia mais neurótico e proibia qualquer pessoa da comunidade de falar no aparelho celular quando ele estivesse por perto, com medo de uma possível delação sobre sua localização dentro do morro. Ciente disso, o último contato dela confirmou a saída para o motel, dando conta de que a namoradinha do chefe estava até no cabeleireiro, colocando apliques. Depois desse último reporte cessaram as comunicações com a espiã, e aos sequestradores só restava ter paciência e aguardar. Quem mais sofreu foi o pessoal que teve de esperar dentro do "golzinho" da Civil, que muito mal funcionava na ventilação e, embora não fizesse calor, sufocava de vez em quando com o ar viciado. Magalhães, febril e com a garganta inflamada, foi o mais prejudicado, mas o esforço valia a pena. Por volta das 20h40, o táxi passou em frente a eles.

Para não despertar atenção, a viatura da Polícia Civil, ainda que descaracterizada, permaneceu estacionada na entrada do hospital da PM. Apesar do movimento de carros àquela hora, o Meriva táxi destoou do contexto, pois subiu o morro como uma flecha. A escolha do horário também fora proposital: com o movimento grande de entrada e saída da favela, fica mais difícil para uma patrulhinha marcar um carro como suspeito, e táxi subindo e descendo a ladeira era o que não faltava; mas, daquela cooperativa e àquela hora, só havia um. E era nele que a quadrilha estava mirando.

Eles ficam alvoroçados e comunicam-se de forma a se coordenar para a ação, que começaria a qualquer momento; os mais agitados são Juarez, Anselmo e Rafael, que de onde estavam não tinham a mesma visão dos companheiros, e seriam acionados pelo Nextel tão logo o táxi deixasse a favela. Era uma tocaia mesmo, e todos os pontos de escape foram cobertos, não importando se o caminho para o motel fosse à direita ou à esquerda; para Rafael, raras foram as vezes em que enfrentou uma espera tão demorada. Nem quando estavam esperando pelo resgate no alto do Macacos, nem quando aguardava o rabecão enquanto acautelava um corpo na época de patrulha, ou quando esperava um ganso ir em casa pegar o dinheiro para ter sua maconha de volta (e não "rodar") – nunca demorou mais do que aqueles momentos. O tempo é mesmo subjetivo; o que o afligia era a expectativa do dinheiro que o crime poderia render, coisa que muito polícia passa a carreira inteira sem ter a chance de ganhar e que ele como soldado já estava maquinando. Só ouvia as estórias contadas pelos fanfarrões, de que pegaram fulano e tomaram 400 mil dele, mais tantos fuzis e não sei quanto de ouro, mas o "papo" que Magalhães deu quando se reuniram à tarde, do lado de fora do batalhão, o deixara assustado. O sargento planejava pedir meio milhão de reais para soltar o traficante, e o som da cifra estalando na cabeça de Rafael o fez franzir a testa de feliz incredulidade. "Puta que o pariu...", pensou, enquanto tentava disfarçar o sorriso, pois foi pego de surpresa. Imaginava até uns 100 mil pra dividir pra todo mundo, mas 500? Será que não estavam delirando? Pior é que não, era sério, e o comandante estava convicto de que, se conseguissem botar as mãos no Rufinol, ele pagaria pela liberdade mais rápido do que um escrivão consegue digitar um APF.[79]

O rádio de Rafael chamou pelo PTT e a voz do outro lado saiu apressada, urgente.

– Atenção aí, hein? Se liga aí que ele tá descendo aqui agora, tá descendo aqui agora... Tá pegando pra esquerda, pode sair, sai, sai... Vamo na cola dele, me segue, vamo...

Quem chamava era Antônio, o primeiro a ver o táxi deixando a favela. Primeiro ele avisou Magalhães, que retardou uns segundinhos para não se expor, e depois tocou Rafael e seus asseclas, que esperaram primeiro o Golf colar no táxi para depois entrarem na perseguição. Era tudo muito complicado porque o movimento de veículos ainda era intenso pelas ruas, então deveriam se aproximar ao máximo para efetuar a abordagem, mas sem espantar o "cliente", que, se se "escaldasse" com a maldade e percebesse uma oportunidade de fuga, poderia tentar a sorte e complicar o trabalho. De qualquer maneira, é difícil se fazer entender e incutir no cidadão o respeito que ele deve ao policial quando não se está a bordo de uma viatura caracterizada. O mais comum é que ele ache que está sendo assaltado e tente fugir, tomado pelo nervosismo e pelo medo; esse medo aumenta exponencialmente na cabeça do vagabundo que, a princípio, está preparado para ser abordado por uma viatura da PM, pois ela pode ser "comprada" por um precinho bem em conta. Mas o malandro tem pavor mesmo quando é a "mineira" que está passando e recolhendo o garimpo, já que, nesse caso, não haveria limites para a tortura, e a estipulação do resgate ficaria sempre em valores mais elevados.

Toda a coordenação seguiu de maneira a evitar contratempos e fazer com que a abordagem transcorresse de forma rápida e tranquila, sem alarde.

---

[79] Auto de Prisão em Flagrante.

Colado nele o Golf, um carro depois o Megane, e imediatamente após a viatura da Civil. O contato no rádio era constante entre os copilotos, que acertavam as rotas e concordaram em deixar que o táxi se afastasse um pouco da favela, seguindo pela pista abaixo do elevado Paulo de Frontin, rumo ao centro; ali foi o local escolhido para darem o "bote", uma linha reta e com pouca iluminação que facilitaria as coisas para os policiais; isso se o taxista não escolhesse acelerar em fuga quando o Gol branco emparelhou e Magalhães, com o fuzil para fora da janela, o mandou parar. Inacreditavelmente, o Meriva deu uma "esticada" quando viu o giroscópio preso por um ímã no teto do golzinho, e pouco se importou de ser fuzilado; só não contava com Rafael que, a mando de Antônio, havia ultrapassado a todos antes do toque da sirene, justamente para impedir a evasão. Quando viu o táxi crescendo no retrovisor, a viatura acelerando atrás dele, o Golf bufando por fora, Rafael trincou os dentes e pensou: "Fudeu! Tomara que valha a pena...". Deu um meio cavalo de pau, tomando quase a pista toda com a lateral do Megane. Todos desceram estabanados, com medo de o taxista maluco ignorar o obstáculo e tentar arrancar com o carro da via na marra, e se colocaram em posição de tiro, com as pistolas sacadas em um blefe poderoso, mas que não passava disso. Atirar contra o veículo em fuga não constava das instruções passadas pelo comandante; afinal, estavam de folga e a PM tem mecanismos administrativos bem eficientes quando quer dar um pé na bunda do praça mais assanhadinho que anda fazendo besteiras extraoficiais – sobretudo quando fica na cara que ele estava minerando; então mantiveram a postura firme e cerraram levemente os olhos, torcendo para que a intimidação desse resultado. O som da frenagem gritou alto, e a fumaça branca da borracha queimando no asfalto denunciou a pressão em que vinha o automóvel, que parou a centímetros da lataria do Megane. Mais som de freadas, as do Golf e do Golzinho, e os policiais pularam em volta do táxi como moscas em cima da carniça, gritando: "Abre, porra! Polícia, caralho! Perdeu, perdeu... Abre essa porra logo, filho da puta...". O motorista abriu o vidro da janela, mas ainda não era possível desvelar todos os ocupantes do Meriva, pois a película escura ocultava quem estava no banco traseiro.

— Calma, senhor! Eu não vi que era a polícia, pensei que fosse um assalto, sei lá! Abaixa a arma, pelo amor de Deus...

— Não viu é o caralho, seu arrombado! Desce dessa porra agora, sai logo, anda...

— Mas, senhor, eu estou trabalhando, eu estou com passageiro aqui, eles estão assustados...

Claro que estavam.

O motorista tinha uns 40 anos, era calvo, barrigudo e muito malandro. Fazia expressões dignas de uma interpretação shakespeariana, agravando o tom de voz e denotando uma calma aparente; poderia muito bem engambelar um patrulheiro mais incauto, mas o fundo de seus olhos refletia um felino em situação de risco suas mãos estavam úmidas, e o movimento involuntariamente descompassado de suas pálpebras denunciava a inquietude. Desceu do carro argumentando que aquilo era um absurdo, que não havia necessidade de todas aquelas armas apontadas para ele, era apenas um trabalhador, e com o corpo tentava sutilmente se interpor entre a porta traseira e os mineradores. Rafael, com sua habitual delicadeza, afastou o barrigudo com uma canelada na coxa esquerda que o fez sair mancando, gesto elogiado por Magalhães, que começava a ficar preocupado com os populares ao redor prestando atenção na abordagem. Um valão dividia a avenida em duas mãos, e do outro lado os carros que seguiam sentido Rio Comprido pararam o trânsito para acompanhar a ação. Magalhães investiu contra a maçaneta da porta, que estava trancada por dentro, e o taxista tentou se aproximar de novo, gritando: "O que é isso? Estão assustando meu cliente, isso é abuso de autoridade, alguém filma, tira foto..."

Reginaldo veio por trás dele, com o fuzil em bandoleira, e falou bem baixinho, quase soprando nos ouvidos do safado: "Você tem certeza que quer ser filmado como o motorista do Rufinol?". O funcionário do tráfico engole em seco e mal consegue retomar a respiração. "Então, cala a porra da boca e manda ele abrir a porta que é um desenrolo, senão tá todo mundo "agarrado"; e se ele estiver de peça, manda deixar entocadinha debaixo do banco, porque, se ele se coçar, a gente vai rasgar vocês na bala!". Puxando da perna magoada pela canelada, ele arrasta a barriga meio corpo para dentro da janela e fala alguma coisa para o interior escuro do veículo. Deve ter sido um "abre-te sésamo", pois a porta traseira entreabriu imediatamente, pegando de surpresa Magalhães, que ainda tentava forçar a maçaneta.

Bingo!

– Perdeu, cumpadi! Viatura, agora! Vem, tá agarrado, bota a mão pra trás!

– Calma aí, peraí, vocês devem tá me confundindo com alguém...

– Para de caô, Rufinol. A gente tá ligado no teu rastro já há um tempão, sai logo, sai! Revista ele aí...

Rafael procedeu à revista do traficante, mas nem precisava. Bandidos desse calibre não levam armas quando saem para curtir a noite; é mais uma das táticas para passar despercebido em batidas policiais, e, acredite, é uma estratégia inteligentíssima e funciona muito bem. Nem todos os agentes têm acesso aos arquivos de criminosos procurados, e muitas vezes bandidos de renome passaram sem ser notados por batidas policiais simplesmente por não estarem com nada que lhes denunciasse a profissão. O cuidadoso Rufinol não era diferente: dispunha inclusive de identidade falsa e toda uma gama de subterfúgios para tentar ludibriar policiais desatentos. Com as mãos algemadas, ele ainda conseguiu sacar a carteira de trabalho falsa, onde constava um emprego de bancário, mas não colou.

– Tá todo mundo olhando aí, ó, não tem necessidade de me grampear não... Qual é, meu chefe? É um papo ou não é? Vai me levar de dura mesmo?

– Para de ratear então, porra! Entra logo na viatura e vamo desenrolar...

– Mas espera aí... Tem que dar um toque no meu advogado, minha mulher tá ali no carro também, o que vai acontecer com ela?

– Vamos todo mundo pra DP, lá a gente conversa, agora entra...

– Qual é, meu chefe! Eu tenho que saber pra qual delegacia o senhor vai me levar...

Ganhar tempo. Rufinol era macaco velho na vida do crime e sabia que tudo o que podia fazer naquela situação era tentar ganhar tempo. Tempo para negociar, para diminuir as chances de lhe fazerem maldades, para ficar vivo... apenas tempo. Empacado no meio da rua, Rafael tenta absorver toda aquela cena complexa: a menina apavorada, chorando no banco traseiro; o taxista com a cara no chão depois de a máscara ter caído; Vidal acomodando o sequestrado dentro do Gol; o restante dos companheiros preparando a retirada, e ele meio sem saber o que fazer, com a pistola na mão, só despertando depois de uma sacudidela de Juarez.

– Vai indo, vai! Deixa que eu vou aqui com o taxista pra ele não "meter o pé", segue o Magalhães e parte pra DP!

A DELEGACIA FICAVA A POUCOS QUARTEIRÕES DO LOCAL DO RAPTO.

Chegaram todos quase simultaneamente ao estacionamento, que ficava nos fundos e dava acesso a uma porta grossa de aço. Vidal, o primeiro a desembarcar, já caminha apressado para dar a volta e abrir a tal porta, e assim guardar logo o "pacote" direitinho, conforme combinaram. Mas o traficante estava assustado.

– Qual foi, meu chefe? O senhor não disse que era um papo? Então, tá me guardando aqui pra quê, me trancar? Vamo conversar...

– Olha só, o negócio é o seguinte: você vai entrar no "sapatinho", sem alarde, e lá dentro vai ligar pra quem você tem que ligar, entendeu? O taxista e a tua mulher vão ficar aqui fora, dentro do carro dele, na moral, sem esculacho, isso eu te garanto. Quanto mais rápido a gente acertar isso, melhor pra você, que vai embora tranquilão...

– Mas e aí, qual é o papo? Pode falar logo pra eu poder desenvolver...

Eles não disseram logo de cara quanto pediriam de resgate.

Antes, tiraram suas algemas e o conduziram pela porta de aço até o interior da delegacia. Quem participou do achaque foram exatamente os mais experientes no assunto, Magalhães, Antônio e Reginaldo; o inspetor Vidal acompanhou tudo, como bom anfitrião que era. Os outros policiais civis lotados na DP estavam trabalhando no plantão normalmente; sabiam que Vidal estava em diligência com alguns PMs "adidos", a mando do delegado titular, mas não sabiam do que se tratava e tampouco se metiam. Depois do negócio fechado, eles mesmos se acertavam, não havia preocupação de ficar "agoniando" para descobrir quanto deu, quem pagou. Todos sabiam o tamanho correspondente a sua fatia na hora de repartir, que era proporcional à importância da atribuição exercida nos trabalhos dentro da delegacia. Ofereceram então um café ao traficante, e ele aceitou; depois sentaram-se em frente à cela aberta da carceragem, que estava totalmente vazia, passando os negociadores a travar um mútuo estudo de personalidades. O bandido não era nada bobo e sabia que, por trás daquela elucubração toda, havia um dedo de seta enorme, em riste, direto nas suas costas, partindo de uma pessoa próxima, e que ele não fazia ideia de quem poderia ser. Tentar absorver alguma dica de quem o vendeu era primordial, pois, ainda que pagasse e saísse livre da cilada, como poderia garantir que movimentos futuros também não seriam delatados? E se fosse algum bandido aliado, de olho grande na sua posição? Ou um desafeto com contatos dentro da favela, ou familiares de uma de suas muitas mulheres, ou até mesmo uma delas... Enfim, tinha uma lista enorme para checar e se preocupar; então, qualquer detalhe poderia fazer a diferença na hora de eliminar pontos cegos. Também buscava sondar até onde, realmente, iam as informações passadas aos policiais acerca de seu patrimônio, a disponibilidade líquida dele para momentos de emergência como aquele, e possíveis ramificações dentro da própria instituição policial. Ou você achou que um traficante daquele calibre subsistiria sem o aporte de bandidos de farda? E paisano também! O tráfico da região central da cidade do Rio de Janeiro jamais teria condições de se criar não fosse a coparticipação das autoridades que deveriam justamente combatê-lo. Não é segredo para ninguém que trabalha dentro dos quartéis e delegacias que tanto o 1º Batalhão da Polícia Militar quanto a 6ª Delegacia Policial comiam um tutu carregado direto das mãos dos vagabundos. Somente agora, com a conveniência da chegada de eventos esportivos mundiais, as favelas foram ocupadas permanentemente (?) pelas UPPs; mesmo assim, a sacanagem continua rolando, só que de maneira mais comedida; então, imagine quando a área era largada de mão pelo governo?! Todo mundo recebia o seu pacote, mas logicamente coronéis e delegados (sobretudo) tinham assento diferenciado, e aguardavam no frescor do ar-condicionado de suas salas o que o GAT ia buscar debaixo de sol; ou quando a sintonia não estava bem ajustada, debaixo de bala.

– Que é isso!? Olha, senhor, eu não sei quem foi que me "deu" não, mas vendeu uma parada surreal pra vocês! Não existe, não tem como! A favela tá quebrada, não tá mais isso tudo que o povo fala não, eu tenho muita coisa pra administrar que tava errada e que agora eu tô consertando. O amigo que faleceu deixou umas pendências de mercadoria aí, sabe qual é? Parada séria, que eu tô com minha vida empenhada, tá ligado? Coisa de gente grande e que nem eu sei quem é que manda no bagulho, coisa de político, general e o caralho, entendeu, não dá pra ficar de "dois papo" com fornecedor, não... Eu tenho minha reserva, tá ligado? Eu dou tudo pra vocês, é só deixar eu fazer o contato lá que vem...

– Quanto?

– Cem barão. Tá na mochila já, tá ligado? É a reserva mesmo, tô dando o papo real...

– É o quê? – exalta-se Magalhães. – Tu tá ficando maluco? Porra, eu acho que tu tá confundindo as coisas! Eu não sou nenhum merda que fica de Golzinho patrulhando, caçando moedas não, rapá! O papo tá dado, o "X" te vendeu bonitão e tu ainda não se ligou, quer ficar de caô?

– Não, aí, é o senhor que tá me entendendo mal...

– Eu? Não sou eu que tá com a pica no cu não, cheio de PP (prisão preventiva) pra cumprir, é tu! Se liga, acho que não vai ter papo não... Tranca ele aí e vamos fazer contato com o doutor...

Fazia parte da negociação.

Magalhães e Antônio também estavam medindo a astúcia do criminoso e sua capacidade de mascarar-se. Vidal compreendeu a jogada e trancou o sequestrado dentro da minúscula cela que nem pia tinha; apenas um "boi"[80] e um banco de concreto imundo. Acomodaram o bandido cheiroso e bem arrumado, que tinha passado *one million* e vestido Diesel e Armani, para uma bela noitada no motel, e acabou parando dentro de um chiqueiro. Por mais maligno e encouraçado que um homem possa ser, o psicológico toma uma porrada quando se escuta o som do trinco se fechando –, e olha que aquela carceragem nem era das piores. A intenção era justamente essa, que o sequestrado se afobasse com a real possibilidade de ficar preso naquele pedacinho do inferno, e acabasse cedendo ao achaque de 500 mil reais. Mas ele não tinha essa bala toda na agulha.

---

[80] Privada ou latrina.

Ilusão achar que dispor de tanto dinheiro assim, em espécie, era corriqueiro entre os marginais. Até acontecia, mas era raro. Então o traficante precisava fazer com que acreditassem que não podia pagar o que pediram inicialmente, mas que poderia melhorar a contraproposta.

Os mineradores o deixaram lá, trancado por uma hora, incomunicável, tempo que usaram para lanchar e arguir os outros dois que estavam mantidos em cárcere privado. O taxista confessou que trabalhava para a "situação" mesmo, quando era solicitado, mas que não fazia nada além disso, e também trabalhava com corridas normais durante toda a noite no entorno da Lapa. A menina, que confessou ser menor de idade, havia parado de chorar e estava emburrada, repetindo o tempo todo com aquele sotaque de favelada: "Quero ver meu marido... Cadê meu marido? Quero falar com o advogado dele... Se vocês "bateu" nele, vocês vão vê só uma coisa, eu vô botar tudo no jornal, vô denunciá vocês...Vocês quer é dinheiro que eu sei, senão não tava aqui de conversinha... Cadê meu marido?"

Anselmo teve vontade de dar um safanão na abusadinha, mas prometeram que não haveria esculacho. Ademais, não passava de uma criança – interrompida e deformada mas somente uma criança.

O taxista deu uma pista de como fariam a "correria". Disse que, se estavam desenrolando, que o deixassem ligar para o doutor fulano, que ele mesmo iria ao encontro do advogado para trazê-lo com o malote. Isso facilitava as coisas, dada a disposição demonstrada em liquidar rapidamente a fatura. Chegara, enfim, a hora de mais uma rodada de negociações. Quando abriram a porta da carceragem novamente, não eram mais os mesmo policiais do lado de fora. Magalhães tinha ficado no estacionamento com Reginaldo e Antônio, e Rafael, Medina e Anselmo receberam o bandido de maneira nada simpática. Ele não tivera tempo para perceber todos os envolvidos durante o rapto, pois as coisas aconteceram muito depressa, e não divisou que aqueles que agora lhe cerravam os dentes eram os mesmos que estavam na rua no momento em que foi arrancado de dentro do Meriva. Quem chegou logo depois, vindo de uma porta interna, nas dependências da delegacia, foi Vidal, trazendo um personagem novo à peça: um velhote atarracado, com calças de tergal e camisa social combinada a uma gravata barata ultrapassando quase a linha da cintura, vermelha; a expressão do sujeito era séria e compenetrada, como quem decidiria sobre assunto muito importante. Quem se pôs a falar foi Vidal.

– ... Então, doutor, o caso é esse aí, ó. Matéria pra semana toda no jornal. Já dei o papo nele, mas não vai ter acerto mais não...

– Não, que é isso, senhor! Espera aí... O senhor é que é o delegado?

O baixinho responde;

– Por quê?

– Não, seu doutor, por nada não... É só que eu já tenho uma situação lá com o delegado da 6ª (DP), certo? Então, se o senhor vê lá com ele, ele vai confirmar que eu não tenho mesmo isso que vocês tão pedindo, é muita coisa...

– Não quero saber não... Conversa entre vocês aí, se não chegar num acordo, eu vou proceder...

E tão rápido quanto chegou o baixinho saiu, pela mesma porta por onde entrara.

Postaram-se novamente à mesa para renegociar o valor do resgate; o bandido tinha mesmo ficado assustado com a cela, não aparentava mais estar dissimulando (?).

– Eu não tô de caôzada com vocês, não, vocês acham que eu sou maluco? Acham que eu ia ficar mendigando dinheiro justo agora? A situação não tá fácil, não tem nem como levantar essa grana toda agora, nem se eu pedir emprestada... 250, eu vou dar meu jeito, mas vou arrumar. Tem que me deixar telefonar pra rapaziada pra começar o recolhe, entendeu? Todo mundo vai dar uma moral, mas tem que me deixar fazer os contatos...

A reticência em permitir que o sequestrado ligasse para alguém se justificava: sabiam que, a partir do momento em que ele falasse com o seu advogado, não haveria mais volta, nem novas negociações. Rafael começou a perceber que talvez o bandido estivesse chegando mesmo ao limite de suas posses, e foi até o lado de fora chamar Magalhães para informar da nova contraproposta. Magalhães voltou pisando duro e, sem mais delongas, decidiu finalizar a tarefa:

– Duzentos e cinquenta e mais seis fuzis novos, só 7.62, Fal, G3 ou AK também, aí tá tranquilo. Quem for trazer tem que resolver essa parada rápido, e não tem mais outro acordo não. É isso ou nada!

– ... Já é então, meu chefe. Pode me dar meu telefone, faz favor?

Não demorou muito.

O advogado do bandido cuidou de todas as providências para que o recolhe fosse feito o mais depressa possível e sem alarde. Imediatamente após tomar conhecimento do sequestro, o defensor contatou o delegado (que fazia parte da folha de pagamento do "patrão") para reportar o acontecido, apenas uma maneira de preservar a integridade física do cliente e garantir que a soltura seria efetuada assim que o dinheiro do resgate fosse entregue. A autoridade policial não gostou nada de saber que sua galinha dos ovos de ouro estava encarcerada, mas não podia interferir, senão se exporia demais; acertaram que só apareceria caso acontecesse uma sacanagem, se os policiais não cumprissem com a palavra. O segundo telefonema do vagabundo foi para seu braço direito dentro da favela, para informar da emergência e mandar que preparasse as coisas para a chegada do doutor; este subiu a favela meia hora depois e foi logo cercado por uma tropa de bandidos preocupados com o chefe. Os fuzis foram postos sob a luz de um poste, perto da localidade do "larguinho", o ponto alto do morro, e, depois de desmuniciados, gentilmente deitados ao fundo da caçamba da S-10, enrolados em lençóis e escondidos sob a amarração da lona preta, bem presa aos engates da lataria. Para garantir que nenhuma viatura interferisse no trajeto, por mais curto que fosse, acertaram que uma escolta, feita pela viatura da Polícia Civil, acompanharia o advogado do pé do morro até a delegacia, e nessa diligência partiram Vidal, Juarez, Antônio e Rafael. Guiaram a picape até o estacionamento. O doutor desceu do carro com uma altivez inesperada. Ele era negro, alto, estava na casa dos 50 anos e trajava terno e gravata muito alinhados.

A Polícia Militar não oferece suporte jurídico ao PM que se envolve em processo criminal, ele é quem tem de se virar e pagar do próprio bolso um advogado caso dê um tiro mal dado, ou se o promotor desconfiar da legitimidade de um 244 (auto de resistência). Já os traficantes contam com profissionais dedicados, exclusivamente, a servir aos seus propósitos, pagos regiamente para se disponibilizar a qualquer momento em que for necessário. Se um bandido pertencente à facção é preso, ele automaticamente contará com a defesa de um dos associados, que se mesclam entre as atividades processuais; alguns que se permitem afundar um pouquinho mais na sedutora lama criminosa aceitam servicinhos extras, como aquele ao qual se propôs o doutor em questão. Era ele quem cuidava dos acertos feitos com as autoridades maiores; era ele, inclusive, quem promovia o acordo; nas épocas de carnaval, para que tudo transcorresse dentro da normalidade nas cercanias do sambódromo; e, por disponibilizar dessa entrada aos gabinetes mais altos, ele fez cara de pouco caso para os policiais sequestradores e colocou as mãos na cintura, cumprimentando-os rudemente:

– Boa noite. O delegado está aí?

Vidal lhe responde:

– Parceiro, você tá aqui em outra condição, tá tranquilo? Quem pergunta aqui é a gente; se não gostou, fala logo e vai embora, que a gente "mete" (prende) teu cliente e fim de papo.

– Eu só queria saber cadê...

– Você não tem que saber de nada! Tá ficando maluco, porra? Você veio negociar, não veio? Então, trouxe o combinado?

A arrogância dele se abrandou; percebeu que não conseguiria intimidar os meganhas com seu terno fino e a aparente segurança de quem tem as costas quentes.

– Claro, trouxe sim...

– Então, cadê os fuzil? Primeiro vamos ver eles.

– Eu queria falar com meu cliente primeiro...

– Primeiro as armas! Depois que a gente inspecionar o armamento, eu te levo lá, e então a gente conta o dinheiro.

Rafael mergulhou por debaixo da lona para não perder tempo desamarrando-a da caçamba, e de lá arrastou os fuzis um a um, passando-os às mãos dos companheiros. O advogado acompanhava a inspeção calado, e rapidamente todas as armas foram checadas e aprovadas: dois fuzis modelo FAL 7.62, um Parafal, dois AK-47 e um G-3, tudo ali mesmo, de pé no estacionamento e diante das vistas do taxista e da mulher do traficante.

– Podemos ir até ele agora? – perguntou o defensor.

– Agora sim, pode vir comigo. Aí, rapaziada, deixa que eu levo ele lá, vai ajeitando as coisas aí...

Com "ajeitar as coisas" Vidal quis dizer para esconderem as armas, que deveriam ser levadas dali imediatamente após a soltura do traficante. Magalhães, Anselmo e Vianna ficaram próximos ao "pacote", que sorvia outro café e não precisava mais estar trancado dentro da cela. O dito-cujo não disfarçou: deu um longo suspiro de alívio ao ver seu advogado.

– Se quiser falar com ele em particular, fique à vontade...

Com a permissão de Vidal, eles se entrevistam rapidamente, e logo o advogado chama os policiais para concluir o negócio.

– Vamos lá fora para vocês pegarem o restante do combinado. Ele já pode sair comigo?

– Não, doutor. Primeiro vamos lá rapidinho e depois você leva ele...

O malote estava em uma grande mochila azul escondida no compartimento debaixo dos bancos traseiros, preparado sob encomenda para situações em que a picape, de cabine estendida, fosse usada para transportar dinheiro a mando do tráfico.

Contar tantas cédulas de 50 e 100 reais foi rápido, pois o conteúdo da mochila foi dividido em seis montes, com os sequestradores contando cada um a sua parte, separadamente, e somando todos os valores ao final. Mais uma vez, a quantia acertada estava exatamente nos termos do contrato.

Rafael nunca mais viu tanto dinheiro junto em toda a sua vida. Foi ele quem deu o pronto ao comandante, e então escoltaram o sequestrado até o lado de fora. Rufinol respirou o doce ar da liberdade, inalando-o até o limite dos pulmões, e, obedecendo ao gesto de Magalhães, seguiu sem olhar para trás, sentando-se no banco do carona do carro do advogado. A menina sentou no banco de trás, acariciando a nuca de seu amante e passando a confortá-lo. O taxista também foi liberado, e nada mais havia a ser discutido. Foi quando o baixote das calças de tergal apareceu no batente da porta de aço, olhando de cara feia para o doutor, como a lhe ordenar que saísse de seus domínios.

O inspetor Emetério contava 31 anos de polícia mas ainda apreciava muito uma sacanagenzinha, e não pensou duas vezes quando foi convocado a largar o plantão de registro de ocorrências para atuar como delegado na encenação durante o achaque.

Resignado, o doutor escondia um profundo inconformismo diante de toda aquela situação degradante (quanta hipocrisia...). Embora ele tivesse seguido com seu cliente sem mencionar nem uma palavra sequer, ficou uma sensação estranha no ar, que os policiais identificaram prontamente.

Um "trabalho" daquelas proporções não passa despercebido, e em breve saberiam quais as consequências de se tentar dar um passo maior que as próprias pernas.

# Cadeia – a hora de pagar

Todos caíram.

Rafael não imaginava que justamente o maior "trabalho" em que se enfiou seria o causador de sua derrocada, e não só a sua, mas também a de todos os sequestradores que participaram do crime. Comecemos pelos policiais civis.

O delegado que era "fechamento" de Rufinol arquitetou uma rede de fofocas e intrigas envolvendo o efetivo da 18ª DP e escancarou o bote dado no traficante. Ele até aumentou a cifra paga pelo resgate para dar mais luzes ao acontecido: 700 mil reais. É obvio que teve gente insatisfeita por achar que também vencia uma parte da grana, e o clima não ficou muito bom entre os próprios colegas da 18, já que só os inspetores de plantão no dia levaram o seu; até a menina da faxina ganhou um agradinho, enquanto os demais só ouviam as estórias e amargavam uma chatinha dor de cotovelo. Punir um policial civil por desvio de conduta ou por cometimento de crime é muito mais difícil do que punir um simples PM, então o sistema tem que se adequar e achar formas de cortar também as asinhas dos civis mais saidinhos; a forma de punição mais comum é a transferência para locais onde ninguém quer trabalhar, geralmente delegacias que atuam em circunscrições que não oferecem muitas chances de ganhar um extra. Quem mais se prejudicou nessa dança das cadeiras foi Vidal, transferido para Paraíba do Sul, coisa que o obrigou a trancar a faculdade. O delegado não perdeu sua delegacia mas ficou mal visto entre os companheiros de cargo, e, para levantar um pouco o moral, "apreendeu" dois dos fuzis entregues como parte do resgate. Três armas restavam para ser repartidas entre o pessoal da

Civil, mais três para os PMs; como o inspetor que tinha o contato com o vagabundo que ia comprar os fuzis enrolou para finalizar a transação, o delegado achou melhor aproveitar que haviam prendido dois pés de chinelo durante uma diligência e embuchou neles o FAL e o AK-47. Saiu no jornal e tudo, mas mesmo assim não limpou a barra do doutor. O problema maior não foi o sequestro, tampouco ele não ter dividido o dinheiro; a repulsa se dava pelo simples fato de ter sido exposto. Fazer, todos eles faziam, mas tinha que ser benfeito, de maneira a não esbarrar nos interesses alheios e, com isso, acabar gerando rusgas e atritos desnecessários.

Se até o delegado sofreu um "reflexo", imagine então os PMs!

O boato se espalhou pelo 6º BPM rapidamente: uma guarnição deu o "bote" num dos traficantes mais poderosos das vizinhanças e fez isso durante a folga. Nem todo mundo torceu o nariz para o GAT: a maioria dos oficiais entendeu o silêncio e a negativa quando perguntavam casualmente sobre a ação, e soube separar bem as coisas. Foi um tiro caprichado, que demandou sorte e coragem, e não cabia a mais ninguém colher os resultados além daqueles que promoveram a empreitada. Entretanto, coincidiu de o sequestro acontecer três semanas antes de ocorrer a troca de comando do batalhão; um coronel caolho assumiu o trono, com mudanças já previstas em mente desde quando soube da recomendação para o novo principado. Ele tinha seus vassalos de confiança, que obedeciam e se coordenavam aos interesses de vossa majestade, porém estavam espalhados por outros feudos, aguardando novamente a ascensão de seu príncipe para voltar a servi-lo nos campos de batalha. Para cooptá-los, o monarca precisava dar em troca aos outros senhores um número igualitário de lacaios. E para decidir quem tomaria a barca, atravessando para o encontro de novos mares, conclamou o major P-1 a elaborar uma lista com os nomes dos bandidinhos que deveriam ser cambiados.

Atraídos pela magnitude de sua estrela maior, 23 policiais militares acompanharam o novo coronel durante seu período de reinações na área tijucana e, naturalmente, aproveitando o ensejo da prioridade em vagar os arreios das mulas, o GAT de Magalhães foi explodido até não restar uma cinza sequer.

É previsto que mudanças ocorram quando da troca de comando, mas o coronel pegou pesado demais e reformulou basicamente todas as guarnições de GAT: quem não foi transferido de batalhão passou a trabalhar nas RPs, ou em outros serviços que ficassem do lado de fora das favelas. O comandante intentava romper todos os laços pecuniários estabelecidos com a bandidagem para fixar os seus próprios, e não havia mais lugar para os agora ronins, que foram separados e banidos para as regiões mais diversas do império azul.

Vianna acompanhou Anselmo e Medina e foram todos batalhar no 23º BPM, na zona sul carioca, até conseguirem uma indicação para o GAT de lá (que jamais se compararia ao do sexto em termos de beligerância).

Juarez tentou voltar para o BOPE; no entanto, é difícil desvencilhar-se da fama de "ladrão" que se adquire depois de trabalhar em um GAT composto quase que somente por "barrigas azuis". Roubar com outros "caveiras" ou "catianos" pode, aí não há problema, mas a promiscuidade com os "peitos lisos" não era tolerada, e sua proposta de reintegração à tropa dos homens de preto foi vigorosamente rejeitada. Acabou conseguindo uma vaga no 22º BPM, atuante em uma das áreas mais violentas do estado, e por lá ficou trabalhando em outra dessas Patamo da vida, feliz e realizado, pelo menos até onde se tem notícia.

Antônio foi transferido primeiramente para o GEPE (Grupamento Especial de Policiamento em Estádios), onde trabalharia em uma escala mais folgada, pois os policiais desse destacamento só atuam em dias de jogos de futebol. Mas não ficou satisfeito, e logo usou o conhecimento que tinha com um coronel para arrumar outra paragem. Conseguiu uma vaguinha no RPMont (Regimento de Polícia Montada) mas não para andar a cavalo, e sim para atuar numa Patamo que, habilmente, servia aos interesses da milícia em Campo Grande, Zona Oeste do Rio de Janeiro. Era ela uma das abre-alas quando novos territórios precisavam ser desbravados pelos paramilitares, e o sargento gostou tanto do respaldo incondicional que o comando dava aos subordinados nessas ações que tentou puxar os antigos companheiros para trabalhar lá também. Mas a fila estava grande, os "superamigos" pagavam muito bem aos irmãos que estavam de serviço ordinário, e só mesmo o sargento Antônio conseguiu se firmar na boquinha.

Reginaldo entendeu que chegara a hora de resfriar um pouco e aceitou candidamente a transferência para o 7º BPM, em São Gonçalo, onde trabalhou durante alguns meses como auxiliar na P-1. Estava quase se formando na faculdade e, para se despedir de vez do serviço de pista, aceitou o convite para uma temporada em meio a alguns dos mais talentosos assassinos da corporação. Porém, de tão talentosos, esses assassinos estavam ficando desleixados, alguns estavam matando com tiros na nuca, deixando marcas de tortura nos corpos; isso começou a despertar a atenção do Ministério Público, que encontrou o viés ideal para promover a revanche. Atuando em nome de todas as famílias de vagabundos que perderam seus mantenedores (e um ou outro que também, vá lá, morreu por estar no local errado e na hora errada), promotor e juíza fundiram-se com o objetivo de vingar, por meio da caneta e das grades, aqueles que sucumbiram ante a ação covarde dos bandidos de farda. Seria uma atitude corajosíssima se Vossa Excelência não denotasse caráter passional no exercício de suas atribuições, refletido inclusive no fato incomum de ser a juíza amante de um dos qualificados bandidos de farda, ao qual fez tantas vezes alusão, e pior até: tendo sido ela vítima de violência por parte deste quando a pegou entre lençóis com – adivinhem? – outro policial, caso que foi até noticiado pelos jornais e gerou Boletim de Ocorrência na delegacia. Só o que sei é que a magistrada tinha verdadeira obstinação em prender policiais militares, um apelo de cunho pessoal que começou nos idos de seus tempos como defensora pública, em uma discussão com um oficial da PM, durante um jogo de futebol, que gerou outro BO e dava o tom, mas não previa o que aconteceria vinte anos depois. Atropelada por sua busca insana em trancafiar PMs nas cadeias, inclusive com atos de intimidação, acordos com delatores, prisões ilegais baseadas em depoimentos falsos, e aplicações de penas-bases sempre pesadas demais a réus primários, ela despertou a ira de toda uma instituição; não havia PM carioca que não conhecesse sua fama, e, quando personalidades tão extremas entram em rota de colisão, o evento cataclísmico passa a ser apenas uma questão de tempo. Morreu em um ataque covarde, sem ter chance de defesa, tão covarde e absurdo quanto as sentenças proferidas por ela, trespassada por tiros de pistolas de calibres restritos que a alcançaram bem em frente à sua casa. Dizem as investigações que foi o passado revisitando-a, mas o efeito colateral sacudiu as estruturas da corporação de maneira até então impensável aos comodoros estrelados. Na hora de mostrar quem é que manda, o negrume encapado não encontra paralelos. Em decisões que criaram novos artigos no CPP, CP e CRFB, trataram a morte de um dos seus como a do último unicórnio, e agrilhoaram até mesmo quem estava em casa na hora da execução. Reginaldo pagou por simplesmente trabalhar no GAT com os dois acusados de estarem na moto que seguiu e emboscou a juíza; mesmo sem jamais ter ouvido sequer um comentário de que iriam cometer tamanha crueldade, lá está ele até hoje, no fundo de uma cela individual de Bangu 1, no Complexo Penitenciário de Gericinó, bebendo água quente da bica e brigando com os ratos e as baratas que insistem em subir pela boca do boi.

Essa tragédia ficou indigesta para todo mundo.

Magalhães, o ex-comandante da quadrilha defenestrada, foi o que teve o destino mais sombrio. Previsível até, é verdade, mas mesmo assim não menos sombrio. Foi transferido para o QG, o quartel-general da corporação, aonde deveria aguardar exercendo tarefas administrativas até a chegada do tempo para a reforma. E não faltava muito, visto que somou os anos trabalhados no Exército antes do ingresso na PM, contando também que juntou todos os períodos de férias não gozadas e licenças especiais para valerem em dobro como tempo de caserna; se fossem benevolentes com todo o seu processo, esperava que, aquele ano ainda, pudesse estar em casa de vez. Foi escalado para trabalhar no setor de identificações da Polícia Militar, a repartição que emitia as cédulas de identidade funcional, e ficou nessas atribuições até o dia em que "cantou" no boletim interno da PM sua transferência para a inatividade. Depois de décadas de serviços prestados à sociedade; de várias vezes encontrar-se tão perto da morte que conseguiu sentir seu perfume suave; de noites e mais noites mal-dormidas nos beliches do batalhão, ou em claro nas "troias" da vida; de dias em prontidão quando eventos esportivos exigiam, ou em guardas fúnebres para amigos que tombaram, de folga ou ordinariamente; depois de esvair-se em suor dentro dos blindados por horas a fio; de correr e subir e descer ladeiras e escadarias intermináveis; de ficar preso por não estar no local de baseamento demarcado pelo comando – e por chegar atrasado, e por estar com o cabelo em desalinho, e por faltar ao serviço para levar a mulher ao médico; depois de roubar e saquear sob a subjetiva, e às vezes peremptória, chancela dos coronéis, para lhes alimentar os cofres e as estatísticas; depois de perder o brilho de sua humanidade e se transformar naquilo que é mais abominável; depois de ser impelido a perpetrar atos que destruíram totalmente a percepção de torpeza, e malignidade, e hediondez, e selvageria; depois de matar a mando do estado, dos superiores, por revanche, por justiça, por si só; depois de ser arrasado e metamorfoseado em um invólucro oco e opaco; de ser diagnosticado como hipertenso, diabético, apresentar distúrbios do sono, perder nove dentes e desenvolver gota; depois de tudo isso; ninguém foi lhe dar um abraço parabenizando pela grande vitória de é ter conseguido passar pela estrada (ainda que completamente deformado!) e, finalmente, poder voltar para casa.

Seguiu sua rotina normalmente aquele dia.

Um amigo que trabalhava na elaboração dos boletins o avisou da publicação, e Magalhães chegou à salinha que dividia com mais dois sargentos antes de todos, como sempre. Conservava os hábitos de quando guerreava e mantinha a disciplina nos horários, nas tarefas; os sargentos costumavam olhá-lo meio desdenhosos, de quando em quando, pois Magalhães ainda colhia os lucros de sua carreira vitoriosa. Ele chegava ao quartel a bordo de um Citroen C3 zero quilômetro, não tinha complicações financeiras, e isso era coisa rara entre os "antigões"; pior então aqueles dois, que nunca trabalharam na pista e viviam de comentar as estripulias alheias. Ouviram falar das histórias sobre o novo colega, de quando ele trabalhava no GAT de maré meia, mas gostavam mesmo quando o jornal noticiava a prisão de mais um PM, por pegar arrego do tráfico ou por matar demais (ou qualquer outro motivo, não importa); eles se regozijavam da própria "esperteza" em tirar ali seu servicinho e voltar para casa todos os dias, livres, mas na verdade remoíam-se numa inveja ensebada e silenciosa. Queriam ter vivido ao menos um pouco da intensidade, do sufoco, da fumaça e da pólvora, da iminência da prisão, mas preferiram manter o rabo a salvo dentro de uma das muitas salinhas imundas da corporação, vivendo apenas do salário, e muito mal de uma ou outra segurança num posto de gasolina, que pagava 70 reais por diária.

O velho patameiro conhecia de longe o mau-caratismo do gênero e nem dava bola.

Chegou, acendeu as luzes e ligou o ventilador de teto. Foi até o pequeno armário ao lado de sua mesinha e pegou de lá de dentro o pó de café e os coadores de papel, preparou tudo e ligou a cafeteira, um silêncio sepulcral na sala. Sentou e ficou olhando o pinga-pinga preto durante algum tempo, até que enjoou e passou a ler o jornal. Apenas passava as folhas uma a uma, buscando alguma notícia interessante, mas, tirando o caderno esportivo, não encontrou nada que lhe agradasse. Leu as reportagens da seção policial e deparou-se com mais um PM preso, acusado de homicídio, em decorrência de uma briga na saída de uma boate. O agente sacara sua pistola depois de ter sido agredido por um grupo de cinco rapazes e matou um deles, baleando outros dois; acabou preso em flagrante por outros PMs que patrulhavam nas proximidades. Nada de mais. Bocejou diante da familiaridade do reporte, passeou mais vez pelas folhas, de trás para frente, e se deu conta de que o café ficara pronto.

Pouco depois chegaram os dois sargentos antigões e deu-se início a mais um dia de trabalho, o último para Magalhães como policial militar da ativa. Aliás, suboficial Magalhães, esqueci-me de contar, pois fora promovido alguns meses antes de efetivarem sua reforma.

Recebia os protocolos das mãos dos militares, conferia, procurava a identidade nova na gaveta e conferia mais uma vez. Colhia as assinaturas necessárias no livro de controle e só depois repassava o documento às mãos do proprietário, e fez isso a manhã toda até a hora do almoço. Sentou sozinho no rancho e comeu apenas por hábito, não estava com fome. Sentia-se assim já há algum tempo, desde que desconfortos insistentes passaram a lhe acometer, sem mais nem menos, a qualquer hora do dia. Era como se um imenso cansaço se apoderasse de seu corpo e, por mais que repousasse, não conseguia se recuperar, tudo o deixava extremamente irritado. A cama, o colchão, o travesseiro, nada lhe permitia um pouco de sossego, e tinha semanas em que não conseguia dormir mais de três horas por noite, o que o levou a procurar um médico no HCPM. Ele disse que seus sintomas denotavam características de stress e receitou alguns calmantes, mas mesmo assim não conseguia descansar bem. Por mais triste e absurdo que possa parecer, Magalhães estava sofrendo de uma síndrome de abstinência comum entre policiais que se acostumaram a matar rotineiramente e foram interrompidos em suas ações. Matar, para o PM que se transforma em psicopata, é uma função que ele precisa exercer para se sentir vivo, para existir, e, quando lhe tiram isso, ele começa a entrar em curto por não se perceber mais como parte de algo. Torna-se só mais um, sai do entorpecimento causado pela sua droga e começa a delinear o quanto é vil e cruel, e isso o incomoda; é o próprio autojulgamento subjetivo gritando que ele é um condenado, um maldito, pelas coisas horrendas que já perpetrou e que virão clamar por justiça, mais cedo ou mais tarde. Enquanto ele está com o fuzil empunhado, subindo as ladeiras ou patrulhando o asfalto, ainda tem a sensação de poder e controle, e a ilusão de que continuar a matar não é nada mais do que seu próprio dever; mas, quando ele é obrigado a largar as ruas, é forçado a refletir sobre as consequências de sua malignidade, e entende o quão impotente será no momento em que for chamado a prestar contas acerca do sangue alheio derramado. Magalhães não tinha pesadelos nas suas poucas horas de sono, havia passado dessa fase, mas frequentemente tinha visões perturbadoras e pensamentos que o deixavam alucinado. Em sua mente, revivia suas vítimas pediando por clemência. Imaginava seus filhos passando pela mesma situação, diante de um assassino frio e implacável que os dilacerava com tiros e depois profanava seus corpos. Pensava na mulher sendo assassinada durante um assalto, em algum antigo desafeto que ele prendeu ou seviciou procurando-o para vingar-se; enfim, estava com a cabeça completamente perturbada pelos anos no front. Assim ele vivia, e, de vez em quando, a cena da criança que ele matou sem querer, debaixo do cadáver do pai que tentou protegê-la, impressionava-o tanto que causava taquicardias; por duas vezes foi parar na emergência do posto de saúde perto de sua casa, com a pressão arterial no limite, quase lhe provocando um derrame.

No segundo tempo do expediente o movimento de atendimento aos militares diminuiu e as horas se arrastavam, mas ele não estava ansioso pelo momento de ir embora. Ao contrário, sentia com suavidade cada segundo derradeiro de sua permanência no ambiente do quartel. Lembrava de quantas ocorrências, quantas incursões havia participado, dos tiroteios e das emboscadas, do caminho longo e árduo percorrido até chegar aquele dia libertador. Absorto em meio a tantas recordações, nem piscou quando um soldado que trabalhava com o coronel avisou que o major, seu superior imediato, queria lhe falar. Subiu as escadas e entrou na sala do oficial, um jovem que nunca havia trabalhado nas ruas, sequer matado alguém, e ouviu um breve discurso de felicitações pela data tão importante. Perguntado se havia alguma coisa que desejasse do comando, pediu apenas para ser liberado mais cedo, pois iria comemorar levando a família para jantar em uma churrascaria.

Depois de conseguir a liberação, retornou à sala das identificações e despediu-se dos dois sargentos ensebados e de mais alguns colegas do QG. No armário do alojamento não havia quase nada, já vinha esvaziando-o aos poucos para que, no último dia, não tivesse que atulhar um monte de coisas no carro, e antes de seguir para o estacionamento parou em um trailer de lanches que ficava no pátio dentro do quartel. Pediu um café, e durante alguns minutos observou os militares e civis atarefados, passando de um lado para o outro, cada qual com suas respectivas atribuições. Na verdade, ele queria ver se encontrava mais algum conhecido para se despedir, de preferência alguém com quem já tivesse dividido uma trincheira no passado e que compreendesse o que ele estava sentindo naquele instante: que não era bem uma alegria, estava mais para um alívio, e continha doses cavalares de saudosismo e melancolia. Não havia mais cura. Para o sub Magalhães, depois de tantos anos imerso em ambiente de absoluta hediondez e insanidade, os estragos eram arrasadores e as consequências irreversíveis.

Nesses casos, só há uma possibilidade de libertação.

JANTOU COM A FAMÍLIA EM UMA DAS MELHORES CHURRASCARIAS DA ZONA Norte do Rio de Janeiro, que ficava ao lado de um shopping na avenida

Dom Helder Câmara, e depois pegaram o caminho de volta para casa. Magalhães sabia dos perigos de seguir por aquela avenida e terminou a comemoração com a esposa e os dois filhos bem cedo, por volta das 20 horas, até porque no dia seguinte também haveria outra ocasião especial. O filho mais velho fora aprovado no concurso para a Escola de Especialistas da Aeronáutica e iria embarcar para Guaratinguetá (cidade do estado de São Paulo onde fica sediada a Escola) logo de manhã, para o início do período letivo. Ficariam alguns meses sem ver o jovem, que permaneceria em regime de internato militar até a primeira licença; por isso, aquele era um desses momentos muito felizes em que a família toda comemorava as vitórias amealhadas com tanto sacrifício. Dentro do carro, enquanto estavam parados no sinal em meio ao trânsito, próximo a um dos acessos à Linha Amarela, Magalhães se divertia projetando com o filho como seria sua adaptação à vida na caserna, e, depois de quase trinta anos na vida louca, se distraiu por alguns segundos. Somente isso, alguns segundos, tempo em que os marginais saltaram do carro e puseram-se de pé, todos de pistola, bem em frente ao seu C3. Se ele tivesse percebido no momento em que os bandidos abriram as portas do Fiesta parado à sua frente, teria sacado sua pistola .40, que estava embaixo da perna esquerda, e impediria o avanço, com grandes chances de rechaçar a investida, pois, como já relatei, bandido quer é moleza e tende a fugir se não tiver a oportunidade de atirar primeiro. Mas quando deu conta do que estava acontecendo, um dos vagabundos já batia com o cano da .45 no vidro da sua janela, gritando insistentemente para descerem todos. Ele sabia que, se reagisse àquela altura, colocaria em risco toda a família, pois o carro viraria alvo dos outros assaltantes; então fez a única coisa que passou pela cabeça: enfiou a pistola por baixo do banco, com a carteira, na esperança de esconder sua condição e, assim, tentar salvar a vida dos familiares e a sua própria. A mulher de Magalhães, prevendo uma desgraça, começou a gritar; num ato inteiramente instintivo, se recusava a descer do veículo, e gritava cada vez mais alto: "Não, não, vai embora...". O sub tentava manter a calma, e desembarcou dizendo ao marginal para levar o que quisessem, que só deixassem a família sair. Um dos bandidos deu a volta e arrancou os jovens do banco de trás a pistoladas, enquanto o outro puxou a mulher pelos cabelos. Todos os vagabundos gritavam: "Sai logo, porra! Sai daí, caralho, perdeu! Vou te matar hein, sua piranha! Desce logo! Cadê o segredo? Me dá o segredo?". Eles queriam saber se o carro dispunha de algum sistema de bloqueio ou alarme, e Magalhães retrucou: "Não tem alarme não, pode levar que não tem alarme, só deixa minha família sair...", mas os bandidos estavam confortáveis na sua rotina de trabalho, e é do costume de muitos marginais cariocas proceder à revista no interior dos carros antes de finalizar roubo. Faziam isso de maldade mesmo, querendo arrumar um motivo para matar; um dos vagabundos já tinha "manjado" Magalhães e falou: "Qual é, coroa... tu tá muito tranquilo, tu é polícia? Se tu for polícia eu vou te matar, hein, seu filho da puta, não fica de caôzada não, porra... faz o quê da vida?". Nem deu tempo de inventar alguma coisa para responder.

Aconteceu tudo muito depressa. Muito depressa mesmo.

Os filhos escorraçados cambaleando pelo asfalto, a esposa buscando forças para se reerguer do chão, um bandido olhando ao redor, preparando a retirada, o outro arguindo, com a pistola apontada para sua cabeça, e o último olhando o interior do carro, quando passou ao banco do motorista e se agachou. Magalhães olhou por cima do ombro direito do moleque que o rendia, que deveria ter no máximo 18 anos, e percebeu a cara de espanto do outro vagabundo quando correu a mão por baixo do assento. Viu sua boca se entreabrindo para gritar o alerta aos comparsas, e se lembrou dos morros, do fogo, do sangue, da pólvora, dos estampidos, dos gritos, da morte... Por um breve instante olhou para a mulher e se despediu mentalmente, como quem pedia desculpas por todo o tempo negligenciado, como quem reconhecia que nada daquilo tudo, na insanidade em que viveu, pagava a emoção das coisas que estavam por vir; que o que importava de verdade não era o dinheiro nem a adrenalina mas sim as pequeníssimas coisas, como poder embarcar seu filho no ônibus na manhã seguinte, conforme o combinado. Se pudesse voltar atrás algumas horas, teria deixado a arma em casa, como ela sempre pedia, e tentaria encontrar um caminho de cura para as neuroses que desenvolveu, e que insistiam em lhe inculcar que não deveria abandonar o chumbo, que ele era um matador e que matadores não mudam...

Magalhães se projetou contra o bandido que estava defronte e, em um gesto suicida, tentou tomar-lhe a pistola. Ele soube de sua sentença de morte no exato instante em que o marginal agachado fez menção de que havia encontrado sua arma, e não havia mais o que fazer senão lutar por um pouco de tempo, para que pelo menos sua família conseguisse escapar. Surpreendentemente, ele levanta os braços do vagabundo mais rápido do que este consegue apertar o gatilho, pois ficou descrente ao vê-lo esboçar a reação e rateou; a arma dispara uma trovoada seca para o alto e ambos caem, rolando no chão, disputando a posse da pistola. Magalhães grita a plenos pulmões para seus filhos e sua mulher: "Corre, vai embora, corre, vai, vai logo", mas eles estão atônitos com a cena dele se engalfinhando com o bandido, e também gritam de puro desespero. O vagabundinho fica apavorado com a reação inesperada e grunhe por socorro enquanto disputa a posse da arma: "Mata ele, mata ele 'fubá', mata ele...". O terceiro bandido, aquele mesmo que havia retirado os filhos de Magalhães à força do interior do carro, aproxima-se pelo flanco e praticamente lhe encosta o cano na têmpora direita. Cinco tiros no total.

Enquanto Magalhães recebe o metal incandescente direto no crânio, os filhos e a mulher, ao contrário do que ordenara, permanecem parados e não conseguem fugir. Ignoram os assassinos e correm para se atirar por cima do corpo do sub, chorando e clamando para que não continuassem com aquela maldade. Os bandidos ficam nervosos e rodeiam a cena até se coordenarem um pouco e decidirem pela retirada; nem deram atenção ao restante da família, fugiram levando o carro e os pertences, e também o mais valioso e emblemático objeto do roubo, o maior troféu: a pistola do policial assassinado. Dentro da favela, ela se torna o símbolo da disposição dos criminosos e é uma das formas mais tácitas de angariar respeito em meio à bandidagem. Cantando pneu, eles seguem rumo à Linha Amarela, deixando para trás mais um dos batidos e trágicos retratos da rotina carioca: uma família inteira chorando sobre o corpo de outra vítima da violência praticada por marginais armados.

Embora tenha sido praticado na frente de dezenas de testemunhas, o crime continua sem solução e os autores permanecem soltos.

E é bem assim, sem moral da história, sem condecorações, sem nada. Estirado no asfalto sujo e fedorento da avenida Suburbana, com a cabeça toda arregaçada, o suboficial da Polícia Militar do Estado do Rio de Janeiro encontrou o fim tão comum a muitos de seus colegas. O irônico é que aconteceu no momento mais delicado, quando todos já esperavam um final feliz, pois havia conseguido atravessar toda uma carreira e, finalmente, alcançara a reforma. Como sempre, a dor é para quem fica, e imaginem o trauma que é para um filho ver o pai ser covardemente assassinado no meio da rua. Um pequeno detalhe: a PM não pagou nem pelo caixão para enterrar o militar aposentado.

Pode muito bem ter sido uma alucinação causada pelas balas cozinhando seu cérebro, mas a última imagem registrada foi a de uma menininha de pé, de vestidinho rosa e amarelo, com a mão esquerda estendida, como quem se oferece para mostrar o caminho dali em diante.

Magalhães morreu de olhos abertos.

Rafael foi o último integrante do GAT a ser transferido.

Primeiramente, vagou pelo batalhão, de serviço em serviço, se escondendo o máximo de tempo possível das vistas do major P1 que continuava com sua famigerada listinha, circulando de um lado para o outro, à caça de mais um pato. Valendo-se do prestígio obtido por contínuas injeções de dinheiro no bolso do sargenteante – que, como sempre, mostrou ser uma estratégia política infalível dentro dos batalhões – Rafael conseguiu, durante um curto período de tempo, escapar da barca que passou e levou todos os seus antigos companheiros, mas não tardou para ele também ser execrado. Antes, porém, continuou nas ruas, de volta às RPs, e fez mais algumas ocorrências de respeito, ainda assim insuficiente para valorizar um pouco o seu passe. O "trabalho" feito na folga queimou feio a guarnição, e em escambo por outro assassino ele foi mandado para o 1º Batalhão da Polícia Militar, localizado no Estácio, centro da cidade.

Foi um duro golpe. Chegar em um batalhão daquele jeito, literalmente "bicado", não era uma coisa fácil de administrar. Teria de recomeçar toda a rede de articulações para aspirar novamente um lugarzinho ao sol, no mínimo uma patrulha, e então voltar ao jogo de gato e rato pelas ruas. Fazer amizades, conhecer os sargenteantes, os comandantes de companhia, enfim, tudo de novo. Ele chegou sem nenhum "padrinho", e o lugar relegado aos desapadrinhados é sempre o pior possível, não importa o quão bom de "pista" o militar seja; com isso, acabou escalado para trabalhar num dos postos mais odiados do batalhão, e que não rendia nem um real sequer a componentes: a visibilidade IV.

Mas ele ainda não estava sentindo os efeitos do baque na receita.

Depois do sequestro consumado, havia chegado a hora de dividir o lucro obtido com o pagamento do resgate; mais uma vez venderam os fuzis, com os quais obtiveram valores que ficaram entre 35 e 40 mil, e consequentemente somaram o montante pago em dinheiro vivo para só então destinar a cada um dos nove envolvidos (do lado dos PMs) a parte que lhes cabia. Não foi nada daquilo que Rafael esperava: eram muitas pessoas envolvidas na divisão e, depois de trocar de carro e pagar algumas contas pendentes, sobrou dinheiro apenas para comprar uma moto seminova de baixa cilindrada, e olhe lá. Preferiu guardar na poupança o que sobrou, e percebeu que tinha ainda um longo caminho de crimes a trilhar caso, realmente, quisesse a estabilidade financeira que tanto almejava. Ele sabia que com a transferência muita coisa mudaria; não teria mais os arregos, os "botes", e o pior: toda a trama tecida junto à informante se perdeu, pois de nada mais adiantava manter aquela relação se não tivesse uma equipe de pronto emprego para dar seguimento às missões.

Chegava ao serviço, se equipava e partia para mais um dia insosso, quando ficava baseado com a viatura por 12 horas consecutivas na entrada de um túnel que fazia ligação com a Zona Sul; nem horário de almoço tinha! Quando dava meio-dia, a supervisão de graduado trazia as quentinhas, muito malfeitas e mal-arrumadas pelos rancheiros do quartel; ele comia ali mesmo, sentado na viatura, suando em cima do arroz com feijão e carne moída, com pressa de acabar logo com a gororoba e montar guarda para que o companheiro pudesse comer também. Para impedir que os PMs fizessem "pedrinhos",[81] e com isso tentar evitar denúncias de extorsão (eu disse tentar, pois o PM sempre arruma um jeitinho de fazer merda quando realmente quer!), a via-

---

[81] Blitz sem autorização, para achacar motoristas.

tura tinha ordem estrita do comando para ficar estacionada em um plano superior à pista, num barranco, o que inviabilizava a prática do achaque e tornava o trabalho ainda mais penoso. Permaneceu nesse limbo por alguns meses e resignou-se à sua condição; restava apenas esperar que a sorte e o acaso lhe alçassem novamente a um posto de trabalho melhor, como acontecera quando foi indicado para a motopatrulha, e tratou de cuidar da própria vida fora da PM.

Na faculdade as coisas iam maravilhosamente bem.
    Estava longe de ser o melhor aluno da classe, mas, pelo menos, era muito interessado e alguns professores faziam gosto do fascínio que o Direito exercia sobre Rafael. À medida que ia se aprofundando no curso e nas matérias sentia-se mais e mais inebriado pela beleza dos dispositivos, elencados tão magnificamente pela mente humana tendo por objetivo a harmonia dos homens em convívio social, e uma das coisas que mexeu profundamente com seus conceitos foi a percepção da nobreza da arte de advogar.
    Quando canta uma prisão preventiva, ou, pior ainda, quando é preso em flagrante, o PM se desfaz até das ceroulas para pagar alguém que o defenda com empenho. Livra-se da casa, do carro, pega empréstimo, o que for necessário para garantir que o doutor cuide com carinho do seu processo – desde os bem cabeludos, com meia dúzia de homicídios, até os mais simples, como uma "receptaçãozinha" qualquer. Ter nas mãos o destino do matador é melhor do que sê-lo, e Rafael escolheu com gosto o rumo que iria tomar quando se formasse. Sorte da sociedade que ele não teve tempo para isso!
    No campo pessoal, a grande surpresa foi também uma bomba que mudaria radicalmente toda a sua vida: iria ser papai.
    Rafael não havia matado mais ninguém desde que começou o namoro com Sophia. De uma forma mágica, ela havia aplacado os ânimos dele e mudado um pouco a sua forma de pensar, principalmente no tocante às suas projeções particulares; e aquela história de se tornar um advogado era para isso também, para escapar das ruas e ter uma estabilidade emocional maior na lida com o novo papel de chefe de família. Todos os patameiros que co-

nhecia eram "pirocas" da cabeça, tinham relações (quando se relacionavam) conturbadas com a mulher e os filhos, e ele não queria ser assim. Já bastara o fiasco que foi o parco convívio dele com o "pai", não estenderia a sevícia ao seu próprio rebento. E também estava com medo de ser preso.

Rafael já havia feito muita merda e sentia verdadeiro pavor, agora que tinha tempo para pensar, de ser pego em algum vacilo do passado. Ele matou de folga, matou trabalhando, roubou, sequestrou, e não adianta que sempre o criminoso deixa para trás um pedacinho dele mesmo. Uma coisa havia decidido: se até aquele ponto conseguira ficar impune, mesmo com tanta lambança no currículo, era hora de dar um ponto final na carreira de "quebra".

Foi quando ela apareceu de novo.

É TUDO MUITO SIMPLES.

Você é o único responsável pelos seus atos e, por conseguinte, suas consequências, e as outras situações, as merdas da vida, simplesmente acontecem e ponto. Sem culpa do destino, sem karma, planos divinos, nada.

Rafael poderia dizer que o que aconteceu foi parte de um propósito que Deus tinha para sua vida, ou que naquele dia ele olhou para o lado tentado pelo diabo, furioso com a recente deserção de seu recruta; ou mais além: que os destinos dos dois estavam entrelaçados por dívidas cósmicas e espirituais adquiridas em vidas passadas, mas o certo é que ele parou para falar com ela, e, a partir daí, ambos colheram o resultado de seus atos. Simples assim.

Não tinha mais contato com a informante desde que saíra do 6º BPM.

Ela, por sua vez, não mantinha um backup de sua agenda telefônica anotada em papel (era perigoso), e perdeu totalmente o contato com os antigos comparsas depois que teve seu aparelho celular roubado dentro de um ônibus, na avenida Brasil. Ainda por cima, seus hábitos mudaram depois da grana que o sequestro rendeu, e ela não mais precisava frequentar a Vila Mimosa. Não precisava e não devia, pois, se algum bandido descobrisse a presença dela em meio a um lugar tão assiduamente frequentado por policiais, sobretudo depois do "bote" que o patrão sofreu, certamente seria interrogada. E interrogatório feito por bandido dentro da favela não é bolinho, ela sabia; então se esquivou da sacanagem antes que alguém suspeitasse de sua traição... Mas o que ela não sabia é que já tinha gente "ligada" no seu "proceder".

O bandidão não entubou a grana que teve de perder, mais os fuzis, para ser liberto; muito menos engoliu a maneira como se deu sua abdução. Sabia que alguém tinha lhe "dado" e, chapado de antidepressivos, começou a bolar secretamente um plano maquiavélico para descobrir quem fora o X9.

Junto com dois bandidos de confiança, o "Feixe" e o "Sapo", esporadicamente soltavam pistas falsas na presença de possíveis delatores, para ver se alguém mordia a isca. Essas pistas davam conta de transportes falsos, de movimentações igualmente falsas de bandidos fora da favela, e funcionavam da seguinte forma: ao identificar um possível espião, os bandidos passavam a conversar perto dele, simulando o traçado de uma grande movimentação de cargas de drogas, ou simplesmente emitindo bravatas acerca de seus planos para se divertir em boates do asfalto nos fins de semana. Se, por exemplo, o engodo da vez fosse uma saída de drogas da favela, no dia e no horário referido eles mandavam um carro realmente simular o transporte, só que vazio; caso ele fosse grampeado pela polícia no meio do caminho, saberiam, com grande percentagem de acerto, de onde e de quem partira o vazamento. Era uma tática simples e que por isso mesmo tinha grandes chances de surtir efeito; então passaram a soltar os falsos informes com assiduidade, e, como bons pescadores, aguardaram pacientemente até que alguém desse uma beliscada. Demorou alguns meses.

Rafael saiu mais cedo do batalhão naquele dia.

Penso que por conta de uma prova na faculdade, ou iria depor em alguma averiguação; enfim, ele saiu mais cedo, e, como eu disse, as merdas da vida acontecem e ponto, acabou.

Tinha que ser naquele dia, e se tivesse encontrado algum sinal de trânsito fechado, se a moto que pilotava não desse ignição de primeira, se o Nextel chamasse, se tivesse tido uma dor de barriga, ou parasse para tomar uma coca, se a fila da reserva de armamentos estivesse maior, ou se a moça demorasse mais fumando um cigarro no alto do morro, ou perdesse a chave de casa, se encontrasse alguma amiga na ladeira, ou fosse chamada para uma "ideia" lá no "larguinho", se qualquer uma dessas coisas tivesse acontecido, Rafael não teria visto a antiga informante enquanto passava pilotando sua motinha B.A. próximo ao HCPM.

A partir daí, o resto é história. Triste história.

O NOVO BATALHÃO DE RAFAEL ATUAVA EXATAMENTE NA ÁREA DA FAVELA DA delatora, mas ele ainda não havia vislumbrado maneira de tirar proveito disso, pois tinha perdido totalmente o contato com ela. Além do mais, estava absorvido em suas coisas pessoais, como o casamento e o neném chegando, e evitava pensamentos ruins como roubo, destruição e morte; porém, tudo mudou ao vê-la caminhando na calçada. De repente, Rafael se deu conta de como as informações passadas por ela poderiam mais uma vez mudar radicalmente sua rotina no quartel; de como agora, de posse de uma "X" tão valiosa, poderia até mesmo pleitear uma vaga no GAT do 1º Batalhão, famoso por ser muito recompensador quanto ao recolhimento de espólios. Era o velho hábito, adquirido no convívio intermitente com os ratos da PM, que falava mais alto, e que lhe gritaria insultos nos ouvidos por muito tempo caso não aproveitasse mais aquela oportunidade.

O contato entre os dois no meio da rua foi bem rápido.

Ele desembarcou da moto metros à frente do caminho dela, retirou o capacete, e ela de imediato o reconheceu. Sem chamar atenção, ele lhe passa o número de seu telefone celular, e a partir de então as conversas foram todas à distância.

Ela ligava sempre de orelhões fora da favela, a cobrar, e primeiramente mostrou curiosidade de saber como estavam as coisas com o restante da equipe. Rafael contou que todos haviam se separado (Magalhães ainda não havia sido assassinado) e que ele era o único agora com possibilidades de responder prontamente a um informe quando solicitado. Ela revelou que o clima na favela ficou bem ruim nos dias seguintes ao sequestro, e que, embora ninguém suspeitasse dela, tinha se afastado um pouco do convívio com a bandidagem. As conversas aconteciam no máximo duas vezes por semana e Rafael conseguiu convencê-la a se reaproximar aos poucos dos traficantes. Cobiça... Esse era um dos pecados que acometia ambos os lados envolvidos na articulação. Ela queria mais um dinheirinho para se levantar de vez e sair do morro, para ir morar com a mãe em Belford Roxo e abrir o próprio prostíbulo, negócio que a mãe já estava acostumada a gerir e por conta do qual tinha até ficha criminal. Ele queria dinheiro porque... Porque... Ora por quê? Por que era PM, só por isso!

Ela estava sentada na calçada com a concubina mirim do chefão, aquela mesma, quando Rufinol chegou com mais oito seguranças pajeando. Havia passado mais ou menos um mês do reencontro com Rafael e a informante retomou intensamente as atividades de simpatia ao tráfico; entretanto, tinha sido uma das poucas que ainda não fora submetida ao "polígrafo" torto dos marginais e deveria também ser testada.

O bandido não acreditava que o vazamento pudesse passar justamente por ela. Logo ela, que tinha um filho de um comparsa morto em confronto com a polícia? Que teve um irmão assassinado do mesmo jeito? Que já tinha sofrido achaques, extorsões, agressões, que foi encaminhada à DPCA várias vezes debaixo de murros pela PM – iria agora mudar de lado?

Ledo engano o do bandidão neurótico! Continuava servindo ao mesmo lado de sempre: o dela mesmo.

Naquela noite ele chegou eufórico para o serviço.

Sexta-feira, centro do Rio. A rua estava quente e abafada e havia gente passando por todo lado; o movimento na subida da favela era imenso e o trânsito, mesmo àquela hora, ainda não tinha dado uma aliviada. A informação que obteve dava conta de uma transferência de carga de cocaína que aconteceria por volta das 22h; sozinho, Rafael esquematizou tudo para que o "bote" fosse certeiro.

O primeiro passo era conseguir liberdade de ação para patrulhar com a viatura, e para isso foi falar direto com o oficial de supervisão. Cinquenta reais resolveram o problema; nem passou pela cabeça de Rafael contar ao tenente sobre o informe que iria verificar, seria mais um para divisão, e dessa vez não era preciso uma equipe grande para chegar ao pote de ouro. Ao companheiro de serviço, com quem faria dupla pela primeira vez, contou apenas que mais tarde verificariam uma "situação" séria, que poderia lhes render uma boa grana, ao que o cabo não negou as origens e logo se animou.

Prontos para o combate, saíram às ruas e deram início a mais uma patrulha. Como efeito colateral do ganho da liberdade de ação, a sala de operações, que não levara nada do acerto feito com o oficial, aproveitou o novo setor em patrulhamento e despachou algumas ocorrências, mas nada que atrapalhasse muito os objetivos primários de Rafael. Resolveram um 632 (perturbação do sossego), um chamado para verificação de 701 (carro abandonado em via pública), e a hora ia avançando, e a tão aguardada ligação não acontecia. O carro que faria o transporte era um outro táxi, que ela descreveria por telefone tão logo fizesse a identificação, alertando para o momento em que o veículo estivesse deixando a favela. Os PMs tinham de ficar nas vizinhanças do morro para poder fazer o cerco corretamente, assim que fossem alertados; eles permaneceram rodando por perto mas sem nunca parar, nem mesmo próximo à subida da comunidade, para não despertar atenção, e em um desses volteios, ela ligou.

Identificar e abordar o táxi, um Vectra, não foi difícil. Ele destoava da maioria dos outros da ladeira, sobretudo pelos decalques da cooperativa do Méier, mas o que se passou depois de o interceptarem naquela ruazinha escura foi extremamente angustiante.

Rafael revirou o interior do carro pelo avesso. Esquadrinhou o porta-malas, levantou todos os bancos, esvaziou o porta-luvas, verificou embaixo dos para-lamas, e começou a perder a paciência. O motorista não parava de falar, um homem de uns trinta e poucos anos que insistia em dizer que havia apenas deixado um cliente na favela e que estava retornando à sua praça; mesmo depois de muita exasperação de Rafael, no curto interrogatório que se seguiu, mostrava irredutibilidade na lorotinha que tão bem ensaiara para o caso daquele entrevero. O soldado foi ficando possesso: não era possível que tivessem abordado o carro errado. Ela tinha dado todos os detalhes pelo celular, inclusive a cor azul da camisa que o motorista usava, e foi aí que o jovem PM cometeu um erro gravíssimo, passível somente aos "recrutas", afobados e pueris quando no trato com informantes. Ainda não tinha o cacife articulatório para bancar sozinho as nuances inter-relacionais com um infiltrado: se fosse Magalhães ou Anselmo no seu lugar, jamais teriam feito ou aprovado a merda impensada. Recalcitrante quanto a sua própria constatação, ele ligou de volta para a "X". Sem saber, Rafael estava ali corroborando a assinatura da sentença de morte da mulher.

O toque do outro lado da linha chamou insistentemente duas, três vezes, até que em dado momento uma gravação avisou da indisponibilidade do número chamado. O aparelho fora desligado. Transtornado, Rafael andava de um lado para o outro, ainda tentando a ligação; o cabo Murilo continuava a revirar o automóvel de cima a baixo e nada de encontrar alguma coisa. O motorista esboçou um sorrisinho de deboche, pois a isca tinha sido mordida com força; algum tempo depois, quando já havia sido liberado, ligou para o patrão e deu todos os detalhes da abordagem certeira que sofreu, inclusive reportando as insistentes ligações do PM mais parrudo, que tinha as orelhas deformadas, provavelmente pela prática de lutas marciais. Rafael perdeu a linha ao ver na cara do sujeito o sorrisinho de canto de boca, e bandou o safado que subiu as pernas a meio metro de altura, já caindo de lado no asfalto. Babando de raiva, o soldado montou no agora nada risonho motorista de táxi e bateu com a cabeça dele no asfalto seguidas vezes, vociferando: "Cadê, seu filho da puta? Cadê o bagulho? Aonde tu entocou o bagulho, seu arrombado? Vou te matar é agora, seu viado do caralho, cadê a porra do bagulho?..."

Murilo, que não conhecia a intempestividade e inconsequência de Rafael, ficou estático por alguns momentos, vendo a cabeça do debochado quicar no asfalto esfarelado da ruazinha escura, e só depois que o nariz estourou e começou a esguichar sangue como um chafariz é que resolveu intervir. Fez bem. Além do nariz, a testa e os malares também já apresentavam ferimentos graves, e Murilo tentava agarrar o companheiro, que só a muito custo parou com a sandice. O motorista, semiconsciente, foi amparado pelo cabo, que o ajudou a restabelecer-se de pé. Depois o conduziu ao interior de seu Vectra, com a recomendação para esquecer o ocorrido e voltar imediatamente para sua praça, pois eles sabiam de seu envolvimento com o tráfico; caso não obedecesse à orientação e procurasse uma delegacia para se queixar, iriam atrás dele, e dessa vez deixaria que o soldado terminasse o que havia iniciado.

Sentado na viatura, Rafael buscava entender o que é que tinha dado errado naquela maldita elucubração.

Maldita seja aquela noite.

Ministério Público do Estado do Rio de Janeiro

DENÚNCIA

"Por volta das 22h30 do dia 23 de outubro de 2009, nas proximidades da estação de metrô do Estácio, nesta cidade, os denunciados, de forma livre e consciente, com união de ações e desígnios, em serviço, subtraíram, em proveito próprio, a quantia de 1.950,00 (hum mil novecentos e cinquenta reais) da vítima Lavínia Prates Ferreira.

Nesta mesma data, enquanto circulavam com a vítima pelos bairros do Estácio e da Tijuca, nesta cidade, os denunciados, consciente e voluntariamente, com união de ações e desígnios, em serviço e com emprego de arma de fogo, mediante sequestro, tentaram extorquir, em proveito próprio, indevida vantagem econômica, consistente na quantia de 30.000,00 (trinta mil reais) da vítima para liberá-la.

Ainda com a vítima subjugada em seu poder, por volta de 1h30 do dia 24 de outubro de 2009, na estrada da Vista Chinesa, no Alto da Boa Vista, os denunciados, consciente e voluntariamente, com união de ações e desígnios, em serviço e com emprego de arma de fogo, constrangeram a vítima, mediante violência e grave ameaça, a permitir que com ela se praticasse atos libidinosos diversos da conjunção carnal.

No ato da abordagem, os denunciados se apoderaram da quantia que a vítima levava em sua bolsa, quando da revista, afirmando que a conduziriam para a delegacia de polícia, sem devolver-lhe os 1.950,00 (hum mil novecentos e cinquenta reais) que a mesma tinha em sua posse.

Já no interior da viatura, os denunciados começaram a ameaçar a vítima de forjar um flagrante de tráfico de drogas, mostrando alguns papelotes de substâncias semelhantes à cocaína e à maconha, afirmando ser a mesma mulher de bandido, devendo a mesma conseguir mais 30.000,00 (trinta mil reais) para colocá-la em liberdade.

Com a resposta da vítima de que não possuía essa quantia, os denunciados a mantiveram em seu poder, inicialmente na viatura e a seguir em veículo de cor branca, sendo todo o tempo perpetradas ameaças e agressões físicas em face da mesma.

Ao chegarem no Alto da Boa Vista, os denunciados mandaram que a vítima saísse do referido veículo branco, tendo o segundo denunciado, o SD PM RAFAEL FIGUEIRA DA SILVA, retirado suas algemas, passando a apertar seus seios com as duas mãos; enquanto estava atrás da mesma, colocou ainda as mãos em sua barriga, nas suas nádegas, na sua vulva, tocando-a, tudo na presença e com a anuência do primeiro denunciado, o CB PM MURILO MACEDO OVELHA.

Em seguida, agindo com ânimo de matar, no intuito de garantir a impunidade dos crimes praticados anteriormente, o segundo denunciado, SD PM RAFAEL FIGUEIRA DA SILVA, mandou que a vítima ajoelhasse e perguntou se a mesma "sabia rezar", então lhe desferiu um disparo de arma de fogo, que ora sabe-se ser um fuzil FAL cal. 7.62, na altura do rosto, que perfurou sua face ao lado do nariz e saiu atrás da orelha direita, tendo a vítima caído de um barranco, passando então a se fingir de morta.

Após algum tempo em meio a folhagem, com muito esforço, a vítima conseguiu escalar o barranco de volta, quando percebeu a reaproximação do carro de seus algozes e se fingiu de morta mais uma vez, e ouviu quando um deles disse: "está morta!", sendo que, depois de perceber que os mesmos haviam deixado o local, voltou à via principal à procura de socorro, onde foi atendida primeiramente por um ciclista que passava naquele momento pelo Alto da Boa Vista..."

É muito delicado.

Discorrer sobre o que realmente aconteceu naquela noite, depois que Rafael abordou o táxi, é delicado, pois muitos pontos permanecem obscuros até hoje.

A Justiça brasileira, recentemente, protagonizou episódios absurdos, com inocentes presos e sentenciados em processos pra lá de viciados. Existe o caso do Amazonas, em que um réu permaneceu seis anos preso preventivamente, acusado de um crime que previa pena máxima de quatro anos. Outro: de um homem em Minas Gerais que ficou preso por 19 anos até conseguir provar que era inocente, além de homônimos que pagaram por crimes que não cometeram, cidadãos que tiveram seus documentos roubados e foram incriminados quando bandidos fizeram uso destes, e vários outros exemplos que seria exaustivos descrever por conta de sua inacreditável repetição. É necessária e profícua esta breve exposição para que o leitor tenha a certeza de que a Justiça ainda passa longe de ser justa e imparcial, embora, para alguns, essas linhas possam parecer destinadas a defender apenas um dos lados envolvidos nos fatos que ocorreram naquela madrugada. Não é o caso; o objetivo é esclarecer o leitor que, quando se trata de procedimentos realizados pelo homem, tudo é de uma falibilidade enorme. Tomar como verdades absolutas certos juízos, sem ter o mínimo de conhecimento dos detalhes que ensejaram tal decisão, pode levar a uma distorção da realidade, que consequentemente conduzirá a uma irreal percepção da lisura no julgamento. Não se pode esquecer jamais que quem produz os juízos são homens, homens com funções importantíssimas mas apenas homens, e não seres infalíveis e incorruptíveis; e quem sofre as consequências dessas imperfeições do sistema é o lado mais fraco, o segmento da sociedade que está em descrédito, e pelo qual a maioria reserva verdadeira repugnância; aquele que não tem mais nenhuma característica pessoal e que passou a personificar apenas o estereótipo do assassino urbano licenciado pelo Estado, burro e ignorante – um monstro que se vende até por vale-transporte e meia dúzia de moedinhas. Não é só o PM que fica impossibilitado de transitar por um processo liso e retilíneo (também há outras figurinhas carimbadas que só se fodem nas mãos de juízes e promotores), mas ele se estrepa muito mais do que qualquer outro réu, simplesmente por conta da prerrogativa da função; senão vejamos:

Rafael e Murilo, denunciados pelo Ministério Público do Rio de Janeiro, são réus primários, possuem residência fixa, emprego público, e não foram presos em flagrante delito; todo o dispositivo é posto então a admitir-lhes o direito de responder ao processo em liberdade, certo?

Bem, existe uma alínea escondida, à qual só os magistrados têm visibilidade, que versa exatamente assim: "Salvo os casos em que o acusado for PM, visto que o mesmo pode destruir provas; fugir; matar as testemunhas que irão depor em juízo; explodir o Fórum; comer as folhas do processo; incendiar os arquivos..."

Além do mais, a investigação, conduzida pela autoridade policial que representou pela prisão temporária dos acusados, foi no mínimo tosca, e no máximo prevaricadora. Em menos de 12 horas de investigação, o delegado, faminto pelos holofotes, estava dando entrevistas em rede nacional, minuciando como resolveu o caso e afirmando que, sem sombra de dúvida, eram culpados os que estavam presos e seriam, certamente, condenados pela tentativa de homicídio contra a pobre jovem "vendedora". Ele não teve dúvidas! Mesmo sendo uma criminosa condenada (quando menor) por homicídio (de um irmão de sua mãe); tráfico de drogas; associação para o tráfico; roubo; mesmo tendo primeiramente declarado, ainda no hospital, que quem lhe deu o tiro na cara fora um de seus ex-namorados, mesmo assim, ele não tinha dúvidas quanto à culpabilidade dos PMs. A delegacia era injetada pelo dinheiro do tráfico da favela à qual pertencia a acusadora (por Deus! Não há um policial do 1º Batalhão que não saiba disso, muito menos das delegacias vizinhas!), e uma figura, agora determinante para comprovar a ligação dela com o tráfico, acompanhava suas declarações e orientava, sistematicamente, tudo o que deveria ser dito ao delegado: o advogado que havia providenciado o pagamento do resgate de Rufinol, Dr. Girão.

Foi ele o grande articulador, a ponte entre as determinações do traficante e os depoimentos prestados na delegacia e em juízo, o responsável por engendrar toda a trama que, fatidicamente, resultou na condenação de Rafael. Ele a acompanhou nas audiências, esteve presente todo o tempo, e é no mínimo curioso que uma pobre e batalhadora vendedora de roupas autônoma (como se declarava) dispusesse de dinheiro sobrando, a ponto de arcar com os honorários de um assistente de acusação. Notoriamente, os clientes do doutor se afiguravam sempre os mesmos, integrantes de uma mesma quadrilha criminosa; até aí tudo bem, todos têm direito a defesa, mas com que intuito ele precisava acompanhar tão de perto cada declaração que a jovem prestava? O que é que ela não poderia dizer de maneira alguma? A quais interesses o advogado estava verdadeiramente servindo? Quem era o verdadeiro cliente?

Acontece que a vítima realmente foi baleada.

No alto do morro, o bandido aguardava a ligação do taxista para informar se a isca tinha funcionado. Piorou a situação a tentativa de contato de Rafael, que ela tentou esconder, inclusive desligando o celular, pois estava na presença de outros comparsas do criminoso e precisava ser discreta. Julgada e condenada pelo tribunal do tráfico, assim como fizeram com os jovens entregues pelos militares do Exército tempos antes, recebeu a sentença de morte, mas com uma diferença: não seria executada nos domínios da favela. Tinha de ser em um local onde o corpo não aparecesse, para evitar atrair a atenção da polícia para o narcotráfico, e o encarregado da tarefa foi um conhecido alcoviteiro. Mas ela sobreviveu.

O tiro de 9mm a derrubou, mas não matou; desesperada, foi acudida e encaminhada ao hospital, onde se lamuriava da covardia que sofreu pelas mãos de um ex-namorado; e foi bem aí que veio o estalo: a quem acusaria? Levaria a polícia ao morro para identificar o autor do tiro? Como justificaria seu envolvimento com os traficantes sem se comprometer? E se descobrissem seu passado de crimes e sanções? E a irmã mais nova, que ainda tinha ficado na favela, como seria protegida da retaliação dos bandidos? Aonde ela iria morar depois de denunciar os donos do morro? E seus pertences, sua casa, o que seria dela?...

Rapidamente, a polícia chegou e passou a lhe perguntar coisas que ela teve de responder. Mentiu, por autodefesa e passionalidade. Estava certa de que havia sido vendida pelo PM safado, que, na primeira oportunidade em que cuidou sozinho nos trabalhos, teve o disparate de ligar para o seu celular, sabendo que ela estava dentro da favela, só para denunciá-la, e assim ganhar mais um dinheiro por sua cabeça. O advogado foi acionado para intermediar o acordo, feito com a promessa de que ela permaneceria viva e ninguém faria mal a sua família, desde que prosseguisse com a acusação contra os policiais.

A sacanagem foi tão escrachada que o delegado recebeu a vítima novamente na sede policial, mais de um mês transcorrido o fato, quando já de posse de todos os mapas GPS da viatura de Rafael, para que ela desse um novo depoimento acerca do que acontecera na noite em que sofreu o atentado. O advogado do tráfico a acompanhou na formulação desse novo depoimento e, sob suas instruções, ela – que conhecia o itinerário que Rafael cumpriria aquela noite, sabia até o local escolhido para dar esconderijo enquanto "trabalhavam" a "mula": um terreno desativado pertencente ao antigo IML – ela, sob a orientação do inescrupuloso advogado, relatou toda a estória que figurou no processo e estampou as capas de jornais:

"A vítima caminhava em direção à estação de metrô do Estácio quando foi abordada por dois policiais em uma viatura, que pediram para revistar sua bolsa. Os policiais encontraram aproximadamente 2.000 reais em dinheiro e passaram a questioná-la sobre a origem deste, ao que ela respondeu que eram economias, e imediatamente eles ordenaram que ela entrasse na viatura, dizendo que a levariam para a delegacia. Depois de rodar por várias horas, com agressões físicas e psicológicas, dizendo que ela era "mulher de vagabundo", pedindo dinheiro para libertá-la inclusive, os policiais a transferiram para um veículo Gol, ou Palio, branco, estacionado nas proximidades do batalhão de choque, onde uma blazer caracterizada da Polícia Militar parou por alguns minutos e falou com eles. Depois de colocá-la no veículo branco, os policiais esconderam a viatura no interior de um terreno amurado, com um grande portão na frente, e levaram a vítima para o Alto da Boa Vista, onde praticaram atos libidinosos com ela e depois a alvejaram com um tiro de fuzil no rosto. A vítima sobreviveu e foi socorrida, vindo a relatar o acontecido, primeiramente no hospital, sendo encaminhada logo depois à sede policial..."

É uma estória escabrosa! Tão macabra que, se fosse verdade, seria impossível não deixar para trás rastros evidentes de sua absoluta autenticidade. Não foi bem o que ocorreu.

Rafael foi considerado culpado pelo II Tribunal do Júri da comarca da capital — 4 votos a 3.

Uma pessoa. Foi por um voto apenas.

Tentativa de homicídio: 12 anos e 8 meses. Regime fechado.

Mas, se o placar do júri por si só não é suficiente para, peremptoriamente, demonstrar que houve dúvidas quanto à veracidade dos relatos da acusadora, vejamos os fatos:

A vítima é também a única testemunha do crime. Não há, nas mais de três horas que ela alega ter permanecido em poder dos PMs, uma testemunha sequer que a tenha visto no momento em que foi abordada, ou quando foi colocada no interior da viatura, apesar do intenso movimento no local, bem em frente a um posto de gasolina, ou quando foi colocada no veículo branco em frente ao batalhão de choque, que conta com sentinelas 24 horas por dia; ou ainda quando estava para ser morta, pois, de acordo com o seu relato, isso aconteceu em via pública. Segundo o depoimento dela, foram três horas, de 22h30 às 1h30, rodando por pontos muito movimentados do centro da cidade, permanecendo todo o tempo livre e sem as algemas, e ainda assim não há uma testemunha que a tenha visto no interior da viatura.

A vítima alegou estar se sentindo ameaçada e com a vida em risco, pois os amigos dos policiais que tentaram matá-la poderiam estar à sua caça para finalizar o serviço. Disse até que teve de se mudar do morro por medo de represálias. Mentira. Se assim fosse, ela não recusaria o convite feito pelo delegado para pernoitar na sede da CORE, a elite da Polícia Civil, nos dias consecutivos ao atentado. Para completar, estranhamente, não aceitou ser inserida no programa de proteção à testemunha, fato esse que, inclusive, se fez constar no processo através de uma comunicação interna entre o inspetor responsável pela investigação e o delegado titular. Ela relatou que foi baleada durante a madrugada, e fez a denúncia na delegacia pela manhã, mas recusou a proteção que lhe foi imediatamente facultada dentro de um estabelecimento da elite da Polícia Civil e voltou sozinha para a favela. Por quê? Porque ela teve ordem para voltar. Lá, as coisas seriam acertadas, e em hipótese alguma ela deveria ficar andando com policiais a tiracolo. Como poderia, cercada por agentes do programa de proteção à testemunha, voltar para uma favela controlada por alguns dos piores traficantes da cidade? Impensável.

Durante as investigações, o delegado solicitou e o juiz determinou o fornecimento das imagens de 18 câmeras de monitoramento distintas, algumas da CET Rio, outras de firmas particulares, e nenhuma delas, absolutamente nenhuma, corrobora qualquer das alegações acerca do translado da vítima. Tampouco mostram uma movimentação, suspeita que seja, de uma viatura seguida por um carro branco, ou vice-versa, coisa que seria muito fácil de identificar pelas imagens se realmente tivesse acontecido.

Também foi determinada, durante as investigações, a quebra do sigilo telefônico e a triangulação das antenas reversas dos celulares de todos os envolvidos. Bem, a primeira medida trata apenas dos contatos telefônicos, mas a segunda verificação poderia trazer uma prova cabal contrária ao depoimento da vítima.

Orientada pelo advogado, ela foi enfática ao afirmar ter sido levada para a morte em um veículo branco particular, e não na viatura. Por quê? Porque se ela relatasse que uma viatura a levou para o Alto da Boa Vista, facilmente seria desmentida quando da análise do GPS da mesma; então, inventou um carro que não pudesse ser rastreado, para que tudo ficasse calcado somente na sua palavra. E qual seria o outro modelo mais sugestivo do que um Gol ou Palio branco, os mais rotineiramente usados pela P-2? Abandonar uma viatura não é coisa fácil de fazer, e o pior: chama a atenção de todos; então, por que arriscar serem descobertos? Se eles iriam matá-la, e garantiriam assim a impunidade, por que não foram na própria viatura?

Entretanto, havia um modo seguro de dirimir todos esses questionamentos. O advogado da falsa vítima não atentou para o fato de que todos os telefones celulares podem ser rastreados quanto à localização, se a operadora telefônica assim o quiser. Então, cumprindo uma determinação judicial, Nextel, Vivo, Oi, Tim e Claro mandaram seus relatórios e mapas acerca dos números cadastrados nos CPFs dos envolvidos na dinâmica do fato. Curiosamente, o celular da vítima não saiu da favela, contrariando o que ela havia dito inicialmente: que os PMs ficaram com sua bolsa contendo o dinheiro, os documentos pessoais e o aparelho da operadora Vivo. Deveria constar no relatório toda a movimentação descrita por ela para que fosse uma prova contundente de sua denúncia, pois acompanharia o GPS da viatura até o momento em que passaram ao carro branco, e seguiria também até o Alto da Boa Vista, na hora derradeira. Não só a peça investigatória desmentia o que ela havia relatado, como ainda havia mais. O cabo Murilo estava sem celular, porém, chamou atenção o mapa da localização do usuário Rafael Figueira, cliente da Nextel há mais de um ano, com o mesmo número, que sempre pagava suas contas em dia. Ele não passou nem perto do Alto da Boa Vista.

Bem, se o mapa da vítima desmente suas declarações, e o do PM não o coloca na cena do crime, sequer próximo, então está esclarecido, não é mesmo?

Engano. Manobras da promotoria, ajudadas pela falta de empenho e incompetência da defesa de Rafael, permitiram que a prova se perdesse em meio ao julgamento. E mais:

O tal carro branco nunca foi localizado.

Fios de cabelo foram encontrados na viatura. Era de se esperar, já que a vítima alegou ter sido espancada no interior da mesma durante horas. Foi feito um exame de DNA para confrontar se aquele material genético era mesmo dela, e adivinhe? Não era.

Insatisfeito, o promotor mandou repetir o exame. De novo negativo.

Diversas impressões digitais de variados doadores, não só dos policiais de serviço, foram colhidas no interior e na parte externa da 54-3871, o que comprova que ela não foi lavada, e conservava, assim, a integridade necessária para a obtenção de provas. Isso elimina a tese de que os PMs possam ter "limpado" o veículo usado no crime. Nenhuma impressão digital da vítima foi encontrada em qualquer das superfícies analisadas.

O tenente supervisor realmente encontrou com Rafael e Murilo em frente ao batalhão de choque, num momento em que a vítima alegava já estar em poder dos algozes. Supervisionou os comandados e assinou a papeleta. Isso foi usado, principalmente pela Justiça Militar, para dar como incontestável o relato da vítima, pois que não teria como saber o exato local e hora da supervisão se não estivesse dentro da viatura. A não ser que alguém tenha lhe dado tal informação, facilmente obtida pela leitura das arcaicas papeletinhas. O tenente afirmou em todos os seus depoimentos que não vira ninguém dentro da viatura; logo, ou ele era conivente, ou estava falando a verdade. Em qualquer dos casos, o que aconteceu foi uma aberração jurídica. Se era conivente, houve injustiça, e um criminoso está solto, visto que deveria ter sido responsabilizado pela coautoria, ou, no mínimo, por prevaricação. Se estava falando à verdade, foi ignorado, e um inocente acabou pagando com a liberdade.

E por último, a ironia mais absurda.

A prova que serviu como base para a argumentação que condenou Rafael também era a mais evidente indicação de que os relatos da vítima não acordavam em hipótese alguma com a realidade. Um estojo deflagrado de fuzil cal. 7.62 foi recolhido no local em que a vítima alega ter sido baleada pelos PMs. Segundo ela, foi o fuzil Parafal 7.62 de Rafael que esteve a aproximadamente 50 centímetros da sua cabeça, e dele partiu o disparo que transfixou seu rosto e saiu atrás da orelha. Atendida, medicada e liberada poucas horas depois do atentado, nenhuma sequela sucedeu ao tiro, embora tenha atingido uma das áreas mais nobres do corpo humano. Nenhum pedaço de osso foi estilhaçado na entrada ou na saída do projétil e, mesmo tendo a munição incandescente atravessado a da boca da jovem, nenhum dente foi arrancado ou quebrado, nenhuma perda de tecido, absolutamente nada. As chamas que saem do cano da arma também deveriam ter causado uma queimadura de segundo ou terceiro grau, dada a distância descrita pela acusadora; no entanto, ela não apresentava ferimentos que sequer lembrassem tais características. Os procedimentos médicos feitos no hospital se limitaram apenas à limpeza e sutura dos pequenos orifícios: três pontos em um e dois no outro.

Foi feito confronto balístico entre o cartucho recolhido na cena do crime e outros deflagrados pelo fuzil de Rafael, que também foi apreendido. O resultado foi positivo. Todos saíram da mesma arma.

Contudo, as perícias realizadas em cartuchos usados não são totalmente precisas. Diferentemente das análises balísticas, onde são confrontadas as marcas exclusivas deixadas no projétil pela alma raiada da arma que o disparou, no cartucho são analisadas as marcas deixadas no momento da percussão e extração, impressões essas provenientes do uso contínuo da arma e não características físicas da mesma, implicando aí a seguinte pergunta: poderia uma arma, igualmente usada, produzir marcas de extração semelhantes a outra? A resposta é sim.

Se dois fuzis novos, sem uso, deflagrarem suas munições, ambos terão marcas únicas e distintas impressas e seus respectivos projéteis; porém, as marcas nos cartuchos ejetados serão exatamente iguais, ou impassíveis de confronto, pois ainda não estariam "marcados" pelo uso contínuo da arma, padronizando assim as eventuais ranhuras deixadas nos estojos. Mas esqueça essa nuance.

Pior do que ela foi o fato de o delegado ter colhido o cartucho da estrada das Paineiras não na primeira, mas sim durante a segunda visita feita ao local do suposto crime.

Ah, sim, na noite em questão, após a bola fora do táxi Vectra, Rafael trocou tiros com bandidos em uma moto na rua Barão de Petrópolis, e eles conseguiram atingir a viatura na coluna bem ao lado do banco do motorista, quase colado à cabeça do soldado. Era imperativo o registro do caso na delegacia, visto que o patrimônio público foi danificado, e a perícia recolheu vários cartuchos deflagrados de carabina .30 e de fuzil 7.62 no interior da 54-3871, o que, aliado à avaria causada, prova que o tiroteio realmente aconteceu.

Então, temos o caso do delegado ter ido primeiramente ao Alto da Boa Vista em companhia da vítima, na mesma manhã da tentativa de homicídio, e não encontrar o cartucho. Depois, a perícia vai até o batalhão e analisa a viatura, recolhe fios de cabelo, colhe digitais, tira fotos e apreende diversos cartuchos deflagrados, espalhados por debaixo dos bancos e assoalho. Por conseguinte, a autoridade policial retorna ao Alto da Boa Vista, ainda no mesmo dia, e arrecada na ladeira descendente, que era a pista, o milagroso cartucho que sustentou toda a acusação e, por fim, condenou Rafael.

É por demais irônico...

Rafael viu muitas vezes, e bem de perto, o tamanho do rombo provocado por um tiro de "meiota". Quando a bala sai, o vácuo "chupa" para fora tudo aquilo que atravessou. Na cabeça então, no meio da cara, ao lado do nariz, com o projétil entrando e saindo, seria impossível sobreviver sem terríveis sequelas... E, mesmo assim, ninguém acreditou nele.

Não há um PM que acredite que a jovem foi alvo de um FAL 7.62. Também não há nenhum que acredite na inocência de Rafael. É o mais completo retrato da falência da instituição.

Desacreditada até mesmo entre seus pares, só basta uma notícia impressa e televisionada para que toda uma acusação se torne verdade – e o que não podia ficar pior, piorou ainda muito mais...

Além da tentativa de homicídio, Rafael e Murilo foram paralelamente processados, na auditoria da Justiça Militar do Rio de Janeiro, pelos crimes de extorsão mediante sequestro, furto e atentado violento ao pudor. O massacre foi possível porque os acusaram de praticar os crimes durante o serviço ordinário; então, seria de competência da Justiça Militar estadual julgá-los no tocante aos crimes comuns. Pode parecer complicado mas é assim mesmo que as coisas são: dois tribunais diferentes para julgar crimes diferentes. Se um PM mata alguém, de serviço ou na folga, ele é julgado pelo Tribunal do Júri, pois é dele a competência de julgar todos os crimes dolosos contra a vida, incluído aí o 121 tentado.

Se o mesmo PM rouba alguém na folga, é julgado pelo tribunal comum; já se o faz durante o serviço, vai para a Justiça Militar, e será julgado igualmente por um juiz togado, mas que contará com a assessoria de juízes militares, oficiais da PM escalados para cumprir a função por um determinado período de tempo.

O tribunal da AJMERJ é o mais viciado e parcial dentre todos os tribunais brasileiros.

Vejamos a decisão magistral da excelentíssima juíza que condenou Rafael e Murilo por todos os crimes elencados na denúncia da promotora Estela Paiva Lopes:

No total, somente pelo tribunal militar, Rafael foi sentenciado a penas que, somadas as agravantes, chegaram a 18 anos de prisão. Murilo ficou com 15.

Só tem um porém...

O crime doloso contra a vida foi reconhecido no II Tribunal do Júri, e por este Rafael já estava cumprindo pena.

O crime contra o patrimônio também foi reconhecido; e, por ter furtado a vítima que tentou matar, Rafael foi condenado a 3 anos e 6 meses de prisão.

Acontece que, se um agente subtrai coisa alheia mediante violência ou grave ameaça, e depois mata, ou tenta matar essa pessoa, como consequência direta do primeiro crime, para garantir a impunidade do mesmo, o que aconteceu não foi um 121 tentado, muito menos um furto, e sim um latrocínio. Rafael não foi denunciado por este crime; assim, todo o processo a partir das sentenças condenatórias estava passível de ser anulado. Desde o oferecimento da denúncia, passando pela sentença de pronúncia até a condenação, o processo era nulo pelo simples fato de Rafael ter sido julgado pelos crimes errados. Erraram na medida, tamanha era a vontade de empenar o soldado o máximo possível, mas e agora? A quem recorrer?

Atentado violento ao pudor: 3 anos e 6 meses.

Apenas a palavra da vítima bastou para o livre convencimento da juíza Cláudia Maria Penha Bastos.

Os exames de corpo de delito foram categóricos ao atestar que a vítima não sofreu violência sexual, o que inclusive ensejou o seguinte parágrafo na sentença de pronúncia, proferida pelo juiz Paulo Pereira Vangellotti Caldez, titular do II Tribunal do Júri à época:

"...ressalte-se, entretanto, que não foram constatados durante toda a persecução penal quaisquer indícios de que a vítima tenha sido agredida em sua integridade sexual..."

Simplesmente ignorando o julgamento do colega magistrado, que agora é desembargador, pela vaidade de pertencer somente a ela a competência de dizer o que deveria ou não ser interpretado como indício, a juíza condenou Rafael e Murilo, pouco se lixando para o paradoxo. Como pode? Dois juízes, o mesmo caso, e um não vê nem indício de crime, enquanto o outro não só vê como condena, e fim de papo.

Pelo jeito livre convencimento e casa da mãe Joana para a magistrada significavam, basicamente, a mesma coisa.

Também foi condenado pelo sequestro: 10 anos e 8 meses.

Entretanto, uma das qualificadoras que aumentou a pena do 121 tentado foi, justamente, manter a vítima sob tortura e intenso sofrimento físico e mental, e aí está o *bis in idem*. E o "caldo" fica cada vez mais grosso e absurdo...

É alucinante conceber um tribunal militar em que uma juíza condena um réu por sequestrar alguém que tentou matar. O sequestro nada mais é do que uma qualificadora do homicídio, não cabendo, na dinâmica dos acontecimentos narrados pela vítima, a separação das condutas criminosas. Ou ocorreu um sequestro na modalidade qualificada prevista no CPM, no qual a vítima sofreu grave lesão em decorrência do tiro, ou ocorreu uma tentativa de homicídio qualificada prevista no Código Penal Julgar o réu duas vezes pelo mesmo crime extrapola os limites da legalidade, e é no mínimo lamentável que uma juíza se preste a tamanho despautério. Essa aberração só é possível de se materializar por uma mente completamente afetada, que não detém as mínimas condições para exercer a magistratura devido ao seu leviano conhecimento jurídico. Ou então por intermédio de um juízo passional e desleixado que, aflito pela gana de fazer o réu apodrecer trancafiado em uma cela, subverte o Código Penal de maneira a atender suas próprias aspirações divinais. É pavoroso imaginar que uma juíza possa agir com tamanha covardia apenas para que o réu perca mais tempo recorrendo de sua sentença ignorante. Acredito, no fundo de meu ser, que o intento da magistrada ao inferir juízo tão abominável é causar no réu a maior sensação de desespero possível, fazendo com que ele chegue ao limite da loucura, e tente se matar.

Quase que ela consegue!
Rafael pensou nisto muitas vezes.
A desmedida de suas sentenças era angustiante demais. É inexprimível, por meio de palavras, a dolorosa sensação de insignificância experimentada por um homem condenado injustamente. O último ato desse enredo absurdo foi também o mais duro e incompreensível até mesmo para aquelas pessoas já bem acostumadas aos revezes que usualmente fazem soçobrar certos processos criminais.

O cabo Murilo, que se encontrava preso preventivamente apenas por conta do 121 tentado, foi submetido ao Tribunal do Júri um ano e meio após a condenação de Rafael. Tal fato foi possível em decorrência do desmembramento do processo, a pedido da defesa de Rafael, que queria ver o julgamento realizado o mais rápido possível, tão confiante estava na absolvição de seu cliente. A defesa do cabo Murilo, no entanto, recorreu da sentença de pronúncia e de outras tantas decisões, numa demonstração de amadorismo que nem se sabe ao certo qual objetivo tinha. Embora condenados pela Justiça Militar por furto, sequestro e atentado violento ao pudor, por estes crimes o cabo Murilo e Rafael recorreriam da sentença em "liberdade", já que não haviam sido expedidos mandados de prisão preventiva pela juíza titular da AJMERJ.

Como o comandante da guarnição é diretamente o responsável pelas ações tomadas no andamento do serviço ordinário, com a condenação de Rafael, não se esperava nada de diferente para Murilo. Ao contrário: o comandante, por ter em si o poder de comando, geralmente recebe uma dosimetria extra na hora da martelada. Pesa ainda mais o fato de a arma usada para infligir dano à vítima estar em nome do cabo, e sem a sua colaboração, – seja dirigindo a viatura, a sós com a vítima, enquanto o soldado estava no carro branco (como consta na denúncia), ou cedendo a arma para o disparo, ou confabulando e seguindo com o soldado até o local do crime, inclusive abandonando a viatura em local ermo (ainda de acordo com os relatos da vítima) – fica óbvio que a tragédia jamais ocorreria.

Mas não foi assim que ficou decidido pelo tribunal.

De acordo com a sentença: "o júri decidiu, por maioria de cinco votos, que o cabo Murilo não concorreu para que o fato se consumasse; isso posto, julgo improcedente a pretensão punitiva estatal, para absolver, como absolvo, Murilo..."

ABSOLVIDO.

Hoje, o cabo Murilo está livre, leve e solto, aproveitando cada domingo de churrasco com a família, enquanto recorre da sentença proferida pela Justiça Militar, numa batalha judicial que deverá se arrastar durante anos.

Rafael continua preso. E muito preso.

É justo?

Mas como foi possível o outro se safar dessa? Bem, para quem pensa que já viu de tudo...

Simples: o cabo Murilo, contrariando todos os seus depoimentos anteriores, e claramente atendendo a um aceno de acordo, deu o golpe de misericórdia: "Ele me obrigou ao crime!"

De acordo com seu depoimento no dia do júri, o cabo Murilo disse que foi ameaçado de morte por Rafael se não o ajudasse a cometer o crime; que não reportou antes o acontecido porque temia por sua vida; que não sabia que Rafael atiraria contra a vítima; que Rafael TOMOU o fuzil de sua mão; que não o rendeu com sua pistola .40 nesse momento, ou quando ele fazia mira na vítima, impedindo assim o crime, porque sua pistola não funcionava. (Foi apresentado pela defesa um laudo técnico da pistola usada pelo cabo durante o serviço, comprovando que o percussor da arma estava quebrado, e que, se o cabo Murilo tentasse render Rafael com ela, teria sido o fim de sua vida!); que Rafael é muito violento, maior e mais forte fisicamente, e que nada pôde fazer para impedir os acontecimentos que se desenrolaram ao longo de mais de três horas; e que os fatos, sim, ocorreram todos exatamente da maneira que a vítima havia narrado.

Isso bastou para o júri acreditar que ele realmente foi obrigado a cometer o crime, estando assim absolvido de todas as acusações. Coitadinho...

Só não ficou esclarecido por que, já que estava sendo ameaçado pelo monstro alucinado Rafael, não fugiu com a vítima quando ficou à sós com ela, no interior da viatura, enquanto o monstro babão foi buscar o tal carro branco para, enfim, saciar sua sanha maligna. Também não ficou claro por que, assim que abandonou o serviço, não procurou o oficial supervisor, ou uma delegacia, ou o sargento adjunto, ou um sabiá verde, ao menos uma igreja, e foi contar o que havia sido obrigado a fazer, um crime tão perverso que deixaria qualquer um apavorado e louco por proteção. Ou perdão. Tampouco ficou esclarecido por que raios havia ido para a rua com uma pistola que não funcionava; e se, não o sabia, por que não rendeu o maldito soldado, inadvertidamente arriscando-se também a tomar um balaço? Vá lá, imaginemos que o cabo Murilo soubesse que sua pistola estava escangalhada, e que ficou borrado de bosta com medo de ser a próxima vítima do assassino sanguinário que descobriu estar comandando, então, quando teve seu fuzil devolvido (pois o soldado, além de sua pistola, portava uma carabina .30, e tanto dirigir quanto passar o resto do serviço com tantas armas dependuradas seria meio complicado), por que não lhe deu uma "fuzilzada" e se tornou o herói da noite? Acontece que nenhum desses simples questionamentos, todos com base no depoimento da suposta vítima – este corroborado agora por Murilo –, foram suscitados pela promotoria.

Não sou tão ingênuo ao ponto de imaginar que um promotor de Justiça, que estudou bastante e o não chegou onde está sem esforço e suor, seja tão burro que não consiga enxergar, e fazer enxergar, os absurdos das alegações do cabo Murilo. Penso que, diante do placar de 4 a 3, que quase absolveu Rafael, indicando uma real possibilidade de absolvição sumária de Murilo, que em fase recursal acabaria deixando ambos livres, chamaram-lhe aos ouvidos: "Veja bem, seu parceiro está condenado, para ele é o fim, já acabou, está fudido mesmo... Você, entretanto, tem uma possibilidade de se safar. Confirme o depoimento da vítima, diga que foi ele quem fez tudo, que o obrigou a ir com ele, que ele ameaçou te matar se não o ajudasse, e assim eu garanto sua absolvição...". Melhor garantir um preso do que correr o risco de os dois serem soltos, e nem é tão difícil quanto parece manipular um júri popular. No julgamento de Rafael, lá pela meia-noite, uma jurada roncava de boca aberta, com a cabeça pendendo de lado, cagando e recagando para o que estava sendo dito em plenário.

Cabo Murilo teve uma escolha: contar a verdade em que ninguém acreditou, e então concorrer a mais uma sentença de, no mínimo, 12 anos, caixão e vela preta, sentando no boi e comendo quentinha azeda; ou aceitar um cochicho feito assim, ao pé do ouvido, e ter a garantia de no dia seguinte estar em casa, fazendo amor com a mulher, após dar um beijo de boa-noite nos filhos e passar meia-madrugada bebendo coca gelada, comendo pipoca e vendo televisão.

O que você faria?

Mas se, por um lado, a cadeia veio por conta de um crime que não cometeu, e os outros tantos que permaneceram impunes? Seria uma espécie de compensação, uma modalidade de justiça divina, preparada para aquelas almas que ainda obtinham uma pequena possibilidade de redenção?

Não é possível ter certeza.

Certo é que ele foi preso, julgado e condenado, e viu a vida desmoronar diante de seus olhos. Mais um ex-policial militar no vale dos indesejáveis. E agora? Bem, e agora... nada.

AGORA É CONTAR OS DIAS NA CADEIA, É ACORDAR E CAMINHAR NO BANHO DE sol pela manhã; é ver todas as economias irem embora nas mãos de advogados sem-vergonha; é lavar as roupas dos outros presos de tarde e à noite e esperar os fins de semana para ver seu filho. Agora, é abraçá-lo com força nesses dias e se admirar do quanto ele está crescendo; é chorar ao lado da mulher, tão encarcerada quanto ele, companheira que nunca, nem por um segundo, lhe faltou; é ver a mãe subir as escadas devagarzinho, sentindo o peso da idade a sobrecarregá-la ainda mais por ter de suportar as grades junto com o filho. Agora, são as noites em claro, o grito entalado, os dias intermináveis e as brigas de galeria. Agora, são as facadas, as confabulações, os desencontros, os acertos de conta. Agora, é apreciar cada gole de coca-cola gelada, é olhar os mil sóis invadindo o corredor, se exercitar para manter a mente saudável, fumar um cigarro na rampa sentindo o vento soprar manso ao redor da cara. É receber os novos detentos, que chegam aos montes; é despedir-se dos que ressuscitam; é sentir uma alegria juvenil ao ver que na quentinha o servido era de frango à milanesa. É a felicidade de tomar uma ducha no chuveirão nos dias muito quentes, que são quase todos; é o privilégio de jogar uma partida de videogame; são as confusões por causa de bebida, o colchão vagabundo estourando a coluna, são as baratas que insistem em passear por cima enquanto está dormindo. É o cano de esgoto que arrebenta e inunda o cafofo com água da fossa; é o "faxinão" geral, as revistas da corregedoria e o corre-corre para esconder os talheres e o DVD. Agora, é baixar a cabeça pra todo mundo, com o policial do efetivo te tratando como um vagabundo, esquecido por completo de que, um dia, o vagabundo trabalhou sentado ao seu lado na mesma viatura. É ver todos os sonhos sonhados com tanta vibração, os desejos, o orgulho, a farda esvaecerem até não restar mais nada, desejando também esvaecer junto e encontrar alívio na pura e sutil inexistência.

Agora, é a angústia, a ansiedade, a depressão, a desilusão, o desespero, a doença, a paciência.

E a esperança.

Há um lugar no céu especialmente reservado para aqueles que sofreram injustiças nas cadeias dos homens.

Também há outro igualmente separado no inferno para todos que passaram pelo mundo dissimulando seus crimes e enganando os tribunais.

O verdadeiro julgamento de Rafael ainda estava por começar...

Os portões do presídio da Polícia Militar estarão sempre abertos para receber cada novo monstro nascente. Que venha o próximo.

Este livro foi impresso pela Edigráfica.